KB027064

나의 인생

MEIN LEBEN
by Marcel Reich-Ranicki

Copyright © Deutsche Verlags-Anstalt, a division of Verlagsgruppe Random House GmbH, München, Germany, 2003
Korean Translation Copyright © MUNHAKDONGNE Publishing Corp., 2013
All rights reserved.

This Korean edition was published by arrangement with Verlagsgruppe Random House GmbH, Germany through MOMO Agency, Seoul.

이 책의 한국어판 저작권은 모모 에이전시를 통해
Verlagsgruppe Random House GmbH와 독점 계약한 (주)문학동네에 있습니다.
저작권법에 의해 한국 내에서 보호를 받는 저작물이므로 무단 전재 및 무단 복제를 금합니다.

이 도서의 국립중앙도서관 출판예정도서목록(CIP)은 서지정보유통지원시스템 홈페이지(http://seoji.nl.go.kr)와 국가자료종합목록 구축시스템(http://kolis-net.nl.go.kr)에서 이용하실 수 있습니다.
(CIP제어번호: CIP2014005703)

나의 인생

Mein Leben

마르셀 라이히라니츠키 자서전 | 마르셀 라이히라니츠키 지음 | 이기숙 옮김

어느
비평가의
유례없는
삶

문학동네

일러두기

1. 이 책은 아래의 원서를 한국어로 완역한 것이다.
   Marcel Reich-Ranicki, *Mein Leben*(München: Deutsche Verlags-Anstalt, 1999)
2. 주석은 모두 옮긴이 주이다.
3. 단행본·잡지·신문은 『 』로, 시·단편은 「 」로, 미술작품·음악작품·영화·방송은 〈 〉로 구분했다.
4. 외래어 표기는 국립국어원 표기 원칙을 따랐다.

테오필라 라이히라니츠키와

앤드루 알렉산더 라니츠키에게

차례 Mein Leben

1부 1920~1938

2부 1938~1944

3부 1944~1958

4부 1958~1973

5부 1973~1999

1부

1920 ~ 1938

당신은 대체 정체가 뭡니까?

1958년 10월 말, 알고이 지방의 그로스홀츠로이테에서 '47그룹*' 총회가 열렸다. 그곳에 모인 작가들 중에 내가 아는 사람은 별로 없었다. 1938년 가을 독일 당국에 의해 추방당하고 다시 이 땅에서 살게 된 지 겨우 세 달밖에 지나지 않았으니 이상할 것도 없었다. 여하튼 나는 그 모임에서 겉도는 느낌을 받았다. 그러던 차에 점심시간에 한 젊은 독일 작가가 나에게 다가왔다. 싫지 않았다. 바로 전해 봄에 바르샤바에서 만나 이야기를 나눈 적이 있는 사람이었다. 그가 다음날 '47그룹' 상을 수상하면서 세계적인 명성을 향해 가파르게 도약하리라는 사실을 당시 나는 알지 못했다.

자신감이 넘치고 약간 도전적이면서 다부지게 생긴 그 젊은 남자는 나를 대화로 끌어들였다. 잠시 이런저런 말을 주고받은 뒤 그는 갑자기 간단한 질문으로 나를 몰아세웠다. 다시 독일에서 살게 된 이후 내게 그런 질문을 그렇게 단도직입적으로 거리낌없이 던진 사람은 없었다. 단치히** 출신의 그 남자, 귄터 그라스가 알고 싶었던 건 바로 이것이었다. "당신은 대체 정체가 뭡니까? 폴란드 사람입니까, 독일 사람입니까, 아니면?" "아니면?"이

---

* 1947년 소설가 한스 베르너 리히터가 창설한 독일의 문학 단체. 제2차 세계대전 이후 새로운 독일문학의 창조를 모색하고 반나치주의와 인도주의를 표방했다.

** 지금의 폴란드 그단스크.

라는 말은 제3의 출신지를 암시하는 것이리라. 나는 재빨리 대답했다. "절반은 폴란드인, 절반은 독일인, 그리고 온전한 유대인입니다." 그라스는 놀라는 눈치였지만 그래도 내 대답에 만족한 것 같았다. 아니 감탄한 게 분명했다. "그만, 됐습니다. 더 말씀하셨다가는 명답만 망가지겠어요." 나도 내 즉석 답변이 재치 있다고 생각했다. 하지만 그저 재치만 있을 뿐, 그 이상은 아니었다. 이 수학공식 같은 대답은 효과적이긴 했지만 솔직한 말은 아니었다. 내 대답에서 맞는 말은 하나도 없었다. 나는 절반의 폴란드인이었던 적이 없었고, 절반의 독일인이었던 적도 없었다. 앞으로도 그렇게 되지 못하리라는 것을 나는 조금도 의심하지 않았다. 또 나는 평생 동안 온전한 유대인으로 산 적이 없었으며, 그건 지금이라고 해서 다르지 않다.

1994년 나는 뮌헨 연극제에서 열리는 '나의 조국에 대하여'라는 행사에 참석하여 강연을 해달라는 부탁을 받았다. 나는 초대를 수락했다. 그런데 기꺼이 응하기는 했지만 껄끄럽고 묘한 상황에 빠지고 말았다. 내게 있지도 않은 대상에 대해 이야기해야 한다는 고백으로, 다시 말해 나는 나라도, 고향도, 조국도 없는 사람이라는 말로 강연을 시작해야 했던 것이다. 그렇다고 내가 나라 잃은 무국적자인가 하면 그것도 아니다. 이게 무슨 말인가?

나의 부모님은 정체성에 대해 고민한 적이 없었다. 확신하건대, 거기에 대해 한 번도 생각한 적이 없고 그럴 필요도 없었을 것이다. 나의 아버지 다비드 라이히는 폴란드 비스와 강 유역의 아름다운 도시 프워츠크에서 태어났다. 바르샤바 북서쪽에 있는 프워츠크는 19세기 초에 프로이센에 속해 있었으며 신新동프로이센이라고 불리던 지역의 중심지였다. 그 당시 프워츠크에는 누가 봐도 다재다능한 젊은 법률가가 참사관으로 일하고 있었다. E. T. A. 호프만이었다. 그는 얼마 전까지 프워츠크보다 훨씬 크고 멋진 도시 포즈난에서 시보로 근무하고 있었는데, 그곳에서 그린 캐리커처들이 상사들의 심기를 크게 건드리는 바람에 프워츠크로 좌천, 아니 사실상 추방되었다.

나는 아버지 쪽 조상에 대해서는 거의 알지 못한다. 그건 모두 내 탓이다. 내가 조금이라도 관심을 보였다면 아버지는 얼마든지 자세하게 알려주었을 것이다. 그저 할아버지가 상인으로 성공하여 상당히 부유하게 살았다는 것만 알고 있다. 할아버지는 프워츠크에 으리으리한 임대주택을 갖고 있었고 자식들 교육에도 인색하지 않았다. 딸 한 명은 치과 의사가 되었고, 또 한 명은 바르샤바 음악원에서 성악을 전공했다. 오페라 가수가 되고 싶었던 그녀는 끝내 그 꿈을 이루지는 못했지만, 여하튼 우치에서 나비 부인 역을 맡아 무대에도 섰다. 얼마 후 그녀가 결혼을 하게 되자 딸의 음악적 성공을 자랑스럽게 여긴 할머니와 할아버지는 혼수로 마련한 이불에 나비를 수놓아 주었다.

아버지도 음악적 재능이 있어서 젊은 시절에 바이올린을 연주했다. 하지만 내가 어렸을 적에 바이올린이 항상 장롱 위에 있었던 것을 보면 일찌감치 그만두신 게 분명하다. 할머니와 할아버지는 아버지를 상인으로 키우기 위해 스위스로 유학을 보냈다. 아버지는 그곳에서 상업학교를 다녔으나 곧 공부를 포기하고 집으로 돌아왔다. 결국 아버지는 이 방면에서도 아무것도 이루지 못했다. 그것은 무엇보다 젊은 시절부터 훗날까지 의지가 약했던 아버지 본인 탓이었다. 아버지와 어머니는 1906년에 결혼했다. 나의 어머니 헬레네 아우어바흐는 가난한 랍비의 딸이었다. 포즈난의 어느 호텔에서 열린 두 분의 결혼식에서는 〈로엔그린〉에 나오는 혼례의 합창이 울려퍼지고 멘델스존의 〈한여름 밤의 꿈〉 중 결혼행진곡이 연주되었다. 이는 폴란드에 사는 유대인들, 적어도 교양 있는 유대인들에게는 전혀 색다른 풍습이 아니라 관례에 속했다. 부모님은 신혼여행을 독일로 떠났다. 이것도 당시에는 흔한 일이었다. 두 분의 신혼여행지는 드레스덴과 바트 쿠도바*였다.

* 지금의 폴란드 쿠도바 즈드로이. 폴란드와 체코 접경 지역에 있는 휴양지. 1945년까지 프로이센 영토였다.

귄터 그라스나 다른 누가 아버지에게 대체 정체가 뭐냐고 물었다면, 아버지는 어리둥절한 표정으로 당연히 유대인이지 또 무엇이겠냐고 말했을 것이다. 어머니의 대답도 분명 똑같았을 것이다. 어머니가 성장한 곳은 프로이센, 더 정확히 말하면 슐레지엔과 포즈난의 접경 지역이었다. 어머니가 폴란드로 이주한 것은 순전히 아버지와의 결혼 때문이었다.

어머니의 부계 쪽 조상은 수백 년 전부터 모두 랍비였다. 그중 몇 명에 대해서는 꽤 큰 유대인 백과사전에 이런저런 정보가 나와 있다. 당시 학술서를 펴내 상당한 호평을 받았기 때문이다. 그들이 다룬 주제는 신학보다는 법률적인 문제들이었는데 이는 유대인 랍비들에게 흔한 일이었다. 과거에 랍비들은 성직자나 교사로 일하는 데 그치지 않고 재판관으로도 활동했다.

어머니의 남자 형제 다섯 명 가운데 랍비가 된 사람은 장남뿐이다. 그는 엘빙과 괴팅겐, 그리고 제2차 세계대전 직전에 외국으로 이주하기 전까지 슈투트가르트에서 활동했다. 그 다섯 명은 진보적이고 독일 문화에 동화되어 살면서도 모두 나름의 방식으로 가문의 전통을 지켜갔다고 말할 수 있다. 그중 세 명은 변호사가 되었고 나머지 한 명은 변리사가 되었다. 랍비가 된 장남을 제외한 나머지 형제들은 종교에 무관심했다.

그럼 어머니는 어땠을까? 어머니도 종교에는 도통 관심이 없었으며 유대문화에도 별다른 흥미를 보이지 않았다. 가문의 내력에도 불구하고 그랬을까? 아니, 오히려 그 내력 때문인 듯하다. 나는 어머니가 어린 시절 접했던 유대인의 정신적 세계에 확실하게 등을 돌림으로써 시대에 뒤떨어진 부모님에게 무언의 항의를 했다고 생각한다. 그렇다고 어머니가 폴란드 문화에 관심이 있었던 것도 아니다. 매년 8월 28일에 어머니의 생일을 축하할 때면 어머니는 오늘이 또 누구의 생일인지 아느냐고 내게 물었다. 자신이 괴테와 같은 날 태어났다는 사실을 어머니는 하나의 상징으로 여기는 듯했다. 어머니는 나와 대화할 때면 고전에 나오는 문구를 즐겨 인용했다. 음식 투정을 부릴 때마다 나는 이런 말을 들었다.

땅을 판다고 군대가 나올까?
맨손에서 장교가 솟아날까?

훗날 실러의 『오를레앙의 처녀』를 읽고 보니 놀랍게도 맨손에서 솟아나는 것은 장교가 아니라 밭이었다. 여하튼 어머니가 즐겨 인용한 문구는 독일문학 작품에 나오는 것들이었고, 그중에서도 특히 19세기 말에 학교에서 다루던 괴테와 실러, 하이네와 울란트의 글에 있던 것들이었다.

반면에 아버지는 언제나 유대교와 밀착되어 있었다. 아버지는 신을 믿었을까? 잘 모르겠다. 그 문제에 대해 아버지는 한 번도 이야기한 적이 없다. 그러나 아버지에게 신의 존재는 숨을 쉴 때 필요한 공기만큼이나 당연한 것이었다. 큰 명절이나 안식일이 되면 아버지는 회당에 나가셨다. 나중에 우리가 베를린에서 살 때도 나가셨다. 그러나 아버지가 회당에 간 것이 꼭 종교적인 행위인 것만은 아니었다. 유대인들에게 회당은 예배를 드리는 장소이자 사교의 장이었다. 유대인들은 신과 대화하기 위해, 그리고 무엇보다 아는 사람이나 마음이 맞는 사람을 만나 이야기를 나누기 위해 회당에 모였다. 회당은 클럽 역할을 하는 곳이었다.

아버지의 삶을 만든 것은 종교가 아니라 전통이었다. 폴란드에 살던 같은 세대의 다른 많은 유대인들처럼 아버지에게도 일찍부터 시온주의가 깊은 영향을 미쳤다. 아버지는 바젤에서 열린 제3차 시온주의 세계대회에 참석한 적이 있다고 자랑스럽게 이야기하셨다. 그때가 1905년이니 벌써 까마득한 옛날이다.* 그러나 훗날 아버지가 시온주의 운동에 참여했다거나 어떤 조직에서라도 활동했다는 이야기는 들어보지 못했고, 그런 일도 아마 없었을 것이다. 아버지는 그런 패기와 적극성이 있는 분이 아니었다.

폴란드어, 러시아어, 이디시어를 할 줄 알고, 폴란드에 사는 대부분의 교

* 제3차 시온주의 세계대회는 1899년에 열렸다. 저자의 오식으로 보인다.

양 있는 유대인들처럼 당연히 독일어도 구사했던 아버지와 달리 어머니는 언어에 재능이 없었다. 물론 어머니는 생을 마감하는 날까지, 다시 말해 트레블링카 가스실에서 돌아가실 때까지 흠잡을 데 없는 아름다운 독일어를 구사했다. 그러나 폴란드에서 수십 년을 살았으면서도 어머니의 폴란드어는 서투르고 오류가 많았다. 이디시어도 할 줄 몰랐다. 그러나 바르샤바의 시장 같은 데서 물건을 살 때는 이디시어를 쓰려고 노력했다. 그러면 유대인 상인은 너그럽게 미소 지으며 이렇게 말했다. "독일에서 오셨군요."

부모님은 비스와 강 유역의 도시 브워츠와베크에 정착했다. 이곳에서 멀지 않은 프워츠크에서 그 옛날 E. T. A. 호프만이 그랬듯이, 어머니도 브워츠와베크에서 자신이 유배자 신세가 되었다고 느꼈다. 폴란드는 어머니에게 언제까지나 낯선 땅이었다. 체호프의 『세 자매』에서 이리나 세르게이예프나가 모스크바를 꿈꾸며 그리워하듯, 어머니도 행복과 발전을 상징한다고 여기던 곳, 이미 나이든 아버지와 언니와 네 명의 오빠, 그리고 학창 시절의 친구들이 살고 있는 대도시 베를린을 그리워했다.

하지만 어머니는 브워츠와베크에 적응하며 살아야 했다. 신흥 산업도시였던 이곳은 1918년 폴란드가 공화국으로 재탄생하기 전까지 러시아에 속해 있었으며 당시 인근에 독일-러시아 국경선이 지나고 있었다. 1920년대에 브워츠와베크 인구는 약 6만 명이었는데 그중 4분의 1이 유대인이었다. 그 유대인들 중 상당수는 독일 문화라면 좋아서 어쩔 줄을 몰랐다. 그래서 가끔 베를린이나 빈으로 왕래했으며, 병원을 이용하거나 수술을 받아야 할 때도 독일로 갔다. 교양 있는 이 유대인들의 책장에는 위대한 폴란드 작가들의 작품 외에 독일 고전들도 꽂혀 있었다. 신문도 당연히 독일 신문을 읽었다. 우리집에서는 『베를리너 타게블라트』를 정기 구독했다.

브워츠와베크에는 가톨릭 성당이 네 곳, 개신교 교회가 한 곳, 유대교 회당이 두 곳 있었다. 폴란드에서 가장 오래되고 규모가 큰 제지공장을 비롯하여 공장도 여러 개 있었다. 영화관도 세 개가 있었지만 극단과 오케스트라는 없었다. 예나 지금이나 브워츠와베크의 최고 명소는 14세기에 건립된 고딕 성당이다. 그곳에 가면 파이트 슈토스가 만든 석관을 구경할 수 있다. 성당 인근에 있는 신학교에서는 1489년부터 1491년까지 토른 출신의 한 젊은이가 수학했다. 바로 니콜라우스 코페르니쿠스였다.

나는 1920년 6월 2일 이곳 브워츠와베크에서 태어났다. 부모님이 왜 내 이름을 마르셀이라고 지었는지에 대해서는 생각해본 적이 없다. 훨씬 훗날 나는 그것이 전혀 우연이 아니라는 걸 알게 되었다. 어머니는 나보다 열세 살 많은 누나에게—이런 일에는 어머니만 신경을 썼지 아버지는 아예 무관심했다—게르다라는 이름을 지어주었다. 어머니는 그 작명이 어떤 결과를 초래할지 알지 못했다. 게르다라는 이름은 폴란드에서 전형적인 독일 이름이었다. 폴란드인의 반독일 감정은 최소한 기사단 시대부터 내려오는 오랜 전통이었지만, 제1차 세계대전을 거친 후 독일인들은 또다시 폴란드인들에게 미움을 샀다. 이런 연유로 누나는 그 독일식 이름 때문에 학교에서 자주 무시를 당했는데 그 주된 이유가 반독일 감정인지 반유대 감정인지는 확인하기 어려웠다.

나보다 아홉 살 많은 형은 이런 면에서 누나보다 사정이 나았다. 세상 물정 모르는 어머니는 형한테도 헤르베르트라는 독일색 짙은 이름을 지어주었지만, 다행히 알렉산더라는 이름을 하나 더 붙여주셨다. 알렉산더는 유대인들이 2000년 전부터 흔하게 사용하던 이름이다. 전해지는 이야기에 따르면, 알렉산더 대왕은 유대인들을 극진하게 대접하며 갖가지 특권을 허락했다고 한다. 그때부터 유대인들은 그 보답으로 아들이 태어나면 알렉산더라는 이름을 붙여주었다. 내 아들 이름도 앤드루 알렉산더이지만, 이는 고인이 된 조상을 기리는 뜻에서 그 이름을 자식에게 붙여주는 유대인의 관습을 따른 것이지 마케도니아의 왕과는 아무 관련이 없다. 내 손녀의 이름 카를라 헬렌 에밀리도 트레블링카에서 돌아가신 친가와 외가 쪽 할머니 이름에서 따온 것이다. 나는 당시 폴란드에서 거의 사용하지 않던 마르셀이라는 이름을 얻었다. 몇 년 전에야 나는 내가 태어난 6월 2일이 디오클레티아누스 황제 시대의 순교자이며 로마 사제인 성 마르첼루스를 기념하는 가톨릭 교회력의 축일이라는 사실을 알았다. 부모님은 이 성인의 존재를 알지 못했다. 그러니 어쩌면 가톨릭 신자이던 가정부나 보모가 내 이름을 제안하지 않았나 생각된다. 그런 생각을 한 사람이 누구였든 간에 나는 그 사람을 탓하기는커녕 오늘날까지 고맙게 생각하고 있다. 누나 게르다와 달리 나는 이름 때문에 고생한 적이 없다.

물론 나도 어린 시절에 또래 아이들에게 놀림을 당한 적이 있다. 아주 사소한 사건 때문이기는 했지만 지금도 그 일을 잊을 수가 없다. 다섯 살인가 여섯 살 때였다. 어머니는 잠깐 베를린에 있는 친정을 방문했다가 어느 백화점 아동용 휴대품 보관소에 이런 팻말이 붙어 있는 것을 보았다. "저는 예의바릅니다." 어머니는 이게 재미있다고 생각하신 모양이다. 어떤 일이 일어날지는 생각해보지도 않고 어머니는 내 셔츠와 겉옷에 폴란드어로 똑같은 문구를 수놓아주셨다. 역시나 세상 물정 모르는 어머니였다. 곧 아이들의 놀림감이 된 나는 분노와 반항으로 대응했다. 나는 고래고래 소리를 지르며 나를 놀린 아이들을 두들겨패고 싶었다. 그래서 내가 전혀 예의바르지 않다는 걸 증명하고 싶었다. 그 일로 나는 '볼셰비키'라는 별명을 얻었다. 평생 동안 이어져온 나의 반항기는 혹시 이때 시작되었을까?

내가 어느 정도 나이가 들었을 때의 일이다. 아버지는 어느 날 웬 수염을 기른 남자를 집으로 데리고 오셨다. 귀밑머리가 유난히 길고 곱슬곱슬한 그는 검은색 카프탄을 입고 있었다. 외투처럼 생긴 카프탄은 정통 유대인들이 평상시에 입는 옷이다. 약간 무서워 보이고 과묵했던 그 남자가 내 선생님이며 앞으로 나에게 히브리어를 가르쳐줄 거라고 아버지가 말씀하셨다. 그때 어머니가 나타나 이야기에 끼어드는 바람에 아버지는 더는 아무 말도 하지 못했다. 어머니는 내가 수업을 받기에는 아직 어리다고 단호하게 말했다. 실망한 선생님은 훗날을 기약하며 돌아갔다. 아버지는 어머니의 말에 아무 반대도 하지 못했다. 아버지가 내 교육에 관여한 것은 이때가 처음이자 마지막이었다.

유대식 교육을 왜 반대했는지 어머니는 내게 설명해주지 않았다. 내가 학교에 들어갈 나이가 되었을 때 어머니는 나를 형이나 누나와 달리 개신교 계통의 독일 초등학교에 보내기로 결정하셨다. 유대교에 대한 저항이었을까? 아니, 꼭 그렇지만은 않다. 어머니는 내가 독일어를 쓰는 학교에서 교육받기를 바라신 것뿐이다.

그런데 처음부터 심각한 문제가 발생했다. 내가 나이에 비해 할 줄 아는 것이 너무 많다는 것이었다. 그것뿐이라면 대수롭지 않은 일이겠지만 한심하게도 나는 할 수 있는 것도 거의 없었다. 나를 돌보아주던 보모는 짬짬이 재미 삼아 내게 읽기를 가르쳤다. 읽기는 아주 빠르게 익혔지만 글자 쓰는 법을 알려준 사람은 아무도 없었다. 우리집에는 오래된 타자기가 있었다. 그 타자기로 글자를 하나씩 종이에 치는 것은 어렵지 않았다. 머지않아 나는 당시 바르샤바에서 대학을 다니던 누나에게 짧은 편지를 타자기로 쳐서 보낼 정도가 되었다.

여하튼 어머니는 나를 독일 학교로 데리고 가셨다. 그리고 유난히 엄격한 교장 선생님에게 당신 생각에 특별해 보이는 내 상황을 이야기하셨다. 내가 들은 말이 맞다면, 교장 선생님은 훗날 제2차 세계대전이 일어난 직후 폴란드 사람들에게 독일 스파이로 몰려 처형되었다고 한다. 교장 선생님은 이런 문제를 처음 겪는 게 아니었는지 당장 나를 테스트했다. 나는 빠르고 정확하게 글을 읽어내려갔다. 그런데 그것으로 끝난 게 아니었다. 이런 일은 당장 결정해야 한다고 교장 선생님은 조금 유머를 섞어 이야기했다. "이 아이를 1학년에 넣으면 읽기 시간에 지루해할 거예요. 그렇지만 곧바로 2학년에 집어넣는 방법도 있습니다. 그렇게 되면 아이가 집에서 글자 쓰기를 배울 수 있게 어머니가 신경써주셔야 해요." 어머니는 한 치의 망설임도 없었다. "곧장 2학년으로 넣겠어요. 아이한테 누나가 있는데 쓰기를 가르쳐주면 금방 배울 겁니다." 요즈음 이 얘기를 독일 작가들에게 들려줄 때마다 나는 이런 말을 덧붙인다. "한데 그 쓰기를 여태까지 못 배웠지 뭡니까." 이 말에 아이 같은 마음을 지닌 작가들은 남몰래 즐거워한다.

어머니는 자신이 내린 결정의 결과를 예견하지 못했다. 나는 글을 쓸 줄 몰랐지만 우리 반에서 거기에 신경쓰는 아이는 아무도 없었다. 그러나 반에서 내가 유일하게 책을 읽을 줄 알고 이따금 수업시간에 앞뒤 가리지 않고 뽐을 내며 발표까지 한다는 사실이 반 아이들의 시기심을 자극했다. 그렇게 나는 처음부터 울타리에서 벗어난 아웃사이더가 되었다. 이 상황이 앞으로도 계속되리라는 걸 내가 당시 어찌 알았겠는가. 어떤 학교를 다니든, 어떤 기관에서 근무하든, 나는 주위 사람들과 잘 어울리지 못했다.

그러나 전반적으로 나는 그 개신교 계통의 초등학교에서 별다른 걱정 없이 생활했다. 독일 출신인 라우라라는 이름의 담임 선생님도 나를 친절하게 대해주었다. 거기에는 이유가 있었다. 선생님은 나의 어머니가 베를린에서 조달해온 독일 책들을 빌려 읽었다. 풍만한 가슴이 무척 인상적이던 그 선생님이 무슨 책을 그토록 초조하게 기다렸는지는 지금도 생각난다. 당시 명작은 아니었지만 전 유럽에 파문을 일으킨 레마르크의 소설 『서부 전선 이상 없다』였다.

내 독서는 그다지 특출나지 않았다. 책은 많이 읽었으나 다른 아이들과 거의 비슷한 수준이었다. 단지 남들보다 훨씬 일찍 독서를 시작했다는 게 다르다면 달랐다. 내 기억에 가장 깊이 남아 있는 것은 찰스 디킨스의 소설 『올리버 트위스트』와 디포의 『로빈슨 크루소』이다. 두 권 다 '청소년'용으로 편집된 책을 읽었다. 그러나 이보다 훨씬 매력적인 것은 전혀 다른 종류의 책이었다. 그것은 여러 권으로 구성된 독일 백과사전이었다. 어쩌면 거기에 들어 있던 삽화에서 눈을 떼지 못한 때문이었을지도 모른다. 이때부터 나는 종류를 막론하고 백과사전이라면 무엇이든 좋아했다.

그러나 내게 더 큰 감명을 준 것은 음악이었다. 누나가 피아노를 친 까닭에 나는 집에서 자주 바흐의 음악을 들었다. 쇼팽은 더 자주 흘러나왔다. 그와 동시에 나는 전혀 다른 악기에 심취해 있었다. 바로 전축이었다. 집에는 어머니와 달리 음악적이었던 아버지가 골라 사놓은 음반이 많았다. 아버지의 젊은 시절에는 현대음악에 속한 그리그의 〈페르 귄트 모음곡〉부터 림스키코르사코프의 〈셰에라자드〉에 이르는 인기 많은 관현악곡, 〈아이다〉 〈리골레토〉 〈라트라비아타〉 〈라보엠〉 〈토스카〉 〈나비 부인〉 〈팔리아치〉 〈카발레리아 루스티카나〉 등의 오페라 음반이 많았다. 바그너의 오페라 중에서는 〈로엔그린〉 중 성배 이야기가 담긴 음반이 유일했다. 나는 매번 똑같은 아리아와 2중창과 서곡을 들어도 싫증이 나지 않았다. 이때부터 나는 은근히 그리그와 림스키코르사코프를 싫어하고 반대로 베르디와 푸치니의 이탈리아 오페라는 오늘날까지 변함없이 사랑하고 있다.

1929년 봄에 우리집에서는 내가 겪고도 이해할 수 없는 여러 가지 일들이 일어났다. 어머니는 눈물을 흘리고 아버지는 속수무책으로 계셨다. 어머니가 슬퍼하며 탄식하는 소리가 들렸다. 어머니의 불안과 절망은 날이 갈수록 커져만 갔다. 우리 모두에게 끔찍한 불행이 다가왔다는 것을 어린 나도 느낄 수 있었다. 재앙은 얼마 지나지 않아 닥쳐왔다. 원인은 두 가지였다. 하나는 대공황이었고 다른 하나는 아버지의 성격이었다. 아버지는 착실하고, 욕심 없고, 선량하고 다정한 사람이었다. 단지 직업을 잘못 고른 게 탈이었다. 아버지에게는 사업가 기질이 없었다. 아버지는 사업을 하면서 돈을 거의 벌지 못했다. 당연히 이걸 일찍 깨닫고 다른 일을 찾아보아야 했지만 아버지에게는 그런 결단력이 없었다. 근면과 열정은 아버지의 미덕이 아니었다. 불행하게도 그는 한평생을 나약한 성격과 수동적인 자세로 일관했다.

제1차 세계대전이 끝난 직후 아버지는 브워츠와베크에 회사를 하나 차렸다. 아마 할아버지의 돈을 사업 자금으로 썼을 것이다. 건축 자재를 생산하는 작은 공장이었다. 아버지는 자신을 '기업가'라고 부르기를 좋아했다. 그러나 1920년대 후반에 폴란드에서는 건축 경기가 점점 내리막길을 걷고 있었기 때문에 회사는 파산이 불가피했다. 당시에는 흔한 일이었다고 해도 그것이 어머니를 위로해주지는 못했다. 아버지가 관을 만들어 팔았다면 사람들도 죽어나가지 않았을 거라고 어머니는 툭하면 말씀하셨다.

그 일로 당시 어머니는 무척 힘들어하셨다. 이웃이나 아는 사람들의 비웃음과 멸시의 눈길이 두려워 길거리에 나가는 걸 부끄러워하셨다. 어머니는 밖에 나가면 인기가 많았으니까 그건 아마 기우였을 것이다. 사람들은 어머니의 조용하고 기품 있는 태도를 존경했다. 그리고 그것은 어머니가 독일 문화 속에서 성장했기 때문이라고 생각했다. 하지만 어머니가 더 두려워했던 건 그들의 멸시보다는 동정이었을지 모른다.

당연한 일이지만, 그 모든 불행에 어머니는 책임이 없었다. 끔찍할 정도로 무능한 아버지를 조금이라도 바꿔놓지 못했다고 어머니를 탓할 수는 없었다. 하지만 아무리 장점이 많았다고 해도 어머니 역시 현실에 어두웠다는 것만큼은 확실하다. 이런 점에서 어머니는 아버지와 크게 다르지 않았다. 파산으로 인한 최악의 사태를 막고 가족을 구하려면 돈을 마련해야 했지만, 어머니로서는 분명 하기 힘든 일이었다. 결국 방법은 하나뿐이었다. 베를린에 사는 외삼촌들 중에 변호사로 크게 성공한 사람이 한 명 있었는데 외가 쪽 사람들 중에서 가장 부자였다. 어머니는 창피함을 무릅쓰고 그 야콥 외삼촌에게 전화를 걸어 꽤 많은 돈을 전신환으로 부쳐달라고 간청했다. 외삼촌은 도와달라는 어머니의 부탁을 거절하지 않았다.

당시 겨우 아홉 살이던 나는 주위에서 일어나는 일들을 당연히 이해하지 못했다. 그래도 온 식구들이 내가 보는 데서까지 너무 많이 우는 바람에 우리집에 무슨 불행이 닥쳤는지 눈치채지 않을 수 없었다. 아버지의 비참하고 딱한 사업 실패는 내 어린 시절에만 음울한 그림자를 드리운 게 아니었다. 하지만 그것은 몰락 자체보다는 그로 인한 경제적인 여파 때문이었다. 아직 어린 나이였지만 나는 부모님이 도움을 받은 그 친척들에게 종속되어 있다는 걸 잘 알고 있었다. 그런데 나까지 그런 비굴한 종속 관계에 엮일 수 있다는 두려움이 이후 오래도록 내가 삶에서 내리는 이런저런 결정에 큰 영향을 주었다.

하지만 그 불행은 당장 나에게 꽤나 유리하게 작용했다. 파국이 몰고 온 극적이고 불운한 상황에서 예기치 않게 어머니의 오랜 꿈이 이루어진 것이다. 브워츠와베크에서는 우리 가족의 미래를 생각할 수 없었기에 우리는 베를린으로 이주하기로 결정하고 이사를 준비했다. 부모님은 그곳에서 새로운 삶이 시작되기를 바랐다. 그러나 나중에 알게 된 사실이지만, 장차 아버지가 어떤 일을 해야 할지에 대해서는 구체적인 계획이 서 있지 않았다. 식구들 중에서 가장 먼저 내가 베를린으로 떠났다. 그리고 내 또래의 아이가 세 명 있던 부유한 야콥 외삼촌 가족과 함께 질트 섬의 베스터란트에서 여름을 보냈다.

베를린으로 떠나기 전 어머니는 내가 담임 선생님에게 꼭 작별 인사를 하고 가야 한다고 말씀하셨다. 두 분이 그때 무슨 대화를 나누었는지는 알 길이 없다. 아마 레마르크의 책에 관해 이야기하지 않았을까싶다. 그러나 떠나는 나에게 선생님이 들려준 말은 아직도 잊지 않고 있다. 라우라 선생님은 출렁이는 가슴으로 먼 곳을 바라보며 진지하고 엄숙하게 말했다. "너는 이제 문화의 나라로 가는 거야." 그 말이 무슨 뜻인지는 이해하지 못했지만 어머니가 고개를 끄덕거리던 모습만은 눈에 선하다.

다음날 나는 나처럼 서쪽으로 가는 부모님 지인의 보살핌을 받으며 베를린으로 가는 기차에 앉아 있었다. 그런데 이상하게도 낯선 도시에서 무엇이 기다리고 있을지 전혀 불안하지 않았다. 생전 처음 보는 부모님의 지인도 무섭지 않았다. 철부지 아이의 무모함이나 상상력 부족 때문이었을까? 그랬는지도 모르겠다. 하지만 거기에는 또다른 이유가 있었던 것 같다. 빨리 도착하기만을 초조하게 기다리던 그 도시에 대해 나는 이미 많은 것들을 들어 알고 있었다. 그곳에서는 기차가 땅 밑이나 집 위로 다닌다고 했다. 좌석이 지붕 위에 달린 버스가 다닌다는 말도 들었고, 쉴새없이 움직이는 계단도 있어서 서 있기만 하면 위나 아래로 갈 수 있다고 했다.

가는 길은 멀었다. 부모님이 들려준 동화의 세계, 부모님이 약속한 꿈의 나라에 도착하려면 밤이나 돼야 할 것이다. 나는 호기심을 안고 기차여행이 끝나기만을 기다렸다. 그 호기심이 나의 모든 의혹과 두려움을 몰아냈다. 나는 흥분에 들떠 이제 맛보게 될 기적을 그려보았다. 베를린이라는 기적을.

사랑에 끌리고 사랑에 빠지다

머리가 검은 마흔 살가량의 우아한 숙녀가 동물원 역으로 나를 마중 나왔다. 야콥 외삼촌의 부인인 엘제 외숙모였다. 꽤 늦은 시각이었는지 외삼촌 집에 도착했을 때 사촌 형제들의 모습은 보이지 않았다. 이미 잠자리에 든 뒤였다. 외삼촌도 계시지 않았다. 나는 외숙모와 단둘이 커다란 원형 식탁에 앉아 있었다. 족히 열 명은 둘러앉고 열두 명까지도 앉을 수 있는 크기였다. 방에는 또 한 사람이 있었다. 품위 있고 깔끔해 보이는 젊은 여자였는데, 검정 옷에 하얀 앞치마를 두르고 놀랍게도 윤이 나는 가죽장갑을 끼고 있었다. 그녀는 말없이 기품 있게 저녁을 차려냈다. 그 집은 모든 게 최고급이었다. 낯선 세계에 자연히 기가 죽은 나는 외숙모가 묻는 말에 겁먹은 듯 단답형으로만 대답했다. 곧 숨막히는 정적이 몰려왔다.

그 집의 겉모습 뒤에 무엇이 숨어 있는지 나는 당연히 알 길이 없었다. 그러나 열심히 애써 가꾼 그 집의 품격이 사실은 가식이라는 게 금방 느껴졌다. 그곳을 지배한 것은 차갑고 엄숙한 인위성이었다. 가난한 집에서 태어난 야콥 외삼촌은 거의 유명인사에 가까운 유능한 변호사이자 공증인이었다. 자수성가한 야심가로 실제로 본인이 일군 어마어마한 성공을 자랑스러워했다. 물론 나머지 외삼촌들도 형편이 좋아 부유하게 살고 있었다. 그러나 본인의 사회적 출세를 대놓고 드러내는 사람은 야콥 외삼촌뿐이었다. 그는 신분의 상징이 필요하여 그 상징에 집착하고 의존했다. 독일제국 창건기의 화려함은 그의 취향에 맞았고 세기말의 겉치레는 그를 현혹했다.

외삼촌이 승마를 좋아한다는 것을 상상하기 힘들었지만, 그 집에는 특히 값비싸다는 멋진 말이 두 마리 있었다. 한 녀석은 이름이 '아반티'였고 다른 녀석은 '아리스토크라트'였다.* 외삼촌은 품위에 맞게 아침마다 숙모와 근처에 있는 티어가르텐 공원에서 말을 탔다. 적어도 외삼촌 생각에 의하면 그가 자리잡고 사는 동네도 귀족적이었다. 파산한 사업가의 아들을 폴란드의 소도시에서 데려와 너그럽게 받아준 이 가족은 베를린 서쪽의 아름다운 동네 달렘이나 그루네발트가 아닌, 제국의사당 바로 옆의 론 가에서 살고 있었다. 한때는 그 인근에 비스마르크가 살았었다는 이야기를 우리 어린아이들은 가끔 어른들로부터 들었다.

내 눈에는 고대광실과 다름없던 외삼촌 집에서 또하나 놀라웠던 것은 각종 식물로 넘쳐나던 이국적 분위기의 공간이었다. 겨울정원이라고 했다. 그곳에서는 늘 잔잔하게 물 흐르는 소리가 들렸다. 한쪽 구석에서 꽤 큰 하늘색 분수가 끊임없이 물을 뿜어대고 있었다. 음악실로 불리던 살롱과 식당 중간에는 바닥에서 천장까지 닿는 두 개의 대리석 기둥이 있었다. 음악실 벽에는 그림이 많이 걸려 있었다. 그중 하나는 중동 지방 옷을 입은 여인이 바닥에 누워 있는 그림이었다. 여인은 머리가 잘려 은쟁반에 놓인 남자의 얼굴을 원한이 사무친 표정으로 거만하게 바라보고 있었다. 나중에 사촌형제 한 명이 은근히 뿌듯한 듯 내게 일러주었다. "저건 엄마가 살로메로 분장한 거야." 엘제 외숙모는 외삼촌과 결혼하기 전에 고향 쾰른에서 배우로 활동했다. 이 집의 모든 것이 연극적인 냄새를 풍긴 것은 그 때문인 모양이었다.

외숙모와 단둘이 그 커다란 식탁에 앉아 있던 베를린에서의 첫날밤, 나는

---

* 아반티는 '앞으로', 아리스토크라트는 '귀족'이라는 뜻이다.

반숙 달걀도 먹었다. 디 비사바사 숙모는 달걀 껍데기를 가져가 들여다보더니 예상했다는 듯이 아직 달걀이 남아 있다고 말했다. 그러고는 엄하고 짧게 주의를 주었다. "독일에서는 달걀을 이렇게 먹지 않아." 그때 태어나서 처음으로 '독일'이라는 말을 들었던 것 같다. 그런데 그 말이 별로 친숙하게 들리지 않았다.

나는 곧 침대에 누워 처절하게 울었다. 외롭고 피곤해서 그랬을까? 엘제 외숙모가 쌀쌀맞게 대하면서 겁을 주었기 때문일까? 물론 그런 이유도 있었지만 더 무서웠던 것은 침대 위에 걸려 있던 커다란 유화였다. 으스스하고 소름 끼쳤던 그 그림은 당시 꽤나 인기 많고 높이 평가받던 아르놀트 뵈클린의 〈트리톤과 네레이드〉 복제품이었다.

다음날 아침 나는 세 명의 사촌과 함께 아침을 먹었다. 식사 후에 우리는 비쩍 마른 보모에게 이끌려 티어가르텐 공원으로 산책을 나갔다. 공원에 도착하기 전에 층계에서 뛰어놀고 멋진 기둥 주변을 돌며 술래잡기도 했다. 그곳은 제국의사당 층계였고 기둥은 당시 의사당 앞에 있던 승전 기념탑이었다. 나와 프로이센의 첫 대면은 이렇게 이루어졌다. 프로이센이 내 삶을 재단하지는 못하지만 클라이스트와 폰타네와 싱켈로 대표되는 프로이센 문화가 평생 나와 동행하리라고는 그때 짐작도 하지 못했다.

외삼촌 가족 전체가 베스터란트로 휴가를 가게 돼서 나는 베를린에 오래 머물지 못했다. 보모와 요리사와 가정부가 따라갔고, 당연히 두 마리 말도 함께 갔다. 챙겨 간 물건도 트렁크를 비롯해 옷장용 트렁크까지 숱하게 많았다. 질트 섬에서의 체류는 내게 무척이나 유익했다. 몇 달 뒤 어머니가 베를린에 오셔서 폴란드어로 말을 걸었을 때 내가 독일어로 대답했으니 말이다. 나는 얼마 안 있어 폴란드어보다 독일어를 훨씬 더 잘 구사하게 되었다. 그러나 어머니는 내 독일어 실력이 충분하지 않다고 여기셨다. 그건 어머니 생각이 옳았다. 나는 날마다 최소한 30분씩 어머니 앞에서 책을 소리 내 읽어야 했다. 누군가 내게 선물로 준 그 책은 당시 인기 많은 여행기였지만 전혀 재미가 없었다. 베를린의 저널리스트 리하르트 카츠가 쓴 『세계를 돌다』였다.

나는 크게 소리 내 읽었고 은근히 시달렸다. 이윽고 점점 큰 소리로 끙끙대고 투덜거렸다. 어머니는 나를 진정시키려고 했다. "조금만 참아, 조금만. 네가 자진해서 독일 책을 즐겨 읽는 날이 올 거야." 나는 소리를 질렀다. "그런 일, 절대 없을 거예요!" 알다시피 그건 내 오산이었다. 항상 자발적인 건 아니었지만, 그래도 곰곰 생각해보면 나는 살면서 대부분의 시간을 독일 책을 읽으며 보냈다. 훗날 몇 권의 흔치 않은 책을 제외하고 내가 여행기에 그다지 끌리지 않은 이유는 어쩌면 이 리하르트 카츠 때문인지도 모르겠다.

가장인 외삼촌은 오래전에 랍비로 은퇴한 외할아버지의 초라한 집에 우리 거처를 마련해주었다. 집은 샬로텐부르크 역에서 멀지 않은 곳에 있었다. 아직 1929년이던 그때, 나는 새로운 환경에서 2~3주를 보낸 후 학교에 들어갔다. 야콥 외삼촌과 엘제 외숙모의 아이들은 초등학교를 다니지 않고 상류 가정에서 흔히 그렇게 하듯 집으로 방문하는 가정교사에게 수업을 받았다. 나는 경제적인 이유 때문에 그런 건 꿈도 꿀 수 없었다. 베를린에서 처음 학교에 간 날 나를 데리러 온 어머니는 내 눈에 눈물이 고여 있는 것을 보았다. 베를린 샬로텐부르크의 비츠레벤 가에 있던 그 초등학교에서 내가 무슨 험한 꼴을 당한 건 아니었다. 단지 지금까지 듣지도 보지도 못한 일의 목격자가 되었을 뿐이다.

무슨 잘못을 저지른 학생이 볼프 담임 선생님 앞으로 불려 나갔다. 곧 짤막한 명령 소리가 들렸다. "엎드려뻗쳐!" 잘못한 어린 학생은 잽싸게 명령에 따랐다. 선생님은 이럴 때 쓰려고 교실 한구석에 세워놓았던 회초리로 아이에게 힘껏 매질을 했다. 아이는 몇 대를 맞은 뒤 울면서 자리로 돌아갔다. 이런 일이 평소에 다반사로 일어난다는 건 나중에 알았다. 외지인이었던 나를 제외하고 반에서 놀라거나 두려워하는 아이는 아무도 없었다. 폴란드에서는 한 번도 겪어보지 못한 일이었다.

베를린으로 이주하면서 내 삶에는 획기적인 새로운 장이 열렸다. 그 장으로 들어가는 보이지 않는 문 위에는 세 개의 문구가 걸려 있었다. 하나는 라우라 선생님이 그토록 열망하며 호의를 품었던 문화의 나라라는 비전, 다른 하나는 엘제 외숙모가 엄하게 경고한 독일적 질서, 마지막은 볼프 선생님이 냉정하게 힘으로 보여준 훈육이었다. 그렇다. 훈육과 질서는 당연히 있어야 한다. 그런데 문화의 나라에서 아이가 선생님에게 회초리로 맞았다. 이게 가능한 일인가. 그건 뭔가 앞뒤가 맞지 않는다.

당시 나는 이 모순을 당연히 이해하지 못했고 그런 일이 있으리라고는 예상조차 하지 못했다. 독일에서 처음 수업을 받은 그날 나는 순식간에 무언가를 감지했을 뿐이다. 평생 동안 나를 따라다녔지만 한 번도 극복하지 못한 그 무엇을. 따라다녔다? 아니다. 아직도 따라다닌다고 말해야 옳다. 그건 두려움이었다. 독일인이 든 회초리에 대한 두려움, 독일의 집단수용소에 대한 두려움, 독일의 가스실에 대한 두려움, 간단히 말해, 독일의 야만성에 대한 두려움이었다. 그럼 라우라 선생님이 그렇게 도취된 듯 강조하여 예고했던 독일 문화는 어디에 있나? 그것도 머잖아 찾아왔다. 나는 이내 독일 문학과 음악의 마력에 빠져버렸다. 두려움 위에 행복이 내려앉았다. 그건 독일이 준 두려움과 독일이 선사했던 행복이었다. 여기에서도 현재형이 어울릴 테니, 독일이 아직까지 선사하고 있는 행복이라고 해야 옳겠다.

샬로텐부르크의 초등학교에서 나는 그리 힘들게 생활하지 않았다. 매를 맞지도 않았고 괴롭힘을 당하지도 않았다. 그렇다고 아주 편한 것은 아니었다. 이제 일상을 힘들게 만든 건 선생님이 아니라 반 아이들이었다. 그애들은 나를 외국인으로, 이방인으로 여겼다. 이상할 것도 없었다. 나는 그 아이들과 옷차림이 달랐고, 그들이 하는 놀이와 농담도 몰랐다. 나는 겉돌았다. 쉽게 말해 그 아이들 틈에 끼지 못했다.

학교에서는 모든 게 새로웠다. 첫 독일어 시간에 반장을 맡은 남자아이가 선생님의 지시에 따라 벽걸이 장에서 책을 꺼내 아이들에게 나누어주었다.

이 특별할 것 없는 상황도 새로웠다. 학생들은 책을 한 권씩 받아 반 페이지 정도를 소리 내 읽어야 했다. 나도 그럭저럭 읽기는 했지만 책은 전혀 재미있지 않았고 저자도 별달리 흥미를 끌지 못했다. 그 책은 페터 로제거의 『나의 숲속 어린 시절』이었다. 뵈클린과 로제거라니. 인생은 내게 그다지 호의적이지 않았다.

1930년 봄, 나는 베를린 쇠네베르크에 있는 베르너 폰 지멘스 레알김나지움에 입학했다. 그사이 우리 가족은 바이에른 광장에서 멀지 않은 이곳 쇠네베르크에서 살게 되었다. 초등학교는 네 달만 다녔기에 나는 김나지움에 들어가기 위한 입학시험을 치러야 했다. 시험 과목은 독일어와 산수였는데 필기시험 후에 구술시험을 보았다. 어머니는 나를 11시에 데리러 오기로 되어 있었다. 그러나 나는 10시부터 호엔슈타우펜 가에 있는 학교 건물 앞에서 초조하게 어머니를 기다렸다. 기분이 좋았다. 필기시험을 잘 보아 구술시험을 면제받았기 때문이다. 어머니는 그런 나를 자랑스러워하셨다.

당장 푸짐한 보상이 주어졌다. 어머니는 학교 건너편 빵집에서 케이크를 사주셨고 아버지는 나를 서커스에 데리고 가셨다. 원정 공연을 하던 유명한 사라사니 서커스단이었는데, 템펠호프 풀밭에서 열렸던 것으로 기억한다. 공연은 재미있었다. 이후 내가 다시 서커스 구경을 간 것은 25년 후인 1955년이다. 이때 나는 여섯 살이던 내 아들에게 바르샤바에 온 소련 국립서커스단의 공연을 구경시켜주었다.

그러나 나는 1930년에도 1955년에도 장차 내가 서커스 덕분에 이상한 성공을 누릴 거라고는 전혀 생각하지 못했다. 1968년 9월, 시사주간지 『슈피겔』은 영화 〈서커스단의 예술가들〉에 관한 평을 실었다. 내용인즉슨, 내가 알렉산더 클루게 감독의 이 영화에서 소련 국립서커스단 단장 역할을 "아주 실감나게" 연기했다는 것이다. 나는 기뻤다. 연기 초보자가 『슈피겔』 영화평에서 그렇게 극찬을 받는 건 여간 드문 일이 아니었다. 그런데 나는 영화건 다른 어디에서건 어떤 배역을 맡은 적이 없었다. 다행히 내가 연기로 성공을 거두게 된 사연은 금방 밝혀졌다. 클루게 감독은 1968년 봄에 열린 작가 회의(프랑켄란트의 '풀버뮐레' 호텔에서 열린 '47그룹' 회의였다)를 카메라에 담아 이 부분을 당시 논란이 된 영화 〈서커스단의 예술가들〉에 삽입했다. 음향을 삭제한 뒤 '47그룹' 회의 장면을 서커스단 단장들의 회의로 집어넣은 것이다. 훗날 나는 실제로 영화에서 작은 배역을 맡아달라는 제의를 가끔 받았다. 무슨 특별한 재미를 기대했는지 대개는 평론가 역할을 해달라고 했다. 나는 전부 거절했다. 문학과 함께 살아가면서 정말 '실감나게' 평론가 흉내를 내는 것만으로도 벅차다는 솔직한 이유와 함께.

김나지움 생활은 조금 유쾌하지 못한 일로 시작되었다. 언급할 가치도 별로 없지만, 지금도 그 일이 잊히지 않는다. 첫 수업시간에 선생님은 우리 1학년 학생들을 알파벳순으로 호명했다. 이름이 불린 학생은 본인의 생일과 출생지를 말해야 했다. 모든 게 순조롭게 진행되면서 내 차례가 되었다. 선생님은 내 생일을 별말 없이 받아 적었다. 그러더니 내가 불러준 출생지를 듣고는 웃음을 터뜨렸다. 어디에 붙어 있는지 모르는 곳, 게다가 발음하기도 어려운 어느 먼 도시에서 태어난 학생이 우리 반에 있다는 투였다. 선생님은 그 '브워츠와베크'라는 별난 도시 이름을 애를 써서 발음하려고 했다. 반 아이들의 웃음소리가 퍼져나갔다. 아이들이 크게 웃으면 웃을수록 선생님은 '루츠라비크'부터 '우츠라와체크'에 이르기까지 각종 새로운 이름을 붙여가며 더 웃기려고 했다.

그때 베를린이나 브레슬라우*나 에버스발데에서 태어난 아이들이 얼마나 부러웠는지 모른다. 나는 바지 주머니 속에서나마 주먹을 불끈 쥐고 상소리를 내뱉었다. 그리고 그 벌로 세차게 따귀를 맞았다. 그랬다. 프로이센의 김나지움에서는 학생들이 선생님에게 따귀를 맞았다. 1학년만이 아니라 2학년들도 맞았다. 동급생들은 그걸 아무렇지도 않게, 심지어 당연하게 여겼지

---

* 지금의 폴란드 브로츠와프.

만, 나는 따귀를 맞은 뒤 복수를 결심했다. 내가 반 아이들과 하나가 되고 존중을 받으려면 성적으로 두각을 나타내는 수밖에 없었다. 그런데 그게 쉽지 않았다. 그때까지 나는 어중간한 실력을 가진 아이에 지나지 않았으니 말이다.

나는 곧 나중에 수학으로 명칭이 바뀐 산수 과목에서 1등을 했다. 여기에는 내 반항심이 한몫했으리라. 이 시절의 노력이 자취를 남겼는지 몰라도 내 아들은 뛰어난 수학자가 되었다. 현재 에든버러 대학 교수로 있는데 그가 쓴 저서들은 세계 유수의 출판사에서 펴내고 있으며 여러 번 상도 받았다. 아쉽게도 나는 그 책들을 이해하기는커녕 읽지도 못한다.

수학에 쏟았던 열의는 오래가지 않았다. 열세 살인가 열네 살인가에 나는 수학을 소홀히 하고 대부분의 다른 과목들도 공부하지 않았다. 그 대신 나를 사로잡은 유일한 과목이 있었다. 나를 비웃은 동급생들에게 복수하는 데는 수학보다 훨씬 나아 보였다. 그렇다. 나는 복수를 하고야 말았다. 대입자격시험인 아비투어를 치를 때까지 나는 독일어 과목에서 반 1등이었다. 반항심에서 그랬을까? 그럴지도 모르지만 그것만이 전부는 아니었다.

거기에는 다른 요인이 있었고 다른 동기가 작용했다. 그리고 그것은 무슨 일이 있어도 간과할 수 없는 동기였다. 이야기와 소설, 그리고 얼마 후 희곡 작품을 읽는 일이 점점 재미있어진 것이다. 눈 깜짝할 새에 벌어진 일이었다. 나는 행복했다. 평생 처음 맛보는 행복이었다. 말할 수 없는 극단의 감정이 엄습하여 나를 사로잡았다. 나는 사랑에 빠졌다. 사랑이 나를 끌어당겼고 나도 거기에 끌려들어갔다. 나는 문학에 반해버렸다.

케스트너 씨, 영혼을 위로하는 작가

처음에 나는 선생님들이 이따금 지나가는 말로 던진 조언에 따라 반 아이들이 읽는 책들을 읽었다. 그보다 훨씬 전에는 나도 대중 역사소설에 흥미를 느꼈던 때가 있었다. 그때는 베스트셀러가 된 미국 작가 월리스의 『벤허』, 노벨문학상을 수상한 폴란드 작가 헨리크 시엔키에비치의 『쿠오바디스』, 벨기에 소설가 콩시앙스의 『플랑드르의 사자』, 영국의 불워 리턴이 쓴 『폼페이 최후의 날』을 즐겨 읽었다.

쿠퍼의 연작소설 『가죽 스타킹 이야기』도 읽었다. 많은 주목을 받기는 했어도 조금 지루한 책이었다. 그러다 한동안은 한 독일 작가의 책들에 재미를 붙였다. 과감하게 저속한 소재도 이용하고, 원시성이나 감상주의도 마다하지 않으면서 놀라운 이야기꾼으로 주목받은 카를 마이였다.

녹색 표지의 카를 마이 책들을 몇 권 읽고 나니 더는 그의 책에 손도 대기 싫었다. 주인공으로 나온 올드 섀터핸드가 너무 강하고 용감한 것도 모자라 지나치게 헌신적으로 보였기 때문이다. 어디 그뿐인가. 견디기 힘들 정도로 잘난 체하고 허세 덩어리인 주인공은 우리 베를린 학생들에게 특히 경멸의 대상이었다.

"독일인들이/언젠가는 또 한번 세계를 구원하리라." 이제는 사람들에게 잊힌 에마누엘 가이벨의 이 시구를 당시 나는 알지 못했다. 그러나 카를 마이의 소설에서 핍박받는 이들을 영웅적으로 구하고, 악당들에게 응분의 벌을 내리고, 질서와 정의를 세우고, 맨주먹이나 강철 주먹으로 안 되면 희한하고 신통한 무기까지 동원하는 사람이 늘 독일인이라는 게 심기를 건드렸다.

1967년 1월에 튀빙겐에서 노년에 접어든 에른스트 블로흐와 이런저런 대화를 나눈 적이 있다. 방송에 내보낼 대담을 녹화중이었다. 아니나 다를까, 블로흐는 곧 자신이 좋아하는 카를 마이 이야기를 꺼냈다. 그는 마이가 독일문학계에서 가장 흥미진진하고 다채로운 이야기꾼의 한 명이라고 했다. 나는 조심스럽게 반대 의견을 말하면서 특히 『비네토우』에서 보여준 저자의 빈약한 문체를 문제삼았다. 하지만 블로흐의 견해는 달랐다. 마이가 구사한 언어는 그가 선택한 소재와 인물과 모티브에 완벽하게 들어맞는다고 했다. 블로흐의 말이 꼭 칭찬은 아닌 듯했다. 무언가 이중의 뜻이 담긴 그의 말에 나는 더 반박하지 않았다.

그 밖에 특히 권장 도서로 꼽힌 19세기의 독일 역사소설들도 애국주의적인 경향이 눈에 띄게 두드러졌다. 신파조로 쓰인 셰펠의 『에케하르트』와 구스타프 프라이타크의 야심작 『조상들』이 그랬고, 대비 효과를 뛰어나게 구사하여 장대한 프레스코로 만들어낸 펠릭스 단의 소설 『로마를 위한 투쟁』도 마찬가지였다. 그래서인지는 모르지만 『로마를 위한 투쟁』의 작중인물들은 특히 강렬한 인상을 남겼다. 그러나 여기서 나를 감동시킨 인물은 항상 용감하게 군대의 선두에 서서 영웅적으로 싸운 벨리사리우스가 아니라 나르세스였다. 나르세스 장군은 허약한 불구의 몸이라 대부분 가마를 타고 다녔지만 그 누구보다 뛰어난 전략가였다.

그러나 나는 이 책들을 모두 복잡한 심정으로 읽었다. 여하튼 열광적인 느낌은 없었다. 용사와 기사, 영웅과 검투사, 막강하고 용감하지만 정신은 대부분 투박한 제왕들과 투사들의 세계는 나의 세계가 아니었다. 그때 전혀 다른 종류의 책이 나를 사로잡았다. 에리히 케스트너가 아이들을 위해 쓴 소설 『에밀과 탐정들』이었다.

케스트너가 살아 있을 때 나는 그가 소박한 자유를 노래하고 소시민을 대변한 시인으로서 20세기 독일문학의 고전에 속한다고 조금 과감하게 쓴 적이 몇 번 있다. 너무 후한 평을 내렸을까? 물론 나도 안다. 그의 대표작 『파비안』을 비롯한 여러 소설들은 비록 잊히진 않았어도 이미 오래전에 빛을 잃었다. 무대에서 성공한 작품도 없다. 그의 에세이들은 대부분 유익하기는 해도 특별한 의미를 찾기 힘든 부수적인 글들이다. 그럼 남는 건 무엇인가? 상당한 양의 시와 아동을 위한 책들을 들 수 있겠다.

내게는 에밀 티슈바인과 경적을 가지고 다니는 그의 친구 구스타프가 인디언 신사 비네토우나 고결한 전사 올드 섀터핸드, 그리고 로마를 위해 싸우는 케테구스와 나르세스와 벨리사리우스 장군보다 훨씬 더 친숙했다. 기차에서 에밀의 돈을 훔친 악당을 잡는 데 성공한다는 베를린 아이들의 이야기는 정의와 질서를 제자리로 돌려놓는다는 점에서 올드 섀터핸드의 이야기와 비슷하다. 그러나 에밀과 탐정의 이야기는 비록 눈물샘을 자극할지언정 카를 마이의 소설처럼 이국 취향도 아니고 비장함이나 과장도 없다. 케스트너는 먼 옛날 낯선 땅이 아닌 지금 이곳, 우리가 잘 알고 있는 베를린 거리와 공원에서 일어나는 일들을 이야기한다. 거기에 등장하는 인물들은 대도시에서 자란 우리와 같은 말투를 쓴다. 바로 이것이다. 이 책의 신뢰성과 그에 따른 성공의 비결은 무엇보다 현실감 있는 일상어에 있었다.

이보다 조금 나중에 쓰인 『펑크트헨과 안톤』을 비롯한 아동소설들도 마음에 들었지만 강한 인상을 주지는 못했다. 얼마 후 우리는 케스트너라는 이름을 더이상 들을 수 없었다. 1933년 5월 10일, 그의 책들이 베를린 국립오페라극장 앞 광장에서 불에 태워지던 날, 새 시대에 유례가 없는 장관을 구경하려고 모여든 수많은 인파 속에 케스트너도 있었다. 하지만 그는 독일에 남았다. 독일 망명문학을 설명하는 일부 참고서에서 케스트너를 망명 작가로 거론하고 있는데, 사실과 다른 설명이기는 해도 완전히 틀리다고는 할 수 없다. 1933년부터 1945년까지 그는 어느 쪽에도 속하지 않았지만 그래도 분명한 결정을 내렸다. 당시 그의 작품들은 스위스에서만 출간될 수 있었으니, 망명한 것은 케스트너가 아니라 그의 책들이었다. 에리히 케스트너는 말하자면 독일의 명예 망명 작가였다.

따라서 그 당시 케스트너의 책은 여간해서 구하기 힘들었다. 시립도서관에도 서점에도 없었다. 물론 일부 고서점에 가면 몇 페니히를 주고 살 수는 있었다. 이제 아무도 반기는 사람 없는 그의 책들은 은밀히 헐값에 팔려나갔다. 나는 그의 시와 소설을 읽을 나이는 지났다고 생각하여 더이상 그의 작품을 읽지 않았지만, 케스트너만큼은 잊을 수가 없었다.

그런데 세월이 내 취향을 근본적으로 바꿔놓지 못했다는 사실이 몇 년 후 바르샤바 게토에서 우연히 밝혀졌다. 나는 필요한 물건이 있어서 아는 사람을 방문했다. 그의 집에 가니 생각지도 않게 독일 책들이 있었다. 그때 작고 얇은 책 한 권이 눈에 확 들어왔다. 1936년에 취리히에서 간행된 『에리히 케스트너 박사의 가정용 치유 시집』이었다. 나는 당장 맨 처음에 나오는 시를 읽었다. 시는 이렇게 시작되었다. "우리는 모두 같은 기차를 타고/시간을 뚫으며 달려갑니다." 시는 이렇게 끝났다. "우리는 모두 같은 기차를 타고 갑니다./그러나 많은 이들은 엉뚱한 칸에 앉아 있습니다."

그 책을 꼭 갖고 싶었다. 그럴 수만 있다면 당장에 사고 싶었으나 도저히 구입할 수 없었고 게토에 있는 고서점에도 없었다. 그래서 집주인에게, 당연히 시한부로 빌렸다. 이름은 테오필라이지만 토지아로 불린 소녀가 케스트너의 『가정용 치유 시집』을 필사해주었다. 토지아 이야기는 앞으로 여러 번 나올 것이다. 여하튼 토지아는 삽화까지 그려넣고 필사한 낱장들을 꼼꼼하게 묶었다. 이렇게 태어난 책을 나는 바르샤바 게토에서 내 스물한번째 생일인 1941년 6월 2일에 선물로 받았다. 일찍이 이렇게 예쁜 선물을 받은 적이 있었을까? 잘 모르겠다. 여하튼 그보다 더한 노력과 애정이 담긴 선물은 이후로도 받지 못했다.

토지아와 나는 어두운 밤 침침한 불빛 아래 앉아 그녀가 필사한 독일 시를 곰곰이 새기면서 천천히 읽었다. 근처에 있는 게토 입구에서 때때로 독일군의 총성 소리와 유대인들의 비명 소리가 들려왔다. 우리는 놀라 움찔하며 몸을 떨면서도 그날 밤 『가정용 치유 시집』을 읽어내려갔다. 이제 겨우 사랑을 알게 된 우리 두 사람은 조금 서글프면서도 아름다운 「담담한 연애」에 매혹되었다. "남들이 지팡이나 모자를 잃어버리듯" 8년이 지난 후 갑자기 사랑이 사라져버렸지만, 그 이유를 알 길 없는 연인들의 이야기였다. 토지아와 나는 우리 둘의 미래를 생각해보았다. 집단수용소에서라면 몰라도 우리에게 그런 건 없을 거라고 확신했다. "당신은 대포가 피어나는 나라를 아십니까?"와 "케스트너 씨, 긍정은 어디에 있나요?" 같은 황당한 물음으로 시작되는 시도 읽었다. 야심가의 성격을 묘사한 시를 읽고는 미소가 지어졌다("조상들은 원시림에서 나무를 탔다/그는 문화림의 원숭이였다"). "너무 깊이 침몰하지 마라/너희를 유혹하는 코코아도/마시지 마라"라는 경고에는 화들짝 놀랐다. 「도덕」이라는 제목의 두 줄짜리 시는 비참하게 생활하던 우리의 가슴을 파고들었다. "실천하지 않는 한/선의는 없다."

독일의 위대한 시문학에 케스트너의 실용시를 넣을 수 없다는 것은 물론 알고 있다. 그러나 지성적이고 당돌하며 무언가 감상적인 그의 시들은 당시 나를 엄습하여 내 마음을 움직이고 사로잡았다. 매일같이 일어나는 일들이 내 독서에 영향을 주지 않을 수 없었다. 바르샤바의 게토에서 날마다 죽음을 각오하며 궁핍하게 살았던 그때, 나는 장편소설은커녕 단편도 읽을 처지가 아니었다.

독일이 폴란드를 점령했던 5년 내내 나는 단 한 권의 장편소설도 읽지 못했다. 게토에서 예상외의 인기를 얻으며 손에서 손으로 전해진 프란츠 베르펠의 『무사 다그의 40일』도 읽지 않았다. 제1차 세계대전중에 자행된 아르메니아인 박해와 학살을 다룬 소설이었다. 이 책을 읽은 많은 유대인들은 아르메니아인들의 운명이 자신들의 상황과 비슷하다고 느꼈다.

그런 와중에도 시는 읽었다. 주로 괴테와 하이네의 시였다. 고달픈 일상에도 불구하고 그 시들은 여전히 흥미로웠다. 하지만 안 그래도 내가 좋아하지 않는 작가에 속하는 시인들의 작품은 참기 어려울 정도는 아니어도 낯설게 느껴졌다. 바로 사제 흉내를 내는 시인, 예언자, 속삭이는 시인, '성화의 파수꾼' 들이었다. 그건 다름 아닌 횔덜린이었고, 릴케도 그런 면이 있었으며, 슈테판 게오르게는 확실히 그랬다. 신탁과도 같은 그들의 시구는 내 심기를 건드렸고, 장엄한 음악과도 같은 그들의 시어는 있던 매력마저 손상시켰다. 하지만, 나중에 알게 되었듯이, 이 상황이 언제까지나 계속된 것은 아니었다.

케스트너를 단번에 릴케나 게오르게 혹은 횔덜린과 나란히 놓는 것은 근본적으로 불가능하다. 그러나 살다보면 때론 브루크너의 교향곡이 못 견디게 싫어지고 거슈윈의 음악에 정신없이 빠져드는 상황이 닥친다. 그 당시 나에겐 격식을 완전히 배제한 에리히 케스트너의 대도시 시의 유머와 회의가 예언자 시인들의 장엄한 시보다 훨씬 친숙하게 다가왔다.

바르샤바의 게토에 있을 때는 미처 생각하지 못한 일이지만, 내 마음이 그랬던 데에는 전혀 다른 배경도 한몫했다. 『가정용 치유 시집』은 바이마르공화국 문화의 정신과 분위기를 연상시켰다. 히틀러가 등장하기 몇 년 전 나는 어린 나이였음에도 바이마르공화국 문화에—자주 오용되는 말이지만 내 경우엔 딱 어울린다—매혹되고 거기에서 행복을 느꼈다. 그리고 공화국이 무너진 후에도 나는 얼마 동안 1920년대의 책과 음반과 잡지와 프로그램 책자 들을 손에서 놓지 못했다. 물론 내가 1941년에 케스트너의 시를 발견한 건 우연이었다. 그게 아니더라도 얼마든지 브레히트의 시나 투홀스키의 문예면 기사가 되었을 수 있고, 요제프 로트나 에곤 에르빈 키슈의 르포일 수도 있었으며, 알프레트 케어 혹은 알프레트 폴가의 서평, 『서푼짜리 오페라』나 『마하고니 시의 흥망』에 나오는 노래, 『푸른 천사』 속의 노래, 마를레네 디트리히와 로테 레냐 혹은 에른스트 부슈와 프리치 마사리와 리하트르타우버의 목소리였을지도 모르며, 조지 그로스의 그림이나 존 하트필드의 포토몽타주였을 수도 있다. 그 모든 것들이 어린 시절의 나를 만든 세계, 얼마 전까지 내 것이라고 느꼈던 세계, 내가 사랑했으나 쫓겨나고 추방당한 세계를 생생하게 보여주었다.

언젠가 케스트너를 만나리라는 생각을 나는 꿈에도 한 적이 없었다. 전쟁에서 살아남을 가능성이 희박하다는 것은 차치하고라도, 내가 케스트너를 만날 거라고 누가 예언했다면 그것은 빌헬름 부슈나 크리스티안 모르겐슈테른을 만나는 것만큼이나 터무니없다고 대답했을 것이다. 그러나 1957년 가을, 아직 폴란드에 살고 있던 나는 서독을 방문할 일이 있었다. 여행은 함부르크에서 시작되어 쾰른과 프랑크푸르트를 거쳐 뮌헨까지 이어졌다. 나는 곧장 케스트너의 전화번호를 알아내려고 했다. 쉽지 않았지만 마침내 번호를 손에 넣었다. 바르샤바에서 온 평론가라는 말을 듣고—당시 뮌헨에는 그런 방문객이 드물었다—케스트너는 나의 요청을 거절하지 않고 슈바빙의 레오폴트 카페에서 만나자고 했다.

1933년 직전처럼 케스트너는 다시 인기를 누리고 있었다. 그는 좋은 평가를 받았지만 아직도 과소평가되는 작가라고 나는 생각했다. 바로 얼마 전 뷔히너 상을 받은 그는 일곱 권짜리 전집을 준비하고 있었다. 케스트너는 위엄이 있다기보다는 무척 상냥한 사람이라는 인상이 들었다. 호리호리하고 세련되고 우아하고 매력적이었다. 58세라는 나이를 감안하면 엄청나게 젊어 보였다.

내 질문에 정중하게 대답하고 나서 케스트너는 내가 전쟁중에 어떻게 지냈는지 알고 싶어했다. 되도록 간단하게 바르샤바 게토 이야기를 들려준 나는 곧바로 그의 시를 화제에 올렸다. 그러면서 오래전에 손으로 베껴 적었다가 많이 훼손된 상태로 남아 있던 『가정용 치유 시집』을 보여주었다. 케스트너는 깜짝 놀라더니 말이 없어졌다. 다른 건 몰라도 바르샤바의 게토에서 자신의 시가 읽히고 게다가 중세에 문학작품을 필사하듯 그 시들을 손으로 베껴 적으리라고는 상상도 하지 못했다고 그는 말했다. 케스트너는 감동한 듯했다. 말쑥한 시인의 눈에 눈물이 고였던 것 같다.

케스트너를 다시 만난 건 1963년 가을이었다. 우리 두 사람은 시사주간지 『슈테른』이 제정한 '독일 단편소설 상'의 심사위원이었다. 심사는 프랑크푸르트 인근 크론베르크에 있는 슐로스 호텔에서 열렸다. 케스트너가 도착했을 때 나는 마침 호텔 프런트에 있었다. 그는 내게 친절하면서도 황급하게 인사를 건넨 뒤 곧장 몸을 돌려 위스키 더블을 주문했다. 그리고 초조하게 기다렸다. 주문한 위스키를 다 마신 뒤에야 그는 체크인 수속을 했다. 심사가 진행되는 동안 그는 말은 많이 하지 않고 그 대신 주의 깊게 심사 과정을 지켜보면서도 일정한 간격으로 계속 술을 마셨다.

내가 세번째이자 마지막으로 케스트너를 만난 건 1969년 1월 말이었다. 북독일 방송에서 케스트너의 70세 생일을 맞아 그와 TV 인터뷰를 해달라고 요청해왔다. 인터뷰 녹화는 쿠르퓌르스텐담의 요아힘스탈러 가와 카이저 빌헬름 기념교회 중간에 있는 맘페 레스토랑에서 진행되었다. 케스트너가 베를린에서 활동할 때 단골로 드나들고 기회 있을 때마다 자주 언급한 곳이었다. 당시 레스토랑은 전쟁 전의 모습이 그대로 남아 있었다. 케스트너는 시간에 맞춰 왔다. 여느 때처럼 세련되고 멋져 보였다. 60대로 여겨도 될 만큼 얼굴도 좋아 보였다. 그러나 사실 그의 상태는 암담하고 딱하기 그지없었다. 본격 인터뷰가 시작되기 전부터 그는 집중하기 힘들어했고 답변도 아무 뜻 없이 뒤죽박죽이었다. 내가 들은 것은 거의 판에 박힌 빤한 말뿐이었다. 충격적이었다. 곧 시작될 TV 인터뷰에 대해서는 케스트너보다 내가 더 걱정스러워했다.

나는 케스트너에게 내 질문에 대답할 말을 준비시키려고 했다. 하지만 그 간단한 질문들조차 어려웠던지 그는 자꾸만 아무 말도 생각이 안 날 것 같다고 했다. 어쩔 줄 모르며 참담한 상태를 다 드러낸 그가 딱해 보였다. 나는 그를 돕고 싶어서 가능하면 그의 사정을 봐주려고 했다. 북독일 방송국 사람들도 [illegible]게 안내했다. 모두 『에밀과 탐정들』을 읽어서 그랬나본데, 사실이었다. 여하튼 케스트너가 마이크에 대고 더듬거린 몇 마디 말은 그의 기억력이 거의 작동하지 않는다는 걸 알려주었다. 우리는 모든 걸 그대로 녹화하는 수밖에 없었다. 녹화 시간은 총 40분가량이었지만, 그중에서 방송에 나갈 만한 것은 겨우 2~3분 정도의 분량이었고 그마저도 초라하기 짝이 없었다. 녹화하는 내내 술을 마신 그는 진이 빠져 있었다. 그가 혀 꼬부라진 소리로 하는 말을 우리는 알아듣지 못했다. 녹화가 끝난 뒤 그는 몸을 일으키려고 안간힘을 썼다. 부축하지 않으면 안 될 상황이었다. 종업원들은 말없이 그런 케스트너를 지켜보았다. 우리는 그를 택시 타는 곳까지 배웅했다. 내가 작별 인사로 악수를 하자 그는 애써 웃어 보이려고 했다.

며칠 후 나는 케스트너가 보낸 편지를 받았다. 봉투 안에는 그가 최근에 쓴 「하객들에게」란 제목의 즉흥시 복사본이 들어 있었다. 시는 이렇게 끝을 맺었다. "눈물이 나도록 감동적이었습니다. 그래도 마음은 홀가분합니다./ 고맙습니다. 노력하겠습니다." 개인적인 말을 한마디 덧붙이고 싶었던지 시 밑에는 이렇게 적혀 있었다. "친애하는 전문가님, '맘페'는 좋은 레스토랑입니다. 그리고 우리는 매력적인 사람들입니다. 케스트너 드림."

1974년 7월 29일, 일간지 『프랑크푸르터 알게마이네』의 문학면을 담당하고 있던 나에게 조금 나이가 든 편집부 사환이 서독통신사DPA발 기사를 가져와 침울한 표정으로 책상 위에 놓으며 늘 이런 때 하던 말을 내뱉었다. "또 시체 한 구 있네요." 나는 급히 기사를 읽었다. 독일 시인 에리히 케스트너가 뮌헨의 한 병원에서 사망했다는 뉴스였다. 이럴 때면 언제나 그렇듯 나는 시계부터 봤다. 편집 마감 전까지는 추도사를 쓸 수 있겠다싶었다. 그렇지만 서둘러야 했다. 추도사를 쓰기 전에 1941년 바르샤바의 게토에서 케스트너의 시를 필사했던 여성에게 전화를 걸었다. "설마!" 그녀는 이 한마디 말만 하고는 조용해졌다. 기억이 맞는다면 그때 나는 눈가가 촉촉해졌다. 그녀도 다르지 않았을 것이다.

1998년 토지아와 나는 특별한 부탁을 받았다. 작가이자 출판인인 미하엘 크뤼거는 우리 두 사람이 케스트너의 시를 편찬하여 펴내기를 바랐다. 토지아는 시를 고르고 나는 후기를 쓰면 좋겠다고 했다. 우리는 기꺼이 그 부탁을 받아들였다. 시집에는 케스트너의 시구를 인용하여 "영혼을 위하여"라는 제목을 붙였다.

문자에 대한 경외감

베를린 쇠네베르크의 베르너 폰 지멘스 레알김나지움에 다니던 우리는 나치가 집권한 사실을 금방 눈치챘다. 그런데 그것을 알게 된 방식이 좀 특별했다. 1933년 2월 28일, 우리 3학년 학생들은 10시경 쉬는 시간에 평소처럼 '슐라크발*'이라고 하는 게임에 몰두해 있었다. 빵 봉지를 그럴듯하게 꼬아 만든 '공'으로 했으니까 정식 슐라크발과는 많이 달랐다. 운동장에 고학년 아이들이 몰려서서 불안하게 이야기를 나누고 있었지만 우리는 거의 알아차리지 못했다.

쉬는 시간이 끝나고 선생님 한 분이 교실 문 앞에서 우리를 강당으로 거칠게 몰아붙였을 때 비로소 무언가 심상치 않은 일이 일어났거나 곧 터질 거라는 걸 알았다. 침착한 교장 선생님은 전혀 흥분하지 않고 담담한 어조로, 간밤에 제국의사당에서 화재가 발생했는데 아직까지 불에 타고 있다는 소식을 그곳에 모인 학생들에게 명확하게 알려주었다. 내게는 새로울 게 없는 소식이었다. 새벽 5시인가 6시쯤 전화벨이 울리면서 온 식구가 잠에서 깨어났기 때문이다. 전에는 없던 일이었다. 변리사인 막스 외삼촌은 쾌활하

---

* Schlagball. 각각 12명이나 6명으로 구성된 두 팀이 공격과 수비로 나뉘어 진행하는 경기. 야구의 원조로 알려져 있다.

면서도 쉽게 흥분하는 사람이었다. 늘 새로운 뉴스가 없는지, 특히 히틀러와 나치와 관련된 것이 없는지 안달을 내던 그는 정신을 못 차릴 정도로 다급했다. 그는 우리에게 당장 충격적인 소식을 알리고 싶어했다. 그 소식이란 '제국의사당에 불이 났다'가 아니라 '나치가 제국의사당에 불을 질렀다'였다.

교장 선생님이 짧게 전하는 이야기 속에도 간접적이긴 하지만 똑같은 암시가 들어 있었다. "나치가 의사당에 불을 질렀다고 말하는 걸 금지하겠습니다." 많은 학생들이 솔깃해서 들었다. 가만히 있었으면 생각지도 못했을 일에 이 금지한다는 말이 학생들의 주의를 환기시켰다. 교장 선생님은 왜 그런 말을 했을까? 단순하고 우둔해서 그랬을까? 아니면 우리를 부추기고 싶었을까? 여하튼 그 이후로 교장 선생님의 모습이 잘 보이지 않더니 곧 그는 학교에서 자취를 감추었다. 정치적인 이유 때문이라고 했다. 이렇게 간단하게 끝나는 일이 가끔 있었다.

수업시간에도 새로운 집권 세력의 정신은 그렇게 빨리 느껴지지 않았다. 그러나 1933년 이전에는 없던 일들이 이따금 일어났다. 핸드볼을 하던 중 R이라는 아이는 L이 자신을 일부러 세게 밀었다고 생각했다. 둘 다 유능한 핸드볼 선수였지만 한 아이는 히틀러 소년단 단장이었고 다른 아이는 유대인이었다. 열을 내며 싸우다가 R이 L에게 악을 썼다. "이 더러운 유대인 새끼!" 1934년 당시 우리 학교에서는 그런 욕설을 거의 하지 않았기에 이 사건은 작은 소란으로 비화되었다.

담임 선생님인 라인홀트 크니크 박사가 이 일을 알게 되었다. 다음 수업시간에 선생님은 진지하고 엄숙하게 일장 훈시를 했다. 그의 목소리가 조금 떨렸던 것 같다. "기독교인으로서 나는 용납할 수 없다. 어떻게 그런 일이…… 우리의 구세주도 유대인이었다는 걸 한시도 잊지 말자……" 히틀러 소년단 단장인 R을 포함한 우리는 말없이 듣고 있었다. 그러나 R은 학교 바깥에서까지 침묵하지는 않았다. 며칠 후 크니크 선생님은 히틀러 소년단

지역 교육부(또는 비슷한 부서)로 소환된 후 곧 비밀경찰인 게슈타포에게 심문을 받았다. 선생님은 기독교인의 양심에 따라 행동했다고 말했지만 크게 도움이 되는 말은 아니었다. 그는 경고에 협박까지 받았다. 이 사건의 결과는 오래지 않아 나타났다. 선생님은 그해 말에 역시 베를린 쇠네베르크에 있는 호엔촐러른 김나지움으로 전근을 갔다.

1930년부터 1938년까지 만났던 선생님들 중에 크니크 박사님만큼 내가 큰 신세를 진 분도 없다. 선생님이 사람들 말대로 청소년 운동*을 했는지는 모르겠지만 그분에게는 항상 청년의 활기 같은 것이 있었다. 당시 선생님은 50대 초중반에 키가 크고 호리호리했으며, 벌써 많이 빠져버린 머리칼은 금발이었고 눈은 담청색이었다. 고학년 아이들 말에 의하면 예전에 선생님은 '금발의 몽상가'로 불렸다는데 정말 그랬다. 그분은 몽상가이자 도취자였고, 문학과 음악, 예술과 연극이 없는 삶은 무의미하다고 믿는 사람 중의 한 명이었다. 그는 젊은 날에 읽은 시에서 많은 영향을 받았다. 대표적인 것이 릴케와 슈테판 게오르게의 시였고, 그가 너그러운 마음으로 사랑한 게르하르트 하웁트만의 초기 시도 마찬가지였다. "한 번이라도 불꽃 주위를 걸은 자여/불꽃의 위성이 되어라!" 이 게오르게의 시구가 선생님 입에서 흘러나오면 경고가 아니라 열렬한 고백처럼 들렸다.

수학과 물리, 화학과 생물, 그리고 독일어까지 가르친 라인홀트 크니크 선생님은 다방면에 지식이 뛰어난 교육자였을 뿐만 아니라, 예술적 소양이 있는 분, 즉 예술가이자 연출가였고, 배우이자 음악가였다. 교과 과정에 있는 것이든 아니든 선생님은 문학작품을 즐겨 낭독했고 특히 유머가 깃든 작품을 많이 들려주었는데 우리는 그런 선생님의 낭독술에서 많은 것을 배웠다. 선생님은 빌헬름 부슈의 「발두인 벨람」이라는 시로 우리를 즐겁게 해주

---

* 20세기 초반에 베를린 시민층의 청소년이 주축이 되어 일으킨 운동으로, 낭만주의적 이상에 자극받아 산업화되는 도시와 학교생활에서 벗어나 산과 들을 다니며 심신을 다지고 견문과 체험을 쌓아 인간적인 성장을 꾀하고자 했다.

었고, 하웁트만의 『비버털 외투』 1막을 낭독했을 때는 반 전체가 웃음바다로 변했다. 덕분에 우리는 '자연주의'라는 개념이 무엇을 뜻하는지도 금방 이해했다. 그와 동시에 선생님은 이 작품으로 내 독서 습관에도 영향을 주었다. 『비버털 외투』에 감명받은 나는 당장 하웁트만의 희곡 대여섯 편을 읽었다. 어디 그뿐인가. 문학은 얼마든지 재미있어도 되고 또 재미있어야 한다는 것을 알게 되었고 훗날에도 나는 이 사실을 잊어버린 적이 없다.

크니크 선생님이 1920년대에 우리 학교 강당에서 연출했던 연극 공연은 내가 김나지움을 다니던 때에도 여전히 큰 화젯거리였다. 당시 공연 이야기를 들은 베를린의 극단 감독이자 연출가였던 빅토르 바르노프스키는 그중 한 편을 보고는 상당히 독창적이라고 여겨 아마추어 연출가인 크니크 선생님에게 당장 자신이 이끄는 레싱 극단에서 연극 한 편을 연출해보는 게 어떻겠냐고 제의했다(1923년인가 24년이었다). 처음엔 망설이던 선생님을 설득한 그는 대단한 연출가를 발견했다고 확신했다.

그러나 몇 번 연습을 한 후 크니크 선생님은 연출을 포기하고 계약 해지를 요구했다. 직업 배우들로는 자신이 생각한 연극을 올리기가 힘들다는 게 연습 때부터 드러났다면서 그 배우들이 너무 효과에만 치중한다고 했다. 그래서 앞으로도 학생들과 아마추어들만 데리고 작업하기로 했다는 것이다.

크니크 선생님의 연출 작품 중에서 내가 본 것은 한 편뿐이다. 1936년 내가 피히테 김나지움에 다닐 때 호엔촐러른 김나지움에 재직한 선생님은 셰익스피어의 『폭풍』을 그곳 무대에 올렸다. 프로스페로 역은 선생님이 직접 연기했다. 나는 깊은 인상을 받았지만 감동은 느끼지 못했다. 얼마 후 선생님을 방문한 자리에서 나는 세부적 사항이 아닌 다른 문제를 놓고 솔직하게 이견을 털어놓았다.

크니크 선생님은 원작을 대폭 수정했는데, 특히 프로스페로의 마지막 대사에 헤벨의 『니벨룽겐』 마지막 구절인 "십자가에서 돌아가신 이의 이름으로"를 삽입하여 끝맺었다. 셰익스피어 작품의 이 같은 기독교화는 양식의 충돌로 보였다. 여하튼 내 입장에서는 용납하기 어려웠다. 놀랍게도 선생님은 내 의견에 동의하면서도 자신의 생각을 덧붙였다. 독일에서 현재 일어나는 일을 생각하면 훌륭한 연극을 만드는 것만이 능사는 아니라고 했다. 오히려 어느 때보다 지금 이 시기에 중요한 이상을 연극을 통해 상기시키는 게 중요하기에 양식의 충돌을 감수했다는 것이었다.

나는 또 한 가지 이견을 말했다. 『폭풍』에는 두 세계가 대립하고 있다. 하나는 프로스페로와 그의 딸 미란다 그리고 바람의 정령 아리엘로 대표되는 섬세하고 우아하고 사색적이며 애수가 깃든 세계이고, 다른 하나는 괴물 노예 칼리반과 익살꾼 트린쿨로와 항상 술에 취해 있는 포도주 창고 관리인 스테파노가 중심이 되는, 일면 비천하고 일면 동물적인 대단히 조야한 세계다. 이 작품에서 내 흥미를 끈 것은 시적이고 지적인 세계인 반면, 이와 상반되는 투박하고 원시적인 세계는 참기 어려웠고 비위가 상했다. 그런데 크니크 선생님의 연출은 아쉽게도 단순하고 저급한 요소들을 지나치게 강조하는 방식으로 두 세계의 균형을 이루었는데, 이것이 『폭풍』에는 득이 아닌 실이 되고 말았다.

선생님은 조금도 불쾌하게 여기지 않고 내 이야기를 모두 주의 깊게 들었다. 그리고 너무 주제넘은 열대여섯 살짜리 제자에게 이렇게 말했다. "그래, 무슨 말인지 잘 알겠다. 그런데 너는 현실을 잘못 알고 있어. 인간 사회는 프로스페로처럼 방대한 도서관을 가진 정신의 대표자들로만 구성되어 있지 않아. 거기에는 비록 마음에 들진 않아도 칼리반 같은 존재도 있지. 그건 동전의 양면과 같은 것이고 둘 다 중요해. 한 면만 보고 다른 면을 못 보는 일이 없도록 조심해야 해. 특히 지금과 같은 때에는. 내 생각에 너는 지적인 것을 무척 좋아하는 것 같다. 그걸 가지고 뭐라고 할 수는 없다만 그런 애착에도 정도가 있는 거야. 나머지 것들을 못 보는 일이 없도록 조심하고." 이후에도 나는 『폭풍』을 자주 보았다. 그중에서 1960년 함부르크에서 그륀트겐스가 프로스페로 역으로 나온 공연이 최고의 연출이지 않았나 생각한다.

하지만 그뿐이었다. 존경심은 들었지만 마음이 끌리지는 않았다. 세계적으로 유명한 작품 중에는 경의를 표할 수는 있어도 좋아하기 힘든 작품이 있다는 것을 인정해야 한다.

그후에도 나는 슈테글리츠에 있는 크니크 선생님 집을 여러 번 방문했다. 언제나 오후 5시에 찾아뵈었는데 그때마다 사모님은 오후 6시가 되면 방문을 똑똑 두드리며 내가 집에 돌아가야 한다는 신호를 보냈다. 주어진 시간을 유용하게 쓰려고 나는 매번 철저하게 준비를 해 갔다. 수많은 이름과 작품 제목을 종이에 적어 가서 선생님에게 내가 읽은 책에 대해 이야기하면 선생님은 내 인상과 판단에 동의하거나 그것을 수정해주었다. 왜 선생님은 내게 그토록 크게 마음을 써주었을까? 문학에 대한 내 질문에 대답하는 것이 즐거워서였을까? 거기에는 또다른 이유가 있었을 것이다. 선생님이 나를 그렇게 받아준 것은 '제3제국'이나 유대인 박해와 관련이 있었다고 생각된다.

전쟁중에도 나는 자주 크니크 선생님을 생각했고 선생님의 조언과 경고를 떠올렸다. 1946년 초, 전쟁 후 처음으로 다시 베를린에 갔을 때 나는 당장 슈테글리츠로 달려갔다. 당연히 선생님은 내가 어떻게 살아남았는지, 우리 가족은 어떻게 지냈는지를 물었다. 선생님은 내 간략한 답변을 말없이 듣기만 했고 나치가 당신과 당신 가족에게 무슨 짓을 했는지는 말하려고 하지 않았다. 전쟁이 끝난 후 선생님은 김나지움 교장으로 승진해 있었다.

선생님은 지나가는 말로 이제는 방문객이 많아졌다고 했다. 대개 미군이나 영국 군인들이 찾아오는데 과거에 가르쳤던 유대인 제자라는 것이다. 그들은 모두 선생님에게 고맙다는 말을 자주 하지만 선생님 자신은 무엇이 고마운지 모르겠다고 했다. 나는 알 것 같았다. 그러나 여기에서는 나에게 해당되는 이유만 말해야겠다. 라인홀트 크니크 선생님은 그때까지 내가 문학에서만 알고 있던 것, 즉 독일 고전주의의 이상 혹은 독일의 이상주의를 대변하고 구현한 내 인생 최초의 인물이었다.

'제3제국'의 현실은 누가 봐도 독일 고전주의의 관념과 세계관과 사상을 잔인하고 야만적으로 짓밟고 부정했다. 공산주의자를 제외한다면, 이 사실을 유대인만큼 재빠르고 뼈아프게 느낀 사람들도 없다. 유대인들은 끊임없이 중상모략을 당하고 차별받았다. 새로운 지시와 명령이 내려지지 않은 날이, 다시 말해 갖가지 새로운 횡포와 굴욕 없이 지나간 날이 한 주도 없었다. 아니 단 하루도 없었다. 유대인들은 독일 민족으로부터—당시에는 주로 '민족 공동체'라는 말을 썼다—고의적으로 배척당했다.

나치가 집권하고 처음 몇 년 동안, 굴욕과 박해를 당한 적잖은 사람들이 유대교에서 보호와 피난처를 찾았다. 전에는 관심도 갖지 않고 매몰차게 등까지 돌렸던 것들에서 이제는 새로운 의미를 발견한 것이다. 그래서 회당에서 예배가 열리면 전과는 비교할 수 없이 많은 사람들이 몰려들었다. 당연히 거기에는 유대교 신자가 아닌 이들도 있었다. 유대인 조직에도 많은 사람들이 쇄도했는데 특히 10대 청소년 같은 젊은 세대가 그러했다. 나 역시 그랬을까?

지방 출신의 랍비였던 외할아버지는 그 당시 우리와 함께 살고 있었다. 이미 여든을 넘긴 나이라 쇠약하고 앞을 보지 못했다. 나의 일과 중 하나는 매일 할아버지에게 약 15분씩 말동무가 되어드리는 것이었다. 할아버지는 유식했던 조상들에 관한 갖가지 이야기와 일화를 들려주셨다. 내게 유익하거나 특별히 흥미로운 이야기는 아니었다. 할아버지가 자주 같은 말을 반복하고 주위에서 일어나는 일들을 전혀 알지 못했기에 더욱 그랬다.

그러던 어느 날 할아버지는 앞으로 무엇이 될 생각이냐는 물음으로 나를 당황하게 만들었다. 나는 아직 모르겠다고 사실대로 대답했다. 그러자 할아버지는 뜻밖의 조언을 해주었다. 나와 이야기를 해보니 내가 랍비라는 직업에 꼭 어울리겠다는 확신이 들었다면서, 가문의 전통에 따라 반드시 이 직업을 택하라고 하셨다. 내가 그럴 마음이 없다고 하자 할아버지는 랍비가 되면 빈둥거리며 지낼 수 있다는 말로 나를 유혹했다. 여기에서도 보듯이 할아버지는 유머 감각이 전혀 없지 않은 현실적인 사람이었다. 그러나 랍비는 우선 선생으로 활동해야 했으므로 할아버지가 나에 대해 내린 판단이 결코 잘못되지는 않았다고 본다. 몇 번의 고민 끝에 내가 택한 평론가라는 직업에서도 교육적인 측면이 두드러지고, 또 당연히 그래야 하니 말이다.

외할아버지의 생계는 그 아들들이 책임졌다. 인색한 사람들이 아니었기에 그들이 보내주는 돈은 우리가 (물론 빠듯하게) 생활하기에 충분했다. 김나지움을 다니는 동안 나는 한 번도 새 외투를 사 입은 적이 없다. 아비투어를 끝낼 때까지 형의 외투를 물려 입어야 했지만 그 때문에 속상해하거나 투정을 부리지는 않았다. 동급생 아이들이 나보다 더 잘 입고 다녀도 주눅 들지 않았다. 한번은 누나가 아는 사람에게 이끌려 카지노에 가서 50마르크인가 100마르크를 딴 뒤 내게 멋진 재킷(베를린 사람들은 '자코'라고 불렀다)을 선물한 적이 있었는데, 지금까지 내가 잊지 못하는 일대 사건이었다.

우리의 생계를 책임져야 마땅했던 아버지는 내가 학교에 다니던 당시 50대 초중반에 불과했다. 하지만 그때부터 아버지는 벌써 삶에 지치고 체념한 사람의 인상을 풍겼다. 베를린에서 일자리를 찾아 기반을 잡으려는 아버지의 노력은 모두 수포로 돌아갔다. 학교에서 아버지의 직업을 물어볼 때면 나는 대부분 번듯한 학자를 아버지로 둔 동급생들이 부러웠다. 반 아이들은 아버지가 '화학자'나 '변호사'나 '건축가'라고 했고, 더 대단한 경우에는 '사장'이라는 아이도 있었다. 그러나 아직 어렸던 나는 어쩔 줄 모르며 당황한 채 아무 말도 하지 못하다가 결국 기어들어가는 목소리로 '상인'이라고 대답했다. 선생님은 그것만으로는 충분하지 않은지 더 자세하게 알려고 했지만 나도 그 이상은 대답할 말이 없었다.

아버지는 회당에 정기적으로 나가셨다. 예전에 폴란드에서 살 때보다 더 자주 나갔는데 아마 베를린 생활이 단절되고 외로워서 그랬을 것이다. 아버지는 당시 열한 살인가 열두 살이던 나도 함께 가기를 바랐다. 나는 예배시간 내내 지루하게 있었다. 히브리어로 진행되는 기도에서 '이스라엘'이라는 말을 빼고는 단 한마디도 알아듣지 못했다. 그래서 나는 독일어로 번역된 그 기도문을 읽어보았다. 그랬더니 "우리의 주님을 찬양하나이다"라는 단 한 문장이 계속 반복되거나 변형되는 것만 같아 짜증이 났다. 다 큰 어른들이 단조롭고 지루한 문구를 중얼거리면서 그것을 신과의 개인적인 대화로까지 여긴다는 게 이해가 되지 않았다. 그렇게 몇 번 아버지와 함께 회당에 나간 뒤 나는 더이상 나가지 않겠다고 퉁명스럽게 말했다. 물론 예배가 재미없고 끔찍하게 졸리기만 하다는 단순한 이유를 대며 소란 피우지 않고 넘겼다. 아버지는 유약하고 사람 좋은 성격 그대로 나의 말에 반대하지 않았다. 나는 아버지와 싸움은커녕 격렬한 언쟁도 한 적이 없다.

나중에 우리가 바르샤바의 게토에서 살 때도 마음씨 좋고 선한 아버지는 변함없이 실패자였다. 아버지를 돕고 싶었던 나는 게토의 행정부서인 '유대회'에서 임시 사무직원이 필요하다는 말을 듣고 직업이 없는 아버지를 그 보조직에 들여보내려고 애를 썼다. 물론 게토에는 내가 겪은 것보다 더 심한 일도 있었지만, 당시 20세이던 내가 60세인 아버지에게 보잘것없는 일자리를 마련해주려고 동분서주해야 한다는 게 괴롭고 동료들 보기에도 창피했다. 그런데도 나의 노력은 성과 없이 끝났다. 아버지와 나는 전통적인 부자 갈등도 겪지 않았다. 아버지를 증오한 적이 없고 죄송하지만 존경한 적도 없이 그저 매번 연민으로만 대했으니 어떻게 그런 갈등이 생겨나겠는가.

옛날부터 전해 내려오는 관습에 따라 유대인 사내아이는 13세가 되면 성대한 의식을 치르며 신자들의 공동체에 들어간다. 바르 미즈바라고 하는 이 의식은 개신교의 첫 성찬식에 해당한다. 나도 이 의식을 치렀다. 당시 내가 유대교와 인연을 맺지 않으려고 했으면서도 왜 거기에 저항하지 않았는지 지금은 생각나지 않는다. 모든 유대 학생들이 두말없이 따랐기 때문일 수도 있고, 어쩌면 한 번쯤 사람들의 시선을 받으며 선물을 챙길 기회를 놓치기 싫어서 그랬는지도 모른다. 또 뤼초 광장에 있던 (지금은 사라진 지 오래인) 회당에서 열린 그 의식이 왜 1년 늦게 치러졌는지도 잘 모르겠다.

유대 격언에 의하면 유대인은 신과 함께 살거나 신에 저항하며 살 수는 있어도 신 없이는 살 수 없다. 분명하게 말해두자. 나는 한 번도 신과 함께 살거나 신에 저항하며 산 적이 없다. 평생을 살아오면서 단 한순간도 신을 믿었던 기억조차 내겐 없다. "그대를 존경하라고? 왜?" 괴테의 시에서 프로메테우스가 던진 이 도전적인 물음은 나하고는 전혀 무관한 남의 일이었다. 학창 시절 나는 이따금 '신'이라는 말의 뜻을 이해하려고 노력해보았지만 소용이 없었다. 그러던 어느 날 리히텐베르크의 경구를 발견하고 나는 무릎을 쳤다. 신이 인간을 자신의 형상대로 만들었다는 말은 사실은 인간이 신을 자신의 형상대로 만들었다는 의미라는 짤막한 문장이었다.

그로부터 많은 세월이 흐른 후 나는 독실한 기독교 신자인 한 친구에게 신은 실재하는 존재가 아니라 별달리 성공적으로 묘사되지 못한 문학 속의 인물이며, 오디세우스나 리어 왕과 비슷한 사람이라고 말했다. 그러자 친구는 단박에 오디세우스나 리어 왕보다 더 확실한 실체는 없다고 응수했다. 나는 조금도 납득되지 않았으나 그의 외교적인 답변은 무척 마음에 들었다. 리히텐베르크가 인상적으로 표현한 깨달음 덕분에 나는 홀가분하게 신 없이 살 수 있었다.

내가 유대교에서 가장 비판하고 싶은 대목은 『파우스트』에 나오는 다음의 구절로 대변된다.

법률과 권리는 계승되지.
영원한 질병처럼
한 세대에서 다음 세대로 이어지고
한 곳에서 다른 곳으로 슬그머니 옮겨간다네.
조리는 부조리가 되고 선행은 고통으로 변하지.

유대교에서 내가 견딜 수 없는 것은, 유사 이래로 지금까지 존재하고 있으나 이미 오래전에 의미를 상실해버린 수많은 계명과 규율을 폐기하거나 최소한 개혁할 의지도 능력도 없다는 점, 바로 그것이었다. 10계명에서는 이렇게 말한다. "너는 엿새 동안 일하면서 네 할 일을 다 하여라. 그러나 이렛날은 주 너의 하느님을 위한 안식일이다. 그날 너는 어떤 일도 해서는 안 되며……" 이 계명을 지킨 결과가 어땠는지는 이미 어렸을 때 경험했다. 그때 우리 반에는 독실한 유대 집안 아이가 둘 있었다. 그애들은 토요일 수업에는 참석했다. 안식일을 거룩하게 지키라는 규율에 따라 유대인이 한 주의 제7일에 학문에 정진하는 건 허용될 뿐 아니라 권장까지 할 정도였다. 그러나 글을 쓰는 것은 일로 간주되었기에 두 아이는 쓰기를 면제받았다.

아니 도대체 글을 안 쓰고 어떻게 공부를 하고 학문을 한단 말인가? 나한테 이 문제를 설명해준 사람은 아무도 없었다. 게다가 계명을 착실히 지키는 유대인은 안식일에 종류를 불문하고 어떤 물건이든 가지고 다닐 수 없었다. 그 두 아이 역시 토요일에 공책도 교과서도 가져오지 못했고, 하다못해 동전이나 열쇠 꾸러미까지 주머니에 들어 있으면 안 되었다. 학교에서 아주 가까운 곳에 살지 않는 학생들은 전차나 자전거로 통학을 했다. 그런데 안식일에는 무엇이 되었든 바퀴 달린 것을 타면 안 되었으니 믿음 깊은 유대교 아이는 그것마저도 이용하지 못했다. 나는 이런 규정들에 화가 치밀었지만, 가장 분개한 것은 안식일에 글을 쓰지 말라는 규율이었다. 확실하게 말하거니와, 아주 어릴 적부터 나는 이 따위 계명을 엄격하게 지켰던 사람들의 정신 상태를 의심하지 않을 수 없었다.

어렸을 때 내가 이상하게 생각한 유대교 계명이 또하나 있다. 모든 계율을 당연히 지켰던 외할아버지는 토요일이면 나를 방으로 불러 말씀하셨다. "방이 어둡구나." 그러곤 아무 말씀도 없었다. 부모님 설명에 의하면 신실한 유대인은 안식일에 불을 지펴서는 안 되는데 전기 스위치를 켜는 것도 여기에 해당된다고 했다. 할아버지가 내게 불을 켜달라고 하지 못하는 이유는 그것이 죄를 짓도록 부추기는 것과 똑같기 때문이며, 그래서 방이 어둡다는 말만 하고 그치는 것이라고 했다. 내가 할아버지의 말씀이 사실은 나에게 그 죄라고 하는 것을 지으라고 권하는 것이니 그게 바로 위선이 아니면 뭐냐고 따지자, 부모님은 그냥 못 본 체 넘어가라고 말씀하셨다. 아니 천만에, 나는 그 계율들이 까마득한 옛날에는 의미가 있었을지 모르지만 그것을 아직까지 지켜야 한다는 걸 절대로 못 본 체 넘길 수 없었다. 나는 괴테의 말을 믿었다. "조리는 부조리가 되고 선행은 고통으로 변하지."

물론 나도 잊지 않고 기억한다. 유대인들은 성이나 궁전을 짓지 않았고, 탑과 으리으리한 회당도 세우지 않았으며, 왕국도 건설하지 않았다. 그들은 오로지 말씀들을 모아 하나로 엮었다. 지구상에 유대교만큼 말과 글자를 경외하는 종교도 없다. 내가 뤼초 광장에 있던 회당에서 조금 겁먹은 듯, 그러나 잔뜩 기대에 부풀어 토라 두루마리가 보관된 성궤 옆에 서 있던 때가 벌써 60년이 넘었다. 하지만 기도를 선도하는 사람이 토라를 조심스럽게 꺼내 모세 5경이 적힌 양피지 두루마리를 회중 앞에서 높이 쳐들던 순간은 아직도 잊지 못한다. 신자들은 경외감에 몸이 굳어 그 책 앞에 머리를 조아렸다. 감동에 사로잡힌 나는 숨을 죽였다. 훗날 이 순간을 떠올릴 때마다 나는 그때 그 장면이 아직 나이 어렸던 나에게 깊은 인상을 남기고 영원히 기억 속에 각인되었다는 건 정말 다행한 일이며, 더구나 문학을 업으로 삼는 사람은 그런 일에 평생 무심할 수 없다는 생각이 들었다.

그런 감동에도 불구하고 나는 1934년 6월 말을 마지막으로 예배에 참석하지 않았다. 아니, 1990년 6월 말 프라하의 옛 회당에서도 관광객으로 참석한 적이 있으니 그때가 마지막은 아니었다. 여하튼 내가 젊은 날에 유대교에 대해 배울 수 있었던 데에는 역설적이게도 제3제국 시절 프로이센의 김나지움 공이 가장 컸다.

베를린의 학교에서 유대교 수업을 언제까지 실시했는지 지금은 기억나지 않지만, 1936년까지는 분명히 수업을 들었고 1937년에도 실시되지 않았나 생각된다. 서베를린에서 유명했던 랍비들 중 한 사람이 1주일에 두 번 학교로 찾아왔다. 그는 교무실에 들어갈 수가 없어서 당시 학교를 다니던 우리 유대 학생 몇 명을 위해 마련된 교실에서 정상적으로 유대교 수업을 진행했다.

그 종교 선생님들 중 한 명을 지금도 정확히 기억하고 있다. 대단히 세련된 막스 누스바움 선생님은 26세로 무척 젊었지만 3년 전에 이미 박사학위를 받은 분이었으며 설교사로 인기가 많고 재기발랄했다. 1940년 미국으로 이주한 뒤에는 할리우드에서 랍비로 활동하며 북미에서 영향력 있는 인물로 떠올랐다. 여러 출판물에서는 선생님이 유명 배우 메릴린 먼로, 엘리자베스 테일러, 새미 데이비스 주니어 세 사람을 유대교로 개종시킨 것을 두고 그의 커다란 업적으로 평가하고 있다.

내가 바르 미즈바 의식을 치른 날 저녁, 우리집에서는 관습대로 온 가족이 모여 저녁식사를 했다. 초대된 사람은 열다섯 명 정도였다. 그런데 실망이 이만저만이 아니었다. 나는 전혀 주인공 대접을 받지 못했을뿐더러 누구 한 사람 나에게 신경써주지 않았다. 식탁에서는 꽤나 열띤 대화가 오갔지만, 그 내용은 분위기와 어울리지 않는 전혀 다른 주제였다. 제국 라디오에서는 나치 돌격대장 에른스트 룀이 주동이 되어 아돌프 히틀러에 대한 쿠데타를 일으켰으나 나치 친위대와 게슈타포와 히틀러에 의해 유혈 진압되었다는 뉴스가 나왔다. 몇 명이 처형되었는지는 아직 알 수 없었고 '룀 쿠데타'라는 말도 생소했다.

유대인들은 많은 수가 이미 1933년에 독일을 떠났다. 사회민주주의자와 공산주의자는 물론이고 바이마르공화국 체제에서 나치에 반대하여 특히 위협을 느꼈던 숱한 작가들과 언론인들은 제국의사당에서 화재가 발생한 후 몇 주, 아니 며칠 만에 벌써 독일을 탈출했다. 그 밖의 사람들은 미리 출국을 준비해놓은 덕분에 갖고 있던 물건을 조금이라도 챙겨 갈 수 있었다.

유대인들 사이에서는 당장 의견이 둘로 갈렸다. 한쪽에서는 지금까지의 사태를 보면 이 나라에서는 더이상 희망이 없으니 헛된 꿈을 꾸지 말고 되도록 빠른 시일 내에 독일을 떠나자고 주장했다. 반면에 다른 쪽에서는 상황이 보기보다 그리 심각하지 않으니 너무 흥분하지 말고 기다리며 버티자고 했다. 그런가 하면 유대인 사냥은 원래 동유럽 유대인을 겨냥한 것이지 수백 년 전부터 독일에서 살고 있는 유대인이 목표는 아니라는 말로 위안을 삼으려는 사람도 적지 않았다. 특히 제1차 세계대전 때 참전하여 훈장까지 받은 이들은 자신은 무사할 거라고 믿었다. 그런데 유대인들을 진심으로 위로한 사람은 비유대인 친구들과 지인들이었다. 그들은 나치처럼 비인간적인 정권은 독일에서 오래가지 못하며 2년, 늦어도 3년만 있으면 이 난리는 끝날 테니 집을 정리하고 철수하는 건 쓸데없는 일이라고 했다.

그날 집에서 성대하게 저녁을 먹을 때는 두 가지 의견이 나왔다. 자리를 함께한 이들은 뉴스가 전해준 사건의 야만성과 무법성에 경악하면서도 그것을 결코 비관적으로만 해석하지 않았다. 다시 말해 그 사건은 정권의 잔인함만이 아니라 무력함의 표시라는 것이었다. 온갖 차별에도 불구하고 독일에 남는 게 옳으며 또 가능하다고 여긴 사람들, 곧 '제3제국' 현장에서 살아남을 수 있으리라고 생각한 사람들은 히틀러가 내부 반대파에 자행한 야만적인 숙청이 바로 그런 낙관주의의 증거라고 믿었다.

지금에 와서 생각해보면, 나치의 조직적인 박해나 1935년 9월에 통과된 뉘른베르크 법* 같은 언어도단의 처사에도 불구하고 독일을 떠난 유대인 수가 갈수록 증가하지 않았다는 게 조금 신기하다. 1933년에 약 3만 7000명이던 유대인 이민자 수는 1934년부터 1937년까지 매해 2만 명 내지 2만 5000명에 불과했다. 그 몇 년간 유대인의 대다수가 이주하지 않은 이유는 간단하다. 독일에 대한 믿음 때문이었다. 1938년 11월 '수정의 밤'**이라 불리는

* 아돌프 히틀러가 고안하고 뉘른베르크 전당대회에서 승인한 두 가지 법안. '제국시민법'은 유대인의 독일시민권을 박탈하고 그들을 '국가의 종속물'로 명명했으며, '독일 혈통 및 명예 보존법'은 유대인과 독일시민 또는 독일계 혈통 간의 결혼과 성관계를 금지했다.

** 파리 주재 독일 대사관의 3등 서기관이었던 에른스트 폼 라트가 헤르셸 그린슈판이라는 17세의 독일계 유대인 청년에게 암살된 데 대한 보복으로 독일 각지의 유대인 상점을 약

유대인 대학살의 밤을 겪고 나서야 그 믿음은 흔들렸지만, 그렇다고 독일에서 살던 모든 유대인들이 생각을 바꾼 것은 아니었다.

나의 부모님은 돈도 인맥도 없었고, 열정적이거나 유능하지도 못했다. 또 외국으로 이주한다는 생각은 단 한 번도 하지 못했다. 나보다 아홉 살 많은 형은 조용하고 내성적인 사람이었다. 폴란드에서 아비투어를 치르고 베를린 대학에서 치의학을 전공했는데, 국적이 폴란드였기 때문에 '제3제국' 치하에서도 대학 공부를 중단하지 않고 마칠 수 있었다. 형은 1935년에 19쪽밖에 안 되는 논문으로 '줌마 쿰 라우데'라는 최우수 성적을 받고 박사학위를 취득했다.

그럼 나는 어땠을까? 그때까지 다반사로 볼 수 있었던 유대인과 비유대인 학생들 간의 사적인 만남이나 우정은 1934년과 1935년에 이르러 서서히 중단되었다. 우리는 학교 축제나 소풍이나 스포츠 경기에서 배제되었다. 몇 남지 않은 유대인 학생들은 각자 나름의 방식으로 이 같은 차별대우를 보상받거나 극복하려고 노력했다. 그렇지 않아도 외로움을 느끼던 내가 친구 사귈 기회를 엿보다가 시온주의 청년 조직인 독일의 유대인 소년단에서 마음 붙일 데를 찾았다고 믿은 것도 그 때문이었을 것이다. 물론 나의 오해였음이 밝혀졌지만 애석하지는 않았다.

'여행'이라고 부른 정기 소풍은 때론 며칠씩 걸렸다. 그 유대인 소년단에서는 종교적 관습을 따지지 않았기에 방학중에는 토요일에도 여행을 떠났다. 잠은 헛간이나 텐트에서 잤다. 그때 가본 마르크 브란덴부르크를 나는 지금도 좋아한다.

여행을 하면서 우리는 노래도 불렀지만 유대인의 방랑가는 아니었다. 그런 것은 있지도 않았다. 우리는 〈고결한 기사 오이겐 공〉〈베레모 깃털을 휘

탈, 파괴, 방화한 사건. 밤사이 수많은 유리창이 깨져 어둠 속에서 밝게 빛났다고 하여 '수정의 밤'이라고 불린다.

날리며〉〈괴르크 폰 프룬츠베르크를 따라〉〈프룬츠베르크를 따라 깃발에 맹세했지〉 등을 불렀다. 작사가가 발터 플렉스*인지도 모르고 〈밤하늘을 나는 기러기떼〉를 불렀는가 하면, 뵈리에스 폰 뮌히하우젠이 나치 추종자, 나아가 나치 숭배자가 되었다는 사실에도 개의치 않고 그가 지은 〈베른바르트 탑에서 울려대는 종소리〉와 〈그들은 계곡 너머에 텐트를 쳤네〉를 좋아했다. 간단히 말해 우리는 반더포겔**에서 부른 노래와 히틀러 소년단에서 부른 노래들을 알게 모르게 불러댔다. 〈그들은 계곡 너머에 텐트를 쳤네〉는 룀 반란 사건 이후 금지되었는데, 아마 동성애적인 분위기 때문이었을 것이다. 이렇듯 나는 뜻밖의 기회를 통해 이 분야의 독일 전통과 접했다.

유대인 소년단에서 함께 밤을 보내는 동안 나는 전혀 다른 문제들에 관심을 기울이게 되었다. 특히 어느 독창적인 지식인이 내 시선을 끌면서 나는 곧장 그의 책과 일기를 읽어보았다. 지금도 나는 이데올로기나 정치적인 문제와는 별개로 이 사람을 매우 좋아한다. 그는 오스트리아에서 태어난 유대인으로서 소설 한 편을 통해 세계 변화에 이바지하는 전대미문의 일을 해낸 테오도어 헤르츨이다.

젊은 시절 헤르츨은 비록 남달리 총명하긴 했지만 빈의 전형적인 카페 문인이었고 뛰어난 문예면 기자에 불과했다. 부르크테아터에서 공연된 그의 희극작품도 평범한 수준이었다. 유대주의에는 별로 관심이 없었으며 유대교와는 전혀 인연을 맺지 않았다. 그러다가 1894년에 파리에서 열린 드레퓌스 재판을 취재, 보도하면서 그의 삶은 일대 전환을 맞았다. 헤르츨은 국가 없는 민족의 정치 지도자가 되었고, 그가 예언한 이상향은 훗날 현실이 되었다. 문인이었던 그가 이스라엘 국가 수립의 비전을 위해 택한 형식은 소설이었다. 소설은 1902년에 『오래된 새로운 나라』라는 제목으로 출간

---

* 민족주의와 낭만적 이상향을 노래한 독일의 서정시인(1887~1917). 나치는 그의 작품이 아리안족의 이상화에 알맞다고 여겨 적극 권장했다.

** 청소년 도보여행 운동.

되었다.

유대인들의 새로운 나라라니, 거의 역설처럼 들린다. 이 소설은 독일문학 작품의 하나로서 예술적으로는 평범하지만 대단한 파장을 일으켰다. 당시 나는 이 사실을 알지 못했고 예견도 하지 못했다. 내가 감명을 받은 부분은 문인 헤르츨의 뛰어난 상상력이었고, 독일 문화에 동화되어 독일어를 구사하는 유대인의 남다른 대담함과 대단한 조직력이었다.

그러나 마르크 브란덴부르크도, 반더포겔의 방랑가도, 테오도어 헤르츨이나 이스라엘 국가의 비전도 내게 유대인 소년단을 고향처럼 느끼게 해주지는 못했다. 그곳에서는 나의 크나큰 열정인 문학이 불필요한 듯 보였다. 그래도 나를 열광시키고 뒤흔들면서 내가 있을 곳은 이 조직이 아닐까 고민했던 밤이 아주 없었던 것은 아니다.

어느 날 밤, 이제 겨우 스물을 넘긴 인솔자 한 명이 천장에 달린 불을 끄고 벽 한쪽에 있던 교탁을 가운데로 밀어놓더니 옆방으로 들어갔다. 우리는 무슨 일인지 궁금했다. 몇 분 후 그는 우리가 말없이 기다리고 있는 어두컴컴한 방으로 천천히 엄숙하게 들어왔다. 제1차 세계대전 때 군인들이 입던 긴 외투를 입은 그는 한 손에 손전등을, 다른 손에는 얇은 책을 들고 있었다. 녹색 바탕에 하얀 꽃무늬로 장식한 인젤 출판사 책이었다. 젊은 인솔자는 책을 읽기 시작했다. "달린다, 달린다, 달린다. 낮을 달리고, 밤을 달리고, 낮을 달린다. 달린다, 달린다, 달린다. 용기는 지쳤으되 열망은 커지는구나."

그 책, 『기수 크리스토프 릴케의 사랑과 죽음의 노래』를 당시 나는 알지 못했다. 내가 금방 그 시에 매혹되다시피 한 데에는 분장한 아마추어가 릴케의 젊은 날 작품을 어둑한 방에서 낭독했던 연극적 분위기가 한몫 거들었던 것 같다. "평범한 식사가 축제로 변했지. 어떻게 그리됐는지는 아무도 몰라." 내게 이 구절은 여전히 매력을 잃지 않았다. 리듬의 마력도 퇴색하지 않았다. "서로 만나고, 서로 선택하고, 다시 헤어지고, 다시 만나네." 마지막 한 줄은 아직도 귓가에 맴돈다. "거기서 그는 울고 있는 어느 노부인을 보았네."

나도 모르지 않는다. 이 시는 릴케의 대표작에 들지 않으며, 성공적이었던 만큼이나 논란의 여지가 있고, 유명세 못지않게 악평에도 시달렸다. 달짝지근함과 감상, 멋을 부리고 잘난 체하는 면도 엿보인다. 릴케의 젊은 날 작품을 비웃기는 쉽다. 내가 『기수』에 대해 혹평을 쓰려고만 한다면 그건 절대로 어렵지 않다.

그럼에도 내가 이 산문시를 여전히 좋아한다는 걸 부끄러워하지 않고 고백하겠다. 『돈 카를로스』에서 포사 후작은 자신의 친구인 왕자에게 전해달라며 왕비에게 이렇게 말한다.

어른이 되어도
젊은 날의 꿈들을 소중히 간직하기를,
속세의 지혜가 천상의 따님인
열정을 모독해도
미혹되지 말기를.

젊은 날의 꿈 중에는 때마침 찾아와 우리를 압도하고 영원히 잊지 못할 기억으로 남아 있는 문학작품들이 있다. 사춘기를 겪거나 막 지나온 사람이라면 『기수』의 과장과 들뜨고 흥분한 어조에 특히 공감할 것이다. 우리는 살면서 어느 문학작품에 쏟아진 온갖 혹평을 읽기도 하고, 때론 그런 비평을 직접 쓰면서도 그 작품을 향한 애정을 거두지 않는 경우가 있다. 『기수』도 그런 작품의 하나다. 그건 젊은 날의 꿈이 소중하기 때문이고, 어쩌면 천상의 따님인 열정이 우리에게 행복과 영감을 주었던 그 시절이 아련히 떠오르기 때문일지도 모른다.

그때 군인 외투를 입고 릴케의 운율적인 산문을 낭독한 젊은이를 나는 두

번 다시 보지 못했다. 전해 들은 바에 의하면, 그날 밤이 지나고 그는 곧바로 독일을 떠나 팔레스타인으로 갔다고 한다. 그러다가 내가 함부르크에서 살던 1960년대에 그가 군에 입대하여 신생국가 이스라엘 공군에서 가장 뛰어난 조종사 중 한 명이 되었다는 소식을 들었다. 아돌프 아이히만*이 1960년 이스라엘로 이송될 때 탄 비행기도 그가 조종했다. 라이너 마리아 릴케와 아돌프 아이히만이라니.

『기수』에 매혹된 밤이 지난 뒤 나에게 한 가지 좋은 생각이 떠올랐다. 아이들은 그걸 꽤나 별나다고 여겼다. 나는 이 유대인 소년단 안에 문학 동아리를 만들자고 제안했다. 거기에서 독일문학, 그중에서도 당시 내가 가장 흥미를 느꼈던 독일 고전을 공부하자고 했다. 문학에 특별히 관심을 보인 아이들은 많지 않았다. 겨우 다섯 명만 하겠다고 나섰지만 역할을 나누어 괴테의 『타우리스의 이피게니에』를 읽기에는 충분한 인원이었다. 내가 이 작품을 택한 이유는 바로 얼마 전 라디오에서 나오는 방송극을 듣고 강한 인상을 받았기 때문이다. 그날 이후 나는 『이피게니에』는 연극이 아니라 방송극이라는 확신이 생겼다. 솔직하게 말하면 이 드라마는 시각적인 공연이 필요 없는 작품이다.

그러나 문학 동아리의 존재도 내 결심을 바꾸지는 못했다. 나는 유대인 소년단을 빨리 탈퇴하고 싶었다. 비록 그 조직에서 여러 가지 많은 것을 배우긴 했어도 거기는 내가 있을 곳이 아니었다.

---

* 독일의 나치 친위대 장교(1906~1962). 제2차 세계대전중 독일 및 독일 점령하의 유럽 각지에 있는 유대인의 체포 및 강제 이주를 계획하고 지휘했다. 독일 항복 후 아르헨티나로 도망쳤다가 이스라엘로 압송되어 사형당했다.

실패로 끝난 인종학 수업

"제 아들이 유대인이고 폴란드인인데, 이 학교에 들어가면 어떤 대접을 받을까요?" 어머니는 베를린 빌머스도르프에 있는 피히테 김나지움 교장 선생님에게 이렇게 물었다. 1935년 겨울이었다. 어머니의 말은 조금 과장된 면이 있었다. 나는 베를린 사람이지 나 자신을 폴란드 사람이라고 여긴 적이 결코 없었다. 물론 내 국적은 여전히 폴란드였다. 그전에 독일 국적을 신청해놓은 부모님은 어머니가 결혼 전까지 제국 독일인이었으니 빠른 시일 내에 긍정적으로 처리될 거라는 약속을 받았다. 그때가 1932년이었으니까 1933년 이후에는 없던 일이 되어버렸다.

어머니는 조금 도발적인 그 질문으로 본인이 기대하고 원했던 바를 정확히 얻어냈다. 교장 선생님은 어머니가 왜 그런 걱정을 하는지 정말 이해하지 못하겠다고 무척이나 공손하게 말했다. 이곳은 독일 학교이고 프로이센 학교이므로 공정함이야말로 당연히 제1의 원칙이며, 학생이 출신 성분 때문에 불이익을 받거나 괴롭힘을 당한다는 것은 피히테 김나지움에서 절대 생각할 수 없는 일이라고 말했다. 이 학교는 전통 있는 학교라는 것이었다.

어머니는 점심 식탁에서 만족스러운 기색으로 교장 선생님과의 대화를 전해주었다. 온갖 일을 겪으면서도 어머니가 굳게 믿고자 했던 것, 즉 독일에는 여전히 정의와 질서를 책임지는 꿋꿋한 사람들이 있다는 게 다시 한번 입증된 것이다.

부활절 방학이 끝나고 내가 김나지움 6학년생이 되어 처음으로 엠저 가에 있는 피히테 김나지움 건물에 들어섰을 때 어머니가 그토록 마음에 들어 했던 교장 선생님의 모습이 보이지 않았다. 이유가 무엇일까? 그런 일에 대해서는 학생들에게 알려주지 않았다. 그러나 강제 퇴직을 당했다는 소문이 은밀히 떠돌았다. 후임은 하이니거 선생님이었다. 국경일이 되면 하이니거 교장 선생님은 세련된 갈색 제복에 각종 금장식을 달고 나타났다. 그는 이른바 '금계金鷄'였다. 나치당으로 약칭되는 국가 사회주의 독일 노동당의 고위 간부를 당시에 그렇게 불렀다.

내가 전학을 할 수밖에 없었던 데에는 특별한 사정이 있었다. 그때까지 다니던 베르너 폰 지멘스 레알김나지움이 1935년에 폐교된 것이다. 매우 이례적인 조치였다. 얼마 전, 그러니까 지금은 그토록 비난받는 바이마르공화국 시절에는 학교를 설립하는 경우는 있어도 정리하지는 않았다. 학교가 없어진 것은 역시나 시대적인 이유 때문이었다. 당시 쇠네베르크에서 바이에른 광장과 빅토리아 루이제 광장 주변 구역에는 비교적 많은 유대인이 살고 있었다. 그들 중 상당수는 이미 망명을 떠났으며, 그러지 못한 이들은 자식을 상급 학교에 보낼 형편이 못 되었다. 그건 무엇보다 학비 면제나 감면 혜택이 박탈되었기 때문이다. 따라서 베르너 폰 지멘스 레알김나지움의 학생 수는 나치가 집권한 직후 벌써 대폭 줄어들었다. 게다가 그 김나지움은 나치 정권의 관청들 사이에서 진보적이고 심지어는 '좌익'이라는 악소문에 시달렸다고 한다.

몇 년 후에 알게 된 사실이지만, 그때 나는 꽤나 운이 좋았다. 나치 추종자이건 아니건 피히테 김나지움 선생님들도 유대인을 대체로 예의바르고 공정하게 대우했다. 수업을 시작할 때는 먼저 "히틀러 만세"를 외쳐야 했다. 우리는 새로운 선생님이 교실에 들어서는 즉시 그가 어떤 부류의 사람인지 대번에 파악했다.

그건 경례 구호를 들으면 알 수 있었다. 전투적이고 절도 있는 목소리로 외치는 선생님도 있었고, 나지막한 목소리로 성의 없이 하는 분도 있었다. 내가 인연을 맺었던 거의 모든 선생님들은 크게 두 부류로 나뉜다. 내가 말하는 건 나치와 비나치의 구분이 아니다. 기준은 다른 데 있다. 한 부류는 착실하고 책임감 있는 공무원, 그 이상도 이하도 아니었다. 라틴어든 수학이든 독일어든 역사든, 어떤 과목을 가르치건 간에 그들은 대개 철저히 수업 준비를 해 와 규정된 분량을 다 나갔다. 선생님이 우리를 짜증나게 하거나 과도한 요구를 하지 않으면 우리도 모범적으로 행동했다. 양측을 지배한 건 무관심에 가까웠다.

다른 부류도 꼭 열혈 교육자라고 하기는 어려웠다. 그럼에도 그들에게서는 강한 열정이 느껴졌다. 그 선생님들은 젊은 시절에 전혀 다른 직업을 꿈꾸었다. 학자나 작가, 음악가나 화가 등이 되고 싶었지만, 무슨 이유에서건 그 꿈을 이루지 못하고 어쩌다 교직에 몸을 담거나 눌러앉은 분들이었다. 그렇지만 그들은 한시도 음악이나 문학에 대한 사랑을 거두지 않았으며, 미술이나 학문을 그리워하고 프랑스의 정신이나 영국의 사고방식을 동경했다.

날마다 아이들을 데리고 씨름해야 했던 선생님들은 바로 이런 사랑, 이런 갈망과 동경에서 힘을 퍼올려 괴로움을 잊고 절망감을 극복했다. 물론 그분들은 언제나 꼼꼼하게 수업을 준비해 오는 것도 아니었고, 공식적으로 정해진 수업의 틀을 거리낌없이 벗어나기도 했다. 우리는 대부분 그런 선생님들을 고맙게 생각했다. 그분들이 수업 중간에 때때로 들려준 이야기들이 지루하기는커녕 상상력을 자극했기 때문이다.

그들 중에 젊지 않은 선생님 한 분이 있었다. 그는 지금까지의 『햄릿』 해석 방식이 모두 틀리다고는 할 수 없어도 무언가 부족하다며 우리에게 자세히 설명을 해주었다. 곧 나올 자신의 책이 이 문제를 단번에 영원히 매듭지을 새로운 해석을 내놓을 거라고 했다. 선생님의 책은 정말 출간되었다. 그 책을 나는 학교에서 멀지 않은 서점의 진열창에서 보았다. 그러나 어느 신문에도 선생님이 말한 이른바 획기적인 작품이라는 언급은 한마디도 없었다. 그 선생님의 이름은 오래전에 잊어버렸다. 그러나 자주 옆길로 새긴 했어도 그의 열성적인 수업은 나에게 셰익스피어에 대한 관심을 키워주고 내 사고에 자극제가 되었다.

전혀 힘들이지 않고 우리를 감동에 빠뜨리는 선생님들도 꽤 있었다. 프리츠 슈타이네크 선생님이 그런 열성적인 분이었다. 선생님이 열정을 쏟은 분야는 단 하나, 음악이었다. 하이든의 오라토리오든 슈베르트의 가곡이든 바그너의 오페라든, 선생님은 작품을 설명할 때면 언제나 열과 성을 다했다. 모차르트나 베토벤 음악의 특정 부분이 얼마나 찬란한지, 또 그 이유가 무엇인지를 우리가 납득하도록 설명하는 게 선생님으로서는 대단히 중요했다. 여하튼 우리 눈에는 그렇게 보였다. 선생님은 음악에 진정으로 흥미를 보이는 사람들에게는 예외 없이, 유대인도 포함하여 모두 개인적으로 고마움을 느끼는 듯했다. 그분은 유대인 학생들을 특히 좋아했다. 대부분 음악적 재능이 있고 피아노나 바이올린을 연주했기 때문이다. 선생님 수업에서 나치 노래를 배웠던 기억은 없다.

어느 날 슈타이네크 선생님은 반짝이는 눈으로 〈탄호이저〉 이야기를 하며 주요 장면을 연주하고 노래를 불러주었다. 그러고는 당신 생각에 흔히 사람들이 대단찮게 여기는 장면을 설명해주었다. 2막이 시작되면서, 이런 용어를 써도 되는지 모르겠지만, 엘리자베트가 등장가를 부르자마자 다음과 같은 지문이 나온다. "탄호이저, 볼프람을 앞장세우고 뒤쪽 계단에서 올라온다." 엘리자베트가 탄호이저를 쳐다보면 볼프람이 노래를 시작한다. "저기에 그녀가 있어. 나는 개의치 말고 그녀에게 다가가." 이어서 다시 지문이 나온다. "볼프람은 담 돌출부에 기대어 숨어 있다." 이 부분이 바로 감동적인 순간이라는 게 선생님의 설명이었다. 볼프람은 엘리자베트를 사랑하지만 탄호이저를 위해 그녀를 단념하는데, 고귀한 단념이라는 말까지 써가면서 바로 이 장면이 그걸 명확하게 보여준다고 했다. 그리고 우리가 〈탄호이저〉를 볼 때면 이 대목에서 당신 생각이 날 거라고 예언했다. 선생님 말은 틀리지 않았다. 적어도 내게 있어서만큼은.

언젠가는 악기를 다룰 줄 아는 학생들이 오락거리로 음악을 한 곡씩 연주하는 시간이 있었다. 그중 유대인이었던 한 아이는 클래식 곡을 선보인 다른 학생들과 달리 형편없는 유행가를 마구잡이로 쿵쾅거리며 연주했다. 우리는 슈타이네크 선생님이 그애를 엄하게 꾸짖을까봐 겁이 났다. 선생님은 벌어진 상황에 화를 내지는 않았지만 낯빛이 조금 흐려졌다. 그리고 낮은 목소리로 말했다. "이건 좋지 않은 음악이야. 하지만 좋지 않은 음악이라도 연주할 때 예의 정도는 지킬 수 있지." 선생님은 악보를 달라고 하더니 역겹다는 듯이 손끝으로 잡고 피아노 앞에 앉았다. 우리에게 유행가를 연주해주어도 선생님은 그걸 체면이 깎이는 행동이라고 생각하지 않았다. 선생님은 멋진 교육자이자 다정한 사람이었다. 나는 그분에게 많은 것을 배웠다.

세월이 많이 흘러 1982년에 전해 들은 말을 덧붙여야겠다. 슈타이네크 음악 선생님은 오랫동안 나치당원이었고, 그것도 단순 가담자가 아니었다. 그는 이미 1920년대 말에 열렬한 히틀러 추종자였다고 한다. 또하나 들은 말이 있다. 피히테 김나지움에는 해마다 아비투어를 치른 학생들에게 재학생 합창단이 〈이제 마지막으로〉라는 노래를 부르며 작별하는 전통이 있었다. 호프만 폰 팔러스레벤 작시로 1848년경에 나온 이 노래에는 과거에 아무도 눈치채지 못한 치명적인 흠이 있다. 작곡자가 유대인, 바로 펠릭스 멘델스존바르톨디였다.

슈타이네크 선생님은 이 난처한 상황에서 빠져나갈 방법을 알아냈다. 그는 원래 가사에 즉시 새 멜로디를 붙였다. 지상에서 음악보다 아름답고 고결한 것은 없다고 수년 동안 우리에게 열심히 가르쳤고 성과도 없지 않았던 선생님이 조금의 망설임이나 부끄러움도 없이 그 노래에서 '유대 색깔을 빼고' '아리안화'한 것이다. 그는 왜 이런 비열한 행동을 했을까? 그 배경이 무엇이었을까? 무지나 음악에 대한 사랑은 분명히 아니었다. 오히려 야망이나 허영심이었을 가능성이 높다. 아니면 '금계'로 불리던 막강한 하이니거 교장 선생님에게 잘 보이려고 그랬을까?

내 기억이 옳다면 하이니거 교장 선생님은 우리 학교 모든 선생님들 중에서 자신이 광신적이고 열렬한 나치 추종자라는 것을 수업시간에 틈만 나면 밝힌 유일한 사람이었다. 그렇지만 그를 거리에서 만날 수 있는 천박한 나치 돌격대원 같은 사람으로 보아서는 안 되었다. 당시 쉰 살 정도에 벌써 살이 찐 대머리 교장 선생님의 태도에는 그런 거칠고 퉁명스런 면이 없었다. 그는 중대원들이나 대대원들 앞에 선 장교처럼 굴지 않고 오히려 장군의 여유로움과 무덤덤함을 학생들에게 과시하고 싶어했다. 선생님은 새 정권에 대해 자신이 신문에 난 것보다 훨씬 많이 안다는 것을 가끔씩 내비쳤다. 즉, 자신은 별 볼 일 없는 나치가 아니라 그쪽 내부 사정에 정통한 핵심 엘리트 중 한 명이니 우리도 그렇게 알고 있으라는 식이었다.

교장 선생님은 우리 반에서 역사를 가르쳤다. 가르치는 내용은 많았지만 시험은 거의 보지 않았다. 그는 주입식 교사가 아닌 대학 강사쯤으로 인정받고 싶어했다. 그래서 우리를 대학생이나 되는 양 아주 정중하게 대했다. 유대인 학생들도 불평할 거리가 없었으며 특히 나는 더 말할 것도 없었다. 선생님은 내게 친절했다. 역사적 사실이나 연대를 내게 물어본 적이 (고맙게도) 한 번도 없었다. 또 내게 무엇보다 역사를 해석하는 눈이 있다고 했다. 이따금 수업시간에 대화할 때면 그는 나를 어른처럼 동등한 대화 상대자로 대접했다. 하지만 그건 내 견해를 듣고 나치의 관점에서 거기에 더 효과적으로 반박하기 위한 전략에 불과했다. 그리고 으레 그렇듯 선생님은 힘들이지 않고 그 목적을 이루었다.

어느 날 교장 선생님은 반 아이들에게 유대인 학생들은 다음번 역사 수업에 '빠져도 된다'는 뜻밖의 소식을 전했다. 나중에 안 사실이지만, '세계 유대주의'*를 다루는 시간이었다. 여하튼 유대인 학생들은 그 수업을 듣지 않아도 된다고 했다. 유대인에 대한 선생님의 견해는 그가 매기는 점수에 영향을 주지 않았다. 나는 아비투어 성적까지 포함하여 항상 선생님으로부터 '우'를 받았다. 역사 과목에서 이보다 더 나은 점수는 우리 반에 없었다.

하이니거 선생님은 공정한 분이었다. 그러나 혹 상급 기관으로부터 유대인 학생은 수업시간에 서 있거나 맨발로만 등교해야 한다는 지시가 내려왔다면 분명히 그대로 이행하고는 그걸 역사적 필연이라는 그럴듯한 말로 설명했을 사람이었다. 물론 우리는 맨발로 학교에 걸어들어가는 일은 없었지만 유대인이 아닌 일부 학생들과 함께 두개골 측정을 받아야 했다. 인종학 수업시간에 일어난 일이었다. '제3제국' 때 신설된 이 과목의 목적은 단 하나, 학생들에게 유대인의 열등함과 '아리아인'의 우월함을 납득시키는 것이었다. 과목은 생물 교사가 담당했는데 우리 반은 톰이라는 이름의 지각 있는 중년 남자 선생님이 가르쳤다. 학생들은 선생님의 이름을 가지고 해마다 똑같은 말장난을 쳤다. 새 학년이 시작될 때마다 선생님이 들어오는 교실 문에 '톰 아저씨의 오두막'이라고 붙여놓은 것이다.

생물 선생님은 새로 생긴 이 학문을 별 볼 일 없이 여기는 게 분명했다. 그는 네안데르탈인을 비롯한 선사시대의 여러 인류에 대해 너무 자세하게 설명하여 우리를 지루하게 만들었다. 유대인 문제를 다루는 데에도 별 관심이 없었다. 거기에는 두개골 측정 후에 나온 의외의 결과가 일조한 것으로 보인다. 측정은 인종학 교과서에 나온 지침대로 실시되었는데, 그렇게 하면 대상자가 어느 종족에 속하는지를 학문적으로 깔끔하게 증명해준다는 것이었다.

그런데 측정하고 보니 전형적인 북방 인종의 두개골, 즉 인종학적인 면에서 가장 우수한 두개골을 가진 아이는 반에서 한 명뿐이었고 그것도 유대인이었다. 톰 선생님은 당황하면서도 다행으로 여기는 듯했다. 그는 웃으면서

---

* 유대인이 세계 도처에서 중요한 지위를 차지하고 세계를 지배하려 한다는 음모론. 중세와 근대를 거쳐 전해 내려오다가 나치가 적극 선전하면서 유대인 박해의 근거로 이용했다.

아이에게 조상 중에 아리안족이 있느냐고 물었다. "아니요, 유대인밖에 없어요." 아이의 대답에 반 아이들이 모두 웃음을 터뜨렸다. 키가 크고 후리후리하며 금발에 눈이 파랗던 그 아이는 1936년 올림픽 개막식에서 기수단에 있었다고 한다. 그런데 막판에 유대인이라는 사실이 알려지면서 즉각 교체되었다. 여하튼 우리 반에서 실시된 인종학 수업은 성과 없이 끝났다.

유대인과 비유대인 학생 간에 갈수록 거리감이 생긴 것은 어쩔 수 없는 일이었다. 그것은 무엇보다 일상과 관계가 있었다. 비유대인 학생들은 모두 히틀러 소년단에 있었고, 일부는 이른바 귀족 집단이라는 해군 히틀러 소년단에 소속되어 하펠 강에서 훈련을 받았다. 한 아이는 계급이 높은 유년단 단장이었다. 그들은 가끔 제복을 입고 학교에 와서 소년단에서의 체험과 모험에 대해 이야기했지만 유대인 아이들과 대화할 때는 그런 말은 입 밖에 내지 않았다. 아직도 생각나는 아이가 있다. 그애는 뉘른베르크 전당대회에 다녀온 후 반에서 흥분한 목소리로 이렇게 뻐겼다. "내가 지도자하고 멀지 않은 곳에 서 있었다니깐. 그분을 봤는데 그 파란 눈을 잊을 수가 없어."

나는 이들 중 어느 누구에게서도 유대인을 험담하는 말을 들어보지 못했다. 전부는 아니었지만 대부분의 아이들은 분명히 새로운 독일에 대한 믿음을 가지고 있었다. 그애들은 라디오를 듣고 신문도 그럭저럭 꼼꼼하게 읽었다. 아이들은 날마다 지독히도 공격적인 선전에 노출되었다. 1936년에는 올림픽 때문에 선전이 눈에 띄게 약해졌지만, 그것도 잠시였을 뿐 1937년이 되자 다시 본격화되더니 1938년에는 더욱 과격해졌다. 등굣길에 우리는 빨간 진열창 앞을 지나가야 했다. 거기에는 악명 높은 '돌격대' 캐리커처가 걸려 있었다. 물론 그 진열창들은 올림픽 기간에는 사라졌다. '제3제국'이 문명국이라는 걸 외국인들에게 보여주어야 했으니까. 많은 유대인들도 이제 끔찍한 시기는 지나갔으니 앞으로는 인간적인 대우를 받을 거라고 애써 믿었다.

대단찮은 사건 하나가 당시 우리 학교의 분위기를 단적으로 보여준다고 생각한다. 볼 것도 없이 나치인 한 젊은 선생님이 쉬는 시간이 끝나고 평소보다 일찍 교실에 들어왔다. 교실이 상당히 소란스러웠던 터라 선생님은 언짢은 듯 작지 않은 목소리로 말했다. "여긴 시끄러운 게 꼭 유대인 학교 같구나." 당장 사방이 조용해졌다. 무언가 으스스하고 소름 끼치는 정적이었다. 곧 수업이 시작되었지만 몇 분 지나지 않아 선생님은 하던 설명을 멈추고 대체 무슨 일이냐고 물었다. 학생 한 명이 일어나 유대인 학교라는 말은 할 필요가 없었다고 잘라 말했다. 선생님은 심기가 불편해졌다. 그리고 독일어에서 흔히 쓰는 표현에 왜 그리들 펄쩍 뛰는지 모르겠다고 말했다.

보다시피 수업시간에 노골적으로 반유대적인 발언을 하는 건 흔하지 않았다. 어쨌든 우리 학교나 적어도 우리 반에서 그런 일은 거의 없었다. 이는 유대인 해방 이후 그들이 높이 샀던 프로이센 정신 덕분이었을까? 아니면 서베를린 시민들의 도덕성이 조금이라도 남아 있다가 우리 피히테 김나지움 유대인 학생들에게 도움이 된 것일까? 확실한 건 우리가 나치를 추종하던 선생님들에게 정당한 대접을 받았다는 사실이다.

그럼 같이 공부했던 학생들은? 왜 그애들은 우리 유대인들에게 고통도 주지 않고 우리를 한 번도 괴롭히지 않았을까? 1938년에 아비투어를 치른 학생들 중 생존한 동창들이 1963년에 베를린에서 만난 적이 있다. 그중에는 의사도 네 명 있었다. 편안하고 유쾌한 모임이었다. 우리는 그런 만남에서 흔히들 하는 식으로 시간을 보냈다. "너 아직 생각나니? 그거 기억해?" 대수롭지 않은 일화들을 이야기하며 갖가지 추억을 나누었다. 몇 명은 거의 지나가는 말로 본인의 직업적인 성공이나 장거리 휴가여행 이야기를 했다. 타고 다니는 자동차 이야기도 빠지지 않았다. 분위기는 좋았고 전혀 지루하지 않았다.

그저 이따금씩 조용해졌을 뿐이다. 누군가가 학교 축제나 소풍에서 겪었던 일과 작은 모험 이야기를 꺼냈다가 당황해서 말을 멈췄을 때였다. 모임에 참석한 유대인 동창들은 당시 그 행사에 참석할 수 없었으니까. 그때 아비투어를 치른 후 떠들썩한 작별 파티가 열렸고, 선생님과 학생들이 크게 취한 상태에서 형제애를 나누는 뜻깊은 사건까지 있었다는 사실을 나는 25년이 지난 후 그 모임에서 뒤늦게 알게 되었다. 일부 동창들의 행동도 도마 위에 올랐지만 당연히 그 자리에 오지 않은, 즉 아비투어에 떨어진 아이들에 관한 것이었다. 참석자들이 모임에 유대인도 있다는 사실을 상기할 때면 유쾌했던 분위기가 한두 번씩 흐려졌다. 그런 경우를 빼면 전체적으로 매우 기분좋은 자리였다.

그들은 지나가는 투로, 그러나 표정만은 진지하게, 나보고 어떻게 전쟁에서 살아남았냐고 물었다. 일말의 관심이라도 보이는 게 마땅하다고 생각해서 그랬을 것이다. 그건 예의상 하는 질문이었지 그 이상은 아니었다. 나는 짧고 간단하게 대답했다. 더 자세한 얘기는 아무도 들으려 하지 않았다. 내가 급히 화제를 바꾸자 그들은 고마워했다. 교양 있고 사려 깊은 그 자리의 신사들은 모두 제2차 세계대전 때 동부와 서부 전선에서 장교로 복무했다. 당연히 끔찍하고 잔인한 일들을 겪었을 것이다. 그럼 그들도 유대인 박해와 연관돼 있었을까? 그건 모르겠다. 하지만 나는 그들이 유대인들에게 무슨 일이 벌어졌었는지 최소한 대강의 정보라도 들었으리라고 확신한다. 전쟁 중에, 그리고 전쟁이 끝난 후 독일의 죄악이 점점 뚜렷하게 드러났을 때 동창들은 거기에 대해 고민이라도 해보았을까? 베를린에서 이틀이나 지속된 모임에서 나는 옛 동창 어느 누구한테서도 그런 기미를 느끼지 못했고 개인적으로 이야기를 나눌 때도 마찬가지였다.

아무도 공범의식을 느끼지 못했다는 건 나도 웬만큼 이해한다. 그들에게 공범이라는 굴레를 씌우고 싶은 마음은 추호도 없다. 하지만 독일인이 저지른 행동, 독일의 이름으로 벌어진 일에 대한 어느 정도의 공동 책임은? 그런 걸 느낀다는 말도 나는 듣지 못했다. 그들은 거기에 대해 말하고 싶어하지 않았다. 행실 바른 내 동창들, 한때는 갈색과 검은색 제복을 입었고 후에는 독일 군복을 입었던 그들은 1919년생과 1920년생의 전형이었다고 생각된다. 나는 굳이 그 화제를 고집할 마음이 없었다. 모든 게 별 탈 없이 지나갈지 모르는 마당에 우리가 쓰라린 이야기를 들으려고 베를린에 모인 것은 아니지 않은가. 그래도 나는 전쟁중의 일들은 아니지만—이렇게 표현해도 된다면—우리가 함께 보낸 날들에 관해 질문을 던져 좋았던 분위기를 조금 어색하게 만들었다.

나는 당시 '제3제국' 치하에서 왜 동급생들이 파렴치한 반유대적 선전에도 불구하고 우리 유대인 학생들에게 나쁜 짓을 저지르지 않았는지 지난 25년 동안 종종 생각해보았다고 말했다. 한동안 모두가 잠잠했다. 그러다 마침내 한 명이 머뭇거리며 말했다. "젠장, 유대인이 열등하다는 논리를 어떻게 믿으란 말이야? 반에서 독일어 1등이던 아이가 유대인이었고 100미터를 가장 빨리 뛰던 애도 유대인이었는데."

어이가 없었다. 그 대답에 나는 실망했다. 그리고 가소로웠다. 만일 내가 독일어 과목에서 1등이 아니었고 내 친구가 최고의 달리기 선수가 아니었다면 우리를 괴롭혔어도 괜찮았단 말인가? 유대인 박해가 죄악인 이유는 단지 유대인들이 이런저런 빛나는 성취를 보여주었기 때문이라고? 나는 동창들이 터무니없는 대답으로 상황을 모면하려 한다는 점을 얼마든지 그들에게 이야기해줄 수도 있었다. 하지만 그렇게 하지 않았다. 유쾌했던 분위기가 이미 나로 인해 충분히 불편해졌다고 보았기 때문이다.

진실은 다른 데 있었다. 그 문제에서는 선생님의 본보기가 일정 역할을 한 것 같았다. 선생님들이 우리 유대인들에게 언제나 점잖고 예의바르게 행동했기에 반 아이들도 점잖고 예의바르게 행동한 것이다. 더욱이 그 아이들은 예부터 자식 교육에 신경쓰는 견실한 중산층 출신이었다. 우리 반 학생들은 행동거지가 점잖고 의젓했다. 요즘 독일문학에서, 특히 성적인 면에서 끊임없이 사용되는 비속어도 우리는 잘 쓰지 않았다. 아이들의 말투는 대체로 친절하고 공손했다.

그런데 학생들은 공식적인 선전을 믿었을까? 정말 유대인들이 독일 민족과 인류의 화근 덩어리라고 생각했을까? 얼마든지 그랬을 수 있다. 하지만 그들 눈에 나치의 선전은(가령 '세계 유대주의' 같은) 추상에 불과했지, 한의자에 앉아 이따금 시험 답안지를 베껴 쓰고 그 신세를 갚으면서 수년간 배려하고 알고 지냈던 아이들, 즉 유대인 동급생들과는 무관하게 보였을 거라고 나는 여전히 믿고 있다.

그래도 갈수록 많은 유대인 학생들이 학교에서 사라지고 그나마 남은 아이들은 차별을 받거나 격리된 사실을 우리 동급생들, 좋은 집안에서 자라고 히틀러 소년단원이었던 그 아이들은 아마 당연하게 여겼을 것으로 짐작된다. 그들은 이 문제에 대해 우리와 이야기를 나눈 적이 없었고, 단 한마디도 의아하게 여기거나 애석하다는 말을 하지 않았다. 베를린 피히테 김나지움의 분위기는 이랬다. 다른 지역의 학교들, 특히 주로 노동자와 서민이 거주하는 베를린 북부나 동부 지역의 상황은 훨씬 나빴다고 한다. 유대인이건 비유대인이건 같은 세월을 살았던 사람들의 기억에 의하면 소도시의 상황은 더 심각하여, 유대인 학생들은 선생님이나 동급생들로부터 끔찍하고 잔혹한 고통을 당하는 일이 적지 않았다.

내가 특별히 즐겨 추억하는 반 아이가 있다. 인정이 있는 아이였고 유대인들을 대하는 태도도 나무랄 데가 없었다. 전쟁이 끝나고 우리가 처음 만난 날, 어느덧 의사가 되어 있던 그가 들려주길, 1940년 베를린의 슈테틴 역 근처에서 경찰의 감시하에 끌려가던 유대인들 틈에서 옛 동급생 T를 보았다는 것이다. 몰골이 초췌했다고 했다. "그때 생각했지. 나한테 그런 비참한 모습을 보이는 게 그 아이로서는 여간 곤혹스럽지 않았을 거라고. 나도 마음이 불편해져서 얼른 외면해버렸어." 그래, 그의 말이 맞다. 수백만 명의 사람들이 그 아이처럼 우리를 외면했다.

한꺼번에 찾아온 사랑 이야기

문학에 대한 내 열정은 언제 시작되었을까? 정확히 기억나지 않는다. 그러나 어머니는 그걸 분명히 일찍 알아채셨다. 열두 살 때 무슨 일인가로 어머니한테서 흔치 않은 선물을 받았는데, 장다르멘마르크트에 있는 국립극장 샤우슈필하우스에서 공연하는 『빌헬름 텔』 입장권이었다.

1932년 말 내가 아동극이 아닌 정극을 처음으로 본 그날 저녁, 나의 위대한 사랑 이야기 몇 편이 한꺼번에 시작되었다. 그건 독일문학에 대한 사랑이었고, 나중에 식기는 했으나 수십 년 지속된 연극을 향한 사랑이었으며, 가끔 위태로웠지만 완전히 꺼지지 않은 실러에 대한 사랑, 마지막으로 베를린에서 내가 가장 소중히 여겼으며 지금까지 남아 있는 건물, 즉 싱켈이 건축한 장다르멘마르크트의 국립극장 샤우슈필하우스에 대한 사랑이었다.

『빌헬름 텔』을 연출한 사람은 거장 위르겐 펠링이었다. 바이마르공화국이 사라지기 몇 달 전이던 그때 누가 무대에 섰을까? 아니, 지금에 와서 그게 우리하고 무슨 상관이 있을까? 어쩌면 조금쯤 관계가 있을지도 모르겠다. 아르놀트 폰 멜히탈 역은 젊고 유명한 열혈 노력파 배우가 맡았다. 몇 년 후 영화감독으로 크게 성공하여 독일 신문마다 칭찬과 갈채를 쏟아냈던 그의 이름은 파이트 하를란이다. 하를란은 훗날 역사상 가장 천박하고 비열한 반유대주의 영화 〈유대인 쥐스〉를 만들었다.

텔 역은 당대 최고 배우로 꼽힌 베르너 크라우스였다. 나중에 〈유대인 쥐스〉에도 출연한 그는 자청해서 1인 다역으로 유대인을 연기했는데, 그중 어느 인물이 가장 고약했는지는 판단하기 쉽지 않다. 텔의 아내 헤드비히 역은 엘레오노라 폰 멘델스존이 맡았다. 철학자 모제스 멘델스존의 장남 요제프의 현손녀였다. 그녀는 1933년에 망명을 떠난 뒤 미국에서 자살했다.

『빌헬름 텔』 1막에서 태수의 앞잡이를 피해 달아나는 콘라트 바움가르텐 역의 배우 알렉산더 그라나흐도 유대인이었다. 그도 얼마 지나지 않아 도피해야 했다. 요하네스 파리치다는 파울 빌트가 연기했다. 그의 유대인 아내는 테레지엔슈타트 수용소로 추방되지 않으려고 인적 사항을 등록하지 않았다. 전쟁이 끝나기 직전 사망한 그녀는 비밀리에 공원에 매장되었다. 빌트와 그의 딸은 극심한 혼란에 빠져 동반 자살을 결심했으나 빌트만 살아남았다.

울리히 폰 루덴츠 역은 한스 오토가 연기했다. 자신이 공산주의자임을 거침없이 드러낸 그는 나치가 집권한 뒤 바로 지하조직에서 투쟁하다가 1933년 11월 감옥에서 처형되었다. 구 동독 시절 포츠담에 있는 한 극장을 그의 이름을 따서 불렀는데 지금도 그 극장의 이름은 여전히 한스 오토 극장이다. 마지막으로 진기한 일이 하나 더 있다. 이 공연에서 제국 태수 게슬러 역을 맡아 열연한 성격파 배우가 1990년대에도 무대에서 놀라운 활약상을 보여준 것이다. 그의 이름은 베른하르트 미네티다.

장다르멘마르크트에서 공연된 『빌헬름 텔』은 당장 내 독서 방식을 바꾸어놓았다. 간소한 편에 속하는 부모님의 책장에서 나는 실러의 책을 찾아보다가 마침내 전집을 발견했다. 감기 기운이 조금 있어 학교에 가지 않았던 나는 침대에 누워 그냥 첫 페이지부터 읽어내려갔다. 전집의 첫 권은 희곡 『도적떼』로 시작되었다. "아버지, 괜찮으세요?" 이 대사를 읽는 순간부터 나는 책에서 손을 떼지 못했다. 이 도적떼는 어떻게 될까? 사건은 어떻게 마무리될까? 내가 궁금해한 것은 오직 이것뿐이었다. 작품은 무척이나 긴장감 넘쳤다. 나는 뺨과 귀가 벌게지도록 흥분해서 읽었다. "그 남자를 도와줄 수도 있겠어"라는 문장이 나올 때까지 멈추지 않고 읽었다. 행복했다. 올드 섀터핸드와는 비교도 안 되게 카를 무어가 매혹적이었고, 그가 이끄는 도적 떼가 카를 마이가 그려낸 모든 인디언들보다 환상적이었다.

이후 나는 무대에 올라간 이 작품을 자주 보았다. 연출은 모두 그럭저럭 괜찮았지만 정말로 빼어난 공연은 본 기억이 없다. 『도적떼』가 지금 이 시대에도 공연될 수 있을지는 잘 모르겠다. 침대에서 이 작품을 읽은 지 약 반세기 후에 나는 헤센 라디오 방송으로부터 실러의 희곡 몇 편을 영화화한 작품의 해설을 맡아달라는 요청을 받았다. 거기에는 『도적떼』도 있었다. 나는 이 희곡의 단점과 오류를 자세히 설명했다. 모두 작품에 극명히 드러나 있었으므로 어렵지 않은 일이었다. 스튜디오에는 프로그램 담당자도 있었는데 내 혹독한 비판과 매도에 마음이 불편해진 모양이었다. 그러나 이어진 다음 말에 그는 안도의 한숨을 내쉬었다. "이상입니다. 이제 세계문학을 통틀어 제가 좋아하는 몇 안 되는 작품에 왜 『도적떼』가 들어가는지 설명해드리겠습니다." 그때의 내 생각은 지금도 변함이 없다.

독일어 과목에서 내가 처음으로 두각을 나타낸 것도 실러와 관련이 있다. 베르너 폰 지멘스 레알김나지움에서 4학년인가 5학년일 때였다. 반 아이 한 명이 『빌헬름 텔』을 주제로 발표를 했는데 겨우 5분 만에 끝내버렸다. 그보다 훨씬 많은 내용을 기대한 선생님은 이 작품에 대해 더 말해볼 사람이 없냐고 물었다. 나는 손을 들고 『빌헬름 텔』은 정치적 암살과 개인적인 테러 행위를 미화하는 작품이라고 말했다. 이 주장을 설명하고 비슷한 사례로 뒷받침하기 위해 말이 길어졌던 것 같다. 대략 40분이 지나고 휴식시간 종이 울렸을 때도 나는 여전히 이야기를 끝내지 못했다. 그래도 선생님은 내가 말을 끝마치게 한 뒤 짧게 명령하듯 말했다. "앉아!" 반 전체가 조용해졌다. 괘씸하게도 고전작품을 비판한 것에 대해 모두 유죄판결이 나오리라고 생각했다. 과연 선생님은 내가 이야기한 내용에 충분한 근거가 없으며 일부는 틀렸다고 말했다. 그러나 한편으로는 그게 큰 문제는 아니라고 기분이 좋아져서 말했다. 나는 최고 점수인 1점을 받았다. 반 아이들은 의아해했다. 그때 나는 두 가지 사실을 배웠다. 첫째는 문학을 판단하려면 무언가를 감수해야 하고, 둘째는 고전작품에 주눅들 필요가 없다는 점이었다.

또하나, 내가 일찍부터 실러의 희곡을 좋아한 뒤 곧이어 그의 다른 작품에도 애정을 가지게 되었다는 사실을 털어놓고 싶다. 그건 인기는 많으나 이따금 조롱받는 담시譚詩였다. 그중에는 요즘 그다지 진지하게 대접받지 못하는 시들도 많지만, 내가 한때 좋아했고—난감하게도— 아직까지 즐겨 읽는 것들이 몇 편 있다. 나는 「이비코스의 두루미떼」가 독일어로 쓰인 가장 아름다운 담시 중 하나라고 생각한다.

이런 애착이 있었기에 나는 1966년 실러 선집을 보고 내 눈을 의심하지 않을 수 없었다. 시를 추려 모은 제3권에서 편집자가 바로 「이비코스의 두루미떼」를 제외하는 야만 행위를 저지른 것이다. 「종의 노래」 「보증」 「합스부르크 백작」 「용과의 싸움」 「베일에 가린 사이스상像」은 물론이고 다 그럴 만해서 유명해진 다른 담시들도 빠져 있었다. 전통 있는 유명 출판사에서 간행된 이 선집은 위대한 자국 시인들에 대한 독일인의 관계가 프랑스인이나 영국인 혹은 스페인 사람이나 이탈리아인 들과 달리 심각하게 불합리하고 뒤틀려 있다는 사실을 또 한번 분명히 보여주었다. 당시 실러의 시들을 제거하려 했던 그 야만인은 비상한 시적 재능의 소유자인 한스 마그누스 엔첸스베르거였다.

독일어 시간에 '제3제국'의 영향력은, 이상하게 들릴지 모르지만, 처음에 그리 크게 감지되지 않았다. 여하튼 우리 학교에서는 그랬다. 하지만 이 상황이 선생님들의 반대 때문이라고 생각해서는 안 된다. 그건 대개 정치나 세계관과는 무관했으며, 오히려 잘 알지 못하는 문학을 다루고 싶어하지 않은 그분들 덕분이었다. 새 시대가 시작되면서 취소된 것도 몇 가지 있었다. 우리가 쓰는 교과서에는 아직 하이네의 시가 실려 있었지만 선생님들은 아무 설명도 없이 건너뛰었다. 유대인이 등장인물이거나 유대적 모티브가 다루어지고 나아가 핵심 주제가 되는 고전작품들, 예를 들어 레싱의 『현자 나탄』, 드로스테휠스호프의 『유대인의 너도밤나무』, 헤벨의 『유디트』는 다루지 않았다.

독일어 선생님들은 새 권력자의 후원을 받은 작가들, 즉 아그네스 미겔, 이나 자이델, 한스 그림, 한스 요스트, 에버하르트 볼프강 묄러, 한스 레베르크, 한스 프리드리히 블룽크 등은 거들떠보지도 않았다. 차라리 선생님들 자신이 1933년 이전에 읽고 배운 작품들, 『간계와 사랑』 『발렌슈타인』 『괴츠 폰 베를리힝겐』 『파우스트』 『백마 탄 기사』 『젤트빌라 사람들』 같은 것들을 즐겨 다루었다. 선생님들은 그 작품들에 해박했고 전과 다름없이 잘 가르쳤다.

"고전은 견딜 수 없이 싫어. 내가 거기에 흥미를 잃은 건 학교 탓이야." 우리는 종종 이런 말을 듣는다. 하지만 나는 그렇지가 않았다. 오히려 그 반대였다. 연극을 제외하면 유일하게 학교만이 나로 하여금 레싱부터 게르하르트 하웁트만에 이르기까지, 특히 괴테와 실러와 클라이스트를 위시한 고전문학에 큰 흥미를 갖게 해주었고, 아직 알지 못하던 분야까지 좋아하도록 이끌어주었다. 물론 지역적으로 북독일에 치우친 수업 내용이 어느 정도 일방적이기는 했다. 그에 따라 독일어 시간에는 횔덜린과 장 파울보다는 클라이스트와 폰타네를, 뫼리케나 슈티프터보다는 헤벨과 슈토름을 더 많이 다루었다.

1935년부터 1938년까지 3년 동안 피히테 김나지움에서 나를 가르친 독일어 선생님은 세 명이었다. 공교롭게도 그들은 서로 다른 정치적 입장을 대변했다. 한 명은 독일민족주의자였고, 또 한 명은 자유주의자, 마지막 한 명은 나치였다.

독일민족주의자 선생님은 제1차 세계대전 후 자신이 겪었던 일을 우리에게 들려주었는데 그 내용은 무척 애국적이면서도 편협했다. 그러나 『홈부르크 공』 이야기를 하면서 홈부르크 공과 선제후와 코트비츠 대령에게 똑같이 호감을 보인다거나 슈토름의 예를 들어 노벨레가 무엇인지 설명할 때는 그가 착실하고 실력 있는 독문학자라는 게 드러났다. 그는 나를 높이 평가해주었고 나를 대하는 태도도 흠잡을 데 없었지만 특별히 좋아해주지는 않았다.

하지만 자유주의자였던 카를 베크 선생님은 달랐다. 쾌활하고 관대했던 선생님은 자신이 꿈꾼 직업을 갖지 못하여 어쩔 수 없이 교사가 된 분이었다. 그는 고트프리트 켈러에 관한 논문으로 박사학위를 받았지만 교육자보다는 문필가에 가까웠다. 선생님이 가장 좋아한 제자가 어쩌면 나였는지도 모르겠다. 공교롭게도 우리는 같은 길을 걸어 등교했다. 선생님을 만나면 나는 학교 규정대로 "하일 히틀러"를 외치며 인사했다. 유대인들도 그런 인사를 해야 했다. 베크 선생님도 나와 똑같이 손을 들었다. 혹시 다른 선생님이나 학생 누군가가 우리를 보고 있을지도 모르니까. 그러나 선생님은 "하일 히틀러"라고 하지 않고 "안녕!"이라고 중얼거렸다. 그리고 나와 함께 문학과 하이네에 대해 이야기를 나누었다.

내 에세이는 거의 매번 최고 점수 1점을 받았다. 수업시간에 '메피스토펠레스 성격 연구'를 주제로 작성한 에세이는 그중에서 가장 빼어난 글로 평가받았다. 물론 평범한 점수를 받지 않을까 걱정한 적도 한 번 있었다. 역시 수업시간에 실러의 시 「멍에를 쓴 페가수스」를 해석하여 에세이를 작성했을 때였다. 글을 쓴 공책을 제출하려는 마지막 찰나에 정성 들여 작성한 글 속의 긴 문단 하나가 기발하지만 잘못된 논리로 끝나는 게 확 눈에 띄었다. 불상사가 발생한 것이다. 나는 재빨리 결단을 내려 그 부분에 줄을 긋고 문단 번호를 바꾸었다. 그게 용서받을 수 없는 부정행위라는 건 나도 알고 있었다.

그런데 놀랍게도 베크 선생님은 그 에세이에도 '매우 우수함'이라는 평가를 내렸다. 그런 점수를 준 이유가 당시 내게는 무척 인상 깊었고 지금 생각해도 여전히 마음에 든다. 이 일을 언급하는 것도 선생님이 말씀하신 그 이유 때문이다. "자네에게 1점을 준 이유는 두 가지야. 첫째는 줄로 그은 문단 안에 피력된 자네의 생각 때문이고, 둘째는 그래도 그 생각을 폐기했기 때문이야. 그건 독창적이지만 잘못되었거든."

한번은 내가 쓴 글에 아주 자신만만한 적이 있었다. 게오르크 뷔히너에 관해 공책 세 권 분량으로 작성한—이건 상식에 어긋나고 무례한 일이었다—글이 내겐 걸작으로 보였다. 하지만 나는 쓰라린 실망을 맛보았다. 점수가 겨우 '전반적으로 우수함', 즉 2 마이너스였다. 쉬는 시간에 베크 선생님은 이례적으로 나를 교무실로 불렀다. 학생들은 교무실을 출입할 수 없었기에 선생님이 밖으로 나왔다. 내 에세이는 학생이 학교에서 쓰는 수준은 넘어섰지만 문학적인 시도로 보기에는 아직 충분하지 않다고 했다. 그래서 '전반적으로 우수함'이라는 것이었다. 선생님은 근처에 누가 있지 않나 주위를 둘러보고는 나지막하게 덧붙였다. "자네가 파리에 가서 평론가가 되거든 그땐 내게 엽서 한 장 보내게." 당시 파리는 독일 망명문학의 중심지였다.

나는 당장 평론을 쓰기로 결심했다. 내가 본 모든 공연을 비평할 생각이었다. 나는 두꺼운 연습 노트를 한 권 사서 제일 먼저 입센 원작의 연극 〈헤다 가블러〉에 대해 장황하게 적었다. 영화배우로 더 유명한 힐데 힐데브란트가 주역을 맡은 공연이었다. 두번째 평론의 주제가 무엇이었는지는 지금 생각나지 않는다. 그러나 세번째 평론을 쓰지 않았다는 것만은 확실하다.

1937년 겨울 어머니는 베크 선생님과 면담을 한 뒤 다시 한번 신이 나서 귀가했다. 선생님이 친절하게 맞아주고 뜻밖의 조언까지 해주었다는 것이다. "지금 시대적 상황에 흔들리지 마시고 아드님이 독문학을 공부할 수 있게 해주세요." 나중에 들은 말이지만, 전쟁중에 선생님은 법 규정대로 옷에 노란색 별 표식을 단 유대인을 길에서 만나면 아는 사람인 양 항상 모자를 살짝 쳐드는 습관이 있었다고 한다. 그는 정치적인 사람이었을까? 그렇지는 않은 것 같다. 그는 독일 고전작품을 읽고 그것을 진지하게 여기며 마음에 간직한 분이었다. 오늘날 카를 베크 선생님을 생각할 때면 모자를 들어

인사하고픈 마음이 드는 사람은 다름 아닌 바로 나다.

마지막 학년 때 독일어를 가르친 선생님은 예비교사였다. 그는 처음 교실에 들어서면서 특히 큰 소리로 "하일 히틀러"를 외쳐 자신이 확고한 나치임을 알렸다. 그는 거의 모든 학생들에게 인기가 없었다. 이유가 뭘까? 국가사회주의 독일 노동당에 소속되어 있어서? 아니다. 그걸 떠벌리고 다녔기 때문이다. 그런 행동은 불신을 만들어냈다. 우리는 기회주의자를 좋아하지 않았다. 그 선생님이 똑똑한 독문학자가 아니라는 사실도 곧 밝혀졌다. 전임자들과 달리 그는 수업에서 나치문학도 어느 정도 다루어야 한다고 생각했다. 그래서 우리는 얼마 전 레클람 출판사에서 나온 나치 시인선이라는 작은 책을 사야 했다. 반 아이들은 좋아하기는커녕 그 시들을 비웃었는데 지금 생각해도 의아하다. 히틀러 소년단에서 숱하게 불렀던 터라 지겨웠나 보다.

아비투어 필기시험에서 우리는 제시된 네 문제 중 하나를 고르게 되어 있었다. 나는 적어도 두 문제, 많으면 세 문제가 나치 성향일 것으로 예상했다. 그런데 불행히도 정도의 차이는 있었지만 네 문제 모두 나치색이 짙었다. 나는 지금은 벌써 잊힌 나치 문화철학자 폴 드 라가르드의 꽤나 사악한 제시문을 골랐다.

구술시험에서는 학생 본인이 선택한 과목에서 빛나게 두각을 나타내지는 못하더라도 최소한 실력을 입증해야 했다. 이 시험에서 독일어 과목을 선택한 학생은 두 명뿐이었고 둘 다 유대인이었다. 시험 보기 몇 주 전 우리가 한 가지 주제를 정해 제안하면 그 인기 없는 예비교사가 검토하여 수용 여부를 결정했다. 그는 내가 택한 주제를 아무 설명도 없이 즉각 거부했다. 나는 게오르크 뷔히너를 하려고 마음먹었지만 그가 '제3제국'에서 싫어하는 작가라는 걸 미처 몰랐던 것이다. 그의 『보이체크』는 공연 자체를 할 수 없었고, 『당통의 죽음』은 최소한 베를린에서는 전쟁이 시작된 후에야 무대에 올랐다. 『당통의 죽음』이야말로 '제3제국'과 관련지을 수 있는, 아니 관련지어야 마땅한 요소들이 상당히 많은 작품이었다.

그 예비교사는 내가 제안한 다른 주제도 의심의 눈초리로 보았다. 레싱은 무엇보다 『현자 나탄』 때문에 쳐다보려고도 하지 않았고, 헤벨은 유대적이고 성서적인 그의 희곡 『유디트』나 『헤롯 왕과 마리암네』가 '부적절'하다는 평이 있으므로 마뜩잖다고 했으며, 그릴파르처의 『톨레도의 유대 여인』도 불가능하다고 했다. 오랜 줄다리기 끝에 그는 초기 게르하르트 하웁트만을 수용했다. 구술시험 직전 우리는 각자 답변해야 할 문제가 적힌 쪽지를 받았다. 그런 다음 격리된 교실에서 30분 동안 답변 준비를 했다. 내가 받은 쪽지에는 아르노 홀츠의 주장이 적혀 있었다. "'예술은 다시 자연으로 돌아가려는 경향이 있다. 이는 각 예술작품의 재생산 조건과 그 취급 방식에 달려 있다'(이 주장으로부터 자연주의의 본질 규정을 도출하시오)." 보다시피 피히테 김나지움은 대단히 수준 높은 학교였다. 선생님은 내게 주어진 문제가 너무 추상적이라고 생각했는지 다음과 같은 설명을 자필로 덧붙였다. "자연주의 시인으로서의 G. 하웁트만(『해 뜨기 전』 『외로운 사람들』 『직조공들』)."

나는 그 쪽지에 놀라거나 겁먹지 않았다. 내가 처음 몇 마디 문장을 시작하면서 『해 뜨기 전』에 대해 말하기가 무섭게 시험 감독 대행으로 와 있던 '금계' 하이니거 교장 선생님이 단호하게 내 말을 잘랐다. 그리고 나치즘과 하웁트만의 관계가 어떻게 되는지 아느냐고 물었다. 예상치 못한 질문이었다.

나는 몇 달 전 그의 75세 생일을 맞아 전국에서 풍성하게 하웁트만 기념행사가 열렸고 거기에 모든 국립극단과 기타 연극 단체가 참여했다는 사실을 말했어도 괜찮았을 것이다.

또 '제3제국' 고위직의 발언을 인용하여 하웁트만이 그들에게 필요한 사람이고 때로는 구애까지 받는 존재라는 걸 간접적으로 내비칠 수도 있었다. 하지만 나는 두 가지 다 말하지 않았다. 그런 답변이 즉각 떠오르지 않아서였는지도 모르고, 아니면 그렇게 말했다가는 시험 감독 대행을 화나게 할지 모른다는 걱정이 들어서 그랬을 수도 있다. 그 대신 나는 하웁트만이 사회

문제를 작품의 핵심 주제로 설정한 사실을 '제3제국'이 특히나 높이 산다고 짧게 말했다. 그후 감독관들은 내 답변을 더는 들으려 하지 않았다. 나는 "됐습니다"라는 무뚝뚝한 말을 들으며 시험장을 나왔다. '금계'는 내 대답을 비꼬는 말로 생각했을까?

아비투어 증서에 내 독일어 과목 점수는 예년과 달리 '매우 우수함'이 아니라 그냥 '우수함'으로 적혀 있었다. 나중에 독문학자 베크 박사가 은밀히 들려준 바에 의하면, 시험 감독관은 내 성적에 관해 논의하는 걸 허락하지 않았으며, 수업과는 무관한 이유를 들어 이 학생(즉 유대인)에게 '매우 우수함'이라는 독일어 점수를 주는 건 적절하지 않다고 말했단다.

내가 실망하고 정말이지 화가 났었다는 걸 부끄럽지만 인정하겠다. '금계'의 결정은 옹졸했지만, 그에 대한 내 반응 역시 우스웠다. 그 모든 게 하찮은 일이었을까? 그럴지도 모르지만 그래도 시사하는 점은 있었다. 아비투어를 치른 뒤에도 나는 여전히 최소한 문학과 어떻게든 관계가 있는 직업을 준비해도 괜찮지 않을까라는 희망을 남몰래 품고 있었음이 그 일을 계기로 드러난 것이다.

김나지움 시절만큼 내가 책을 많이 읽은 때도 없다. 베를린에는 행정구역마다 도서를 제대로 구비해놓은 시립도서관이 있었다. 문학에 관심이 있는 사람이면 그곳에서 원하는 책을 모두 찾아볼 수 있었다. 현대 작가는 물론이고 최신 작가들의 작품도 있었다. 물론 한 번에 두 권 이상은 빌려주지 않았다. 나는 그걸로 만족하지 못했지만, 쇠네베르크와 빌머스도르프에 있는 시립도서관 두 군데에 등록하여 그 문제를 쉽게 해결했다.

1938년 가을 내가 독일에서 강제 추방을 당할 때 세계문학에서 어떤 작품들을 알고 있었는지는 꽤 자세하게 기억난다. 실러의 모든 희곡, 셰익스피어의 작품 대부분, 클라이스트와 뷔히너의 거의 모든 작품, 고트프리트 켈러와 테오도어 슈토름의 노벨레 전체, 톨스토이와 도스토옙스키와 발자크와 스탕달과 플로베르의 방대한 주요 소설들을 내가 어떻게 5~6년 사이에 섭렵할 수 있었는지 지금은 설명하기 힘들다. 나는 옌스 페테르 야콥센과 크누트 함순 같은 스칸디나비아 작가들도 읽었고, 에드거 앨런 포의 모든 작품을 읽고는 감탄했으며, 오스카 와일드에게는 매혹되었고, 모파상의 꽤 많은 작품들은 즐거움과 자극을 안겨주었다.

내 독서가 주마간산식이었을 수도 있다. 읽고도 이해하지 못한 부분 역시 많았다. 그래도 어떻게 그게 가능했을까? 속독법이라도 알고 있었을까? 전혀 그렇지 않다. 지금까지도 나는 그런 방법은 알지 못한다. 오히려 그때나 지금이나 나는 읽는 속도가 느린 편에 속한다. 어느 글이 마음에 들고 정말 내용이 좋으면 나는 문장을 하나씩 음미하는데 이게 시간을 많이 잡아먹는다. 만일 글이 마음에 안 들면? 그럼 지루해져서 제대로 집중하지 못하다가 문득 한 페이지 전체를 거의 이해하지 못해 다시 읽어야 한다는 걸 알아차린다. 글이 좋든 나쁘든 진도는 느리게 나갔다.

젊은 시절 내가 많은 작품을 섭렵할 수 있었던 데에는 전혀 다른 사정이 있었다. 내가 날마다 몇 시간씩 독서를 할 수 있었던 건 숙제를 재빨리 해버렸기 때문이다. 숙제에는 '충분함'이라는 점수를 받는 데 꼭 필요한 시간만 할애했다. 그렇게 해서 나는 자연과학과 외국어를 소홀히 했다. 잘한 일은 아니지만 운동에도 거의 시간을 들이지 않았다. 무용학원에도 가본 일이 없다. 후회막급이다. 어쨌든 나는 한 번도 춤을 배운 적이 없다.

내 독서에 영향을 준 건 학교와 연극만이 아니었다. 이상하게 들릴지 모르지만 나치의 문화정책도 거기에 일조했다. 시립도서관에서는 더이상 대출해주지 않는 서적에만 빨간 줄을 그어놓았을 뿐 기존의 두꺼운 도서목록을 계속 사용했다. 유대인, 공산주의자, 사회주의자, 평화주의자, 반파시스트, 망명자 들의 이름과 도서명이 종류를 막론하고 삭제되어 있었지만 알아보는 데는 전혀 지장이 없었다. 그 이름은 토마스 만, 하인리히 만, 클라우스 만, 되블린, 슈니츨러, 베르펠, 슈테른하임, 추크마이어, 요제프 로트, 리온 포이히트방거, 아르놀트 츠바이크, 슈테판 츠바이크, 브레히트, 호르바트, 베허, 제거스, 라스커쉴러, 브루노 프랑크, 레온하르트 프랑크, 투홀스키, 케어, 폴가, 키슈 등이었다.

그런데 가장 중요한 작가의 이름을 그 당시 들어본 적이 없었다는 게 생각난다. 바로 프란츠 카프카다. 그의 여섯 권짜리 전집 중에서 네 권은 1935년에 베를린의 유대계 출판사에서 나왔지만 나머지 두 권은 1937년에(당연히 카프카도 '유해 및 사절 도서 목록'에 올랐으므로) 프라하에서 출간되었다. 생각해보니 내 주위에 카프카를 아는 사람이 하나도 없었던 것 같다. 당시만 해도 그는 아는 사람들만 아는 작가였다.

나는 그 많은 빨간 줄들이 반가웠다. 무엇을 읽어야 할지 알 수 있었으니 말이다. 나는 그 환영받지 못한 금서들을 일단 사야 했다. 그건 별로 어렵지 않았다. 1933년 5월의 분서 조치 때 베를린 한 곳에서만 약 2만 권이 불에 던져졌다고 하는데 주로 도서관에서 나온 책들이었다. 다른 도시에서는 파기된 책의 수가 더 적었을 것이다.

여하튼 그 분서 조치는 상징성을 노리고 즉흥적으로 시행되었지만 거기에 희생된 책은 당연히 금지 도서의 일부에 불과했다. 그보다 훨씬 많은 책들은 서점과 출판사 창고 그리고 가정집에 남아 불길을 피했다. 그중 대부분은 어느 때고 베를린의 고서점으로 흘러들어갔다. 물론 진열창이나 서점 매대에는 나와 있지 않았다. 그러나 아는 손님이 오면 서점 주인은 기꺼이 책을 꺼내와 싼값에 팔았다. 우리 부모님의 친척과 지인 집에는 중산층 가정들이 흔히 그렇듯 장서가 있었으며, 거기에 바로 공식 도서목록에서 제외된 책들이 적지 않았다.

변리사인 막스 외삼촌 집에도 장서가 있었다. 쾌활한 삼촌은 '제3제국'이 머지않아, 어쩌면 다음해에 처참히 무너질 거라는 믿음을 잃지 않았다. 나는 그 집에 있는 책들을 자주 읽었다. 삼촌에게 다섯 살 난 예쁘장한 아들이 있어서 내가 자주 들러 베이비시터 노릇을 한 것이다. 멋진 밤들이었다. 나는 거기에 있는 수많은 책들을 읽으며 호강했다. 더구나 보수까지 후하게 받았다. 저녁마다 1마르크를 받았고, 삼촌에게 잔돈이 없으면 2마르크도 받았다. 내가 봐주던 아이는 기특하게도 저녁 내내 한 번도 깨는 법이 없었다. 프랑크 아우어바흐, 지금은 영국에서 유명한 화가가 되어 있다.

나는 절실하게 돈이 필요했다. 하지만 주로 연극표를 구입하기 위한 것이지 책을 사기 위한 돈은 아니었다. 이민을 떠나는 사람들은 가져갈 수 있는 물건이 많지 않았다. 책도 대부분 두고 갔다. 책을 챙겨 망명을 떠나는 경우에도 그건 소설이나 시집이 아니라 전문서, 특히 사전류였다. 그래도 두고 가야 하는 책들은 주변 사람들에게 선물로 주었다.

베를린 슈마르겐도르프에 살던 삼촌의 화학자 친구가 이민을 준비하면서 나는 그 집에 있는 책들을 가져올 수 있었다. 그분은 작은 가방이나 배낭을 가져오라고 했지만 나는 커다란 여행가방을 들고 갔다. 그리고 작은 가방을 찾지 못했다고 거짓말을 했다. 침울해 보이기는 해도 호의적이었던 그 화학자는 책장 문을 열고 심드렁하게, 아니 체념한 듯 말했다. "원하는 대로 가져가."

눈앞에 펼쳐진 광경에 나는 말문이 막혔다. 눈물이 다 날 지경이었다. 그때 내 눈에 확 띄었던 게 무엇인지 지금도 생각난다. 하웁트만 전집, 슈니츨러 전집, 그리고 릴케가 입에 침이 마르도록 추천했던 옌스 페테르 야콥센 전집이었다. 나는 가방에 들어갈 만한 것들을 재빨리 꺼냈다. 짐이 얼마나 무거워질지는 생각도 하지 않았다. 가방은 거의 들 수 없는 상태였지만 가까운 전차 정류장까지 그래도 꾸역꾸역 끌고 갔다.

무거운 가방도, 친절한 화학자의 우울한 경고도 내 행복감을 짓누르지 못했다. 내가 정말 고맙다고 하자 그는 손을 내저으며 주의를 주었다. "전혀 고마워할 것 없어. 이 책들은 자네한테 선물하는 게 아니야. 실은 빌려주는 거지. 지금 이 세월을 자네가 빌려 쓰고 있듯이. 자네도 여기에서 쫓겨날 거야. 그럼 이 많은 책들은 어떻게 될까? 지금의 나처럼 자네도 두고 가야겠지." 그의 말이 옳았다. 후에도 나는 여기저기 서가에서 많은 책들을 악착같이 긁어모았지만, 2년 후 독일에서 강제 추방될 때는 달랑 한 권만 가져갈 수 있었다.

가끔 나는 시립도서관 열람실에서 그곳에 비치된 잡지를 읽으며 정보를 얻었고 흥미 있는 기사도 발견했다. 그것들도 내 독서에 어느 정도 영향을 주었다. 1936년 『월간 나치』에 실린 어느 문학평론의 힘찬 제목이 눈에 들어왔다. "하인리히 하이네는 이제 그만!" 그 글을 읽으면서 내 관심은 더 커졌다. 아니 더 만족스러워졌다.

언어학자였던 필자는 무엇보다 하이네의 대중적인 시에 속하는 「로렐라이」와 「두 사람의 척탄병」을 예로 들었다. 그는 두 시가 하이네의 부족하고 얕은 독일어 실력을 보여주는 대표적인 사례이며 "아직 벗어던지지 못한 이디시어의 흔적"까지 내비친다고 주장했다. 당시 또다른 독문학자는 「로렐라이」의 첫 행 "Ich weiß nicht, was soll es bedeuten"부터가 그것을 보여준다며 만일 독일인이었다면 "Ich weiß nicht, was es bedeuten soll"로 썼을 거라고 했다. 하이네를 욕하는 나치들이 타의 추종을 불허하는 헛소리를 했지만 나는 아무렇지도 않았다. 『월간 나치』를 읽은 덕분에 나는 하이네의 열혈 애독자가 되었다.

한편 망명 작가의 작품은 당시 어디에서도 찾아볼 수 없었다. 우리는 추방당하고 피난을 떠난 작가들이 그즈음 쓴 작품을 당연히 읽고 싶었지만 아무것도 입수할 수 없었다. 외국에 나갔다 돌아오는 사람은 감히 책이나 잡지를 가져올 생각을 하지 못했고 우편으로 부치는 것도 상상하기 힘들었다. 그래도 기억에 남을 만한 의미 있는 이례적 행사가 두 번 열렸다. 긴장되었던 그 두 차례의 밤을 나는 잊지 못할 것 같다. 망명을 떠난 독일 작가들의 문서가 낭독된 것인데 서로 판이한 두 통의 편지였다.

1930년대 초 바르샤바에서 학업을 중단하고 베를린으로 온 누나는 게르하르트 뵘이라는 남자를 사귀었다. 오래전에 사망한 그 독일계 유대인을 생각할 때마다 나는 고마운 마음이 앞선다. 얼마 후 내 매형이 된 그는 내 젊은 날의 교양, 특히 문학적 소양에 신경을 써준 몇 안 되는 사람 중 하나였다. 매형은 수출업을 하고 있었지만 따지고 보면 직업이 없는 사람이었다. 말하기가 조심스럽지만, 그는 돈벌이에 재주가 없었다. 게다가 키도 유난히 작았다. 매형이 과시하기를 좋아한 것은 아마 이런 사정들과 무관하지 않을 것이다. 여하튼 매형은 자신의 세계여행 경험을 눈앞에 그리듯 아주 생생하게 들려주었는데 사실 그는 세계여행을 한 적이 없었다. 또 자신이 바이마르공화국 시절에 주간지 『벨트뷔네』에 가명으로 글을 썼다고 자랑했지만 그것도 순전히 꾸며낸 말이었다.

작은 키에 허세 가득했던 게르하르트 뵘은 그러나 다정하고 지적인데다가 달변이었다. 그가 오랜 시간 하는 이야기를 듣고 있으면 재미나는 이야기도 교훈적일 수 있고 교훈적인 것이라고 해서 반드시 우격다짐으로 강요할 필요는 없다는 생각이 들었다. 그는 문학, 특히 독일 현대문학에 무척 해박했으며, 아주 훗날 그가 쓴 장문의 편지들이 증명하듯 뛰어난 문장가였다.

매형은 내 독서 방식에 지속적으로 큰 영향을 주었다. 그는 쿠르트 투홀스키를 좋아했지만 투홀스키의 책만이 아니라 붉은색의 주간지 『벨트뷔네』도 수집했다(이 잡지는 그의 서가에서 아무 문제 없는 책들 뒤에 숨겨져 있었다). 내가 그의 집에서 본 것만 해도 최소한 10년 치는 되었다. 일찍부터 내가 투홀스키를 좋아한 것은 매형 덕분이다.

끊임없이 책을 읽는 내게 관심을 쏟고 기뻐하면서도 불안감을 감추지 못한 내 주변의 유일한 사람도 매형이자 친구인 게르하르트 뵘이었다. 그는 당시 열대여섯 살이던 내가 문학에 홀려 인생을 소홀히 할까봐 걱정하면서 "삶이 먼저, 철학은 나중에"라는 옛 경구를 몇 번이나 들려주었다. 지성이 나머지 다른 것들을 몰아내려는 위험을 내게서 본 것이다. 그는 내게 프리드리히 군돌프의 『괴테 연구』(말이 나온 김에 덧붙이자면 매우 실망스러운 책이었다)를 선물하면서 『파우스트』에 나오는 지혜롭고 멋진 말을 헌사로 적어주었다.

내가 말해주지. 이리저리 궁리만 하는 자는
메마른 들판 위의 동물이야.
귀신에 홀려 제자리를 맴돌 때
주위에는 아름다운 파란 풀밭이 널려 있지.

매형은 바이마르공화국 시절 정치에 참여했다. 잠시 독일공산당 당원으로 있다가—당연한 일이지만—곧 트로츠키주의자로 찍혀 당에서 쫓겨났다. 그로서는 오히려 다행이었다. 그 덕분에 '제3제국'에서 체포되지 않았는지도 모르니 말이다. 공산주의에 대해 대략적이나마 가르쳐주고 갖가지 소련 예술과 레닌, 특히 레온 트로츠키에 관해 알려준 사람도 매형이었다. 나는 매형을 통해 창백하고 말수가 적은 사람들을 몇 명 알게 되었다. 새것이긴 하지만 누가 봐도 값싼 양복을 입고 다닌 그들은 매형이 옛날부터 알고 지내는 사람들, 그리고 방금 감옥에서 출소했거나 집단수용소에서 나온 공산주의자들이었다.

매형이 정치적인 지하조직에서 활동했다는 사실은 아주 나중에야 알았다. 나 역시 이따금 편지 심부름이나 그 비슷한 일을 하면서 그들의 활동에 관여했다. 대단한 일을 한 건 아니었지만 나는 그들이 보여준 신임에 기분이 좋았고, 당연히 위험하다는 생각도 들었기에 나 자신이 꽤나 중요한 사람인 양 느껴졌다. 그러나 절대로 매형은 나를 공산주의자로 만들지 않았다. 다만 공산주의에 대한 공부를 시켰을 뿐이다.

내가 잊지 못할 거라고 했던 이틀간의 문학의 밤도 매형과 관련이 있다. 1936년 초였다. 대부분 젊은이로 구성된 우리 일행은 그루네발트에 있는 어느 크고 으리으리한 집에 모였다. 집주인은 매형의 친구이면서 나이가 조금 든 사람이었다. 모임을 조직하고 나를 초대한 사람도 그였다.

나는 무슨 행사가 어떻게 진행될지 알지 못했다. 그런 터라 탁자 위에 나치 친위대 기관지 『검은 군단』 두 부가 놓인 것을 보고 기겁을 했다. 매형은 그 어떤 인사말이나 소개도 없이 신문에 실린 긴 기사를 읽어내려갔다. 내 기억이 틀리지 않다면, 기사 제목은 "어느 망명자의 파산선고"였다. 1935년 12월 15일에 쿠르트 투홀스키가 아르놀트 츠바이크에게 보낸 작별 편지였다.

우리는 처음에 당황했고 곧 아연실색했다. 믿고 싶지 않았다. 그 편지는 수년간 쌓여온 게 확실한 분노의 폭발을 증언했다. 독일의 좌파와 독일에 사는 유대인들에 대한 분노였다. 무자비하고 군데군데 증오로 가득한 발언들, 여기저기 적나라한 욕설로 이어지는 그 발언들이 정말 투홀스키의 것이란 말인가? 그러나 우리의 의심은 곧 사라졌다. 투홀스키의 문체가 분명했다. 나중에 알고 보니 친위대 기관지는 그 편지를 줄이고 잘라내고 조롱조의 소제목을 끼워놓았지만, 원문 자체를 날조한 것은 아니었다. 그렇다. 망명자 투홀스키는 유대인에 대한 역겨움과 혐오감을 적었고, 간간이 원색적이며 악의적인 반유대적 상투어까지 사용했다.

유대인을 향한 투홀스키의 시비가 고통스러운 자아갈등이라는 것을 우리는 의심하지 않았다. 이 편지는 유대주의로 인한 고통과 무시무시한 자기증오가 삶에서 크게 작용하고 어쩌면 결정적인 역할을 했던 남자가 쓴 것이다. 그가 이 편지를 쓰고 며칠 후 자살했다는 것을 우리는 알고 있었다. 하지만 그가 망명지에서 본인의 정치적 이상과 단호히 결별하고 종교적 사상에, 구체적으로 말하면 가톨릭 세계에 귀의하여 거기에 매혹됐다는 것을 우리는 알지 못했다. 또 당시 그가 치유하기 힘든 중병에 걸렸다는 사실도 우리는 몰랐다.

쿠르트 투홀스키 숭배자였던 우리는 화려하지만 조금 음침했던 베를린 그루네발트의 그 집을 나왔다. 충격이 가시지 않았다. 낭독 직후 편지에 대해 토론하면서, 더 정확히 말해 토론하려고 애를 쓰면서 사실은 무슨 말을 해야 할지 몰라 더듬거렸던 데 반해 길거리를 걷던 우리는 아무 말도 하지 않았다. 저마다 생각에 빠져 있었다. 우리는 곧 헤어졌다. 몇 사람은 전차에 올랐고 나는 혼자 있고 싶어서 걷기로 했다.

그 편지에서 위대한 독일 작가의 파멸 이상의 것을 읽어내야 할까? 이런 생각을 하며 나는 서두르다시피 발걸음을 재촉했다. 집에 가는 게 그렇게 급했을까? 아니면 낭독의 밤이 뜻하지 않게 끔찍한 경험으로 변한 그 장소에서 되도록 빨리 멀어지고 싶었을까? 모르겠다. 하지만 할렌 호 쪽으로 가는 귀갓길에서 그때 내가 무엇을 느꼈는지는 잘 알고 있다. 그건 공포였다. 임박한 사태에서 느껴지는 가공할 공포였다.

잊을 수 없는 두번째 밤은 1937년 2월에 경험했다. 비가 내려 춥고 우중충한 날이었다. 우리는 그루네발트에 있는 그 집에서 다시 만났다. 하지만 전보다 참석자가 적었다. 정보가 새나가지 않게 하려고 그랬을 것이다. 초대받은 사람은 일고여덟 명밖에 되지 않았다. 국내외로 사방에 연락망이 있다고 알려져 있던 집주인은 이번에도 보안상 우리에게 모임의 목적을 미리 말해주지 않았다. 그는 불을 끄고 매형이 앉은 의자 옆의 거실 등만 밝혔다. 그리고 매형에게 작은 종이 꾸러미를 건넸다. 아주 얇은 종이에 양면으로 글이 적혀 있었다.

모두가 말이 없었다. 어둑어둑한 방에서 무언가 으스스한 느낌이 났다. 1년 전 투홀스키의 편지가 낭독되던 밤을 생각하며 나는 이번엔 무엇이 기다리고 있을까 불안한 마음이 들었다. 불법적인 방법으로 베를린에 도착한 게 분명한 글을 매형이 소리 내 읽기 시작했다. 이번에도 망명지의 작가가 쓴 편지였다. 본 대학이 명예 박사학위를 수여했다가 박탈한 데 대한 토마스 만의 답변서였다.

'제3제국' 신문들이 망명 작가들을 비방할 때마다—드문 일이 아니었다—거의 매번 거론되고 공격받은 사람은 하인리히 만이었지 그의 동생 토마스 만은 대부분 제외되었다. 당시 나는 두 작가의 작품을 많이 읽은 뒤였다. 나는 하인리히 만을 높이 샀고 특히 그의 『운라트 교수』와 『충복』을 좋아했다. 그러나 『부덴브로크가家』를 읽은 후 나는 토마스 만에게 감탄하고 그를 존경하게 되었다.

하지만 청년기의 내게 큰 영향을 준 작품은 불완전하고 논쟁의 여지마저 있던 다른 소설이었다. "평범함이 주는 행복"을 꿈꾸고 "진부하지만 매혹적인 삶"이 도망갈까 두려웠던 토니오 크뢰거, 어디에도 소속되지 못한 자신의 처지에 괴로워하고 제집에서 이방인처럼 살았던 토니오 크뢰거에게서 나는 내 모습을 발견했다. "인간의 일에 관여하지 않으면서 인간의 일을 묘사"하느라 때론 죽을 만큼 힘들다는 그의 탄식은 내 마음 깊은 곳에 와닿았다. 문학 속에서만 사느라 인간사에서 배제되었다는 두려움, 달리 말해 주위에 펼쳐져 있지만 도달할 수 없는 아름답고 푸른 초원에 대한 동경이 한시도 나를 떠난 적이 없었다. 이 두려움, 이 동경이 바로 내 삶의 주요 모티브이다.

나는 『토니오 크뢰거』를 변함없이 좋아한다. 1987년 내가 토마스 만 상을 수상했을 때 수상 소감에서 무슨 말을 해야 할지는 자명했다. 소속이 없는 자신의 처지를 극복하지 못한 모든 이들의 시적 교본, 문학이 유일한 고향인 이들의 성서인 그 소설 말고 또 무엇이 있겠는가.

그때 스위스에서 살던 토마스 만이 독일에서 일어나는 일들을 보고 무엇을 하게 될지는 정말 과장을 보태지 않고 내겐 일생일대의 중차대한 문제였다. 1937년 2월의 그날 밤, 나는 토마스 만이 편지에 쓴 첫마디를 듣고 매우 불안해졌다. 떨었던 것 같다. 무슨 말이 더 나올지 몰랐고, 그가 어떤 결정을 내렸는지, 어느 정도까지 더 나갈지 알지 못했기에 그럴 수밖에 없었다. 그런데 셋째 문장을 듣고 불안감이 사라졌다. "독일을 도덕적, 문화적, 경제적으로 초토화한 사악한 권력"이라는 말이 나왔다. 거기에 무슨 의심이 더 생기겠는가. 토마스 만은 그 편지에서 처음으로 분명하게 '제3제국'에 반기를 들었다.

그루네발트에서 토마스 만의 편지가 천천히 신중하게 낭독되는 걸 듣고 있던 그 어두운 밤, 지속적으로 단조롭게 유리창을 때리는 빗소리가 위협적으로 느껴지던 그때, 정적이 좌중의 숨소리까지 들리게 하던 그날 밤, 나는 무엇을 느꼈을까? 안도감? 당연히 그것도 있었지만 더 나아가 감사함마저 들었다. 훗날 베를린이나 바르샤바나 게토에서 주로 독일을 주제로 대화를 나눌 때마다 나는 그 편지에 담긴 핵심 생각들을 언급했다. "그들은(나치를 가리키는 말이다) 파렴치하게 자신을 독일과 동일시한다! 정작 독일 민족은 그들과 동일시되고 싶은 마음이 조금도 없을 최후의 순간이 멀지 않았는데도."

1937년 그때만 해도 나는 토마스 만이 제2차 세계대전 동안 국제사회에서 독일 작가로서는 한 번도 해본 적이 없는 큰 역할을 해내리라고 생각하지 못했다. 그는 누가 봐도 확실한 대표적인 반체제 인사가 되었다. 20세기의 독일을 대표하는 두 사람의 이름을 들라고 한다면 나는 한 치의 망설임도 없이 단호하게 대답할 것이다. 독일, 그건 내 눈에 아돌프 히틀러와 토마스 만이다. 두 이름은 예나 지금이나 독일의 양면, 두 가지 가능성을 상징한다. 만일 독일이 이 두 가능성 가운데 어느 하나라도 망각하거나 배제하려고 한다면 그때는 치명적인 결과가 뒤따를 것이다.

편지의 마지막 문장이 낭독된 후 어느 누구도 감히 입을 뗄 생각을 하지 못했다. 글을 다 읽은 매형은 조금 쉬었다가 편지에 대해 이야기를 나누자고 제안했다. 나는 쉬는 시간을 이용해 고맙다는 말을 하고 작별을 고했다. 다음날 중요한 시험이 있어서 집에 빨리 가야 한다고 말했지만 그건 거짓이었다. 실은 혼자 있고 싶었다. 내가 느낀 행복을 만끽하면서.

가장 아름다운 도피처, 연극

베를린의 여러 국립극장 프로그램 책자에는 나치의 휘장인 하켄크로이츠가 당당하게 박혀 있었다. 그래도 그때는 독일의 무대예술이 찬란하게 꽃을 피운 전성기였다. 오해하지 않게 미리 말해두자면, 그런 전성기였다고 해서 1933년에 권력을 빼앗은 자들이 더 부드러운 조명을 받는 것은 아니다. 그들이 지배하고 괴롭혔던 나라와 문명 세계 사이에 벌어져 있던 틈은 나치의 문화정책을 끈질기게 무시하고 거기에 조심스레 저항했던 예술가들의 업적으로도 결코 좁아지지 않았다. 베를린의 오페라극장들, 장다르멘마르크트의 국립극장 샤우슈필하우스와 나머지 극장들의 공연, 또 빌헬름 푸르트벵글러가 지휘하는 베를린 필하모닉의 연주회들도 폭정을 누그러뜨리지 못했다. 그러나 그 공연과 연주회들은 많은 이들이 삶을 조금이나마 견딜 수 있게, 나아가 그 삶을 더 아름답게 만들어주었다. 내 삶도 마찬가지였다.

내 베를린 시절의 상당 부분을 차지했던 연극에서 나는 무엇을 기대했을까? 연극으로 인간을 계몽하고 가르치겠다고 수없이 되풀이해 말했던 베르톨트 브레히트, 그런 그가 연극에서 관건은 결국 "사람들을 즐겁게 하는 것"이라고 도발적으로 강조한 이유는 그 자신이 너무나 잘 알고 있었다. 그 암울한 시기에 나도 연극에서 재미와 기분 전환을 기대했을까? 그 이상은 아니었을까? 아니, 그랬던 것 같다. 혹 피난처를 찾았던 걸까? 만일 그랬다면 그건 어떤 말로도 모자랄 내 연극 열정이 새 정권과 무관하지 않았다는 말이 된다. 야만인들이 독일을 지배했음에도 불구하고가 아니라, 야만인들이 독일을 지배했기 때문에 나는 피난처가 절실히 필요했다.

내가 극장을 드나들며 문학에 이르렀을 거라는 추측의 말을 사람들로부터 가끔 듣는다. 꼭 그렇지만은 않다. 오히려 상호작용이 있었다고 하는 게 진실에 가깝다. 문학은 나를 연극으로 몰고 갔고 연극은 나를 문학으로 몰고 갔다. 그 둘은 내가 절실히 필요로 하고 갈수록 크게 의지했던 것, 즉 도움과 피난처를 제공했다. 그렇게 해서 독일문학은 베를린의 극장과 더불어 '제3제국'의 한복판에서 미성년 유대인의 상아탑 역할을 톡톡히 해냈다.

장다르멘마르크트에 있는 국립극장 샤우슈필하우스에서는 매주 일요일 오전 10시에 예매가 시작되었다. 많지도 않은 값싼 표를 구하려면 8시, 늦어도 9시에는 줄을 서야 했는데, 특히 초연인 경우가 그랬다. 더구나 그륀트겐스 연출의 초연 작품을 보려면 더 일찍 나가서 줄을 서야 했다. 이곳에서는 3등석이 2마르크였고 맨 위층 자리는 1마르크였다. 그런데 극장 음향 상태가 이상해서 맨 위층에 있으면 프롬프터의 목소리까지 포함하여 모든 게 1층 앞쪽 관람석보다 더 잘 들렸다. 국립오페라극장은 4등석이 2마르크 50 페니히, 입석이 1마르크였다. 〈리골레토〉를 서서 본다고? 그 정도야 얼마든지 감수할 수 있다. 하지만 〈신들의 황혼〉은? 나는 한 번도 용돈을 받은 기억이 없다. 하지만 베이비시터 노릇을 하고 문서를 특허청에 배달하는 심부름을 하며 삼촌한테서 번 돈은 한 달에 두세 번 연극이나 오페라 공연을 보기에 충분했다.

영화관에는 별로 가지 않았다. 영화예술에 대한 내 관심은 당시에 도를 넘지 않았다. 대부분 영상보다는 말에서 더 강한 인상을 받았기 때문일 것이다. 내가 처음으로 영화를 본 것은 아직 폴란드에 있을 때였고(찰리 채플린의 〈서커스〉), 유성영화는 1930년에 베를린의 우파팔라스트 암 초에서 처음 보았다. 그게 〈주유소의 세 사람〉이었는데, 당시 대단한 인기를 누린 릴리안 하비와 빌리 프리치, 그리고 젊은 코미디언 하인츠 뤼만이 나오는 영화였다. 나를 가장 들뜨게 한 영화 중 하나는 빌리 포르스트 감독, 파울라 베셀리 주연의 〈가면무도회〉였다. 걸작이라는 평을 받은 이 영화를 나는 절대로 놓치고 싶지 않았다. 그러나 내가 그렇게 흥분한 이유는 작품성과는 무관했다. 〈가면무도회〉는 심의 규정에 따라 18세 미만의 청소년은 관람할 수 없었다. 그런데 1934년 당시 나는 겨우 열네 살이었다.

베를린의 소형 극장 매표소에는 대개 극장 주인이 앉아 있었다. 그들은 표를 많이 파는 데만 골몰해 있었지 방문객의 나이에는 신경도 쓰지 않았다. 그래도 어떻게 될지 몰라 나는 길이가 긴 나의 단벌 양복을 입고 넥타이까지 매고 갔다. 가끔 영화관에 경찰이 불시에 들이닥쳐 검문을 한다는 이야기가 학교 아이들 사이에 떠돌았고, 관청의 규정을 어긴 청소년들은 엄벌에 처해졌다는 말도 들렸다. 비행 청소년, 그것도 모자라 유대인 비행 청소년은 어떤 벌을 받을까? 나는 근심이 되어 벌벌 떨면서도 빌리 포르스트의 〈가면무도회〉에 푹 빠져 앉아 있었다. 나는 운이 좋았다. 그때도 그렇고 나중에도—이후 내 관심을 끈 거의 대부분의 영화는 청소년 입장 불가였다— 나는 그토록 두려워했던 검문을 받지 않았다. 당시 경찰은 영화관 관객을 검문하는 일보다 다른 업무에 더 바빴던가보다.

무척이나 아름다웠던 그 영화에서 파울라 베셀리의 상대 배우는 아돌프 볼브뤼크였다. 유대계인 그는 오스트리아에서 살다가 영국으로 망명하여 그곳에서 안톤 월브룩이란 이름으로 성공을 거두었다. 볼브뤼크는 독일이 아쉽게 놓쳐버린 수많은 유명 감독과 배우 중 한 명이었다. 예를 들어 막스 라인하르트, 레오폴트 예스너, 에르빈 피스카토르, 마를레네 디트리히, 엘리자베트 베르크너, 릴리 팔머, 알베르트 바서만, 에른스트 도이치, 프리츠 코르트너, 틸라 뒤리외, 루시 만하임, 그레테 모스하임, 테레제 기제, 헬레네 바이겔, 로자 발레티, 에른스트 부슈, 알렉산더 그라나흐, 피터 로리, 막스 팔렌베르크 같은 예술인들, 그리고 이름이 잊힌 그 밖의 많은 이들이 유대인이거나 유대 혈통이라는 이유로, 혹은 '제3제국'에서는 결코 살고 싶지 않다는 이유로 망명을 떠나야 했다.

그럼에도 불구하고 바이마르공화국 시절에는 독창적이고 뛰어난 감독과 배우와 무대미술가 들이 유달리 많았다. 나치의 문화정책 담당자들은 독일에 남은 예술가들에게 당장 관심을 보였다. 배우 하인리히 게오르게나 에리히 엥겔 감독, 무대미술가 트라우고트 뮐러와 카스파어 네어처럼 과거에 좌익 활동을 했거나 공산주의자였어도, 또 배우 한스 알베르스, 파울 빌트, 테오 링겐, 파울 헹켈스처럼 유대인과 '인척 관계'에 있는 사람들에게도 나치는 관심을 기울였다.

'제3제국'은 베를린의 연극계가 1933년 이전처럼 높은 수준을 유지할 수 있도록 애를 썼다. 그리하여 어느 정도 목표는 달성했지만 그건 부분적인 달성에 불과했다. 베를린의 대다수 극장들이 1933년부터 선보인 공연들은 대개 평범한 수준에 머물렀다. 그러나 구스타프 그륀트겐스(1928년 막스 라인하르트가 베를린으로 데려왔다)가 이끄는 장다르멘마르크트의 국립극장 및 인접한 클라이네스 하우스, 얼마 전까지 수석 연출가로 라인하르트와 긴밀히 공동 작업을 했던 하인츠 힐페르트 감독의 도이체스 테아터와 소극장들에서는 바이마르공화국의 연극 문화가 인상적이면서도 화려하게 지속되었다. 이례적으로 유대인 레오 블레히가 1937년까지 음악 총감독을 지낸 운터 덴 린덴의 국립오페라극장도 상황은 비슷했다.

일부 예외를 제외하면 이들 극장에서 공연된 연극은 '제3제국'의 문화정책 담당자들의 바람과는 관계가 멀었다. 그륀트겐스는 장다르멘마르크트 극장을 일종의 섬으로 만들어 테러 시대에 최고의 연극인들이, 특히 정권으로부터 (대개 그럴 만한 이유가 있어서) 신뢰받지 못하던 예술인들이 안전하게 도피할 수 있는 은신처를 제공했다. 이 점은 높이 평가해야 마땅하다. 덕분에, 앞의 사례를 다시 들자면, 이젠 배척당하고 비난받는 표현주의에서 출발하여 레오폴트 예스너 극단에서 활동한 연출가 위르겐 펠링은 그륀트겐스가 있는 샤우슈필하우스에서 비상한 재능을 활짝 펼칠 수 있었다. 베를린의 중요한 극장들에서는 여전히 1920년대의 정신이 지배하고 있었다.

달라진 것은 공연 프로그램이었다. 대다수 현대 독일 극작가들의 작품은 무대에 올릴 수 없었다. 유대인이거나 유대 혈통이기 때문에(호프만스탈, 슈니츨러, 슈테른하임, 페르디난트 브루크너, 발터 하젠클레버, 에른스트 톨러), 망명했거나 '제3제국'에 반대했기 때문에(브레히트, 호르바트, 게오르크 카이저), 그리고 '퇴폐적'이라고 낙인찍혔기 때문이다(베데킨트, 바를라흐, 마리루이제 플라이서). 하지만 나치가 인정하거나 후원하는 작가들은 빈약하고 때론 처참할 정도로 형편없는 작품을 내놓은 탓에 그륀트겐스와 힐페르트 같은 감독은 과거의 레퍼토리에 의존하는 수밖에 없었다. 그에 따라 아이스킬로스부터 셰익스피어를 거쳐 버나드 쇼에 이르는 대작들과 레싱부터 게르하르트 하웁트만에 이르는 독일 고전작품들이 공연되었다.

그러니 나로서는 세계의 극작품들을 글로만 읽는 게 아니라 직접 눈으로 볼 수 있는 기회를 얻은 것이었다. 그 작품들이 내 관심에 불을 지피면서 나는 말 그대로 그 모든 것들을 빨아들였다. 연극 공연은 나라는 존재를 만들어냈고 내 일상에 흔적을 남겼다. 그러나 일부 유명 작품은 실망스럽고 낯설게 다가왔다. 몰리에르가 중요하다는 것은 알고 있었으나, 조금 지루하여 그를 좋아하기는 힘들었다. 골도니는 분명히 주목할 만했지만 꽤나 시시해 보였다. 보마르셰와 고골에게는 당연히 경의를 표했지만 거리감도 조금 느껴졌다. 이상하게 별로 공연되지 않던 입센은 한물간 느낌이 들었고, 자주 볼 수 있었던 버나드 쇼의 희극은 재미있긴 해도 깊은 감동은 주지 못했다.

당시 감독들은 연극사 자료를 찾아 공부하는가 하면, 온갖 대중 오락극을 비롯하여 한때는 세계적으로 유명했으나 이젠 낡아빠진 스크리브의 『물잔』이나 알렉상드르 뒤마(아들)의 『춘희』 같은 인기작들까지 서슴없이 끄집어내 뛰어난 공연으로 관객의 눈길을 끌려고 노력했다. 이런 사정을 보면 당시 공연할 만한 작품을 찾아내는 게 얼마나 어려웠는지 알 수 있다. 오스카 와일드의 희극은 당시 베를린의 여러 극장에서 단기간 내에 네 편을 모두 볼 수 있었으며, 그중 세 편은 1935년과 1936년에 영화로도 만들어졌다.

나는 그 모든 것들에서 재미를 느꼈고 자극을 받았다. 하찮은 작품에도 생명을 불어넣을 줄 아는 뛰어난 배우들에게 감탄했다. 그러나 마음 깊은 곳까지 감동을 받지는 못했다. 지금에 와서 거기에 대해 쓰는 게 의미가 있을까? 어쩌면 정말 나를 감동시키고 내 마음을 건드리고 내게 자극을 준 게 무엇인지 드러내기 위해서라면 의미가 있을지도 모르겠다. 그건 뭐니뭐니 해도 셰익스피어의 희극이었다. 그의 비극은 더 큰 감동으로 다가왔다. 또 레싱, 괴테, 실러, 클라이스트, 뷔히너, 그라베, 라이문트, 네스트로이, 그릴파르처, 헤벨, 게르하르트 하웁트만 같은 극작가도 빼놓을 수 없다. 나는 '제3제국' 한복판에서 다른 독일을 찾았던 걸까? 아니다. 그런 생각은 해보지도 않았다. 그러나 적대적인 세계, 잘해야 서릿발 같은 세계에 둘러싸여 있던 나는 알게 모르게 그와 반대되는 세계를 찾아 헤맸다. 그리고 마침내 독일이라는 대항 세계를 발견했다. 훗날 사람들은 베를린의 연극 무대에 올라간 공연들을 나치에 대한 저항이라며 찬양했다. 과연 그런 것이 정말 있었을까? 1937년 도이체스 테아터에서는 실러의 『돈 카를로스』가 공연되었다. 알빈 스코다가 카를로스 역을, 에발트 발저는 포사 후작 역을 맡았다. 당시 이 공연에 대해 많은 말들이 오갔다. 그러나 사람들의 이목을 끈 것은 누구도 의심하지 않은 공연의 수준이 아니라 조금 섬뜩한 상황이었다. 매일 밤 포사 후작이 "사상의 자유를 허락하십시오"라는 대사를 하고 나면 우레와 같은 박수가 터져나오는 바람에 공연을 계속하기가 불가능할 정도였다. 왕을 연기한 배우는 관객이 진정될 때까지 기다렸다가 한참 후에야 "이상한 열정가군"이란 대사를 할 수 있었다.

관객의 박수는 실러의 대사와 발저의 낭독술에 보내는 갈채 이상이었을까? 그 박수가 정말 나치 국가에 대한 항의 시위였을까? 충분히 그랬을 수 있다. 하지만 그것을 권력자들이 알아채지 못했을 거라 생각한다면 그보다 어리석은 일은 없다. 괴벨스는 이 공연에 대한 호평을 일기에 적었다. 또 제국 극작가 라이너 슐뢰서는, 이미 실러 생존시에도 포사 후작의 그 대사가 끝나면 관객들이 힘차게 박수를 보냈다는 말을 했다고 한다. 어찌되었든 『돈 카를로스』는 32차례나 공연되었다.

국립극장 샤우슈필하우스가 나치 정부와 겪은 갈등의 정점은 위르겐 펠링이 연출하고 베르너 크라우스가 주연한 『리처드 3세』였다. 나는 1937년 3월 2일에 열린 초연에 갔다. 베르너 크라우스의 연기력은 물론이고 펠링의 과감한 연출관이 드러난 이 공연을 잊을 수 없을 것 같다. 정말이지 펠링은 냉소주의자이며 지배욕에 불타는 악인의 이야기가 히틀러와 당시 독일 상황에 적용될 수 있는 연출을 보여주었다. 그는 "세상은 끔찍해. 파멸해야 마땅하지./아무 말 못하고 우리가 저런 음모를 보고 있어야 한다면"처럼 비슷한 상황을 가리키는 대사를 특히 강조했다.

폭군의 근위병들은 은색 단추가 달린 검은 제복을 입고 나와 나치 친위대를 연상시켰고, 클레런스 공작 암살자들의 갈색 상의와 군용 장화는 나치 돌격대를 떠올리게 했다. 마지막 장면은 그야말로 장대하고 경이로웠다. "전장은 우리 것이다. 폭군은 죽었다"라는 대사가 끝나자 무대와 객석이 칠흑같이 어두워졌다. 얼마 후 모든 조명이 갑작스레 객석까지 다 들어왔다. 그러자 무대 위 병사들이 무릎을 꿇고 장대한 찬양가 테데움을 불렀다. 노래가 공연장 사방으로 울려퍼졌다.

펠링이 셰익스피어의 원작을 수정하거나 보완하지 않고, 또 새 번역을 사용하지도 않고 이 연출로 무엇을 말하려고 했는지는 더 물을 것도 없다. 다만 궁금한 것은 그가 추구한 방향을 정말 관객도 이해했는지, 아니면 원래부터 정권에 반대한 사람들만 거기에 공감했는지 여부이다. 『리처드 3세』뿐만 아니라 다른 고전작품의 공연에서도 나타난 반나치 성향과 각종 암시는 나치 반대자들에게 만족감과 때론 통쾌함까지 선물했다. 그런데 간혹 카바레의 정치 풍자극을 연상시킨 그 영리하면서 위험천만한 외곽 때리기와 성가신 풍자가 정말 해볼 만한 시도였을까?

잘 모르겠다. 더욱이 그런 식의 공연이—간과해서는 안 될 일이지만—안타깝게도 달갑지 않은 결과까지 초래한 마당에는 자신 있게 말하기 힘들다. 많은 공연들이, 더 정확히 말하면 많은 공연에 담긴 반'제3제국' 성향들이 용인되었다는 사실은 새 정권이 그새 자신감을 얻었다는 증거로, 나아가 어떤 아량의 표시로까지 해석되기에 이르렀다. 왜냐하면 이런저런 공연에서 나치를 무사히 속여 넘겼다고 믿는다면 그건 분명히 바보 같은 생각일 수밖에 없기 때문이다. 모든 독재 체제에 해당되겠지만, 검열관들이 이해하지 못하는 것을 관객이라고 이해하겠는가. 그저 경찰국가의 입장에서는 개입하지 않는 게 좋다고 판단할 뿐이다.

은밀하고 섬뜩하면서도 조롱하듯 내보인 이 폭정에 대한 저항에 나야말로 무심할 수는 없었다. 그러나 크고 작게 저항하는 무대예술인들이 감수한 위험(집단수용소에 있다가 나온 사람을 본 적이 있는데 그때 받은 인상이 사라지지 않는다)과 그들의 저항이 가져오는 현실적 결과를 비교하면 결코 상대도 되지 않아 보였다. 그 저항이 아무리 존경스러워도 나는 그것이 당시 상황을 조금이라도 바꿔놓을 수 있다고 믿지 않았다. 그럼 연극은 '제3제국'하에서 무엇을 성취했으며, 관객에게 무엇을 제공했을까? 정치적 계몽은 분명 아니었다. 어쩌면 내가 그때 연극에 가장 크게 빚을 졌던 바로 그것이었을지 모른다. 역량 증대라고 부를 수 있는.

당시 『돈 카를로스』와 『리처드 3세』 외에 내 마음 깊숙한 곳까지 파고든 고전 연극이 무엇이었는지 더듬어보면 조금 곤혹스럽다. 수많은 공연을 거명하고 싶어지기 때문이다. 그때는 정말 시대정신을 무시하거나 그와 모순되는 연극의 전성기였을까? 그게 아니면 당시 나를 매혹했던 공연을 지금도 여전히 감격에 겨워 어쩔 줄 모르는 젊은이의 눈으로 보고 있는 것일까?

그륀트겐스가 긴장과 불안의 실내극으로 연출한 레싱의 『에밀리아 갈로티』가 생각난다. 그는 무대 바닥에 타일을 깔아 남자들이 걸으면 요란한 소리가 울려퍼지면서 긴장되고 공격적인 분위기까지 만들어내도록 했다. 모든 배역이 다 훌륭했지만 케테 도르슈가 가장 강렬히 기억에 남아 있다. 그녀는 오르지나 백작녀 역을 맡아 섬세하고, 예민하면서 소란스럽고, 우울과 흥분 상태를 오가고, 냉혹할 정도의 총명함과 인상적인 광기 사이에서 흔들리는 성격을 빼어나게 묘사했다.

『괴츠 폰 베를리힝겐』에는 한 번도 흥미를 느낀 적이 없다. 내 눈에는 문학사적인 사료로만 보였다. 하지만 이 작품을 생각하거나 대본을 넘기다보면 지금도 하인리히 게오르게의 얼굴과 목소리가 떠오른다. 괴츠 역을 자주 맡아 훌륭하게 연기한 게오르게는 괴츠와 혼연일체가 되어 이 역할에 딱 맞아떨어지는 배우가 되었다. 그로 인해 적어도 베를린에서는 아무도 괴츠 역에 도전할 용기를 내지 못했다. 그는 괴츠를 연기할 때마다 대부분 술에 약간 취해 있었다고 한다. 『오를레앙의 처녀』 역시 좋아하는 작품은 아니었지만 루이제 울리히는 아직도 생각난다. 그녀는 요하나가 등장하는 장면에서 ("잘 있어라, 산이여, 소중한 초원이여/아늑하고 고요한 계곡이여, 잘 있어라! (…) 요하나는 떠나네, 다시는 돌아오지 않으리!") 정말 봐주기 힘들 정도로 아무 감정 없이 기어들어가는 소리로, 마치 내면의 독백인 양, 대사를 읊조렸다. 더듬었다고 하면 심한 말일지 모르겠다.

당시 이보다 훨씬 친숙하게 느껴진 작품은 『에그몬트』였다. 나는 아직도 변함없이 이 연극을 좋아한다. 하지만 요즘엔 아쉽게도 거의 공연되지 않는다. 1935년 베를린에서 열린 공연을 보고 나는 클레르헨 역의 여배우에게 반해버렸다. 케테 골트, 그녀는 그레트헨과 케트헨, 오필리아와 코르델리아로도 나를 매혹하고 나아가 행복감까지 맛보게 했다. 1945년 이후 처음으로 그녀를 무대에서 보았을 때도 나는 행복에 겨웠다. 당시 42세였던 그녀는 취리히에서 여전히 그레트헨을 연기했다. 멋진 배우였다.

내 인생에서 케테 골트만큼 끊임없이 큰 인상을 남긴 여배우는 없다. 활동 말기에 가서 알게 된 엘리자베트 베르크너, 연극 무대에서는 좀체 볼 수 없던 파울라 베셀리도 그 정도까지는 아니었다. 하지만 그릴파르처의 『바다와 사랑의 파도』에 출연하고 버나드 쇼의 성 요하나 역으로 나온 베셀리는 지금도 기억에 선하다. 베셀리는 발군의 영화배우로도 활동한 반면 골트는 그러지 못했다. 이는 골트의 최대 장기가 영화에서는 별로 빛을 못 보는 대사 처리 능력이라는 점과 관계가 있을 듯하다.

1937년 펠링은 『하일브론의 케트헨』을 연출하면서 번개와 천둥, 너무 과하지 않나 생각될 정도로 불과 소음까지 동원한 낭만주의적인 기사극을 부드럽고 시적인 실내극과 접목하여 선보였다. 이 공연에서 케테 골트는 소녀다우면서도 신비롭고, 귀여우면서도 매혹적이고, 순종적이면서도 조금은 반항적인 케트헨을 연기했다. 그녀는 무엇이든 소화할 줄 아는 배우였다. 젊고 여성적인 역할은 물론이고, 내가 참기 힘들어하는 하웁트만의 『그리고 피파는 춤춘다』에서 꿈에 잠긴 소녀, 나아가 같은 작가의 희극 『비숍 산의 처녀들』에 나오는 10대 소녀까지 못하는 역할이 없었다.

1907년에 쓰인 『비숍 산의 처녀들』 초연을 보고 나는 경악했다. 그리고 우울했다. 케테 골트와 마리안네 호페가 출연한 공연은 물론 수작이었다. 1937년 11월 게르하르트 하웁트만의 75세 생일을 기념하는 공연이었다. 나치는 하웁트만을 싫어했다. 그는 자의든 아니든 언제나 나치에 걱정거리를 안겨주었다. 하지만 나치에는 지난 세대를 대표하는 작가, 살아 있는 고전 작가가 절실히 필요했다. 토마스 만은 망명했으니 결국 남은 사람은 하웁트만밖에 없었다.

나치 선전부가 그의 지난날 작품의 재공연을 용인하고 때론 권장까지 한 것도 이런 사정과 무관하지 않았다. 그의 작품의 재공연은 갈수록 레퍼토리 부족에 시달리는 감독들로서는 여간 반가운 게 아니었다. 『직조공들』은 '제3제국' 치하에서는 공연되지 못했다. 그런데 희한하게도 나치는 전쟁중에 이 작품의 공연을 허가할 생각이었다. 단, 직조공들이 히틀러 국가에서 잘 먹고 잘 산다는 새롭고 낙관적인 결말을 넣으라는 조건이 붙었다. 게르하르트 하웁트만은 그 말도 안 되는 요구를 거절했다.

하웁트만은 자신의 생일을 기념하는 여러 공연을 직접 관람했다. 그는 『비숍 산의 처녀들』 초연에도 참석하여 헤르만 괴링과 함께 귀빈석에 앉아 있었다. 내 자리는 값싼 2등석이었는데 그곳에서는 귀빈석이 잘 보였다. 공연이 끝나고 나온 박수는 우레처럼 요란했다. 배우만이 아니라 분명 두 사람의 귀빈에게도 보내는 갈채였다. 그 둘은 공손하게 답례 인사를 했다. 그런데 그 인사가 히틀러 경례였다. 그렇다. 나는 똑똑히 보았다. 머리 허연 하웁트만, 『직조공들』과 『쥐떼』를 쓴 작가, 특히 오토 브람과 막스 라인하르트, 알프레트 케어, 지그프리트 야콥존 같은 유대인들 덕분에 출세한 그가 정말 서슴없이 손을 들어 히틀러 경례를 한 것이다.

하웁트만의 생일 축하 공연 중 중요한 것으로는 베르너 크라우스 주연의 『미하엘 크라머』가 있었다. 미하엘 크라머를 연기한 크라우스의 모습이 꼭 요하네스 브람스 같았다. 그러나 내게는 그의 상대역인 빈둥대는 아들 아르놀트가 더 흥미로웠다. 이 역은 베른하르트 미네티가 연기했다. 당시 베르너 크라우스가 얼마나 대단한 명성을 누렸는지 요즘 사람들은 상상도 못한다. 더욱이 크라우스, 그륀트겐스, 코르트너가 사망한 후 지금은 능력과 명망이라는 측면에서 그들과 조금이라도 견줄 만한 배우가 없기에 더욱 그렇다. 크라우스의 변신 능력은 끝이 없었다. 1930년대에 그는 (때로는 1주일 안에) 파우스트, 발렌슈타인, 헤벨의 『기게스와 그의 반지』에 나오는 칸다울레스, 리처드 3세, 리어 왕을 연기했고, 그 사이사이에 쇼의 『피그말리온』의 히긴스 교수 역할도 맡았다. 『피그말리온』은 쇼가 쓴 희극 중 뛰어난 작품의 하나였지만 뮤지컬 『마이 페어 레이디』에 사정없이 밀려났다.

크라우스가 연기한 이 숱한 인물 가운데 어느 역할이 가장 크게 남아 있느냐고 묻는다면 나는 발렌슈타인과 칸다울레스 그리고 리처드 3세 사이에서 무엇을 고를지 몰라 망설일 것이다. 세월이 꽤 흐른 뒤 나는 함부르크에서 그륀트겐스가 발렌슈타인과 칸다울레스를 연기한 공연을 보았다. 그는 두 역할에서 모두 깊은 감동을 주고 뛰어난 역량을 발휘했지만 베르너 크라우스와는 상대가 되지 않았다. 그륀트겐스에게는 크라우스가 내뿜었던 직접 와닿는 힘, 다시 말해 그의 기교나 화려함마저 잊게 할 만큼 강렬하고도 압도하는 본질적인 힘이 없었다. 그륀트겐스는 무대에 등장하면 곧장 연기를 시작했다. 그의 시선과 동작, 그의 대사와 말투, 갑작스런 휴지부와 예상치 못한 빠른 전개는 암시적이면서 독창적인 인물을 놀라울 정도로 빼어나게 만들어냈다. 그러나 크라우스가 무대에 오르면 그가 무슨 말을 하거나 행동을 하지 않아도 그가 연기한 인물이 바로 그 자리에 있었다.

그러나 리어 왕을 연기한 크라우스는 조금 실망스러웠다. 배우 때문이었을까 아니면 작품이 원인일까? 그것도 아니면 나에게 문제가 있었을까? 세상을 합리적으로 판단하는 것은 고사하고 제대로 인식할 수도 없게 된 노망난 늙은이, 자신의 왕국을 경솔하게 내주고 사악하고 비열한 두 딸의 자비에 의지해야 하는 아버지, 외롭게 들판을 헤매는(설상가상으로 폭풍이 몰아치고 천둥과 번개까지 내리친다) 미치광이의 이야기, 나는 이런 이야기에 아무 감흥도 느끼지 못했다.

그런데 『리어 왕』은 세계문학에서 유명한 비극작품의 하나다. 나는 마음이 불안해져 이 작품에 관한 이런저런 글들을 읽어보았지만 도움이 되거나 납득되는 것은 하나도 없었다. 그러던 차에 알프레트 케어가 1908년에 쓴 평론을 발견했다. 놀랍고 기쁜 마음으로 『리어 왕』에 관한 그 글을 읽어내려갔다. "요즈음 무대에 올라간 이 작품을 보면 그 위용에도 불구하고 유치함과 어색함과 지독한 반복 때문에 정말이지 견디기 힘들다." 이로써 『리어 왕』 사건은 일단락되었다. 적어도 그때는 그런 생각이 들었다.

전쟁이 끝난 후 나는 이 작품을 여러 번, 그것도 각기 다른 언어로 공연된 것을 보았다. 그때부터 저 옛날 옛적 동화에 무심했던 내 마음이 서서히 변하기 시작했다. 이 작품이 명성을 얻은 이유가 납득되기 시작했다. 왜 나는 세월이 흐르면서 이 희곡에 대한 생각을 바꾸었을까? 처음에는 그 이유를 몰랐다. 그러다가, 별로 오래전 일은 아니지만, 괴테가 만년에 쓴 시 한 편이 떠올랐다. 그 시는 이렇게 시작된다. "노인은 언제나 리어 왕과 같다." 이 시를 썼을 때 괴테의 나이 78세였다.

『리어 왕』을 이해하고 경탄하려면 나이가 들어야 한다는 말인가? 『로미오와 줄리엣』에 열광하려면 젊어야 한단 말인가? 열세 살인가 열네 살 때였다. 내가 연극광이라는 걸 아는 숙모가 갑자기 전화를 걸어 공짜표가 있는데 연극을 보러 가겠냐고 했다. 『로미오와 줄리엣』이라면서 서둘러야 한다는 것이었다. 나는 당장 출발했다. 내가 간 극장은 세월이 흐르면서 여러 번 이름을 바꿔야 했던 곳이다. 빌헬름 2세 치하에서는 '쾨니히그레처 가 극장', 바이마르공화국 시절에는 '슈트레제만 가 극장', '제3제국' 때에는 '자를란트 가 극장'으로 불렸다. 제2차 세계대전이 끝난 뒤에는 더이상 독일 역사에 좌우되지 않는 명칭으로 결정되어 헤벨 극장이라고 불리고 있다.

나는 셰익스피어 희곡 중에서 『로미오와 줄리엣』은 읽어보지 않았다. 공짜표가 있다는 사실을 공연 시작 전에 알았기 때문에 그때도 미리 읽어본다거나 하다못해 희곡 해설서에서 짤막한 정보라도 얻을 여유조차 없었다. 『로미오와 줄리엣』을 본 후 내가 마음의 평정을 잃고 거의 말문까지 막힐 지경이 된 것도 어쩌면 아무것도 모르는 상태에서 보았기 때문이리라. 이후 내게 그런 깊은 감동을 준 작품은 셰익스피어의 비극 『햄릿』이 유일하다. 내가 감동을 받은 것은 공연 수준과는 무관했다. 내 기억이 맞다면 연출은 수작이라기보다는 깔끔했다. 로미오 역은 몇 년 후 감독과 영화배우로 크게 성공한 볼프강 리베나이너가 연기했다. 그렇다면 그날 밤 공연은 왜 그렇게 내 마음을 헤집어놓았을까?

그때 나는 사랑을 주제로 한 장편과 단편소설, 시와 희곡은 이미 많이 읽어본 뒤였다. 하지만 아직 성애적인 경험이 전무했던 내게 그것들은 그저 추상에 머물러 있었다. 그러다가 그날 밤 처음으로 사랑이 무엇인지 깨달았다. 가장 아름다운 노벨레나 담시의 내용보다 연극이 더 감각적이고 구체적이라서 그랬을까? 그랬을 수도 있다. 하지만 그것이 전부는 아니었다. 나는 『로미오와 줄리엣』이 다른 문학작품들과 무엇이 다른지를 느꼈다. 그건 1차적으로 셰익스피어의 무시무시한 과감성이었고, 사랑이라는 주제를 다루는 그의 비타협성이었다.

그때 처음 알았다. 아니 어쩌면 그냥 예감에 불과했는지도 모른다. 사랑은 끝 모르는 중독이라는 것을. 사랑에 행복해하고 사랑에 빠진 이들의 황홀경은 광란으로 이어져 온 세상에 반항하고 거역하려 한다는 것을. 사랑은 축복이자 저주이고, 은혜인 동시에 재앙이라는 것을. 사랑과 죽음은 하나이며, 우리는 죽을 운명이기에 사랑한다는 깨달음이 벼락처럼 나를 내리쳤다.

60년도 훨씬 전이던 그때 나는 셰익스피어의 『로미오와 줄리엣』이 극단의 감격을 남긴 이유가 무엇인지 당연히 설명하지 못했을 것이다. 불과 몇 년 뒤 사랑과 죽음은 위험할 정도로 서로 붙어 있으며, 잔인하리만치 가까운 감정이라는 것을 내가 몸소 체험하게 될 줄은 정말 몰랐다. 사랑을 하면서도 어느 한순간 죽음의 위험에서 자유롭지 못한 황홀하고 끔찍한 체험이 임박했다는 사실, 사랑하면서 죽음의 신이 다가오는 걸 견뎌야 한다는 사실을 내가 어찌 알았겠는가. 그럼 예술은 무엇을 남길까? 로베르트 무질은 이 질문을 던지고는 곧 짤막하게 대답했다. "예술에서 남는 것은 변화한 우리이다." 나는 주저 없이 말하겠다. 『로미오와 줄리엣』은 나를 변화시켰다고. 그리고 셰익스피어가 그려낸 어느 지성인의 비극, 다시 말해 덴마크 왕자 햄릿의 이야기도 나를 변화시켰다고.

살아가면서 나는 『햄릿』을 자주 만났다. 세계문학의 그 어느 희곡보다 확실히 많이 접한 작품이 『햄릿』이다. 학교에서는 영어 시간에 『햄릿』을 읽었다. 선생님이 하필 셰익스피어의 작품 중 가장 길고 여러모로 가장 어려운 것을 골랐다는 게 이상했지만, 지금까지도 나는 그런 선택을 한 선생님에게 고마운 마음을 가지고 있다. 외국어 텍스트, 특히 라틴어 텍스트를 읽을 때 적지 않은 학생들이 사용이 엄금된 '참고서'를 사용했다. 거기에는 원문이

식역되어 있어서 굳이 사전을 찾는 수고를 할 필요가 없었으며, 책이 작고 얇아 숨기기가 쉬웠다. 『햄릿』을 읽을 때도 나는 규정을 무시하고 '참고서'를 사용했다. 그런데 내 것은 수준 높은 슐레겔의 번역본이었다. 그때부터 나는 슐레겔의 번역을 좋아하고 높이 평가한다. 수많은 새로운 번역본들이 아무리 영어 원문을 여기저기 더 정확하게 옮겨놓았어도 내 생각은 달라지지 않았다.

무대에 올라간 『햄릿』을 나는 적어도 열 번은 보았다. 4개 국어(독일어, 영어, 프랑스어, 폴란드어)에다 로런스 올리비에와 장루이 바로 같은 명배우가 나온 공연이었다. 여러 번 영화로 만들어진 『햄릿』도 보았다. 이 사실을 언급하는 것은 두 가지 이유 때문이다. 첫째, 지금까지 내가 살면서 써온 글을 자랑한다면 그처럼 꼴사나운 일도 없을 것이다. 하지만 내가 무엇을 쓰지 않았는지 이따금 자랑하는 것쯤은 괜찮지 않을까싶다. 지금까지 나는 모든 유혹을 물리치고 아주 짧은 분량일망정 『햄릿』에 관해 글을 쓴 적이 한 번도 없다. 그럴 용기도 내지 못했다. 둘째, 『햄릿』과 관련하여 무언가를 경험할 때마다, 이 희곡을 상기할 때마다, 그리고 이 작품에 골몰할 때마다 나는 구스타프 그륀트겐스를 떠올리지 않을 수 없다.

나는 베르너 크라우스에게 감탄했고, 케테 도르슈는 거의 숭배하다시피 했으며, 케테 골트는 사랑했다. 그런데 구스타프 그륀트겐스는 나를 거의 최면 상태에 빠트렸다. 그렇다고 그가 내 젊은 날 독일 최고의 배우였다는 뜻은 아니다. 대다수 사람들이 최고로 꼽은 배우는 오히려 베르너 크라우스였다. 하지만 그륀트겐스만큼 내게 친숙하고 흥미를 불러일으킨 배우는 없었다. 여기에는 시대적인 배경이 작용했다. 1934년, 채 서른넷도 안 된 그를 괴링은 베를린 국립극장 감독으로 임명했다. 이후 그륀트겐스는 장다르멘마르크트의 국립극장을 비교적 단시일 내에 독일 최고의 극장으로 만들어놓았다. 이렇게 해서 그는, 결국 의심의 여지 없이, 아돌프 히틀러 국가에 봉사하고 말았다. 그러나 이와 동시에 그는—이 또한 의심의 여지가 없

…나치 지배에 시달리며 '제3제국' 한가운데서, 특히 연극과 고전작품에서 위로와 도움을 찾고 있던 사람들에게도 봉사했다. 그리고 그는 무엇보다 당시 극도의 위험에 내몰려 있던 사람들의 생명을 구했다.

하지만 나를 매혹하고 흥분시킨 것은 그륀트겐스가 감독이나 연출가로서 발휘한 어마어마한 능력이 아니라 그의 연기력이었다. 베르너 크라우스, 에밀 야닝스, 오이겐 클뢰퍼, 하인리히 게오르게, 프리드리히 카이슬러, 파울 하르트만, 이들도 감동을 준 배우들이다. 모두 제정기에 연극을 시작하여 그때 이미 성공을 거두었고 일부는 이름까지 날렸다. 나는 이들의 능력을 대단히 높이 산다. 경탄을 금치 못하게 하는 이 배우들은 그러나 지난 시대에 속한 사람들이다. 이에 반해 그륀트겐스는 당대의 유명 배우들보다 젊었다. 빌헬름 2세의 독일이 아니라 바이마르공화국이 탄생시킨 그륀트겐스가 내가 생각하기에도 훨씬 현대적으로 보였다.

나치는 자신들이 보기에 퇴폐적인 대도시 문화나 타락하고 경멸스럽고 혐오스러운 것들을 지칭하기 위해 '아스팔트'라는 용어를 사용했다. 그래서 '아스팔트 언론'이니 '아스팔트 문화'라는 말을 썼고, 가장 많이 사용한 표현은 '아스팔트 문인'이었다. 괴벨스가 만들었거나 유행시킨 게 분명한 이 말을 나는 무척 좋아하고 마음에 들어한다. 요즘 누가 나를 '아스팔트 문인'이라고 부른다면 나는 모욕감이 아니라 기쁨을 느낄 것이다. 위대한 문학은 예부터 늘 대도시에서 탄생했다. 내가 좋아하는 작가들도 스트래트퍼드, 노이루핀, 오퇴유, 아우크스부르크 출신이지만 유명해진 곳은 런던과 베를린과 파리였다.

나는 그륀트겐스에게서 1920년대 문화의 전형, 바로 '아스팔트 문화'의 표본을 보았다. 그는 '제3제국' 시절에도 그 문화에 충실했다. 바로 얼마 전까지 에리카 만의 남편이었고 클라우스 만과 친구 사이였던 그륀트겐스는 나치가 지향한 정신이나 양식과는 무관한 배우였다. 뿐만이 아니다. 내가 보기에 그는 반시대적인 인물이었다. 그가 구현한 것은 피와 대지*가 아니라 병적이고 외설적이고 불투명한 것들이었다. 그가 연기한 인물은 영웅이나 신앙심 깊은 사람이 아니라 꺾인 자, 타락한 자, 애매모호한 자였다. 그는 자기도취와 신경쇠약증을 부각하고 강조할 수 있는 역할을 선호한 나르키소스이자 신경쇠약증 환자였다.

그의 예술관, 반영웅주의적 태도, 그리고 불신자와 냉소주의자와 회의론자에 대한 선호, 이 모든 것들이 나치가 추구하고 목청껏 외친 것과는 반대 지점에 있었다. 무대나 스크린에 나온 그륀트겐스를 보자마자, 특히 그라베의 『돈 후안과 파우스트』에서 돈 후안 역을 하고 『에밀리아 갈로티』에서 왕자로 분한 그를 보자마자 내가 느낀 것도 바로 그것이었다. 하지만 그가 연기한 햄릿만큼 이 특성을 강하게 드러낸 역할도 없었다.

그륀트겐스 예술 인생의 정점이 『파우스트』 1, 2부의 메피스토 역이라는 점에 대해서는 아무도 토를 달지 않는다. 20세기의 어떤 배우도 이 역할에서는 그륀트겐스와 절대로 견주지 못한다. 나는 그가 연기한 메피스토를 영원히 기억에서 지우지 못하겠다. 그러나 유대인의 신분으로 '제3제국'에서 살며 두려움이 체화되어 있던 내게 1936년 그가 연기한 햄릿은 훨씬 비중 있게 다가왔다. 어느 세대든지 『햄릿』에서 저 자신과 나름의 의문과 고민과 패배를 찾다가 발견한다고들 말한다. 나 역시 나치 독일에서의 내 존재의 특성과 윤곽을 『햄릿』을 통해 다시 깨달았다. 그륀트겐스 덕분에.

그는 고독한 젊은 지식인, '창백한 사색에 빠져' 고립되어 있는 햄릿을 연기했다. 우리가 본 것은 독서광이자 연극광인 햄릿, 주변인의 위치로 전락한 햄릿이었다. 그륀트겐스는 햄릿의 대사 중 "뒤틀린 시절이도다"와 "덴마크는 감옥이다"를 유독 강조했다. 여하튼 내 눈에는 그렇게 보였다. 경찰국가인 덴마크 왕국에서는 서로가 서로를 염탐한다. 재상 폴로니어스는 파리

---

* 19세기 말의 순혈주의와 민족주의에서 탄생한 이념으로 이후 나치의 핵심 이데올로기가 되었다. 히틀러는 게르만 종족을 보존하고 증식하기 위해서는 땅이 필요하며, 그 땅을 얻기 위해 독일 민족은 밖으로 뻗어나가 다른 민족의 영토를 쟁취해야 한다고 역설했다.

로 떠난 아들 레어티스를 믿지 못하고 스파이를 보내 그를 감시한다. 왕비가 아들 햄릿과 대화를 나누게 되어 있었지만 왕국은 그녀를 믿지 못한다. 그리하여 장관이 직접 두 사람의 대화를 엿듣는다.

특히 의심받는 인물은 햄릿이다. 그는 책도 많이 읽고 생각도 너무 많은 데다 막 외국에서 돌아왔다. 궁에서는 급히 두 명의 신하 로젠크란츠와 길덴스턴을 불러들인다. 햄릿과 같이 자랐기 때문에 그를 '염탐'하기에는 적당한 인물로 여겨진 것이다. 햄릿은 동시대인들과 달리 자신의 정신과 양심이 자신의 존재를 결정하는 인간이다. 그는 양심이 우리 모두를 겁쟁이로 만든다고 탄식하면서, "비수 같은 말은 퍼부어도 비수를 쓰지는 않겠다"고 선언하지만, 결국 폴로니어스를 단도로 찌르고 만다. 햄릿은 자신이 사는 세계보다 우월했지만, 그와 동시에 그 세계를 감당하지 못한 인간이었다.

그륀트겐스를 본 후 나는 『햄릿』의 모든 장면들을 전과 다르게 읽었다. 이 작품은 무엇보다 잔인한 사회와 범죄를 저지르는 국가에서 살아가는 지식인의 비극이라는 생각이 들었다. 다른 관객들도 그 작품과 공연을 나와 비슷하게 이해했을까? 아마 소수만이 그렇게 생각했을 것이다. 그러나 이 『햄릿』이 정치적 선언 혹은 독일의 폭정에 대한 저항으로 읽힐 수 있다는 사실을 나치, 그중에서도 특히 문화 정책 담당자들과 언론인들이 모를 수 있었을까? 아니다. 당연히 그럴 수는 없었다.

나치당 기관지 『민족의 관찰자』에 전면 기사가 실렸다. 그륀트겐스가 해석한 햄릿에 당시 욕설로 사용되던 '퇴폐' '신경쇠약' '지식인 취향' 같은 용어를 사용하여 그의 공연을 반나치로 몰아붙인 글이었다. 그륀트겐스는 박해당할 것이 두려워 곧 스위스로 도피했다. 그의 동성애적인 성향과 습성도 도피의 한 이유가 되었다. 그러나 괴링은 그에게 신변 안전을 보장하며 귀국할 것을 요청했다. 얼마 후 그륀트겐스는 다시 베를린에 나타났다.

말이 나온 김에 덧붙이자면, 이 1936년의 『햄릿』 공연과 더불어 전혀 다른 또하나의 기억이 떠오른다. 케테 골트가 섬세하고 절제 있게 표현한 오필리어의 저 유명한 발작 장면과 관련한 것이다. 나를 사로잡은 것은 혼란에 빠진 오필리아만이 아니라, 그녀의 행동을 무력하게 지켜보아야 했던 오빠 레어티스의 상황이었다. 동생의 영혼과 정신이 붕괴된 모습을 보고 어쩔 줄 몰라하는 젊은 레어티스가 절망적으로 외쳤다. "당신은 보고 있나요? 오, 신이여!" 그 순간 갑자기 두려움이 엄습하면서, 내게도 저런 상황이 닥칠 수 있다는 것, 나도 아주 가까운 사람이 정신착란에 빠져 소리를 지르고 말을 더듬는 상황을 대책 없이 보고만 있게 될지 모른다는 느낌이 들었다. 장다르멘마르크트 극장의 관객석에서 나는 두려움에 꼼짝도 하지 못하고, 제발 저런 상황을 비켜 갈 수 있기만을 바랐다. 그러나 나는 결국 비켜 가지 못했다.

이렇게 젊은 시절 만났던 배우 중에서 나를 가장 매혹한 사람은 하필 괴링의 총애를 받고 1936년 프로이센 추밀원 고문에 임명된 그륀트겐스였다. 또 당시 내게 가장 큰 인상을 남긴 작곡가가 독일만이 아니라 세계의 문화사에서 가장 끔찍하고 공격적인 반유대주의자의 한 명으로 꼽혔다는 사실도 생각해보면 참으로 의아하다.

내가 아직 열세 살밖에 되지 않았을 때 누나는 나를 〈뉘른베르크의 명가수〉 공연에 데리고 갔다. 가기 전에 누나는 피아노를 치면서 미리 작품의 선율을 들려주었다. 나치의 선전 도구로 쓰인 음악이었지만 나는 금방 이 오페라에 빠져버렸다. 아마 음악과 문학, 예술가와 관객과 비판을 다룬 작품이었기에 그랬을 것이다. 지금까지도 〈명가수〉만큼 내게 즐거움과 행복을 주는 오페라는 없다. 그리고 〈트리스탄과 이졸데〉만큼 내 마음을 깊숙하게 울리고 큰 감동을 주는 것도 없다.

언젠가 텔레비전 리포터가 간단한 질문을 던져 나를 놀라게 한 적이 있다. 어느 늦은 밤 한 호텔 정원에서 막 가든파티가 끝난 뒤였다. 그는 내가 어떻게 리하르트 바그너 같은 광포한 유대인 혐오자를 좋아할 수 있는지 알고 싶어했다. 나는 즉시 대답했다. "지구상에는 예나 지금이나 수많은 고귀한 사람들이 있습니다. 하지만 그들은 〈트리스탄〉도 〈명가수〉도 작곡하지 못했습니다."

이 말에서 그의 글 「음악에서의 유대주의에 대하여」를 용서할 수 있다는 결론이 나오는 걸까? 아니다. 당연히 아니다. 중요한 바그너 지휘자 중에는 늘 유대인의 비율이 놀라울 정도로 높았다. 〈파르지팔〉의 세계 초연을 지휘한 헤르만 레비부터 브루노 발터와 오토 클렘페러를 거쳐 레너드 번스타인, 게오르크 솔티, 로린 마젤, 다니엘 바렌보임, 제임스 러바인에 이르기까지 수두룩하다. 또 바그너를 다룬 주요 저작을 집필한 음악학자 중에도 유대인이 많다. 이 지휘자들과 음악학자들이 증오심 발산에 불과한 줏대 없는 인간 바그너의 글보다 그의 음악을 변함없이 더 중요시하는 것은 그들에게 득일까 실일까?

독일로 돌아가기 직전이던 1958년 3월, 나는 바르샤바에서 작곡가 한스 아이슬러와 오랜 시간 대화를 나누었다. 그는 브레히트의 작품 『제2차 세계대전중의 슈베이크』를 토대로 극음악을 완성하고 녹음 연주를 지휘하기 위해 동베를린에서 바르샤바에 와 있었다. 내가 친구 안제이 비르트와 함께 폴란드어로 공역한 이 작품의 초연을 앞둔 때였다. 우리 세 사람은 어느 날 저녁을 함께 보냈다. 사람을 좋아하고 달변이었던 아이슬러는 기분좋게 수다를 떨었다. 주로 음악가들과 관련한 갖가지 일화를 들려주었는데 악의적인 내용은 아니었다.

그는 1948년 초 로스앤젤레스에 있던 스승 아널드 쇤베르크의 집을 마지막 인사차 방문한 이야기를 들려주었다. 아이슬러가 독일로 돌아갈 거라는 말을 들은 쇤베르크는 침울해졌다가 자신이 높이 평가하는 제자가 동베를린에 정착하려 한다는 이야기에 불안감을 감추지 못했다. 아이슬러는 수십 년을 공산주의자로 살아온 자신이 돌아갈 곳은 동지들이 권력을 잡고 있는 동베를린이라며 스승을 이해시키려고 했다. 쇤베르크는 대답하기를, 그건 얼마든지 이해하지만 소련이 그를 납치할 위험이 크다고 했다. 아이슬러는 왜 하필 자신이 납치될 거라 생각하느냐고 물었다. 세상일에 조금 어두운 거장은 소련에는 쇤베르크의 제자가 한 명도 없지 않느냐며 심각한 얼굴로 대답했다.

얼마 지나지 않아 아이슬러는 바그너에 대해 이야기하기 시작했다. 더 정확히 말하면 그를 욕하기 시작했다. 정말 엄청났다. 그는 바그너가 철저한 야바위꾼에다 최악의 저속한 예술가이고 추하게 거드름만 피우는 사람이라고 했다. 나는 이 지독한 욕설을 진담으로 받아들일 생각이 없었다. 그냥 재미로만 여겼다. 더욱이 이토록 흥분하여 과거의 어느 작곡가에게 반발하는 사람은 자신의 속마음을 내보이는 것이라는 걸 알고 있었다. 그는 바그너에게 많은 것을 빚지고 있었을 것이다. 공격당한 바그너와 그를 이어주는 끈은 최소한 애증이었다.

그래서 나는 아이슬러에게 전혀 반박하지 않고 그냥 듣기만 했다. 반박할 이유도 없지 않은가? 어차피 그 유쾌한 대화의 승자는 나라고 확신했다. 내게는 카드놀이의 조커처럼 모든 것을 결판낼 이름이 준비되어 있었다. 그 조커를 사용하기만 하면 이 훌륭한 음악가 아이슬러는 당장 두 손을 들고 말 테니까.

드디어 그의 지리한 욕설을 참을 수 없게 된 순간이 왔다. 내가 말했다. "네, 네, 아이슬러 씨의 말이 맞을지도 몰라요. 저도 그렇게 생각합니다. 하지만 그 끔찍한 바그너는 그래도," 이제 내 조커를 내보일 차례였다. "그는 그래도 〈트리스탄〉을 썼지 않습니까." 아이슬러는 입을 다물었다. 방 안이 조용해졌다. 쥐 죽은 듯 아무 소리도 없었다. 이윽고 그가 아주 작은 소리로 말했다. "그건 전혀 다른 문제지요. 그건 음악이잖아요." 4년이 흐른 뒤인 1962년, 벌써 오래전부터 독일에서 살고 있던 나는 아이슬러가 사망했다는 기사를 신문에서 읽었다. 거기에는 위대한 음악가이자 유대인인 한스 아이슬러가 죽음을 맞기 전 침상에서 〈트리스탄과 이졸데〉의 총보를 건네받았다고 적혀 있었다.

바그너를 주제로 했던 다른 대담에서도 〈트리스탄〉을 조커로 써보았지만 이번에는 결과가 그리 신통치 않았다. 서독일 방송에서 나는 카를하인츠 슈토크하우젠*도 참석했던 토크쇼를 기다리고 있었다. 대화가 힘들게 진행되었기에 나는 음악가들과의 대담에 금방 활기를 불어넣을 수 있는 가장 믿을 만한 수단을 사용했다. 내가 정중하게 물었다. "슈토크하우젠 씨, 바그너에 대해서는 어떻게 생각하십니까?" 그는 최근에 〈발퀴레〉와 〈로엔그린〉을 한 번 더 들어보았다고 따분한 표정으로 대답하면서, 그건 논할 가치가 전혀 없는 음악이라고 말했다.

나는 그 말에는 아무 대꾸도 하지 않고 조용하게, 솔직히 말하면 순진한 척 간단한 질문을 던졌다. "그러면 〈트리스탄〉은 어떻습니까?" 슈토크하우젠은 잠시 침묵하다가 머뭇거리며 말했다. "서곡(그는 '전주곡'이라고 하지 않고 분명히 '서곡'이라고 말했다), 서곡은 좋지만 나머지는 쓸데없는 것들이에요." 이는 내가 지금까지 들어본 리하르트 바그너의 〈트리스탄과 이졸데〉에 관한 말 중에서 가장 독특한 평가였다.

* 독일의 작곡가(1928~2007). 전자음악을 개척하고 그 방법론을 확립했다.

행복이 되어준 고통

내가 어렸을 때는 집에서도 학교에서도 성교육을 해주지 않았다. 열 살 때 나는 아기가 세상에 나오려면 엄마의 배꼽이 커져야 하는 줄 알았다. 열한두 살 무렵에는 쉬는 시간에 반 아이들과 이야기를 나누면서 이따금 성에 관한 지식을 얻으려고 했다. 그들 중 몇 명은 이런저런 것들을 알려줄 수 있으리라고 기대한 것이다. 사실 그 아이들은 몇 가지 구체적인 단어는 알고 있었지만 그런 것을 빼면 나보다도 아는 게 적었다. 그리고 이상하게도 많은 아이들이 이 분야에는 별로 흥미를 보이지 않았다. 여하튼 자기들은 그렇다고 했다. 이 문제에서 우리는 모두 경직되어 있었다. 베를린에서 노동자들이 살던 지역은 아마 달랐을 것이다.

어느 날 나는 누군가로부터 작은 책자를 빌려 보았다. 형편없는 독일어로 질 나쁜 종이에 인쇄된 총 16페이지짜리 책자였다. 그러나 나를 실망시킨 것은 그 성교육 책자의 문체나 종이의 질이 아니라 겉표지에 적힌 '젊은 남성을 위하여'라는 문구였다. 그렇다면 여자를 위한 내용이나 여자에 관한 것은 없다는 말인가? 나나 내 또래에게 수수께끼나 비밀처럼 여겨졌던 현상, 달과 어떤 식으로든 관계가 있다고 하는 현상, 우리 남자들과 여자를 구분하는 그 현상에 대해서는 아무것도 없다는 말인가? 단도직입적으로 말하면, 월경에 대해서는 한마디도 적혀 있지 않다는 뜻인가?

그 대신 책자에서 말하는 핵심은 크게 두 가지였다. 하나는 젊은 독자에게 혼전 성관계를 하지 말라고 당부하는 것이었다. 그렇지 않으면 불치병에 걸려 장차 아내와 아이들에게도 병을 옮길 위험이 있다고 했다. 또하나, 젊은 남자들에게 자위의 위험성에 대해 강력 경고하고 있었다. 자위는 끔찍한 피부병을 유발하고, 심하면 시력 및 청력 상실까지 일으킬 수 있다는 것이었다.

쉬는 시간에 아이들과 나눈 대화나 이 성교육 책자보다 더 많은 정보를 준 것은 어느 날 길을 가다가 습득한 물건이었다. 휴지통에 버려져 있던 콘돔 상자가 눈에 띈 것이다. 속에 아무것도 없는 줄 알았는데 아니었다. 상자 안에는 얇은 종이가 접혀 있었다. 예상했던 대로 사용 설명서였다. 아주 상세하게 깨알 같은 글씨로 인쇄되어 있었다. 나는 더 자세히 읽기 위해 종이를 들고 왔다. 콘돔 사용법을 알기 위해서가 아니라, 거기에서 성행위에 대한 구체적인 정보를 얻을 수 있겠다고 생각했기 때문이다. 그런데 그게 간단하지 않았다. 내용이 어려웠고 부분부분 전혀 이해가 되지 않았다. 온통 알지도 못하는 외래어투성이였다.

다행히 우리집에는 브로크하우스 대백과사전이 있었다. 나는 사전을 꺼내와 학술적인 혹은 학술적인 냄새를 풍기는 설명서에 나오는 외래어들을 찾아보기 시작했다. 질, 클리토리스, 페니스, 발기, 교접, 오르가슴, 사정, 정자 같은 낱말들이었다. 사전을 찾다보니 끝이 없었다. 각 항목마다 내가 알고 싶은 또다른 용어들, 즉 자위, 자궁, 월경, 매독 등이 줄줄이 나왔다.

이렇게 해서 브로크하우스 대백과사전은 나의 성교육 교재가 되었다. 나는 그 객관적인 설명 방식은 마음에 들었지만 무미건조한 문체에는 실망했다. 그후 머잖아 내가 절실히 필요해서 찾고 있던 정보와 설명을 전혀 다른 부류의 인쇄물로도 얻을 수 있다는 것을 알게 되었다. 그리고 거기에 적힌 설명은 객관성은 떨어지는 대신 훨씬 덜 건조했다.

나는 그 사용 설명서를 가지고 사촌누나에게 뻐길 수 있을 거라고 생각했다. 나보다 겨우 두 살 위인 그녀는 예쁘고 영리했지만 전혀 내숭 떠는 성격이 아니었다. 누나는 내가 글자가 빽빽하게 인쇄된 종이를 보여주고는 가지라고 인심을 쓰자 무척 고마워했다. 반갑게도 그녀는 내게 적절한 방법으로 보답을 하고 싶어했다. 이 기회에 자기 역시 숙맥이 아니며, 나이는 열네 살이지만 벌써 어른이나 다름없다는 걸 증명하고 싶었던 게다. 누나는 꽤나 두꺼운 책을 가져오더니 나보고 가져가도 된다고 말했다. 그러면서 자신이 밑줄 쳐놓은 부분만 읽으라고 했다.

집으로 돌아온 나는 빌려온 책을 들고 욕실로 들어가 문을 잠갔다. 무언가 점잖지 않은 내용이 적혀 있을 거라고 예상했기 때문이다. 그러나 알고 보니 그럴 필요가 없었다. 물론 여러 군데 성적인 것과 관련된 대목이 있었지만, 책은 진지한 소설이었다. 나는 일단 사촌누나가 여백에 표시를 해놓은 부분만 읽어보았다. 유익하면서도 매력적이고 시적이기까지 해서 마음에 들었다. 소설에 적혀 있던 내용과 그것을 적어놓은 방식, 그 두 가지가 흥미로웠다.

사촌누나가 특히 주목했던 부분을 뺨을 붉혀가며 읽은 나는 그녀의 충고를 무시하고 책 전체를 읽기로 마음먹었다. 그리고 읽은 것을 후회하지 않았다. 어쩌면 그때 나는 문학에서 무엇이 중요한지를 깨달았던 것 같다. 다시 말해 의미와 표현과 내용과 형식은 서로 떨어질 수 없는 요소들이라는 사실에 눈을 떴던 것 같다. 이제 어떤 책이 내게 일찌감치 성에 대한 인식을 갖게 하고 문학에 관한 통찰을 선사했는지 말해야겠다. 그것은 바로 헤르만 헤세의 『나르치스와 골드문트』였다.

1950년대에 이 책을 다시 한번 읽었을 때는 처음에 받았던 인상이 남아 있지 않았다. 독일 낭만주의의 전통과 세상에서 벗어난 내면성, 부드러운 감수성과 지독한 문명 경시가 조금 집요하게 뒤섞여 있다는 것이 더이상 견딜 수 없었다. 모든 면에서 이 소설보다 더 중요한 『황야의 이리』도 비슷한 느낌을 주었다. 언제나 자발적인 것은 아니었지만, 『나르치스와 골드문트』

를 나는 세 번 읽었다. 1930년대에는 이 책에 열광했고, 50년대에는 실망했으며, 60년대에는 경악을 금치 못했다.

그럼에도 헤세의 책 중에는 훗날 나를 감동시키고 깊은 인상을 남긴 것이 한 권 있다. 우리 세대의 입맛에 꼭 맞는 '영혼의 양식'을 준 그 책은 1904년에 출간된* 『수레바퀴 아래서』이다. 비록 나는 학교생활을 하면서 크게 시달리지 않았고 선생님들로부터도 괴롭힘을 당하지 않았지만, 암담한 학창 시절을 다룬 이런 소설들은 내가 즐겨 읽은 도서 목록에 속한다. 그 가운데서도 에밀 슈트라우스의 『친구 하인』, 무질의 『생도 퇴를레스의 혼란』, 『부덴브로크가』의 마지막 11부를 특히 좋아한다. 그러나 당시 나를 열광시킨 것은 이 작품들의 문학성만이 아니라 놀라울 정도로 강렬하게 표현된—그리고 문학성과 관계가 있는— 동일시였다. 그리고 바로 이 점이 청소년들에게 큰 영향을 주었다.

지적인 나르치스보다 예술가 골드문트의 체험을 통해 성에 관해 알게 된 나는 더 많은 것을 배워 성 지식을 보충하고 심화하려 했다. 그래서 적당한 읽을거리가 눈에 띄면 반가웠다. 파우스트가 그레트헨을 임신시킨다는 것은 아주 오래전에 들은 내용이었지만, 안타깝게도 그 사건이 일어나는 장면을 괴테의 작품에서 찾아낼 수가 없었다. 당시 나는 문학에서 가장 중요한 것은 행간에, 그리고 장면과 장면 사이에 담겨 있을지 모른다는 의혹을 처음으로 품었던 것 같다. 나는 『도적떼』에서 수녀원을 습격한 슈피겔베르크의 상스러운 이야기에 깜짝 놀랐다. 독일어 선생님이 이 장면을 어떻게 다룰지가 궁금했는데, 그는 간단히 그 부분을 건너뛰었다.

어린 시절 내 상상력은 야코프 바서만의 소설을 통해서도 불타올랐다. 그는 값싼 화려함을 좋아하는 도덕주의자인데다 걸쭉한 통속소설에 이끌린 열정적인 심리작가였다. 악마적인 것과 장식적인 것, 문제적인 것과 자극적

* 『수레바퀴 아래서』는 1906년에 출간되었다. 저자의 오식인 듯하다.

인 것을 좋아한 그는 수많은 독자를 얻었지만 진지한 비평가는 얻지 못했다. 그러나 대부분 수다스럽고 지나치게 장식적이었던 그의 소설들이 당시 내 마음에 꼭 들었다는 것을 고백한다. 아마 작품 속의 성적인 모티브도 하나의 이유가 되었을 것이다.

바서만의 『거위를 품은 사나이』 중 한 장면은 몇 년이 지난 뒤에도 기억이 날 정도로 인상 깊었다. 한 남자가 자기 애인의 알몸을 보고 싶어한다. 그녀는 불을 끄고 옷을 벗는다. 남자는 옷이 바스락거리는 소리를 듣는다. 그녀가 오븐 문을 열자 벌겋게 달아오른 불빛을 받아 그녀의 하체, 특히 음모가 검붉게 타오른다. 이게 굉장히 자극적이라는 것, 특히 열서너 살의 아이가 읽고 있다면 더 말할 필요도 없다는 건 당연하다. 나는 이 대목을 『거위를 품은 사나이』에서 다시 찾아보았다. 60년이 흘렀는데도 나는 이 장면을 정확히 기억하고 있었다. 단, 바서만의 작품에 음모는 등장하지 않았다. 그것은 내 사춘기 시절 상상력의 산물이었다.

플로베르의 『보바리 부인』에 나오는 한 장면도 그에 못지않게 자극적이었다. 지주 로돌프 불랑제는 보바리 부인을 만나고 돌아오는 길에 그곳에서 겪은 일들을 곰곰 되새겨본다. "자꾸만 엠마의 모습이 눈앞에 나타났다. 조금 전 보았던 그 홀에서 입었던 옷을 입고 있다. 그는 상상 속에서 그녀의 옷을 벗겼다." "그는 상상 속에서 그녀의 옷을 벗겼다." 이 단순한 몇 마디 말이 나를 깜짝 놀라게 하고 영원히 머릿속에 각인되었다.

지금은 그런 것들이 왜 그렇게 큰 인상을 남길 수 있었는지 알고 있다. 나는 이따금 내 환상이 만들어낸 상상의 모습들이 절대로 이상한 게 아니라는 것, 그러니까 머릿속에서 여자의 옷을 벗기는 상상을 한 남자들이 나 이전에도 있었다는 사실을 알고 깜짝 놀랐다. 우리는 문학에서 우리 자신의 모습을 발견한다. 자신의 감정과 사고와 소망과 심리적 억압을 발견한다. 우리가 문학을 통해 발견하고 깨닫는 이런 것들의 중요성은 아무리 강조해도 지나치지 않다는 것을 나는 알았다.

같은 시기에 읽은 졸라의 소설에는 처음으로 월경을 하는 소녀의 모습이 그려져 있었는데, 흥미로우면서도 무척 당황스러웠다. 그러나 문학작품에서 남자아이들의 체험을 다룬 비슷한 내용은 보지 못했다는 것, 즉 소년이 처음으로 발기나 사정을 경험하는 대목을 어디에서도 읽을 수 없다는 게 아쉬웠다. 19세기에 청소년기를 힘들게 보낸 알프레트 되블린은 자신이 알몸의 여자를 처음 본 것은 23세의 의학도 시절이었다고 말한다. 그것은 해부학 교실에서 본 여자의 시체였다. 물론 그 정도까지는 아니었지만 나도 비교적 늦은 시기인 아비투어를 치르기 직전에 처음으로 여자의 알몸을 보았다.

랍비였던 외할아버지는 1936년에 88세를 일기로 세상을 떠났다. 그는 돌아가시기 전 최소한 5년 동안 시력을 상실한 상태로 지냈다. 그럼에도 불구하고 그는 언제든 만져볼 수 있도록 조상들의 글이 담긴 대형 히브리어 서적을 탁자 위에 놓아달라고 부탁했다. 신문도 읽지 못하고 그 얼마 전부터는 집 바깥에도 나가시지 않았기 때문에 우리는 할아버지에게 '제3제국'의 존재를 어렵지 않게 숨길 수 있었다. 할아버지를 찾아오는 사람에게는 그 이야기를 절대로 꺼내지 말라고 주의를 주었다.

외할아버지가 바이센제에 있는 유대인 묘역에 안장될 때였다. 나로서는 장례식 참석이 처음이었다. 그때 할아버지가 내 예상과 달리 관이 아닌 평범한 궤에 안치되는 것을 보고 의아한 생각이 들었다. 사람들이 그 이유를 설명해주었다. 모든 인간은 하느님 앞에서 평등하므로 누구는 아름답게 장식된 화려한 관에 안치되어 무덤으로 내려가고, 가난한 사람들은 단순하거나 초라한 관에 안치되는 것은 허용될 수 없다고 했다. 그렇기에 유대인들, 최소한 신앙심 깊은 유대인들은 수천 년 전부터 죽은 이를 똑같은 방식으로 대우하여, 늘 다듬지 않은 널빤지로 만든 소박하고 장식 없는 궤에 넣어 묻는 것이 관례라고 했다. 문학을 통해 상징에 대한 의식이 뚜렷해졌던 나는 이 태곳적의 관습이 마음에 들었고, 죽음을 맞아 표현되는 그 비장함에 경외감이 생겼다.

모두 6남매였던 어머니 형제 중에서 장례식에 참석하지 못한 사람은 막내 외삼촌이 유일했다. 당시 36세였던 그는 미남에 세련된 사람이었다. 몇몇 식구들 말로는 지나치게 세련되고 조금 사치스러운 면이 있었다고 한다. 변호사였던 그는 사무실이 운터 덴 린덴 가에 있었는데, 식구들은 이를 오만함의 표시라며 못마땅하게 여겼다. 막내 삼촌은 두 가지 점에서 다른 식구들과 달랐다. 우선 경마를 무척이나 좋아하여 가끔 심각한 경제적 곤란에 빠졌다. 게다가 네 명의 형들과 달리 유대인이 아닌 여성과 연애 끝에 결혼했다. 외모가 눈에 띄게 두드러졌던 그녀는 배우가 되어 성공하려 했지만 아무도 그녀가 무대나 스크린에 등장한 모습을 보지 못했다.

외삼촌은 나치가 권력을 잡자마자 황급하게 독일을 떠났다. 들리는 말로는 빚 때문이라고 했다. 멕시코 여권을 가지고 프랑스로 간 그는 외인부대에 소속되어 북아프리카 전쟁에서 살아남았다. 상당히 모험적이고 극적으로 들릴지도 모르겠다. 그러나 그는 외인부대 도서관 일을 맡아보았기 때문에 그곳 생활이 그리 나쁘지는 않았다.

외할아버지의 장례식이 끝난 후 외삼촌들은 누가 할아버지의 유산을 상속해야 하는지 의논했다. 하지만 너무 가난한 랍비였던 외할아버지는 아무것도 남기지 않았다. 1861년 바르 미즈바, 즉 첫 성찬식 때 선물로 받은 금시계가 전부였다. 할아버지는 손주들 중에서 나를 제일 좋아하셨기 때문에 내가 그 시계를 받기로 했다. 나는 뿌듯한 마음으로 시계를 물려받고 훗날 바르샤바의 게토에서도 소중하게 간직했다. 그러나 그 예쁘고 고풍스러운 시계를 나는 가슴 아프게도 그곳에서 팔아야 했다. 낙태 비용을 마련하기 위해 급히 돈이 필요했기 때문이다.

할아버지의 죽음은 우리의 생활을 바꾸어놓았다. 매달 외삼촌들이 보내주던 생활비가 끊어지면서 우리는 물질적으로 점점 어려워졌다. 그래서 할아버지가 기거하시던 넓은 방을 수리하고 재빨리 세를 놓았다. 그 방에 들어온 여자는 나를 곧, 이를테면 불편하게 했다. 30세 정도에 날씬하고 키가 큰 금발이었던 그녀는 내 기억이 맞다면 킬 태생이었다. 여하튼 외모가 북독일 출신이라는 것을 말해주었다. 그때 흔히 하던 말로 아리안족이었다. 그녀는 주로 현란한 옷차림을 하고 다녔다. 우단이나 인견으로 만든 길고 꽉 끼는 검정 바지에 거의 무릎까지 내려오는 자주색 혹은 보라색 재킷을 입었다. 그 재킷은 연미복을 연상시켰다. 이는 남녀 전 세대를 열광시켰던 여배우, 그러나 당시 '제3제국'하에서는 그 이름을 공개적으로 입에 올릴 수 없었던 여배우 마를레네 디트리히의 전형적인 복장이었다. 연한 금발의 그 세입자는 직업이 사진작가였으며 어느 대기업 광고 부서에서 일하고 있었다. 그녀의 이름은 전혀 현란하지 않았다. 독일문학에서 가장 유명한 연인의 이름인 로테였다.

사랑—그것은 무엇일까? 1991년 나는 어느 독일 잡지사로부터 이 개념을 정의해달라는 요청을 받았다. 단, 한 문장으로 표현해야 한다고 했다. 요청은 내 호기심을 끌었지만 그에 대한 사례금은 너무 빈약해 보였다. 나는 쓸 생각은 있지만 최소한 타자 용지로 두 장은 되어야 한다고 편집부에 말했다. 그리고 단 한 문장으로 이 주제를 표현하는 것은 훨씬 힘이 드니까 그쪽에서 제시한 사례금의 다섯 배가 적당하다는 말도 덧붙였다. 다시 말해 글이 짧을수록 사례는 더 많아야 한다는 뜻이었다. 잡지사는 내 말에 동의했다. 나는 이렇게 적었다. "호감을 열정으로 바꾸고 열정을 종속으로 끌고 가는 극단의 감정을 우리는 사랑이라 부르며, 그 사랑은 한 사람을 도취 상태에 빠트려 그의 판단력을 잠시 흐리게 하면서도 고통을 안겨주는 행복이자 인간을 행복하게 만드는 고통이다."

나는 로테를 사랑했을까? 잘 모르겠다. 그러나 태어난 후 처음으로 한 여성에 대한 관심이 곧 호감으로 변하고 다시 강렬한 끌림으로 바뀌었다. 그 끌림은 아직 열정도 아니었고 종속으로 이어지지도 않았지만, 전에는 알지 못한 강도로 나를 사로잡았다. 나는 도취에 빠지지도 않았다. 그러나 사랑이 무엇인지, 정확히 말하면 무엇이 사랑일 수 있는지는 어렴풋이 짐작했다.

나는 우아하고 조금 수줍음을 타는 그 사진작가와 주로 그녀의 방이나 우리집 발코니에서 오랜 시간 대화를 나누었다. 그녀가 나를 위해 그토록 많은 시간을 내주었다는 게 지금 생각해도 의아하다. 왜 그랬을까? 아마 인생의 중대한 고비에 처했던 상황에서 자신의 말을 들어줄 누군가가 필요해서 그랬는지도 모른다. 톨스토이는 무언가를 털어놓고 싶은 충동이 생기면 마차를 한 대 빌려 타고 한 시간 동안 시내를 돌아다니면서 꼭 이야기하고 싶은 것을 마부에게 들려주었다. 나도 어쩌면 로테의 마부였을 것이다. 그녀는 16세 소년의 이해력과 호기심을 마음에 들어했고 소년의 신중한 질문을 반가워했다. 소년이 자신을 존경한다는 사실에도 전혀 당혹스러워하지 않았다.

나는 그녀가 보여준 신뢰감에 기분이 좋았다. 그녀가 자신의 과거에 대해 들려준 것들, 더 많게는 암시한 모든 것들이 내게는 푸짐한 선물처럼 느껴졌다. 본인의 이야기를 들려주는 것이 대단한 재능일 수 있다는 것, 그것이 헌신에 필적하거나 거의 그런 경지에 도달한 재능이라는 사실을 그때 처음으로 경험했다. 게다가 로테는 나를 진지하고 동등하게 받아주면서 자연스럽게 어른 대접을 해주었다. 과거에 그 누구한테서도 받아보지 못한 진심 어린 대우였다. 대부분의 청소년들과 마찬가지로 나 역시 절실히 필요로 했던 인정을 그녀의 태도에서 발견했다. 그리고 그렇게 인정받는다는 느낌은 외톨이로 살던 내 삶을 견디기 쉽게 해주었다. 그런 그녀가 고마웠다. 사랑은 언제나 자기를 확인하려는 욕구와도 관계가 있다는 것, 그리고 감사의 마음이 없는 사랑은 없다는 것을 나는 깨닫기 시작했다. 사랑이 꼭 감사하는 마음에서 생기는 것은 물론 아니다. 그러나 사랑은 그런 마음이 들게 한다. 그렇지 않으면 사랑은 식어버린다.

우리는 문학에 대해, 특히 그녀가 잘 알고 있는 19세기 프랑스 소설가들과 러시아 소설가들에 대해 많은 대화를 나누었다. 물론 독일문학에 대해서도 이야기를 나누었는데, 그 당시 금지되었거나 적어도 환영받지 못하던 슈니즐러, 베르펠, 토마스 만, 하인리히 만 등의 작가들 이야기가 주를 이루었다. 그런데 스탕달이든 발자크든, 도스토옙스키든 체호프든, 누구에 대해서 이야기하건 간에 그녀의 관심은 주로 여성 등장인물과 성애적인 요소에 쏠려 있다는 것을 얼마 후 알게 되었다. 아마 그것이 우리 관계의 비밀이었을 것이다. 우리에게는 사랑에 대해 이야기하고 싶은 욕구가 있었다. 물론 그 이유는 각자 달랐지만.

그녀는 실연의 아픔을 겪었다. 얼마 전 남자친구와 이별한 그녀는 그 친구와 헤어질 수밖에 없었다고 힘주어 말했다. 그리고 얼마 후에는 다른 남자에게 버림을 받았다. 그녀는 문학에서 위로와 피난처를 구했다. 그럼 나는 어땠는가? 믿을 만한 뛰어난 정보원을 가지고 있었기에 나는 사랑에 대해서 안다고 생각했다. 그리고 그 영원히 마르지 않는 샘물에서 사랑에 대한 가장 아름답고 현명한 말들을 퍼올릴 수 있었다. 그러나 그건 결국 말에 지나지 않았다. 북독일 출신의 그 금발 여성은 사랑에서 출발하여 문학에 이르렀고, 나는 문학에서 출발하여 사랑에 이르고자 했다. 우리는 그 중간 지점에서 만났다.

발코니에서 대화를 나누며 나는 우리 두 사람, 즉 조용한 사진작가나 시끄러운 김나지움 학생이나 모두 독서를 통해 우리 자신을 이해하려 했다는 것을 다시 한번 깨달았다. 우리 둘 다 자기 자신을 찾아가고 있었기 때문에 공통점이 생겨났고, 그것이 대화를 통한 우리 관계에 성적인 색채는 아니더라도 뚜렷한 에로틱한 색채를 입혀놓았다. 나는 문학에 나타난 사랑을 놓고 함께 대화를 나눈 그 여성과 한 번도 신체 접촉을 하지 않았다. 로돌프 불랑제가 엠마 보바리를 대상으로 했던 것처럼 상상 속에서 그녀의 옷을 벗기려는 생각도 하지 않았다. 그저 그녀의 말과 눈길, 그녀의 신뢰와 이해만 있으면 충분했다. 그녀가 소설 속 인물들에 대해 이야기하면서, 그것도 언제나 낮은 목소리로 이야기하면서 자신을 뚜렷하게 드러낼수록, 아니 스스로 옷을 벗을수록 나는 더 많은 가르침을 받고 나 자신이 풍요로워지는 느낌이

들었다.

오래지 않아 우리 대화에 한 사람의 이름이 등장하면서 그러잖아도 눈에 띄게 친밀했던 우리 사이를 더욱 친숙하게 만들었다. 폰타네라는 이름이 등장한 것은 불가피한 일처럼 보였다. 당시 나는 『에피 브리스트』와 『얽힘과 설킴』밖에 몰랐지만 그녀는 폰타네의 거의 모든 소설을 알고 있었다. 그러나 그녀는 곧 화제를 단 하나의 작품으로 몰고 갔으며 다른 이야기를 하는 중에도 여러 번 그 작품을 언급했다. 그녀를 사로잡은 작품은 『슈테힐린』이었다. 하지만 그녀가 관심을 보인 인물은 지주 두브슬라프 폰 슈테힐린이나 그의 아들 볼데마르나 그 밖의 남자 등장인물이 아니라 멜루지네 바르비 백작부인이었다.

눈에 띄는 외모에 똑똑하고 재기 넘치는 멜루지네는 결혼생활을 했던 여성이었다. 하지만 그 결혼은 이내 파탄날 수밖에 없었다. 폰타네의 말을 빌리자면 그녀는 결혼을 했으면서도 결혼을 하지 않은 것과 마찬가지였다. 아리송하게 들릴지 모르지만 사실은 오해의 여지가 거의 없는 명백한 말로서, 이는 남자가 성적으로 불구였음을 암시한다. 멜루지네를 크게 괴롭히고 그녀에게 깊은 상처를 남긴 것도 바로 그것이었다. 그녀의 평범하지 않은 성격도 이런 배경과 관계가 있을 것이다. 멜루지네는 남다르고 독특한 것을 좋아하는 만큼 스스로 그런 삶을 살아간다. 사랑과 행복을 갈망하면서 스스로 원하든 원하지 않든 많은 남성들과 여성들의 동경을 불러일으킨다. 자부심 강한 그녀는 내성적이면서도 도전적이고, 차가우면서도 따뜻한 마음을 지녔다. 이런 멜루지네의 의식적인 자신감 뒤에는 어쩌면 불안감이 도사리고 있었을지 모른다. 바로 이러한 모순이 그녀를 더 매혹적으로 만들고 그녀의 매력을 키우지는 않았을까?

당시 내가 『슈테힐린』을 읽지 않은 건 다행이었다. 그 덕분에 로테가 함축적으로 들려준 멜루지네의 이야기가 소설 원문 그대로인지 아니면 이야기를 들려주던 그녀가 알게 모르게 자신의 기억에 남아 있던 내용에 새로운 특성과 뉘앙스를 덧입힌 것인지 신경쓰지 않고 들은 그대로 흡수할 수 있었기 때문이다. 그때 나는 내 말벗을 통해 자신을 드러내지 않으면서 자기 자신에 대해 이야기하는 법을 배웠다. 그리고 당연히 사랑에 대해서도 여러 가지를 배웠다.

우리의 대화는 날이 갈수록 길어졌다. 그리고 지금 생각해보면 날이 갈수록 더 아름다워졌다. 그러나 빌머스도르프의 귄첼 가의 발코니에서 누렸던 그 목가적인 분위기는 갑작스럽게 막을 내렸다. 그 독특했던 세입자는 이사를 나가겠다고 했다. 그녀는 공포에 사로잡혀 무척이나 서둘렀다. 우리에게 떠나야 하는 이유를 설명하기가 불편한 듯했다. 그것은 그녀의 두려움 때문이었다. 그리고 그 두려움은 나와 관계가 있었다.

몇 개월 전인 1935년 가을, 독일에서는 유대인의 분리를 완결하는 법이 통과되었다. 제국의회는 유대인의 신분 해방을 무효화했다. '뉘른베르크 법'은 강도 높은 징역형으로 위협하며 유대인과 '아리안족'의 결혼은 물론 혼외 성관계도 금지했다. 1936년에는 이 모든 내용이 벌써 다 알려져 있었다. 유대인과 비유대인이 '인종 모독죄'로 유죄판결을 받는 일은 다반사로 일어났으며, 신문에서는 이 법을 위반했다고 비난받는 사람들이 공개적으로 잔인하게 학대당하고 조롱받은 사건을 보도했다.

그럼에도 불구하고 '아리안족'이었던 북독일 출신의 그 사진작가는 거리낌없이 우리집으로 이사해 들어왔다. 나치를 경멸했기 때문이었을까? 어쩌면 거기에는 경솔함도 한몫 거들지 않았을까 생각된다. 당시 나의 아버지와 형은 이미 바르샤바에서 살고 있었지만 나는 여전히 독일에 있었다. 누군가 '뉘른베르크 법'을 내세워 나를 고발할 수도 있었다. 그러면 나는 우리집 세입자에게 재앙이 될 수 있었다. 주위로부터 강력한 경고를 받은 그녀는, 지극히 당연한 일이겠지만, 결단을 내리고 바로 다음날 우리집을 떠났다.

나는 1952년에야 그녀를 바르샤바에서 다시 만났다. 그녀는 '제3제국'하에서 몇 년간 감옥살이를 한 공산주의자와 결혼하여 동베를린에서 살고 있었다. 우리는 다시 마주앉았다. 그녀는 이제 사진작가를 그만두고 동독 행정부의 어느 부서에서 일하고 있었고, 나는 이리저리 우회로를 거쳐 문학으로 돌아와 있었다. 각자 배우자를—둘 다 거의 말이 없었다—데리고 나온 그 자리에서 우리는 그동안 겪었던 일들을 털어놓았다. 그리고 공산주의와 동독 및 폴란드의 상황, 우리의 좌절과 우리의 분노에 대해 이야기했다.

그녀의 말소리는 전과 다름없이 나지막했다. 언제나 그랬듯이 사랑과 행복을 동경하는 듯했다. 그리고 그 동경을 옛날처럼 그녀만의 방식으로 실현하려는 듯했다. 우아하고 매력적으로, 그러나 지금은 눈에 띄게 체념한 표정으로. 그러다 그녀는 갑자기 폰타네는 어떻게 되었냐고 물었다. 두 사람의 배우자들은 무슨 영문인지 몰라 의아해했다. 나는 사무적으로 대답했다. 폴란드에서는 폰타네라는 사람을 알지 못하며 그의 작품도 번역된 것이 하나도 없다고. 그러나 내가 얼마 전 그의 『샤흐 폰 부테노』를 폴란드어로 번역해놓았으니 곧 상황이 달라질 것이며 어쨌든 이것이 첫걸음이 될 거라고 했다.

그녀는 고개를 끄덕이며 조금 빈정대는 미소를 지었다. 내가 자신의 질문을 회피했다는 것을 알아챈 것이다. 그녀는 더 확실하게 질문을 반복하면서 지금은 내가 멜루지네를 어떻게 생각하는지 알고 싶어했다. 자리를 함께한 서로의 배우자들에게 이 질문은 세상과 동떨어져 보였거나 적어도 무의미하게 들렸을 것이다. 어쩌면 내 대답도 마찬가지였을지 모른다. 나는 내가 아직도 멜루지네를 사랑하는지 어떤지 잘 모르겠다고 말했다. 그러나 그녀를 영원히 잊지 못하리라는 것만큼은 확실했다.

옆방으로 들어가는 문

지금은 그녀의 이름이 생각나지 않는다. 그녀가 어떻게 나를 저녁식사에 초대하게 되었는지도 모르겠다. 아마 누군가의 부탁을 받았던 모양이다. 모르긴 몰라도 누나나 매형이었을 것이다. 근처에 연극을 미친 듯이 좋아하는 청년이 살고 있는데 만나서 당신의 경험을 듣고 싶어한다고 말했을 것이다. 그녀는 배우였다.

그녀는 베를린에서 연극학교를 졸업한 뒤 근 2년 동안 배우생활을 했다. 힐데스하임이나 어쩌면 브라운슈바이크에서 활동했을 것이다. 나중에는 하노버로 갈 수도 있었지만 뜻대로 되지 않았다고 한다. 그때가 1933년이었고 그녀는 유대인이었다. 곧 부유한 사업가인 비유대인 남성과 결혼한 그녀는 얼마 안 가 이혼했다. 그리고 지금 1938년 초에는 우연히 우리집 근처에서 혼자 살고 있었다. 집은 멋졌지만 꾸밈새는 수수했다. 그녀의 옷차림도 그랬다. 꼭 끼는 연한 갈색 스웨터에 파란 숄, 그리고 폭이 넓은 진갈색 치마는 모두 꼼꼼하게 고른 티가 나면서도 수수했다.

그녀가 연극에 대해 이야기해준 내용은 내 환상을 조금 깨뜨렸다. 지방 연극계에서는 예술에 대해 관심이 없고 오히려 틀에 박힌 연기만 한다는 것, 초연도 충분히 준비하지 않을뿐더러 배우들은 계속 새로운 역할을 배워야 하고 특히 신인 배우들이 어려움이 많다고 했다. 그 모든 것은 내가 이미 알고 있는 내용이었다. 이야기에 열심히 귀 기울이는 대신 나는 눈에 띄게 그녀의 스웨터에 관심을 보였다. 그녀는 당연히 이를 알아챘다. 하지만 그녀의 미소가 내 행동을 부추기는 것인지 거부하는 것인지는 판단하기 힘들었다.

그녀는 외국으로 나갈 준비를 하고 있으며 곧 떠날 거라고 했다. 나더러는 언제 어디로 갈 계획이냐고 물었다. 나는 머뭇거리면서 우선 아비투어를 치러야 하는데 두 달이면 끝난다고 대답했다. 그럼 그다음에는 어떻게 할 거냐고 그녀가 물었다. 그 외에는 아직 아무런 계획이 없다고 말했다. 나는 대책이 없는 나 자신이 부끄러웠다. 그녀는 여태 말을 많이 하다가 갑자기 과묵해진 내가 분명히 안쓰러웠나보다. 내가 장래의 일보다는 셰익스피어에 더 관심이 많은 것 같다고 다정하게 말했다.

그러고는 둘 다 말이 없었다. 조금 어색한 시간이 흘렀다. 그 틈을 메우려고 나는 그녀에게 연극 대사를 낭독해줄 수 있느냐고 물었다. 그녀는 점잔빼지 않고 그러겠다고 하고는 재빠른 동작으로 천장의 불을 끄고 스탠드를 조금 밀어놓았다. 그리고 구석에 있는 벽난로 앞으로 가서 말없이 서 있었다. 얼마 후 그녀는 대사 하나를 골랐다. 나에게 어울린다고 생각하는 것 같았다. 19세 청년이 쓴 작품에서 사랑하는 여인이 등장하는 대목이었다. 호프만스탈의 희곡 『바보와 죽음』에 나오는 젊은 여인의 독백은 이렇게 시작된다.

> 정말 아름다웠죠…… 당신은 이제 그때를 생각하지 않나요?
> 그래요, 당신은 나를 아프게 했어요, 너무 아프게 했어요.
> 그러나 아픔으로 끝나지 않는 게 무엇이 있을까요?

사랑하는 여인의 이 우울한 회상 장면은—조심스럽게 말하자면—신파적인 면이 전혀 없다고 할 수 없고, 이 희곡은 최고의 문학작품도 분명 아니다. 그러나 나는 이 대목을 좋아한다. 릴케의 『기수 크리스토프 릴케의 사랑과 죽음의 노래』만큼이나 좋아한다. 이 대목이 매번 새로운 감동으로 다가오는 이유는 어둑한 방에서 처음 그 대사를 듣게 해준 그 젊은 여성과 관계가 있다.

독백의 마지막 구절 "조용한 즐거움"을 마친 뒤 그녀는 다시 자리로 돌아와 말없이 슬픈 얼굴로 나를 보았다. 나는 기다렸다. 그러나 아무 일도 일어나지 않았다. 갑자기 그녀는 나를 위해 호프만스탈의 시 한 편을 더 낭송해주겠다고 말했다. 자신이 아는 가장 아름다운 시라고 했다. 『무상함에 대한 테르치네*』의 눈부신 2연이었다.

> 그건 누구도 완벽히 생각해낼 수 없는 것
> 너무도 냉혹하여 탄식조차 할 수 없는 것
> 모든 게 미끄러지듯 달아나고 사라진다는 것은.

그녀가 낭송을 마쳤을 때 나는 호프만스탈의 시에 대해 떠오른 몇 가지 생각을 꽤나 소심하게 말해보았다. 아마 진부하고 바보 같은 말이었을 것이다. 그녀는 짤막한 문장으로 내 노력을 무시했다. "주여, 때가 되었습니다." 이것이 릴케의 시구라는 것을 그때 내가 알아차렸는지는 기억나지 않는다. 나는 고개를 끄덕이고 그녀와 함께 긴 복도로 나왔다. 내가 옷걸이에서 외투를 내리려 하자 그녀는 손짓을 하며 문을 열었다. 그 문은 층계로 내려가는 문이 아니라 옆방으로 통하는 문이었다. 방은 꽤 어두웠다. 넓은 소파 옆의 작은 스탠드에서 불빛이 흘러나오고 있었다.

나중에 인적이 없는 거리를 걸어 집으로 돌아갈 때 머릿속에서는 계속 단 한 줄의 시구만 맴돌았다. "그건 누구도 완벽히 생각해낼 수 없는 것." 다음

---

* 3행이 한 연으로 구성되는 시 형식. 단테가 『신곡』에서 처음 사용했다.

날 나는 그녀에게 짧은 편지를 적어 보냈다. 답장은 오지 않았다. 그리고 3주 후에 얇고 폭이 좁은 소포를 받았다. 파리에서 보낸 것이지만 발송자 이름은 적혀 있지 않았다. 안에는 인젤 출판사에서 나온 호프만스탈의 『바보와 죽음』이 들어 있었고, "아픔으로 끝나지 않는 게 무엇이 있을까요"가 헌사로 적혀 있었다. 주소가 적혀 있지 않아 고마운 마음을 전할 수는 없었지만 나는 여전히 그녀에게 감사하는 마음을 가지고 있다.

그때의 일로 받은 충격은 금방 회복되었다. 아비투어를 준비하느라 분주했을 뿐만 아니라, 흥분이나 혼란과는 거리가 멀어도 내게 중요한 의미를 주는 우정이 시작되었기 때문이다. 부모님 지인의 딸 중에 앙겔리카라는 여자아이가 있었다. 열대여섯 살이던 그 아이는 문학과 연극에 관심이 있었고 직접 글도 몇 편 써서 『위디셰 룬트샤우』에까지 실렸다. 그러나 그건 과장이라는 게 밝혀졌다. 그녀의 시와 산문이 지면에 실린 건 사실이었으나, 그 매체는 『위디셰 룬트샤우』의 아동용 부록이었다.. 글은 보잘것없어 보였지만 그 글이 발표되었다는 사실에 나는 감동했고, 무엇보다 눈에 띄었던 그 소녀의 진지함이 마음에 들었다.

우리는 가끔 쇠네베르크 시립공원에서 만나 앙겔리카가 잘 알고 있는 실러와 클라이스트의 희곡에 대해 오랜 시간 이야기를 나누었다. 그런 다음 나는 즐거운 마음으로 그녀를 셰익스피어의 작품으로 안내했다. 마지막으로는 성애를 다룬 하이네의 시에 대해서도 이야기했다. 이것이 우리 사이에 있었던 유일한 성애적인 사건이었다. 그 소녀와 나를 이어준 것은 문학에 대한 사랑만이 아니라 우리 둘의 비슷한 상황이었다. 앞으로 어떤 계획을 가지고 있느냐는 내 물음에 그녀는 한 치의 망설임도 없이 연극학교에 진학해 배우가 되겠다고 대답했다. 나도 독문학을 공부해 평론가가 되겠다는 분명하고 단호한 대답을 들려줄 수 있었다.

우리의 계획이 현실과 거리가 먼 터무니없는 공상이라는 것은 둘 다 잘 알고 있었다. 우리가 살고 있던 곳은 '제3제국'이었다. 유대인은 대학에 갈 수도 없고 직업으로 성공할 수도 없는 체제였다. 그러나 우리는 꿈에 젖어 얼마든지 상상의 나래를 펼칠 수 있었다. 소녀는 자신이 맡고 싶은 역할에 대해 이야기했고, 나는 평론을 쓰고 싶은 시인들 이야기를 들려주었다. 훗날 바르샤바에서 지낼 때 나는 그녀에게 편지를 쓰면서 하이네의 시구를 인용했다. "얘야, 그때 우리는 어렸단다……" 곧 전쟁이 터지면서 앙겔리카 후르비치와의 연락은 끊어졌다.

1946년 내가 베를린을 방문했을 때 도이체스 테아터에서는 호르스트 카스파어 주연의 『햄릿』이 공연되고 있었다. 프로그램 책자에서 앙겔리카 후르비치라는 이름이 눈에 들어왔다. 그 소녀인 게 틀림없었다. 그러니까 그녀는 전쟁에서 살아남아 제 뜻을 관철하고 독일 최고의 극단에서 공연하는 무대에 선 것이다. 물론 그녀가 맡은 역할은 대사가 없는 궁녀 역이었다. 하지만 누구나 대부분 이렇게 시작한다. 분장을 짙게 하고 가발을 써서 그런지 그녀의 얼굴을 알아보기 힘들었다.

공연이 끝난 후 나는 무대 입구에서 그녀를 기다렸다. 나로서는 그 상황이 조금 기괴하게 느껴졌다. 내가 폴란드 장교복을 입은데다 무대 입구가 거의 칠흑처럼 어두웠기 때문이다. 앙겔리카가 나를 알아보기나 할까? 그간 낯설어진 두 사람은 어색하고 조금 난처한 대화를 나누지나 않을까? 그녀는 내가 전쟁 전에 베를린에서 알고 지내다가 종전 후 처음으로 다시 베를린에서 만난 유일한 사람이었다. 그런 사람과 서먹하게 재회한다면 진심어린 인사를 나누며 기쁜 마음이 들더라도 더 실망스러울 것 같았다. 나는 앙겔리카 후르비치를 만나보고 싶었지만 두려운 마음도 들었다. 결국 비겁함이 승리를 거두었다. 나는 더이상 기다리지 않고 집으로 돌아왔다. 그리고 그 뒤 몇 달을 더 베를린에 머물렀지만 그녀를 찾지 않았다.

이후 그녀의 이름은 1950년대 초에 바르샤바에도 알려졌다. 날이 갈수록 그녀의 이름이 동독 신문에 자주 등장했다. 당시 바르샤바에 독일 신문은 동독 신문밖에 없었다. 앙겔리카는 어느새 출세한 유명 배우가 되었다. 그녀가 보기 드문 성공을 거둔 데에는 무엇보다 브레히트의 『억척어멈과 그의 자식들』에서 맡았던 벙어리 카트린 역의 공이 컸다.

1952년 12월, 브레히트가 세운 극단 '베를리너 앙상블'은 바르샤바에서 원정 공연을 하며 세 편의 연극을 무대에 올렸다. 그중에는 헬레네 바이겔과 앙겔리카 후르비치가 주연으로 나온 『억척어멈』도 있었다. 동독 대사관에서는 이 공연을 축하하는 환영 행사를 열고 특히 평론가들을 대거 초대했다. 주연 배우들과 대화할 기회를 주기 위해서였다. 나는 어느 텅 빈 방에서 있었다. 거기에 있던 책장에 흥미가 생겼지만, 놀랍도록 깨끗하던 그 책들을 오래 들여다보고 있을 수가 없었다. 오래지 않아 앙겔리카 후르비치가 바르샤바에서 근무하는 동독 외교관의 안내를 받으며 들어왔기 때문이다. 외교관이 정중하게 말했다. "소개하겠습니다." 그녀와 나, 우리 두 사람은 동시에 말했다. "그러실 필요 없습니다." 우리는 그곳에서 잠시 이야기를 나누었다. 그리고 이후 며칠에 걸쳐 더 많은 대화를 주고받았다.

우리는 전에 베를린에서 그랬듯이 시내를 산책했다. 우려했던 서먹함은 전혀 느낄 수 없었다. 앙겔리카는 그동안 어떻게 살았는지, 가스실에서는 어떻게 살아남았는지 얘기해주었다. 그녀는 독일인들이 많이 거주하던 체코의 수데테란트에서 가족이 경영하는 어느 구식 유랑극단에 소속되어 있었다고 했다. 배우로 일했을까? 물론이다. 그러나 끊임없이 새로운 역할을 공부해야 했으며, 그와 동시에 프롬프터로 일하고, 무대장치를 밀어 옮기고, 막을 걷고, 매표소에 앉아 있는 등, 당장 시급한 일도 하지 않으면 안 되었다고 했다. 그런 일들이 쉽지는 않았지만, 신분증명서를 보자는 사람도 없었고 자신이 혹시 유대인이 아닐까 관심 갖는 사람도 없었다고 했다. 이제는 그동안 내게 어떤 일들이 있었는지 얘기해줄 차례였다. 그때 갑자기 앙겔리카가 무언가 곤혹스러운 듯 조금 당황한 기색으로 나를 쳐다보았다. "미안해." 그녀가 말했다. "그러고 보니 네가 무얼 하는지 물어보지 않았네. 무슨 일을 하니?" 나는 간단하게 대답했다. "난 평론가가 됐어. 독일문학에 대해 글을 써."

그녀는 아무 말도 하지 않았다. 나는 그 침묵을 어떻게 이해해야 좋을지 몰랐다. 그녀는 한참 후에야 천천히 신중하게 입을 열었다. "우리 두 명의 유대인 청소년은 그때 '제3제국'에서 절망적이고 가망 없는 상황에 처해 있으면서 미래에 대해 이야기했어. 그 미래를 우리는 단 한순간도 진지하게 신뢰하지 않았지. 그때 유대인이 어떻게 배우가 되고 어떻게 평론가가 될 수 있었겠어? 하지만 우리는 그 호사를 누렸어. 연극과 문학이 있는 삶을 꿈꿨잖아. 그때 우리를 이어준 것은 아마 우리의 꿈이었을 거야. 그런데 믿을 수 없게도 그 꿈이 정말 실현됐어. 우리 민족이 학살되는 와중에도 우리는 무사했어. 맞아 죽지도, 살해되지도, 전멸되지도, 가스실에서 죽지도 않았지. 우리는 그럴 만한 이유도 없이 살아남았어. 그건 순전히 우연이야. 우린 알 수 없는 이유로 그 아비규환에서 선택된 아이들이지. 우리는 표식을 단 사람들이야. 마지막 죽는 날까지 우리는 그 표식을 지니고 살아가겠지. 넌 그거 알고 있니?" "그래," 내가 말했다. "잘 알고 있고말고."

보이지 않는 짐을 들고

졸업시험이 다가올수록 내 불안감도 커졌다. 내가 두려워한 것은 시험이 아니었다. 혹시 있을지 모를 선생님들의 횡포도 아니었다. 반 아이들의 괴롭힘은 더더욱 아니었다. 유대인이라는 게 금방 드러나는 내가 길거리나 대중교통수단에서 무슨 험한 일을 당할까봐 걱정한 것도 아니었다. 지금은 이상하게 생각될지 모르지만, 당시 나는 베를린에서 적대적인 말을 듣거나 그런 행동을 당한 적이 없었다. 여하튼 그런 낌새는 전혀 느끼지 못했다.

내가 끊임없이 걱정했던 것은 당국으로부터 계속 유대인들에게 내려오던 지시였다. 그중에서도 특히 내 삶을 암울하게 하고 더 나아가 지옥으로까지 만들 수 있는 명령이 내려질까봐 안절부절못했다. 그때는 『베를리너 타게블라트』가 없었기 때문에 집에서는 『도이체 알게마이네 차이퉁』을 구독하고 있었는데, 나는 날마다 신문에서 혹시 유대인에게 적대적인 조치가 내려지지 않았는지 살펴보았다. 신문에는 매번 그런 조치들이 실렸지만 나와 밀접한 관계가 있는 것들은 아니었다. 나는 당국이 유대인들을 학교에서 쫓아내거나 최소한 아비투어를 보지 못하게 할지도 모른다는 생각에 시달렸다. 만일 아비투어를 못 본다면? 그렇게 된다면 그건 내게 치명적인 재앙일 거라고 확신했다.

그러나 1938년 당시 피히테 김나지움에 남아 있던 몇 안 되는 유대인 학생들은 퇴교당하지 않고 시험을 볼 수 있었다. 어떻게 된 일일까? 그때는 이유를 모르다가 정확히 50년이 지난 뒤에야 알게 되었다. 그건 히틀러의 개인적인 결정과 관계가 있었다. 1936년 말 교육부장관 루스트는 '유대인 학원법'을 히틀러에게 제출했다. 유대인 학생들을 인종에 따라 분리하여 교육한다는 내용이었다. 이 학원법대로라면 뉘른베르크 법에서 규정한 유대인 아이들은 기독교 신앙을 가지고 있더라도 유대인 학교에만 다녀야 했다. 그런데 제국 가톨릭 교회의 수장이던 브레슬라우의 베르트람 추기경이 이 문제에 항의해왔다. 히틀러는 가톨릭 교회와의 관계에서 더 부담을 안지 않으려고 '유대인 학원법'을 당분간 보류하는 쪽을 택했다.

그러나 여기에 못지않게 두려웠던 것이 또 있었다. 어느 날 갑자기 유대인들에게 극장과 오페라 공연장 출입이 금지될지도 모른다는 생각이 들었다. 그렇게 되면 나는 나의 멋진 피난처와 상아탑에서 쫓겨나는 것이나 다름없었다. 아니나 다를까, 1938년 11월 12일에 제국문화원은 유대인들의 "연극, 영화, 연주회, 강연, 서커스, 무용, 문화 전시회 입장을 즉각" 금지한다는 공고문을 발표했다. 물론 그때 나는 베를린을 떠난 뒤였다.

나는 앞으로 무엇이 될까? 청소년기 내내 이 질문이 나를 무겁게 내리눌렀다. 이 문제로 가장 많이 고민한 시기는 당연히 마지막 학년 때였고, 아비투어를 끝낸 뒤에는 더 심한 고통을 겪었다. 유대인이 아닌 아이들에게 아비투어는 학교라는 속박에서 벗어나는, 오랫동안 기다리며 갈망했던 구원이었다. 그렇다면 나는 어땠을까? 나도 여러 가지 직업을 꿈꾸어보았다. 독문학 강사나 교수가 된다면 정말 굉장할 것 같았다. 혹은 연극계에서 활동한다면? 그건 엄청나게 매력적인 직업으로 보였다. 내가 최고로 흥미를 갖고 있는 두 분야, 즉 문학과 연극이 결합된 것이니 말이다. 그러나 내가 마음속에서 열렬히 소망하고 있던 목표, 그것은 '제3제국'에서 금기시된 직업, 바로 평론가였다. 나는 그런 환상에 사로잡혀 있었다는 게 부끄러웠고 어느 누구와도 이 꿈에 대해 이야기할 생각을 하지 못했다. 내가 앞으로 무엇을 하면 좋겠냐고 식구들에게 물어보았지만 누구 한 사람 대답을 주지 못했다. 그간 바르샤바로 이주하신 아버지는 나에게 신경쓸 처지가 아니었고 어머니도 대책이 없기는 마찬가지였다.

베를린에서 살고 있던 내 또래의 사촌 다섯 명은 형편이 좋았다. 영국 대학으로 유학을 떠난 그들은 그곳에서 제2차 세계대전을 무사히 넘겼다. 나도 당장 영국으로 갈 수 있었으나 그러기 위해서는 돈이 필요했다. 많지는 않아도 매달 일정액을 확실하게 지불할 수 있어야 했는데 그건 우리집 형편으로는 꿈도 꿀 수 없는 일이었다.

아비투어를 치르고 싶은 학생은 졸업 후 무엇을 할 생각인지 신청서에 적어 내야 했다. 나는 대학에 진학하여 독문학과 문학을 공부할 생각이라고 썼다. 그에 따라 내 '졸업증명서'에는 이렇게 적혀 나왔다. "라이히는 대학 진학을 희망함." 실제로 어머니는 내가 폴란드 국적자로서 베를린 대학에서 적어도 학업을 시작할 수는 있으리라고 생각하셨다. 하지만 그것은 형이 1935년에 베를린에서 박사학위를 받았다는 데서 나온 세상 물정 모르는 순진한 생각이었다. 나는 프리드리히 빌헬름 대학에 입학신청서를 제출했지만 예상했던 대로 거부당했다.

어머니의 순진함은 여기에서 끝나지 않았다. 나는 어머니의 성화에 못 이겨 베를린 대학 총장에게 면담을 신청했다. 그런데 그 신청이 즉각 받아들여진 것이 아닌가. 지금 생각해도 희한하다. 총장은 나를 무척이나 공손하게 맞아들였다. 그는 유대인들에게는 대학 입학을 허락할 수 없다는 말을 하고 싶지 않았던 게 분명했다. 그저 자리에 여유가 없다는 말만 했다.

그때 내게 허락되지 않았던 것들을 나는 영원히 만회하지 못했다. 나는 대학이라는 곳에서 한 번도 공부해보지 못했다. 대학 강의실도 몇십 년이 지난 1961년에 괴팅겐에서 강연을 하며 처음 구경했다. 그러니 내가 알고 있는 강의실은 연단에서 바라본 광경뿐이다. 제2차 세계대전 후 훔볼트 대학으로 개명한 프리드리히 빌헬름 대학 건물을 나는 1938년 봄에 총장과 그

쓸데없는 면담을 한 이후로 두 번 다시 찾지 않았다.

그래도 할 수 있는 일이 하나 있기는 했다. 물론 내가 관심을 가지고 있던 것과는 전혀 무관한 일이었다. 샤로텐부르크의 어느 무역회사에서 수습사원 자리를 얻은 것이다. 유대인이 공동 사장으로 있던 그 회사는 무슨 이유에서인지 그때까지 건재했다. 일은 힘들고 따분했지만 고생스럽지는 않았다. 그런 일자리라도 있는 게 아무것도 없는 것보다는 나아 보였다.

사장에게 수습 기간을 무사히 마치고 나면 내가 무엇을 할 수 있느냐고 묻자 그는 짤막하게 대답했다. "잘하면 사업을 할 수 있겠지." 하지만 나는 바로 이 사업이라는 것을 배우지 못했다. 수습 기간은 빨리 끝났다. 얼마 후 생각해보니 그 짧은 기간 동안 나는 두 가지 덕을 보았다. 하나는 우울증에 빠지지 않았다는 것이고, 다른 하나는 잘 조직된 사무실이 어떻게 돌아가는지를 금방 배웠다는 점이다.

그러는 사이에 어머니도 바르샤바로 가셨다. 나는 샤로텐부르크의 슈피헤른 가에 있는 가구 딸린 작은 방에서 생활했다. 슈피헤른 가는 한때 브레히트가 헬레네 바이겔과 함께 살던 곳이다. 유대인들의 상황은 그동안 근본적으로 달라졌다. 다시 말해 악화되었다. 1933년과 1934년까지만 해도 이따금 비유대인들이나 이웃, 지인들로부터 곧 모든 게 바뀔 테니 참고 버텨야 한다는 호의적인 위로의 말을 들었다. 초기에는 이런 위안이 반갑고 게다가 안심도 되었지만 1938년에는 그런 말도 들을 수 없게 되었다. 이제는 어느 누구도 상황이 보기보다 그리 나쁘지는 않다고 위안을 삼을 수 없었다.

체포와 학대와 고문은 타고난 낙관주의자들의 수를 급격히 감소시켰고 이민자의 수는 더 늘려놓았다. 1938년 8월에는 유대인 개명법이 공식 도입되었다. 여기에 경악한 사람은 유대인만이 아니었다. 유대인 여성은 기존 이름에 '사라'를, 유대인 남성은 '이스라엘'을 덧붙여야 했다. 뿐만 아니라 유대인 여권에는 페이지마다 'J'라는 글자가 큼지막하게 찍혀 나왔다.

이런 극적이고 잔인한 사건들 외에 무혈 사건들도 있었다. 그런데 그 목적은 기존의 것들과 달랐다. 즉, 유대인을 겁주려는 게 아니라 유대인에게 굴욕감을 주려는 것이었다. 공원과 녹지에는 '유대인 전용'이라는 표시가 붙은 노란 벤치가 등장했다. 당연히 그런 벤치는 수도 많지 않고 놓인 자리도 좋지 않았다. 많은 레스토랑과 카페와 호텔과 수영장에서는 '유대인 사절'이나 '유대인 출입 금지' 팻말을 내걸었다. 어떤 술집에서는 입구에 이런 팻말을 써붙이는 대신, 용감하게 술집에 들어온 유대인에게 빈 찻잔을 내다주었으며, 이따금 거기에 '유대인은 꺼져라'라고 쓴 쪽지까지 함께 건넸다. 독일의 여러 곳에서는 도시로 들어가는 초입에서부터 유대인 금지 표시판을 볼 수 있었다.

제국 정부의 외교적 성공은 그 당시 큰 역할을 했다. 1938년 3월 오스트리아를 합병한 후부터 나치 정권은 장기적으로 안정되는 듯 보였다. 그럼에도 불구하고 이민을 준비하는 유대인 수는 그다지 빠르게 늘지 않았다. 누나와 매형 게르하르트 뵘도 독일을 떠나려고 했다. 두 사람은 영국으로 갈 생각이었지만, 최소한의 기본 조건도 갖춰지지 않은 막막한 계획이었다. 누나와 매형은 이민에 성공하면 나까지 불러들일 생각이었다. 그러나 독일 당국은 내 문제와 관련해서 다른 속셈을 가지고 있었다.

1938년 10월 28일 아침, 7시도 되기 전에 한 경관이 찾아와서 요란하게 나를 깨웠다. 도로에서 교통정리를 하는 순경과 똑같은 차림새였다. 그는 내 여권을 구석구석 살펴본 뒤 서류 한 장을 내밀었다. 읽어보니 나를 독일제국에서 추방한다는 내용이었다. 경관은 나더러 당장 옷을 입고 따라오라고 했다. 하지만 나는 추방 통지서를 한번 더 읽어보고 싶었다. 경관은 그러라고 했다. 나는 그에게, 통지서에는 독일을 2주 안에 떠나라고 적혀 있을 뿐만 아니라 이 조치에 이의를 제기할 수도 있다고 조금 소심하게 항변했다. 하지만 눈에 띄게 무관심했던 그는 그런 교묘한 트집에 말려들지 않았다. 경관은 다시 한번 엄중하게 말했다. "안 돼요. 당장 따라오시오!"

작은 방에 있던 물건들은 당연히 전부 놔두고 가야 했다. 나는 겨우 5마르크와 서류가방 하나만 가져갈 수 있었다. 그런데 그 가방 안에 무엇을 넣어 가야 할지 판단이 서지 않았다. 급하게 여분의 손수건과 읽을거리를 챙겨넣었다. 그때 마침 발자크의 소설 『30세의 여자』를 읽는 중이었기에 그 책도 같이 넣었다. 나는 그다지 크게 겁먹지는 않았던 것 같다. 장다르멘마르크트에서 초연될 버나드 쇼의 『의사의 딜레마』—그륀트겐스와 베르너 크라우스가 주연을 맡은— 입장권을 내가 살던 집 주인에게 줄 생각까지 했으니 말이다. 말이 나온 김에 덧붙이자면, 안 봐도 아쉬운 공연은 아니었다. 나중에 들은 바로는 유명 출연진에도 불구하고 공연 수준은 보통이었다고 한다.

경관은 나와 함께 아직 어둑한 거리를 여유 있게 걸었다. 많은 이들이 서둘러 일터로 향했고 전차도 전과 다름없이 다녔다. 가게도 벌써 문을 열면서 일상이 시작되고 있었다. 여느 때와 다름없는 베를린의 하루였다. 오직 나에게만 그 하루는 평소와 달랐다. 이렇게 된 이유가 무엇일까? 나쁜 짓도 하지 않았는데 이렇게 체포되는 것을 보니 누군가 나를 중상모략한 게 틀림없었다. 그렇다. 나는 연행되고 있었다. 오래지 않아 경관과 나는 목적지에 도착했다. 내가 살던 곳을 관할하는 경찰서였다.

거기에는 나와 처지가 비슷한 사람들이 열 명, 아니 스무 명가량 더 있었다. 전부 유대인에 남자들뿐이었고 열여덟 살이던 내가 가장 어렸다. 그들은 흠잡을 데 없는 완벽한 독일어를 구사했지만 폴란드어는 한마디도 하지 못했다. 모두 독일에서 태어났거나 아주 어린 나이에 독일로 이주하여 학교를 다닌 사람들이었다. 그러나 곧 듣기로는 무슨 이유에서인지 전부 나처럼 폴란드 여권을 가지고 있다는 것이었다.

우리는 한두 시간 동안 기다렸다. 그리고 '죄수 호송차'에 실려 집결지인 소피-샬로텐 광장의 상급 경찰서로 이송되었다. 그곳 노천에는 벌써 수백 명의 유대인들이 서 있었다. 그들도 폴란드 국적자들이라고 했다. 그제야 나는 내 추측이 틀렸다는 것을 알았다. 나는 누군가에게 모략을 당한 게 아니었다. 그저 추방 판결을 받은 사람 중의 한 명이었다. 그러니까 거기에 모인 사람들은 독일 당국이 처음으로 집단 추방하려는 유대인들이었다. 베를린에서는 남자들만 추방되었고 다른 도시에서는 여자들까지 끌려왔다. 모두 합쳐 1만 8000명 정도 되었다.

오후 늦게 어두워지고 나서 우리는 슐레지엔 역의 측선으로 이동했다. 그곳에서는 긴 열차가 기다리고 있었다. 모든 것이 정확하게 준비되어 있었고 모든 일이 조용하게 진행되었다. 고함 소리나 총소리도 들리지 않았다. 주민들 눈에 띄어서는 안 되는 작전이었던 것 같다. 열차가 어디로 가는지는 말해주지 않았다. 그러나 우리가 동쪽으로, 즉 폴란드 국경을 향해 간다는 것은 금방 알 수 있었다. 차량에 난방을 하지 않아 우리는 추위에 떨었지만 각자 앉을 자리는 있었다. 훗날의 이송과 비교하면 아직은 그래도 인간적이고 사치에 가까운 여건이었다.

나는 발자크의 소설을 꺼내 읽었다. 신통치 않은 작품이라 전혀 흥미가 생기지 않았다. 너무 긴장해서 소설이 안 읽히는 걸까? 아니면 정말로 작품이 좋지 않은 걸까? 이런 생각까지 든 것을 보면 그때 나는 그다지 크게 심란하지 않았던 것 같다. 독일 국경에 도착했을 때 우리는 열차에서 내려 종대로 섰다. 사방이 깜깜했다. 시끄러운 명령 소리와 수많은 총성 그리고 요란한 비명 소리가 들렸다. 다시 열차가 왔다. 독일 경찰은 차량 수가 적은 그 폴란드 열차 안으로 우리를 난폭하게 밀어넣었다.

열차 안은 사람들로 미어터졌다. 곧 문이 요란하게 닫혔다. 출입구가 납땜으로 봉해진 뒤 열차가 출발했다. 추방된 우리는 이제 우리 유대인들끼리 남게 되었다. 거기에는 독일 여러 도시에서 끌려온 여자들도 있었다. 대개 밤중에 체포된 사람들이었는데 옷도 입지 못하게 하는 바람에 잠옷에 외투만 걸친 상태였다. 바로 내 앞에는 하노버에서 온 검은 머리의 여자가 서 있었다. 스무 살가량 되어 보였다. 그녀는 눈물이 그렁그렁한 눈으로 내게 무언가 물었지만 나는 대답해줄 말이 없었다. 열차 안이 점점 비좁아졌다. 그녀는 갑자기 나를 쓰다듬으면서 내 손을 자기 가슴에 갖다 댔다. 화들짝 놀란 내가 무언가 말하려고 했을 때 누군가 나를 옆으로 밀쳐냈다. 그녀는 내게 뭐라고 두세 마디 소리쳤다. 주소였던 것 같다. 하지만 나는 그 말을 알아들을 수 없었다.

폴란드에서 나는 어떻게 될까? 아직 어디인지 모르는 여행 목적지에 다가갈수록 앞날에 대한 이 단순한 의문이 점점 나를 불안하게 만들었다. 그 앞날은 지금 우리가 천천히 지나가고 있는 숲속만큼이나 암울하고 불투명했다. 열차가 갑자기 멈춰 섰다. 우리는 폴란드 국경 지역에 도착했지만 내릴 수는 없었다. 몇 시간 더 타고 간 뒤에야 봉쇄되었던 차량 문이 열렸다.

낯설고 낯선 이 나라에서 나는 무엇을 해야 하나? 알아듣기는 해도 폴란드어는 간신히 몇 마디 할 줄 알 뿐인 내가 무엇을 할 수 있을까? 직업도 없고 무언가를 배울 수 있는 기회도 없을 것 같은 이 폴란드에서 어떤 일을 시작해야 하나? 내 짐이라고 해야 발자크의 소설과 여분의 손수건이 들어 있는 서류가방이 전부였다.

그러나 나는 이 여행길에 또다른 무언가를 가져왔다. 그건 눈에 보이지 않는 것이었다. 나를 독일에서 추방시킨 저 추운 열차 안에 있을 때는 거기에까지 생각이 미치지 못했다. 그때 나는 이 눈에 보이지 않는 짐, 당시에는 쓸모없고 불필요하다고 여겼던 그 짐이 앞으로 내 삶에서 어떤 역할을 하게 될지 짐작조차 하지 못했다. 나를 내쫓은 나라를 떠날 때 가지고 나온 것은 바로 언어였다. 그리고 문학이었다. 그건 독일어였고, 독일문학이었다.

2부

1938 ~ 1944

시와 전쟁

이렇게 해서 나는 폴란드에 도착했다. 내가 태어난 나라이지만 이제는 망명지가 된 곳으로 돌아왔다. 모든 게 낯설었다. 폴란드는 내게 아직까지 조금은 낯선 곳으로 남아 있다. 그러나 처음에 내 상황은 그리 나쁘지 않았다. 1938년 가을에 독일에서 추방당한 대부분의 유대인들보다 분명히 나았다. 형과 부모님이 바르샤바에서 한집에 살고 있었고, 형의 개인 치과도 그 집에 붙어 있었다. 집은 작았지만 내가 쓸 야전침대를 놓을 자리도 있었다. 게다가 나는 폴란드어도 조금은 할 줄 알았으니 형편이 나쁘다고는 할 수 없었다.

하지만 나는 무엇을 해야 할지 몰랐다. 그것을 아는 사람은 아무도 없었다. 대학 공부는 꿈도 꿀 수 없었다. 경제적인 이유 때문에라도 그건 불가능했다. 그리고 누가 나를 고용하겠는가? 나는 하는 일 없는 잉여 인간이었다. 그래도 그 상황에서 할 수 있는 유일한 것은 독일어였다. 당장은 그 독일어가 유용하게 쓰였다. 나는 학교 공부에 어려움을 겪는 학생들에게 독일어 과외를 해주었다. 과외비는 많이 받지 못했지만, 자주 보러 가던 연극과 음악회 입장권을—물론 될 수 있는 대로 싼 것을—구입하기에는 충분했다.

어느 연주회장에서 나는 바르샤바에 온 뒤 처음으로 아름다운 순간을 경험했다. 빈 출신의 젊은 남자가 지휘를 맡은 교향악단 연주회였다. 지금은 음악학자로 더 많이 알려진 쿠르트 팔렌이 그 지휘자였다. 공연은 모차르트의 〈아이네 클라이네 나흐트무지크〉로 시작되었다. 그 당시 이 음악은 요즘처럼 그렇게 흔해빠진 곡이 아니었다. 이 곡을 듣는 순간 나는 벌써 기분이 괜찮아졌다. 외롭다는 느낌이 덜했다. 1995년 잘츠부르크 음악제 때의 일이다. 중간 휴식시간에 대축제 극장 휴게실에 있던 내게 기품 있는 신사가 다가와 공손하게 자신을 소개했다. 그리고 내가 어딘가에 썼던 글에 대해 고맙다는 말을 하려고 했다. 나는 급히 손사래를 치며 그 신사, 쿠르트 팔렌에게 말했다. "고마워해야 할 사람은 바로 접니다. 당신의 연주회가 큰 힘이 되었으니까요. 당신을 잊은 적이 없습니다." 연미복 차림의 두 노신사는 서로 감격에 젖어 마주서 있었다.

기쁨에 넘치면서도 슬픔에 빠져 지내던 하루하루가 당시 바르샤바에서 지내던 내 상황이었다. 일거리가 없는 사람에게는 누구나 있는 것, 바로 시간이 나에게도 있었다. 나는 그 시간을 이용하여 찾아다녔다. 무엇을? 폴란드에서도 나는 독일문학을 찾아다녔다. 베를린에 두고 온 내 장서에는 별로 뛰어나지 않은 여러 고전작품, 헐값에 사들인 수많은 책, 그리고 친절했던 화학자가 망명을 떠나기 전 '빌려주었던' 책들이 있었다.

갖고 싶은 책들은 의외로 빨리 찾을 수 있었다. 나는 토마스 만, 하인리히 만, 아르놀트 츠바이크, 슈테판 츠바이크, 되블린, 요제프 로트, 베르펠, 포이히트방거, 브레히트 등이 1933년 이후 망명지에서 무슨 작품을 썼는지 알아내려고 애를 썼다. 그건 어렵지 않았다. 당시 바르샤바에 많던 사설 도서관 중에는 독일 책을 잘 구비해놓은 곳들이 꽤 있었다. 그리고 형의 친구 중에 법률가로 일하다 파산한 사람이 있었는데, 문학에 대한 은밀한 사랑을 품고 있던 그는 내게 거래를 제안했다. 내가 1주일에 두세 번 독일어 회화를 가르쳐주면 자기는 폴란드 문학사를 지도해주겠다고 했다. 나는 당장 그러자고 했다. 그리고 그런 거래를 한 것을 후회하지 않았다.

폴란드 문학에 대한 내 지식은 지금도 탄탄하다거나 완벽하다고 할 수 없

나. 그렇다고 그 파산한 법률가가 어떤 체계도 없이 이야기나 설명을 들려준 것은 아니었다. 음악적이고 매혹적이지만 결코 쉽지만은 않은 폴란드어도 나는 차츰 능숙하게 구사해나갔다. 머잖아 나는 그 폴란드어 실력으로 생각지도 못한 발견을 하기에 이르렀다. 얼마 후 내 삶에서 중요한 역할을 하게 될 발견이었다. 1939년 초에 폴란드 시문학, 그것도 현대 시문학을 발견한 것이다.

나는 폴란드 시의 구슬프고 음울한 색조에 깜짝 놀랐다. 그것은 폴란드 시의 재치와 풍자에도 꺾이거나 사라지지 않는 특성이었다. 폴란드 시에 품격을 안겨주는 이 특징, 바로 마음을 파고드는 비애와 경쾌한 완벽성은 나를 매혹했고, 활력과 음악성이 당연한 듯 하나로 녹아드는 자연스러움은 나를 열광시켰다. 놀랍게도 폴란드 시의 몇몇 구절들은 릴케나 게오르게의 시보다—릴케의 시 몇 편을 제외하면 나는 두 사람의 시에 애정보다는 경탄하는 마음을 갖고 있었다—더 친숙하게 다가왔다. 이는 대부분 시인이자 풍자가였던 폴란드 사람들이 가끔 하이네나 브레히트를 떠올리게 했던 것과 관계가 있을지 모르겠다. 지극히 당연하여 말하기도 민망하지만, 나는 이 폴란드 시인들의 시를 읽으면서 쇼팽의 마주르카와 폴로네즈, 전주곡과 발라드를 생각했다.

실제로 폴란드 사람들이 유럽 예술에 선사한 가장 아름다운 선물로는 쇼팽의 음악과 더불어 시를 들 수 있다. 그러나 유럽은 폴란드 문학에 별로 큰 관심을 기울이지 않았다. 안타까우면서도 한편으로는 이해가 간다. 그러나 이것이 바로 폴란드 문학의 불행이다. 폴란드 소설은 평범한 수준을 넘어서는 작품이 드물고 희곡도 운문극을 제외하면 역시 비슷한 상황이다. 게다가 폴란드 시는 다른 언어로 번역하려는 시도에 완강히 저항한다. 물론 모범적이고 주목할 만한 독일어 번역본이 있긴 하지만 정말 뛰어난 번역은 거의 없는 실정이다.

폴란드 시의 특별한 매력이라고 생각되는 특징을 나는 제1차 세계대전 직후 이름이 알려진 일부 시인들의 시에서 발견했다. 이들은 폴란드에서 자신들이 창간한 잡지 이름에 따라 '스카만데르'라고 불렸다. 그 가운데 율리안 투빔은 누구도 대적할 수 없을 만큼 다재다능하고 뛰어난 시인이었다. 1894년 우치에서 유대인 회계사의 아들로 태어난 그는 1920년대에 폴란드에서 최고의 명성과 숭배를 누린 동시에 가장 자주 공격받는 시인이자 풍자가로 떠올랐다. 그가 가스실에서 처형되지 않은 것은 제때 프랑스로 탈출한 뒤 다시 미국으로 이주한 덕분이었다.

1950년대 초에 나는 가끔 투빔과 함께 바르샤바에 있는 폴란드 작가협회 카페에 앉아 잡담을 나누었다. 그는 조용하고 무척이나 친절한 사람이었다. 하지만 그가 겸손한 태도를 보일수록—눈에 띄게 노골적이고 간드러진 겸손함이었다—쉰예닐곱 살의 호리호리하고 우아한 그 신사가 은근히 연기를 하고 어떤 역할극을 한다는 인상을 받았다.

그러나 이런 인상은 내가 하이네나 릴케, 슈테판 게오르게나 엘제 라스커쉴러와 대화를 나누었어도 마찬가지로 지우기 어려웠을 거라고 확신한다. 시인들이 평소 극작가나 소설가보다 배우 기질이 많다는 말이 사실일까? 전혀 틀리다고는 할 수 없지만 조금은 위험한 추측이다. 게르하르트 하웁트만이나 토마스 만은 시인은 아니지만 허영심이 두드러지고 배우 기질이 넘쳤다. 누가 봐도 알 수 있는 이 특성을 우리는 이따금 비웃기는 해도 그 두 사람이기 때문에 얼마든지 용서할 수 있다.

하루는 투빔과 대화를 나누다가 그에게 독일문학에 대해 어떻게 생각하는지 물었다. 그는 평소와 달리 말을 아꼈다. 그리고 독일어는 알아듣기 힘든 말이고 독일문학은 잘 모르겠다고 대답했다. 그건 분명히 사실이 아니었다. 그때 『파우스트』의 한 대목이 머릿속에 떠올랐다. "그의 말이 이중으로 들리는구나./그래도 납득이 잘 안 간다." 제1차 세계대전 전에 우치에서 성장한 교양 있는 유대인들은 거의 모두 독일어를 할 줄 알았다. 게다가 투빔은 헤벨과 고트프리트 켈러의 시와 네스트로이의 익살극을 폴란드어로 번역했으며 하이네 시의 번역은 특히 뛰어났다. 내가 이런 사실을 정중하게 언급하자 그는 쌀쌀맞게 그때는 시대가 달랐다고 하면서 얼른 화제를 바꿨다.

이 투빔과의 대화를 나중에 한 여자친구에게 들려주었더니 그녀는 이렇게 말했다. "네가 놀랐다는 게 나는 놀라워. 그 사람의 친척 여러 명이 독일인들에게 처형되었잖아. 그의 어머니까지도. 그게 독일어나 독일문학을 경멸해야 할 이유는 되지 못하겠지만, 그로서는 독일과 전혀 엮이고 싶지 않았던 거야. 너한테 그 사실을 분명하게 말하지 않은 이유는 그가 신중한 사람인데다 네가 어떤 일에 관심이 있는지 알고 있기 때문이지. 네게 상처가 되는 말은 하고 싶지 않았을 거야. 아마 속으로는 네가 조금 이상하다고 생각했을지도 몰라. 그뿐일 거야."

투빔과 함께 커피를 마실 때면 나는 지금 내 앞에 앉아 있는 이 세련된 신사가 천재적인 시인이자 내게 많은 것을 가르쳐준 사람이라는 사실을 한시도 잊은 적이 없다. 이와 비슷한 느낌은 딱 한 번 더 베르톨트 브레히트와 이야기를 나누면서 받았다. 투빔은 1953년 12월 말 타트라 산악지대의 휴양지 자코파네에서 휴가를 보내던 중 사망했다. 아직 60세도 안 된 나이였다. 장례식은 바르샤바에서 거행되었다. 그의 관은 대형 무개차에 실려 우중충한 시내를 천천히 통과했다. 그 뒤를 따르던 수많은 차량에는 투빔의 친척은 별로 없었고 정부와 여러 기관의 대표자들이 눈에 띄게 많았다. 차량 행렬 맨 뒤에서 따르던 버스에는 안장식에까지 참석하려는 폴란드 작가협회 회원들이 타고 있었다.

정식 장례 행렬이 아니었기 때문에 시신을 묘지까지 운구하는 모습은 장관은 아니었다. 그럼에도 불구하고 많은 사람들이 추위에 떨며 연도에 늘어서 있었다. 주로 여자들이었는데 모두 아이들을 데리고 나온 모습이 이색적이었다. 투빔은 아이들을 위한 동시도 30편 넘게 지었다. 그중 한두 편을 외우지 못하는 아이가 폴란드 전체에 거의 없을 정도로 투빔의 시는 큰 인기를 끌었다. 이제 그 아이들이 세상을 떠난 시인의 마지막 길을 배웅하러 나왔다.

묘지에는 이미 수백 명의 사람들이 모여 있었다. 폴란드 국무총리가 추도사를 낭독했다. 나는 멀찌감치 뒤에 서 있었기 때문에 그의 말소리가 잘 들리지 않았다. 그러나 나와 같은 버스를 타고 온 작가들의 눈에 눈물이 맺히는 것이 보였다. 그들은 눈물을 숨기려고 애쓰지 않았다. 감동을 받기보다는 감동을 주는 것이 이 분야의 일상사인데.

1939년에 처음으로 만난 폴란드 문학은 독일 망명문학과 더불어 나를 구원했다. 더 정확히 말하면 내가 우울증에 빠지지 않게 도와주었다. 형이 운영하던 치과는 번창했다. 매우 바쁘게 지낸 형은 우리 가족 생활비의 대부분을 책임졌다. 아버지는 새로운 회사를 설립할 계획을 세우고는 여러 가지 협상을 벌이더니 정말로 회사를 하나 차렸다. 그때가 1939년 7월인가 8월이었으니 그런 일을 벌이기에는 최악의 시기였다. 아니나 다를까, 아버지 회사는 고생만 잔뜩 시키고 소득은 전혀 가져다주지 못했다. 어머니는 집안 살림을 하셨다. 나는 무위도식했지만, 쉬지 않고 소설과 시를 읽었으니 딱히 빈둥거리며 지냈다고는 할 수 없다. 하지만 앞날의 희망은 보이지 않았다. 자연히 그 때문에 힘들었지만 오랫동안 괴로워하지는 않았다. 그때 세계 역사가 나를 구원했다. 많은 이들이 두려워하고 적지 않은 사람들이 고대했던 것, 바로 전쟁이 시작된 것이다.

긴장이 최고조에 달했던—이를 '신경전'이라고 불렀다—1939년 8월은 끔찍했다. 거의 모든 사람들이 이제는 더이상 견딜 수 없는 상태라고 생각했다. 그러나 이 신경전이 그리워질 거라고 경고하는 침착하고 이성적인 사람들도 있었다. 믿기지 않을지 모르지만, 우리는 독일의 폴란드 침공 소식을 안도의 한숨을 내쉬며 홀가분하게 받아들였다. 그리고 9월 3일 프랑스와 영국이 독일에 선전포고를 했을 때는 온 국민이 행복에 겨워 어쩔 줄을 몰랐다. 열광적인 분위기에 빠진 곳은 바르샤바만이 아니었다. 나는 그 몇 주 전부터 매형과 함께 런던에서 살고 있던 누나에게 바로 엽서를 보냈다. 분명히 쉽지만은 않을 테고 어쩌면 사태가 끔찍하게 변할 수도 있겠지만 독일이 패망을 조금도 의심하지 않으므로 기운이 난다고 적었다. 그러나 엽서는 누나에게 도착하지 않았다.

이런 생각이 내 이미지에 득이 될지 실이 될지는 잘 모르겠지만, 나는 전쟁 기간 내내 연합군의 승리를 확신했다. 이 생각에는 추호의 의심도 없었다. 파리가 함락된 후 계속된 화창한 날들에도, 그러나 우리에게는 암울하기 짝이 없던 그때에도 내 확신은 조금도 흔들리지 않았다. 그건 단지 희망사항이었을까? 아니다. 그렇지는 않았을 것이다. 그렇다면 그 확신은 어디에서 나왔을까? 아마 프로이센 김나지움 덕분일 것이다. 그때 선생님들은 인류 역사에서는 결국 정의가 승리한다는 사실을 독일어 시간에까지도 끊임없이 알려주었다.

전쟁이 히틀러와 그 수하들의 패배로 끝날 거라는 확신은 들었지만, 그럴수록 나는 유대인들에게 참혹한 일이 기다리고 있을 것 같은 두려움이 생겨 이 걱정을 친구들에게 자주 이야기했다. 나는 이후 실제로 벌어진 참상을 예언하지도 않았고 예견하지도 못했다. 단지 내가 추방당하고 며칠 후에 벌어진 '수정의 밤'을 획책한 정권이라면 그 어떤 끔찍한 일도 충분히 저지를 수 있고 또 그렇게 할 수밖에 없을 거라고 생각했을 뿐이다.

연합군의 참전으로 인한 기쁨은 곧 공포로 바뀌었다. 얼마 전까지만 해도 폴란드 신문에는 독일군이 충분하게 무장되어 있지 않으며 수많은 장교들과 사병들이 히틀러 반대자라 여차하면 투항병이 될 수도 있다는 기사가 실렸다. 또한 대부분의 폴란드 도로 상태가 열악하여 독일 탱크와 장갑차의 진군이 불가능하지는 않더라도 최소한 어려울 것이며, 이는 폴란드에 유리하게 작용할 거라는 관측이 진지하게 제기되었다. 그러나 상황은 폴란드의 골수 낙관론자들이 소리 높여 예언한 것과 다르게 나타났다. 독일군은 승리에 승리를 거듭했으며, 바르샤바에서는 독일 병사들이 잔인무도한 만행을 저질렀다는 얘기가 들려왔다. 폴란드 점령지에서 남자들, 특히 유대인 남자들의 혀를 자르고 이따금 음낭까지 잘라냈다는 것이었다. 이 소문을 믿는 사람들은 별로 없었지만 그로 인한 두려움과 공포가 퍼져나갔다.

9월 7일, 라디오에서는 독일 장갑차가 바르샤바로 접근하고 있다는 소식이 폴란드 참모부 대령의 입을 통해 발표되었다. 그는 병역 가능한 남자들은 즉시 바르샤바를 떠나 동쪽으로 이동할 것을 촉구했다. 이 말은 폴란드 수도를 방어할 태세가 전혀 되어 있지 않다는 의미였으며, 폴란드군 최고사령부는 후퇴하여 비스와 강 동쪽 어딘가에 방어선을 치는 게 옳다고 판단했다는 뜻이었다. 대부분의 젊은 남자들은 즉시 이 소환에 응하여 황급히 바르샤바를 떠났다. 짐도 없이 어디로 가야 할지 모르는 사람이 대다수였다. 바르샤바는 지독한 혼란에 빠졌다. 곧 들려온 소식에 의하면 정부와 최고사령부는 이미 루마니아로 피신했으며 참모부 대령의 발표는 독단적이고 무책임한 행동이었다고 했다. 따라서 싸워보지도 않고 바르샤바를 독일 손에 넘겨줄 수는 없으니 무슨 대가를 치르더라도 수도를 막아내자는 소리가 들려왔다.

형과 나는 생각지도 않게 자동차를 타고 바르샤바를 떠날 기회가 생겼다. 친척들이 남들처럼 동쪽으로 피난을 가려고 지인들과 힘을 모아 대형 화물차를 한 대 빌린 후 우리를 데려간 것이다. 우리는 독일이 폴란드 전역을 점령하리라고 생각하지 않았다. 어쩌면 일부는 폴란드 관할로 남을 테니 거기에서 겨울을 넘기면 될 거라고 여겼다. 겨울만 넘기면 될까? 당연히 충분할 것이다. 1940년, 아니 늦어도 1941년이면 연합군이 독일에 완전히 승리할 거라고 나를 포함하여 모든 사람이 믿고 있었기 때문이다. 게다가 우리는 동쪽으로 피신하면 바르샤바에 쏟아질 폭격도 피할 수 있겠다고 생각했다. 하지만 부모님은 바르샤바에 남았다. 독일군도 나이든 사람에게는 해코지를 하지 않을 거라고 여긴 것이다.

하지만 우리가 화물차를 타고 가는 곳마다 재앙을 알리는 검은 새, 즉 독일 전투기가 모든 것을 파괴하는 위험한 무기를 싣고 우리보다 빨리 그곳을 지나갔다. 잠시 전투기의 모습이 보이지 않고 소리가 들리지 않더라도 그

신께서 사생한 흔적은 볼 수 있었다. 곳곳에서 시체와 폐허, 파괴된 마을과 도시가 눈에 들어왔다. 우리는 막 폭격을 받아 불에 타고 있던 인적 없는 도시 시에들체를 될 수 있는 대로 빨리 지나쳤다. 브레스트 시 근처에 와서는 부크 강을 건넜다. 그리고 달리고 달려서 마침내 '프리페트 늪'이라는 이름의 황량한 지대에 도착했다. 우리는 그곳의 작고 초라한 마을에서 숨어 지냈다.

그곳에는 폭격이 없었다. 오직 초원과 숲과 목초지, 호수와 늪과 낡아 빠진 농가만 있었다. 밤을 지내기에는 그럭저럭 괜찮았다. 물론 침대는 없었다. 농부들은 벽에 붙어 있는 긴 의자에서 잠을 잤다. 의자와 등받이 없는 걸상과 책상, 이것이 가구의 전부였다. 장롱이나 서랍장은? 이 마을 주민들에게는 그런 것이 필요 없었다. 그 안에 넣어둘 만한 것을 가지고 있지 않았던 것이다. 폴란드 서부와 동부 지역 간의 문명의 격차는 상당히 컸다. 그건 우리도 당연히 알고 있었지만 이 정도로 클 줄은 몰랐다. 폴란드에 중세와 다름없이 생활하는 지방이 있다는 것을 나는 1939년 9월에야 처음 알았다.

우리는 으스스하게 적막하던 그 마을에서 세상과 단절되어 있었다. 라디오도 없고 전화도 없고 신문도 없었다. 무언가 읽을 것을 찾아보려고 나는 농부들에게 성경이나 기도서가 있냐고 물었다. 그들은 나를 의아하게 여기며 없다고 말했다. 그런 것은 평생 가져본 적이 없다고 했다. 그러면서 책이라면 목사님 집에 있을지도 모른다고 했다. 하지만 20킬로미터 떨어진 도시까지 가야 한다고 했다. 그들에게 책이 도대체 무슨 소용이 있었을까? 꽤 많은 폴란드 사람들이 그랬듯이 그 농부들도 문맹이었다.

우리 일행 중에는 3개월 전에 아비투어를 치른 18세의 소녀도 있었다. 나는 그 소녀와 함께 젖은 풀밭 사이로 난 좁은 오솔길을 산책했다. 늪에 빠지지 않도록 조심하며 걸었다. 이윽고 우리는 주변의 늪에는 신경쓰지 않고 서로에게 관심을 기울이기 시작했다. 그러나 걷고 있던 길에서 벗어나지는 않았다. 그녀는 내가 독일에서 왔다는 것을 알고 자기가 다니던 학교에서 독일어 시간에 무척 아름다운 노벨레를 배웠다는 이야기를 들려주었다. 대단히 섬세하고 슬픈 사랑 이야기인데 거기에 나오는 시가 특히 마음에 든다고 했다. 시는 이렇게 시작되었다.

내가 이렇게 아름다운 건
오늘, 오직 오늘뿐

내일, 아, 내일이면
모든 것이 사라지겠지!

18세의 그 소녀는 아주 단순하고 기교 없이 표현된 이 무상함의 모티브에서 큰 인상을 받았다. 이상할 것도 없었다. 이제 막 무상함을 느낀 사람들이야말로 특히 이 주제를 민감하게 받아들인다는 것을 나 자신의 경험을 통해 알고 있었기 때문이다.

뻐기는 것은 아니었지만 나는 조금 자랑삼아 그 작가가 지은 시와 단편소설을 모두 읽어보았다고 지나가는 투로 말했다. 소녀는 그 사람에 대해 말해달라고 부탁했다. 내가 이야기를 시작했다. 그는 조용한 성격의 법률가에 평범한 공무원이었지만, 아주 어린 소녀에게 반하여 평범하지 않은 대단한 사랑을 하는 사람이었다. 이미 약혼까지 한 그는 겨우 열세 살밖에 되지 않은 금발의 소녀와 연애를 하고 나중에는 그의 첫째 부인이 사망한 뒤 그 소녀와 결혼까지 했다.

이렇게 우리는 황량하고 적막한 프리페트 늪지대에서 테오도어 슈토름과 그의 소설 『임멘제』에 대해 이야기했다. 그 순간 다음과 같은 대목이 떠올랐다.

혼란한 시대가 내는 소리는
아직 이 적막한 곳까지 침투하지 못했다.

그리고 우리는 사랑에 대해 이야기했다. 독일과 폴란드 시를 낭송하며 나란히 걸었다. 오솔길이 점점 좁아졌지만 개의치 않았다. 우리는 더 가까워졌다. 순간 나는 소녀의 두 눈을 바라보았다. 눈물이 고여 있었다. 나는 그런 상황에서 누구나 할 법한 아주 소박한 행동을 했다. 그녀의 젖은 눈에 입을 맞추고 그녀의 입에도 키스했다. 그리고 눈을 들어 맑고 파란 하늘을 올려다보았다. 저 멀리 아득한 곳에 무언가 보였다. 그건 브레히트가 마리 A.를 생각하며 떠올렸던 하얀 구름이 아니었다. 서너 대의 비행기였다. 걱정할 필요가 없을 만큼 높이 날고 있었지만, 혼란한 시대가 내는 소리는 다시 이곳까지 침투하고 있었다.

하지만 그 비행기들은 아돌프 히틀러가 폴란드로 보낸 것과 분명히 달랐다. 우리는 재빨리 일행이 있는 곳으로 돌아갔다. 그들도 당황해하면서, 저 비행기는 독일 전투기가 아니라 소련 비행기일지 모른다고 말했다. 스탈린은 무엇을 하려는 속셈일까? 폴란드를 방어하고 보호하겠다는 뜻일까? 그런 게 아니라면 무엇 때문에 소련 비행기를 이곳으로 보냈을까? 혹시 승자인 독일을 돕기 위해서? 우리가 머물고 있던 그 외진 곳에서는 아무 소식도 들을 수 없었다. 일행 중 세 사람이 우리 화물차를 타고 이곳보다 크다는 가까운 마을로 가서 무슨 일이 일어났는지 알아보기로 했다. 한 명은 정치적 판단이 뛰어나다는 이유로 뽑혔고, 또 한 사람은 러시아어를 잘했기 때문에, 마지막으로 나는 독일인과 의사소통이 필요할 수 있다는 이유로 뽑혀서 갔다.

이웃 마을에 가니 놀라운 일이 기다리고 있었다. 히틀러와 괴링과 괴벨스가 살해되었으며 독일이 항복하고 전쟁이 끝났다는 소식이 타자기로 쳐서 붙인 벽보에 적혀 있었다. 우리는 신이 나서 읽었지만, 그 내용을 한마디도 믿을 수가 없었기에 기쁘지 않았다. 마을 주민들에게 물어보았지만 그들도 어깨만 들썩거렸다. 그리고 여기에서 조금 더 떨어진 곳에 이틀 전부터 소련군 부대가 주둔해 있는데 혹시 그곳에 가면 소식을 들을지도 모른다고 했다.

그곳으로 가보았지만 막사로 쓰이는 건물 앞에 초소만 하나 있을 뿐이었다. 우리는 보초를 서는 군인에게 소련군이 어떤 자격으로 여기에 왔는지, 소련이 폴란드 편인지 독일 편인지를 물었다. 인상이 험상스러운 그는 좀처럼 입을 열려고 하지 않더니 이윽고 꽤나 잘난 체를 하며 알려주었다. "우리는 프롤레타리아와 자유의 편입니다." 들어도 무슨 말인지 여전히 종잡을 수 없었다.

돌아오는 길에 우리는 폴란드 낙오병들과 마주쳤다. 그들도 항복이라는 말을 했지만, 독일의 항복이 아니라 바르샤바의 항복이었다. 바르샤바는 완전히 파괴되었다고 했다. 그렇다면 소련군은 뭐란 말인가? 히틀러가 스탈린과 연합하여 폴란드를 저희끼리 나누어 가졌다는 것이었다. 우리는 급히 마을로 돌아왔다. 형과 의논을 한 시간은 몇 분밖에 되지 않았다. 우리는 폴란드 동부에 계속 머물러 있거나 더 멀리 피난 가는 것은 의미가 없으며, 이 새로운 상황에서는 하루빨리 바르샤바로 돌아가서 부모님이 아직 살아 계신지 확인하는 일밖에 없다는 데 의견이 일치했다.

이튿날 아침 일행과 함께 타고 왔던 화물차가 우리를 가까운 큰 도로까지 태워다주었다. 우리는 마차나 다 무너져가는 폴란드군 수송차량을 타고, 일부 구간은 걸으면서 느리게 서쪽으로 이동했다. 브레스트 시에 오니 부크 강을 건너는 다리는 아직 무사했다. 강물에는 말과 소의 시체들이 부풀어오른 채 떠다니고 있었다. 지방도로는 얼마 전 바르샤바 시내의 주요 도로들처럼 왕복 차선이 차들로 빽빽했다. 한쪽에서는 독일군이 점령했는데도 집으로 돌아가려 했고, 반대쪽은 소련군이 점령한 게 분명한 폴란드 지역으로 가는 사람들이었다. 서쪽으로 갈수록 바르샤바가 이전의 거리를 다시 찾을 수 없을 정도로 상황이 끔찍하다는 소리가 들렸다. 우리는 거의 40킬로미터에 이르는 마지막 구간을 걸어서 가야 했다.

실제로 한때 폴란드의 수도였던 바르샤바는 혼자 황무지가 된 것 같은 인상을 주었다. 주택은 대부분 파괴되었고, 그렇지 않은 집들도 창문이 멀쩡한 게 없어 사람이 살지 않는 폐허처럼 보였다. 형과 나는 1주일 동안 거의 잠을 자지 못해 완전히 녹초가 되었으나 쉴 생각은 하지 못했다. 죽을 만큼 피곤했지만 목적지가 가까워질수록 발걸음을 빨리했다. 시시각각 긴장과 두려움이 커져갔다. 드디어 도착한 우리는 전에 살던 집 앞에 와서 섰다. 아래층이 파편과 재에 묻힌 우리집 건물은 일부가 파괴된 채 아직 남아 있었다.

이제 부모님이 아직 살아 계신지 아닌지를 알아볼 차례였다. 집을 살펴보니 우리가 살던 곳은 절반만 남아 있었다. 우리는 부들부들 떨며 문을 두드렸다. 아무도 문을 열어주지 않았다. 흥분한 우리는 마음이 더 초조해져 한 번 더 크게 문을 두드렸다. 그때 갑자기 느릿하게 걸어오는 발소리가 들렸다. 그리고 누군가 겁먹은 듯 천천히 문을 열었다. 우리 앞에 아주 늙어 보이는 두 사람이 서 있었다. 어둠 속에서 우리를 알아보지 못한 그들은 공포로 말문이 막힌 듯했다. 어머니와 아버지였다.

사냥의 향연

바르샤바가 항복하고 나치군이 진격해 들어오자마자 기다렸다는 듯이 한바탕 승자의 축제가 벌어졌다. 유대인을 사냥하는 정복자의 유례없는 향연이 시작되었다.

전격적인 대규모 승리 후 난폭해지고 대담해진 독일 병사들은 폴란드 수도의 일부 지역 길거리에서 놀라운 모습을 발견했다. 발길 닿는 곳마다 지금까지 한 번도 본 적이 없는 사람들을 만난 것이다. 귀밑머리가 유난히 길고 수염은 텁수룩하게 기른 수많은 중동 지방 사람들, 하여간 그쪽 분위기를 풍기는 사람들을 보고 병사들은 놀라 어안이 벙벙해졌다. 그들의 옷차림 역시 이국적이었다. 거의 발목까지 내려오는 장식 없는 검은색 카프탄을 입고 머리에는 마찬가지로 검고 둥그런 모자를 쓰고 있었다.

그러나 폴란드인들과는 달리 어두우면서도 매우 활기찼던 그 낯선 사람들과는 어렵지 않게 의사소통을 할 수 있었다. 그들은 독일인의 귀에 이상야릇하고 무언가 볼품없이 들리는 말투를 썼다. 하지만 그 이디시어는 폴란드어와 달리 너무 빠른 속도로만 말하지 않으면 충분히 알아들을 수 있었다. 유대인들의 언어가 그렇게 투박하고 볼품이 없는데도 왜 독일인들은 그것을 이해하는 데 어려움이 없는지 독일 병사들은 생각해보지 않았다. 혹시 그들 중에 독문학 전공자가 있어서 이디시어의 후두음들을 듣고 벌써 오래전에 사라진 위대한 독일 시인들, 가령 발터 폰데어 포겔바이데와 볼프람 폰에셴바흐의 시구를 떠올렸다면 문제는 달라졌을 것이다. 중세의 유대인들은 유럽을 떠돌면서 당시 독일 종족이 쓰던 중세 독일어를 빌려 썼다. 비록 히브리어와 슬라브어를 비롯한 다른 언어의 요소들이 침투하긴 했지만 그들은 오래전의 독일어를 보존, 유지했다.

따라서 젊은 독일 병사들은 태어나서 처음으로 정통 유대인들을 만나본 것이다. 바르샤바에 살던 그 섬뜩한 유대인들을 보고 그들은 호감은커녕 혐오와 반감만 들었다. 더불어 무의식중에 만족감, 나아가 일종의 희열까지 느꼈을지 모른다. 왜냐하면 슈투트가르트나 슈바인푸르트, 슈트랄준트 등의 고향에 있을 때는 유대인을 순수 혈통의 독일인인 아리안족과 거의 구분하기 힘들었는데, 여기에 오니 여태 『돌격대』* 같은 독일 신문에서 캐리커처로만 보았던 사람들을 직접 볼 수 있었으니 말이다.

그들이 여기에 있었다. 교활하고 혐오스러운 독일 민족의 적, 지도자가 주문을 외듯이 위험하다고 경고했던 자들, 키가 작은 제국 장관 괴벨스 박사가 더 자주, 더 생생하게 묘사했던 열등 인종이 여기에 있었다. 승리한 독일군은 몇 년 동안 수도 없이 들어왔던 말을 이제야 이해할 수 있었다. 바르샤바 거리의 수많은 유대인들은 유럽인을 위협하고 아리안족, 특히 독일인의 목숨을 노리는 섬뜩한 아시아인 무리라는 것을.

반항적이라기보다는 겁먹은 인상을 풍긴 그 열등 인간들이 무기를 지니고 있을 가능성은 별로 없었지만 그래도 어쨌든 확인은 해야 했다. 날마다 기습 단속이 실시되었다. 지금 어느 지역이 단속 대상인지는 아무도 몰랐다. 신이 난 병사들이 기필코 찾아내겠다며 애를 써보았지만 독실한 유대인들에게서 무기는 나오지 않았다. 하지만 그들은 다른 것을 소유하고 있었

---

* 슈튀르머(Stürmer). 유대인 비방을 목적으로 1923년 창간. 1927년 이후 표지에 "유대인은 우리의 불행이다"라는 문장이 매호 찍혀 나왔다.

다. 반지, 지갑, 약간의 현금, 이따금 금시계도 나왔는데 치안에 열을 올린 독일군은 이를 무척 반가워했다.

그러는 사이 독일군은 유대인 약탈에만 애를 쓰지는 않았다. 독일제국의 적인 그들을 처벌하고 그들에게 모욕을 주어야 했다. 그건 어렵지 않은 일이었다. 병사들은 수염을 자름으로써 정통 유대인들에게 특히 고통스러운 굴욕을 줄 수 있다는 것을 금방 알아챘다. 대담한 점령군은 이를 위해 기다란 가위를 준비했다. 겁 많은 유대인들은 도망쳐서 마당과 집 안에 몸을 숨겼지만 별 소용 없는 일이었다. 그들은 금방 잡혀 나왔다. 누구에게? 독일 병사들에게? 물론이다. 하지만 그들을 더 많이 찾아낸 건 새로운 주인에게 재빨리 봉사한 온갖 폴란드 깡패들과 건달들이었고, 개중에는 10대 청소년도 있었다. 그들은 재미있고 다채로운 일거리가 생긴 것에 즐거워했다.

병사들은 도망가는 유대인을 붙잡으면 고래고래 소리를 지르며 독일인에게 끌고 갔다. 그러면 당장 작업이 시작되었다. 그들은 유대인의 긴 수염을 과감하게 잘랐다. 자르기 전에 활활 타는 신문지를 먼저 갖다 댈 때도 있었다. 아주 대단한 볼거리였다. 열성적인 자원봉사자들은 빈손으로 돌아가지 않았다. 가끔씩 돈이나 반지가 그들 손에 쥐여졌다.

곧이어 유럽에 동화되어 유럽인처럼 옷을 입은 유대인마저 약탈당했다. 독일인들은 이들을 비유대인과 구별하기 어려웠기 때문에 이번에도 폴란드 조력자들의 도움을 받았다. 이들은 대부분 독일어 중에서 '유대인'이라는 말밖에 몰랐지만 임무를 수행하는 데에는 그것으로 충분했다. 붙잡힌 유대인 남자가 자신이 유대인임을 부정하면 "바지 내려!"라는 명령이 떨어졌다. 그러면 곧 그가 할례를 받았는지 아닌지가 드러났다. 게다가 이런 수색의 희생자들은 자기가 언제 집으로 돌아갈지, 그게 몇 시간 후일지, 며칠 후일지, 아니면 영원히 돌아가지 못할지 알지 못했다.

거리에서 붙잡혀 온 유대인들은 남녀 가릴 것 없이 관공서로 떠밀려 들어가 건물 청소를 해야 했다. 바닥을 닦을 걸레가 없으면 유대인 여자들, 그중에서도 생김새가 괜찮은 여자들은 팬티를 벗으라는 명령을 받았다. 그러면 그것을 걸레로 사용했다. 독일 병사들에게 큰 재밋거리였던 이 만행은 이미 동료 군인들이 1938년 3월에 오스트마르크*, 특히 빈에서 시험해본 것이었다.

수없이 많은 노상 검문에 이어 1939년 10월부터는 유대인 집들을 급습하기 시작했다. 대개 통행금지가 시작되는 밤 8시 이후에 진행되었다. 어느 날 저녁 누군가가 우리가 사는 건물의 대문을 평소와 달리 시끄럽게 두드리는 소리가 났다. 누구인지는 말 안 해도 알 수 있었다. 독일군이었다. 깜짝 놀란 건물 관리인은 즉시 문을 열었지만 곧 가슴을 쓸어내렸다. 독일 병사들이 건물에 들어오려고 한 건 유대인 치과 의사가 필요했기 때문이었다. 그건 형을 만나보겠다는 뜻이었다. 그들이 형에게 관심을 보인 것은 의학적인 이유 때문이 아니었다. 젊은 병사들은 금이 필요했다. 그리고 치과 의사에게 가면 금이 있을 거라고 생각한 것이다.

그들은 다시 우리집 현관문을 아주 요란하게 두드렸다. 그건 흔한 일이었다. 이런 식으로 방문하는 사람들은 초인종을 사용하지 않았다. 총이나 그 밖의 무기로 힘껏 두드리면 습격당하는 사람들을 더 효과적으로 공포에 몰아넣기 때문이다. 형은 문을 열고 정중하게, 그러나 조금 큰 소리로 말했다. "무슨 일이신가요?" 나는 형 옆에 서 있었다. 어둑한 층계에 나치군 제복을 입은 세 명의 군인이 있었다. 셋 다 이제 겨우 스무 살이나 넘었을까싶게 어렸다. "손들어." 그들은 우리에게 무기를 겨눈 채 소리 질렀다. 그리고 여기에 지하 저항군이 숨어 있지 않으냐고 거칠게 물었다. 없다는 우리의 대답에도 그들은 놀라는 눈치가 아니었다. 그러더니 화가 난 표정으로 권총으로 옷장을 가리키며 내게 열어보라고 했다. 당연히 거기에 저항군은 없었다. 질서 유지군들은 이번에는 커튼 뒤를 살펴보았다. 총은 계속 우리를 겨누고

* 1938년 히틀러는 오스트리아를 합병한 후 이곳 이름을 '동쪽 변방'을 뜻하는 오스트마르크로 바꾸었다.

있었다.

이어 곧장 본론으로 들어갔다. 그들은 이제 소리는 지르지 않고 나지막하게 겁주는 목소리로 형이 금을 어디에 보관하고 있는지, 어머니는 보석을 어디에 두었는지 물었다. 그들 중 한 명이 어머니를 위협하기에 형이 조심스럽게 항의했더니 "닥쳐"라는 말이 돌아왔다. 아들은 누구나 어머니가 한 분뿐이지 않으냐고 형이 해명하듯 말했다. 그러자 병사가 말했다. "어머니도 아들은 하나뿐이지." 상황이 우스우면서도 위험하게 돌아갔다. 병사에게 그 말이 꼭 맞는 것은 아니라고 일러주기도 뭣하고 웃을 수도 없었다. 대담한 유대인에게 자극받아 갖고 있는 무기를 사용할 수도 있지 않은가. 우리에게 무슨 짓을 저지르더라도 그들은 그 경위를 어느 누구에게도 밝힐 의무가 없었다.

상황은 1분도 지나지 않아 종료되었다. 세 명의 병사는 급하게 우리집을 빠져나갔다. 원하던 전리품도 당연히 챙겨 갔다. 나는 우리집을 약탈한 그들이 초보자라는 인상을 지울 수가 없었다. 혹시 영화관에서 비슷한 장면을 보고 우리집에 와서 흉내낸 것이 아닐까? 어찌되었든 금은 사라졌고 공포심은 약해졌다. 그러나 독일의 질서와 정의에 대한 어머니의 믿음은 좀처럼 약해지지 않았다.

이런 면에서 어머니는 폴란드에 사는 많은 유대인들, 특히 유럽 문화에 동화된 구세대 유대인들과 비슷했다. 실제로 그들은 이번의 독일 점령군도 제1차 세계대전 때와 크게 다르지 않을 거라고 믿었다. 이번에도 그들은 유대인을 괴롭히지 않을 것이며 어쩌면 정당한 대우까지 해줄지 모른다고 생각했다. 그렇다면 바르샤바를 점령하고 몇 주일, 아니 며칠도 지나지 않아 발생한 검문과 약탈은 무엇이란 말인가? 그건 상관이 알지 못하는 사이에 제멋대로 이루어진 야만적인 행위일 뿐, 머잖아 다시는 똑같은 일이 되풀이되지 않을 거라고 믿었다.

다음날 아침 나는 어머니를 모시고 길을 나섰다. 오래지 않아 독일 사령부 [illegible] 들어왔다. 어머니는 거기에 들어가 하소연을 하고 형이 빼앗긴 금과 당신의 결혼반지를 돌려달라고 할 생각이었다. 어머니는 정말 그게 가능할 거라고 굳게 믿고 계셨다. 하지만 우리는 사령부 건물에 발도 들여놓지 못했다. 상냥한 보초병은 우리에게 얼른 도망치라고 말했다.

유대인 집을 계속 약탈하던 군인들은 빼앗은 물건으로 제 배를 채울 속셈이었다. 그러나 여기에 숨어 있는 또다른 동기도 무시해서는 안 된다. 그들은 즐거움과 재미를 선사하는 일들을 저질렀다. 이 쾌락욕에는 가학 성향까지 가세했다. 고향에서는 늘 숨길 수밖에 없었으나 적국 폴란드에서는 억누를 필요가 없던 충동, 군복 차림의 수많은 독일 병사들이 그렇게 해도 상관없다고 믿었던 충동이었다. 이곳 폴란드에는 배려해야 할 그 무엇도, 눈치를 봐야 할 사람도 없었다. 감독하거나 통제하는 사람도 없었다. 그러니 그들은 라인 강이나 마인 강 지방에서 살 때와는 달리 늘 꿈꾸어왔던 대로 마음껏 분탕질을 하고 돌아다녔다.

1939년 11월 말 우리집에 다시 독일 군인들이 나타났다. 이번에는 오전 10시에서 11시 사이였다. 그들은 기세등등하던 전임자들과 달리 돈이나 금을 요구하지 않고 일할 젊은 남자들이 필요하다며 그 자리에서 형과 나를 데리고 갔다. 형에게 치료를 받던 환자는 공포에 몸이 얼어붙었다. 길거리에는 벌써 30~40명의 유대인들이 한 줄로 서 있었다. 형과 나는 다른 이들보다 옷차림이 낫다는 이유로 야유를 받으며 행렬 맨 앞에 가서 서라는 명령을 받았다.

우리는 어디로 왜 끌려가는지도 모르고 행진해야 했다. 우리를 감시하고 몰아대던 병사들, 대부분 나처럼 20세 혹은 기껏해야 25세 정도이던 그들은 재미 삼아 우리에게 괜한 트집을 잡다가 곧 괴롭히기 시작했다. 그들은 그때그때 생각나는 대로 달리기를 시키다가 갑자기 멈추게 하고 다시 되돌아 달려오게 했다. 길 중간에 커다란 웅덩이가 있어서(파괴된 바르샤바에는 사방에 그런 웅덩이가 있었다) 피해 가려고 하면 강제로 그 위를 여러 번이나 왕복으로 달리게 했다. 우리가 입은 옷은 금방 꼴사납게 변했는데 바로 이게 그들이 노린 것이었다. 그런 다음에는 노래를 시켰다. 우리는 인기 많은 폴란드 행진가를 불렀지만 감시병들은 유대인 노래를 요구했다.

마지막에는 합창을 하며 고래고래 소리를 지르게 했다. "우리는 유대인 개새끼들이다. 우리는 더러운 유대인이다. 우리는 인간도 아니다." 그들은 이런 노래를 시키는 게 특히 재미있는 모양이었다. 조금 늙수그레한 유대인 한 명이 귀가 먹은 체를 했다. 쇠약했던지 아니면 대담하게 굴욕에 저항하려 했는지는 모르지만, 여하튼 그는 우리처럼 소리를 지르지 않았다. 독일군 병사가 고함을 질렀다. "뛰어!" 늙은 유대인이 몇 걸음 뛰어가자 병사가 그를 향해 총을 쏘았다. 유대인은 쓰러져 길바닥에 엎어졌다. 다쳤을까? 죽었을까? 아니면 그저 공포심에 넘어진 것일까? 그건 모르겠다. 우리 중 어느 누구도 그 사람에게 신경쓸 수 없었다.

그렇다면 나는 어땠을까? 나는 나치군 제복을 입은 그 독일 야만인들에게 모욕과 굴욕과 수모를 느꼈을까? 그때 나는 그들이 나를 구타하거나 다치게 하거나 죽일 수는 있어도 모욕은 줄 수 없다고 생각했다. 이 야비한 서커스를 고래고래 노래를 부르면서 또는 아무 말 없이 감수하는 편이 죽음을 무릅쓰는 것보다 더 옳다고 여겼다. 그 모든 일은 특별한 게 아니었다. 폴란드 거의 대부분의 도시에서 거의 날마다 일어나는 일이었다. 특별한 것은 그날 오전 내가 작업장으로 행진해 가자마자 바로 겪은 일이었다.

20~30분이 지난 뒤 우리는 목적지에 도착했다. 전쟁 직전에 나루토비치 광장에 세워진 웅장한 대학생 기숙사 건물이었는데 지금은 독일군 병영으로 사용되고 있었다. 우리의 임무는 건물 지하층 전체를 청소하는 일이었다. 그런데 유감스럽게도 거기에는 수영장까지 있었다. 감시병들은 우리가 빠른 시간 안에 제대로 일을 마치지 않으면 물속에 처박아버리겠다고 으름장을 놓았다. 얼마든지 그럴 수 있는 사람들이었다.

몹시 재미있어하던 그 잔인한 병사 중의 한 명이 무슨 이유에서인지 나에 대해 알고 싶어했다. 그는 곧 자기가 베를린에서 왔다고 말했다. 그와 이야기를 나누다보면 내게 도움이 될지도 모른다는 생각이 들었다. 그래서 조금 주제넘게 나도 베를린에서 왔다고 말했다. 그리고 그에게 어디에 사느냐고 조심스럽게 물었다. "게준트브룬넨." 그가 내키지 않는 듯 대답했다. 나는 그곳에서 멋진 축구 경기를 본 적이 있다고 용기를 내 말을 꺼냈다. 내가 어릴 적 학교에 다닐 때 축구에 흥미가 있었던 건 사실이었다. 물론 일시적인 관심으로 그치긴 했지만 그때도 나는 베를린의 유명 축구팀에 대해서는 훤히 꿰고 있었다. 그 병사는 자기가 좋아하는 팀은 헤르타 BSC라고 자랑스레 말했다. 나는 재빨리 당시 유명하던 선수들의 이름을 나열했다. 그리고 이것이 나를 구해주었다.

그는 낯선 세계인 바르샤바에서 헤르타 BSC와 그 경쟁 팀들에 대해 이야기할 사람을 만났다는 게 기쁜 모양이었다. 30분 전만 해도 우리를 가혹하게 부려먹고 우리는 더러운 유대인 개새끼라는 노래를 목이 터져라 억지로 부르게 했던 그 젊은 남자, 몇 분 전만 해도 우리를 당장 얼음장같이 차가운 수영장 물속에 밀어넣겠다며 손에 권총을 들고 위협했던 그 젊은 녀석이 이제는 완전히 정상적으로, 아니 거의 친절하게 행동하는 것이었다. 이제 나는 전혀 일을 하지 않아도 되었다. 형도 나은 대우를 받았다. 그는 내 어이없는 정보를 듣고 많은 것을 배웠다. 베를린 북부에서 온 그 축구팬은 나와 함께 거의 한 시간 동안 수다를 떤 뒤 형과 나를 집으로 보내주었다.

거의가 그랬다. 군복을 입고 무기를 든 독일 병사들은 누구나 바르샤바에서 유대인을 마음대로 할 수 있었다. 노래를 부르게 하거나, 춤을 추게 하거나, 바지에 용변을 보게 하거나, 무릎을 꿇고 살려달라고 애원하게 할 수도 있었다. 느닷없이 총을 쏘아 죽이거나 천천히 더 고통스러운 방법으로 죽여도 상관없었다. 유대인 여자에게 옷을 벗게 하여 그 속옷으로 도로 포장석을 닦게 한 뒤 만인이 보는 데서 소변을 보라고 명령할 수도 있었다. 아무도 독일인들이 이런 장난을 치며 느끼는 즐거움을 망쳐놓지 못했고, 아무도 유대인을 학대하고 살해하는 독일인들을 막지 못했으며, 아무도 그들에게 책임을 묻지 않았다. 타인을 마음대로 부릴 수 있는 무제한의 권력이 주어질 때 이들이 어떤 짓까지 자행할 수 있는지가 드러난 것이다.

이제 독일 병사들은 우리가 사는 작은 집에 더 자주 찾아왔다. 1940년 1월 말, 두세 명의 군인이 나타나 형을 보자고 했다. 형을 체포하려는 것 같았다. 마침 형은 집에 없었다. 군인들은 형이 올 때까지 기다렸다. 집 전체를 포위하고 아무도 밖으로 나가거나 들어오지 못하게 했으니, 흔하게 벌어지던 약탈이나 독단적인 행동은 아니었다. 보초병들은 마당에서 공놀이를 하던 아홉 살인가 열 살 난 건물 관리인의 딸에게만은 전혀 주의를 기울이지 않았다. 하지만 그 어머니는 딸에게 계속 공놀이를 하다가 눈에 안 띄게 거리로 나간 뒤 의사 선생님에게 달려가 이 사실을 알리라고 말했다. 과연 예상했던 대로였다. 형은 당장 오던 길을 돌아가 친구 집에 몸을 숨겼다. 그러는 사이에도 군인들은 꽤 오랫동안 조용하고 끈질기게 형을 기다렸다. 그리고 두세 시간이 지난 뒤에 철수했다. 오늘 또 오실 거냐는 어머니의 순진한 질문에 그들은 단호히 아니라고 말했다. 정말로 그들은 다시 오지 않았다.

우리는 며칠이 지난 뒤 그날 사건의 배경을 알게 되었다. 어느 우국적인 저항 조직의 작전에 참여하여 여러 번 성공한 적이 있는 유대계의 젊은 폴란드 남자가 바르샤바의 게토 감옥에 있다가 기상천외한 방법으로 탈출했다는 것이었다. 그러자 나치군은 그를 되찾기 위해 유대인이건 비유대인이건 100명이 넘는 사람들을 인질로 붙잡아들였다. 모두 변호사, 엔지니어, 의사, 치과 의사 등 전문직이었으며 그 명단에 형의 이름도 올라가 있었다.

찾는 사람이 집에 없으면 대개 그곳에 있던 아무 남자나 대신 끌고 갔다. 그가 가족이건 방문객이건, 혹은 무언가를 수리하러 온 기술자이건 개의치 않았다. 이 조치에 따라 붙잡혀 간 사람들은 모두 처형당했다. 그러나 형은 무사했다. 공을 가지고 놀던 어린 소녀가 형의 목숨을 구해주었다.

왜 나는 다른 대부분의 사람들과 달리 형 대신 붙들려 가서 살해당하지 않았을까? 이런 의문이 생기는 게 당연하겠지만, 사실은 이보다 어리석은 질문은 없었다. 그리고 이것도 나치 점령 초창기에나 생길 수 있는 의문이었다. 즉, 점령군과 그들의 방식을 우리가 잘 모르던 때, 우리의 운명을 손에 쥐고 있던 독일인들 거의 모두가 예측 불가능한 존재이며, 그들은 어떤 야만 행위나 파렴치한 짓이나 범죄라도 능히 저지를 만한 사람들이라는 것을 몰랐던 때에나 던질 수 있는 질문이었다. 야만과 잔혹함이 우연이나 자의와 한패가 될 때 의미와 논리를 따지는 질문은 현실을 모르는 한가한 생각이라는 것을 그때만 해도 우리는 알지 못했다.

고인과 그의 딸

1940년 1월 21일 오후 1시가 조금 넘었을 때였다. 어머니가 부엌에서 나를 부르셨다. 어머니는 창밖을 내다보며 무척 불안해하셨지만 언제나 그랬듯이 침착하셨다. 마당에는 이웃 사람들이 여덟에서 열 명 정도 모여 격렬한 몸짓을 하고 있었다. 무슨 일이 벌어진 게 분명했다. 그것도 대단히 충격적인 일인 것 같았다.

우리는 겁이 나 어쩔 줄을 모르고 여전히 창가에 서 있었다. 그때 누군가 현관문의 초인종을 눌렀다. 당장 의사 선생님이 와주었으면 좋겠다고 했다. 랑나스 씨가 목을 맸는데 아직 손을 써볼 수도 있을 것 같다고 했다. 그러나 형은 집에 없었다. 내가 무엇을 해야 할지 생각하기도 전에 어머니가 말씀하셨다. "당장 가봐라. 랑나스 씨한테 딸이 있잖아. 지금 그애를 돌봐줘야 해." 계단을 내려가는 중에도 어머니의 목소리가 들렸다. "그애를 돌봐줘라!" 나는 "그애를 돌봐줘라!"라는 어머니의 말씀, 아니 당부를 한 번도 잊은 적이 없다. 그 목소리가 아직까지도 귓가를 맴돈다.

우치에서 바르샤바로 피난 온 랑나스 씨 가족이 얼마 전 거처로 마련한 집은 문이 반쯤 열려 있었다. 랑나스 씨 부인은 큰 소리로 울며 탄식하고 있었는데, 위엄 있고 엄숙하게 격식을 갖추려는 듯 보였다. 그런 그녀를 두세 명의 사람들이 복도에서 위로하고 있었다. 벽에는 19세의 소녀가 완전히 기진매지힌 게 시매서 있었나. 내가 돌봐주려고 온 그 집 딸이었다. 우리는 전부터 서로 알고 지내긴 했지만 오다가다 안면만 튼 정도였다. 그 당시 한 건물에서 살던 사람들은 금방 가까워졌다. 저녁 8시는 독일 당국이 지정한 통행금지 시간이었으므로 그 시각 이후로는 집 밖에 나갈 수가 없었다.

그때 우리는 세상이 어떻게 돌아가는지를 무슨 수를 써서라도 알고 싶었다. 우리의 목숨이 거기에 달려 있다는 건 누구나 아는 사실이었다. 그런데 당시 유일하게 허락되어 있던 폴란드 일간지, 사람들이 무시하던 그 보잘것없던 기관지에서는 나치군 사령부의 소식을 제외하면 아무것도 읽을 게 없었고, 독일어로 발행되던 『바르샤바 일보』도 나을 게 없었다. 라디오는 1939년 10월에 모두 반납하고 없었다. 그러니 우리는 입에서 입으로 전해지는 소식에 의지해야 했지만 그것도 항상 맞는 것만은 아니었으며, 꾸준히 퍼져나가던 소문도 항상 틀린 것만은 아니었다.

좋은 소식까지는 아니더라도 최소한 안심할 수 있는 뉴스를 듣고 싶은 끝없는 욕구는 곧 중독증 비슷하게 바뀌었다. 한건물에 사는 사람들이 저녁마다 서로의 집을 방문한 이유도 그 때문일 것이다. 우리는 최신 뉴스를 듣기 위해 이웃집을 찾아갔다. "뭐 새로운 소식 없어요?" 이것이 항상 입버릇처럼 나오는 질문이었다. 나는 그 시절의 습관을 지금도 버리지 못하고 있다. 그때도 나는 며칠 전 아버지를 모시고 랑나스 씨 집에 가서 한두 시간을 앉아 있었다. 그날 저녁에 모여든 사람들은 독일군에게 심각한 근심거리가 있다는 둥, 그들이 점령지 폴란드에 사는 유대인들을 그렇게 잔인하게 다루지는 않을 거라는 둥, 연합군은 분명히 승리할 거라는 둥, 이 모든 사태가 오래가지는 않을 거라는 둥, 서로의 의견을 확인하기에 바빴다.

열아홉 살이던 그 집 딸을 처음 본 게 그날 저녁이었다. 나는 사람들이 나누는 대화에 끼어드느라 소녀에게는 거의 주의를 기울이지 못했다. 하지만 그 상황에서도 두 가지 사실은 충분히 확인할 수 있었다. 그녀가 독일어를 할 줄 안다는 것과 문학에 흥미가 없지 않다는 것이었다. 이런 사실이 확인되면서 그녀에게 관심이 가기 시작했다. 처음에는 대단찮은 관심이었지만 다른 상황과 연결되어 호감도 생겼다. 정말 호감뿐이었을까? 그렇다. 이유는 간단했다. 당시 나는 다른 사건에 정신없이 몰두해 있었다. 성적인 사건이었냐고? 그렇다. 하지만 그때 일을 기억할 때면 마음이 복잡해진다. 진부하고 조금은 곤혹스러운 사건인데다가 거기에 대해 말하기도 난감하다. 그런 일은 늘 다반사로 일어날 뿐만 아니라 셀 수도 없이 많은 소설 속에서, 특히 슈니츨러, 호프만스탈, 슈테판 츠바이크, 요제프 로트로 대변되는 오스트리아 작가들의 작품 속에서 이야기되어왔기 때문이다. 그래도 그때의 경험은 잊을 수가 없다.

중년 여성이 아들의 옛날 학교 친구를 유혹한다. 열아홉 살이던 그는 얼마 후 더 젊은 여자를 만나려고 그녀에게 등을 돌린다. 사건을 요약하자면 다음과 같다. 상트페테르부르크 출신의 그 중년 여성은 1920년대 초반에 베를린으로 도피한 뒤 1939년 여름에는 바르샤바에 정착했다. 이제 갓 마흔을 넘긴 부인은 매우 독특하고 남의 이목을 끄는 인상적인 사람이라 암울한 일상 한가운데서 만난 무대 위의 인물처럼 여겨졌다. 그녀의 옷차림과 요란한 제스처, 항상 비장미가 감도는 말투, 그 모든 것들이 연극적인 냄새를 풍겼다. 그녀는 쉬지 않고 역할 놀이를 했다. 이따금 과장할 때도 있었지만 꽤나 괜찮은 수준의 역할극이었다. 부인에게는 가능하면 주변 모든 사람들의 이목을 끌어야 한다는 절박하면서도 숨기기 힘든 욕구가 있었다. 이제 그녀는 나의 시선을 끌려고 애를 썼다. 나는 그녀의 그런 의도를 꿰뚫어 보았지만, 그녀의 시도는 단번에 성공을 거두었다.

그녀는 이름도 연극적이었다. 타티아나. 정확히 말하면, 그녀는 독일에서 19세기 러시아 문학을 통해 널리 알려진 이 아름다운 이름을 거리낌없이 가져다 썼다. 유난히 밝았던 그녀의 금발은 심하게 탈색시킨 듯했고 하늘색 두 눈은 눈에 띄게 컸다. 그보다 아름다운 눈은 여태 본 적이 없다. 혹시 내 기억 속에서만 그토록 아름답고 컸던 것은 아닐까? 그녀는 옛날 상트페테르부르크에서 호화롭게 살던 시절과 베를린에서 자신의 마음에 들려고 애를 쓰던 유명한 남자들에 대해 이야기하는 것을 좋아했다. 둘 다 크게 부풀린 이야기였을 것이다.

그녀는 오빠가 소련에서 고위직에 있다는 말을 내게 살그머니 들려주었다. 중앙위원회 위원이나 장관 혹은 둘 다라고 했다. 그러면서 오빠의 현재 이름을 발설하면 자기 목숨이 위태롭다고 했다. 나는 그녀가 이 수상쩍은 오빠 이야기를 꾸며냈다고 확신했다. 하지만 그녀의 비범한 카리스마만큼은 꾸며낸 것이 아니었다. 더욱이 나를 포함해 주변 사람들을 최소한 잠깐 동안만이라도 매혹하는 놀라운 능력도 그녀만의 특성이었다.

나는 하루가 멀다 하고 그녀를 찾아가 항상 오후 5시부터 7시까지 함께 있었다. 그녀는 내가 정기적으로 찾아오게 하려고 매번 핑곗거리를 생각해냈다. 그녀는 4개 국어를 할 줄 알았지만 다섯번째인 영어는 서툴렀다. 그래서 나와 함께 영어 소설을 읽기로 했다. 나는 조지프 콘래드와 골즈워디의 작품을 제안했다. 어느 것이 됐든 그녀는 상관하지 않았다. 중요한 건 그게 아니었으니까. 그녀는 문학에서는 내게 결정권을 넘겨주었다. 하지만 문학에 한해서였다. 그 밖의 사안에서는 그녀가 적극적이고 대담하게 주도권을 쥐었다. 나는 반대하지 않았다.

오후 시간은 대략 비슷한 순서로 흘러갔다. 우선 커피를 마시며 맛좋은 케이크를 먹었다. 당시 바르샤바에서 값은 비쌌지만 그래도 구할 수는 있던 음식까지 나왔다. 그런 다음 영어 소설을 읽었다. 하지만 우리는 읽는 데 제대로 집중하지 못했다. 읽는 시간도 대개 오래 걸리지 않았다. "그날 우리는 더이상 책을 읽지 않았다." 『신곡』에서 프란체스카 다 리미니가 한 말이다. 서로 다른 점이 많았던 우리 두 사람에게는 이런 말이 제격이겠다. "매일 우리는 더이상 책을 읽지 않았다."

그녀와의 만남에서 나는 아주 많은 것을 배웠다. 어느 날 그녀는 자신이 오래전부터 동성애만 해왔다고 말했다. 가끔 남자들과도 관계를 가졌지만 그것이 동성애 관계에 영향을 주지는 못했다고 했다. 그리고 내가 자신을 남자들과의 성관계로 돌아가게 만든 첫 남자라고 했다. 내 비위를 맞추느라고 한 말이었지만, 그것이 지어낸 이야기라는 의심이 금방 들었기에 소기의 목적은 달성하지 못했다. 여자들이 그런 식의 고백으로 상대방을 만족시키려 한다는 것을 그때 나는 알지 못했다.

두세 달이 지나자 그간 매일같이 지켜보았던 타티아나의 통속극 같은 자기연출이 슬슬 짜증나기 시작했다. 처음에는 그리도 흥분되던 사랑의 봉사도 점점 싫증이 났다. 그때 내가 무엇을 느끼기 시작했는지는 나중이 되어서야 깨달았다. 나는 속으로 전혀 다른 관계, 젊은 여자나 어쩌면 내 또래 아이와의 관계를 원한 것이었다. 울고 있는 소녀에게 신경쓰라는 임무가 주어졌던 저 1월 21일에 나는 그 은밀한 갈망의 실체를 확인한 것인지도 모른다.

그날 이후 나는 점령 초기의 몇 달을 견디기 쉽게, 나아가 아름답게 해주었던 그 부인에게 점차 발걸음을 멀리하다가 곧 완전히 끊어버렸다. 몇 주가 지난 뒤 길에서 우연히 그녀와 마주쳤다. 나를 보자마자 그녀가 말했다. "젊은 여자 때문에 나를 버렸군." "사는 게 그렇잖아요." 나는 이렇게 말하려고 했다. 그러나 마지막 순간에 충동을 억누르고 그 빤한 말을 내뱉지 않았다. 그녀는 내 침묵의 의미를 올바로 알아챘다. 그 순간 나는 깜짝 놀랐다. 그녀의 파랗고 커다란 눈에 눈물이 고여 있었다.

"더 많이 사랑하는 사람은 좌절하여 고통을 겪을 수밖에 없다."『토니오 크뢰거』에 나오는 이 단순하고 가혹한 교훈은 문학을 통해서만 사랑을 알았던 시절에 내 머릿속 깊이 각인되어 있었으나, 그제야 비로소 그 의미를 이해할 수 있었다. 나는 무슨 말을 해야 좋을지 몰랐다. 나는 혹시 무슨 검문이나 그 비슷한 위험이 있지는 않은지 주위를 둘러보았다. 만일 그랬다면 당장 그 자리를 피해 달아날 수도 있었을 것이다. 하지만 사방은 조용했다. 오로지 나 혼자 마음이 불안하고 심란했다. 그때 생각난 것이 요즘 바쁜 일이 있다며 우물쭈물 둘러대는 것이었다. 그녀는 슬프면서도 이해한다는 듯이 웃었다. 질투의 감정도 조금쯤은 엿보였다. 나는 급하게 그 자리를 떠나면서도 너무 빨리 걷지 않으려고 애를 썼다. 달아나려는 마음을, 도망치고 싶은 마음을 들키고 싶지 않았다.

그녀를 다시 만난 것은 1946년 2월 베를린 쿠르퓌르스텐담의 어느 카페에서였다. 그녀는 의기소침했다. 그럴 만한 이유가 있지만 말하고 싶지 않고 말할 수도 없는 처지라고 했다. 이번에도 그녀는 신비스러운 사람처럼 굴었다. 나는 아무것도 물어보지 않았다. 어쩌면 그 때문에 실망했을지도 모른다. 그녀는 목이 훤히 드러나는 곳에 작지 않은 타원형 보석을 걸치고 있었다. 아마 호박이었을 것이다. 바르샤바에 있을 때도 하고 다니던 금줄에 달려 있었다. 그녀는 조금 연극적인 제스처를 써가면서 갑자기 목걸이를 끌러 내게 건넸다. 내가 무슨 뜻이냐는 듯이 바라보자 그녀는 의미심장하게 말했다. "뒤집어봐." 놀랍게도 작은 금판에 이런 구절이 새겨져 있었다.

사랑의 기쁨은 덧없이 사라지고
사랑의 슬픔은 영원히 남네.

이 시적인 각문刻文이 주장하는 게 사실일까? 사랑이 주는 기쁨은 정말 짧은 순간에 불과하고, 사랑의 슬픔은 평생 동안 지속될까? 혹시 그 반대가 아닐까? 나는 아무 말도 하지 않았다. 대화가 멈춰버렸다. 우리는 전혀 원망하지 않고, 그러나 내가 보기엔 둘 다 감사하는 마음을 가지고 작별했다. 나는 카페를 나왔지만 그녀는 조금 더 앉아 있겠다고 했다.

벌써 거리로 나왔는데 그녀가 나를 불러세웠다. 하지만 그때 주고받은 말은 몇 마디밖에 되지 않았다. "바르샤바에 계속 있을 거니?" "네." "정치가 정말 네 천직이라고 생각해?" "네." "너 실수하는 거야. 네가 있을 곳은 독일이지 폴란드가 아니야. 그리고 네 천직은 문학이지 정치가 아니야." "문학은 직업이 아니라 저주예요." "남의 말은 그만 인용해. 나는 리자베타 이

바노브나가 아니고 너도 토니오 크뢰거가 아니야. 다시 한번 말하는데, 폴란드를 떠나……" 나는 그녀의 조언을 따랐다. 그러나 아주 먼 훗날에, 이 대화를 나눈 지 12년 만에.

나는 서두르지 않고 쿠르퓌르스텐담을 따라 할렌제 방향으로 걸었다. 갑자기 타티아나와 이야기하는 동안 내가 계속 토지아를 생각하고 있었다는 사실을 깨달았다. 그리고 지금까지 살면서 수없이 그래왔듯, 내 삶을 바꾸어놓은 그날, 토지아의 아버지인 우치 출신의 랑나스 씨가 자신의 삶을 버렸던 1940년 1월 21일이 떠올랐다.

랑나스 씨는 어린 시절에 부모님을 잃었다. 삼촌이 그의 생계를 책임졌지만 나머지 일들은 스스로 해결해야 했다. 그러니 그는 평범한 사람이 아니라 자수성가한 인물이었다. 성격은 조용하고 내성적이었다. 과감하고 냉정한 면은 없었지만 사업 능력은 뛰어났다. 섬유공장을 공동 소유하고 있던 그는 사업에서 성공을 거두어 부를 이루었고 공장도 번창했다. 그럼에도 그의 자의식은 강하지 못했다. 그의 죽음도 어쩌면 이와 관련이 있을 것이다.

나치군이 폴란드를 점령한 직후 랑나스 씨는 재산을 몰수당했다. 이후 그는 신탁 관리인이 책임지고 있던 자신의 공장에도 발을 들여놓을 수 없었다. 이틀날 우치 중심가인 피오트르코브스카에서 그는 신이 나 있던 건장하고 젊은 독일 병사에게 따귀를 맞았다. 이유가 무엇일까? 병사는 유대인인 랑나스 씨에게 히틀러 경례를 기대했을 수도 있다. 아니면 그런 일과는 무관하게 단지 상관에게 시달리다가 누군가를 패주고 싶은 마음이 들어서 그랬는지도 모른다. 랑나스 씨는 이 일을 겪으면서 정신이 붕괴되기 시작했다. 그는 집에 돌아오자마자 이제는 스스로 목숨을 끊는 것밖에 할 수 있는 일이 없다고 말했다. 그리고 몇 주가 지나는 동안 그는 같은 말을 더 자주 반복했다.

훗날 우치가 리츠만슈타트로 개명되어 '바르테란트 제국 대관구'에 합병되자 랑나스 씨 가족은 다른 많은 유대인들처럼 우치를 떠나 바르샤바로 향했다. 이곳에 와서도 랑나스 씨는 여전히 심각한 우울증 증세를 보였지만 자살하겠다는 말은 더이상 꺼내지 않았다. 주변 사람들은 그가 큰 고비를 넘겼다고 믿었다. 1월 21일 그의 부인과 딸은 무언가를 사러 시내에 나갔다. 약 한 시간 후에 돌아왔을 때는 이미 늦은 뒤였다. 유쾌한 독일 병사에게 따귀를 맞았던 랑나스 씨는 자신의 허리띠로 목을 맸다. 두 여자는 비명을 질렀다. 딸의 행동이 어머니보다 빨랐다. 그녀는 부엌으로 달려가 칼을 가져왔다. 그러나 혼자 허리띠를 자르기에는 힘이 달렸다. 응급처치를 하러 온 의사가 겨우 허리띠를 끊어냈지만 그 이상은 손을 쓸 수 없었다. 그때 나는 벌써 그 집에 도착하여 울고 있던 고인의 딸의 안내를 받아 다른 방으로 들어갔다. 나는 그녀 옆에 앉았다. 테오필라 랑나스. 그녀는 조금쯤 과시적으로 들리는 테오필라보다는 단순하게 줄인 토지아라는 이름을 더 좋아했다.

처지는 서로 달랐어도 우리 두 사람은 각자의 상황을 감당하기엔 아직 나이도 어리고 너무 힘들었다. 그녀는 이제 자신에게 아버지가 없다는 사실을 겨우 10분 전에 알았다. 그녀는 아무 말도 하지 못하고 눈물만 흘렸다. 10분 전에 허리띠를 잘라 아버지를 살리려고 했던 소녀에게 내가 무슨 말을 해주겠는가? 우리는 열아홉 살이었고 대책이 없기는 둘 다 마찬가지였다. 그 상황이 심각하다는 걸 의식하지 않은 것은 아니었지만, 나는 절망에 빠진 그녀의 머리를 쓰다듬고 그녀의 눈물에 입을 맞추는 것 외에는 아무 생각도 떠오르지 않았다. 그녀는 이런 나의 행동을 전혀 알아차리지 못하는 것 같았다.

잠깐이라도 정신을 다른 데로 돌리게 하려고 나는 그녀에게 우치에서 무엇을 했느냐고 물었다. 그녀는 더듬거리며 대답했다. 내가 이해한 바로는 6개월 전에 아비투어를 끝내고 파리에서 디자인과 미술사를 공부할 계획이었다고 했다. 그러나 전쟁이 터지면서 그 계획은 없던 일이 되어버렸다. 이제는 내가 무슨 말이라도 해야 할 것 같았다.

아직 베를린에서 살던 몇 년 전에 나는 〈트라우물루스〉라는 영화를 보고 마음에 들어한 적이 있다. 세기말 직후 아르노 홀츠와 오스카 예르쉬케가 공동 집필한 희곡을 영화로 만든 작품이었다. 주인공인 선생님이 몽상가를 뜻하는 '트라우물루스'로 불린 데에는 그럴 만한 이유가 있었다. 주인공 역을 맡은 사람이 에밀 야닝스였는데, 이 영화가 마음에 든 이유는 아마 그 때문이었을 것이다. 선생님은 자살한 애제자의 시신 곁에서—기억에 남아 있는 대로 적어보자면—우리가 사는 이유는 삶을 던져버리기 위해서가 아니라 그것을 극복하기 위해서라고 말했다. 거창하기는 하지만 그런 말이라도 하는 것이 묵묵히 스산한 정적을 견뎌내거나 "그래도 산 사람은 살아야지" 같은 상투어를 꺼내는 것보다 나아 보였다.

그런 다음 나는 스스로도 놀랄 만큼 무례한 짓을 저질렀다. 10초 전만 해도 그 상황에서는 도저히 생각할 수 없는 행동이었다. 나는 갑자기 그녀를 붙잡고 떨리는 손으로 그녀의 가슴을 더듬었다. 그녀는 움찔했지만 저항하지 않았다. 그녀의 몸이 굳어졌다. 눈빛에서 고마움이 보이는 듯했다. 나는 그녀에게 키스하고 싶었지만 그만두었다.

이튿날 토지아 아버지의 장례가 치러졌다. 그때까지만 해도 유대인들은 땅에 묻혔다. 그때까지만 해도. 얼마 후면 유대인들에게 주어지는 것은 첼란의 시 「죽음의 푸가」에 나오는 "공중 무덤"뿐일 것이다. 유대인의 자살이 아직은 생소하던 때라 묘지에는 많은 사람들이 모였다. 특히 조용한 성품의 랑나스 씨가 고향에서 존경받고 인기도 많았던 사업가였기에 더 그랬을 것이다.

나는 옆에서 토지아를 부축하며 장지까지 따라갔다. 아직 덮개를 덮지 않은 묘지 옆에 그녀와 함께 서 있었다. 토지아의 아버지 친구 한 명이 고인의 딸을 챙기는 저 젊은이가 대체 누구냐고 이상하다는 듯이 물었다. 그는 내 행동이 그 상황에 어울리지 않거나 예법에 어긋난다고 생각했던 모양이다. 하지만 나와 그녀 두 사람은 그런 말에 신경쓰지 않았다. 비가 내려 우중충하던 1940년 1월의 그날, 우리는 둘이 함께 있다는 사실을 당연하게 여겼다. 그리고 이후로도 우리는 늘 함께 있었다.

'전염병 통제구역' 그리고 게토

유대인 최종 해결책은 아직 나오지 않았다. 아직은 그런 말이 있는지 알지도 못하던 때였다. 그러나 유대인의 하루하루를 지옥으로 만들었던 막무가내의 만행에 이어 곧 당국의 체계적인 조치가 이어졌다. 뒤에서 부지런히 일을 도모하던 독일 관리들이 이제부터 작업에 들어갔다. 그들은 유대인을 발견할 때마다 장소에 관계없이 습격과 약탈을 일삼고 괴롭혔던 자들과 방법만 다를 뿐 원하는 목적은 똑같았다. 나치의 관할구역이 된 폴란드에서는 끊임없이 새로운 법과 규정, 새로운 지시와 지령과 훈령이 공포되었다. 이런 조치들이 과연 어떤 목적으로 쓰이는지 우리는 당시에 알지도 못했고 짐작도 하지 못했다. 혹시 누가 알려주었더라도 우리는 그 말을 절대 믿지 않았을 것이다. 나치가 그 조치들을 통해 준비한 것은 다름 아닌 모든 유대인의 말살, 즉 '박멸'이었다.

나치군이 바르샤바에 주둔하고 몇 주도 지나지 않아 나치 친위대는 당장 유대인들에게 일정 구역 안에서만 거주하고 체류하라는 명령을 내렸다. 다시 말해 게토를 조성한 것이다. 그들은 중세로 회귀하는 이 조치를 비밀로 숨기지는 못했지만 공식적으로는 미화하거나 위장할 수 있었다. 따라서 벽보에 적힌 공고와 신문지상에서는 '게토'라는 말을 교묘하게 숨겼으며, 독일 관청 간의 서신 왕래에서도 사용하지 않았다. 나치가 조성한 것은 늘 '유대인 거주 지역'이라고만 했다.

유대인들은 사흘 안에 바르샤바 북쪽에 볼품없이 방치되어 있던 구역으로 이주해야 했다. 그리고 그곳에 살던 비유대인들은 이것저것 되는대로 짐을 꾸려 그 구역을 떠나 다른 곳으로 가야 했다. 유대인과 비유대인을 막론하고 이 조치에 관련된 당사자들이 공포에 휩싸이면서 바르샤바는 혼란에 빠졌다. 나치 친위대는 자신들의 명령으로 어떤 결과가 발생할지 전혀 예측하지 못한 것 같았다.

유대인 거주지로 지정된 구역에는 비유대인이 소유하고 있던 공장들과 회사들이 있었다. 그것들의 운명은 어찌될 것인가? 현대의 대도시는 복합적인 구성물이라 일부 구역 전체를 아무렇게나 분리하거나 고립시킬 수 없는데도—그런 복합성은 원래부터 의도된 것이니까—유럽 최대의 유대인 집단의 운명을 좌지우지했던 자들은 이 사실을 모르고 있었다. 도모했던 일이 쉽게 진행되지 않자 친위대 간부들은 하는 수 없이 게토 조성 명령을 철회했다.

점령군 당국은 공개적으로 크게 망신만 당했다. 그래도 유대인들은 안심할 수 없었다. 관계 기관은 절대로 당초 계획을 포기하지 않을 게 분명했으니 말이다. 계획은 단지 연기된 것뿐이었다. 또 그들이 자신들의 판단 착오에 대해 잔인한 방법으로 화풀이하리라는 것, 당연히 유대인에게 복수하리라는 것도 상당히 신빙성 있는 예측이었다.

독일 권력층을 비웃음거리로 만들어버린 그 명백히 즉흥적인 지령은 어떻게 나왔을까? 이유는 아주 간단했다. 바르샤바에서 근무하며 전권을 쥐고 있던 친위대 간부들은 교육 수준이 많이 떨어졌다. 이는 그들이 작성한 편지나 메모만 보아도 알 수 있었다. 그들은 대부분 하사관급이었고, 어쩌다 장교가 있어도 대개 나치군의 소위나 중위에 해당하는 계급이었다. 게다가 이들은 바르샤바에서 근무하는 동안에는 일반적으로 진급하지 못했다.

따라서 당분간 바르샤바에는 게토가 존재하지 않았다. 그럴수록 나치 친위대와 독일 당국은 유대인을 되도록 신속하게 다른 방법으로 분리하여 격리시키고 굴욕을 주는 게 좋겠다고 생각했다. 점령지 폴란드에 사는 10세 이상의—바르샤바 지역에서는 12세 이상—모든 유대인들은 1939년 12월 1일부터 폭이 최소 10센티미터 되는 흰 천에 파란색 별을 그려서 오른팔에 차고 다녀야 했다. 독일인이건 폴란드인이건, 길거리에서 유대인을 습격하고 싶었던 많은 바르샤바 주민들로서는 반가울 수밖에 없는 처사였다. 유대인은 법이 보호하지 않는다는 그 표식의 의미를 제대로 이해했으니 말이다.

유대인은 맞은편에서 군복을 입은 독일인이 걸어오면 당장 비켜서야 했다. 이는 오해의 여지가 없는 분명한 규정이었다. 하지만 그다음에 유대인이 독일인에게 어떤 식으로 행동해야 하는지는 설명되어 있지 않았다. 그 독일인에게 나치식 경례를 해야 할까? 언젠가 나는 그 경례를 하지 않아 나보다 나이도 많지 않은 군인에게 그 자리에서 두들겨맞았다. 한번은 그 무서운 징벌을 피하려고 어느 군인에게 경례를 했다. 나로서는 베를린에서 학교를 다닐 때부터 익숙했기 때문에 그런 인사를 하는 것이 아무렇지도 않았다. 그러자 주인 노릇을 하던 그 젊은 군인은 소리를 버럭 지르며 화를 냈다. "네가 내 동료야, 인사를 하게?" 그러고는 나를 마구 두들겨팼다.

곧이어 유대인을 위해 특별 표식이 달린 생필품 배급표가 도입되었다. 배급량은 유대인이 아닌 주민들보다 상당히 적었다. 그 결과는 충분히 예측 가능했다. 그리고 계획적인 것이기도 했다. 유대인 대부분이 영양실조에 걸려 건강이 위협받는 상황에 이르는 것은 시간문제였다. 비누 배급량은 말할 수 없이 적었다. 게다가 회색 모래가 많이 섞여 있어서 그 비누로 씻으면 전보다 몸이 더 더러워졌다.

체계적인 유대인 격리가 목적이었던 수많은 조치 중에는 특별한 방식의 인구조사도 있었다. 유대인은 누구나 내용이 아주 길고 상세한 질문지를 작성해야 했다. 독일 당국이 유대인의 출생지와 출생 연도뿐만 아니라 외국어 구사 능력과 학력, 군복무 여부, 직업 경력 등 수많은 다른 사항까지 자세히 알고 싶어했던 이유는 무엇일까?

이 조사가 왜 필요하냐고 물으면 그들은 "질서를 세워야 한다"는 간단한 구호로 대답했다. 그 '질서'를 유대인에게만 요구했으니 별로 설득력이 없는 답변이었다. 우리는 최악의 사태를 맞을까봐 두려웠다. 그런데 예외적으로 이번의 두려움은 기우로 끝났다. 대규모 인구조사가 유대인의 진을 빼고 금전적 손실을 입혔지만 피해를 입은 사람은 아무도 없었다. 인구조사는 완전히 쓸데없는 짓이라는 게 금방 드러났다. 독일 당국은 그 조사 결과를 평가할 시간도 의지도 없었다. 그런데 무엇 때문에 했을까? 유대인을 죽이는 데는 이름도 나이도 알 필요가 없었다. 질문지에 써넣어야 했던 직업이나 학력을 비롯한 다른 정보들도 모두 소용없는 자료들 아니던가.

그러나 이 모든 일이 내게는 중요하고 큰 영향을 주는 사건이었다. 바르샤바에서 실시된 인구조사는 폴란드의 다른 도시와 비슷하게 유대교 자치회에서 담당했다. 독일 당국은 이 단체가 종교적 기구만은 아니라는 것을 분명히 알리게 위해 당장 이름을 바꿔 '유대인 원로회'로 불렀고, 얼마 후에는 더 경멸적인 어감을 주기 위해서인지 '유대회'로 개명했다. 약 2주 동안 진행된 인구조사를 위해 수백 명에 이르는 사무직원이 필요했는데 그중에는 독일어를 할 줄 아는 사람도 있어야 했다. 나는 지인들의 권유를 받아들여 신청은 했지만, 수많은 실업자가 응모한데다 나이도 아직은 어렸기에 별로 희망은 품지 않았다. 나는 신청서를 내려고 자치회 건물 대형 강당에 모인 수많은 신청자들 틈에 서 있었다. 독일어를 할 줄 안다고 말하는 사람들은 시험관에게 보내졌다. 내 시험은 1분도 걸리지 않았다. 합격이었다. 그러나 단 2주 동안만 일할 수 있었다.

그러나 얼마 지나지 않아 거기에서 계속 일감이 생겼다. 나는 '유대회'에 고용되어 그곳에서 오가는 편지들을 독일어로 작성하는 일을 맡았다. '유대회'가 담당하는 업무는 크게 두 가지였다. 하나는 유대인 거주 지역—몇 달 후 바르샤바 폐쇄 게토로 변한—을 관리하는 일이었다. '유대회'는 말하자면 비정상적인 대도시에 존재하는 일종의 행정기관이었다. 이를 위해 하루 빨리 업무에 필요한 지역 조직들을 만들어야 했다. 또하나의 업무는 유대인을 대신하여 그들의 다양한 이해관계를 독일과 폴란드 관청에 알리는 일이었다.

독일 관청과의 편지 수발신은 급속히 늘어났다. 날마다 번역해야 할 문서의 양이 갈수록 많아졌다. 독일어를 폴란드어로 옮기는 일은 드물었고 대부분은 폴란드어를 독일어로 옮기는 작업이었다. 이 업무를 처리하기 위해 별도의 부서를 만들 필요가 생겼다. '번역 및 통신 사무실'이라고 불린 그 새 부서에는 네 명의 직원이 고용되었다. 젊은 법률가, 이름이 꽤 알려진 폴란드 여성 소설가 구스타바 야레츠카, 전문 번역가 그리고 나였다. 나는 다른 직원들보다 열 살에서 열다섯 살 아래로 제일 어렸지만 사무실 실장으로 임명되었다. 내가 조직력을 갖고 있다고 믿었던 것일까? 모르긴 몰라도 재주랄 것도 없는 내 독일어 구사 능력이 갑자기 내 부하가 된 사람들보다 나아서 그랬을 것이다.

나는 태어나 처음으로 무언가에 쓰이는 사람이 되었다. 전혀 기대도 하지 않았던 고정 일자리가 생겼고 약소하나마 봉급까지 받았다. 나는 만족했다. 무엇보다 가족의 생계에 조금이라도 보탬이 될 수 있었으니까. 다소 까다로웠던 담당 업무도 즐거운 마음으로 기다렸다. 또하나, 남들이 나를 좋게 볼지 나쁘게 볼지 개의치 않고 말한다면, 아무 경험도 없는 내가 그런 일을 감당할 수 있을까 하는 문제에 대해서 나는 전혀 고민하지 않았다. 그때는 그런 상황이 앞으로 내가 사회생활을 하면서 여러 번 되풀이될 거라는 사실을 알지 못했다. 언제나 나는 감당할 준비가 전혀 돼 있지 않은 업무와 매번 맞닥뜨리며 살아왔다.

이렇게 독학으로 시작한 나는 아직까지도 독학자로 남아 있다. 아비투어를 끝낸 후 내게 무언가를 가르쳐주려고 한 사람은 아무도 없었다. 그때 내가 할 줄 알았던 것들은 나 스스로 공부한 결과였다. 나는 그걸 자랑스럽게 여기지도 않거니와 누구보고 따라 하라고 권하지도 않는다. 내가 독학을 한 것은 그러고 싶어서가 아니라 그럴 수밖에 없었기 때문이다. 만약 대학을 몇 년 다녔더라면 아마 사는 게 좀더 쉬웠을 수도 있다. 신통치 않은 것이든 쓸 만한 것이든, 내 문학평론에서 나타나는 여러 특성들도 어쩌면 이 독학 생활의 산물일지 모른다.

내가 번역 및 통신 사무실 실장으로 처리하던 업무에는 하루가 다르게 새로운 정보가 추가되면서 긴장감이 늘어났다. '유대회'와 독일 관청 간의 편지 왕래가 모두 내 손을 거쳤기 때문에 나는 최신 사건에 대해 아는 소수에 속했다. 중요한 서신 내용 중 하나는 바르샤바 유대인 거주 지역의 위생 문제였다. 당국이 주변의 작은 도읍에 살던 유대인들을 대부분 빈손으로 바르샤바로 이주시킨 까닭에 이곳 인구는 급속도로 늘어나 금방 40만 명이 되었고 나중에는 약 45만 명에 이르렀다.

병원은 탄식이 나올 정도로 상태가 열악한데다 환자들도 넘쳐났다. 의약품은 대부분 구하기 힘들었고 석탄과 코크스도 거의 없거나 돈을 많이 내야 살 수 있었다. 게다가 1940년 겨울은 특히 심각했다. 따뜻한 의복은 부족했으며 유대인 주민 상당수는 영양실조에 시달렸다. 그러니 티푸스를 필두로 전염병이 창궐한 것도 이상할 게 없었다.

'유대회'는 당장 이 사실을 독일 위생국에 알렸다. 티푸스가 가공할 속도로 급속히 확산된다는 소식을 수많은 편지와 청원서와 각서에 상세히 적어서 보고했다. 거기에 많은 통계자료까지 덧붙여 이 전염병이 바르샤바 전역에 큰 위협을 주고 있다는 점을 상대방에게 납득시키면서 시급히 구조를 요청했다.

이에 대해 당국은 최소한 처음에는 이해할 수 없는 반응을 보였다. 내가 번역하여 작성한 편지들에 아무 답변이 없었던 것이다. 사태를 객관적이면서도 생생하게 표현하려고 노력했던 편지였다. 해당 독일 기관들은 문제가 발생한 바르샤바 지역이나 '유대회'가 몇 번이고 보고한 내용에 아무런 관심도 보이지 않았다. 그들에겐 전염병 확산이 아무래도 상관없는 일이었을까? 아니, 그렇지 않았다. 도리어 반색할 만한 사건이었다.

1940년 봄, 유대인 거주 지역에는 '전염병 통제구역'이라는 새로운 이름이 붙었다. '유대회'는 이 지역 주변에 3미터 높이의 담장을 쌓고 그 위에는 1미터 높이의 가시철망을 둘러치라는 지시를 받았다. 유대인들은 경계선 바깥으로 나갈 수 없었던 그 지역 입구에는 독일어와 폴란드어로 적힌 현판이 세워졌다. '전염병 통제구역. 통행 차량 외 출입 금지'.

당국은 담장을 쌓으라고 지시한 것은 유대인을 습격과 불법행위로부터 보호하려는 인도적인 차원에서 나온 조치였다고 진지한 어조로 발표했다. 그와 동시에 폴란드 주민을 겨냥한 신문과 그 밖의 간행물에서는 바르샤바에 거주하는 독일 및 폴란드 주민을 티푸스를 위시한 질병으로부터 보호하려고 점령군이 부득이하게 유대인을 격리했다는 기사가 실렸다.

전염병 확산을 차단하려던 '유대회'의 필사적인 노력은 거의 소득이 없거나 무위로 끝났다. 독일 당국이 모든 지원을 거부한 것이다. 그들은 쉽게 알아낼 수 있는 전염병의 원인을 제거하기는커녕 줄기차게 바르샤바의 기독교 신자들과 유대인을 이간했다. 이를 위해 사용한 것이 유대인을 이에 비유한 선전 문구였다. 독일인들이 바르샤바에서 무엇을 노렸는지는 오래지 않아 밝혀졌다. 그들이 제거하려는 대상은 전염병이 아니라 유대인이었다.

1940년 11월 16일, 유대인 거주 지역에 있던 22개 입구(나중에는 15개로 줄었다)가 폐쇄되면서 그날부터 입구마다 보초 여섯 명이 밤낮으로 지키며 감시했다. 보초로는 독일 헌병, 폴란드 경찰 그리고 '유대인 치안부'로 불린 유대인 민병대원이 각각 두 명씩 선발되었다. 유대인 민병대원은 군복을 입지 않아도 식별하기가 쉬웠다. 민병대원 전원이 의무적으로 차야 하는 완장 외에 노란색 완장을 하나 더 차고 있었고, 머리에는 제모를 쓰고 가슴에는 번호가 새겨진 금속판이 달려 있었기 때문이다. 그들은 곤봉으로 무장을 했다.

공식적으로 '유대인 거주 지역'이라고 불렸던 '전염병 통제구역'은 이런 과정을 거쳐 바르샤바 게토라는 대규모 집단 수용소로 탈바꿈했다.

어느 미치광이의 푸념

게토에서는 가끔 누더기를 걸친 젊은 남자를 볼 수 있었다. 그런 모습을 재미있어하는 꼬마들과 10대 아이들이 줄줄이 따라가면 그는 깡충깡충 뛰고 춤을 추면서 거리를 누비고 다녔다. 행인들은 의아하게 생각하면서도 그를 보면 박수를 치고 인사를 건넸다. 그가 늘 입버릇처럼 내뱉는 이디시어 두 마디 "알레 글라흐"는 그의 존재를 드러내는 식별 표식이었다. 그는 이 말을 큰 소리로 외치면서 신문팔이처럼 재빨리 반복했다. '알레 글라흐'는 독일어로 '알레 글라이히', 즉 모두 똑같다는 뜻이다. 이 말이 그의 현실 판단인지 예언인지 경고인지, 또 그 남자가 미쳤는지 아니면 미친 척하는 것인지는 아무도 알지 못했다. 이름이 루빈슈타인이지만 '알레 글라흐'로 불린 그 섬뜩한 남자는 바르샤바 게토의 천치였다.

정말 모두 똑같았을까? 유명 학자와 초라한 짐꾼, 뛰어난 의사와 불쌍한 거지, 성공한 예술가와 평범한 행상인, 부자 은행가와 구질구질한 사기꾼, 유능한 사업가와 성실한 기술자, 조상의 신앙을 한순간도 의심하지 않는 정통 유대교인과 유대교에 대해서라면 알고 싶어하지도 않고 실제로도 아는 것이 없는 개신교도들—게토에는 이 모든 사람들이 모여 살았다. 빈곤과 궁핍이 운명처럼 주어진 그들은 굶주림과 추위와 더러움과 오물에 시달리면서 수천 가지 공포 속에 떠다녔다. 젊었건 늙었건, 똑똑하건 어리석건, 그들 모두에게는 암울하고 섬뜩한 그림자가 드리워져 있어서 누구도 거기에서 빠져나갈 수 없었다. 그건 죽음의 공포가 드리운 그림자였다.

그러나 이 다양한 사람들이 게토에서 죄다 똑같은 상황에 처해 있었고 똑같이 고통당했다는 말은 사실이 아니다. 여하튼 처음에는 그렇지 않았다. 저축한 돈이 있는 사람, 보석이나 금은이나 골동품 촛대나 제구祭具처럼 팔아버릴 물건이 있는 사람은 비싼 값을 주고라도 식량을 살 수 있었지만, 누구에게나 필요한 그 식량을 대부분의 주민들은 여간해서 구하기 힘들었다. 당국에서는 굶어죽지 않을 정도로만 식량을 배급했기 때문에 그것만으로 버틴다는 것은 생각할 수 없는 일이었다.

많은 일들이 직업에 따라 결정되었다. 게토에는 학교도 법원도 없고 건물도 세워지지 않았으므로 특히 교사와 변호사와 건축가가 어려움을 겪었다. 그래도 많은 법률가들은 게토의 행정부서나 유대인 치안 사령부, 다시 말해 사람들이 꺼리는 유대인 민병대에서 일거리를 발견했다. 의사와 치과 의사는 항상 사람들이 필요로 했기 때문에 단연 사정이 나았다. 기술자들, 특히 목수, 철물공, 함석공, 전기공, 재단사와 제화공 들도 마찬가지로 형편이 괜찮았다.

그와 동시에 새로운 직업도 탄생했다. 바로 밀수꾼이었다. 수천 명의 유대인들이 날마다 게토 바깥에 있는 대규모 독일 회사에 나가 일을 했다. 여자보다는 남자가 많았고 주로 10대 청소년을 비롯한 젊은이들이었다. 최저 임금을 받았지만 자발적으로 하는 일이었다. 그 이유는 게토 바깥으로 옷이나 때론 보석과 시계처럼 내다 팔 만한 물건들을 가지고 나갈 수 있었기 때문이다. 가지고 나간 물건들은 금방 헐값에 처분했으며 거기에서 생긴 돈으로 식량을 사서 유대인이 줄지어 돌아오는 저녁에 게토 안으로 몰래 들여왔다.

게토 입구에서 무슨 일이 벌어질지는 가늠하기 어려웠다. 독일 헌병들은 완전히 멋대로 행동했다. 그들은 게토로 들어오는 유대인들이 몸에 지니고 있는 것들, 베이컨, 소시지, 심지어 감자까지 모조리 빼앗았다. 소지품을 수

색할 때 총도 많이 쏘았으며 유혈 희생자도 생겼다. 하지만 이와는 다르게 대처한 헌병들도 있었다. 그들은 불쌍한 아마추어 밀수꾼들이 게토로 무엇을 가지고 들어오든 상관하지 않았다.

그러나 이들과는 비교할 수 없을 만큼 중요한 역할을 한 것이 바로 전문 밀수꾼들이었다. 유대인 노동자 출신으로 대부분 키가 크고 몸집이 건장하고 거칠었던 그들은 전쟁 전에는 주로 짐꾼이나 미숙련 공장 노동자로 생계를 이어갔다. 위험을 충분히 예상하면서도 죽음을 두려워하지 않는 사람들이었다. 그들은 출신이 비슷한 폴란드 동업자와 게토 입구를 지키는 독일 보초병들과 한패가 되어 일을 했다.

밤마다 막대한 양의 생필품이 게토 안으로 들어왔다. 밀가루, 쌀, 완두, 콩, 베이컨, 설탕, 감자와 채소가 수백 자루나 되었다. 밀수꾼들은 자루를 정해진 장소에서 재빨리 담장 위로 던지거나 담에 난 구멍을 통해 들여넣은 후 구멍을 다시 임시로 막아놓았다. 밀수품을 마차나 화물차에 싣고 와도 게토 정문을 문제없이 통과할 때가 있었는데, 이는 당연히 뇌물을 받은 독일 헌병의 협조 덕분에 가능했다.

담장 안에서 생필품의 가격은 바르샤바의 다른 지역보다 최소한 두 배나 비쌌기 때문에 밀수에 가담한 사람은 많은 돈을 벌었다. 그러니 대담한 유대인 밀수꾼들은 흥청망청 살면서 게토 내의 많지 않은 비싼 레스토랑에도 출입할 수 있었다. 물론 그들도 한 가지 큰 위험은 각오하고 있어야 했다. 밀수에 협조한 독일인이 언젠가는 자신의 범죄 사실을 알고 있는 유대인 밀수꾼을 성가시게 여길 수도 있다는 점이었다. 그러면 그는 차라리 유대인 밀수꾼을 총으로 쏘아 없애버리는 게 현명하다고 생각할지도 모를 일이었다.

게토 중심부에는 바르샤바 외곽으로 빠지는 주요 도로의 하나인 동서 간선도로가 지나고 있었다. 독일군은 독소전쟁이 발발한 직전인 1941년 봄에 특히 이 도로에 큰 관심을 보였다. 서부에서 바르샤바를 거쳐 동부로 가는 차량들은 모두 이 도로를 통과해야 했다. 이런 이유 때문에 독일군은 동서 간선도로를 게토에서 분리시켰다. 그로 인해 유대인이 거주하는 지역은 이른바 큰 게토와 작은 게토로 나뉘면서 두 지역을 ('유대회'가 돈을 내고 건축한) 목조 육교가 연결했다.

이 육교에서 근무하는 독일 보초병들은 그곳을 지나가는 유대인을(다른 방법으로는 작은 게토에서 큰 게토로 갈 수 없었다) 별난 방법으로 통과시키는 데 재미를 붙였다. 대부분은 시비를 걸지 않고 보내주었지만, 학대와 고통을 당하는 사람도 있었다. 가령 수염 난 늙수그레한 유대인이 지나가면 "앉았다 일어나기 50번!"이라는 명령을 내렸다. 이걸 견뎌내는 사람은 없었다. 20~30번을 하고 나면 모두 기진맥진 주저앉았다. 우리는 몇 달간 그 육교 바로 옆에서 살았다. 나는 그곳에서 거의 날마다 벌어지는 우울한 서커스를 창문으로 내다보았다. 보초병은 그 서커스를 매일같이 구경하면서도 지겹지 않은 모양이었다. 밤에 들리는 총소리와 비명 소리에도 우리는 곧 익숙해졌다.

누가 생각이나 했을까마는 게토에는 택시도 있었다. 그러나 그 택시는 승용차나 마차가 아니라 인력거였다. 재주 많은 사람들, 주로 젊은 기술자들이 자전거에 넓은 안장을 갖다붙여 만든 2인용 탈것이었다. 이 인력거를 타려면 돈이 있어야 했지만 돈을 낼 수 있는 사람은 소수에 불과했다. 대중 교통수단은 있었을까? 게토 안에는 19세기처럼 말이 끄는 전차가 다녔다. 그 전차는 항상 미어터지게 사람이 많아 내 친구나 나는 한 번도 타본 적이 없다. 우리는 발진티푸스의 주요 매개체인 이가 무서워 언제나 걸어다녔다.

대부분의 길거리도 언제나 사람들로 넘쳐났다. 나는 게토에서 인적이 없는 거리를 본 적이 없다. 한산한 거리도 여간해서는 보기 힘들었다. 다른 보행자와 옷이 스칠까 두려워도 피할 수가 없었다. 길을 가다가도 이가 옮을 수 있고 그렇게 되면 대부분 사망에 이르는 전염병에 걸리기 때문이다. 게토에서는 발길에 차이는 게 죽음이었다. 말 그대로 정말 발길에 차였다. 특히 아침이면 길가에 헌 신문지로 겨우 가려놓은 시체들이 놓여 있었다. 탈

진이나 굶주림 혹은 티푸스로 사망했는데 장례 비용을 댈 사람이 없는 사람들이었다.

남의 집 담에 기댄 채 땅바닥에 주저앉아 빵 한 조각을 달라고 큰 소리로 애처롭게 구걸하는 수많은 거지들도 게토의 거리 풍경 중 하나였다. 그들의 상태를 보면 얼마 후 더는 앉아 있지 못하고 누워 있다가 신문지에 가려질 운명이라는 추측이 들었다. 전문 노점상들은 물론이고 무슨 물건이든지, 하다못해 옷가지까지 팔아서 먹을 것을 사려는 가난한 사람들도 시끄러운 소음을 유발했다. '날치기'도 게토의 대표적인 특징이었다. 가게에서 빵이나 다른 먹을거리를 사갖고 나오는 사람을 근처에서 기다리며 노리는 10대들을 그렇게 불렀다. 그들은 순식간에 사람들이 들고 있는 봉지를 낚아채 달아나거나, 종이로 포장되어 있는데도 그 자리에서 빵을 베어물었다.

게토 주민의 생활수준은 급속도로 악화되었지만 독일 당국은 이 빈곤화에 더 박차를 가하려고 노력했다. 그에 따라 1941년 유대인들은 외투, 목도리, 모자에 이르기까지 가지고 있던 모피 일체를 압수당했다. 게토에서도 도난 사건은 일어났지만 살인 사건은 한 번도 발생하지 않았다. 식인 사건은 한 번 있었던 것으로 기억된다. 30세의 여성이 굶주림으로 인한 발광 상태에 빠져 12세 아들의 시신에서 엉덩이 부분을 잘라 먹으려 한 사건이었다. 이 뉴스를 독일어로 번역할 때 나는 해당 사건을 비밀에 부치라는 지시를 받았다.

승용차는 게토에 단 한 대밖에 없었다. '유대회' 위원장 겸 게토 시장인 아담 체르니아코프가 공무용으로 타고 다니는 구식 소형 포드였다. 그 외의 차량이 눈에 띄면 사람들이 모두 도망치는 바람에 길거리는 이내 텅 비었다. 차에 탄 사람들(당연히 독일인)이 무슨 일을 저지를지 모르는 사람들이라 갑자기 무기를 꺼내 무차별로 난사할 가능성을 배제할 수 없었기 때문이다. 독일인은 대부분 관광객으로 게토에 들어왔다. 유대인의 이국적인 생활을 구경하려고 왔지만 이따금 그들을 구타하고 여차하면 약탈까지 하고 싶는 설설한 욕구가 생길 때도 있었다.

게토에서는 영화도 찍었다. 적지 않은 독일 병사들과 장교들이 집에 기념품을 가져가고 싶어했다. 선전 중대 소속으로 보이는 전문 제작자들도 작업에 참여했다. 그들은 주로 거지와 불구자를 즐겨 찍었다. 유대인의 더러운 모습을 증명하여 혐오감을 불러일으킬 작정이었기 때문이다. 장면을 연출하여 찍기도 했다. 거부감은 들어도 처참한 모습을 한 유대인들을 제작자가 게토 레스토랑으로 데리고 갔다. 그리고 억지로 끌려온 그 손님들에게 가능한 한 진수성찬을 차려내라고 식당 주인에게 명령했다. 그러면 감독이나 카메라맨은 한바탕 연회 장면을 연출하여 유대인이 얼마나 호강하며 사는지를 보여주었다.

섹스 신도 찍었다. 독일 다큐멘터리 제작자들은 손에 총을 들고 젊은 남자와 못생긴 중년 여자, 혹은 젊은 여자와 늙은 남자의 성관계를 강요했다. 이 영화들의 일부가 전쟁이 끝난 후 베를린의 기록 보관소에서 발견되었지만 공개 상영되지는 않았다. 나치 선전부와 기타 기관에서 이 영화가 혐오감이 아닌 동정심을 유발할 수 있다며 우려를 표명했다고 한다.

기묘하게 몸을 뒤틀면서 거리를 뛰어다니던 게토의 천치, 남들은 모르는 목적지를 향해 가던 그 천치가 습관처럼 내뱉던 말은 사실이 아니었다. 게토의 일상은 그가 쉿소리를 내며 냉소적으로 외치던 구호를 부정하는 것처럼 보였다. 밀수꾼을 비롯한 극소수의 사람들은 돈이 넘치도록 많아 거의 전쟁 전과 같은 수준으로 생활했다. 그러나 배불리 먹지는 못해도 굶주림은 그런대로 견디며 살아가는 사람들의 수가 더 많았다. 옷차림에 신경쓰고 주기적으로 미용실에도 다닌 이들은 그러니까 게토 어디에서나 볼 수 있던 신분 몰락에 저항하는 사람들이었다.

유럽 문화에 동화되어 폴란드어만 할 줄 알던 유대인들은, 종교와는 무관하게 이디시어만 사용하는 환경에 밀착해 있던 정통 유대교인들보다 대개 사정이 나았다. 이 양대 집단이 전쟁 전에 교류했다면 그건 예외적인 경우였다. 공통점이라고는 없는 두 집단은 서로 경멸하지 않으면 다행일 정도로 상대를 존중하지 않았다. 유럽 문화에 동화된 유대인들은 정통 유대교인들이 거의 모든 면에서 시대에 뒤떨어졌다고 비난했고, 정통 유대교인들은 동화된 유대인들이 편의주의를 좇아 조상의 신앙과 전통에 등을 돌렸다고 비난했다. 이 모든 상황은 1939년 이후에도 달라지지 않았다. 그러니까 바르샤바에는 전과 다름없이 서로 갈라진 두 종류의 유대인 세계가 존재했다. 나도 게토에서 유대교 환경에 속한 사람은 한 명도 모르고 지냈다.

우리 가족과 나는 특권층에 속하지 않았다. 식구들 중에 그 비싸다고 소문난 호화 레스토랑에 가본 사람은 없었다. 그렇다고 우리 가족의 빈곤이 도를 넘은 것은 아니었다. 형은 치과 의사로서 평판이 좋았던 까닭에 환자가 많았다. 내가 '유대회'에서 하는 일도 어렵지 않았고 전혀 따분하지도 않았다. 게다가 나는 살면서 내 직업을 따분하게 여긴 적이 전혀 없으니 불평을 하려야 할 수가 없다.

내가 번역 감수를 맡은 수많은 보고서와 청원서, 그리고 내가 직접 번역한 편지들을 보니 게토의 빈곤과 비참함이 어느 정도인지 알 수 있었다. 곧이어 역사적 의미가 담긴 문서에까지 접근할 수 있게 되면서 나는 내가 범상치 않은 상황에 처했다는 사실을 알았다. 하루는 어떤 남자가 내 사무실로 찾아와 잠시 이야기를 했으면 좋겠다고 했다. 게토에서 가장 강인한 인물이었던 것으로 아직까지 기억에 남아 있는 사람이다. 그는 내게 자신을 도와줄 수 있느냐고 물었다. 역사학자 에마누엘 링겔블룸*과 그가 도모하는 계획에 대해 어렴풋하게만 들었던 나는 그가 나를 신뢰하고 내 협조를 구한다는 사실에 기분이 좋았다. 당시 그는 이미 지하조직 문서실을 조직하여 관리하고 있었다.

---

* 폴란드의 유명 역사학자(1900~1944). 바르샤바 게토에서 유대인 자조조직을 결성하고 나치 체제하에 있던 유대인들의 삶을 기록으로 남기기 위해 기록 보존서를 만들었다.

소에는 게토의 생활을 기록한 자료라면 무엇이든 수집되어 있었다. 예를 들어 공고문, 포스터, 일기장, 회보, 차표, 통계, 불법 간행된 잡지, 학술논문, 문학작품 같은 것들이었는데, 미래의 역사학자들이 이용할 수 있도록 하려는 것이었다. 폴란드 지하조직과 런던에 설치된 폴란드 망명정부에 보내는 보고서도 그 자료들을 토대로 작성되었다. '유대회'와 독일 관청 간에 오가는 서신이 그 문서실에 큰 가치가 있음은 두말할 것도 없었다. 나는 중요한 편지들과 보고서들은 전부 복사본을 만들어 '유대회' 비서실에서 근무하는 링겔블룸의 동료에게 전해주는 임무를 맡았다.

문서는 모두 열 개의 금속 보관함과 두 개의 우유통에 담아 각기 다른 세 군데 장소에 은닉해놓았다. 전쟁이 끝난 후 그 세 곳 가운데 두 곳에 있던 문서들만 발견되었고 나머지 하나는 분실된 것으로 추정되었다. 링겔블룸은 1944년 가족과 함께 바르샤바의 나치 친위대에 발각되어 지금은 사라진 게토 내의 폐건물에서 총살당했다.

그는 조용하고 끈기 있는 조직책, 냉철한 역사학자이자 열정적인 문서 수집가였으며, 놀랍도록 자제력이 강하고 목적의식 또한 확고한 사람이었다. 그는 언제나 매우 급하게 서둘렀다. 자주는 아니었지만 우리가 나눈 대화는 조용하고 간결하고 지극히 사무적이었다. 과묵했던 지식인 에마누엘 링겔블룸. 곰곰 생각해보니 나는 그를 피상적으로만 알고 있었다. 그러나 그의 모습은 아직도 내 앞에 있는 듯 눈에 선하다. 단 두 마디 말로 메시지를 전했던 저 평범한 미치광이의 경고하는 외침 소리가 아직도 귀에 쟁쟁한 것처럼.

음악이 사랑의 양식이라면

바르샤바 게토에 거주하는 유대인들은 잔혹한 일을 겪으면서 고통과 학대를 당했다. 그러나 아름답고 멋진 일도 있었다. 유대인들은 고난과 고통을 당했지만 사랑도 했다. 그런데 그 사랑이란 게 당시에는 조금 특별났다. 슈니츨러의 한 작품에서 빈 출신의 여자가 이렇게 말한다. "내 곁에 있어주세요. 우리가 내일도 살아 있을지 누가 알겠어요." 게토에서의 사랑을 매일같이 매순간 짓누른 것은 우리가 내일도 살아 있을까 하는 의문이었다. 그곳에서의 사랑은 불안하고, 재빠르고, 초조하고, 성급했다. 그건 굶주림과 발진티푸스의 시대, 끔찍한 공포와 처절한 굴욕의 시대에 나누는 사랑이었다.

특히 젊은이들이 서로를 갈망했다. 그들은 연인 곁에서 보호와 포근함과 도움을 갈구했고, 몇 시간이나마, 아니 단 몇 분이나마 행복을 느낄 수 있음에 감사했다. 나도 알고 있다. 괴테의 작중인물 클레르헨이 노래하는 끈질긴 고뇌는 사랑의 속성이다. 사랑에는 늘 두려움이 따라다닌다. 의식 위로 떠오르기보다는 의식 저 밑바닥에 더 많이 가라앉아 있는 두려움, 그것은 무엇에도 비길 수 없는 불가사의한 감정이 어느 날 불쑥 찾아왔듯이 또 어느 땐가 갑작스레 끝나버릴지 모른다는 두려움이다.

그런데 당시 연인들을 혼란스럽게 만든 건 사랑의 덧없음이 아니라 끊임없이 쉬지 않고 가해오던 독일인의 위협이었다. 제아무리 아름다운 순간이

[illegible] 취한 병사들이 어느 때고 느닷없이 개머리판으로 현관문을 두드리거나 당장 문을 때려 부술 수 있다는 각오를 해야 했다. 우리는 그들이 언제 어느 때 야비하게 방으로 밀고 들어올지 몰라 두려움에 떨었다. 그러나 운이 좋을 때는 사랑하는 사람과 한두 시간을 함께 보냈다.

그럼 평화시이건 전시이건 젊은이들의 밀회를 자주 힘들게 하고 그들을 시달리게 만든 흔하디흔한 두려움, 즉 임신에 대한 불안은 없었을까? 게토에서는 아무도 아이를 갖고 싶어하지 않았다. 그러나 늘 피임에 성공하는 것만은 아니었고, 그런대로 사용되던 피임 도구는 걸핏하면 찢어지기 일쑤였다. 그 사실을 알았을 때는 이미 엎질러진 물이나 다름없었다. 하지만 임신중절을 하기는 어렵지 않았다. 게토에 많이 있던 산부인과 의사들은 과도한 진료비를 요구하지 않고 기꺼이 도움을 주었다.

토지아와 내가 처한 상황은 그리 열악하지 않았다. 그녀는 가구 딸린 방에서 어머니와 함께 살았다. 그녀의 어머니는 오후를 대개 집 밖에서 보내는 아주 좋은 습관을 가지고 있었다. 덕분에 우리는 거기서 단둘이 있을 수 있었다. 우리는 서로 지나온 삶에 대해 이야기했고(겨우 스물 살밖에 안 됐지만 할 얘기는 많았다), 미츠키에비치와 투빔과 괴테와 하이네의 시를 읽었다. 그녀는 내가 폴란드 시를 더 많이 알기를 원했고, 나는 그녀를 독일 시로 유혹하여 전향시키려고 했다. 이런 식으로 우리는 서로의 마음을 얻었다. 이따금 우리는 독서를 잠시 중단했다. 프로이트가 한 말인지도 모르면서 우리는 '사랑과 죽음의 양극성'을 알게 되었고, 행복과 불행은 서로 뒤섞여 있다는 것을 배웠다. 사랑은 우리의 두려움을, 독일인에 대한 두려움을 마비시키는 마취제였다.

그녀 집에서 나와 통금 전에 집에 도착하려고 서둘러 발걸음을 옮길 때면 나는 궁핍과 고통에 에워싸인 현실에서 방금 경험한 것들만 생각했다. "꿈이야, 현실일 리가 없어." 〈장미의 기사〉 마지막 대목에서 소피가 부르는 노래가 머릿속에 떠올랐다. 나는 주변에서 무슨 일이 벌어지는지 신경도 쓰지 않고 그 가사를 몇 번이고 반복하다가 나중에는 속으로 나 자신에게 들려주었다.

그 순간 갑자기 내가 걷던 길에서 시신이 눈에 들어왔다. 굶어죽은 걸인인 것 같았다. 인도 위에 놓여 있던 시신 곁에는 젊다고만은 할 수 없는 남자가 누더기를 걸친 채 황혼녘에 서 있었다. 그는 죽은 사람을 바라보며 알아들을 수 없는 말을 했다. 아니, 중얼거렸다고 해야 정확하다. 유대인들이 죽은 자에게 바치는 기도인 카디시인 게 틀림없었다. 행인들은 도망치듯 그 옆을 재빨리 지나갔다. 나도 황급히 그들을 따라 계속 걸으면서 호프만스탈의 대사를 머릿속에 떠올렸다. 그러다가 몸을 돌려 뒤를 돌아보았다. 시신은 그사이 신문지로 덮여 있었다. 아주 가까운 곳에서 총소리와 고함 소리가 들렸다. 무서웠다.

나중에 침대에 누워 나는 끊이지 않는 독일군의 총소리를 들으며 토지아를 생각하고 내가 그녀에게 읽어준 독일 시를 생각했다. 그 시들은 날마다 우리를 위협하던 것들을 잊게 했고, 잔인무도한 일상에서 시시각각 다가오는 위험을 잊게 했다. 그러나 시보다 더 강렬하고 절절하게 우리를 사로잡고, 저 깊숙한 곳까지 마음을 헤집어놓은 것이 있었다. 음악이었다.

유대인들, 특히 동유럽 국가에서 살던 유대인들은 언제나 음악성이 뛰어난 민족으로 통했다. 바르샤바 필하모닉, 바르샤바 오페라단, 폴란드 방송교향악단, 수많은 대중음악과 무용음악과 재즈음악 악단 등, 곳곳에서 적지 않은 유대인들이 활동했다. 그 사람들이 이제는 일자리를 잃고 모두 게토에 들어왔다. 그들은 대부분 저축한 돈도 없었기 때문에 하루하루 지날수록 더 궁핍하게 살았다.

그 무렵 나는 전혀 생각지도 않은 선율을 듣게 되었다. 어느 건물 뜰에서 베토벤의 바이올린 협주곡이 흘러나왔다. 또다른 건물 마당에서는 모차르트의 클라리넷 협주곡 소리가 들렸다. 물론 둘 다 오케스트라 반주는 없었다. 아직도 그녀의 모습이 떠오른다. 백발의 그 여성은 게토 거리에서 볼 거라고는 꿈에도 생각하지 못한 악기를 연주하고 있었다. 그녀는 머리를 꼿꼿이 세우고 하프로 프랑스 음악을 선사했다. 드뷔시나 라벨의 곡이었을 것이다. 지나가던 행인들이 어리둥절해하며 멈춰 섰다. 몇 사람은 지폐나 동전을 던져주었다.

얼마 후 아이디어가 풍부한 음악가 몇 명이 모여 게토에서도 교향악단을 조직할 수 있지 않을까 궁리했다. 아름다운 음악에 봉사하기 위해서였을까? 혹은 사람들에게 기쁨과 즐거움을 안겨주려고? 아니다. 목적은 다른 데 있었다. 그들은 굶주림을 달래기 위해 돈을 벌려고 했다. 머잖아 게토에서도 아무 문제 없이 대형 관현악단을 조직할 수 있었다. 실력이 뛰어난 바이올린 주자와 비올라 주자, 첼로 주자와 콘트라베이스 주자는 부족하지 않았다. 문제는 관악기 주자였다. 음악가들은 게토의 유일한(더구나 평판이 좋지 않은) 신문과 벽보에 광고를 내고 적절한 후보를 물색했다. 그러자 재즈악단과 무용악단에서 연주하던 트럼펫, 트롬본, 클라리넷, 타악기 주자들이 지원했다. 교향악단에서는 활동한 적이 없는데도 그들은 슈베르트나 차이콥스키의 곡을 악보만 보고도 나무랄 데 없이 척척 연주했다.

하지만 아직도 관악기 주자가 세 명 더 필요했다. 얼마 안 있어 호른과 오보에와 바순 주자를 급히 구한다는 조금 별난 광고가 나왔지만 지원자가 없었다. 교향곡을 연주하려면 다른 방법을 써야 했다. 오보에 파트를 클라리넷 주자가 연주하고, 바순 파트는 베이스 색소폰 주자가 맡았는데 제법 듣기에 괜찮았다. 가장 큰 문제는 호른이었다. 이번에는 대단히 의심스러운 해법이 동원되었다. 테너 색소폰으로 대체한 것이다. 지휘자 문제는 걱정하지 않아도 되었다. 게토에는 네 명의 지휘자가 있었는데 모두 상당한 실력의 소유자들이었으며 그중 한 사람은 기량이 대단히 뛰어난 음악가였다.

1890년 바르샤바에서 태어난 지몬 풀만은 상트페테르부르크 음악원에서 유명 바이올리니스트 레오폴트 아우어를 사사한 뒤 빈을 비롯한 여러 도시에서 바이올리니스트, 실내악 주자, 지휘자로 활동했다. 그가 크게 성공하지 못한 이유는 서들직으로 밀고 나가는 처세술을 배우지 못한 때문일지 모른다. 그는 1939년 여름 가족을 만나러 바르샤바에 왔다가 제때 폴란드를 떠날 기회를 놓쳤다. 결국 게토에 남은 그는 이곳에서 활동하는 음악가들 중 가장 뛰어난 사람으로 인정받았다.

그는 범상치 않은 사람이었다. 자의식이 강하고 야심이 있었지만, 조용하고 내성적이면서 언제나 공손했다. 오케스트라가 연습할 때 자주 가본 나는 그가 초조하게 굴거나 큰 소리로 말하는 모습을 보지 못했다. 브루노 발터는 틀린 음을 낸 플루트 주자를 이런 말로 가르쳤다고 한다. "여기에선 파샤프가 좋겠어요." 풀만도 이런 유형의 사람이었다. 그는 이런 끔찍한 여건에서도 좋은 음악을 훌륭히 연주하는 것이 유대인의 도의적 의무라고 생각했다. 그는 허투루 하는 연주를 허용하지 않았다. 어떤 변명도 그에겐 통하지 않았다. 연습도 오랫동안 철저하게 했다. 이렇게 함으로써 대충대충 넘어가던 다른 지휘자들도—누가 이들을 나무라겠는가?—그를 좇아 쉬지 않고 연주하여 높은 수준에 오르려고 애를 썼다.

오케스트라는 현악 파트가 관악 파트보다 훨씬 뛰어났기 때문에 풀만은 당연히 현악 위주의 음악에 집중했다. 그들은 비발디, 보케리니, 바흐, 모차르트부터 차이콥스키의 〈현을 위한 세레나데〉까지 연주했다. 걱정거리는 늘 끊이지 않았다. 어떤 작품의 파트보는 있지만 총보가 없는 경우가 있었고, 총보는 있는데 특정 파트보가 없을 때도 있었다. 그러면 하는 수 없이 손으로 베껴 적어야 했다. 하지만 보수도 없이 이 일을 자진해서 하겠다고 나서는 사람들이 끊이지 않았다.

특히 인기가 많았던 작품은 브람스의 네 손을 위한 왈츠 가운데 다섯 곡이었다. 게토에서 살던 작곡가 테오도어 라이스는 악보를 구하기 힘들다는 풀만의 하소연을 듣고 브람스의 왈츠를 현악 연주용으로 편곡했다. 편곡된 작품의 초연은 일대 성공을 거두었다. 라이스는 지휘자로부터 단 위로 올라와달라는 요청을 받았지만 나가려 하지 않았다. 사람들은 곧 이것이 그런 상황에서 으레 한 번쯤 해보는 제스처가 아니라는 사실을 알게 되었다. 결국 라이스는 무대 위로 올라오긴 했지만 급하고 어색하게 인사를 하고는 재빨리 관중석으로 사라졌다. 그는 재킷이 없었는지 다 해진 외투만 걸치고 있었는데, 이런 자신의 행색이 부끄러웠던 것이다.

풀만은 뛰어난 기량의 현악 오케스트라를 데리고 현악 4중주와 5중주 위주의 실내악 작품도 연주했다. 특히 훌륭했던 연주는 베토벤의 대 푸가 op. 133, 브루크너의 현악 5중주 중 아디지오, 베르디의 현악 4중주였다. 이따금 불평을 하는 연주자도 있었다. 자신들은 전통적인 레퍼토리가 더 좋은데도 풀만이 너무 많은 걸 요구한다는 것이었다. 하지만 결국 그들은 양보를 했다. 그리고 양보한 것을 후회하지 않았다.

그때 단원들이 얼마나 진지하게 연습에 몰두하고 얼마나 열정적으로 음악을 했는지는 상상도 하기 힘들다. 1988년 독일 제2공영방송ZDF 방송국에서 〈문학 4중주〉를 준비하던 중에 관계자들은 어떤 곡을 프로그램 시작과 종료 음악으로 했으면 좋겠느냐고 내게 물었다. 나는 베토벤의 현악 4중주 op. 59 3번 다장조 중 4악장의 시작 부분으로 하자고 했다. 게토에서 현악 오케스트라가 자주, 특히 훌륭하게 연주한 곡이었다. 〈문학 4중주〉를 진행하며 이 소절을 들을 때마다 나는 게토에서 이 곡을 연주했던 음악가들을 생각했다. 그들은 모두 가스실에서 사망했다.

현악을 위한 작품이 전면에 포진하긴 했으나, 갖은 어려움에도 불구하고 교향곡 역시 소홀히 하지 않았다. 오케스트라는 하이든, 모차르트, 베토벤, 슈베르트, 베버, 멘델스존바르톨디, 슈만, 브람스의 교향곡을 연주했다. 세계 어디서나 그렇듯이 독일음악이 주축이 된 것이다. 물론 베를리오즈나 차이콥스키, 그리그, 드보르자크도 빠지지 않았다. 간단히 말하면, 연주자를 구할 수 없는 현대음악을 제외하고는 가능한 작품은 무엇이든 다 연주했다. 정말 무엇이든 다 했을까?

나치군이 바르샤바에 들어오고 몇 달 지나지 않아 독일 당국은 프레데리크 쇼팽 기념상을 폭파했다. 1940년 6월 3일에는 폴란드 총독부 선전부가 폴란드의 민족적 전통과 관련 있는 음악작품의 연주를 금지했다. 이 금지령에 서명한 사람은 한스 프랑크 총독의 대리인이자 총독부 차관이던 요제프 뷜러였다. 얼마 후 쇼팽의 작품 일체가 금지곡 명단에 있다는 사실이 밝혀졌다.

금지령은 1942년 4월에 제한적으로 풀려 쇼팽 그리고 폴란드에서 매우 인기가 많던 작곡가 미에치스와프 카를로비치(1876~1909)의 일부 작품이 다시 연주되었다. 그러나 '유대인 거주 지역'에는 이 해제령이 해당되지 않는다고 분명하게 명시되어 있었다. 따라서 게토에서는 전과 다름없이 쇼팽의 음악은 한 소절도 울려나오지 않았다. 이따금 몇 명의 젊은 피아니스트들이 너무나 경솔하게 쇼팽의 덜 알려진 음악을 앙코르 곡으로 연주하고는 그것이 누구의 음악이냐, 혹 쇼팽의 곡이 아니냐는 질문에 비웃음을 띠며 로베르트 슈만이라고 대답했다.

초창기에 음악회가 열린 곳은 '멜로디 궁'이란 이름의 카바레였다. 춤을 추며 쇼를 관람하던 곳으로, 그곳 건물이 우연히 게토 담장과 맞닿아 있었다. 나중에는 더 크고 좋은 현대식 극장을 찾아내 연주회장으로 사용했다. 건물이 제2차 세계대전 직전에 완공되어 개장을 하지 못했던 극장이었다. '페미나'라는 이름의 그 극장에는 900석의 좌석이 있었는데 다행히 홀을 연주회 용도에 맞는 구조로 재빨리 쉽게 바꿀 수 있었다.

실내음악 연주회와—게토에 있던 세 개의 현악 4중주단은 모두 훌륭한 연주 실력을 보였다—독주회를 열 때는 규모가 작은 곳을 이용했다. 그중 한 곳이 빈민 급식소였는데, (형편없는) 수프가 제공된 직후 바로 연주회가 열렸다. 홀에서는 양배추와 무 냄새가 났지만 사람들은 신경쓰지 않고 슈베르트나 브람스의 음악을 들었다. 겨울에는 난방을 자주 하지 않아 관객과 연주자 모두 외투를 입고 앉아 있었으며, 전기가 나가면 카바이드등을 켜고 연주했다.

전혀 다른 종류의 어려움도 있었다. 정도의 차이는 있었지만 그때 우리는 모두 배를 곯았다. 바이올리니스트나 첼리스트는 배가 고파도 바이올린과 첼로를 훌륭히 연주하는 데 지장이 없었다. 그러나 연주에 더 많은 힘이 드는 트럼펫과 트롬본 주자들은 그렇지 못했다. 굶주림 때문에 관악기 주자들이 제 기량을 발휘하지 못한 것이다. 그에 따라 게토의 부유한 의사 한 명이 음악회가 열리기 전에(대부분 정오에 열렸다) 오케스트라 연주자 전원에게 아침식사를 제공했다. 덕분에 관악기 주자들은 훨씬 나은 연주를 할 수 있었고 현악기 주자들은 좋은 컨디션을 유지할 수 있었다.

게토에는 이미 전쟁 전에 폴란드에서 인정받은 독주자도 있었지만 그 당시 막 데뷔한 젊은 바이올리니스트, 피아니스트, 성악가도 있었다. 지금 생각나는 사람 중에 리하르트 슈피라라는 피아니스트가 있다. 당시 열아홉인가 스무 살이었던 그는 대단히 똑똑하고 호감이 가는 사람이었다. 그는 게토에서 베토벤의 피아노 협주곡 내림 마장조를 처음으로 오케스트라와 협연했다. 그의 스승은 폴란드에서 몇 손가락 안에 드는 피아노 교육자로 당시 바르샤바에 거주하고 있었지만 유대인이 아니었기에 당연히 게토 바깥에서 살았다. 따라서 슈피라는 2킬로미터도 안 떨어진 곳에 살면서 스승을 찾아갈 수 없었고, 스승 역시 제자가 있는 곳에 올 수 없었다. 당시 게토에는 많지는 않아도 아직 전화가 있었는데 이것이 문제를 해결해주었다. 슈피라는 스승에게 전화를 걸어 협주곡 전곡을 연주하고 몇 시간에 걸쳐 대화를 나누면서 자세히 가르침을 받았다. 제자의 승리는 게토 담장도 막아내지 못한 스승의 승리였다.

게토 음악계에서 최고의 성공과 인기를 누린 인물은 소녀의 순수함을 간직한 흑발의 젊은 소프라노 마리지아 아이젠슈타트였다. 전쟁 전에 무명이었던 그녀는 당시 막 스무 살을 넘긴 나이였다. 아름답고 매력적인 그녀는 글루크와 모차르트의 오페라 아리아와 슈만과 브람스의 가곡으로 데뷔한 뒤, 곧 생활비를 벌기 위해 카페(커피는 팔지 않았지만 음악을 연주하는 카페는 왜 있었나)에서 요한 슈트라우스와 프란츠 레하르의 노래를 불렀다. 관객들은 날마다 사람들로 넘쳐나는 카페에 앉아 그녀의 노래에 열광했다. 평론도 찬사를 쏟아냈다.

평론이 있었다고? 그렇다. 독일 당국이 허가하여 바르샤바 게토에서 1주일에 두 번 발행되던 폴란드 신문 『가제타 치도프스카』는 연주회 평도 실었다. 음악평론가 빅토르 하르트는 마리지아 아이젠슈타트의 노래가 "최고의 예술성과 절제와 단순미를 보여주면서 단시일 내에 탁월한 경지에 이르렀다"고 찬사를 보냈다. 아이젠슈타트에게 열광한 빅토르 하르트는 누구였을까? 지금 현대사 책에는 그의 이름이 등장할 경우 이름 옆에 괄호를 치고 물음표를 넣거나 "미확인 인물"이라고 적어놓았다. 독자에게 진실을 밝히자면, 그건 바로 나였다.

『가제타 치도프스카』에서 문예면을 담당하던 아는 사람이 있었다. 그는 내가 음악에 관심이 있다는 것을 알고 평론가를 한 사람 추천해줄 수 있느냐고 물었다. 나는 그에게 정식으로 교육받은 바이올리니스트이면서 음악에 해박했던 조용한 남자를 추천했다. 그가 음악평을 서너 편 쓴 후 병을 앓으면서 건강이 나빠지자 신문사에서는 나에게 대신 평을 써달라고 부탁했다. 아직 한 번도 평론을 발표해본 적이 없었기에 나는 망설였다. 겁은 났지만 부탁받은 일은 마음에 들었다. 그래서 일단 2, 3주 동안만 쓰겠다고 했다. 그러나 당초 생각과 달리, 게토에서 연주회가 열리지 않을 때까지 나는 정기적으로 그 신문에 평을 쓰게 되었다. 물론 그 일을 맡으면서 무조건 기분이 좋았던 것만은 아니다. 내가 전쟁 전에 대부분 라디오나 레코드판으로 음악을 많이 들었고 음악사에 대한 지식도 해박하긴 했지만, 노련한 예술가들, 게다가 대부분 오래전부터 인정받고 있던 음악가들을 공개적으로 비판한다는 것은—그 와중에 자책을 했다고는 해도—지나친, 아니 정확히 말하면 주제넘는 일이었다. 그걸 알면서도 나는 연주평을 썼다. 지금 그때 썼던 기사를 읽을 때면 부끄러움이 앞선다. 문체 때문이 아니다. 물론—믿기 어렵셨시반—베토벤을 '거인'이라 부르고 슈베르트를 '대가'라고 지칭하는 식으로 글을 쓰기는 했지만 말이다. 이런 글을 읽으면 지금도 얼굴이 화끈거린다. 또 스무 살의 평론가가 지나친 찬사와 경탄을 늘어놓았다는 사실이 부끄러운 것도 아니다. 나는 왜 이 사람 저 사람의 흠을 잡고 비판을 가했을까? 나는 왜 성실하게 노력하던 음악가들에게 고통을 안겨주었을까?

내가 경솔하게 글을 쓰지 않았다고 자신 있게 말할 수 있다는 사실, 그리고 잠시 동안 대신 평을 써주기로 했던 그 전문가에게 정기적으로 조언을 받았다는 사실이 일부나마 내 마음의 짐을 덜어줄지도 모르겠다. 하지만 그 유대인 음악가들이 연주회 직후에 겪은 일을 떠올리면 그때 내가 내린 회의적이고 부정적인 평가 때문에 아직도 마음이 아프다. 지금 생각하면 이해가 되지 않는 발언들도 있다. 일례로 하이든의 〈놀람 교향곡〉에 대해 정중한 어조로 평을 쓰면서 "'유대인 교향악단'과는 무관한 이유 때문에 끝까지 연주되지 못했다"고 적었다. 이 문장으로 나는 무엇을 암시하려 했고 무엇을 말하고 싶지 않았던 것일까? 조명이 제대로 작동하지 않았나? 아니면 독일인들이 들이닥쳐 우리를 해산시켰던 걸까? 그건 아닐 것이다. 만일 그랬다면 지금 생각나지 않을 리가 없으니까.

실제로 독일인들이 들이닥쳤던 어느 음악회는 지금도 분명하게 기억난다. 모차르트 교향곡 40번 사단조가 연주되던 날이었다. 4악장 도입부가 진행되던 중 평소에 보지 못하던 일이 일어났다. 제복을 입은 두세 명의 독일인이 연주회장에 들어온 것이다. 그때까지 한 번도 없었던 일이다. 사람들이 모두 얼어붙었다. 지휘자도 독일인들을 보았지만 지휘를 계속했다. 나는 이 사단조 교향곡의 마지막 악장을 바이올린과 비올라가 그렇게 분명한 트레몰로로 연주하는 것을 들어본 적이 없다. 그건 지휘자의 의도가 아니라 연주자들의 두려움이 나타난 결과였다. 독일인들이 무슨 짓을 저지를지 알 수 없었으니 말이다. 당장 "나가, 나가" 하며 소리를 지를까? 우리를 죄다 두들겨팰까? 유대인이 음악을 하는 모습을 불쾌하게 여겼을까? 혹시 무기까지 사용하지는 않을까?

그들은 거기에 선 채 처음에는 아무것도 하지 않았다. 오케스트라는 교향곡을 끝까지 연주했다. 관객은 불안한 마음으로 머뭇거리며 박수를 보냈다. 그 순간 전혀 예상치 못한 일, 아니 이해할 수 없는 일이 벌어졌다. 제복을 입은 두세 명의 남자는 소리를 지르지도, 총을 쏘지도 않았다. 그들은 박수를 쳤다. 게다가 친절하게 손까지 흔들었다. 그리고 사라졌다. 어느 한 사람 건드리지 않은 채. 그들은 독일인이었지만, 문명인처럼 행동했다. 그후 이 사건은 게토에서 몇 주 동안이나 사람들 입에 오르내렸다.

음악회에는 언제나 많은 사람들이 찾아왔다. 교향악단 연주회는 관객들로 넘쳐났다. 궁핍함에 대한 저항이었을까? 아니다. 굶주리고 비탄에 빠진 이들을 연주회장으로 이끈 건 저항이 아니라 위로와 감동을 받으려는 마음이었다. 진부하지만 여기에서만큼은 진실을 나타내는 표현이다. 끊임없이 목숨을 걱정해야 하고 언제든지 불려갈 각오로 근근이 버티던 그들은 한두 시간이나마 보호와 피난처를 찾아 나섰고, 안도감이라는 것을 맛보기 위해, 어쩌면 행복감을 느끼기 위해 연주회장으로 몰려든 것이다. 그들은 분명히 현실과 대립되는 다른 세상에 의지하며 살고 있었다.

그러니 베토벤의 작품 중에서 〈영웅〉이나 교향곡 5번이나 7번 외에 〈전원〉이 관객의 인기를 끌었던 것은 우연이 아니다. 풀밭도 없고 숲도 없고 시내나 수풀도 없는 곳에서 평소엔 베토벤의 표제음악에 관심이 없던 많은 사람들이 '전원에 도착하여 기지개를 켜는 상쾌한 느낌'과 그 밖의 목가적인 풍경에 감사한 마음으로 귀를 기울였다. 그들이 감사해한 이유는 그 목가적인 풍경이 바로 자신들이 사는 환경과 거리가 멀었기 때문이다.

당시에 연주회장으로 몰려들었던 사람들은 내가 보기에 버림받고 외로운 이들이었고, 특히 연인들이 많았다. 서로 마음이 끌려 사랑하게 된 그들은 음악을 통해 그 마음을 다시 한번 확인했다. 그리고 그들은 셰익스피어를 인용했다. "음악이 사랑의 양식이라면……" 어느 날, 특별히 아름다웠던 연주회가 끝난 뒤 나는 토지아에게, 혹시 내가 먼저 죽거든 베토벤 교향곡 7번의 2악장 알레그레토를 들을 때마다 나를 생각하겠다는 약속을 해달라고 부탁했다. 토지아는 느닷없이 나를 덮친 감상적인 충동에 동의하지 않았다. 나는 조금 놀랐다. 그녀는 그럴 수는 없다면서, 2악장만이 아니라 우리가 여기에서 함께 감상한 모든 음악을 들을 때마다 나를 생각할 수밖에 없을 거라고 말했다. 우리는 이렇게 감상적인 이야기를 주고받았다.

연인들은 음악에서 자신의 모습을 발견했다. 그건 나이가 적든 많든 똑같았다. 문학에서는 어땠을까? 게토에도 문학 행사는 있었지만 연주회보다는 적었다. 찾아오는 사람도 대개 많지 않았다. 진부하긴 해도, 극한 상황에 처한 사람들에게는 언어보다 음악이 더 직접적으로 와닿는다는 말, 음악이 더 강하게 감정을 일깨우고 상상력을 자극한다는 말은 맞는 듯하다.

이 행복도 오래가지 않았다. 오케스트라 음악회는 곧 독일 당국에 의해 저지되었다. 유대인 거주 지역 관리자가 연주회 수준을 더 두고 볼 수 없었던 것일까? '유대회' 대표에게 보낸 서한에는, 게토에서 '아리안' 작곡가들의 작품 연주는 허락할 수 없으므로 1942년 4월 15일부터 두 달 동안 오케스트라 음악회를 금지한다고 적혀 있었다. 독주회는 소규모로 아직 열 수 있었지만 유대인 작곡가의 작품으로 제한되었다. 이제 음악가들은 주로 멘델스존, 오펜바흐, 마이어베어, 안톤 루빈시테인의 작품을 연주했으며, 임시방편으로 파울 아브라함, 레오 팔, 에메리히 칼만 등의 오페레타 작곡가들도 프로그램에 포함시켰다.

나는 음악평론을 그만두고 그 상황에서 훨씬 중요하다고 생각되는 일에 관심을 돌려 '유대회' 본부에 있는 대형 홀에서 독주회와 실내악 연주회를 계획했다. 연주회 전반부에서는 피아니스트나 현악 4중주단이 연주하고, 후반부에는 여성 성악가나 바이올리니스트가 출연했다. 입장권은 게토에서 열린 다른 음악회들과 마찬가지로 아주 저렴했다. 연주회 수익은 전액 연주자들에게 돌아갔다.

그러나 음악을 충분히 들을 수 없었던 우리 젊은이들은 그것만으로 성에 차지 않았다. 그래서 우리는 정기 음반 감상회를 열었다. 음반은 많지도 않았을뿐더러 거의 긁힌 자국이 있는 오래된 셸락 레코드판이었지만, 음악에 목말라하는 우리에게는 전혀 문제가 되지 않았다. 좁은 집에서 열다섯, 많게는 열여덟 명까지 만나 자리가 되는 대로 방 안에 자리를 잡고 앉았다. 원래 이런 모임은 금지되어 있었지만 우리는 대담하게 그런 것에 신경쓰지 않았다. 모인 사람들은 각자 바흐의 모음곡이나 파르티타, 모차르트의 바이올린 협주곡, 베토벤의 소나타나 브람스의 교향곡 등 음반을 하나씩 들고 왔다.

지금 생각하니 그 암울했던 시절만큼 음악이 우리의 인생 전체에서 큰 역할을 했던 때도 없는 것 같다. 배를 곯으며 두려움이 체화되어 있었는데도 어떻게 우리는 거기에 상관없이 모차르트에 열광하고 감격에 빠졌던 것일까? 아니면 바로 그 때문에 음악에 몰입했을까? 어찌되었든, 바르샤바의 게토에서 들은 모차르트가 훨씬 아름다웠다는 것만큼은 진심이다. 그때는 내 인생에서 독일음악이 독일문학을 밀어낸 시절이었다. 하지만 곧 상황이 역전되었다. 이제 우리에게 음악은 사라지고 그 자리에 전혀 예상치 않게 문학이 들어왔다. 그것도 독일문학이.

빈 왈츠에 실린 사형선고

오케스트라 연주회 금지령은 음악가들과 음악 애호가들의 마음을 어둡게 하고 더 나아가 불안하게 만들었다. 하지만 얼마 후 드러났듯이, 비교적 위협적이지 않았던 그 상황은—어차피 주민들 대다수는 연주회에 관심이 없었다—결코 우연으로 치부할 수 없을 정도로 동시에 발생한 여러 사건과 조치와 소문의 하나였다. 전부 1942년 봄에 일어난 그 사건들은 게토 환경의 계획적이고 전반적인 변화 조짐을 보여주고 있었다.

3월쯤이었을 것이다. 그때 나는 독일인들이 폴란드 어딘가에서 유대인들을 좁은 공간에 몰아넣고 자동차 배기가스로 죽였다는 이야기를 처음으로 들었다. 믿을 수가 없었다. 내가 아는 사람 중에서도 그런 일이 가능할 거라고 여기는 사람은 아무도 없었다. 게토 주민은 날이 갈수록 증가했다. 새로 온 사람들은 바르샤바 다른 지역에서 살다가 이주한, 더 정확히 말하면 내쫓긴 유대인들, 그리고 베를린과 하노버와 프라하에서 차에 실려 온 독일 및 체코계 유대인들이었다. 게토 경계선이 변경되면서 출입구도 일부가 폐쇄되었다.

4월 17일 야밤에는 제복을 입은 독일인들이 명단을 들고 와 53명의 유대인을 집에서 끌어낸 뒤 곧바로 게토 정문 입구나 집 근처에서 등 뒤에서 총을 쏘아 죽였다. 총살된 사람들은 대부분 지하조직에 몸담고 있던 정치적인 활동가로서 만일 저항운동이 발생할 경우에는 지도자로 활약할 만한 사람들이었다. 1942년 5월과 6월에도 테러 행위가 일어났다. 매일 밤 주로 남자 유대인들이 체포되어 즉시 사살되었는데, 이번에는 대부분 지식인들이라는 게 두드러진 점이었고 그중에는 의사들도 많았다. 게토 주민들은 공포로 몸이 얼어붙었다.

6월 초에는 다시 독일 영화 촬영 팀이 나타나 연출된 장면을 수도 없이 찍어 갔다. 외모가 뛰어나고 차림새가 괜찮은 젊은 유대인 여자들이 길거리에서 체포되어 유대회 본부 건물로 끌려갔다. 그들은 거기에서 옷을 벗고 음란한 포즈와 행위를 하도록 강요받았다. 촬영 팀이 그런 장면을 찍으라는 임무를 받았는지, 아니면 그들의 사적인 쾌락을 위한 것인지는 알 길이 없었다.

서로 상반되는 소문들이 무성하게 떠다닌 것도 그때쯤이었다. 그중 하나는 폴란드 총독 정부가 게토에 12만 명의 유대인을 남겨놓고 주로 군복을 생산하는 나치군 작업을 돕게 하기로 결정했다는 소문이었다. 한편에서는 독일 관리들, 특히 유대인 거주 지역을 관할하던 책임자들이 그 자리를 내놓고 전방으로 배치되지 않으려고 게토 유지에 관심을 보인다는 말도 떠다녔다. 사람들은 이런 소문을 전하며 위안을 삼았다. 그러다가 결국엔 아무도 그 낙관적인 소문을 믿지 않게 되면서 공포가 확산되고 파국에 대한 두려움이 자라났다.

6월 중순, 유대회 위원장 아담 체르니아코프는 유대인 거주 지역 관리자인 하인츠 아우어스발트에게 수차례에 걸쳐 항의했다. 수많은 아동들이(약 2000명) 식량을 밀수하고 바르샤바 거리에서 구걸하다가 폴란드 경찰에게 잡혀 게토로 이송되었기 때문이다. 아이들은 감금되어 있었다. 체르니아코프는 아우어스발트로부터 그의 부인이 곧 아이를 낳는다는 이야기를 듣고, 그 상황을 이용해 체포된 유대인 아동들을 구할 수 있겠다고 생각했다.

그는 감동을 자아낼 만한 아이디어를 떠올렸다. 당시 토지아는 그래픽 디

자이너로 일하면서 자신의 작품을 여러 번 유대회 비서를 통해 체르니아코프에게 보낸 적이 있었다. 체르니아코프는 아우어스발트를 위해 특별 선물을 제작해달라고 토지아에게 부탁했다. 곧 태어날 아이를 위한 앨범이었다. 갖가지 스케치와 그림을 넣되, 무엇보다 아이가 태어나서 처음 이가 나고 첫돌을 맞고 처음 학교에 입학하는 등, 각 성장 단계들을 보여주는 사진이 들어갈 자리가 있어야 한다고 했다.

토지아는 번개처럼 재빨리 앨범을 만들어야 했다. 밤낮으로 작업한 끝에 그녀는 두 사람의 면담일인 7월 20일 직전에 앨범을 완성했다. 체르니아코프는 무척 만족스러워했고 아우어스발트는 감동했다고 한다. 그는 일정 조건이 충족되면 체포된 아이들을 단시일 내에 석방하겠다고 약속했다. 토지아는 자신이 그 많은 아이들을 구하는 데 보탬이 되었다는 사실에 기뻐했다. 그러나 아우어스발트는 곧 아무 일도 하지 못했다. 나치 친위대에 의해 파면된 것이다. 토지아의 화려한 앨범에 성장 과정이 담길 예정이던 그의 아기도 태어난 직후 사망했다.

7월 20일과 21일, 게토에 최악의 사태가 임박했다는 것을 누구나 알고 있었다. 거리에서 수많은 사람들이 사살되고 인질로 잡혀갔다. 그중에는 '유대회' 위원들과 부서장들도 있었다. '유대회' 위원들은 게토에서 고위직에 있는 사람들이라 주민들이 달가워하지 않았지만 그래도 사람들은 충격에 휩싸였다. 그들은 나치의 난폭한 체포를 불길한 징조로 받아들였다. 담장 안에 사는 사람들은 누구라도 그렇게 끌려갈 수 있었다.

7월 22일 '유대회' 본관 앞으로 승용차 몇 대와 화물차 두 대가 들이닥쳤다. 화물차에 타고 있던 군인들은 독일군 군복을 입고 있었지만 나중에 보니 독일인이 아니라 라트비아, 리투아니아, 우크라이나 사람들이었다. 그들은 건물을 포위했다. 승용차에서 고위 장교를 포함해 약 15명의 나치 친위대원들이 내렸다. 몇 명은 아래에 남고 나머지는 거칠고 신속하게 2층으로 올라갔다. 하지만 그들이 간 곳은 번역 및 통신 사무실이 있던 건물 왼편이 아니라 오른편, 즉 유대회 위원장 집무실 쪽이었다.

건물 전체가 단번에 조용해졌다. 숨막히는 정적이었다. 우리는 또다른 인질들이 체포될 걸로 짐작했다. 실제로 체르니아코프의 부관까지 나타나 방마다 돌아다니며 지시를 내렸다. 지금 건물 안에 있는 모든 '유대회' 위원들은 당장 위원장 집무실로 오라는 것이었다. 얼마 후 부관이 다시 돌아와 부서장들까지 위원장실로 모이라고 했다. 우리는 '유대회' 위원들의 수가 당초 필요했던 인질 수에 미치지 못해서(전날 대부분이 체포되었으니) 그러는 거라고 생각했다.

조금 지나자 부관이 세번째로 모습을 드러냈다. 이번에는 내가 위원장실로 호출되었다. 인질 수를 채우기 위해 이젠 내 차례가 된 것이라고 생각했다. 그런데 그게 아니었다. 어쨌든 나는 여느 때처럼 메모지와 연필 두 자루를 가지고 체르니아코프의 집무실로 향했다. 복도에는 중무장을 한 보초들이 서 있었다. 조금 요란하게 꾸며졌다싶은 체르니아코프의 대형 집무실 문은 평소와 달리 열려 있었다. 체르니아코프는 친위대 고위 장교 몇 사람에게 둘러싸여 책상 안쪽에 서 있었다. 체포된 것일까? 그는 나를 보자 친위대 장교 한 명에게 몸을 돌렸다. 뚱뚱하고 대머리였던 그 장교는 친위대장과 경찰총수가 주로 '박멸 사령부'로 부르던 라인하르트 참모 부대 부대장인 친위대 소령 회플레였다. 체르니아코프는 나를 그에게 소개하며 이렇게 말했다. "이 사람이 가장 유능한 통신원이자 최고의 번역가입니다." 나는 인질로 불려온 게 아니었다.

회플레는 나에게 속기를 할 줄 아느냐고 물었다. 할 줄 모른다고 하자 이번에는 곧 열릴 회의에서 회의록을 작성할 수 있을 만큼 글을 빨리 쓸 수 있겠느냐고 물었다. 나는 짧게 그렇다고 대답했다. 그는 내게 옆에 붙은 회의실에서 대기하라고 명령했다. 긴 장방형 탁자 한쪽에는 회의에서 의장을 맡은 회플레를 포함해 여덟 명의 친위대 장교가 자리를 잡았고, 그 맞은편에는 유대인들이 앉았다. 체르니아코프, 아직 체포되지 않은 대여섯 명의 '유

[illegible] 위원, 유대 치안부(게토 민병대) 사령관, '유대회' 사무총장 그리고 회의록 작성을 맡은 나였다.

나는 회의 내용을 곧장 타자기로 치려고 했다. 그러나 그곳에 있던 심각하게 파손된 고물 타자기로는 일을 할 수 없어서 내 사무실에 있는 타자기 두 대를 다 가져오게 했다. 타자기 리본이 자주 엉키는 경우가 있어서 혹시 그런 일이 생기면 즉시 다른 타자기를 이용하기 위해서였다. 회의실로 들어오는 두 문은 보초가 지키고 있었다. 그들의 임무는 오직 하나, 불안과 공포를 조성하는 것뿐인 듯했다. 길 쪽으로 난 창문들은 날이 덥고 특히 화창해서 그랬는지 활짝 열려 있었지만 친위대 소령과 그 부하들은 거기에 신경쓰지 않았다. 덕분에 나는 건물 앞 자동차 안에서 대기하고 있는 친위대원들이 무엇을 하며 시간을 보내는지 똑똑히 들을 수 있었다. 그들은 트렁크 모양의 휴대용 축음기를 가지고 차 안에서 음악을 듣고 있었다. 그것도 여느 하찮은 음악이 아닌 요한 슈트라우스의 왈츠였다. 그런데 슈트라우스는 순수 아리안족이 아니었다. 하지만 그를 좋아한 괴벨스가 슈트라우스의 순수하지 못한 혈통을 비밀에 부쳤기 때문에 친위대원들은 그 사실을 알지 못했다.

회플레는 다음과 같은 발언으로 회의를 시작했다. "오늘부터 바르샤바에서 유대인들의 이주가 시작된다. 너희도 알다시피 여기에는 유대인이 너무 많다. 이 작전은 여기 '유대회'에 맡기겠다. 임무를 정확하게 수행하면 인질들도 석방하겠지만, 그러지 않으면 너희 모두 저기에 매달릴 것이다." 그는 손으로 길 건너편에 있는 놀이터를 가리켰다. 몇 주 전에 완공된 그곳은 게토에 어울리지 않게 상당히 예쁘게 조성되어 있었다. 준공식 때는 악단이 와서 축하 연주를 했고 그런 행사에 늘 빠지지 않듯이 축하 연설도 있었다. 아이들은 춤을 추고 뛰어놀았다.

그러니까 회플레는 '유대회' 위원 전원과 회의장에 참석한 유대인들을 그 놀이터에 목매달겠다고 위협한 것이다. 우리는 그 다부진 남자가—나이는 못해도 마흔쯤 된 줄 알았는데 실은 겨우 서른한 살이었다—눈 하나 깜짝

하지 않고 우리를 그 자리에서 쏘아 죽이거나 '목매달아' 죽일 수 있겠다고 느꼈다. 그 친위대 장교가 구사한 (오스트리아 억양이 두드러진) 독일어에서 이미 그의 저급함과 천박함이 묻어났다. 나중에 안 사실이지만, 잘츠부르크 태생의 그는 직업교육을 받은 후 자동차 정비공으로 일하다가 잘츠부르크 수도국에서 근무했다고 한다.

회플레는 회의를 오만하고 가학적인 발언으로 시작했지만, '유대회용 통고 및 임무 하달'이라는 제목의 지참 문서를 구술할 때는 사무적이었다. 그는 문서 내용을 끙끙대면서 답답하게 읽었다. 가끔 말도 더듬었다. 문서를 직접 작성하지도 않고 손을 보지도 않아 내용을 겉핥기로 알고 있어서 그랬을 것이다. 회의실에 흐르던 정적이 으스스한 느낌을 주었다. 그 정적은 내 고물 타자기가 내는 딸각딸각 소리, 연신 사진을 찍어대던 친위대원들의 카메라 셔터 누르는 소리, 그리고 멀리서 〈아름답고 푸른 도나우 강〉을 작고 부드럽게 부르는 노랫소리, 이렇게 끊임없이 들려오던 소리로 인해 더 깊어졌다. 열심히 사진을 찍던 친위대원들은 본인이 역사적인 사건에 참여하고 있다는 것을 알고 있었을까?

회플레는 가끔씩 내가 속도에 맞춰 제대로 따라오는지 확인하려고 나에게 눈길을 돌렸다. 나는 별 무리 없이 따라갔다. 나는 바르샤바에 사는 "모든 유대인들은 나이와 성별을 불문하고" 동부로 이주한다고 기록했다. 여기서 '이주'란 무슨 말일까? '동부'는 어디를 말할까? 바르샤바 유대인들은 무엇 때문에 그곳으로 가야 한다는 말일까? 회플레의 '유대회용 통고 및 임무 하달' 문건에는 이에 대해 아무런 설명이 없었다. 그러나 이주에서 제외된 여섯 종류의 집단이 열거되어 있었다. 병영을 지을 노동력이 있는 모든 유대인, 독일 관청이나 사업장에 소속된 유대인, '유대회' 직원, 유대인 병원 근무자도 거기에 속했다. 그때 갑자기 한 문장에 귀가 번쩍 띄었다. 위 사람들의 부인과 자녀도 마찬가지로 '이주'하지 않는다는 내용이었다.

아래에서는 그새 다른 음반을 걸었다. 소리는 크지 않았지만 '술과 여자게 노래'를 얘기하는 경쾌한 왈츠 선율이 똑똑히 들려왔다. 삶은, 유대인이 아닌 사람들의 삶은 계속된다고 나는 생각했다. 그리고 지금쯤 좁은 집에서 그래픽 작업을 하고 있을 그녀, 토지아를 생각했다. 아무 곳에도 고용되지 않아 '이주'에서 제외되지 않은 그녀를.

회플레는 계속 구술했다. '이주자'들은 15킬로그램의 짐과 "귀중품 일체, 돈, 보석, 금 따위"를 가지고 갈 수 있다고 했다. '지참할 수 있다'였는지 '지참해야 한다'였는지 지금은 생각나지 않는다. 또 '유대회' 감독하에 이주 작전을 수행할 유대 치안부는 같은 날인 1942년 7월 22일에 6000명의 유대인을 철로 옆 화물 환적장에 집결시키라는 내용이 있었다. 동부로 가는 열차가 그곳에 있었다. 하지만 수송 열차가 어디로 갈지, 무엇이 '이주자'들을 기다리고 있을지는 아무도 몰랐다.

'유대회용 통고 및 임무 하달' 문건의 마지막 단락에는 "이주 작전을 회피하거나 방해"하려는 자들에게 어떤 위험이 닥칠지 나와 있었다. 처벌 방식은 단 하나뿐이었는데 문장이 끝날 때마다 후렴구처럼 반복되었다. "……하는 자는 사살한다." 회플레가 구술을 마치자 '유대회' 위원 한 명이 유대인 자조단체 직원도 이주에서 제외되느냐고 물었다. 회플레는 즉각 그렇다고 대답했다. 또다른 질문을 하려는 사람은 아무도 없었다. 체르니아코프는 침착하게 조용히 앉아 있었다. 그는 아무 말도 하지 않았다.

얼마 후 친위대 간부들은 부하들을 데리고 건물을 떠났다. 그들이 사라지자마자 죽음의 정적이 흐르던 건물이 금세 발칵 뒤집혔다. '유대회'의 많은 직원들과 일을 보러 와서 기다리고 있던 수많은 민원인들은 새로 내려온 지시에 대해 아직 모르고 있었다. 그런데도 그들은 방금 무슨 일이 일어났는지 벌써 알거나 짐작하고 있는 듯했다. 유럽 최대의 유대인 도시에 사형선고가 내려졌다는 사실을.

나는 곧장 내 사무실로 향했다. 회플레가 구술한 '유대회용 통고 및 임무 하달' 문건의 일부를 몇 시간 안으로 게토 전역에 게시해야 했다. 나는 당장 폴란드어 번역에 착수했다. 내가 느린 속도로 불러주는 독일어 텍스트를 동료인 구스타바 야레츠카가 그 자리에서 폴란드어로 타자기에 쳐넣었다.

그녀, 폴란드 여성 작가 구스타바 야레츠카를 나는 사랑했을까? 그렇다. 하지만 그녀와의 관계는 토지아와 전혀 달랐다. 나는 구스타바의 과거에 대해 아는 것이 많지 않았다. 전쟁 전에 그녀는 유대인 세계와 거의 접촉이 없었으며, 종교에는 전혀 무관심한 폴란드 유대인 중의 한 명이었다. 그녀는 게토에 두 아이를 데리고 들어왔다. 이혼 전에 낳은 열한 살인가 열두 살 된 아들, 그리고 두 살, 많아야 세 살 정도 된 둘째 아들이었다. 이 아이의 아버지에 대해 그녀는 한 번도 말한 적이 없다. 체르니아코프는—이 점은 높이 사야 한다—게토에서 실업자로 지내던 많은 지식인들에게 넉넉한 지원을 아끼지 않았다. 다시 말해 '유대회'에서 일하게 했다는 뜻이다. 구스타바는 타자를 칠 줄 알고 독일어를 구사했기 때문에 내가 일하던 사무실로 배정되었다.

그녀의 모습이 생각난다. 갈색 머리에 눈이 파랗고 날씬한 그녀는 30대 초반의 나이에 침착하고 조용한 성격이었다. 유명하지는 않아도 어느 정도 이름이 알려진 작가였으며 아주 젊은 나이에 첫 작품을 펴냈다. 이어 전쟁이 발발할 때까지 세 권의 책이 더 나왔다. 사실주의적이고 사회비판적인 그 소설들은 적어도 부분적으로는 프롤레타리아 계급을 배경으로 하여 좌익의 가치관을 드러냈다. 1945년에 그 작품들을 읽은 나는 흥미는 생겼지만 감동을 받지는 못했다. 그러나 그녀 구스타바 야레츠카는 처음 본 순간부터 내게 깊은 인상을 주었다. 우리를 이어준 것도 문학이었다. 하지만 그 문학이라는 것은 그녀가 깊이 있는 지식을 갖추지 못한 독일문학도 아니고 내가 별로 아는 게 없는 폴란드 문학도 아니었다. 우리는 주로 프랑스와 러시아 작가들, 특히 플로베르와 프루스트와 톨스토이에 대해 이야기했다. 그리고 그녀와의 대화에서 나는 많은 것을 배웠다.

어느 날 나는 김나지움 마지막 학년에 썼던 에세이 서너 편을 그녀에게 보여주었다. 아직 베를린에 있을 당시 우쭐한 마음에 타자기로 깔끔하게 작성해놓은 글이었다. 그 정도까지는 아닐 것 같은데 그녀는 내 에세이를 무척 마음에 들어했다. 그녀는 내게 생텍쥐페리의 『야간비행』을 읽었냐고 물었다. 그 작품에 대해서는 모른다고 하자 그녀는 내가 부탁하지도 않았는데 그 얇은 소설을 폴란드어로 번역해주었다. 케스트너의 『가정용 치유 시집』을 받은 지 1년 만에 또다시 특별한 문학작품을 생일 선물로 받은 것이다. 적어도 그때쯤이면 나는 내가 그녀에게 관심을 가진 것 이상으로 그녀가 나에게 더 큰 관심을 보이고 있다는 걸 알았어야 했다.

토지아와 우정을 나누며 행복에 젖어 있던—여하튼 나는 그랬다—그 시기에 무엇이 나를 구스타바에게 끌리게 했을까? 그때는 몰랐지만 지금은 알 것 같다. 당시 토지아와 나는 가능성은 희박하더라도 전쟁에서 살아남는 상상을 하며 서로 즐거워했고, 둘이 함께 맞을 미래에 대해 대화를 나누었다. 그러면서 나는 〈뉘른베르크의 명가수〉의 줄거리를 토지아에게 들려주며, 에바가 농담 반 진담 반으로 하는 구혼에 한스 작스가 내민 답변을 인용했다. "그럼 나는 어린아이와 아내가 한꺼번에 생기는 거네."

구스타바는 토지아와 상반되는 느낌의 여성이었다. 그녀는 토지아보다 나이도 많았고 성숙했고 자립적이었다. 어머니가 내게 더이상 줄 수 없는 도움, 그리고 토지아로서는 아직 줄 여력이 되지 못하는 도움을 나는 무의식중에 그녀에게서 발견했다. 돌이켜보면 구스타바가 나를 사랑했었다는 느낌이 강하게 든다. 언젠가 그곳 사무실에서 근무하던 다른 직원 두 명이 퇴근하고 우리 둘만 남았을 때 나는 그녀의 어깨에 손을 얹고 그녀를 바라보았다. 그녀는 곧 부드럽지만 단호한 목소리로 말했다. "이러지 마요." 그리고 나를 기쁘게 하려는 듯 이런 말을 덧붙였다. "우리 이러지 마요. 당신한테는 토지아가 있잖아요. 잘된 거예요. 앞으로도 그래야 해요." 이후로 나는 구스타바의 몸에 손을 대지 않았다. 그리고 그녀를 잊은 적도 없다.

그 구스타바 야레츠카에게 나는 1942년 7월 22일 나치 친위대가 바르샤바 유대인들에게 내린 사형선고를 구술했다. '이주'에서 제외되는 유대인 집단이 열거된 부분에 이르러 그 규정이 배우자에게도 해당된다는 문장이 나왔을 때, 구스타바는 타자를 치다 말고 타자기에서 얼굴도 들지 않은 채 낮은 소리로 재빨리 말했다. "오늘이라도 토지아와 결혼해요."

나는 구술을 끝내자마자 토지아에게 사환을 보내 당장 출생증명서를 가지고 내게 오라고 전했다. 그녀는 한걸음에 달려왔다. 무척 흥분해 있었다. 거리를 뒤덮은 공포심에 전염된 듯했다. 그녀를 데리고 급히 1층으로 내려갔다. 그곳의 '유대회' 역사국에서 일하는 신학자에게 나는 벌써 이 문제를 이야기해놓았다. 토지아에게 우리가 결혼할 거라고 말하자 그녀는 조금 놀랄 뿐 고개를 끄덕이며 동의했다.

랍비의 직무 수행 권한도 갖고 있던 신학자는 까다롭게 굴지 않았다. 옆방에서 일하는 두 명의 직원이 증인을 섰다. 식은 금방 끝났다. 얼마 후 우리 손에는 혼인증명서가 쥐어졌다. 거기에는 우리가 이미 3월 7일에 결혼한 것으로 나와 있었다. 그 다급하고 흥분된 상황에서 내가 토지아에게 키스를 했는지 지금은 기억나지 않는다. 그러나 그때 어떤 감정이 우리를 덮쳤는지는 잘 알고 있다. 그건 두려움, 곧 벌어질 일에 대한 두려움이었다. 그리고 당시 머릿속에 떠올랐던 셰익스피어의 문구도 여전히 생각난다. "이런 상태에서 결혼한 여자가 과연 있었을까?"

헤르만 회플레는 1942년 7월 22일부터 9월까지 계속된 바르샤바 유대인들의 트레블링카 이송 작전을 조직하고 감시했다. 그는 전쟁이 끝난 뒤 미군 당국에 체포되어 감금되었다가 탈출에 성공했지만, 1961년에 잘츠부르크에서 다시 체포되었다. 1962년 1월 2일 함부르크 지방법원은 회플레를 조사하면서 나를 증인으로 불렀다. 나는 재판에서도 그에 관한 진술을 하기로 되어 있었다. 하지만 재판은 열리지 않았다. 헤르만 회플레는 빈으로 이송된 뒤 미결 구금 상태에서 자살했다.

지식인, 순교자, 영웅

아담 체르니아코프는 작전을 담당하는 친위대원들에게 혹시 '이주민'들이 살아 있다는 표시로 엽서 같은 것을 보내도록 해도 괜찮겠냐고 물었다. 그렇게 하면 게토의 공포감을 누그러뜨릴 수 있겠다는 것이었다. 친위대는 거칠게, 또 언제나 그랬듯이 이유도 말하지 않고 거절했다. 모두 공포에 사로잡혀 어쩔 줄을 몰랐다. '이주' 둘째 날이던 7월 23일에 벌써 이송된 사람들이 처형되었을 거라는 의혹이 일어났기 때문이다. 게토에서 최고 자리에 있던 체르니아코프는 독일인들이 자신에게 무엇을 원하는지 당장 알아차렸다. 그 자신이 바르샤바 유대인들의 사형 집행관 노릇을 해야 하는 것이었다.

그는 자신이 비운의 인물로, 나아가 영웅과 순교자로 역사에 기록되리라고는 꿈에도 생각하지 못했을 것이다. 중산층 지식인이던 체르니아코프는 영웅적인 것에는 관심조차 없던 사람이었지만, 자신에게 주어진 특별한 역할이 그다지 싫지만은 않았던 것으로 보인다. 적어도 7월 22일까지는 그랬다. 그는 화학자였다. 제1차 세계대전 전에 폴란드와 독일의 드레스덴에서 대학을 다닌 그는 자신의 엔지니어 학위를 대단히 소중하게 여겼다. 그와 여러 번 대화를 나누다보니 독일 문화가 그의 성품에 적지 않은, 아니 확고한 영향을 주었다는 걸 알 수 있었다.

1930년대에 체르니아코프는 바르샤바에서 폴란드 재무국의 상당한 고위직에 있었다. 그러나 그곳에서 맡은 업무로는 야심이 채워지지 않았던 모양이다. 그쪽 일과 병행하여 바르샤바 시의회 의원으로 일하다가 얼마 후에는 폴란드공화국 국회의원에 당선되었다. 그는 바르샤바 유대교 자치회 대표단에도 몸담고 있었지만, 유럽에 동화된 유대인 가정에서 성장하여 이디시어를 거의 할 줄 모르는 것을 두고 정통 유대교인들이 비난하고 험담을 하는 바람에 일을 하는 데 많은 어려움을 겪었다.

나치군이 폴란드를 점령하자 유대교 자치회 대표단 사람들은 대부분 동부로 피난을 떠났다. 바르샤바에 남아 자리를 지킨 사람 중의 한 명이 체르니아코프였다. 바르샤바가 포위되었을 당시에는 아직 직무를 수행하던 마지막 시장이 그를 유대교 자치회 임시 대표로 임명했다. 이후 독일인들이 바르샤바에 들어와 그에게 24명으로 구성된 유대인 원로회를 조직하라는 명령을 내렸다. 그는 이 업무를 역사적인 사명으로 인식했다. 그는 자신을 그 자리에 앉힌 것은 독일 점령군이 아니라 폴란드라고 기회 있을 때마다 강조했다.

이렇게 해서 체르니아코프는 유럽 최대이자 세계적으로는 뉴욕 다음으로 규모가 큰 유대인 집단의 수장, 거대한 유대인 도시의 실질적인 시장이 되었다. 그는 유대교 자치회 업무를 인수한 유대인 원로회의 자치 행정을 맡아 이끌었으며, 게토는 관할하지 않던 바르샤바 시의회 업무도 인수했다. '유대회'는 병원, 수영장, 우체국, 주택 분배, 생필품 공급, 시내 교통, 묘지 관리 등 시립 및 국립 시설과 각종 사회단체를 관할했으며 민병대로 구성된 자체 경찰도 거느리고 있었다. 그 외에 '유대회'가 담당한 또하나의 업무가 있었는데, 바로 독일 당국에 대해 유대인과 관련한 모든 사안에서 유대인을 대표하는 일이었다.

체르니아코프는 두 직책을 맡아 일하느라 분명히 힘들었을 것이다. 또 아무리 생각해도 그런 엄청난 과제를 수행할 만한 사람도 달리 없었다. 게토에서 그를 존중하는 사람은 얼마 없었고 많은 이들이 그의 활동을 비난했다. 그를 혐오하고 증오하는 사람까지 나왔다. 독일인의 가혹한 조치에 그도 일정 부분 책임이 있다는 것이었다. 그가 거의 날마다 게토 주민의 궁핍함을 덜어주려고 노력한 사실을 모르고 있었으니 무리는 아니었다. 하지만 게토 주민을 위한 그의 노력은 다 그런 건 아니었지만 대부분 성과 없이 끝났다.

체르니아코프는 여러 번이나 체포되고 독일측 업무 상대자에게 모욕과 구타와 심한 고문까지 당하면서도 포기하지 않고 수없이 관청을 찾아다니며 작은 혜택과 양보라도 얻어내려고 노력했다. 어느 이탈리아 기관이 그를 부인과 함께 점령지 폴란드에서 탈출시켜주겠다고 했지만 그는 거절했다. 그는 자신의 자리를 지키는 것이 의무라고 생각했다. 이 '유대회' 대표의 고뇌와 업적은 그의 일기가 출판되고 나서야(1968년에 히브리어 번역본이 나오고 1972년에 폴란드어 원본이 출간되었다) 제대로 평가를 받았다.

사람들은 그의 주변에 게슈타포 요원으로 추정되는 수상한 인물들이 있다는 사실에 분개했다. 처음에는 의혹에 불과하던 것이 나중에는 사실로 증명되면서 그들은 체르니아코프 사망 후 유대인 저항 단체에 의해 사형선고를 받고 처형되었다. 하지만 그 수상한 요원들이라고 의심받은 사람들은 비밀경찰이나 기타 독일 관청을 상대로 소통 창구 역할을 했던 유대인 연락책이었다. 독일 쪽에서는 이들이 아니면 대화를 하려고 하지 않았다. 체르니아코프에게 그들과 함께 일하라고 강요한 것도 독일인들이었다. 하지만 게토에서는 이런 사실을 알 수가 없었다.

그를 능력 없는 조직책이나 줏대 없이 허영심만 많은 사람으로 본 이들의 생각도 틀리지는 않았다. 눈에 거슬리는 그의 과시적인 태도는 게토에서 특히 눈총을 받았다. 그는 엄숙한 연설과 장엄한 개막식 그리고 갖가지 성대한 행사를 좋아했다. 몇 주 전 놀이터가 개장했을 때 그는 게토에서는 생소한 우아함을 과시했다. 반짝반짝 빛나는 하얀 양복과 밀짚모자에 흰 장갑을 끼고 나타난 그는 눈에 띄게 흡족한 표정으로 자신이 아이들을 위해 만든 작품을 바라보았다.

체르니아코프는 넉넉한 예술 후원자 역할까지 하고 나섰다. 사람들은 그런 그를 비웃었다. 그가 '유대회' 건물에 있는 자신의 집무실에 화려한 장식의 창문을 단 것이 게토에 사는 몇몇 화가들을 후원하기 위해서라는 걸 사람들은 믿으려 하지 않았다. 또 그가 유대인 교향악단을 가능한 범위 안에서 도왔다는 사실을 아는 사람도 없었다.

특별히 중요한 문건을 구술하거나 직접 편지를 쓰면서 도움이 필요할 때면 그는 나를 불렀다. 60세가량의 그는 품위 있는 신사라는 인상을 주었다. 당시 겨우 스물을 넘긴 나에게 그는 존경의 대상이었다. 이따금 그는 게토 음악가들의 상황이 어떤지 내게 물었다. 그는 문학에도 관심이 있었다. 그가 내게 조금 자랑하려는 듯이 간혹 폴란드 낭만주의 작가나 실러를 비롯한 독일 고전주의 작가들의 작품을 인용할 때면 호감이 생겼다. 아주 나중에 생각난 것이지만, 그는 여러 번이나 『메시나의 신부』*에 나오는 구절을 인용했다. "삶은 최고의 자산이 아니다."

어느 날에는 체르니아코프가 전쟁 전에 시와 단편소설을 써서 자비로 책을 출간했다는 이야기를 들었다. 사무실 여직원 한 명이 무슨 일 때문이었는지는 생각나지 않지만 그에게 특별한 기쁨을 주려고 토지아에게 그 시들에(훌륭하지는 않았다) 장식과 삽화를 넣어 가능하면 화려한 필사본을 만들어달라고 부탁했다. 그는 이 선물을 받고 무척 기뻐했다고 한다. 전쟁중에도 그는 남몰래 시를 지었다고 한다.

하지만 그 무엇보다 체르니아코프의 허영심을 만족시킨 것은 자신이 게토에서 유일하게 자동차를 타고 다닌다는 사실이었다. 그 볼품없는 자동차는 그의 권력과 위엄을 가장 확실하고 효과적으로 드러내는 상징이었다. 자동차는 그가 거의 날마다 독일 관청에 부탁을 하러 갈 때만 요긴하게 쓰인

---

* 프리드리히 폰 실러의 희곡.

것은 아니었다. 그는 두 번 자포자기에 빠진 유대인들에게 모욕과 위협을 당한 적이 있었는데 그 이후로 게토에서는 자동차를 타지 않은 그의 모습을 볼 수 없었다. 반드시 자동차에서 내려야 할 경우, 가령 자주 추도사를 낭독했던 공동묘지 같은 데서는 유대인 민병대원들의 호위를 받았다.

체르니아코프가 많은 비난과 책망을 들었다고는 하지만, 그를 적대시한 사람들조차 그가 조금 단순하긴 해도 실은 정직하고 곧고 청렴한 사람이라는 걸 부정하지 않았다. 1942년 가을에 민병대 지휘관 두 명이 게토 저항조직의 판결에 따라 나치 부역자라는 죄목으로 처형되었을 때도 그에게(더불어 24명의 '유대회' 위원들에게) 부역의 죄를 물은 사람은 없었다.

7월 22일, 그날 나는 아담 체르니아코프를 마지막으로 보았다. 나는 폴란드어로 적은 게시문을 제출하기 위해 그의 집무실로 들어갔다. 독일군이 지시한 대로 게토 주민들에게 그 몇 시간 전에 시작된 '이주'를 알리는 글이었다. 그는 여느 때와 똑같이 진지하고 침착했다. 게시문을 훑어본 그는 전혀 예상치 못한 행동을 했다. 서명이 적힌 곳을 수정한 것이다. 통상 "바르샤바 유대회 대표, 엔지니어 석사 A. 체르니아코프"로 적혀 있던 부분에 그는 줄을 긋고 "바르샤바 유대회"라고 적어넣었다. 벽보로 전달될 사형선고의 책임을 혼자 짊어지고 싶지 않았던 것이다.

'이주' 첫날에 벌써 체르니아코프는 자신이 이제 아무 권한이 없다는 걸 분명하게 깨달았다. 다음날에는 그의 자동차가 회수되었다. 정오가 조금 지나서 민병대가 아무리 노력을 해도 친위대가 요구한 숫자만큼 유대인을 '환적장'으로 집결시키는 게 불가능해졌다. 그러자 친위대 제복에 중무장한 전투 병력이 게토로 들이닥쳤다. 독일군이 아니라 라트비아, 리투아니아, 우크라이나 사람들이었다. 그들은 당장 기관총을 난사하며 '환적장' 근처 임대건물에 살고 있는 사람들을 모조리 한곳으로 끌어냈다. 독일군 제복을 입은 그 남자들은 특히나 잔인무도한 사람들로 통했다.

그들은 '환적장'으로 끌려온 유대인들의 서류에는 눈길도 주지 않았다.

이상할 것도 없었다. 독일어를 한마디도 모르는데 어떻게 그 서류를 읽는단 말인가? 친위대 소령 회플레가 전날 지시하고 내게 구술한 내용은 이로써 무효가 되어버렸다. 바로 전까지 그렇게 기를 쓰고 얻으려 했던 고용증명서는 쓸모없는 휴지조각으로 변했다. 토지아가 내 아내이며 따라서 '이주' 대상이 아님을 증명하는 서류도 아무짝에도 쓸모없는 무용지물이 되었다. 그러나 우리는 그 증명서를 소중히 간직했다. 1942년 7월 22일에 격식을 갖추지 못하고 그야말로 경황없이 치른 결혼식은 분명히 타산적인 의도로 결정된 것이었지만, 우리 두 사람은 그 결혼을 진심으로 받아들였다. 그리고 지금도 그 마음에는 변함이 없다.

7월 23일 오후 늦은 시간이 되자 라트비아, 리투아니아, 우크라이나 사람들 덕분에 '라인하르트 작전' 참모부가 그날의 '환적장' 집결 인원으로 요구한 6000명 목표량이 달성되었다. 그런데도 오후 6시가 지나자마자 '라인하르트 작전' 부대 소속 장교 두 명이 '유대회' 건물에 나타났다. 그들은 체르니아코프를 만나려고 했다. 하지만 그는 벌써 퇴근하고 자리에 없었다. 실망한 그들은 일을 하고 있던 '유대회' 직원을 항상 손에 들고 다니는 말채찍으로 내려쳤다. 그들은 당장 유대회 대표를 불러오라고 고래고래 소리 질렀다. 곧 체르니아코프가 나타났다. 그는 자신이 대표로 있는 건물에 그날 처음이자 마지막으로 인력거를 타고 왔다.

친위대 장교 두 사람이 체르니아코프와 나눈 대화는 오래 걸리지 않았다. 이야기는 불과 몇 분 만에 끝났다. 대화 내용은 체르니아코프의 책상에 있던 메모를 보고 알 수 있었다. 친위대는 그에게 '환적장'으로 집결시킬 유대인들을 다음날에는 1만 명으로 늘리고 이후부터는 매일 7000명씩 모으라고 요구했다. 그것은 절대로 아무 생각 없이 결정된 숫자가 아니었다. 날마다 동원 가능한 가축 열차 수량에 맞춘 숫자가 분명했다. 열차를 무조건 다 채우려고 한 것이다.

두 친위대 장교가 집무실을 떠난 직후 체르니아코프는 사무실 여직원을 불러 물을 한 컵 가져다달라고 했다. 조금 지나 '유대회' 경리직원이 우연히 그의 집무실 근처에 있다가 안에서 계속 전화벨 소리가 울리는 것을 들었다. 문을 열어본 그의 눈에 들어온 것은 바르샤바 '유대회' 대표의 시신이었다. 그의 책상 위에는 청산가리가 들어 있던 작은 빈 병과 반쯤 남은 물컵이 놓여 있었다.

책상 위에는 짤막한 내용의 편지가 두 통 있었다. 하나는 체르니아코프가 아내에게 남긴 편지였다. "저들은 내 손으로 우리 민족의 아이들을 죽이라고 하고 있소. 내가 죽는 수밖에 다른 방법이 없소." 또하나는 바르샤바 '유대회'에 보내는 편지였다. "사임하기로 결심했습니다. 이것을 비겁함이나 회피로 보지 마십시오. 저는 아무 힘이 없습니다. 슬픔과 연민으로 가슴이 찢어집니다. 더이상 견디지 못하겠습니다. 제 행동이 모든 이에게 진실을 알리고 어쩌면 올바른 길을 가게 할지도 모르겠습니다……"

체르니아코프의 자살 소식은 다음날 새벽 게토에 알려졌다. 그의 비판자나 적대자 그리고 어제까지만 해도 그를 비웃고 멸시했던 사람들까지 모두 충격을 받았다. 게토 사람들은 그의 행동을 그가 의도한 대로, 즉 바르샤바 유대인들에게 이제는 희망이 없다는 신호이자 징표로 이해했다. 그리고 행동에 나서라고 촉구하는 체르니아코프의 처절한 외침으로 이해했다. 내 친구와 동료 등, 주변의 많은 이들도 허영심이 많다고 비난받던 그가 결정적인 순간에 존엄을 잃지 않았다는 점을 인정했다. 장중하고 극적인 것을 좋아하던 그는 짧고 명료한 메시지를 남기고 사라졌다.

체르니아코프는 조용하고 깔끔하게 사임했다. 독일인들과 맞서 싸울 능력이 없었던 그는 그들의 꼭두각시가 되기를 거부했다. 그는 원칙을 가진 사람이었고 고귀한 이상을 믿었던 지식인이었다. 비인간적인 시대와 상상을 초월하는 여건에서도 그는 그 원칙과 이상에 충실하려고 했다. 그는 이것이 독일의 야만성에도 불구하고 가능하다는 희망을 버리지 않았다. 그는 분명히 순교자였다. 그렇다면 그는 영웅이었을까? 영웅이든 아니든 그는

1942년 7월 23일 자신의 집무실에서 스스로 삶을 마감하겠다고 결심했을 때 자신의 이상에 따라 행동했다. 한 인간에게 이보다 더한 것을 요구할 수 있을까?

체르니아코프의 외로운 죽음을 전해 들은 나는 당황하고 혼란스러운 와중에도 그가 좋아하고 즐겨 인용하면서 진정성을 가지고 대했던 시인들을 떠올렸다. 폴란드의 위대한 낭만주의 작가들, 독일의 위대한 고전주의 작가들을 떠올렸다.

눈부시게 말쑥한 채찍

'밀월Flitterwochen'은 '속삭이다' '키득거리다' '애무하다'를 뜻하는 중세 고지독일어 동사 'vlittern'에서 파생된 말이라고 사전에 나와 있다. 우리 두 사람은 어땠을까? 우리는 신혼여행을 가지 않았다. 토지아와 나는 그 여행을 모면했다. 아마 갔더라면 여행의 행선지는 가스실 한 곳밖에 없었을 것이다. 그러나 '밀월'은 시간 개념이니까 그런 기간이 없을 수는 없다. 실제로 토지아와 나도 그런 기간을 보내긴 했지만 그건 우리 둘의 인생에서 가장 끔찍한 최악의 시절이었다.

역사 기록에서는 1942년 7월 22일 오전에 시작되어 9월 중순까지 이어진 바르샤바 대다수 유대인 살해 사건을 당시에 흔히 쓰던 용어로 명명한다. 그러나 그것은 실상을 은폐하는 용어들이다. 그때는 '대규모 작전'이나 '1호 작전'이라고 했고 독일 관청 용어를 그대로 답습하여 '이주 작전'이라는 말도 사용했다. 그러나 유대인들은 강제 이송되고 추방당했다. '이주'라고? 그렇다고 치자. 그럼 어디로 이주한단 말인가?

매일 수천 명의 유대인들이 가축 열차에 실렸다. 평균 6000~7000명 정도 되었다. 독일측 자료에 의하면 하루에 수송된 최다 인원이 1만 3596명이었다. 첫 희생자는 사회에 짐이 되는 사람들, 특히 사회복지에 부담을 주는 사람들이었다. 게토 민병대는 노숙자 수용소, 고아원, 교도소, 기타 빈민 수용소를 비우라는 임무를 받았다. 이들은 가장 비참하게 살던 사람들이었다.

노인과 병자는 열차에 타지 않고 대부분 유대인 공동묘지로 끌려가 그 자리에서 사살되었다. 노동력을 상실한 사람들이 그 자리에서 처형되었다는 것은 뒤집어 생각하면 무언가 긍정적인 것이 그 이면에 있으리라는 희망을 갖게 했다. 현실성은 없어 보였지만 많은 게토 주민들이 이런 생각을 갖고 있었다. 그들은 '이주'라고 해서 꼭 어느 경우에나 죽는다는 뜻은 아닐 것이며, 유대인을 이송하는 이유는 어딘가에서 어떤 노동에 동원하기 위해서일 거라고 믿었다. 독일인들이 동부 지역에 서부의 지그프리트 전선에 맞먹는 거대한 방어선을 치려고 계획한다는 소식도 들렸다. 그러면 아마 거기에 수십만 명의 인력이 필요할 거라고 그들은 생각했다.

그러나 이 같은 소문과 억측도 결국엔 유대인들을 안심시켜주지 못했다. 사람을 무차별로 잡아들여 그렇게 야만적이고 비인간적인 방법으로 (여자들과 아이들까지) 가축 열차에 몰아넣는 자들이 자신들에게 일을 시키려는 생각을 할 리가 없다는 것을 깨달은 것이다. 머지않아 노동력이 있든 없든 길거리에 있던 유대인들이 모조리 붙들려 '환적장'으로 끌려갔다. 거리에서는 사람의 흔적을 찾아볼 수 없었다. 집에 있던 사람들도 당장 앞마당으로 나오라는 명령을 받았다. 명령에 따르지 않는 사람은 총살되었다. 그럼에도 불구하고 많은 이들이 지하실이나 다락방이나 그 밖의 아무 곳에나 숨어 있는 쪽을 택했다. '환적장'으로 끌려가느니 그 자리에서 총에 맞아 죽는 게 낫다는 심정이었다.

이송 작전에는 유대인 민병대가 협력했다. 친위대는 이들에게 가족과 함께 게토에 남게 하겠다는, 즉 목숨을 살려주겠다는 약속을 했다. 그러나 모든 민병대원들이 죽음의 공포를 느끼면서도 독일군의 명령대로 움직인 것은 아니었다. 명령에 불복한 많은 이들이 즉석에서 처형되었고 자살을 택한 사람도 있었다. 하지만 대부분의 민병대원들은 수치스러운 역할을 수행했다. 친위대는 당연히 약속을 지키지 않았다. '1호 작전'이 끝나면서 유대인 민병대 거의 전원이 아직 남아 있던 동료 대원들에 의해 '환적장'으로 끌려간 뒤 이송되었다.

이송된 사람들이 어디로 갔는지는 벌써 8월 초에 알려졌다. '환적장'에 있던 유대인 보조들이 차량 번호를 적어놓았는데, 이들은 열차가 장거리를 달리지 않았다는 것, 즉 민스크나 스몰렌스크로 가지 않았다는 사실을 알고 당황했다. 열차가 몇 시간 지나지 않아, 길어야 네다섯 시간 후에 다시 바르샤바로 돌아온 것이다.

얼마 후 이송된 유대인 전원이 바르샤바에서 북동쪽으로 100킬로미터 정도 떨어진 곳의 역으로 실려 갔다는 사실이 알려졌다. 그곳은 바르샤바 인근의 작은 마을 트레블링카였다. 역에서 약 4킬로미터의 측선이 뻗어나가 울창한 숲으로 이어진 곳에 트레블링카 수용소가 있었다. 정말 수용소였을까? 얼마 후 들려온 소식에 의하면 그곳은 집단 수용소도 아니고 노동 수용소는 더더욱 아니었다. 거기에는 가스실밖에 없었다. 정확히 말하면 한 건물에 세 개의 가스실이 있었다. 유대인 '이주'라고 불렀던 것은 실은 추방, 즉 바르샤바로부터의 추방에 불과했다. 그리고 그 추방의 목표이자 종착역은 단 하나, 바로 죽음이었다.

게토에서는 이제 환상을 품지 않았다. 그렇다면 희망은 품었을까? "쓸모 있는 유대인"이라는 신조어가 사람들 입에 오르내렸다. '통고 및 임무 하달' 문건에 따라 추측하자면 '쓸모 있는' 유대인은 '이주'에서 제외된 사람들이었다. 하지만 게토를 조직적으로 이 잡듯이 뒤진 라트비아, 리투아니아, 우크라이나 사람들이 독일이 발급한 고용증명서를 보고도 무시하거나 그 자리에서 내던지거나 찢어버리는 마당에 자신이 '쓸모 있는' 일을 할 수 있다는 걸 어떻게 증명한단 말인가? 그러니 각자의 일터에서 벗어나지 않는 게 가장 안전한 방법인 것 같았다. 그 일터는 주로 독일 주문자들을 위해 게토에서 각종 물건을 생산하는 대규모 공장이었는데, 독일인 공장주나 사장은 자기가 고용한 유대인들에게 임금을 주지 않거나 최소 임금만 지불했기 때문에 그들이 이송되는 것을 꺼려했다.

'유대회' 직원들도 인원이 크게 줄기는 했지만 처음에는 '쓸모 있는' 부류로 평가받았다. 그래서 토지아와 나는 하루종일 내 사무실에 앉아 있었다. 그런데 예상치 않게 그곳으로 토지아의 친척이 찾아왔다. 게토 바깥에서 살고 있던 유능하고 용감한 비유대인 여성이었다. 토지아를 데려가기 위해, 즉 그녀를 구하기 위해 온 것이었다. 그녀는 나까지 데려갈 수는 없다고 말했다. 그건 소용도 없는 일이고 위험하다고 했다. 내 생김새와 검은 머리를 보면 내가 유대인이라는 것을 누구든지 알아채고 고발하거나 그 자리에서 사살할 거라고 했다. 그런 일은 지금 숱하게 일어나고 있으며, 그녀 자신도 최근에 어느 유대인 여자가 게토 바깥에서 발각되어 사살되는 걸 보았다고 했다. 반면에 토지아는 충분히 '아리안족'으로 보일 수 있다고 했다. 그러니 이 문제를 얼른 생각해보고 당장 자기를 따라나서야 하지만 나와는 헤어져야 한다고 말했다. 그리고 이런 일도 요즘에는 비일비재하다고 했다.

토지아는 나와 이야기해보지도 않고 즉석에서 결정을 내렸다. 그녀는 나를 내버려두고 혼자 가지 않겠다고 짤막하게 말했다. 그 이후로 우리는 언제나 함께 있었다. 여자가 친구나 애인이나 남편을 구하기 위해 목숨을 거는 모티브는 오페라와 담시와 단편소설을 통해 잘 알고 있었지만, 그때 바르샤바의 게토에서 나는 그 일을 처음으로 현실에서 경험했다.

'유대회'에서는 8월에 두세 번 기습적인 '선별 작업'을 실시했다. 강제 이송에서 빠진 사람들의 일부를 다시 '환적장'으로 끌고 가는 절차를 이렇게 불렀다. '선별 작업'은 다음처럼 진행되었다. 어느 날 우리는 갑자기 앞마당으로 불려나와 한 줄로 선 뒤 한 사람씩 친위대 간부 앞을 지나가야 했다. 간부는 대부분 계급이 낮은 젊은 하사관급으로 손에는 멋진 채찍을 들고 있었다. 그에게 우리가 어디에서 어떤 직책으로 일하고 있는지를 말하면 그는 채찍으로 왼쪽이나 오른쪽을 가리키면서 우리가 가야 할 방향을 일러주었다.

한쪽에는 게토에 남아도 좋은 사람들이 서 있었고 다른 쪽에는 '환적장'

으로 가서 곧 열차를 타야 할 사람들이 서 있었다. 한쪽은 시한부 삶을 뜻했고 다른 쪽은 당장의 죽음을 의미했다. 멋진 채찍을 들고 있던 그 독일인의 결정 기준은 무엇이었을까? 그의 선별에는 어떤 원칙이라는 게 있었을까? 우리가 받은 인상에 의하면 힘이 세고 노동 능력이 있는 사람이 삶 쪽으로 갈 기회를 얻는 것 같았다. 게다가 생김새도 영향을 주는 게 분명했다. 옷차림이 지저분하고 추레한 사람, 거기다 면도까지 하지 않은 유대인은 곧장 가스실로 가는 줄에 가서 섰다. 나처럼 머리가 검은 사람은 당시 하루에 두 번 면도를 했다. 나는 지금까지도 이 습관을 버리지 못하고 매일 두 번씩 수염을 깎는다.

우리의 목숨을 좌우했던 그 친위대 하사관은 종종 기분 내키는 대로 행동했다. 그게 아니라면 그가 가끔씩 한꺼번에 스무 명이나 서른 명을, 게다가 젊고 깔끔해 보이는 사람들까지 따분한 듯 채찍으로 죽음의 줄로 가게 한 것을 어떻게 설명한단 말인가?

토지아와 나는 '유대회' 건물 앞마당에서 벌어진 8월의 '선별 작업'을 무사히 넘겼다. 내가 옆 건물로 모시고 왔던 부모님도 생존 쪽으로 분류되었다. 그러나 섬유 공장에 은신해 있던 토지아의 어머니는 8월에 다른 많은 사람들과 함께 '환적장'으로 끌려갔다. 우리는 그분을 다시는 보지 못했다. 토지아가 이제 혼자라는 소식을 들은 어머니는 당장 그녀에게 말씀하셨다. "이제부터 너는 우리와 함께 있는 거다." 그녀가 우리와 함께한다는 것을 당연하게 생각한 어머니에게 토지아와 나는 감사하는 마음을 가졌다.

'대규모 작전'이 실시되는 동안 우리는 게토의 길거리에서 이해할 수 없는 일들과 마주쳤다. 길게 늘어선 행렬이 감시하거나 몰아대는 사람도 없이 무거운 짐을, 그것도 당일 알게 되었지만 전혀 쓸데없는 짐을 들고 '환적장'으로 가고 있었다. 유대인 민병대가 내건 공고를 보고 이동하는 사람들이었다. 민병대는 독일 당국의 말을 인용해 자진해서 '환적장'에 나오는 사람에게는 1인당 3킬로그램의 빵과 1킬로그램의 잼을 지급하겠다고 약속했다.

그때까지만 해도 사람들은 '이주'라는 말 뒤에 무엇이 도사리고 있는지 아직 확실히 알지 못했다. 자포자기에 빠지고 굶주림에 시달리는 수백 명의 사람들, 어떤 날에는 수천을 헤아리는 사람들, 그들은 무시무시한 열차여행이 끝나고 '선별 작업'이 실시되면 최소한 그곳에 도착한 사람 중 일부는 중노동을 위해 선택되어 살아남을 수 있을 거라고 생각했다.

자진해서 이송 장소에 나오지 않은 사람들, 자살하지 않은 사람들(당시 자살은 날마다 벌어진 일이었다), 그리고 '대규모 작전'중엔 특히 어렵고 위험한 일이었지만 바르샤바의 '아리안' 지역으로 탈출하지 않은 사람들, 이들은 무엇을 기대하고 있었을까? '유대회'에서 같이 일하던 똑똑하고 재치 있던 한 동료가 무미건조하다못해 퉁명스런 말투로 내 귀에 대고 속삭였다. "우리 중에서 몇 사람만 남을 거예요. 더이상은 잘난 독일인들이 허락하지 않아요." 그는 비관론자로 알려진 사람이었다. 그러나 그의 예측은 지나치게 낙관적이었다. 당장은 자신이 그 '몇 사람'에 낄 거라고 믿고 싶어하는 사람들이 많았다.

다시 소문이 파다하게 돌았다. 이번에는 '이주'가 막바지에 이르렀다는 이야기였다. 독일인들이 정해진 수의 유대인만 이송하려 한다는 것인데, 사람들은 계속 이 생각에 미련을 두고 있었다. 친위대 지도부는 게토 주민의 3분의 1을 이송할 계획이었을까? 아니면 절반이었을까? 아니면 그 이상? 그들이 '최종 해결책'을 획책하고 있다는 사실에 생각이 미친 사람은 아무도 없었다.

유대인들 중에는 라디오를 통해 지속적으로 폴란드 상황을 전해 들었을 전 세계 여론이 이런 엄청난 사건에 항의하고 무언가를 이루어낼 거라고 믿는 이들도 있었다. 또 친위대가 베를린에서 내려온 지령에 따라 어느 날 작전을 중단할 수도 있다고 여기는 사람, 내심 그럴 가능성에 대비하는 사람도 있었다. 실제로 8월 말에서 9월 초까지 게토가 전보다 조용해지면서 많은 이들이 최악의 고비는 넘겼다고 지레짐작했다.

그러나 9월 5일에 다시 담장마다 벽보가 나붙었다. 게토에 거주하는 모든 유대인은 이튿날 오전 10시에 '환적장' 주변 어느 구역의 거리로 나와 '신원 등록'을 하라는 지령이었다. 정확하게 구역 이름까지 명시되어 있었다. 나올 때는 이틀분 식량과 물통을 지참하고 살던 집은 잠그지 말라고 되어 있었다. 이제부터 실시하는 작전을 독일인들은 '대규모 선별 작업'이라고 불렀다. 대규모 선별이란 '이주'가 개시되기 전 게토에서 살던 주민의 10퍼센트 미만에 해당하는 3만 5000명의 유대인에게 가슴에 달고 다닐 노란색 '생명 번호'를 나눠주는 작업이었다. 그 대상은 주로 '쓸모 있는' 유대인들, 다시 말해 독일 공장이나 '유대회'에서 일하는 사람들이었다. '생명 번호'를 받지 못한 사람들은 수천 명이었다. 그러나 이들은 살해의 위협에도 흔들리지 않고 게토 어딘가에 숨어 지냈다. 그리고 나머지 1만 명 정도는 '신원 등록', 즉 '대규모 선별 작업'을 거쳐 곧장 열차를 타고 트레블링카로 끌려갔다.

별나게 생긴 짐 때문에 시선을 끄는 사람들이 있었다. 그들은 바이올린, 클라리넷, 트럼펫, 심지어 첼로 같은 악기를 케이스에 넣어 들고 갔다. 교향악단 연주자들이었다. 나는 몇 시간에 걸쳐 마지막 '선별'을 기다리는 동안 그중 몇 사람과 짧게 이야기를 나눌 수 있었다. 왜 악기를 들고 왔느냐고 물으니 그들은 단어 하나 바꾸지 않고 거의 똑같은 대답을 내놓았다. "독일인들은 음악을 사랑하잖아요. 무슨 곡이라도 하나 들려주면 가스실로 안 보낼지도 모르니까요." 트레블링카로 이송된 음악가들 중 되돌아온 사람은 한 명도 없었다.

게토 주민 전체가 좋아한 섬세하고 멋진 목소리의 소프라노 마리지아 아이젠슈타트는 어떻게 되었을까? 누구든지, 심지어 민병대원까지 그녀를 돕고 보호하겠다고 나섰다. 그녀는 '환적장'으로 끌려갔지만 그날 그곳을 지휘하던 한 유대인이 마음먹고 구해냈다. 하지만 그녀의 부모는 이미 열차에 올라탄 뒤였다. 부모와 헤어지기 싫었던 그녀는 자신을 붙들고 있던 민병대원을 뿌리치려고 했다. 한 친위대원이 이 광경을 목격하고 그녀를 총으로 쏘아 죽였다. 어떤 이들은 그녀가 '환적장'에서 죽은 게 아니라 그 친위대원에게 떠밀려 열차에 실린 뒤 트레블링카 가스실에서 사망했다고 전했다. 게토에서 살아남은 이들 중 그녀를 잊어버린 사람은 한 명도 없었다.

나는 아직 번역자로 유용하게 쓰였기 때문에 토지아와 함께 모두가 탐을 내던 '생명 번호'를 받았다. 독일인들이 이 번호를 실제로 대우해줄지 아닐지는 아직 확실하게 알 수 없었지만 얼마 후면 곧 밝혀질 것이었다. 우리는 현재 1947년에 세워진 바르샤바 게토 기념비가 있는 곳으로 이동했다. 거기에는 전에도 그랬듯이 조금 따분해하는 얼굴의 젊은 남자가 신형 말채찍을 들고 서 있었다. 우리가 왼쪽으로, 다시 말해 트레블링카행 열차가 있는 '환적장'으로 가야 할지, 아니면 오른쪽으로 가서 시한부로나마 목숨을 부지할지가 여기에서 다시 한번 결정되었다. 채찍은 오른쪽을 가리켰다.

부모님은 연세 때문에라도—어머니는 58세, 아버지는 62세였다—'생명 번호'를 받을 가능성이 없었다. 더구나 그분들은 어딘가에 숨어 지낼 힘도, 그럴 마음도 없었다. 나는 부모님께 어느 쪽에 서야 하는지 알려드렸다. 아버지는 무력하게 나를 바라보았고 어머니는 놀랍도록 침착했다. 옷차림에 세심하게 신경을 쓴 어머니는 베를린에서 가져온 밝은색 레인코트를 입고 계셨다. 그때가 부모님을 뵙는 마지막 순간이라는 걸 나는 알고 있었다. 지금도 두 분의 모습이 눈에 선하다. 어쩔 줄 모르고 서 있던 아버지, 베를린 기념교회 부근의 백화점에서 산 멋진 트렌치코트를 입은 어머니의 모습이. 어머니는 토지아에게 마지막 말씀을 남기셨다. "마르셀을 잘 보살펴주거라."

부모님이 서 있던 줄이 채찍을 든 남자 쪽으로 이동하자 그는 젊지 않은 사람들을 몰아세우면서 빨리 왼쪽으로 가라고 초조하게 안달을 냈다. 그는 말쑥하고 날씬한 채찍을 휘두를 기세였지만 그럴 필요가 없었다. 멀리서 지켜보니 어머니와 아버지는 그 억센 독일인이 무서웠는지 되도록 빠른 걸음으로 그 앞을 지나갔다.

다음날 나는 '환적장'에서 일하던 유대인 민병대 지휘관을 만났다. 게토에서 몇 주 동안 우리 이웃에 살았기 때문에 그 거칠고 난폭한 남자와 안면이 있었다. 그가 내게 말했다. "당신 부모님에게 빵을 한 조각 드렸어요. 그 이상은 그분들에게 해드릴 게 없었어요. 그리고 열차에 올라탈 때 도와드렸습니다."

질서, 위생, 규율

바르샤바의 미와 가는 소문이 좋지 않은 동네였으나 한동안 많은 나라에서 큰 인기를 끌었다. 그 주소를 입에 올리는 사람들은 그 이면에 무엇이 숨어 있는지 제대로 알지 못했지만, 어쨌든 '미와 가 18번지'는 거의 전 세계적으로 유명한 곳이 되었다. 전쟁 전에 주로 유대인들이 살았던 바르샤바 북쪽의 미와 가는 빈민촌, 솔직히 말하면 섬뜩한 동네였다.

이 동네가 폴란드 수도 바르샤바 바깥에서까지 유명해진 데에는 문학이 한몫을 했다. 폴란드 시인 브와디스와프 브로니에프스키는 제2차 세계대전 직전 아름다운 시를 지어 이 거리에 바쳤다. 그 시에서 그는 친근하고 다정다감한 거리 이름과('미와 가'는 '사랑스러운 거리'라는 뜻이다) 그곳의 일상을 지배하는 끔찍한 사건들이 보여주는 적나라한 모순을 노래했다. 시는 이런 구절로 시작된다.

> 미와 가—사랑스럽지 않은 곳.
> 미와 가—사랑하는 사람아, 그곳에 발을 들이지 마라.

시는 다음과 같이 끝난다.

내가 너에게 떠밀려 간다 해도
미와 가는 피해서 가리.
거기에서 내가 목매달지 누가 알겠는가.

20세기의 주목할 만한 시인 브와디스와프 브로니에프스키는 폴란드 바깥에서는 거의 알려지지 않았다. 번역이 불가능한 '미와 가'도 마찬가지다.

미와 가가 세계적으로 알려지는 데 공을 세운 사람은 미국의 대중 추리소설 작가 레온 유리스이다. 선풍적인 인기를 얻은 베스트셀러 『엑소더스』에 이어 그가 1961년에 펴낸 소설 『미와 가 18번지』도 역시 세계적인 베스트셀러가 되었다. 미와 가 18번지에는, 정확히 말해 그 집 지하실의 널찍한 벙커에는, 유대인 투쟁조직 사령부가 자리잡고 있었다. 이곳이 바로 바르샤바 게토 저항운동의 본부였다.

'대규모 선별 작업' 직후 토지아와 나는 우리가 그때까지 살던 집을 빼앗겼다는 사실을 알았다. '선별'이 진행되는 동안 독일 당국은 전격적으로 게토 경계선을 안쪽으로 축소했다. 몇 시간 전까지 우리가 살고 있던 거리가 이제는 게토 바깥에 속하면서 우리는 그곳에 발을 들여놓을 수 없게 되었다. 멀리서 보니 그곳에 수많은 화물차와 가구를 운반하는 대형 차량이 서 있었다. 친위대 내의 '감정 평가단'이 그새 트레블링카로 떠난 사람들의 모든 소유물을 운반하는 중이었다. '대규모 선별 작업'을 위해 모이라고 했을 때 왜 집을 잠그지 말라고 했는지 이해가 되었다. 그렇게 모든 것이 철저히 계획되고 기가 막히게 조직되어 있었다.

우리는 길게 줄을 서서 숙소나 새로운 집이 배정되기를 기다렸다. 이후 우리가 간 곳은 미와 가였다. 번지수는 지금 생각나지 않는다. 우리가 배정받은 집에는 방 하나와 부엌과 작은 세면실이 있었다. 지금은 사람들로 미어터지는 가축 열차를 타고 트레블링카로 가고 있을 어느 부부가 다섯 시간, 길어야 열 시간 전에 살고 있던 집이었다. 아니, 그 부부는 벌써 그곳에 도착하여 친위대원들에게 떠밀려 열차에서 내렸을지 모른다. 또 어떤 근엄하고 침착한 장교로부터 지금 도착한 곳은 임시 수용소이니 노동 수용소로 가기 전에 옷을 벗어야 한다는 설명을 듣고 있을지 모른다. 당연히 남녀 따로 나뉘어서 말이다. 그리고 위생이 가장 중요하니 철저하게 샤워를 해야 하며 그들의 옷을 소독하는 것도 같은 이유 때문이라고 얘기할 것이다. 돈과 귀중품은 자기들한테 맡겨놓으면 당연히 샤워 후에 돌려주겠다고 할 것이다. 질서란 중요한 것이고 그곳은 엄격한 규율, 독일의 규율이 다스리는 곳이라고 말할 것이다.

혹시 바르샤바에서 막 도착한 그 부부는 옷을 다 벗은 채 '호스' 안을 걸어가고 있지나 않을까? 가스실로 가는 좁은 길을 그렇게 불렀다. 어쩌면 이미 가스실에 들어가 벌거벗은 내 어머니와 아버지 옆에 바짝 붙어 서 있을지도 모르겠다. 샤워실과 비슷하고 천장에 파이프관이 달린 그 가스실 말이다. 파이프에서 나오는 것은 물이 아니라 디젤기관이 뿜어내는 가스였다. 가스실로 밀려들어간 사람들이 모두 질식하기까지는 약 30분이 걸렸다. 죽음의 공포가 덮친 그 마지막 순간에 죽어가던 사람들은 창자와 방광을 통제하지 못했다. 대부분 대변과 소변으로 더럽혀진 시신들은 재빨리 치워졌다. 바르샤바에서 온 다음 유대인들에게 자리를 내주기 위해.

그러나 우리는 미와 가에 있었다. 오늘 새벽 두 사람이 경황없이 버리고 갔을 그 작은 집에서 우리는 가슴이 조여드는 심정으로 말없이 이곳저곳을 둘러보았다. 침구는 정리되지 않았고 식탁은 치우지 않은 상태였다. 접시에는 한 입 베어먹은 빵이 놓여 있었고 그 옆에는 반쯤 마신 찻잔 두 개가 있었다. 세면실에는 아직 불이 켜져 있었다. 의자에는 누군가 치마를 벗어 던져놓았고, 등받이에는 블라우스가 걸쳐져 있었다. 옷과 가구와 소파 쿠션과 양탄자, 그 모든 것이 여전히 숨을 쉬고 있는 듯했다.

그러면 그들은? 다른 사진 몇 개와 함께 서랍장을 장식하고 있는 예쁜 액자 속의 그들, 여기에서 살면서 사랑하고 고통당했던 그 부부는 아직도 숨을 쉬고 있을까? 그런 생각을 하기가 두려웠다. 우리는 아무 거리낌 없이 양심의 가책도 느끼지 않고 미와 가의 그 작은 집을 차지했을까? 정말 부끄럽게도, 고백하자면 우리는 너무나 이상하리만치 양심의 가책이나 주저함이 없었고 반발심을 억누를 필요도 없었다. 친구와 동료 중에서 우리처럼 당분간 가스실을 면한 뒤 미와 가에서 우리 이웃이 된 사람들도 이제는 저마다 배정받은 집에서 재빨리 살림을 차리고 정착했다. 최소한 겉으로 보기에는 아무 고민 없이.

우리를 증인으로 만들고 희생자로 만들었던 비인간성이 우리 자신마저 비인간적으로 바꾸어놓았을까? 여하튼 마음이 무디어진 것은 사실이었다. 우리는 함께 살던 사람들이 트레블링카행 열차에 실려 가는 것을 보아야 했다. 반면에 우리는 무사했다. 그러나 우리는 우리가 목숨을 건졌다고 믿지 않았다. 그저 당분간 유예 기간이 주어진 것 같아 무서웠다. 아니 그게 분명하다고 확신했다. 미와 가의 집이 절대로 우리 것이 될 리 없다는 것을 우리는 알고 있었다. 그곳은 우리가 바르샤바 게토에서 보낼 마지막 몇 개월, 아니 몇 주간을 위한 임시 거처였다.

1942년 가을, 많은 이가 떠나고 난 게토에는 '생명 번호'를 받은 유대인이 3만 5000명, 강제 이송은 어떤 식으로든 면했지만 '생명 번호'가 없는 유대인이 약 2만 5000명 남았다. '생명 번호'가 없는 이 사람들을 '폭도'라고 불렀다. 곧이어 우리는 새로운 여건 속에서 우리의 삶이 어떻게 흘러갈지 알게 되었다. 우리는 혼자 길거리에 나갈 수 없었다. 아침에는 줄을 지어 일터로 행진해 갔다가 저녁에도 줄을 지어 돌아와야 했다.

나는 '유대회' 사무실에서 계속 번역 업무를 담당했고, 여전히 독일 관청과 이어지던 서신 왕래를 처리했다. 토지아도 그곳에 들어와 자잘한 그래픽 작업을 하면서 팻말과 라벨을 만들었다. 보수는 받지 못했지만 그건 문제가 되지 않았다. 중요한 건 집이나 길거리에 있는 것보다는 더 안전한 직장이 있다는 사실이었다.

강제 이송은 거의 끝나가고 있었으나 완전히 종료된 상태는 아니었다. 매일은 아니었지만 아직도 친위대에 의해 어딘가에서 붙잡혀 온 유대인들이 열차에 실려 트레블링카로 이송되었다. 어느 날 나는 사무실에 토지아 없이 혼자 있었다. 그녀는 다른 사람들 줄에 섞여 조금 나중에 오기로 되어 있었다. 그런데 그녀가 오지 않았다. 그때 갑자기 토지아가 '환적장'에 있다는 연락이 왔다. 다음 열차가 언제 떠날지는 아무도 몰랐다. 당장 무언가라도 해야 했다. 나는 가스실로 떠나는 부모님에게 빵을 주었던 '환적장'의 그 난폭한 유대인 민병대 지휘관을 수소문 끝에 찾아냈다. 그날은 마침 '환적장'에 친위대원들이 없어서 조용했던 덕분에 토지아는 무사히 풀려났다. 그녀는 넋이 나간 얼굴로 내게 왔다. 어떻게 해서 '환적장'에 갔는지, 거기에서 무슨 일을 겪었는지 그녀는 내게 이야기하려 하지 않았다. 그럴 수 있는 상태도 아니었다. 그 자초지종을 나는 끝내 듣지 못했다. 지금까지도 나는 토지아가 전쟁 후에, 특히 1950년부터 앓게 된 병의 발단이 그때 그 사건이었다고 믿고 있다. 사형선고를 받고 가스실로 떠나는 열차를 바로 앞에서 본 사람은 그 상흔을 평생 안고 살아간다.

게토는 전과 다름없이 을씨년스러웠다. 그러나 사람이 줄어든 1942년 가을의 게토에서는 한 해 전과 달리 얼마간 아무 일도 일어나지 않았다. 예전에 사람들로 가득찼던 길거리는 하루종일 텅 비어 있었다. 아주 고요했다. 그러나 그것은 긴장된 고요함, 아니 이렇게 표현해도 된다면, 귀를 찢는 고요함이었다. 공동묘지 같은 고요함? 그렇기도 하지만 그건 폭풍 전야의 고요라고 해야 옳다. 독일인들이 여태 살아 있는 유대인들은 더는 죽이지 않기로 결정했을 거라고 진심으로 믿는 사람은 없었다. 곧 모든 게 정상화되면서 친위대가 유대인의 예배를 다시 묵인하고 어쩌면 연극 공연과 연주회도 허락할 거라는 수많은 소문 역시 아무도 믿지 않았다. 그럼 이런 소문들은 독일인들한테서 흘러나왔을까? 유대인 주민들을 혼란시키려고? 한편에서는 머잖아 다시 '작전'이 개시되므로 곧 시작될 '이주', 트레블링카로 가는 다음번 이송을 각오해야 한다는 소리가 자꾸 들려왔다. 끊임없이 이송 날짜까지 거론되면서 우리는 극도로 긴장했다.

우리는 조만간 '2호 작전'이 분명히 시작되리라는 것을 알고 있었다. 그러면 절대로 두 손 붙들어 매고 상황만 지켜봐서는 안 된다는 것도 잘 알고 있었다. 몇몇 사람들은 게토를 탈출하여 바르샤바의 '아리안' 지역으로 도망칠 계획을 세웠다. 그건 어렵기도 하거니와 엄청난 위험을 감수해야 하는 일이었다. 게토 바깥에서 유대인의 존재를 알면서도 즉시 고발하지 않는 사람, 나아가 그를 돕고 거처까지 마련해주는 사람에게는 일가족까지 포함하여 죽음의 형벌이 기다리고 있었다. '아리안' 지역에서 발각되는 유대인은—'1호 작전' 개시 전에 벌써 많은 유대인들이 탈출했거나 아예 게토로 들어오지 않았다—대부분 그 자리에서 사살되었다.

그러나 탈출을 두려워한 사람들도 독일인들이 다음번 조치를 시행할 때까지 아무것도 안 하고 시간만 보내지는 않겠다고 결심했다. 그들은 많은 노력과 재주를 동원하여 몇몇 주택의 지하실을 대피 공간으로 개조한 뒤 식량과 식수를 준비하고, 수도관을 연결하고, 때론 게토 바깥으로 탈출할 수 있는 지하 하수도망과도 연결했다. 또다시 강제 이송이 시행되면 그곳에서 숨어 지내며 이송이 끝날 때까지 기다릴 작정이었다.

특히 우리는 곧 '이주'가 시작되면 손에 무기를 들고 공개적으로 저항하기로 결정했다. 독일인에 대한 이런 (당연히 가망 없는) 저항은 이미 1942년 7월 22일에 여러 유대인 조직의 대표자들이 모인 공동회의에서 논의된 적이 있었지만, 결과는 부정적이었다. 게토에는 무기가 거의 없기 때문에 저항운동이 상징적 의미조차 보여주지 못할 거라는 게 그들의 생각이었다. 그러나 1942년 가을 지금은 상황이 전혀 달랐다. 청년조직들과 정당들은 지금이 서로 연합할 때라고 보고 유대인 투쟁조직(훗날에는 폴란드어 약자 ZOB를 사용했다)을 결성했다. 당장 무기를 마련해야 했는데, 폴란드 지하조직에서 구하는 게 가장 쉬웠다. 다음번 수송이 12월, 늦어도 1943년 1월에는 시작될 것으로 예상했기 때문에 모든 일을 하루바삐 처리해야 했다.

1월 중순이 되자 또 한번 마음이 놓이는 소문이 들려왔다. 독일인들의 입에서 나온 게 분명한 그 소문의 목적은 다름이 아니라 유대인들의 경계심을 가라앉히려는 것이었다. 1월 18일 새벽 6시가 조금 넘었을 때 우리는 거리에서 들려오는 소음에 잠에서 깨어났다. 나는 창가로 달려갔다. 어둡기는 했지만 수백, 수천 명의 유대인들이 줄지어 행진하는 모습이 보였다. 우리가 사는 건물 층계에서 누군가 크고 거칠게 명령하는 소리가 났다. 내가 듣기로는 당장 집에서 나와 거리로 모이지 않으면 그 자리에서 사살하겠다는 내용이었다. 우리는 될 수 있는 대로 빨리 옷을 입고 밖으로 나왔다. 두 가지 광경이 눈에 들어왔다. 어디에서 시작되고 어디에서 끝나는지 알 수 없는 집 앞에 늘어선 긴 줄을 전보다 훨씬 많은 헌병들이 감시하고 있었다. 보초들은 장전된 총을 손에 들고 10미터 혹은 15미터 간격으로 서 있었다. 독일 군복을 입고 있던 그들은 전에 보았던 라트비아, 리투아니아, 우크라이나 사람들이 아니었다. 흥분하여 화를 내고 고함을 지르고 명령할 때 쓰는 말을 들으니 오스트리아인이 주축이 된 독일인들이었다.

몇 분 후 우리는 행진을 시작했다. 행렬이 '환적장'으로 간다는 것에는 의심의 여지가 없었다. 그리고 머잖아 늘 사람들로 미어터지고 역겨운 오물로 뒤범벅된 대기실에 도착하여 기다리고 있다가 가스실로 들어가리라는 것도 분명했다. 미와 가는 말없이 천천히 행진하는 우리의 목적지에서 그리 먼 곳에 있지 않았다. 내가 토지아의 귀에 대고 속삭였다. "도스토옙스키의 일화를 잊지 마." 그녀는 내 말뜻을 알아들었다.

슈테판 츠바이크의 『인류사의 운명의 순간들』은 전쟁 전은 물론이고 전쟁 후에도 인기를 끌었던 책인데, 거기에 소개된 '역사의 축소판' 중 하나는 도스토옙스키의 삶에서 극적이었던 사건을 다루고 있다. 츠바이크에 의하면, 1849년 정치적인 이유로 사형선고를 받은 도스토옙스키는 수의를 입고 사형장에 들어갔다. 몸은 벌써 밧줄로 말뚝에 묶이고 눈은 가려졌다. 그때 갑자기 고함 소리가 들렸다. "멈추시오!" 마지막 순간에 장교가 문서를 들고 나타났다. 러시아 황제가 사형선고를 파기하고 형을 감면한다는 내용이었다.

도스토옙스키에 관한 이 작은 일화는 문학적으로는 실패작에 가까웠지만, 츠바이크의 『인류사의 운명의 순간들』이 전하는 다른 일화들과 더불어 김나지움을 다니던 내게 강한 인상을 남겼다. 그 일화를 토지아에게 들려준 적이 있는 나는 '환적장'으로 가는 행렬에서 츠바이크가 일부 창작을 가미해 묘사한 그 사건을 다시 한번 그녀에게 상기시켰다. 우리가 헤어지더라도 너무 일찍 포기하지 말라고 신신당부하고 싶었던 것이다. 물론 그 상황에서 일화나 문학이 모든 문제를 해결해주는 것은 아니었다. '환적장'까지 가는 길이 매우 가까웠기 때문에 줄에서 도망치려면 지금 결행해야지 그러지 않으면 다시는 기회가 없었다. 게다가 트레블링카행 열차에서 달아나는 것은 불가능에 가까웠다.

행렬에서 이탈하는 사람은 즉시 사살되었다. 적지 않은 사람들이 길가에 엎어져 있었다. 그래도 그 위험을 감수할 수밖에 없었다. 나는 두 아들을 데리고 우리 대열에서 걷고 있던 구스타바 야레츠카에게, 지금 여기에서 빠질 테니 우리를 따라오라고 신호를 보냈다. 그녀는 고개를 끄덕였다. 탈출하려는 순간, 나는 죽음의 총알이 두려워 잠시 머뭇거렸다. 그때 토지아가 나를 행렬 바깥으로 끌어냈다. 우리는 그 다정한 미와 가에서 1939년 9월에 파괴된 어느 건물 입구를 향해 냅다 뛰었다. 구스타바 야레츠카는 우리를 따라오지 않았다. 그녀는 두 아이와 함께 트레블링카행 열차에서 사망했다.

행렬에서 우리보다 나중에 탈출한 사람들은 헌병 한 명이 우리에게 총을 쏘려 했다는 말을 전해주었다. 그가 쏜 총알이 빗나갔을까? 총이 작동하지 않았을까? 독일인이나 오스트리아 사람이었을 그는 혹시 총 쏠 마음이 없었던 것은 아닐까? 아니면 우리를 죽이기가 저어되어 명령을 무시했을까?

미와 가의 그 폐건물 입구에서 우리는 지하실로 뛰어내려갔다. 그곳은 놀랍게도 다른 건물의 지하실과 연결되어 있었다. 벙커를 만들려고 담장을 부순 게 분명했다. 그곳을 헤매던 우리는 바깥 거리에서 상당히 멀리 떨어진 마지막 지하실에 당도했다. 거기에서는 고함 소리도 총성도 들리지 않았다. 적막강산이나 다름없었다. 우리는 그곳에서 밤이 될 때까지 머물렀다. 아무도 우리를 찾지 않았다.

밤이 되어서야 그 은신처에서 나왔다. 이튿날 아침에는 친구 몇 명과 함께 이제는 사용하지 않는 어느 '유대회' 건물에 몸을 숨겼다. 그곳에는 옛날 바르샤바 유대교 자치회 서고에 있던 서적과 문서가 수천 권 보관되어 있었다. 입구가 하나뿐인 그 넓은 공간에서 우리는 수많은 고서들로 임시 방어벽을 쌓고 이 '작전'에서 무사히 살아남기를 염원했다. 그리고 염원대로 우리는 살아남았다. 그 책들이 우리의 목숨을 구해주었다.

이것이 가능했던 이유는 '2호 작전' 나흘째이자 이미 5000~6000명의 유대인이 이주한 뒤인 1943년 1월 21일에 작전이 중단되었기 때문이다. 독일 작전사령부는 '환적장'에서 대기하고 있던 열차 가운데 절반만 트레블링카로 보내고 나머지 절반은 친위대가 임의로 사용할 수 있는데도 작전을 속개하지 않기로 결정했다. 그 이유는 '2호 작전' 수행중에 독일측이 예상하지 못한 사건이 발생했기 때문이다. 유대인들이 무장봉기를 일으킨 것이다. 그러나 계획되었던 '이주'는 연기되었을 뿐, 친위대는 이제부터 무장봉기의 대응책으로 나머지 유대인들을 살해하고 게토를 완전히 말살할 것이 분명했다.

나는 유대인 투쟁조직에 몸담고 있지는 않았지만, 그들의 한 가지 저항활동에는 참여했다. 그것은 거의 우연에 가까웠다. 1월 이송 후 틀림없이 들이닥칠 죽음을 피할 생각이라면 무조건 하루빨리 게토를 탈출해야 했다. 그건 부인도 외면도 할 수 없는 사실이었다. 그러나 유대인이 '아리안' 지역에서 살아남으려면 세 가지 조건이 필요했다. 첫째, 위조된 신분증을 사기 위한 돈이나 귀중품이 있어야 했다. 협박받을 각오까지 해야 한다는 건 더 말할 필요도 없었다. 둘째, 생김새와 행동거지가 폴란드 사람에게 유대인일 거라는 의심을 갖게 해서는 안 되었다. 셋째, 게토 바깥에서 기꺼이 도와줄 비유대인 친구나 지인이 있어야 했다.

'아리안' 지역으로 탈출하려는 유대인이 이 세 조건 중 두 가지만 갖췄다면 그의 상황은 이미 아슬아슬하다고 할 수 있었고, 한 가지 조건만 갖췄다면 살아남을 가능성은 거의 없다고 보아도 무방했다. 나는 세 조건 중 어느 하나도 갖추지 못했다. 그러니 내가 탈출하는 것은 사실상 무의미했다. 나는 돈도 없고 게토 바깥에 친구도 없었다. 그리고 누구라도—폴란드인들은 이런 면에서 놀라운 감각의 소유자였다—내가 유대인이라는 걸 바로 알아볼 수 있었다. 토지아의 처지도 나보다 별로 나을 게 없었다. 우리는 그녀가 유대인처럼 보이지는 않을 거라고 생각하고 있었지만, 머지않아 그것도 믿을 게 못 된다는 것을 절실히 깨달았다.

이런 상황에서 나는 무엇을 할 수 있을지 고민해보았다. 혹시 금방 돈을 마련할 수 있지는 않을까? '2호 작전'이 끝나고 며칠 뒤 우리는 밤에 두 명의 친구와 함께 미와 가 건물 지하실에 앉아 있었다. 그리고 우리의 상황이 가망 없다는 데에 의견을 모았다. 그때 나는 '유대회'가 아직도 매주 독일인들에게 돈을 낸다는 것은 치욕이 아니냐, '유대회' 금고를 습격해야 하지 않느냐고 지나가는 투로 말했다. 물론 진심에서 우러나온 말은 아니었다. 그런데 같이 있던 한 젊은 남자가 당장 내 용감무쌍한 생각에 관심을 보였다. 그가 유대인 투쟁조직 대원이라는 건 이미 알고 있었다. 그는 당분간 이 이야기를 아무에게도 하지 말라고 우리에게 당부했다.

다음날 그는 어제 말한 일을 실행에 옮길 것 같다면서 우리에게 도와달라고 했다. 나는 '유대회' 건물에 있는 금고 모델명, 금고가 있는 방으로 가는 통로, 문 자물쇠 등, 습격에 필요한 정보를 알려주어야 했다. 뿐만 아니라 전에 잘 알고 지내던 경리직원과 대화하면서 독일 당국에 돈을 내야 하는 날짜가 언제인지도 알아내야 했다. 그 밖에 '유대회'에서 쓰는 편지지를 훔

쳐내 왔으며, 토지아는 그럴듯하게 '유대회' 대표의 서명을 위조했다. 그 편지와 서명을 어디에 쓰려는 것인지 투쟁조직은 말해주지 않았다.

작전은 1월 30일 밤에 실시되었다. 그러나 상황은 우리의 추측과는 다르게 전개되었다. 그들은 문 자물쇠도, 금고도 부수지 않았다. 유대인 투쟁조직은 온건하고 조금 더 나은 해결책을 찾아냈다. 대원 몇 명이 유대인 민병대로 변장하고 밤에 집에서 자고 있던 경리직원을 깨워 '유대회' 대표의 편지를 건넸다. 편지에는 당장 금고 열쇠를 가지고 사무실로 오라고 적혀 있었다. 그들은 놀란 경리직원에게 갑자기 독일인들이 나타나 더 많은 액수를 요구한다고 설명했다. 경리직원은 의심하는 듯했지만 그들이 요구한 대로 행동했다.

다음날 유대인 조직이 습격에 성공하여 독일인들에게 가야 할 돈—10만 즐로티가 넘었다—을 탈취했다는 소식이 전해지자 모두 기뻐 어쩔 줄을 몰라했다. '유대회' 대표는 사건을 즉시 독일 당국에 보고했다. 독일측에서는 전문가를 보내 샅샅이 조사했지만 아무것도 알아내지 못했다. 유대인 투쟁조직과 연락하고 있던 친구는 탈취금의 대부분을 무기 구입에 사용하기로 했다는 조직의 결정을 우리에게 알려주었다. 그러나 토지아와 나에게는 아이디어를 제공하고 도움을 준 대가로 한 사람당 탈취금의 5퍼센트를 사례로 주겠다고 했다. 그 돈으로 조금이라도 쉽게 게토를 탈출했으면 좋겠다고 했다.

나는 '2호 작전'이 시작되기 전에는 '아리안' 지역으로의 탈출을 진지하게 고려해보지 않았다. 나가면 계속 이웃집 사람이나 행인들 눈치를 보아야 할 게 두려웠으며, 어느 어린아이라도 나를 밀고할 수 있다는 것을 잘 알고 있었다. 내가 게토 바깥에 나가 곧 죽을 확률은 99퍼센트쯤 된다고 믿었다. 그러나 게토에서는 바로 내 눈앞에, 그것도 100퍼센트 확실하게 죽음이 기다리고 있었다. 나는 그 희박한 가능성이나마 붙잡아야 했다. 아니 우리 둘이 함께 붙잡아야 했다. 이 문제에서 토지아와 나는 전혀 견해 차이가 없었다.

어느 실력 있는 바이올리니스트가 우리에게 폴란드 노동자 가정의 주소는 일러주었다. 사는 형편이 좋지 않아 적당한 액수의 돈을 주면 유대인에게 거처를 제공할 의향이 있는 사람이라고 했다. 그 바이올리니스트도 나중에 게토를 탈출할 생각이었으나 트레블링카에서 목숨을 잃었다. 헤어질 때 그는 한마디도 하지 않고 우리를 슬프게 바라보았다. 우리가 그 집 현관문에 이르자 그는 장식장 위에 놓여 있던 바이올린을 집어들었다. 그리고 베토벤의 현악 4중주 op. 59 3번 다장조 중 4악장 알레그로 몰토의 도입부를 평소보다 조금 느리고 구슬프게 연주했다.

게토 경계선을 어떻게 넘어야 하나? 방법은 두 가지였다. 하나는 새벽에 일터로 나가는 사람들 줄에 섞여 가는 방법이었다. 그렇게 해서 게토 바깥으로 나오면 줄에서 떨어져나와 다윗의 별이 새겨진 완장을 재빨리 던져버리고 어디론가 도망쳐야 했다. 이 방법을 택하면 손에 조금의 짐이라도 있어서는 안 되니 우리는 아무것도 가져갈 수 없었다. 다른 하나는 오후에, 대략 5시에서 6시 사이에 일하러 갔던 사람들이 돌아오면서 경계선 보초들이 열심히 몸수색을 하느라 정신이 없는 틈을 타 빠져나가는 방법이었다.

둘째 방법을 택하면 최소한 작은 가방 하나쯤 들고 갈 수 있다는 장점이 있었다. 당연히 보초도 매수해야 했다. 그 일은 탈출을 조직한 유대인 민병대원이 처리했다. 그는 돈을 받으면 독일 헌병과 폴란드 경찰에게도 나누어 주었다. 우리가 매수금 액수를 흥정할 때 그가 들려준 말이었다. 하지만 그는 나를 속이고 돈을 혼자 독차지했다. 탐조등이 눈부시게 내리비치던 경계 구역에서 그와 한패라는 독일 헌병과 폴란드 경찰이 우리에게 등을 돌리는 순간 그가 소리를 질렀다. "지금 나가요, 곧장, 얼른!" 우리는 그가 말한 대로 곧장 빠르게 걸었다. 겨우 스무 발자국이나 왔을까싶었는데 벌써 게토 바깥이었다. 1943년 2월 3일이었다. 바르샤바의 비유대인 지역에서 무엇이 우리를 기다리고 있는지는 2~3분 뒤에 알게 되었다.

볼렉에게 들려준 이야기들

바르샤바의 두 지역을 가르는 경계선을 막 급하게 지나왔을 때였다. 뒤에서 아무렇지도 않으면서 섬뜩한 말이 들려왔다. "정지!" 두 명의 폴란드 경찰이 신분증을 보자고 있다. 전쟁 전부터 착용한 제복 색깔에 따라 '푸른 경찰'이라고 불리던 그들은 독일측에서 묵인하고 나아가 이용하는 대상이었다. 나는 말을 돌리지 않았다. 우리는 방금 게토에서 나온 유대인이라 신분증이 없으니 독일 헌병에게 인도하면 그만이라고 말했다.

우리는 놀랐지만 절망하지 않았다. 독일 보초병이라면 누구나 유대인을 보는 즉시 인정사정 보지 않고 사살한다는 것은 알고 있었다. 그와 동시에 '푸른 경찰'도 독일 헌병대를 위해 일은 하지만, 도주하는 유대인을 협박하려고 게토 입구 근처에서 열심히 순찰을 돈다는 것도 우리는 알고 있었다.

당장 경찰의 역사만큼이나 오래되었을 절차에 따라 협상이 시작되었다. 한 명은 말이 통할 것 같지 않은 강경한 사람이었고, 또 한 명은 얼마든지 대화가 가능한 사람이었다. 그는 우리와 몰래 합의를 보고 싶지만 자기 동료가 아쉽게도 열성 경찰이라며, 그래도 액수가 적당하다면 그의 마음을 돌려볼 수 있겠다고 했다. 그후 우리에게 매수된 두 사람은 우리를 마차에 태워 우리가 가자는 곳까지 데려다주었다. 마차를 타고 가는 동안 그 경찰들은 어차피 우리는 모두 폴란드 사람 아니냐고 했다.

우리의 바르샤바 게토 생활은 매수와 함께 막을 내리고 게토 바깥의 생활도 매수와 함께 시작되었다. 당시 꽤 많은 폴란드인들이 사형의 위협을 무릅쓰고 유대인을 받아들여 숨겨주었다. 물론 대개는 상당한 액수의 대가를 받았다. 우리는 바이올리니스트가 소개한 노동자 집에서 며칠을 머물렀지만 거기에서도 협박을 당하는 바람에 가능한 한 빨리 다른 곳으로 가야 했다.

협박과 도주는 끊임없이 반복되었다. 수많은 폴란드 사람들, 그중에서도 학교를 다니지 못하고 자란데다 아버지까지 전쟁 포로로 끌려간 청소년들, 그리고 배운 것도 없고 하는 일도 없던 사람들은 거리를 지나는 행인들을 의심의 눈으로 관찰하며 하루를 보냈다. 그들은 곳곳에서, 특히 게토 경계선 근처에서 유대인을 잡으러 다니는 유대인 사냥에 나섰다. 사냥은 그들의 직업이자 취미였다. 그들은 정확하게 유대인을 식별해냈다. 무엇을 보고 알아낼까? 다른 특징이 없으면 슬픈 눈을 보고 알아낸다고 했다.

점령군 은어로 '슈말조브니크'라고 불리던 그 과격한 청년들은 정말 희생자들을 독일 당국에 넘겨줄 생각이었을까? 아니다. 그들은 거기에는 크게 관심이 없었다. 그들은 유대인들을 약탈하여 돈과 보석과 귀중품을 빼앗거나 하다못해 재킷이나 겨울 외투라도 강탈하는 것을 더 좋아했다. 내가 몇 분만이라도 거리에 모습을 드러내면 나는 당장 큰 위험에 처할 터였다. 하지만 우리는 어떤 방법을 써서든지 한 임시 거처에서 다른 은신처로 계속 움직여야 했다. 그것도 어두운 밤에는 불가능했다. 저녁 8시는 통금 시간이고 곧 서머타임이 시작되기 때문이었다. 그때 간단하고 꽤나 그럴듯한 묘안이 떠올랐다. 나치당 기관지 『민족의 관찰자』를 사서 하켄크로이츠가 박힌 1면이 잘 보이게 들고 머리는 꼿꼿이 쳐든 채 성큼성큼 빠른 걸음으로 이동하는 것이었다. 그러면 갈취범들이나 밀고자들은 나를 괴팍한 독일인으로 알고 시비를 걸어오지 않을 거라고 생각했다.

1943년 4월 19일, 게토에서 반란이 일어났다. 비인간성에 대한 영웅적이고 가망 없는 저항이었다. 탱크를 포함한 막대한 병력이 동원되어 5월 16일에 반란이 완전히 진압되자 많은 유대인들이 하수관을 통해 게토에서 탈출했다. 협박꾼들과 밀고자들로서는 대목을 맞은 셈이었다. 그 여파는 우리도 느낄 수 있었다. 어느 날 우리가 숨어 있던 작은 방에 갑자기 젊은 남자가 소란을 피우며 들어왔다. 몸은 여위었고 입고 있는 작업복은 초라했다. 그는 연극 대사를 읊듯이 "손들어" 하고 외치더니 돈을 내놓으라고 했다. 그는 우리가 가지고 있던 많지 않은 현금과 내 만년필을 챙기고 내 옷도 몇 벌 빼앗은 뒤 잠잠해졌다. 그러고는 우리와 조금 수다를 떨고 싶어하는 것 같았다. 잠시 후 그는 우리에게 아무 짓도 안 할 테니 도망갈 필요 없다고 무척 순진하게 말하고는 그곳에서 나갔다. 우리와 같은 건물에 살고 있던 그는 우리를 숨겨준 집주인이 불러온 사람인 듯했다. 두 사람은 강탈한 물건을 나눠 가졌다.

이제는 분명해졌다. 우리는 더이상 그곳에서 묵을 수 없었다. 도망가야 했다. 그것도 당장. 그러나 어디로 가야 할지 막막했다. 돈도 한 푼 없었다. 나는 완전히 체념한 상태였다. 다음날 또 문이 열렸다. 이번에는 요란한 소리가 나지 않았다. 불쾌하고 위험한 이웃 남자, 우리를 협박했던 잔인한 인상의 그 마른 남자였다. 이번에 그는 친절했다. 내게 아무것도 원하지 않았다. 아니, 그렇지 않다. 그는 나와 이야기를 좀 하고 싶어했다. 특히 전쟁에 대해, 향후 시국에 대해, 그리고 폴란드의 운명에 대해. 내가 들려준 이야기에 그는 흡족해하는 것 같았다. 정밀기계공이었던 그는 실직한 상태였다. 그가 묻는 말들이 무식해 보이지는 않았다.

다음날 또 그가 찾아왔다. 이번에는 독일이 패전했다는 희소식을 전해주었다. 그리고 지나가는 투로 이렇게 말했다. "아, 당신한테 돈이 있다면 뭔가 조금 도움이 될 텐데요. 우리 형 집에 있으면 정말 안전하다는 말이죠." 그 형은 아내와 자식 둘만 데리고 시 외곽의 임대주택에서 산다고 했다. "형은 독일 사람이에요. 거의 독일 사람이라고 봐야죠. 형이 유대인을 숨겨주고 있다고 아무도 의심하지 않을 거예요."

노지아는 그사이 '아리안족' 신분증을 얻어서 가정부로 일하고 있었다. 나를 (그리고 분명히 다른 사람까지) 비열하게 협박한 녀석이 제공하겠다는 은신처로 가야 할까? 잘되든 못 되든 나를 녀석에게 의탁해야 할까? 그건 경솔한 행동이다. 아니, 미친 짓이다. 하지만 나는 낙담한 상태였고 달리 뾰족한 방법이 없었다. 그래서 그에게 독일인이라는 그의 형과 이야기를 해달라고 부탁했다. 지금은 돈이 없지만 얼마 정도는 마련할 수 있을 것 같다고 했다. 내 부탁이 자살에 맞먹는 것이었을까? 그럴 것 같은 두려움이 생겼다.

안텍이라는 이름의 그 정밀기계공은 제 형을 만나러 갔다가 세 시간 후에 술기운을 풍기며 돌아왔다. 형은 이야기를 다 듣고 나서 내가 외판원이나 지저분한 상인인지 알고 싶어하더라고 했다. 그는 아니라고, 말도 잘하고 이야기 솜씨도 좋은 유식한 사람이라고 대답했다고 했다. "그럼 한번 데려와. 내가 한번 보게."

내가 가야 할 변두리의 그 집은 꽤 먼 곳에 있었다. 비스와 강 반대편인 오른쪽에 있는 지역이었다. 전차를 타고 종점까지 간 후 조금 더 걸어가야 했다. 가는 도중 발각되어 고발당하지 않으려면 어떤 채비를 해야 할까? 비쩍 마른 불량배 안텍은 그래도 어수룩한 녀석은 아니었다. 그는 『민족의 관찰자』를 이용한 속임수는 이제 통하지 않는다고 했다. 그는 오후 5시경 전차가 사람들로 만원일 때 타고 가라고 했다. 그리고 금방 고발당해 보초에게 끌려가지 않으려면 남들이 보는 인상이 지금과는 전혀 달라야 한다고 했다. 유대인 지식인이 아니라 가난한 폴란드 노동자처럼 보여야 한다는 것이었다.

그가 꾸며놓은 나는 근무를 마치고 귀가하는 초췌한 철도 노동자였다. 그때까지 남아 있던 검은 머리는 잘라버려야 했기에 나는 삭발을 했다. 안경도 벗어야 했다. 안텍은 철도 노동자들이 쓰는 낡은 모자와 그보다 더 낡은 조끼를 구해다주었다. 얼굴에는 검댕을 칠하고 손에는 녹이 슨 커다란 집게를 쥐여주었다. 그러면서 이런 지저분한 철도 노동자를 보면 사람들이 피할 거라고 했다.

그런 차림새로 길을 나선 나는 다행히 아무 일 없이 종점까지 갔다. 함께 전차를 타고 간 안텍이 나보다 먼저 내린 후 내가 20~30미터 간격을 두고 따라갔다. 만사가 순조로웠다. 그런데 놀랍게도 그는 그 변두리 주거지에서 나를 끌고 나와 인근 숲으로 데리고 들어가더니 다시 이곳저곳을 헤매고 다녔다. 내가 가진 게 아무것도 없다는 것은 그도 알고 있으니 나를 약탈할 수는 없었다. 죽이려고 그러나? 그럴지도 모른다는 생각이 들었다. 하지만 무엇 때문에? 얼마 후 안텍은 다시 방향을 바꾸어 풀밭과 들판을 지나 거주지로 돌아와 외딴곳에 있는 작은 건물로 나를 데리고 들어갔다. 제2차 세계대전 직전에 지어진 건물인데도 그곳엔 욕실도 화장실도 없었다. 일을 보려면 어쩌다 물이 나오는 부엌의 수도꼭지나 재래식 변소를 이용해야 했다. 내게는 두렵기만 했던 그 길고 긴 우회로가 필요했던 이유는 우리를 따라오거나 주시하는 사람이 없는지 확인하기 위해서였다고 안텍은 말했다.

우리를 궁금해하며 기다리던 남자를 본 순간 나는 그 뜻밖의 모습에 조금 놀랐다. 몸집이 조금 작았던 그는 동생과는 전혀 다른 부류의 사람이었다. 얼굴에서는 잔인하거나 위협적인 기색이 하나도 보이지 않았다. 그 남자, 볼렉은 오히려 믿음직하고 호감을 주는 인상이었다. 그는 내게 공손하고 친절하게 인사를 건넨 뒤 바로 보드카 한 잔을 권했다. 그보다는 빵 한 조각이 더 절실했지만 나는 그가 내미는 술을 거절하기가 힘들었다.

그는 식자공이었다. 그는 필체도 무척이나 아름다웠지만, 당시 폴란드에서 학교를 다니지 않은 사람으로서는 드물게 철자법도 완벽했다. 손에 책을 든 모습은 한 번도 보여주지 않았지만 그래도 그는 교양 있는 프롤레타리아였다. 점령기에 그가 다른 많은 사람들처럼 실업자가 된 것은 당연한 수순이었다. 나치 치하의 폴란드에서 인쇄소는 거의 가동을 하지 않았다.

볼렉과 동갑인 그의 아내는 몸집이 크고 머리는 붉은색에 성격은 조금 거칠었는데, 젊었을 때는 미인이었겠다는 생각이 들었다. 젊었을 때? 그녀는 아직 서른일곱이 안 됐지만 관리를 소홀히 하여 벌써 세파에 찌든 흔적이 역력했다. 뜻밖에도 그녀는 글을 척척 읽었다. 남편과 달리 책도 읽었지만 모두 통속소설이었다. 글자는 전혀 쓸 줄 몰랐다. 제 이름을 쓰는 것도 힘들어했다. 당시 폴란드에서는 이상한 일이 아니었다.

15분 정도 대화를 나누었을 때 볼렉이 말했다. "당신이 이 끔찍한 전쟁을 우리집에서 잘 넘겼으면 좋겠어요." 가식도 과장도 전혀 없는 그의 말에 나는 얼떨떨해졌다. 그때가 1943년 6월이었다. 그의 말은 현실이 되었다. 우리는 그의 허름한 집에서 독일 점령기를 보내고 우리의 목숨을 구했다. 식자공 볼렉과 그의 아내 게니아의 도움으로.

우리의 목숨이라고? 처음에 나는 그 집에 혼자 있었다. 가정부로 일하던 토지아는 앞날이 별로 밝지 않았다. 토지아의 부모님은 딸 교육에 신경을 많이 써서 그녀에게 피아노, 영어, 프랑스어 그리고 당연히 독일어까지 가르쳤다. 하지만 그녀는 다리미질을 하고 감자 껍질을 벗기고 채소를 씻는 법은 배우지 못했다. 그러니 몇 번씩이나 가정부 자리에서 쫓겨나기를 반복한 것도 이상할 게 없었다. 그러다 마침내 아주 좋은 일자리가 생겼다. 하루는 그 새로 들어간 집에서 혼자 있다가 유혹을 견디지 못하고 피아노 앞에 앉아 쇼팽의 왈츠를 연주했다. 예정보다 일찍 돌아온 여주인은 쇼팽을 좋아하긴 했지만, 피아노 치는 가정부는 여태 본 적이 없었다. 그리고 새로 온 가정부가 유대인이라는 것도 그녀는 의심하지 않았다. 아니 분명히 유대인이었다. 점령된 바르샤바에서 토지아의 가정부 생활은 그것으로 막을 내렸다. 토지아가 가지고 있던 위조 신분증도 쓸모가 없어졌다. 그녀는 조금도 망설이지 않고 몇 시간 뒤 볼렉의 집에 나타났다.

우리는 낮에는 지하실이나 참호나 다락방에 숨어 있다가 밤이 되면 볼렉을 도와 일했다. 원시적인 방법으로 수천, 수만 개의 담배를 만드는 일이었다. 볼렉은 그 담배를 팔았지만 수익은 거의 없었다. 그러니 그와 그의 가족은 가난하게 살 수밖에 없었다. 하지만 우리의 궁핍함이 그보다 더 심각했다. 토지아와 나는 배를 곯았다. 이런 면에서는 집단 수용소에 있는 사람들이 그나마 우리보다 낫겠다는 게 우리의 진심이었다. 그들은 날마다 수프를 배급받지만, 우리는 특히 상황이 지독히 나빠지면 저녁때까지 기다려야 먹을 것을 구할 수 있었고, 그나마도 고작 당근 두 개뿐일 때가 많았다. 그러나 굶주림보다 무서운 건 죽음의 공포였고, 죽음의 공포보다 무서운 건 끝날 줄 모르는 굴욕이었다.

아무리 돈이 없어도 한 가지를 사기 위해서는 늘 돈을 준비해두어야 했다. 볼렉은 하루라도 술이 없으면 견디지 못했다. 하지만 나는 그가 거나하게 취한 모습은 봤어도 곤드레만드레가 될 때까지 마시는 것은 보지 못했다. 그가 말실수를 하여 우리를 위험에 빠뜨리거나 느닷없이 우리를 쫓아낼까 걱정한 적도 없었다. 게니아도 주기적으로 술을 마셨다. 심지어 그때 여섯 살과 여덟 살이던 두 아이에게까지 시시때때로 보드카를 주어 마시게 했다. 술과 "친해지게" 해야 한다는 것이었다.

안텍이 조금 신비스럽게 포장해서 말한 대로 그의 형 볼렉은 정말 독일인이었을까? 독일인들, 정확히 말하면 점령지 폴란드에서 살고 있던 독일인들은 폴란드인들보다 형편이 나았다. 그들은 종류도 다르고 질도 훨씬 우수한 생필품 배급표를 받는 혜택을 누렸다. 그런데 볼렉은 거의 모든 폴란드인들처럼 그런 독일인들을 무시하는 투로 말했다. 더 좋은 생필품 배급표를 받으려고 조국을 배신한 자들이라고 했다. 이 집 사람들이 독일인이라는 것은 허세를 부리는 안텍이 꾸며낸 얘기라는 생각이 들었다.

볼렉은 특히 성당과 신부들을 험담했다. "자기들은 너 나 할 것 없이 퍼마시면서 우리처럼 별 볼 일 없는 사람들은 보드카도 못 마시게 한다니까요." 이 사실을 알게 된 건 총각 때라고 했다. 결혼식 전에 의무로 되어 있는 고해를 하려 하자, 신부는 술주정뱅이한테는 고해를 받을 수 없다는 타당한 이유를 대며 거절했다는 것이다. 볼렉은 큰 상처를 받고 그때 이후로는 그의 말을 들어주는 사람에게는 입버릇처럼 이렇게 말했다. "죄다 사기꾼들이야. 가톨릭 신부든 개신교 목사든 가릴 것 없이." 내가 개신교 목사는 참회하는 사람을 거절할 수 없다는 것, 그리고 왜 거절하면 안 되는지 그 이유까지 알려주었지만 그는 내 말은 들으려고도 하지 않았다. 그런 사기꾼들은 남들 앞에서는 물을 마시라고 설교하면서 저희는 몰래 보드카를 마신다고 성경에도 나와 있다고 했다. "하느님은 모든 사람을 위해 보드카를 만들었지, 신부들이나 목사들만 마시라고 만든 게 아니거든요."

평소보다 더 많이 마시고 나면 그는 말하는 내용도 여느 때보다 의미심장해지고 말소리도 커졌다. 우리가 그의 집에서 지낸 지 얼마 안 되던 어느 날, 그는 의기양양하게 우리를 쳐다보더니 저돌적인 표정으로 아주 천천히 조금 위엄을 갖추어 이렇게 선언했다. "아돌프 히틀러, 유럽 최강의 권력자는 다음과 같이 결정했다. 여기 있는 두 사람은 죽어야 한다. 그리고 나, 바르샤바의 비천한 식자공은 이렇게 결정했다. 여기 두 사람은 살아야 한다. 자, 누가 이기나 어디 두고 보자." 토지아와 나는 그가 내린 판결을 자주 회상했다.

우리는 철저히 고립된 상황에서 지냈지만 전쟁이 어떻게 돌아가는지에 대해서는 비교적 잘 알고 있었다. 볼렉은 이웃이나 아는 사람들한테서 들은 소식을 우리에게 그대로 전해주었다. 바르샤바에 나돌던 무수한 소문들은 주로 위험을 무릅쓰고 라디오를 소지하고 있으면서 런던 방송을 듣는 사람들의 입에서 나왔다. 점령지 폴란드에서 폴란드어로 발행되는 신문은 지면도 적고 내용도 형편없었다. 그보다 나은 것이 독일어로 된 『크라카우 신문』과 그 지방판인 『바르샤바 신문』이었다. 독일인의 실제 전황에 대해서는 폴란드 신문보다 더 많은 것을 알아낼 수 있었기 때문에 나는 볼렉에게 그 신문을 사보는 게 좋겠다고 말했다. 그후 나는 중요한 기사가 실리면 아주 짧게 줄이고 조금 다듬어서 그에게 번역해주었다. 바꿔 말하면, 내가 그에게 들려준 소식들과 기사들은 반드시 독일의 패전과 우리의 고통의 종말이 시시각각 다가오고 있음을 알려주는 것이라야 했다.

내가 우울한 소식만 전해주면 볼렉은 독일 신문에는 더이상 돈을 쓰지 않겠으며 그런 사치는 부릴 수 없다고 겁을 주었다. 사실 나도 그 신문에 이렇다 할 내용이 없다는 것에는 동의했다. 그리고 종류가 전혀 다르지만 전쟁과 독일인에 대해 비교도 안 될 만큼 많은 진실을 알 수 있는 『제국』을 사보는 게 좋겠다고 말했다. 나는 볼렉이 사온 『제국』의 열렬한 독자가 되었다.

볼렉은 내가 낙관적으로 채색하여 들려준 소식에 대부분 회의적인 논평을 덧붙였다. 독일인들은 전쟁에서 질 게 분명하지만 우리는 그 패전을 눈으로 보지 못할 거라면서, 빌어먹을 독일 놈들은 여전히 힘이 세고 연합군은 안타깝게도 급할 게 없는 모양이라고 말했다. "높으신 양반들은 저희끼리 여기저기 다니면서 만나잖아요. 다들 느긋하게. 테헤란에 가면 항상 먹을 게 풍부하고 보드카도 넘쳐나잖아요. 날씨도 분명히 따뜻하고. 그래서 전쟁을 이렇게 오래 끄는 거예요. 바르샤바에 사는 식자공 볼렉이 친구 두 명을 구해내려 한다는 걸 그 양반들은 몰라요."

볼렉의 집에는 책이라고는 달랑 한 권밖에 없었다. 그것도 성경이 아니라 한 번도 펴보지 않은 게 분명한 무척 깨끗한 기도서였다. 나는 그곳에서 『제국』의 문예면을 특히 주의 깊게 읽었다. 솔직히 말하면, 전혀 재미가 없지는 않았다. 하지만 그것이 내가 문학에 몰두하는 유일한 방법은 아니었다. 믿기 힘들겠지만 그곳에서 나는 전혀 생각지도 않게 문학, 그것도 독일문학과 재회했다.

볼렉의 집에는 전깃불이 들어왔으나 그곳 변두리 전체가 정전이 될 때가 많았다. 그러면 석유 램프나 카바이드등에 의지해야 했는데, 불빛이 흐린데다 가격도 싸지 않아 담배를 만들 때만 사용했다. 그래서 우리는 어둠 속에 앉아 이런저런 이야기를 나누면서도 혹시 누가 집으로 다가오고 있지 않나 늘 귀를 쫑긋 세웠다.

어느 날은 볼렉의 아내가 아무 이야기나 들려달라면서 이왕이면 흥미진진한 이야기였으면 좋겠다고 말했다. 그날부터 나는 매일 날이 저물면 볼렉과 게니아에게 온갖 이야기를 다 들려주었다. 그렇게 몇 시간이 지나고, 몇 주가 가고, 몇 달이 지났다. 내가 이야기를 들려주는 목적은 단 하나, 그 두 사람을 즐겁게 해주는 것이었다. 이야기가 그들 마음에 들수록 우리는 더 나은 대접을 받으며 빵 한 조각, 당근 몇 개를 먹었다. 나는 이야기를 꾸며내 들려준 적이 없었다. 결코 단 한 번도 없었다. 그저 기억에 남아 있는 것들을 들려주었다. 어두침침하고 초라한 부엌에서 나는 고마워하는 청중에게 소설과 노벨레와 희곡과 오페라와 영화 줄거리를 대담하게 변조하고 단순한 긴장을 노려 짤막하게 줄인 축소판으로 들려주었다. 『젊은 베르테르의 슬픔』 『빌헬름 텔』 『깨진 항아리』 『임멘제』 『백마의 기사』 『에피 브리스트』 『예니 트라이벨 부인』 〈아이다〉 〈라트라비아타〉 〈리골레토〉 등이 내가 들려준 이야기들이다. 줄거리를 들려주다보니 내가 쌓아두었던 소재와 이야깃거리가 엄청나게 많다는 것을 알게 되었다. 수많은 겨울밤을 나기에는 충분했다.

나는 문학 속의 어떤 인물과 모티브가 평범한 사람들에게 감명을 주는지 확실히 알 수 있었다. 볼렉과 게니아는 나라를 세 딸에게 나누어주려는 늙은 왕의 이야기를 누가 지었는지에 대해서는 전혀 관심이 없었다. 셰익스피어란 이름은 들어본 적이 없으면서도 그들은 리어 왕을 불쌍하게 여겼다. 볼렉은 그 이야기를 들으면서 자기 자신과 아이들에 대해 생각해보았다고—물려줄 재산은 한 푼도 없었지만—나중에 말했다. 반면에 햄릿의 고민과 갈등은 그에게 낯설었다.

하지만 『간계와 사랑』을 듣더니 볼렉은 진심으로 흥분했다. "나도 이런 벌레 같은 인간을 알고 있어요. 우리 인쇄소에 딱 이런 인간이 있었어요." 하지만 그에게 가장 큰 감명을 준 작품은 뜻밖에도 전혀 다른 희곡이었다. 내가 특히 신경을 써서 눈앞에 보듯이 아주 생생하게 묘사해서 그랬던 모양이다. 내가 이야기를 마치자 그는 분명하고 단호하게 말했다.

"빌어먹을 독일 놈들. 그래도 이 함부르크* 씨는 마음에 드네요. 이 사람도 우리처럼 죽음을 겁내고 있어요. 살고 싶어서. 명예나 명성은 아무것도 아닌 사람이에요. 요게 마음에 들어요. 내가 한마디 하자면, 에이, 빌어먹을 독일 놈들, 이 독일인은 그중 가장 용감한 사람이에요. 두려움을 가지고 있지만, 두렵다고 솔직하게 말하는 걸 부끄러워하지 않잖아요. 이렇게 살려고 애쓰는 사람들이 다른 사람들도 살 수 있게 하는 거죠. 내 생각엔 함부르크 씨도 보드카를 좋아할 것 같아요. 다른 사람도 마시게 내버려둘 사람이죠. 이런 사람이 지금 바르샤바의 사령관이 아닌 게 유감이에요. 빌어먹을 독일 놈들. 하지만 이 독일인이라면 아무도 처형하지 않을 거예요. 자, 마셔요. 독일인 함부르크 씨를 위해 건배!"

그는 예외적으로 토지아와 내게도 보드카를 한 잔씩 따라주었다. 나는 소小반제 호수에 갈 때마다 독일인들은 빌어먹을 놈들이라며 욕하면서도 프리드리히 폰 홈부르크 공을 위해 건배한 볼렉을 생각한다. 그리고 그곳에서 삶을 마감한 프로이센의 작가**와 목숨을 걸고 나를 구해준 바르샤바의 식자공에게 마음속으로 고개를 숙인다.

두 청중이 내 이야기에 흥미를 보여주어 기쁘면서도, 그럴수록 그 이야기들은 내 기분을 우울하게 만들었다. 독일문학을 업으로 삼겠다고 마음먹은 시절이 영영 돌아오지 않는 곳으로 사라졌다는 생각이 들었다. 유대인들은 이런 걱정을 가리켜 '배부른 고민'이라는 멋진 말로 표현한다. 그도 그럴 것이, 우리는 전과 다름없이 날마다, 아니 시시각각 목숨을 걱정하며 지내야 하는 처지였다. 볼렉이 만사에 싫증을 내고 우리를 내보내고 싶어하던 때도 있었다. 그는 독일인들이 무서웠을까? 그들이 우리를 찾아내고 자신을 쏘아 죽일까봐 두려웠을까? 물론 그것도 큰 이유가 됐겠지만, 사실 그는 무모한 성격 그대로 그런 끔찍한 위협은 별로 심각하게 여기지 않았다. 하지만 그는 솔직한 심정으로 이렇게 말한 적이 있었다. "더이상은 안 되겠어요. 이

---

* 하인리히 폰 클라이스트의 비극 『홈부르크 공』의 주인공 이름을 볼렉이 '함부르크'로 잘못 알아들었다.

** 『홈부르크 공』의 저자 하인리히 폰 클라이스트.

제는 떠나세요. 한동안 우리가 도와주었으니 이제는 다른 사람 차례예요. 안 그러면 우리 모두 여기서 굶어죽을 거예요."

우리를 내보내려고 할 때마다 게니아가 그를 설득했다. "이 사람들은 우리집에 있어야 해요. 오랫동안 함께 버텨왔는데, 조금만 더 있으면 잘될 거예요." 그러다 거꾸로 게니아가 인내심을 잃을 때마다 자신 있게 외친 사람은 볼렉이었다. "젠장, 우리는 해낼 수 있어. 빌어먹을 독일 놈들이 아무리 발악을 해도." 두 사람은 계속 보호자가 되어 우리를 숨겨주었고, 우리는 여전히 밤 시간을 이용해 수천 개비의 담배를 만들었으며, 나는 그 긴긴 밤마다 계속 사랑에 빠진 소녀, 젊은 왕자, 늙은 왕, 겨울 동화, 한여름 밤의 꿈 이야기를 들려주었다.

우리는 여전히 끔직한 굶주림에 시달렸다. 토지아의 친척이 복잡한 경로로 적은 액수의 돈을 보내주었을 때도 배를 곯았다. 가장 싼 보드카를 사기에도 돈이 모자랄 때가 있었다. 그러다 문득 볼렉에게 기발한 묘안이 떠올랐다. 당시에 학교는 없었지만 많은 부모들이 자식에게 여러 명이 모여 하는 개인 교습을 시켰다. 이런 식의 공부를 '공동 교습'이라고 불렀다. 볼렉은 이웃집 사람에게 자기가 아이들의 숙제를 대신 해주겠다고 제의했다. 하지만 그걸 아이들 있는 데서 하면 신경이 쓰이니까 공책을 집으로 가져가겠다고 했다. 우리는 그 숙제를 맡아서 했다. 토지아는 폴란드어 문법과 작문을, 나는 계산과 산수를 맡았다. 볼렉은 그 대가로 돈을 받지는 않았지만 이웃들에게 자주 보드카를 대접받았다. 볼렉이 노린 게 바로 이것이었다. 하지만 이것이 전부가 아니었다. 그의 명성은 금방 온 동네에 퍼졌다. 이것도 그가 노리던 것이었다. 그는 우리의 도움에 고마워했고, 우리는 쓸모 있는 일을 했다는 데에 기뻐했다.

1944년 6월 볼렉은 느닷없이 아주 심각하고 위험한 문제로 이야기할 것이 있다고 말했다. 좋은 일 같지는 않았다. 그의 말투가 평소에 나와 이야기할 때와는 다른 것도 이상했다. 난처해하는 것을 보니 무언가 대단히 불편한 일이 있는 듯했다. 마침내 그가 입을 열었다. 우리가 이곳에 오기 바로 전에 자기가 무슨 일을 저질렀다는 것이었다. 우리에게는 지금까지 말을 하지 않았지만, 이제는 더이상 숨길 수 없게 되었다고 했다. 그는 점령지에서 사는 독일계 거주민으로 인정받으려고 자신과 아내와 두 아이의 이름으로 신청서를 냈다고 했다. 풍족한 생필품 배급표를 받을 수 있다는 삼촌의 설득에 넘어갔다고 했다.

그는 마음이 약해져서 신청서에 서명했다고 말했다. 그리고 그때는 술에 취한 상태였다고 했다. 나는 충분히 그럴 수 있는 일이라고 생각했다. 그는 변명을 하려고 술에 취했다는 말을 몇 번이나 되풀이했다. 그는 살면서 독일과 무슨 인연을 맺은 적도 없었고 당연히 독일어도 할 줄 몰랐다. 그런데 게니아가 결혼 전에 개신교 신자였다. 이것만으로도 점령지 폴란드에서 독일계 거주민으로 인정받는 데는 충분했다. 더욱이 전쟁이 거의 끝나가는 마당에 폴란드와 독일이 공동으로 무슨 일을 도모할 거라고는 그 어떤 폴란드 사람도 생각하지 못하던 때였다.

몇 달이 지나도록 신청한 사안에 대해서는 아무 답변이 없었다. 볼렉은 모든 게 잊혔기를 바랐다. 그러다 갑자기 그의 문제가 잘 처리되었다는 소식이 전해지면서 볼렉에게 당장 독일계 거주민 증명서와 그에 맞는 생필품 배급표를 가져가라는 연락이 왔다. 그는 어떻게 해야 좋을지 몰랐다. 소련군이 벌써 구 폴란드 영토에 도착했으니 몇 주 안으로 비스와 강변에 오리라는 것은 쉽게 예상할 수 있었다. 폴란드가 해방되면 사람들은 유다처럼 돈에 눈이 멀어 적진으로 넘어간 배신자들을 목매달거나 최소한 수용소에 가둘 거라고 그는 생각했다. "만약에 있잖아요," 볼렉은 나를 설득하려 했다. "내가 그 소환장을 변소에 던져버리고 나타나지 않으면 그 빌어먹을 독일 놈들이 냄새를 맡을 거예요. 게슈타포 놈들이 나를 불러다가 심문하고 어쩌면 가택수색까지 시킬 겁니다. 그러면 당신네도 잡혀가는 거예요."

가택수색이라고? 그건 과장이라고 생각되었지만 전혀 불가능하지도 않았다. 여하튼 상황은 역전되고 있었다. 볼렉이 독일인이라는 안텍의 주장은 사실이 아니었지만, 이렇게 되고 보니 전혀 허무맹랑한 얘기도 아니었다. 내 조언은 간단했다. 엎지른 물은 도로 담을 수 없으니, 하필 이런 때 이도 저도 못하게 발급된 게 난감하지만 가서 독일계 거주민 증명서를 받아 오고 그것을 이웃과 지인들에게는 절대 비밀로 하라고 말해주었다.

볼렉에게 나는 우리가 살아남고 재건된 폴란드가 그 빌어먹을 독일계 거주민 증명서 때문에 당신을 추궁한다면, 내가 증인으로 법정에 나가 선서를 하고 당신이 독일계 거주민증을 신청한 것은 내 부탁을 받아 우리를 더 잘 보호하고 구해주기 위해서였다고 말하겠다는 약속을 했다. 그런데 상황이 달라졌다. 아무도 볼렉의 난처한 실수에 대해 알지 못했다. 그의 서류는 1944년 바르샤바 봉기 때 파기된 것 같았다. 내가 눈 하나 깜짝하지 않고 해치웠을 위증도 필요가 없어졌다.

그러는 동안 우리는 소련의 진군을 점점 초조하게 지켜보았다. 소련군만이 우리의 목숨을 구할 수 있었다. 그들이 가까이 다가올수록 마지막 순간에 독일인들에게 발각되어 살해될지도 모른다는 두려움이 커졌다. 게다가 1944년 8월에는 불길한 일까지 벌어졌다. 우리가 숨어 지내던 집 바로 옆에 나치군이 방어선을 친 것이다. 오두막들과 주택들이 차례로 폭파되었다. 사계射界를 확보하기 위한 것이었다.

우리집도 폭파 대상에 포함되었다. 그렇게 된다면 우리에겐 최악의 참사일 것이다. 누더기를 뒤집어쓰고 쇠약할 대로 쇠약해진 두 명의 유대인, 게다가 가진 것이라곤 동전 한 닢도 없는 우리가 어디에서 은신처를 찾아낼 수 있단 말인가? 우리는 폴란드가 해방되기 몇 주 전, 아니 며칠을 앞두고 분명히 목숨을 잃었을 것이다. 그런데 기적 같은 일이 일어났다. 우리집이 폭파되지 않은 것이다. 그럴 필요가 없었거나 이미 때를 놓쳐버렸는지도 몰랐다.

1944년 9월 초에는 독일 점령군이 며칠밖에 견디지 못할 거라는 확신이 들었다. 9월 7일 아침 9시쯤 어마어마한 굉음이 들렸다. 천지가 진동했지만 우리는 점점 기분이 좋아졌다. 그때만큼 폭음을 즐기고 그때만큼 굉음이 흡족했던 적도 없었다. 그건 붉은 군대였다. 우리가 기다리고 희망하고 염원했던 소련군의 공격이었다. 15분도 지나지 않아 우리집은 두 전선 사이에 끼인 신세가 되었다. 서쪽 창문으로는 놀랍도록 가까운 곳에 독일 포병대가 보였고, 동쪽으로는 조금 떨어진 곳에 정말로 소련 보병들이 있었다. 우리는 두 눈을 의심했다. 그러나 이런 극한의 위험 상황은 오래가지 않았다. 약 반 시간 정도 지났을 때 누군가가 개머리판으로 현관문을 세차게 두드렸다. 볼렉은 부들부들 떨면서도 고개를 들고 문을 열었다. 피곤에 지친 소련 병사가 큰 소리로 물었다. "넴체프 네트?" 여기에 독일 사람 없냐는 말이었다. 열다섯 달을 지내는 동안 누군가 문을 두드리고는 "여기 유대인 없어요?" 하고 묻지 않을까 끊임없이 전전긍긍했는데, 아니 한 시간 전만 해도 그 질문은 우리에게 바로 죽음을 의미했는데, 이제는 다른 사람이 나타나 독일인을 찾고 있었다.

볼렉은 그런 사람 없다고 말한 뒤 나를 불렀다. 내가 그 소련 병사를 더 잘 상대할 거라고 생각한 것이다. 병사는 나를 날카롭게 쳐다보며 물었다. "암후?" 이 말이—"우리 동포예요?"라는 뜻이다—소련에서 유대인들이 상대방 역시 유대인임을 확인하기 위해 쓰는 흔한 표현이라는 걸 내가 알 리 없었다. 소련 병사는 어리둥절해하는 나를 보더니 '예브레이'냐고 단도직입으로 물었다. '히브리 사람'을 뜻하는 러시아 말이었다. 내가 얼른 대답했다. "네, 히브리 사람입니다." 그러자 그가 웃으며 말했다. "나도 히브리 사람이에요. 피시만이라고 합니다." 그는 내 손을 꽉 잡고 악수를 하고는 지금은 급히 베를린으로 가야 해서 바쁘다며 곧 다시 오겠다고 말했다.

우리는 자유의 몸이 된 것일까? 볼렉은 소련군이 전선에서 철수하고 빌어먹을 독일 놈들이 다시 올지 모르니 하룻밤 더 지내봐야 한다고 했다. 다음날 아침 우리는 작별했다. 쇠약하고 굶주려 초췌해진 우리 두 사람은 길을 나섰다. 볼렉이 중얼거렸다. "이제 당신들을 다시는 못 보겠군요." 이렇게 말하며 그는 상냥하게 웃는 것 같았다. 게니아가 그를 윽박질렀다. "쓸데없는 소리 마요!"

우리가 떠나려는데 볼렉이 말했다. "여기 보드카가 조금 있는데, 한 잔씩 마십시다." 우리에게 아직 할 말이 있다는 게 느껴졌다. 그는 정색을 하고 천천히 말했다. "부탁할게요. 우리집에서 지냈다는 걸 아무한테도 말하지 마요. 폴란드인이 어떤 사람들인지 난 잘 알아요. 유대인 두 명을 구해주었다는 사실을 알면 우리를 가만두지 않을 거예요." 게니아는 아무 말이 없었다. 이 무서운 발언을 이 책에서 언급해야 할지 말아야 할지 나는 오래 망설였다. 토지아와 나, 우리 두 사람은 그 말을 아직도 잊지 않고 있다. 그리고 두 명의 폴란드인 볼렉과 게니아가 우리의 목숨을 구해주었다는 사실도 잊지 않고 있다.

우리는 일어나서 다시 한번 작별 인사를 나누었다. 그때 누구의 눈에 눈물이 고였던가? 볼렉이었나, 게니아였나? 토지아였나 아니면 나였나? 생각이 나지 않는다. 두세 달이 지나서야 나는 다시 볼렉과 게니아를 찾아갈 수 있었다. 그때 나는 군에 있었기 때문에 장교복을 입고 있었다. 볼렉은 무언가를 곰곰 생각하는 얼굴로 나를 쳐다보다가 짧게 말했다. "내가 폴란드군에 장교 한 명을 선물했군요."

우리는 그 집에서 살아남으면 전쟁이 끝난 후 적절한 방법으로 물질적 사례를 하겠다고 전에 볼렉과 게니아에게 약속한 적이 있었다. 지금도 우리는 그 집 사람들 중 유일하게 살아 있는 볼렉과 게니아의 딸과 연락하며 지낸다. 우리의 목숨을 구하기 위해 그 부부가 감수한 위험을 적절한 방법으로 보상한다는 게 과연 가능하기나 할까? 그게 상상할 수 있는 일일까? 볼렉과 게니아는 돈을 바라고 그렇게 행동한 것이 아니었다. 거기에는 전혀 다른 무언가가 있었다. 그것을 나는 거창하고 진부한 말로 표현할 수밖에 없다. 그것은 동정심이었고, 자비였고, 인간다움이었다.

3부

1944
~
1958

처음이자 마지막으로 쏜 총

우리는 자유를 찾았다. 이 순간을 얼마나 그리워하고 얼마나 애타게 눈앞에 그리며 지냈던가. 그런데 자유를 찾고 나니 기분이 들뜨고 즐겁고 행복했을까? 우리는 그런 걸 생각할 겨를이 없었다. 여전히 두려웠다. 독일군이 다시 와서 하루나 이틀을 더 있을까봐 무서웠다. 우리를 찾아내 죽이기에는 충분한 시간이었다. 우리는 자유를 찾았지만 쇠약하고, 초췌하고, 더럽고, 이가 들끓고, 게다가 지저분한 누더기를 걸치고 있었다. 신발도 말이 아니었다. 우리는 자유를 찾았지만 배가 고팠다. 먹을 것은 아무 데도 없었다. 무엇을 해야 하고 어디로 가야 하나? 자유를 찾자마자 사람들로 북적이는 큰길에 쓰러져 혹시라도 죽지 않으려면 무엇이든 해야 했다.

소련군과 폴란드군, 화물차와 말, 승용차, 손수레와 짐수레, 자전거 탄 사람과 보행자, 이 모두가 국도를 오가고 있었다. 모두 제각기 다른 방향으로 어딘가를 향해 분주히 이동했다. 승리한 붉은 군대의 상황은 비참했다. 병사들은 과로에 시달렸고 식량도 충분히 공급받지 못했다. 군복은 보기 딱할 지경이었다. 그들이 배급받은 고기 통조림은 미국산이나 캐나다산이었다. 그런데 병사 어느 누구도 깡통에 영어로 적힌 문구를 이해하지 못했다. 그 통조림을 먹지 말라는 경고였다. 통조림은 식용이 아니라 사료였다. 담배는 장교에게만 배급되었고 사병은 담뱃잎을 받아서 신문지에 말아 피웠다. 그럴 때는 『프라우다』가 요긴하게 쓰였다. 이 신문의 발행 부수가 엄청나게 늘어난 것은 이런 사정과 관계가 있었다고 한다.

우리에게 신경쓰는 사람은 아무도 없었다. 우리는 남들 눈에 띄지도 않았다. 우리만큼 초라해 보이는 사람들은 넘치도록 많았다. 군인이든 일반인이든 모두 제 앞가림 하느라 바빴다. 한번은 폴란드 장교가 우리를 향해 다가왔다. 볼렉의 집에서 2~3킬로미터밖에 떨어지지 않은 곳이었다. "정지!" 그는 이렇게 명령한 뒤 물었다. "당신들 유대인이야?" 우리가 움찔하는 모습을 보자 그가 재빨리 말했다. "겁낼 것 없어. 나도 유대인이야." 그는 우리가 바르샤바의 게토에 있었는지, 그곳에 있을 때 혹시 에스터 로젠슈타인이라는 여자에 대해 들어보았는지를 물었다. 소련군과 함께 들어온 유대인들이 모두 그렇듯이 그도 가족을 찾고 있었다. 안타깝지만 우리는 그의 여동생에 대해 아무 소식도 들려줄 수 없었다.

그는 우리에게 가능한 한 빨리 전선에서 벗어나 차를 타고 루블린으로 가라고 말했다. 그곳은 수복된 폴란드 영토의 임시 수도가 있는 중심지인데 거기에 가면 도움을 받을 수 있을 거라고 했다. 차를 타고 가라니, 어떤 차를 타란 말인가? 그는 지나가던 군용 무개 트럭을 세워 운전수에게 우리를 태워주라고 명령했다. 우리는 먹을 것을 얻을 데가 어디 없겠냐고 쭈뼛거리며 물었다. 그는 두껍게 자른 빵을 하나씩 주면서 "위대한 소련은 지금 이것밖에 줄 수 없다"고 말했다.

갖가지 물품을 운송하는 트럭 위에는 벌써 우리와 처지가 같은 사람들이 앉아 있었다. 그들은 우리를 별로 달갑지 않은 눈길로 바라보았다. 그중 옷을 단정하게 입은 폴란드 사람이 내게 친절하게 말을 걸었다. 얼마 후 그는 면도를 하지 않아 더러운 부랑자 꼴을 한 내게 물었다. "혹시 변호사 아니세요?" 초라한 몰골이었지만 내게는 분명히 그런 추측을 하게 만든 무언가가 남아 있었다. 그건 언어였거나 논리적인 말투였을 것이다. 그는 나를 쉰 살쯤으로 보았다. 하지만 그때 내 나이 스물넷이었다.

나는 피난민들과 함께 헛간에서 밤을 보낸 뒤 우리는 그다음 날 루블린에 도착했다. 첫날밤은 끔찍한 노숙자 수용소에서 보냈다. 그런 시설은 고리키의 『밑바닥에서』라는 희곡에서밖에 본 적이 없었다. 그후 우리는 딱 한 번 초라한 도움을 받았다. 그것으로는 시장에서 싼 옷가지 몇 벌만 구입할 수 있었다. 이제야 겨우 사람 꼴이 났다. 토지아와 나는 서로 얼굴을 마주보며 조금 웃어보려고 애를 썼다. 토지아가 물었다. "우리 정말로 살아남은 거죠?" 그 순간 나는 당시만 해도 길거리에서 볼 수 없던 행동을 했다. 그녀에게 키스한 것이다. 지나가던 중년의 병사가 우리를 미친 사람 취급하며 야유를 보냈다.

며칠 후 우리는 폴란드군에 자원입대했다. 폴란드군은 소련의 지휘를 받고 있었으므로 붉은 군대의 예하 부대나 다름없었다. 지금 돌이켜보면 그때의 결정을 이해하기 어렵지만 여하튼 영웅 심리와는 거리가 멀었다. 그저 우리가 할 수 있는 범위 안에서 마지막 순간에라도 우리 민족을 죽이고 괴롭힌 사람들과 싸우는 데 보탬이 되는 것이 우리의 당연한 의무라고 생각했을 뿐이다. 군에 들어가면 먹을 수 있고 군복까지 지급받을 수 있다는 것도 하나의 이유가 되었을 것이다.

군의관이 우리를 검진했다. 우리는 영양부족과 체중 미달, 그리고 너무 쇠약하다는 이유로 입대를 거부당했다. 그래도 인사 담당자는 우리에게 군에서 무슨 도움이 될 만한 일을 할 수 있겠냐고 물었다. 나는 선전부, 그중에서도 특히 독일어로 전단지를 작성하고 그 비슷한 자료를 만들어 독일군에 항복을 권유하는 부서를 염두에 두었다고 말했다. 베를린에서 성장하여 그곳에서 1938년 말까지 살았던 사람이라면 누가 봐도 그런 일에 적합했다. 그리고 토지아는 그래픽 작업실—군에도 이런 부서가 있었다—같은 곳에서 일할 수 있겠다고 생각했는데 이 또한 충분히 납득이 가는 생각이었다.

마침내 뜻이 관철되어 우리는 군에 동원되었다. 우리는 또다시 길을 떠나 배속된 부대로 가야 했다. 폴란드 동부의 황량한 오지에 있는 초라한 마을

이 우리의 목적지였다. 우리는 그 마을 부근까지 따로 군용차를 타고 갔다. 마을까지 남은 4~5킬로미터는 걸어서 가야 했다.

다행히 그곳에 온 사람은 우리만이 아니었다. 같은 목적을 가진 민간인이 한 명 더 있었다. 그가 구사하는 아름다운, 정말이지 아름다운 폴란드어가 색다르게 들렸다. 그는 자신이 일선 극단으로 파견된 직업 배우라고 했다. 얼마 후 그는 넓은 들판과 휴경지 사이에 난 좁은 길 위에 작은 목재가방(가죽가방은 그 부대에서 고급 장교들만 사용했다)을 내려놓았다. 아직 따사로운 오후 햇살 아래 그는 크고 장중한 목소리와 장황한 몸짓으로 낭송을 시작했다.

그게 무슨 상황인지는 말하지 않아도 알 수 있었다. 하던 일을 오랫동안 하지 못했던 그는 자기 생각에 교양이 없지 않아 보이는 두 젊은이를 관객 삼아 낭독을 하게 되어 행복했던 것이다. 그런데 그가 이 즉석 야외공연을 위해 고른 대본은 무엇이었을까? 그는 역사극 『우리엘 아코스타』 속의 대사를 낭독했다. 많은 업적으로 존경받는 독일 작가 카를 구츠코의 작품이었다. 19세기에 인기를 끈 『우리엘 아코스타』는 제2차 세계대전 전에 이따금 폴란드에서도 공연되었는데, 유대인 관객을 위해서였을 것이다.

드라마의 주인공인 철학자 우리엘 아코스타는 유대 혈통이었지만 어렸을 때 가톨릭 세례를 받았다. 그러나 그는 어느 고귀한 연설에서 그리스도교에 등을 돌리고 자신만만하고 용감하게 유대교에 귀의한다. "나는 시련당하는 이들과 함께 그 시련을 견디겠다./나를 저주해도 좋다! 나는 유대인이니까!" 배우의 낭송은 선의에서 나온 행동이었다. 그는 우리를 기쁘게 해주고 싶었던 것이다. 그래도 우리는 기분이 썩 좋지는 않았다. 왜 그랬을까? 처음에는 그 이유를 몰랐다. 알았다 해도 정확히 알지는 못했다.

루트비히 뵈르네는 이렇게 불평한 적이 있다. "불가사의하다! 나는 그런 말을 수천 번이나 들었다. 그런데도 들을 때마다 새롭다. 누구는 내가 유대인이라고 비난한다. 누구는 내가 유대인이라는 걸 용서한다. 또 누구는 내가 유대인이라는 것을 칭찬한다. 하지만 그들은 모두 내가 유대인이라는 사실을 잊지 않고 있다." 내가 놀란 것은 뵈르네가 그 현실을 인정하려 하지 않고 '불가사의'로 여겼다는 점이다. 이 발언이 나온 것은 1832년이었다. 다시 말해 유대인이 해방*된 지 겨우 20년밖에 되지 않던 때였다. 그 시기에 그런 상황이었다면 뵈르네가 간절히 바라던 꿈, 곧 동등한 자격을 가진 시민으로 살아가는 정상적인 삶, 그리고 그보다 나이 많은 라헬 파른하겐도 말했듯이 농부나 거지도 누릴 수 있는 '지극히 평범한 삶'이 허락되지 않은 건 어찌 보면 당연했다.

그러면 1944년 가을에는 어땠을까? 아직도 전선마다 전투가 계속되고 있었고 독일의 군사력도 여전히 막강했다. 홀로코스트는 절대로 과거의 일이 아니었으며 아우슈비츠도 아직 해방되지 못했다. 그리고 우리, 서둘러 군에 입대하여 할당된 임무를 반드시 해가 지기 전에 마치려고 했던 우리는 그 용감한 폴란드 지방 배우가 만나자마자 유대인과 관련된 낭송을 하는 것을 보고 마음이 불편해졌다.

우리는 악의가 전혀 없던 그의 호의에서 벌써 미래에 무슨 일이 기다리고 있을지 예견했던 것일까? 프랑크푸르트의 어느 택시 운전수는 이런 질문을 던져 나를 놀라게 했다. "혹시 이삭 골드블룸 씨를 아세요?" 내가 모른다고 하자 그는 "그 사람하고 비슷하게 생겼어요"라고 말했다. 함부르크 공항에서는 택시를 탔더니 독일인이던 택시 운전수가 (불친절하지 않게) 물었다. "텔아비브에서 오셨어요?"

그런 질문을 수없이 받으면서 나는 뮌헨이나 슈투트가르트나 빈이나 스톡홀름에서 왔다는 대답만으로는 안 되겠다싶어 즉시 이렇게 덧붙였다.

* 기독교가 지배한 유럽 사회에서 소수집단에 속해 차별받던 유대인들이 법적, 종교적, 사회적으로 동등한 대우를 받고 유럽 사회에 편입, 동화된 상황을 말한다. 유대인 해방을 위한 노력은 계몽주의 시대부터 유럽 각지에서 산발적으로 등장했으며, 프로이센에서는 1812년 '해방칙령'이 반포되었다. 이에 따라 프로이센의 유대인들은 시민권을 획득함과 동시에 거주 이전의 자유, 선거권, 생업에 자유롭게 종사할 수 있는 권리도 얻었다.

"네, 당신 생각이 맞아요. 나는 유대인이에요." 비스바덴의 길거리에서 한 여자가 나를 붙잡고 사인을 받고 싶어했다. 그리고 이렇게 물으며 확인을 했다. "부비스* 씨 아니세요?" 잘츠부르크의 어느 레스토랑에서 그냥 시내 통화만 하려던 나는 이런 말을 들었다. "저는 예루살렘에 전화하시려는 줄 알았어요."

20~30년 전만 해도 이런 일은 지금과는 비교도 할 수 없을 만큼 비일비재했다. 그러나 얼마 전에도 나는 팔레스타인인들에 대한 이스라엘의 가혹 행위를 어떻게 생각하느냐는 질문을 받았다. "유대인은 누구나 이스라엘 민족 전체에 책임이 있다." 한 유대인 언론인이 제1차 세계대전 발발 전에 쓴 글이다. 그런 일들은 독일이나 오스트리아에서만 일어났을까? 수년 전부터 우리는 주로 스위스에서 휴가를 보내고 있다. 우리는 술집에 자주 가는데, 특히 손님들을 즐겁게 해주기 위해 피아노가 연주되는 곳을 좋아한다. 그런 데를 가면 피아노 연주자들은 거의 예외 없이 특별한 방법으로 우리를 맞아준다. 갈 때마다 우리의 맞춤곡이라고 생각하여 세계적으로 이름난 유행가를 연주하는데, 바로 뮤지컬 〈지붕 위의 바이올린〉에 나오는 〈만일 내가 부자라면〉이라는 곡이다. 동유럽의 유대인 마을을 배경으로 하는 그 뮤지컬은 독일에서는 〈아나테브카〉라는 이름으로 알려졌다. 말하기 조심스럽지만, 나는 이 작품을 좋아하지도 높이 사지도 않는다. 하지만 나는 연주를 해준 피아니스트에게 친절하게 손짓을 해 보였다. 그는 선의로 한 연주였다. 모래로 뒤덮인 폴란드 길가에서 구츠코의 장엄한 독백을 낭송한 그 배우처럼 말이다. 과민 반응을 보인 우리가 지나쳤을까? 그렇다. 물론이다. 하지만 말해둘 것이 있다. 그때 나는 정확히는 몰랐지만 예감은 하고 있었던 것 같다. 동포가 죽어갈 때 우연히 살아남은 사람은 마음 편히 살아갈 수 없다는 것을.

---

* 이그나츠 부비스. 전(前) 독일 유대인 협의회 회장.

저녁이 되었을 때 우리는 드디어 배치받은 마을에 도착했다. 다음날 나는 지역 지휘관에게 도착 사실을 보고했다. 그런데 그곳에 내가 바라던 선전부가 아직 없다는 걸 알게 되었다. 그래도 선전부장은 있었다. 그는 중위였지만 나는 그 계급에 별다른 느낌이 들지 않았다. 그런데 스타니스와프 예지 레츠라는 그의 이름이 군복을 입은 나로 하여금 뒤꿈치를 붙이고 정중하게 차렷 자세를—물론 마음속으로—취하게 했다. 오스트리아령 렘베르크에서 태어난 유대인 레츠는 전쟁이 터지기 전 폴란드 최고의 신세대 풍자시인 중 한 명이었다. 그는 시인이며 익살꾼, 광대 모자를 쓴 대가였다. 무궁무진한 유머를 구사하고 뛰어난 착상으로 가득찬 그는 햄릿이 그 해골을 들고 슬퍼하던 궁정 광대 요릭과 같은 사람이었다.

레츠는 당시 35세였는데 내 눈에는 조금 비만처럼 보였다. 그는 초라하기 짝이 없는 농가에서 살고 있었다. 방에는 의자 하나, 작은 책상 하나 그리고 침대 하나가 전부였다. 중위인 그는 새 군복을 입고 의자에 앉아 있었다. 원고에 몰두해 있던 그는 누군가 방해하자 화가 난 모양이었다. 그는 고개도 들지 않고 내게 군대식으로 짧게 물었다. "독일어 하나?" 그러고는 밑도 끝도 없이 전혀 예상치 못한, 거의 믿을 수 없는 질문을 던졌다. 거친 늪과 어두운 숲 한가운데 들어앉은 이 을씨년스러운 집에서 폴란드군 중위 스타니스와프 예지 레츠는 이렇게 물었다. "브레히트 알아?" 나는 "네" 하고 대답했다. 그럴 리가 없다고 생각했는지 그는 곧바로 다음 질문을 던졌다. "뭘 알지?" 나는 몇 가지 작품 제목을 댔다. 그는 그제야 고개를 들고 나를 바라보았다. 그의 얼굴이 환해졌다. 인적이 드문 이런 오싹한 곳에 『가정용 설교집』이나 『마하고니 시의 흥망성쇠』 같은 것을 들어본 사람이 있다니, 그로서는 전혀 기대하지 않았던 일이었을 게다. 그때 폴란드군 전체에서 브레히트라는 이름을 아는 사람은 레츠와 나, 우리 둘뿐이었다고 나는 거의 확신한다.

내가 앉을 곳은 침대밖에 없었다. 명령조였던 그의 어투가 어느새 조금 친절해졌다. 이 범상치 않은 중위는 브레히트의 장시가 타이핑된 원고 몇 장을 내게 내밀었다. 그리고 자신이 폴란드어로 번역한 그 시를 낭독할 테니 자기가 모두 올바로 이해하고 제대로 옮겼는지를 검토하라고 했다. 이것이 내가 폴란드군에서 받은 첫번째 명령이었다. 신기했다. 내가 가는 곳에는 늘 내 의지와 상관없이 독일문학이 있었다. 어제는 구츠코가 있었고 오늘은 브레히트를 만났다.

번역은 아주 훌륭했다. 그러나 내가 그의 번역을 꼼꼼하게 검토했고 이런 일에 생소하지 않다는 걸 증명하기 위해 나는 결코 짧지 않은 그 시에서 두세 군데를 지적했다. 그 대목이 번역은 훌륭하지만 조금 더 낫게 할 수도 있지 않을까싶다며, 물론 그건 크게 중요한 문제는 아니라고 말해주었다. 레츠의 반응은 실망스러웠다. 그는 내 소심한 제안에 전혀 관심을 보이지 않았다. 아니 내 말에 거의 귀를 기울이지 않았다. 면접은 금방 끝났다. 오랜 시간이 흐른 뒤에야 나는 그때 어떤 오해가 있었는지를 알았다. 그는 내가 자신의 번역을 지적하거나 수정하기를 원한 것이 아니라, 자신을 칭찬하고 감탄하고 칭송하고 찬양하기를 바란 것이다. 1944년만 해도 나는 작가들과 교류한 경험이 전혀 없었다.

전쟁이 끝난 후 우리는 이따금 바르샤바를 함께 산책했다. 훗날에는 레츠가 함부르크에 사는 나를 찾아온 적도 있었다. 그때 나는 우리의 대화가 항상 똑같은 순서로 진행된다는 것을 깨달았다. 1944년 10월 폴란드 마을에서 면접을 할 때와 비슷했다. 그가 얘기하는 주제는 늘 단 하나, 자신의 시와 잠언과 자신이 번역한 시였다. 그는 내 삶에서 어떤 일이 일어나는지, 내가 무슨 일을 하고 있는지에 대해서는 알고 싶어하지 않았다. 그는 자만심 강한 자기중심적인 사람이었을까? 나는 글을 형편없이 못 쓰는 작가를 제외하고는 자만심이 없는 작가, 자기중심적이지 않은 작가를 만나본 적이 없다. 단지 그런 자만심을 위장하고 자기중심적인 성격을 숨기는 작가가 있는가 하면, 그런 약점을 보란 듯이, 그러나 유머를 섞어 여과 없이 드러내는 작가가 있을 뿐이다. 한번은 레츠가 바르샤바의 동료와 함께 빈에 간 적이 있었다. 빈에 도착한 뒤 동료는 레츠에게 비행기 안에서 줄곧 자기 얘기만 한 것을 아느냐고 물었다. 레츠는 짧게 반문했다. "더 좋은 화제가 있어?"

약 50년 전 나는 레츠와 함께 바르샤바의 작가협회 건물을 출발하여 아름다운 와젱키 공원까지 오래 산책을 하고 돌아왔다. 바르샤바에서 가장 아름다운 산책로 중 한 곳이다. 레츠는 끊임없이 말했다. 별로 말수가 적지 않다고 알려진 나는 묵묵히 그의 이야기에 귀 기울이면서 이따금 외마디 말로 맞장구를 치는 게 고작이었다. 그가 들려준 이야기는 모두 흥미롭고 재미있었다. 특히 그의 즉흥적인 말장난이 인상적이었는데 아쉽게도 적어놓지를 못했다. 한 시간이 지나자 그가 갑자기 이런 말을 했다. "이래서는 안 되겠어요. 만날 때마다 내 얘기만 하잖아요. 이제는 당신 이야기 좀 들어봅시다. 당신이 보기엔 내가 최근에 쓴 책이 어떻던가요?" 나는 이 말을 동료들에게 들려주었다. 그랬더니 사람들 사이에서 계속 인용되면서 어떤 때는 다른 작가들이 한 말로 오해되었다. 세계적으로 알려져 이미 고전이 되어버린 산책길 일화는 이렇게 탄생했다.

레츠는 1960년대와 70년대의 독일에서 성공을 거두고 유명해진 소수의 폴란드 작가 중 한 명이다. 그가 보기 드물게 주목받은 이유는 뛰어난 시가 아니라 오로지 잠언 덕분이었다. 그의 잠언집 『꾸미지 않은 생각』은 리히텐베르크부터 하이네와 쇼펜하우어를 거쳐 카를 크라우스로 내려오는 독일 전통과 잇닿아 있다. 이 책은 카를 데데키우스의 탁월한 번역으로 10만 부가 판매되었고 신문에도 수차례나 실렸다.

나와 레츠의 교류가 절정에 달한 것은 1964년이었다. 나는 당시 그가 보여준 솔직한 호의를 기쁘게 받아들였다. 어쩌면 그는 진심으로 나를 좋아했는지도 모르겠다. 내 능력을 높이 산 그는 당시 나를 뛰어난 평론가로 여겼을 수도 있다. 그렇게 된 이유는 하나밖에 없다. 『디 차이트』에 그의 『꾸미지 않은 생각』에 대한 내 열광적인 호평이 실린 것이다. 내가 쓴 평론 중에 그가 읽은 것은 그것이 처음이자 마지막일 거라고 나는 생각한다. 케케묵은 이야기이지만 들을 때마다 새로운 이야기가 있다. 어느 작가가 어느 평론가를 어떻게 생각하느냐 하는 것은 그 평론가가 해당 작가에 대해, 특히 그의 최신작에 대해 뭐라고 썼느냐에 달려 있다는 것이다. 이것도 나는 레츠에게서 배웠을까?

그는 늙지 않았다. 암환자였던 그는 거의 마지막 순간까지 원고에 매달렸다. 그러나 정말 마지막 순간이던 1966년 5월 초, 바르샤바 인근의 어느 요양소에 있던 그에게 근간작의 교정지가 전달되었을 때 그는 교정을 거부했다. "지금은 더 중요한 일을 해야 해요. 죽는 일에 몰두하고 있어요." 얼마 후 그는 사망했다. "딱하구나, 영구차를 타고 낙원에 가다니." "때는 누구에게나 닥치는 법." 『꾸미지 않은 생각』에 나오는 잠언들이다.

그의 장례식에서는 유명 작가들이 의장대가 되어 분열 행진을 하면서 받들어총 자세를 취했다. 예포가 발사되었고 한 젊은 시인은 고인의 훈장이 놓인 비단 쿠션을 들고 행진했다. 익살꾼이자 광대였던 그는 영웅처럼 무덤으로 모셔졌다. 정말이지 폴란드는 희한하고 독특한 나라다. 스타니스와프 예지 레츠가 정말 영웅이었는지 나는 잘 모르겠다. 하지만 그가 20세기 후반 유럽에서 누구보다 뛰어난 잠언가였다는 것만은 확실하다.

레츠가 만들기로 했던 선전부에서 나는 아무것도 한 게 없었다. 그와 처음 대화를 나누고 며칠 지나지 않아 상부에서 명령이 내려오면서 폴란드군이 이 부서를 포기했기 때문이다. 나는 무척 아쉬웠다. 선전부가 소련측의 마음에 들지 않았던 것 같다. 그런데 토지아와 나는 이미 동원된 상태였기에 군은 어떤 식으로든 우리를 이용해야 했다. 이 문제로 고민하던 인사과 여군은—폴란드군에는 여자가 많았다—우리가 3개 국어를 어느 정도 능숙하게 할 줄 안다는 점에 착안하여 우리를 인근 마을에 있던 군사우편 검열부로 보냈다.

우리 입장에서는 나쁘지 않았다. 레츠는 『꾸미지 않은 생각』에서 이렇게 묻는다. "말이 불필요하다고? 그러면 말과 말 사이에 있는 것들은 어디에 숨겨야 하나?" 바로 이것을 우리가 찾아내야 했다. 말들 사이에 있는 것, 행간에 숨어 있는 것들 말이다. 우리는 편지와 엽서에서—책과 신문은 검열 대상이 아니었다—감추어진 내용을 찾아내고 이중 바닥을 뜯어내야 했다. 내게는 대단히 매력적인 임무로 보였다. 나중에 나는 유명 작가들이 전쟁중에 군사우편에 흥미가 생겨 이따금 검열부서와 함께 일하려 했다는 이야기를 들었다. 대표적인 예가 합스부르크군에 있던 로베르트 무질과 나치군에서 복무한 에른스트 윙거였다.

그러나 이 업무에 맞는 교육을 받지 않은 우리가 숨어 있는 내용과 암호를 어떻게 해독한단 말인가? 하지만 그 방법은 곧 배우게 될 거라고 믿었다. 우리의 지휘관들은 군사우편을 수상한 음모에 악용하려는 자들의 행적을 밝히는 노련한 방법을 분명히 알고 있을 거라고 생각했다. 군대 검열부에서 맡게 될 임무에는 고도의 예리함이 필요하다는 것을 우리는 알고 있었다. 나는 우리 둘이 그 일을 문제없이 해낼 거라고 자신했다. 하지만 곧 모든 게 우리의 순진한 추측과는 다르다는 게 밝혀졌다. 며칠 뒤 검열부가 설치된 우리 마을에 업무를 담당할 군인들이 도착했다. 우리는 그들을 보고 말문이 막힐 정도로 아연실색했다. 도착한 농가의 청년들은 누가 봐도 단순 무식했다. 독일이 폴란드를 점령한 5년 동안 젊은 세대는 절반의 문맹 상태로, 여하튼 최소한의 기본 교육만 받고 성장했다. 이것이 바로 독일에서 원한 것이었다.

이런 청년들이 검열부같이 신중함을 요하는 곳에서 무엇을 한단 말인가? 그때는 어디를 가나 곳곳에 경비초소밖에 보이지 않았으니 분명히 경비병이 필요했을지도 모른다. 그러나 우리는 곧 이 단순한 병사들이 정말 검열관으로 복무한다는 이야기를 들었다. 이것이 첫째로 놀란 사건이었다. 둘째로는 그들이 무능한 검열관이 아니라는 사실을 알고 놀랐다. 이 업무에 필요한 것은 교육과 지능보다는 근면과 성실이었다. 검열할 내용은 특히 편지에서 대부분 젊은 군인들이 집으로 보내는 편지였다—군사기밀의 누출 여부였다. 즉 사용하는 무기나 각 부대의 위치에 대해 적지 않았는지를 심사하는 것이었다. 그 밖에 수수께끼 같거나 이해할 수 없는 내용과 암시가 적힌 편지는 통과시킬 수 없었다. 검열관이 볼 때 수상하게 여겨지는 것들은 모두 상급 검열관에게 제출해야 했으며, 상급 검열관도 스스로 판단할 수 없을 때는 검열 감독관의 도움을 받아야 했다.

소련의 지휘를 받는 폴란드군에서 아비투어를 마친 사람은 여간해서 찾기 어려웠고, 장교들이라고 해서 아비투어를 치렀다고는 기대하지 않았다. 그래서 우리는 검열 업무에 무지했지만 금방 진급이 되었다. 토지아는 상급 검열관이 되었고 나는 검열 감독관이 되었다. 검열부 우두머리는 당시에 흔히 그랬듯이 소련군에서 파견한 두 명의 장교였다. 그들은 폴란드 군복을 입고 있었고 유사시에는 폴란드어로도 소통이 가능했다. 하지만 그들이 특별히 교양 있는 장교라고는 아무래도 말할 수 없었다.

곰곰 기억을 더듬어보면 우리가 군대 검열부에서 일하던 그때에 심각할 정도의 기밀 누설은 한 건도 없었다. 호기심을 끄는 사건은 있었다. 당시 모스크바에서는 이미 공산주의 독일 국가 건설을 계획하고 있었고, 울브리히트와 그의 추종자들은 베를린으로 돌아올 준비를 했다. 히틀러 도당은 왔다가 사라지지만 독일 민족은 영원하다는 스탈린의 멋진 구호가 위력을 발휘하던 시절이었다. 때문에 독일과 전쟁을 치르는 와중에도 반독일적인 발언은 물론이고 전혀 문제가 없는 표현까지도 군사우편에서는 엄격하게 금지되었다. 병사들이 쓰지 말아야 할 표현은 이런 것들이었다. "독일 놈들을 타도하자." "독일 무법자들은 우리가 몰아낸다." "나치(혹은 히틀러 추종자들)를 타도하자." "나치와 히틀러 무리는 우리가 몰아낸다." 만일 순진한 병사가 '독일'이라는 말을 무시하는 투로, 심지어 악의적인 뜻으로 사용했을 경우, 검열관은 잉크를 사용해 그 단어를 읽을 수 없게 만들어야 했다. 검열의 지적 수준과 거기에 사용된 기술적 수단은 서로 비슷했다.

검열관의 경계심을 자극하는 수상한 표현들은 특히 여군들의 편지에서 발견되었다. 이런 글귀들이 나온 적이 있었다. "나의 인디언은 오지 않아." "그 중국인이 보이지 않아서 너무 불안해." "아무리 애를 써도 소용이 없어. 그 일을 추진하는 방법을 너는 아니?" 오랜 추적 끝에 수수께끼가 풀렸다. 그건 모두 중단된 월경을 고민하는 글이었다. 그래서 폴란드군의 최고 기밀은 월경이라는 말까지 생길 정도였다. 그때 나는 배웠다. 온갖 비밀로 둘러싸인 기관의 명성은 대개 그 기관과 관련해 유포된 소문이나 스스로 유포한 소문을 먹고 자란다는 사실을. 그런 기관을 내부에서 들여다보면 언제나 실망뿐이다. 결국 어디에나 별다른 것은 없었다. 폴란드군의 우편 검열이 예민한 감각과 감식안을 요구하는 일이라면, 그건 기껏해야 검열 감독관에게나 해당되는 사항이었다. 얼마 후 나는 검열부 업무가 단조롭고 따분할 뿐만 아니라 전혀 불필요한 일이라는 확신이 들었다.

며칠이 지난 후 군대 검열부에서 근무하는 사람들은 업무와 관련된 사항은 모두 예외 없이 비밀로 하겠다는 문서에 서명해야 했다. 그건 아무 의미 없는 요식 행위에 불과했다. 하지만 그 문서 사본을 읽은 나는 내가 근무하는 부대가 폴란드군 소속이기는 해도 사실은 공공안전부 감독하에 있다는 것을 알게 되었다. 하지만 거기에 별다른 느낌이 없었기에 나는 망설이지 않고 서명했다. 검열부서가 어느 기관의 감독을 받든 그건 관료주의적인 문제라고 생각하여 관심을 두지 않았다. 하지만 이 문제는 훗날 나의 직업 생활에 예기치 못한 영향을 남기고 유익한 결과를 가져왔다.

1945년 1월, 나는 드디어 그 빈궁한 마을의 군대 검열부에서 나와 루블린에 있는 전쟁 검열부 본부로 배치되었고, 얼마 후에는 이제 막 해방된 카토비체로 파견되어 그곳에서 검열부서를 조직하게 되었다. 상관들이 감격할 정도로 신속하게 일을 처리한 덕분에 부서는 업무를 볼 수 있게 되었지만 당장은 일이 없었다. 아직 우편 업무가 시작되지 않았기 때문이다. 여하튼 조직력이 뛰어나다는 평판을 얻은 나는 다시 루블린으로 돌아오자마자 역시 막 해방된 바르샤바의 국외 검열부로 배치되어 검열부장 자리에 올랐다.

폴란드는 황폐해졌고 바르샤바는 파괴되었다. 너무나 처참하게 파괴된 나머지 다수의 도시계획 전문가들과 외국의 유명 토목학자들은 폴란드 수도를 다른 곳에 새로 건설하라고 제안했다. 하지만 새로 조직된 부서는 물론이고 바르샤바 시민도 그 말을 들으려 하지 않았다. 시민들은 독일인들에 의해 강제로 바르샤바를 떠났다가 이제 사방에서 돌아오고 있었다. 그들은 이곳에서 사는 게 힘들고 견딜 수 없더라도 절대로 바르샤바를 포기할 생각이 없었다. 그들은 어느 정도 형체가 남아 있는 몇 안 되는 주택과 지하실과 가건물에서 생활을 시작했다. 폴란드의 미래가 아무리 불확실하고 불투명해도 바르샤바 시민들은 타고난 낙관주의자의 면모를 과시했다.

그러면 토지아와 나는 어땠을까? 우리는 파괴된 바르샤바에서 당장 방 한 칸도 얻을 수 없었다. 우리는 내 사무실에서 밤을 지낼 때 설치했던 야전 침대에서 잠을 잤다. 그래도 우리는 불평하지 않았다. 전시였으니까. 폴란드에서 전쟁은 1945년 5월이 아니라 훨씬 나중에 끝났다. 게다가 우리 역시 낙관주의자였다. 연합군이 밀고 들어오고 있었으니 전쟁은 곧 끝날 게 분명했다. 그런데 놀랍게도 지금쯤 느껴야 할 생존의 기쁨이 생기지 않았다. 행복감은 더더욱 들지 않았다. 전에 우리는 살아남고 싶어하지 않았는가. 살아남으려고 이루 말할 수 없는 고통을 겪지 않았는가. 굴욕과 수모를 견디지 않았는가. 결코 잊을 수 없는 굶주림을 참아내지 않았는가. 수없이 많은 두려움 속을 방황하지 않았는가. 죽음의 공포는 수년 동안 우리의 일상사였다. 그런데 전쟁의 끝이 다가올수록 해방된 우리를 더 무겁게 짓누르는 의문이 있었다. 아주 단순한 의문이었다. 왜? 왜 하필 우리가 살아남았을까?

나의 형 알렉산더는 독일군의 점령기에 살아남을 수 있는 가능성이 나보다 훨씬 많았다. 형은 여러모로 나와는 다른 유형의 사람이었다. 어쩌면 정반대의 사람일지도 몰랐다. 키가 작은 편에 속한 그는 섬세하고 가냘프면서 수줍음을 타고 무척 소심했다. 그러면서도 다정하고 대단히 호감이 가는 유형이었다. 형은 까다로움이나 오만함이나 공격성 같은 것이 없는 매력적인 사람이었다.

그는 내가 평생을 동경했지만 얻지 못했던 반지의 소유자라고 할 수 있었다. 현자 나탄*이 이야기한 반지, 자신이 하느님과 인간에게 사랑받는다는 믿음으로 끼고 있으면 정말로 그들을 사랑받는 존재로 만들어주는 신통력을 가진 반지 말이다. 전쟁이 터지기 직전 바르샤바에 온 나와 달리 형은 게토 밖에도 친구들과 지인들이 많아서 아마 그들로부터 도움을 받았을 것이다.

형은 게토에서 탈출하는 것을 두려워했지만 그렇다고 게토에 남아 있을 수도 없었다. 1942년 9월의 '대규모 선별' 때 어떤 기관에서도 근무하지 않은 탓에 '생명 번호'를 받지 못했기 때문이다. 형은 11월에 바르샤바 게토에서 루블린의 어느 수용소로 이송되었고, 몇 달 뒤에는 마찬가지로 루블린 지역에 있는 포냐토바 전쟁포로 및 노동 수용소로 옮겨갔다. 그곳에서 그는 치과의 겸 종합병원 원장으로 일했다. 1943년 11월 4일, 나치 친위대는 포로들을 모조리 수용소 막사에서 끌어낸 뒤 수용소 근방에 파놓은 구덩이로 몰아넣고 기관총으로 쏘아 죽였다. 이날 친위대는 포냐토바 수용소에서 총 1만 5000명의 포로를 살해했다. 그들 중의 한 명이 조용하고 다정했던 나의 형 알렉산더 헤르베르트 라이히였다.

정확히 1년 뒤인 1944년 11월 4일, 나는 폴란드군에서 비유대인 병사를 한 명 만났다. 그는 포냐토바 유대인들에게 무슨 일이 일어났는지를 내게 전하는 것이 옳다고 여겨 당장 이야기하려고 했다. 그 수용소 부근의 건설회사에서 일하던 그는 의사의 도움이 필요할 때면 포냐토바 종합병원에 갈 수 있는 통행증을 받았다고 했다. 그는 통행증을 단 두 번 사용했는데, 치통이 생겼을 때라고 했다. 내가 그에게 치과 의사의 생김새를 말해보라고 했더니 그는 형을 정확하게 묘사했다. 의심의 여지가 없었다. 그는 또한 키가

---

* 독일 극작가 고트홀트 에프라임 레싱의 희곡 『현자 나탄』의 주인공.

성당히 큰 금발의 여자 조수 이야기도 했다. 형이 게토에서부터 함께 살았던 여성이 틀림없었다.

그는 치과 의사가 아주 호의적이었다고 덧붙였다. 그리고 나중에 그의 행방을 사람들에게 물어보았다고 했다. 그랬더니 여자친구와 함께 구덩이로 끌려갔다는 것이었다. 그러나 어쩌면 독일군은 그 두 사람을 총살하지 못했을지도 모른다. 그들은 청산가리를 지니고 있었으니까. 다시 한번 의문이 생긴다. 왜 형은 죽어야 했고 왜 나는 살아남을 수 있었을까? 여기에는 한 가지 대답밖에 없다는 것을 알고 있다. 그건 순전히 우연이었다. 다른 무엇은 없다. 그래도 나는 계속 이 의문을 제기하지 않을 수 없다.

1945년 5월 9일, 바르샤바에 있던 우리에게 이런 소식이 전해졌다. 나치가 베를린-카를스호르스트에 있는 소련군 사령부에서 모든 독일군의 무조건항복에 서명함으로써 제2차 세계대전이 끝났다는 뉴스였다. 기쁨과 행복감을 이기지 못한 몇몇 동료들이 우리에게 함께 밖으로 나가자고 했다. 하늘에 대고 축포를 쏘아야 할 때라는 것이었다. 우리는 권총의 안전장치를 풀었다. 들뜨고 신이 난 내 동료들은 일제히 공중으로 총을 쏘아올렸다. 잠시 후 나도 햇볕이 내리쬐는 파란 하늘, 그러나 무자비하고 잔인한 하늘을 향해 총을 겨누고 방아쇠를 당겼다. 그것이 제2차 세계대전 때, 아니 내 인생에서 처음이자 마지막으로 쏜 총이었다.

토지아는 내 옆에 서 있었다. 우리는 서로 말없이 얼굴을 바라보았다. 둘이 똑같은 것을 느끼고 있음을 잘 알 수 있었다. 그렇다. 우리가 느낀 것은 기쁨이 아니라 슬픔이었고, 행복이 아니라 강렬한 분노였다. 다시 한번 하늘을 올려다보았다. 구름이, 어둡고 무거운 구름이 몰려오고 있었다. 그때 나는 느꼈다. 우리 머리 위로 몰려오는 저 구름은 영원히 걷히지 않으리라는 것을. 우리가 사는 동안 평생 우리 옆에 있으리라는 것을.

라이히에서 라니츠키로

만일 1945년에 누가 내게 어떤 직업을 가지고 어디에서 살 생각이냐고, 그러니까 미래를 어떻게 계획하고 있냐고 물었다면, 나는 대책 없는 내 처지를 숨기려고 애를 쓰다가 결국 아무 대답도 하지 못했을 것이다. 나는 내 시간을 모조리 잡아먹는 국외 검열부 업무가 금방 지겨워졌다. 전쟁은 끝났다. 당장은 평화의 기운이 그리 크게 느껴지지 않았지만, 우편 검열은 조만간 당연히 폐지될 전망이었다. 이제야말로 내가 앞으로 무엇을 해야 할지 고민해야 할 시점이었다.

아직 1945년이던 그때, 놀랍게도 내 미래를 생각해주는 사람이 바르샤바에 있다는 말이 들렸다. 검열부서를 감독하던 공공안전부 소속 어느 소령이 나에 관한 이야기를 들었다는 것이다. 하지만 그가 내게 흥미를 보인 것은 그가 근무하는 폴란드 정보국, 정확히 말하면 국외 정보국 업무와 관련해서였다. 이상할 것도 없었다. 당시 폴란드군에서는 외국어에 능통하고 외국 사정, 특히 독일 사정에 밝은 사람들, 그중에서도 가능하면 젊은 지식인들을 찾고 있었다.

아직 나치 독일과 전쟁을 치르던 당시 만일 내가 국외 정보국에서 근무하라는 폴란드 당국의 요청을 거절하거나 회피했다면, 나는 그 행동을 평생의 오점으로 여겨 지금까지 고개를 들지 못했을 것이다. 더욱이 당국은 내게에게 특별한 임무를 맡기려던 참이었다. 오랫동안 아무 일도 하지 않았던 나는 그 소식을 듣고 기분이 좋았다. 무슨 일이 주어질지 알지도 못하면서 일단 그 일이 마음에 들었다. 그렇다고 무턱대고 좋아한 것은 아니었다. 나는 어떤 특별한 아우라에 둘러싸인 일, 아리송하고 미묘한 삶의 분야, 문학과 영화에 의해 신화화된 영역에 매료되는 사람이었다. 그렇다면 그건 모험심일까? 물론 모험심도 곧 닥칠 그 문제를 결정할 때 일정 역할을 했다. 그런데 곧 결정할 필요도 없는 상황이 되고 말았다.

그들은 나를 어디로 보내려고 했을까? 만일 로마나 마드리드를 내세워 유혹하려 했다면 나는 망설이면서 모든 것을 꼼꼼히 생각해보았을 것이다. 하지만 그들이 제의한 곳은 베를린이었다. 나는 한 대 얻어맞은 느낌이었다. 베를린을 다시 볼 수만 있다면 내가 악마와 계약이라도 맺었을지 누가 알겠는가. 폴란드 정보국은 내 절실한 소원을 이루어주었다. 패배하여 굴복한 독일은 지구상 그 어느 나라보다 나를 매료했다. 정말이지 나는 무슨 일이 있어도 베를린에 꼭 가고 싶었다. 지금까지 모든 불행의 원인이었던 그 파괴된 도시의 모습이 내게 위로가 되어줄까? 독일에 닥친 고난을 즐기고 싶은 욕구가 내게 있었을까? 아니다. 절대로 그런 것은 아니었다. 나를 베를린으로 몰아댄 건 복수심이 아니라 그리움이었다. 내가 성장한 도시, 그리고 나를 만들어낸 곳을 다시 보고 싶었다.

국외 정보국이 추진하던 계획은 간단했다. 베를린에서는 이미 폴란드 군사 사절단이 들어가 활동하고 있었다. 내가 근무할 곳은 그 사절단 내에 있는 반환청구와 손해배상 부서였다. 이곳은 전쟁중에 폴란드에서 수송해 간 기계와 공장 설비들의 소재지를 조사하고 그 반환을 요구하는 일을 맡고 있었다. 그와 동시에 나는 폴란드 정보국을 위해서도 활동해야 했다.

군사 사절단에 파견되어 내가 무슨 일을 할지는 현지에서 알려줄 거라고 했다. 그렇다면 정보국을 위해서는 무슨 일을 해야 하는 걸까? 소령은 매우 비밀이 많은 듯이 굴었다. 그 문제에 대해서는 지금 말할 수 없다면서 그는 수많은 나시들과 그들의 후속 조직에 대해 뭐라고 중얼거렸다. 그리고 그 조직의 활동이 지금은 폴란드 영토가 된 지역으로까지 확대되고 있다고 했다. 그러므로 우선 베를린에 가서 정황을 잘 살피고 있으면 나중에 그곳에서 필요한 지시를 받게 될 거라고 했다. 어떤 경로로 받는단 말인가? 그건 조금 있으면 알게 될 거라고 그는 무뚝뚝하게 말했다. 그러더니 정보국에 있으려면 인내심을 가져야 한다고 조금 상냥하게 말했다. 나는 너무 많은 것을 물어보면 안 된다는 것을 깨달았다. 떠날 준비를 했다. 토지아는 함께 갈 수 없었다. 갈 수 있다고 해도 당장은 불가능했다.

1946년 1월, 나는 저녁때쯤 군사 사절단 직원 세 명과 함께 승용차로 완전히 어두워진 베를린에 도착했다. 도시는 파괴되어 절망적으로 변해 있었다. 내 입장에서는 그 불행을 은근히 고소해하고 나아가 처절한 증오까지 느껴도 될 법했다. 그러나 그런 기분이 전혀 들지 않았다. 나는 증오할 수 없었다. 지금까지도 그때의 내 감정을 돌이켜보면 조금 놀랍다. 그것을 해명할 필요가 있을까? 무슨 일을 겪었든지 증오는 언제나 내게 생소한 감정이었다. 그건 지금도 다르지 않다. 무섭게 흥분하고 열을 내고 격분하는 경우는 많이 있다. 노발대발 불같이 화를 낼 수는 있다. 그러나 철저하게 증오하는 것, 그것도 오래도록 증오하는 것만큼은 할 수 없었다. 지금도 그런 것은 할 줄 모른다. 그것을 자랑스럽게 여길 이유가 없다는 것은 나도 안다. 하지만 내 삶에서 무슨 일이 일어났건, 내게 어떤 불의가 닥쳤건, 나는 한 번도 나와 화해하려는 사람을 물리친 적이 없다. 안타깝게도 그 반대의 경우는 자주 있었다.

군사 사절단에서 나는 할 일이 별로 없었다. 정보국에서도 이렇다 할 임무를 주지 않았다. 그쪽에서 아무 지시가 내려오지 않은 것이다. 시간이 갈수록 그 상황이 점점 이상하게 생각되었지만 마음만은 한결 가벼워졌다. 내가 실컷 누리고 있던 여유 시간을 온전히 바칠 대상이 생겼기 때문이다. 그건 바로 베를린이었다. 나는 베를린을 보고 싶었다. 내가 살던 집과 내가 다니던 학교와 내가 사랑한 극장에 가보고 싶었다. 나는 찬란하면서도 끔찍했던 나의 잃어버린 유년 시절을 찾고 있었다.

나는 한때 베를린에서 가장 아름다운 건물이라고 여겼던 곳, 내 삶의 중심이 되었던 건물 앞에 서 있었다. 파괴된 장다르멘마르크트의 극장 앞이었다. 흐리고 비가 오는 날이었다. 극장 앞에 다른 사람은 없었다. 나 혼자였다. 갑자기 눈가가 촉촉이 젖어드는 게 느껴졌다. 그리고 눈물이 두 뺨으로 흘러내렸다. 그 눈물은 폐허가 된 건물 사이로 살을 에는 듯이 불어오는 세찬 바람 때문이 아니었다. 인적 없는 차가운 베를린 광장에서 내가 부끄러운 듯 눈물을 흘린 대상은 내 유년 시절이었을 것이다. 나는 프리드리히 가역으로 발걸음을 옮겼다. 처음에는 천천히 걷다가 나중에는 감상에서 벗어나려는 듯이 더 빨리 걸음을 옮겼다.

저녁이면 극장이나 연주회장을 찾아가 시간을 보냈다. 극장에서는 가끔씩 임시 공연장을 설치하여 연극을 공연했다. 베를린 필하모닉은 당시 거의 무명에 가까웠지만 뛰어난 젊은 지휘자 세르주 첼리비다케가 지휘봉을 잡고 있었다. 연극 공연 중에 가장 기억에 남는 것은 레싱의 『현자 나탄』이었다. 그 공연이 있던 날은 내게 특별한 밤이었다. '제3제국'에서는 공연되지 못했던 그 연극을 나는 그날 태어나서 처음으로 관람했다. 전쟁 전에 유명 배우였던 파울 베게너는 현자 나탄이라는 인물의 말투나 몸짓에서 모든 유대적인 특성을 배제하려고 눈에 띄게 노력했다. 그러면서도 그는 그런 모습이 반유대주의라는 오해를 살까봐 두려워하는 듯했다.

관객들은 어떻게 보았을까? 아내와 일곱 명의 아들이 불에 타 죽은 어느 유대인의 이야기에 독일인들이 이제 어떤 반응을 보일지 무척 궁금했다. 그러나 그날 저녁에는 독일 관객의 반응을 알아낼 수 없었다. 극장 '도이체스 테아터'의 객석을 가득 메운 사람들은 주로 군복을 입은 4개국 점령군 장교들이었다. 그들 대다수는 놀라울 정도로 독일어가 유창한 유대인들이었다. 독일에서 내쫓기고 탈출했던 사람들이 지금은 폐허가 된 제국의사당과 총리 관저에서 멀지 않은 그곳 베를린 극장에 모여들었다. 레싱의 기치 아래.

당시 나는 석 달 넘게 베를린에 있었다. 학교 동창들은 한 사람도 만나보지 못했다. 친척들은 더 말할 것도 없었다. 그들은 모두 추방당하거나 가스실로 끌려가 사망했다. 나는 그 누구도 만나지 못했다. 내 유년기를 보낸 이 도시에 아는 사람이 하나도 없었다. 슬프고 외로운 시절이었지만, 경악스럽게도 가끔은 행복감도 느꼈다. 그 시절은 내게 고향 없는 자의 설움을 깨닫게 해주었다. 폴란드가 낯선 곳이라는 감정을 그때 베를린에서만큼 뚜렷하게 느끼고 인식한 적이 없기 때문이다. 그때 1946년에 만일 독일측에서 내게 어떤 문화계 관련 활동을 제의했다면 나는 어떻게 되었을까 하고 지금도 생각해본다. 만일 그랬다면 나는 베를린에 남았을 것이다. 그런 다음 내가 무엇이 되었을지도 충분히 짐작할 수 있다. 그건 다름 아닌 평론가, 문학평론가였을 것이다. 하지만 아는 사람 한 명 없는 내가 누구에게 무슨 제의를 받는단 말인가?

나는 바르샤바에 있는 정보국 본부가 나를 잊었을 거라고 생각했다. 그런데 그즈음 드디어 지시가 내려왔다. 폴란드로 귀국하라는 명령이었다. 왜 그때 나를 베를린으로 보내놓고 아무 일거리도 주지 않았는지 지금도 모르겠다. 아마 소련과 충분한 협의가 없었거나 폴란드가 베를린에서 어떤 정보를 수집하는 것을 소련이 원하지 않았을 수도 있다.

베를린에 오기 전 면담했던 그 단호한 소령은 시인이자 장교였던 스타니스와프 예지 레츠와 달리 내게 무언가를 숨긴 채 진실을 말해주려고 하지 않았다. 그는 당시 공공안전부에는 아직 국외 정보국이 없다는 것, 그 부서는 이제 겨우 설립 단계에 있다는 것을 내게 비밀로 하는 게 옳다고 생각했다. 어쩌면 이런 상황과 맞물려 그때 바르샤바에서 아무도 나에게 관심을 보이지 않은 것인지도 모른다.

내가 정보국을 위해 한 일이 아무것도 없는데도 이 조직은 계속 나를 고용하려고 했다. 그리고 이제는 공공안전부만이 아니라 외무부까지 나를 데려다 쓰려고 했다. 그들은 나를 장차 외국으로 보낼 생각을 가지고 있었으며 내게 국외 부서 내의 직책을 맡기려고 했다. 근무지는 런던이 유력했다. 베를린에서 한동안 지낸 후라 런던은 큰 매력으로 다가왔다. 그곳에는 우리 식구 중에서 유일하게 살아남은 누나 게르다 뵘이 살고 있었다. 누나는 전쟁이 시작되기 직전 남편과 함께 독일을 떠나 영국으로 탈출했다.

나는 런던에서 담당할 복수 업무를 위해 내가 소속된 두 군데 부서에서 준비를 시작해야 했다. 공공안전부에서는 정보국 업무를, 외무부에서는 영사 업무를 준비해야 했다. 정보국 본부에서는 일정 기간 팀장으로 근무한 뒤 얼마 후 부장 대리로 일하기로 했다. 전에 통지받은 연수가 곧 시작될 거라고 했다. 나는 하루하루 초조함과 호기심을 가지고 연수 날짜를 기다렸다. 연수받을 장소와 정확한 시간은 이미 공지되어 있었다. 드디어 국외 정보국이 어떻게 구성되고 조직되어 있는지 보게 될 것이다. 그 업무의 비밀을 알게 될 것이다. 나는 긴장된 마음으로 기다렸다.

정해진 연수일 2, 3일 전에 상관 한 명을 만나보았다. 연수를 받게 되어 좋으냐고 그가 음흉하게 물었다. 나는 그렇다고 분명하게 말했다. 그런데 그는 너무나 황당하게 아무도 내게 연수를 시켜주지 않을 것이니 그것만은 분명히 알고 있으라고 했다. 오히려 다른 동료들을 교육하는 게 내 업무라고 했다.

내가 이런 업무에 대해서는 아무것도 모른다고 말하자, 그는 조금 비꼬듯 그런 말은 새삼스러울 것도 없다면서 우리는 모두 이런 면에서 초보자라고 말했다. 그러면서 최근에 장관이 된 당원들이 어느 누구의 가르침을 받고 장관 업무 준비를 했을 거라 생각하느냐고 물었다. 개척기에는 누구나 임기응변에 능해야 한다면서 조금만 똑똑하면 다 해낼 수 있다고 했다. 그리고 나를 전적으로 신뢰한다고 했다. 더욱이 내가 곧 소련 고문관 한 명을 만나봐야 하는데 그 사람이 도와줄 거라고 했다. 상관은 기분이 아주 좋은 듯이 웃었다.

10분 후 나는 소련 고문관 방에 가서 앉았다. 그는 친절하고 상냥하고 유머도 없지 않았으며, 폴란드어를 조금 할 줄 아는 사람이었다. 그러나 지금 당장 시급한 조언을 해주는 대신, 그는 내가 예정된 연수를 어떻게 생각하고 있는지 알고 싶어했다. 내가 핵심을 피하면서 다른 말로 얼버무리려 하자 그는 집요하면서도 친절하게 앞의 질문을 반복했다. 나는 어쩔 수 없이 국외 정보국과 방첩 활동에 대해 알고 있는 몇 가지 사항을 장황하게 늘어놓았다. 물론 모두 장단편소설이나 신문 보도에 나오는 것들이었으므로 이런 목적에 꼭 믿을 만한 출처라고는 할 수 없었다.

소련 고문관은 입이 떡 벌어지게 놀라면서 내가 연수 교육 담당자로는 아주 적격이라며 축하해주었다. 이렇게 해서 나는 폴란드 정보국 임시 교관이 되었다. 나는 유익한 정보를 주기보다는 짧은 기간 내에 끝낼 수 있는 단기 강좌를 계획했다. 그리고 또 한번 독일문학 덕을 톡톡히 보았다. 나는 레들 대령의 사건*을 파헤친 에곤 에르빈 키슈의 글을 이용해 큰 성공을 거두었다.

나중에 내가 다른 소련 고문관들에게 질문을 했을 때도 그들은 모두 똑같은 반응을 보였다. 그들은 내가 직접 대답을 찾고 해결책을 제시하기를 원했다. 내가 제시한 안은 대부분 유용한 아이디어로 채택되었다. 그들이 바르샤바로 파견된 이유는 우리를 돕기 위해서가 아니었다. 오히려 소련 정보국에 이익이 될 만한 정보를 찾아보는 것이 그들의 임무였다. 적어도 내가 일한 부서의 상황은 그랬다.

정보국의 최대 주요 업무는 서유럽 국가에 있는 폴란드 정치 망명자들의 동태와 계획과 조직에 관한 정보 수집이었다. 더 자세히 말하면, 정치 망명자들이 폴란드 새 정부와 배치되는 어떤 일을 도모하는지, 무슨 계획을 갖고 있는지를 적시에 알아내는 것이었다. 그러나 당시 정보국의 활동 범위는

---

* 오스트리아-헝가리 제국의 대령으로서 동성애에 빠져 러시아에 군사 관련 정보를 팔아넘기다가 자살한 알프레트 레들의 자살 사건.

크게 제한되어 있었다. 요원들이 절대적으로 아마추어인데다 활동 방식도 그들 수준에 맞게 원시적이었기 때문이다. 구체적인 현장 경험을 갖춘 사람이 아무도 없었고, 기술적인 방법도 전혀 준비되어 있지 않았다. 그러나 내가 런던으로 떠나기 전 몇 달 동안 일한 외무부의 상황은 전혀 달랐다. 그곳 영사과에서는 전쟁 전에 전문가로 활동했던 사람들이 근무하고 있었다. 나는 필요한 일이 생길 때마다 모두 그 사람들한테서 배웠다. 하지만 영사 업무는 특별히 재미있다거나 흥미진진하지는 않았다.

그사이 나는 폴란드 공산당(자칭 '폴란드 노동당')에 가입했다. 가입하라고 강요한 사람도 없고 권유한 사람도 없었다. 마찬가지로 즉흥적으로 판단하거나 성급하게 결정 내린 것도 아니었다. 내가 공산당에 가입한 첫째 이유이자 가장 큰 이유는 토지아와 내가 붉은 군대 덕분에 살아남았기 때문이다. 그들이 폴란드에서 독일군을 몰아내지 않았다면, 그들이 조금이라도 늦게 바르샤바로 들어왔다면, 우리 두 사람은 나의 부모님이나 형이나 토지아의 어머니와 똑같이 사망했을 것이다.

이유는 또 있다. 공산주의 사상은 아주 일찍부터 내 흥미를 끌었다. 1945년 직후이던 그때 공산주의는 무척이나 매력적인 이념이었다. 폴란드를 비롯하여 프랑스와 이탈리아 그리고 기타 서유럽 국가의 많은 지식인들이 그랬듯이, 나도 공산주의 사상에서 매혹적인 어떤 것을 발견했다. 그렇다고 내가 시위나 선전이나 데모에 참가한 것은 아니었다. 하지만 수많은 사람들이 인류의 중차대한 문제에 대한 해결책을 기대하던 운동, 전 세계적으로 물결치던 운동에 참여할 수 있다는 것이 나를 사로잡았다. 나는 오래전부터 내게 필요하다고 생각했던 것을 드디어 발견했다고 믿었다. 그것은 피난처였다. 그리고 거부하기 힘든 표현을 쓰자면, 그것은 든든하고 포근한 곳이었다.

벌써 오래전에 수립되었어야 할 새로운 사회질서는 이제 공산주의 하나로만 가능하다는 생각이 들었다. 특히 폴란드라면 더욱 그래야 했다. 폴란드 지식인들과 예술가들, 특히 작가와 언론인의 대다수는 소련 추종자가 아니었다. 독일의 점령기 동안 전혀 활동하지 못하고 세월을 보낸 그들은 "이길 수 없다면 동맹을 맺어라"라는 영국 격언을 고집했다. 그들은 폴란드를 혼란으로부터 보호하고 재건에 착수할 수 있게 하는 힘은 단 하나밖에 없다는 것을 알고 있었다. 그것은 바로 소련이 개입하고 연합군이 승인하는 폴란드 정부였다.

당시 내가 폴란드 공산당에 가입한 데에는 독일문학도 조금쯤 일조했던 것 같다. 19세기 독일 산문 중의 하나가 어렸을 때부터 내게 큰 인상을 주고 나를 열광시켰다. 격정과 수사와 풍부한 비유로 나를 사로잡고 압도한 그 호소문, 바로 카를 마르크스와 프리드리히 엥겔스의 『공산당 선언』이었다.

1945년에 내가 내린 결정의 이유를 밝혀주는 상황과 배경은 얼마든지 많다. 아마 그것들이 내 행보를 납득시켜주기도 할 것이다. 단지 나는 어떠한 경우라도 오해받고 싶지 않을 뿐이다. 지금 생각해보면 그때의 일은 의심의 여지 없이 심각한 실수였다. 그게 실수라는 것은 1950년대에 깨달았다. 하지만 당시에 알고는 있었지만 지금 와서 제대로 이해한 사실이 있다. 내가 공산당에 소속된 덕분에 놓치고 싶지 않은 여러 일들을 경험했다는 것이다.

내가 결과를 예측하지 못하고 내린 결정은 1945년 이후에도 있었다. 게다가 그것은 되돌릴 수도 없는 결정이었다. 런던에서 나는 다른 이름을 가지고 직무를 수행해야 했다. 제국을 뜻하는 나의 성 라이히Reich가 영사 업무에 별로 적절하지 못하다는 게 그 이유였다. 라이히라는 단어는 독일어를 전혀 모르는 폴란드인이나 영국인도 그 뜻을 알고 있어서 금방 '제3제국'을 떠올리게 한다고 했다. 모든 사람들의 여권에 서명으로 기재해주어야 할 이름이 너무 독일 냄새를 풍겼을까? 아니면 너무 유대적이었을까? 어쨌든 폴란드 냄새는 거의 나지 않았다. 나는 이 문제로 시간을 오래 끌고 싶지 않아 곧 그들의 의견에 동의했다. 그리고 오래 고민하지 않고 라니츠키라는 이름을 골랐다. 영국에 체류하는 동안에만 쓰면 된다고 생각했다. 그러나 이 이

금은 그후에도 나를 계속 따라다녔다. 평생 동안.

내가 될 수 있는 대로 빨리 런던에 가려 했던 것은 바르샤바에서 맡고 있던 업무와도 관련이 있었다. 그 업무에서는 별로 재미를 느끼지 못했다. 업무의 의미와 유용성에 회의가 들었다. 본부로 들어오는 보고서와 보도와 정보 들이 흥미를 주지 못했다. 내가 보기엔 신빙성이 없거나 혼란을 줄 정도는 아니라고 해도 대부분 쓸모없는 것들이었다. 그 정보들은 정부 각 기관으로 전달되었으며 당연히 당에도 들어왔다. 하지만 그것을 누가 이용했다거나 하다못해 읽어보기라도 했다는 말은 들어보지 못했다. 끊임없이 뭔가를 감추려는 비밀주의의 결과였다. 내가 제기하는 질문과 숙고 끝에 나온 건의도 그들은 별로 귀담아듣지 않았다. 아직은 초창기 설립 단계라 모든 게 미숙하다느니 초기에 얼마든지 닥칠 수 있는 난관이니 하면서 참고 기다려야 한다고 했다.

그러나 나는 오래 참을 필요가 없었다. 곧 런던에 가게 된 것이다. 하지만 당초 계획대로 1947년이 아니라 1948년이 되어서야 갈 수 있었다. 런던 생활은 파괴된 바르샤바 생활보다 사치스럽고 자유로웠다. 한마디로 근사했다. 우리는 근 2년을 런던에서 편하게 살았다. 바르샤바에서는 꿈도 꿀 수 없던 것들을 누렸다. 넓고 잘 꾸며진 집에서 살았고 상당히 큰 미국산 자동차까지 받았다.

물론 문학에 열중할 시간은 거의 없었다. 그 대신 우리는 극장과 오페라 공연과 연주회에 자주 갔다. 그중에서 기억에 가장 크게 남아 있는 사람이 두 명 있다. 베토벤의 교향곡 9번을 지휘한 빌헬름 푸르트벵글러, 그리고 셰익스피어부터 아누이에 이르기까지 온갖 작품에 출연한 로런스 올리비에였다. 우리는 영국과 스코틀랜드로 여행을 다니고 주말에는 가끔 파리를 다녀왔다. 휴가는 스위스에서 한 번, 이탈리아에서 한 번 보냈다. 우리는 특권층이었다.

하지만 내가 인생을 즐기느라 업무를 소홀히 했을 거라고 생각해서는 안

킨나. 내가 맡은 업무의 대부분은—적어도 80~90퍼센트는—일상적인 영사 업무라 다행히 별로 힘들지 않았다. 처음에 나는 부영사였지만, 나중에는 총영사관을 이끄는 자리에 올라 40여 명의 직원을 거느리게 되었다. 영사로 임명된 것이다. 그때 28세였던 나는 런던에서 최연소 영사였다. 영사 업무는 아무 문제 없이 매끈하게 돌아갔다. 변호사 두 명이 유능한 부영사로 재직하면서 내 업무를 덜어준 덕분이기도 했다.

그렇다면 정보국 업무는 어떻게 되었을까? 실망스러울지도 모르는 진실을 고백하겠다. 나는 가짜 수염을 붙이지도 않았고 가발을 쓰고 다니지도 않았다. 투명 잉크를 사용하지도 않았고, 무기나 사진기, 복사기, 녹음기 같은 것도 없었다. 물론 볼펜은 가지고 있었다. 하지만 그건 런던에나 와서야 살 수 있었다. 자본주의 산업의 창안물인 볼펜은 당시 폴란드에는 알려지지 않았다. 영사관 직원 40명 중에서는 나를 제외하고 서너 명이 정보국을 위해 활동했다. 이들 영사관 직원 외에 정보국 업무를 담당한 사람들이 열 명에서 열다섯 명 정도 더 있었는데 대부분 실업자들이나 퇴직 언론인들이었다. 그들은 우리에게 정기적으로 폴란드 망명자에 관한 정보를 알려주었다. 망명자 본부 역시 폴란드 반공산주의 망명정부가 있는 런던에 있었다. 많지 않은 보수를 받고 있던 그 정보국 요원들은 대개 중요하지 않은 각종 사건들, 예를 들어 망명자 집단 내부의 여러 당파와 노선들, 내부 갈등, 끊이지 않는 음모 그리고 정치가 개개인에 관해 상세한 보고를 올렸다.

그 많은 정보들은 대부분 일반에 공개되던 집회에서 나온 것들이었다. 단지 대사관이나 영사관 직원들은 그런 집회에 참관하기가 어려웠다. 그들이 올린 보고서에는 객관적인 정보 외에 소문으로 나도는 이야기도 있었는데, 이게 그나마 제일 재미있었다. 그 소문들 중 일부는 정보국 요원들이 폴란드 망명자 신문에서 그냥 발췌한 것들이었다. 당연히 기사의 출처는 숨겨지거나 위장되어 있었다. 우리에게는 망명정부 내부에 들어가 우리 쪽에 보고를 할 만한 요원도 없었고 비서나 문지기도 없었다.

나 자신은 폴란드 망명자들과 접촉하지 않았다. 그러나 영국인들과는 교류하고 있었고, 특히 독일 망명자들과 접촉했다. 그들과 만나면서 입수한 다양한 정보와 보고 내용들을 분석하고 판단해서 바르샤바로 전달하는 것이 내 임무였다. 본부에서 어떤 반응을 보내오는 일은 별로 없었다. 내가 매주 보낸 자료들은 아마 하급 직원들이 건성으로 읽었는지도 모르겠다. 본부에서 어떤 요구를 해오거나 지시를 내리는 경우도 거의 없었다. 조금 부드럽게 말한다면, 나는 이 비밀 정보국을 조직하는 데 필요한 열성도 재능도 없는 사람이었다.

그래도 한번은 근사하게 성과를 낸 적이 있다. 내 소관이 아닌 업무와 관련된 일이었다. 영국과 관련한 사안은 폴란드 대사관 내의 무관들이 담당했다. 나는 절대로 이들과 접촉할 수 없었을 뿐만 아니라 그들이 무슨 업무를 하는지도 알지 못했다. 영국에는 전쟁 직전에 베를린에서 망명한 나의 사촌이 살고 있었다. 그는 어느 영국 기관에서 일하고 있었는데, 그 기관은 작가 겸 정치가였던 벤저민 디즈레일리가 예전에 살던 윌튼 파크에 있었는데, 런던에서 전철로 한 시간 정도 걸리는 곳이었다. 그곳에서는 강사라고 불리던 영국 및 독일 지식인들이 선별된 독일 전쟁포로들을 모아놓고 훈련과 재교육을 시키고 있었다. 그들을 가능한 한 훌륭한 민주 시민으로 만들어 고향으로 돌려보내겠다는 생각이었다.

나는 이 기관에 대한 장문의 보고서를 써서 바르샤바 본부로 보내야겠다는 생각을 했다. 본부에서는 이 문제와 내가 준 정보에 상당한 관심을 보였는데, 그 소련 고문관이 내가 보고한 사안을 혼자 독차지했던 것 같다. 내 명성이 급격히 올라갔다. 하지만 내가 신중한 고민 끝에 누락한 어느 사실을 아무 생각 없이 보고했더라면 아마 그런 결과는 나오지 않았을 것이다. 그 사실이란 다름 아니라 윌튼 파크에서 일어나는 모든 일은 결코 비밀이 아니라는 것, 즉 폴란드인까지 포함하여 어느 언론인이든 요청만 하면 그곳 사람들이 기꺼이 모든 사안에 대해 알려준다는 것이었다. 그러나 정보국에서는 요원이나 그들이 신뢰하는 통신원에게서 받은 자료들만 높이 쳐주었다. 누구나 알고 있는 사실, 가령 신문에서 읽을 수 있는 내용들은 그들에게 관심의 대상이 아니었다.

그러나 이후 나의 행보는 내가 이루어낸 이 같은 성과와는 전혀 무관하게 진행되었다. 동구권의 정치적 변화로 인해 런던에서의 내 활동이 문제시된 것이다. 소련과 티토가 이끄는 유고슬라비아가 갈등을 겪은 후, 다시 말해 1948년 여름 모스크바와 베오그라드의 관계가 단절된 후 곧바로 동구권 국가들이 강제 통합되었다. '폴란드식 사회주의'를 추구한다고 비난받던 폴란드 공산주의 지도자 브와디스와프 고무우카가 실각했다. 모스크바에서는 기발하고 희한한 방법으로 볼레스와프 비에루트를 후임자로 결정했다. 정치적 전력에 대해 전혀 알려지지 않은(전쟁 전에 노조 간부였다는 소문이 있었다) 비에루트는 폴란드에서 초당파적 대통령 역할을 했다. 그러다가 그는 오래전부터 폴란드 공산주의자였음이 밝혀지면서 하룻밤 새에 공산당 당원이 되는 동시에 공산당 서기장으로 올라섰다. 공산당과 사회민주당이 강제 통합되자 비에루트는 자동으로 '폴란드 통합노동당' 당수가 되었다. 이로써 폴란드에서는 공식적으로 공산당 독재가 시작되었다. 전쟁이 끝난 직후 비교적 자유로웠던 시절을 뒤로하고 이제 폴란드에서 스탈린의 시대가 막을 연 것이다.

런던에서 지내던 나의 상황은 점점 힘들어졌다. 동구권 여러 나라 수도에서는 정치적으로 기획된 과시용 공개재판이 열리면서 1930년대에 모스크바에서 있었던 '숙청 재판'을 연상시켜 불안감을 자아냈다. 어떤 재판에서는(일례로 1949년 부다페스트에서 열린 라이크 재판*) 반유대주의적인 색채가 분명하게 드러났다. 우리는 경악을 금치 못했다. 더 큰 충격을 준 것은 우리와

---

* 헝가리의 공산주의자이자 내무장관이었던 라이크가 유고슬라비아 간첩이라는 죄목으로 처형되던 당시 헝가리에서 반유대운동이 벌어지고 있었다.

가까이 살던 사람에게 벌어진 사건이었다. 런던에서 우리는 파울라 보른이라는 여자와 친하게 지냈다. 예의바르고 교양 있는 그녀는 폴란드 대사관에서 비서실장으로 일하고 있었다. 그런데 그녀가 1949년 여름 바르샤바에 체류하던 중 실종되었다. 얼마 후 그녀가 체포되었다는 소식이 들렸다. 전쟁 중에 스위스에서 미국 정보요원으로 일했다는 혐의를 받은 것이다. 그녀는 재판도 받지 못하고 아무 이유 없이 감옥에서 몇 년을 살았다.

우리가 겁을 먹을 만한 이유는 얼마든지 있었다. 더구나 내가 곧 '세계시민주의자'로 낙인찍혔으니 상황은 더 암담했다. '세계시민주의자'는 당시 공산주의 언론에서 갈수록 빈번히 욕설로 사용하던 낱말이었는데, 당 노선에 충성하지 않는다고 생각되는 사람들을 그렇게 불렀다. 그때 나는 공산주의 사상을 아직 완전히 포기하지는 않았지만 환상은 벌써 상당히 사라진 뒤였다. 한번은 바르샤바를 방문했을 때 국외 정보국 본부에 가서 런던에서의 내 활동이 과연 바람직한 것이냐고 물어보았다. 그들은 몇 주 안으로 답변을 주겠다고 했다. 그러나 나는 기다리지 않고 사직서를 냈다. 상관들은 흡족해했다.

그 시절에는 공산국가의 외교관들이 (폴란드 외교관도 마찬가지로) 사직을 한 후 귀국을 거부하거나, 혹시 서유럽 국가에 출장중일 때는 자유 진영으로 넘어가는 경우가 적지 않았다. 흔히 하는 말로 자유를 택하는 것이다. 우리도 영국에 머무르거나 미국 혹은 호주로 갈 수 있었다. 진실을 말한다면, 우리는 그런 가능성 자체를 아예 고려해보지 않았다. 우리는 폴란드로 귀국하는 것이 인간 된 도리라고 생각했다. 대체 왜 그랬을까?

그건 아마 베를린에서 보낸 유년기와 프로이센 김나지움과 관련이 있을 것 같다. 그때 선생님들은 어떤 상황에 처하더라도 의리를 지켜야 하며, 배신자보다 더 비루한 인간은 없다고 가르쳤다. 하지만 전혀 다른 요인도 작용했을 수 있다. 서유럽에 머물고 있는 정보국 요원은 추적을 당하다가 발각될 수 있으며, 그렇게 되면 그의 운명은 쓰디쓴 고난이 될 수 있다는 사실난 [illegible]에 누워야 했다.

어느새 확실하게 스탈린주의 국가로 바뀐 폴란드로 귀국한 것은 잘못된 결정이었을까? 어리석은 행동이었을까? 어쨌거나 경솔한 행동인 것만은 분명했다. 여하튼 우리 세 명은 11월에 바르샤바에 도착했다. 우리 셋이라니? 그렇다. 그 세번째 식구는 런던에서 태어난, 아직 돌도 안 된 우리 아들이었다. 폴란드 귀국 후에 생활 형편이 좋지 않으리라는 것은 확실했다. 그런데 상황은 생각보다 더 가혹했다. 나는 귀국하고 몇 주가 지나기도 전에 외무부와 공공안전부에서 해고되었다. 그리고 독방 감옥에 들어갔다. 하지만 그들은 내게 아무 짓도 하지 않았다. 심문도 하지 않았다. 나는 독방에 앉아 기다렸다. 생각할 시간은 넘치도록 많았다.

나는 29세의 나이로 벌써 숱하게 많은 일들을 겪었다. 내 삶에는 화창한 날과 흐린 날, 화려함과 비참함이 끊이지 않았다. 내 정치적 삶은 완전히 실패로 돌아갔다. 그럴 만도 했다. 직업교육을 받지 않은 나는 이제 무엇을 해야 좋을까? 나는 아무것도 없는 무無 앞에 서 있었다. 그러나 많지 않은 날들을 살아온 삶에서 내가 그런 무와 마주한 것은 그때가 처음은 아니었다.

감옥에서는 책을 읽는 게 허락되었다. 나는 토지아에게 정치적으로 불온하지 않은 책을 한 권 보내달라고 했다. 나는 독일 소설을 읽기로 결정하고 안나 제거스의 『제7의 십자가』를 골랐다. 쇠창살 안쪽 천장에 달린 전등 빛은 아주 약했다. 좀더 환한 빛을! 이것이 그 순간 내 절실한 소망이었다. 나는 더 큰 전구를 얻으려고 온 힘을 다 쏟은 끝에 마침내 받아냈다.

책을 읽는 동안 점점 뚜렷하게 느껴지는 사실이 있었다. 내가 살아온 삶을 조용히 돌이켜보니 그 밑바닥에는 치명적인 오해가 자리잡고 있었다는 점이었다. 나는 정치가 내 소명일 수 있으니 앞으로 정치를 해야 한다고 믿고 있었다. 그러나 지금까지도 내가 좋아하고 경탄하는 안나 제거스의 소설을 읽으면서 문학이 다른 어떤 것과도 견줄 수 없을 만큼 내 흥미를 끈다는 사실을 깨달았다. 그런 후 나는 한결 환해진 독방에 앉아 오랜 세월 무심했던 내 어린 날의 벗에게, 다시 말해 문학으로 돌아갈 수 있지 않을까 고민해 보았다.

나는 두 주가 지난 뒤 풀려났다. 당국에서는 나를 재판에 넘기지 않고 당의 처분에 맡긴다는 결정을 내렸다. 나는 지금까지 동료로 지냈던 많은 당원들로부터 가차없이 호통을 당하는 한바탕 소란스러운 회의를 통해 당에서 쫓겨났다. 공식적인 축출 이유는 사상적 거리감이었다. 나는 이 판결이 잘못되었다고 생각했으나 얼마 지나지 않아 당이 옳았음을 깨달았다. 벌써 오래전부터 내 안에 들어앉아 있던 사상적 거리감을 당이 나 자신보다 먼저 정확히 알아낸 것이다.

비슷한 시기에 나는 공공안전부에도 불려갔다. 나는 폴란드 정보국 업무와 그에 관련된 모든 사안에 대해 한마디도 입 밖에 내지 않겠다는 문서에 서명해야 했다. 이 서약을 지키지 않을 경우에는—그들은 이 점을 특히 강조했다—최악의 가혹한 결과를 각오해야 한다고 했다. 그리고 그게 무슨 말인지는 아마 잘 알 거라는 말을 덧붙였다. '사형'이라는 말을 쓰진 않았지만 그들이 무엇을 암시하는지는 분명했다. 나는 그 위협을 아주 심각하게 받아들였다.

폴란드 국외 정보국은 두 번 다시 내게 연락하지 않았다. 더는 필요 없는 사람이라 내버려둔 것이라고 나는 생각했다. 그러나 내가 폴란드를 떠난 뒤 폴란드 당국에서 나를 찾았다는 것을 알게 되었다. 이 사실은 1994년이 되어서야 가우크 청*의 자료를 입수한 『슈피겔』을 읽고 알았다.

1958년 10월(서독에 온 지 석 달이 안 된 때였다), 이제는 공공안전부를 감독하게 된 폴란드 내무부가 동독 국가보안부 슈타지에 급히 도움을 요청했다. 이 문제에—『슈피겔』이 보도한 대로—당시 슈타지 책임자인 마르쿠스

* 독일 통일 후 구 동독의 국가보안부 슈타지의 불법행위를 청산하기 위해 세운 관청으로 슈타지 문서와 자료를 관리했다.

본부가 직접 파견한 것을 보면 요청한 사안은 각별히 중요한 일이었던 게 분명하다. 그러나 1958년 11월 동독 국가보안부는 폴란드 인민공화국 내무부에 이런 회신을 보냈다. "공보실과 독일 언론협회 그리고 비밀 요원들이 수행한 여러 차례의 조사에도 불구하고 해당 인물의 체류지는 확인 불가능합니다." 이때는 이미 서독에서 내가 쓴 글들이 『프랑크푸르터 알게마이네』와 『디 벨트』에 계속 발표되고 있었다. 동독 국가보안부 비밀 요원들은 신문을 읽지 않는 게 분명했다. 그런데 폴란드측의 이 탐문이 나를 위협했던 "최악의 가혹한 결과"와 관련이 있었는지는 지금도 알 수 없다. 그러나 내가 수년 동안 동구권 정보국 간의 공조수사 대상에 올라 있었다는 것만은 확실하다.

덧붙여 말할 것이 있다. 독일에서 벌써 2년 넘게 생활하고 있던 1960년 가을—그때 나는 함부르크에 살고 있었다—연방 헌법수호청 소속 공무원 두 명이 나를 찾아왔다. 한 명은 본에서, 다른 한 명은 함부르크에서 온 사람이었다. 그들은 내게 몇 가지 대수롭지 않은 질문만 할 뿐 무슨 비밀 정보 같은 것에는 관심이 없었다. 전쟁 직후 폴란드 정보국과 관련한 사안들은 그들에게 그다지 심각한 문제가 아니었던 모양이다. 그런 것들은 이제 모두 유치하고 가소로운 일이라며 생색내듯 말했다. 나도 그들의 말에 반박할 이유가 없었다.

브레히트, 제거스, 후헬, 그 외의 사람들

1950년대 초 폴란드에서는 공산당원이 아니어도 생활하는 데는 전혀 지장이 없었다. 그러나 한번 공산당에 가입했다가 이념 문제나 정치적인 이유로 당에서 쫓겨난 사람은 사는 게 고생스럽기 짝이 없었다. 당에서 축출되고 거기다 감옥까지 간 사람은 이중으로 힘들었다. 나는 사회적으로 매장당한 것이나 마찬가지였다. 날마다 그 사실을 느낄 수 있었다. 거리에서 아는 사람을 만나면 그들은 나를 피해 멀리 돌아가면서 모르는 체했다. 그들로서는 그럴 만한 충분한 이유가 있었다. 나 같은 사람은 얼마든지 다시 체포될 수 있었다. 그렇게 되면 그들도 소환되어 나와 수상한 접촉을 했다는 이유로 심문을 당할 수 있었다. 하지만 모든 사람이 그렇게 나를 조심스러워한 것은 아니었다. 우리 편이 되어준 용감한 친구들도 몇 사람 있었다.

보다시피 그 시절은 우리에게 무척이나 고단했다. 얼마 후에는 내가 생각한 것보다 더 혼란스러운 시간이 찾아왔다. 당국은 토지아와 비밀 면담을 하면서 나를 저버리고 나와 정식으로 이혼하라고 권유했다. 토지아는 아무 이유도 대지 않고 당의 부당한 요구를 거절했다. 얼마 후 그녀는 극심한 신경쇠약에 시달렸다. 독일군 점령기 동안 겪었던 악몽의 후유증이었을까? 아니면 런던에서 돌아온 후 겪은 일 때문이었을까? 의사들은 두 가지가 맞물려 상승작용을 일으킨 게 확실하다고 했다. 토지아는 몇 주간 병원 신세

날 선 뒤 퇴원했지만, 그후로도 여러 해 동안 치료를 받아야 했다. 얼마 후 그녀는 폴란드 라디오 방송국에 편집자로 취직함으로써 꽤나 괜찮은 일자리를 얻게 되었다.

나도 실업자는 아니었다. 당에서는 축출된 사람에게 어떤 종류의 것이든 일자리를 마련해주는 게 관례였다. 축출된 사람이 당의 적으로 돌변하여 이적 행위를 하거나 굶어죽는 사태를 막기 위해서였다. 그들은 내게 무슨 일을 하고 싶으냐고 물었다. 나는 출판사에서, 그것도 독일문학 서적을 펴내는 곳에서 일하고 싶다고 말했다. 상대는 무척 어이없어하더니 무엇을 어찌해야 좋을지 모르는 표정을 지었다. 그런 일을 원한 사람은 아직 아무도 없었던 것이다.

나는 국방부 출판사에 배치되었다. 대중문학서도 펴내는 대형 출판사였다. 그러나 아직 독일문학을 담당하는 편집부가 없다는 사실을 곧 알게 되었다. 전쟁이 끝난 후 폴란드에서는 독일어를 포함해 독일과 관련된 것은 모조리 배척하고 추방했다. 1939년에서 1945년까지 폴란드에서 무슨 일이 일어났는지 모르는 사람은 아마 이런 상황에 어안이 벙벙했을 것이다. 한번은 어느 곳에서 내가 독일어로 말을 하니 누군가가 히틀러의 언어는 쓰지 말라고 했다. 그런 사람들에게 단호히 경고하는 것은 어렵지 않았다. 나는 그에게 이 언어가 바로 마르크스와 엥겔스의 언어라고 말하며 상황을 종료시켰다.

출판사 대표에게 독일 서적 편집부의 필요성을 여러 번 역설한 끝에 드디어 그를 설득하는 데 성공했다. 성공의 이유는 단 하나, 동독이 이미 존재하고 있었기 때문이다. 독일 서적 편집부에서는 동독에서 간행되는 서적만 다루었다. 그래도 나는 빌리 브레델이나 보도 우제 같은 동독 작가들의 책 외에 에곤 에르빈 키슈의 책도 몇 권 출판했다. 1951년 6월 초, 뛰어난 여성 번역가였던 동료가 게르하르트 하웁트만이 누구인지 아느냐고 물었다. 그녀는 폴란드 라디오 방송국으로부터 하웁트만 사망 5주기를 맞아 타자 용지 빛 상 분망의 글을 써달라는 청탁을 받고 내게 도움을 요청한 것이다. 나는 하웁트만의 장점과 약점에 대해 급히 원고 몇 장을 써서 다음날 그녀에게 건넸다. 그녀는 무척 만족스러워하면서 나에게 왜 평론가로 활동하지 않느냐고 물었다.

나 역시 그 문제를 생각해보았다. 그리고 막 폴란드어로 출간된 어느 독일 책의 서평을 써서 폴란드 최고의 주간지 『노바 쿨투라』에 보냈다. 놀랍게도 바로 그 주간지에 내 원고가 실렸다. 뿐만이 아니었다. 그쪽에서는 폴란드에서 출간된 독일문학에 대해 정기적으로 서평을 써달라고 부탁했다. 나는 아르놀트 츠바이크, 한스 팔라다, 베른하르트 켈러만, 안나 제거스, 요하네스 R. 베허, 프리드리히 볼프, 그 밖에 별로 중요하지 않은 작가들의 작품평을 썼다.

유명 극작가 프리드리히 볼프는 영화감독 콘라트 볼프와 슈타지 책임자 마르쿠스 볼프의 아버지이다. 당시 그는 바르샤바에서 활동하고 있었다. 폴란드에 파견된 첫 동독 대사로 근무하고 있었던 것이다. 나는 그에게 폴란드 독자의 취향에 맞는 동독 작가들을 추천해달라고 부탁해야겠다는 생각이 들었다. 위엄 있게 나를 맞는 그를 보니 어느 모로 보나 외교관다웠다. 나는 이미 작가들과 교류하며 그 분야의 경험을 쌓아놓았기 때문에, 대사님의 주요 희곡에 대한 짤막한 평으로 내게 허락된 접견을 시작했다. 나는 그의 희곡 중에서 『청산가리』와 『카타로의 선원들』이 잊을 수 없는 작품이라고 말했다. 그리고 『맘로크 교수』는 세기의 걸작이라고 치켜세웠다. 말하기가 조심스럽지만, 조금 과장이었다. 볼프는 내게 코냑을 따라주고 여비서에게 커피를 주문했다.

우리는 곧 본론으로 들어갔다. 대사는 폴란드어로 번역하기에는 자신의 소설 한 편이 적합하다고 한 뒤 또다른 소설도 괜찮을 거라며 언급했다. 나는 고마운 마음으로 소설 제목들을 받아 적었다. 그러나 내가 다른 작가들에 관해 물어보기도 전에 그는 자신의 망명 생활중에 나온 몇 가지 작품집

이야기를 꺼냈다. 그리고 방대한 르포 한 편과 중편소설도 언급해야 한다면서 당연히 자신이 쓴 것이라고 했다. 그의 말이 끝났을 때 나는 동독의 젊은 작가들 쪽으로 방향을 돌리려고 했다. 대사는 그 이야기는 조금 있다가 하겠다면서, 그보다 우선 꽤 흥미를 끌 만한 생각이 있다며 자신의 희곡 선집을 폴란드어로 번역하는 게 어떻겠냐고 했다. 그 외에 자신의 에세이와 촌평도 출간되었는데 현재 동독에서 아주 화제가 되고 있으니 꼭 읽어보라고 했다.

나는 고개를 끄덕였다. 우리는 코냑을 한 잔씩 더 마셨다. 분위기가 점점 무르익었다. 약 한 시간 뒤 나는 푸짐한 선물을 받아들고 내 사무실로 돌아왔다. 내 서류가방에는 멋진 양장본 일곱 권이 들어 있었다. 모두 프리드리히 볼프가 쓴 책이었다. 내가 적어 온 목록에는 번역하기에 좋겠다며 그가 강력 추천한 책 아홉 권의 제목이 적혀 있었다. 그것도 모두 프리드리히 볼프의 책이었다. 호감이 가던 그 대사는 정말 천생 작가라는 생각이 들었다.

내가 일하는 출판사에서 나는 독일문학서를 더 출판하려고 노력을 기울였지만 결과는 그다지 성공적이지 못하여 몇 권만 펴내는 데 그쳤다. 상사들은 그래도 내 업무에 흡족해했으나 나는 그렇지 못했다. 그리고 그런 마음은 당연히 드러내지 않았다. 이 출판사가 기획하고 있는 목록에서는 정치, 현대사, 군사 관련 책이 주를 이룬 데 반해 대중문학은 푸대접을 받고 있었다. 그때 마침 대중문학 위주의 책을 출판하는 양대 출판사 중 한 곳인 '치텔니크'에서 제안이 들어왔다. 나보고 대규모 독일서 편집부가 소속된 부서의 부장직을 맡아달라는 것이었다. 내가 지금까지 다니던 출판사에 사표를 내자마자 당 중앙위원회 담당 동지들이 내가 '치텔니크'로 이직하는 데 항의했다는 소식이 전해졌다. '사상적 거리감'을 이유로 당에서 축출된 사람은 출판계에서 지도적 위치에 있을 수 없다는 게 이유였다.

사직은 번복할 수 없었다. 그로 인해 나는 갑자기 실업자 신세가 되었다. 그러나 다행히 나는 꽤 많은 평론을 발표한 경력이 있었다. 결국 지금까지

부업으로 했던 일을 본업으로 삼는 수밖에 없었다. 나는 계속 폴란드의 여러 신문과 잡지에 서평을 썼다. 다루는 주제도 바꾸지 않고 주로 독일문학에 관해서 썼다. 나는 거의 하룻밤 새에 젊은 시절 꿈꾸었던 평론가가 되어 있었다. 그리고 초보자이긴 했어도 벌써 자유 문필가로 활약하고 있었다.

잘할 수 있을까? 이 일로 먹고살 수 있을까? 일단 처음에는 거칠 것이 없었다. 출판사에서는 내 글을 기꺼이 실어주었다. 독일 책과 관련해 내가 편집인 소견서를 써주었던 서너 군데 출판사와의 공동 작업도 별 문제 없이 진행되었다. 나는 지난 시절의 이런저런 독일 작품들을 폴란드어로 번역해 보라고 열심히 권유하면서 출판사측을 설득하려고 노력했다. 내가 권한 책은 주로 폴란드에 별로 알려지지 않은 작가들, 예컨대 헤르만 헤세, 하인리히 만, 아르투어 슈니츨러, 레온하르트 프랑크 같은 20세기 작가들의 작품, 그리고 폰타네와 슈토름과 라베 같은 19세기 소설가들의 작품이었다. 당시 폴란드에서 이들 작가들에 대해 알고 있는 사람은 독문학자들뿐이었다. 이후 실제로 출간된 폴란드어판에 나는 서문과 후기를 상세하게 달았다.

얼마 지나지 않아 나는 읽기 쉽게 글을 쓰는 믿을 만한 독일문학 전문가라는 명성을 얻었다. 당연히 기분이 좋았다. 그러나 그런 평판은 내게 불행이기도 했다. 수십 년 동안 공산주의자로 살아온 당 실무에 밝은 오랜 친구가 내게 이런 경고를 했다. "당 중앙위원회는 네가 지금처럼 평론가로 이름을 날리는 모습을 보자고 너의 출판계 진출을 막은 게 아니야. 언젠가는 당 동지들이 이 사실을 알 텐데, 그러면 아마 그들은 이걸 도전으로 받아들일 거야. 너는 당에 재가입하게 해달라고 간청해야 해. 그 간청을 받아줄 가능성은 없지만 그래도 담당 동지들의 마음은 조금 풀어질지 몰라."

무엇을 해야 할지가 분명해졌다. 평론가로 문제없이 활동하기 위해 나는 제명 처분을 재검토하고 나아가 철회해달라고 요청했다. 하지만 아무런 답변이 없었다. 그래도 당분간은 아무런 방해도 받지 않고 평론가로 활동할 수 있었다. 물론 그런 나의 활동은 폴란드의 공식 선전에도 불구하고 약해실 기미가 보이지 않는 반독일 분위기의 그늘에 가려 있었다.

노동문학가 빌리 브레델이 바르샤바에 온 적이 있다. 그는 많은 동독 작가들과 달리 진정한 노동자이자 진정한 작가였다. 폴란드어로 번역된 그의 책도 전혀 인기가 없다고는 할 수 없었다. 나는 그를 점심식사에 초대했다. 가정부에게는 이 손님이 독일인이긴 하지만 분별 있는 사람이라 히틀러를 위해 싸우지 않고 그에 맞서 투쟁했다고 말하면서, 신경써서 음식을 준비해달라고 부탁했다. 그녀는 고개를 끄덕이며, 식사는 아무 문제 없이 차려내겠지만 자신은 이 손님이 혹시 강제 수용소에서 자기 남편을 때려 죽인 사람인지 알고 싶을 뿐이라고 했다.

1950년대 초반과 중반에 폴란드를 방문한 독일 작가치고 나치에 동조했다는 의심을 받을 만한 사람은 없었다. 그들은 거의 망명 전력이 있는 작가들이었다. 그럼에도 불구하고 그들 대다수는 무시당하거나 잘해야 냉랭한 대접만 받았다. 안나 제거스도 그랬다. 그녀는 1952년 12월에 바르샤바를 방문했다. 나는 그녀와 꽤 오랜 시간 이야기를 나누려고 작정하고 있었다. 게다가 그녀의 작품을 출간하는 폴란드 출판사에서 그녀의 작품을 다룬 단행본을 써달라고 내게 요청해온 상황이라 더욱 좋은 기회였다.

나는 제거스가 펴낸 작품들을 모두 읽었다. 소설 『제7의 십자가』와 『통과』도 대단하다고 느꼈지만, 「죽은 소녀들의 소풍」을 비롯한 여러 단편소설도 큰 감명을 주었다. 이런 배경지식 덕분에 나는 다양한 분야에서 교육받은 이 여성 작가가 방법적 사고에 취약하다는 것을 알고 있었다. 논증과 논리는 그녀의 관심 밖에 있었다. 아마 생소한 대상이었을 것이다. 마르크스주의가 그녀의 성격에 큰 영향을 주었다고 흔히들 말하는데, 정말로 그런지 나는 확신하지 못하겠다. 여하튼 마르크스주의는 그녀의 사유 과정에 본질적인 영향을 줄 수가 없었다. 그녀의 에세이와 연설문이 그것을 말해준다. 다양한 종류의 그 글들 중에는 간혹 매력적인 것들도 있다. 그러나 정작 중요한 글들은 대부분 조각글들이 느슨하게 연결된 형식이다. 더 자세히 말하면 관찰, 인상, 순간 이미지, 파편, 회고, 토막글 들이 짜임새 없이 연결되어 있다.

바르샤바에서 만났을 때 제거스는 내게 많은 시간을 할애해주었다. 어쩌면 출판사로부터 부탁을 받아서 그랬는지도 모르겠다. 그녀는 옷차림이 수수했고 행동거지도 아주 자연스러웠다. 아름답게 보이려 하거나 허세를 부리려는 흔적은 없었다. 하지만 내가 받은 인상은 앞뒤가 맞지 않는 모순되는 것이었다. 그녀는 상냥하면서도 섬뜩한 무언가를 내뿜었다. 그런 느낌은 얼굴 표정과 인상과 몸짓에서 풍겨나왔다. 다정하게 미소 짓는가싶더니 금방 엄숙하고 슬픈 얼굴로 나를 바라보았다. 쾌활했다가 이내 체념한 듯이 우울해졌다. 그녀가 내 말을 열심히 집중해서 듣는다고 생각했는데 어느새 산만해지거나 생각이 다른 데 가 있는 것 같았다. 그런 감정의 기복은 한숨 돌릴 틈도 없이 늘 순식간에 일어났다.

대화는 약 두 시간 정도 진행되었다. 나는 많은 질문을 준비해 갔다. 그녀는 기분좋은 질문이든 그렇지 않은 것이든, 내가 묻는 모든 말에 신경써서 답변하려고 노력했다. 하지만 시간이 흐를수록 나는 이 대화가 제거스에 관한 책을 쓰는 데 아무 도움이 되지 않을 것 같다는 걱정이 앞섰다. 나는 구체적인 질문을 던졌지만 돌아오는 답변은 부정확하고 불분명했다. 그녀의 답변은 조금 서정적이거나 동화적이라고 할 수 있는 감정적인 자기표현에 가까웠다.

화제는 마침내 『제7의 십자가』로 넘어갔다. 나는 이 소설이 보여주는 단편소설적 구성을 한 치의 거짓도 없이 진심으로 극찬했다. 안나 제거스는 손짓을 하며 그렇지 않다고 했다. 내가 극찬하는 대상은 그 작품이 아니라면서, 자신은 만초니의 『약혼자들』이라는 소설에서 구성을 빌려왔다고 했다. 그러면서 그 소설을 읽어보라고 신신당부했다. 나는 그녀가 추천한 책을 당장 그 주에 읽어보았지만, 이렇다 할 유사점을 찾아내지 못했다. 『약혼자들』의 구성이 그녀에게 큰 인상을 남겼을지는 모르지만, 그것이 자신의 작품에 선범 역할을 했다는 것은 안나 제거스 혼자만의 생각일 듯하다.

하지만 그녀가 만초니를 언급한 사실 자체는 『제7의 십자가』에 관한 대화에서 내가 유일하게 취할 수 있었던 구체적인 자료였다. 이마저 없었더라면 내가 들은 것은 별 의미 없는 평범한 말과 틈틈이 비집고 들어오던 대책 없는 상투어뿐이었을 것이다. 그때 머릿속을 휙 하고 지나가는 생각이 있었다. 지금 느릿느릿 여유 있게 마인츠 사투리로 자신의 소설 속 인물 이야기를 하는 이 겸손하고 호감 가는 여성, 품위 있고 사랑스러운 이 여성이 『제7의 십자가』를 전혀 이해하지 못했다는 점이었다. 그녀는 이 소설에 이용된 정교한 예술적 기법과 능란한 구성 방식에 대해 아무것도 모르고 있었다. 잠시 후 나는 또다른 생각이 들면서 조금 혼란스러워졌다. 20개국 혹은 30개국 언어로 번역되어 나온 이 소설을 읽고 제대로 이해한 사람은 수십만 명, 어쩌면 수백만 명을 헤아릴 것이다. 또 전문성을 가지고 이 소설을 재치 있고 능숙하게 설명하고 해석한 비평가들도 수없이 많다. 그러나 이 소설을 쓴 사람, 이 소설을 창작한 사람은 단 한 명뿐이다. 작별 인사를 하면서 나는 이제 독일에서는 거의 하지 않는 행동을 했다. 나는 허리를 구부리고 안나 제거스의 손에 입을 맞추었다.

1960년대의 어느 날 에른스트 블로흐가 내게 들려준 이야기가 있다. 1911년 11월 가르미슈에 사는 리하르트 슈트라우스의 집에 저녁 초대를 받아 갔을 때의 일이라고 했다. 슈트라우스는 흔히 볼 수 있는 바쁜 사람, 삶을 즐기며 단순하게 사는 사람이라는 인상을 주었다고 했다. 그들은 슈트라우스의 오페라 〈엘렉트라〉를 놓고 이야기를 나누었다. 그런데 젊은 블로흐만 말을 할 뿐, 슈트라우스는 경단을 먹고 맥주만 마시면서 아무 이야기도 하지 않았다. 그가 이따금 뭐라고 중얼거리는 소리를 낼 때면 블로흐는 그것을 자기 말에 대한 동의로 알아들었다. 참으로 "기가 막힌" 저녁이었다고 블로흐는 말했다. 그때 갑자기 고약한 생각이 그를 사로잡았다. 맥주를 마시고 있는 이 바이에른 사람 슈트라우스는 섬세하고 정선되고 우아하고 훌륭한 음악 〈엘렉트라〉를 정말 하나도 이해하지 못했다고 그는 생각했다. 그 사실을 확인한 순간 그는 기분좋게 웃음을 터뜨렸다. 물론 자기 자신에게 보내는 웃음이었다.

나는 제거스와의 대화에서 무엇을 배웠을까? 새가 조류학을 모르듯이 대부분의 작가들도 문학을 모른다는 점이었다. 또 작가들이 자기 작품을 평가하는 일에 가장 서투른 사람이라는 것도 배웠다. 일반적으로 그들은 자신이 무엇을 보여주고 무엇을 분명히 드러내려고 하는지, 무엇을 얻어내고 무슨 영향을 주려고 하는지는 알고 있다. 그런데 바로 이런 앎이 현실에서 자기가 성취하고 창조한 것을 바라보는 시선을 방해한다. 평론가는 작가가 쓴 작품을 가능하면 철저하고 꼼꼼하게 검토해야 한다. 물론 작가가 자신의 작품에 대해 작품 바깥에서 언급한 이야기를 무시해서는 안 되겠지만, 그렇다고 특별히 진지하게 받아들일 필요도 없다.

그때 배운 것은 또 있다. 비평 없는 문학은 존재하지만 문학 없는 비평은 존재하지 않는다는 것이다. 다르게 말해보자. 먹고 나야 예의를 차린다는 것, 즉 시가 있어야 이론이 따라오고, 문학이 있어야 비평이 생기는 것이다. 사실이 이렇기 때문에 우리는 문학에 조금이라도 기여한 작가들에게 우리가 빚지고 있는 것을 과소평가하거나 망각하지 않도록 주의해야 한다.

동베를린에서 온 또다른 방문객 두 명도 아직 기억난다. 1952년 2월에 베르톨트 브레히트와 헬레네 바이겔이 왔고, 1956년 8월에는 페터 후헬이 방문했다. 나는 바르샤바에서 후헬과 여러 번 이야기를 나누면서 비스와 강변의 아름답고 볼만한 곳인 카지미에스에도 함께 갔다. 근본적으로 후헬은 비정치적인 사람이자 비정치적인 시인이라는 걸 한눈에 알 수 있었다. 물론 그도 사회문제에는 절대로 무관심하지 않아 이는 그의 작품에서 큰 비중을 차지하기는 한다. 하지만 그는 그 문제들을 감성적으로, 어쩌면 순박하게 다루었던 것 같다. 말년에 그가 몇 편의 정치시를 쓸 수밖에 없었던 것은 사회주의 통일당의 테러 때문이었다.

나는 8월 15일에 바르샤바의 브리스톨 외국인 호텔로 후헬을 마중하러 갔다. 그는 호텔 입구에서 나를 기다리고 있었다. 내가 곧장 말했다. "후헬 씨, 안타깝게도 슬픈 소식이 있습니다. 지금 막 라디오에서 들었는데요, 브레히트가 사망했답니다." 후헬은 총알처럼 대답했다. "맙소사, 『의미와 형식』은 어떡하나……" 나는 놀라움을 감추어야 했다. 그에게 충격을 준 것은 우리 시대 최고의 독일 작가, 58세도 안 된 작가의 죽음이 아니라, 페터 후헬 자신이 책임 편집자로 있는 『의미와 형식』의 보호자이자 후원자의 죽음이었다.

우리는 나중에도 여러 차례 만났다. 그중 한 번이 그가 서독에서 살던 때인 1970년대이다. 1977년 7월 나는 브라이스가우의 슈타우펜으로 그를 찾아갔다. 그의 건강 상태가 아직은 괜찮아 우리는 장시간 산책할 수 있었다. 그는 오래되고 멋진 유대인 공동묘지를 보여주었다. 그가 이야기하는 주제는 단 두 가지, 그 자신과 문학지 『의미와 형식』이었다. 과연 두 가지일까? 사실은 같은 주제였다. 그는 이 두 가지를 하나로 묶은 책을 계획하고 있었다. 바로 그의 자서전이자 그에게는 세계의 중심이던 문학지의 역사서였다. 우리 시대의 독일문학 중에서 역사에 길이 남을 작품은 많지 않을 테지만 페터 후헬의 시 몇 편은 오래도록 남아 있을 것이다.

당시 폴란드에서는 후헬만 무명작가가 아니었다. 브레히트도 거의 알려지지 않은 사람이었다. 브레히트의 작품 중 폴란드어로 번역된 것은 하나도 없었다. 단지 희곡 한 편이 무대에서 공연되었지만 이렇다 할 성공은 거두지 못했다. 1929년 바르샤바에서 공연된 『서푼짜리 오페라』였다. 1952년 브레히트가 바르샤바를 방문한 것은 공산화된 이웃 나라 폴란드와 여전히 처참하게 파괴된 상태로 남아 있던 바르샤바에 관심이 있어서가 아니었다. 그는 폴란드 관객에게 자신의 작품을 알리고 '베를린 앙상블'의 공연을 소개하려는 절실한 욕구를 가지고 있었다.

그가 도착하던 날 오찬이 열렸다. 브레히트와 헬레네 바이겔 그리고 동시에 도착한 동독 작가 한스 마르히비차를 위해 마련한 자리였다. 당시 바르샤바에서는 마르히비차에게 아무도 관심을 갖지 않았다. 오찬을 함께한 사람은 적었고 실망은 컸다. 바이겔이 그 자리에 온 우리 평론가들과 번역가들에게 브레히트가 몸 상태가 좋지 않아 참석하지 못하니 양해해달라고 말했기 때문이다.

식사가 끝난 뒤 헬레네 바이겔은 내게 잠깐 둘이서만 이야기를 했으면 좋겠다고 했다. 나는 그전에 브레히트의 방문을 환영하는 의미에서 바르샤바의 한 주요 일간지에 짧은 글을 기고했다. 바이겔의 말에 의하면 브레히트는 역에 마중 나온 동독 대사관 직원으로부터 독일어로 번역된 그 글을 벌써 받아서 읽어보았다는 것이다. 그리고 글을 무척 마음에 들어했다고 했다. 브레히트를 극찬한 글이었으니 이상할 것도 없었다. 바이겔은 지금 브레히트가 아무도 만날 수 없지만 나만은 예외로 해줄 수 있으니 오후 5시에 브리스톨 호텔 93호로 오라고 했다. 오면 내가 원하는 인터뷰에 브레히트가 응해줄 거라고 했다.

나는 기분이 좋았다. 그리고 약속 시간에 정확히 맞추어 호텔에 갔다. 그런데 놀랍게도 나는 방문 앞에서 독일어 번역가로 활동하는 아는 사람과 마주쳤다. 주위를 둘러보니 아는 사람이 또 있었다. 나와 마찬가지로 브레히트를 만나려고 기다리는 출판인이었다. 더욱이 브레히트가 묵는 방에는 누군가가 벌써 와 있었다. 어느 영화감독이었다. 우리 모두 저마다 자기만 초대받은 줄로 알고 온 것 같았다. 우리는 줄을 서서 기다렸다. 마침내 내 차례가 되었다.

방문을 들어선 순간 나는 깜짝 놀랐다. 브레히트가 앉아 있는 탁자 위에 큰 접시가 놓여 있었다. 접시에는 1952년 당시 바르샤바에는 없는 것들, 구경도 할 수 없는 오렌지, 바나나, 포도가 담겨 있었다. 과일은 브레히트가 베를린에서 가져온 것이거나 아니면 동독 대사관이 그를 위해 준비한 것인지도 몰랐다. 그는 자신을 찾아온 손님 어느 누구에게도 과일을 권하지 않었다.

그 탐나는 귀중한 음식은 브레히트와 대화 상대방 간에 거리감을 조성하고 틈을 만들어냈다. 그는 방문객을 기다리면서 그 과일 접시를 호텔방 탁자 위에 의도적으로 놓아두었을까? 아닐 것이다. 우연이라고 해야 맞을 것이다. 하지만 그가 바나나와 오렌지를 쓸 만한 소품으로 사용했다는 생각이 들었다는 것 자체가 그 스스로 원한 것이었든 아니든 브레히트가 끊임없이 발산하던 분위기를 말해준다. 나는 그가 언제나 연극을 한다는 인상을 받았다.

내가 이런 느낌을 가진 데에는 그의 행동거지도 한몫했다. 바르샤바에서 그는 노동자들이 입는 무척 단순한 진회색 상의를 입고 다녔다. 영국 최고의 옷감을 떠서 만든 옷이라고 했다. 그는 변장을 하고 싶었을까? 그런 객기가 필요했던 걸까? 아니다. 그에게 그런 객기는 필요 없었다. 그건 그에게 포기하고 싶지 않은 즐거움이었다.

사람들은 왜 많은 작가와 화가와 작곡가 들이 비싼 돈을 써가며 대부분 우스꽝스러워 보이는 자기연출에 그토록 목을 매는지 궁금해할지도 모른다. 이것이 주로 평범한 예술가들이나 실패한 예술가들이 하는 행동이라고 생각해서는 안 된다. 리하르트 바그너만 해도 눈에 띄는 옷차림을 즐겨 했으며 주변을 화려하고 요란하게 치장하는 것을 좋아했다. 토마스 만이 그의 소설 속 인물 토니오 크뢰거의 입을 빌려 했던 말을 나는 언제나 좋아한다. "내가 너덜너덜한 우단 상의나 빨간 비단 조끼를 입고 돌아다니기를 바라세요? 예술가는 늘 마음속에서 지치도록 모험을 하고 있어요. 그러니 겉으로는 좋은 옷을 입고 예의바른 사람처럼 행동해야지요……"

브레히트는 나를 친절하게 맞아주었다. 내가 묻는 말에도 전부 끈기 있게 대답했다. 우선 나는 그가 '베를린 앙상블' 공연을 위해 새로운 번역으로 준비한 셰익스피어의 『코리올레이너스』를 화제에 올렸다. 그런 다음 그는 동독에서 유명한 모범 노동자이며 난로 설치공을 주인공으로 하는 자신의 미완성작 이야기를 들려주었다. 나는 이 희곡이 교훈극이 될지 아니면—고백하자면 그 순간 나도 몰래 정말 바보 같은 질문이 터져나왔다—『서푼짜리 오페라』와 같은 양식의 작품이 될지를 물었다. 브레히트는 불쾌한 표정으로 몸을 돌리며 말했다. "그 따위 글은 안 쓴 지 오래됐어요." 나는 심각한 무례를 범했다는 것을 깨달았지만 다시 침착함을 되찾고 말했다. "브레히트 씨, 당신이 『서푼짜리 오페라』에 대해서는 아무 말도 듣고 싶어하지 않는다는 걸 이해합니다. 괴테도 사람들이 평생 동안 그에게 『베르테르』 이야기를 꺼내는 것을 견디지 못했으니까요." 농담으로 한 비유를 브레히트는 진심으로 받아들이고 흡족한 반응을 보였다. 괴테와 어깨를 나란히 하는 게 자신에게 어울린다고 생각한 것이다.

베르톨트가 망명중에 자신의 『선집』 초판이 나오자 자신의 이름을 '베르트'로 할지 '베르톨트'로 할지 고민했다는 이야기를 나는 나중에야 들었다. 그때 루트 베를라우*는 '베르톨트'로 하자며 그 이유를 이렇게 설명했다. "윌리엄이 아닌 윌리라는 이름은 그가 살았을 당시에도 적절하지 않았을 거예요." 베르톨트는 이 주장에 즉시 설복되었다.

화제가 쿠르트 바일로 옮겨가자 브레히트는 말수가 적어졌다. 그는 자신의 작품에 사용된 음악을 바일이 썼든 아이슬러가 썼든 아니면 데사우가 썼든, 그건 중요하지 않은 문제라고 했다. 자신의 작품에 어떤 음악이 필요한지에 대해서는 대개 본인이 어느 정도 뚜렷한 생각을 가지고 있기 때문에 작곡가는 그저 조금 도움만 주면 된다고 했다.

그런 다음 그는 지금 바르샤바에서 뭐 좀 볼만한 좋은 연극이 있느냐고 물었다. 나는 아주 뛰어난 공연이 하나 있긴 하지만 그 작품은 아쉽게도 당신의 취향에 분명 맞지 않을 거라고 말했다. 그건 버나드 쇼의 『워런 부인의 직업』이었다. 아니나 다를까, 그는 쇼에 대해서는 알고 싶어하지 않았다. 하지만 나는 주인공 역을 맡은 폴란드의 유명 여배우 이레나 아이힐레로브나

* 브레히트의 애인이자 동료였던 덴마크 여성.

때문에라도 꼭 가야 한다고 재차 권유했다.

브레히트는 저녁 시간을 어떻게 보내야 할지 잘 몰랐다. (당시 폴란드에서는 독일에서 온 방문객들을 별로 만나보려 하지 않았다.) 그는 내 권유를 따랐다. 이튿날 다시 만났을 때 그는 아이힐레로브나에게 푹 빠져 있었다. 그녀가 범상치 않은 배우인 듯한데, 자신의 작품『카라 부인의 총』에 주인공으로 세우면 이상적인 배역이 될 거라며 베를린으로 데려가야겠다고 말했다. 나는 훌륭한 생각이긴 하지만 아이힐레로브나는 독일어를 한마디도 못한다고 말해주었다. 브레히트는 잠시 침묵하더니 이렇게 말했다. "상관없어요! 다른 사람은 모두 독일어로 하고 그녀는 폴란드어로 하면 돼요. 그거야말로 진정한 소외 효과 아니겠어요." 물론 그의 생각은 실현되지 못했다.

그는 폴란드에 조금도 흥미가 없었다. 관광지에도 관심을 두지 않았다. 당시 그가 알고 있던 주제는 단 하나, 자신의 작품과 연극뿐이었다. 그가 품고 있던 의문도 단 한 가지, 어떻게 하면 자신의 작품을 폴란드어로 번역하여 출판하고 공연까지 할 수 있을까 하는 것이었다. 그는 이 계획을 가능하게 해줄 사람들, 즉 극장 감독, 연출가, 배우, 출판인, 번역가, 언론인이 아니면 만나서 이야기하려고 하지 않았다.

브레히트를 만나본 그들은 한결같이 그가 조용하면서도 현실적인 사람이라고 입을 모았다. 그러면서 그가 자신의 물건을 무조건 팔아버리려는 집요한 장사꾼, 베르톨트 브레히트라는 작가의 유능한 매니저라는 느낌이 들었다고 했다.

곰곰 생각해보면, 당시 나는 그가 발산한다고 흔히들 (물론 주로 여자들이) 얘기하는 카리스마를 그에게서 조금도 느끼지 못했다. 정말이지 전혀 느낄 수 없었다. 매력이라는 말은 그에게 어울리기 힘든 단어처럼 보였다. 그는 나를 매혹하지도 못했고 마법처럼 끌어들이지도 못했다. 하지만 그는—이게 모순이라고는 해도—내게 깊은 인상을 남겼다. 자기미화와 자기연출 너머에서, 연극적인 요소 그 뒤쪽에서 한결같이 자신만만하고 목적의식이 분명한 에너지가 느껴졌으며, 지극히 태연한 모습 속에도 섬뜩하리만치 무서운 의지가 분명하게 드러나 있었다.

브레히트는 이렇게 특별한 아우라에 둘러싸인 인물이었다. 그 아우라는 많은 글에 묘사되어 있기는 해도, 이런 경우가 흔히 그렇듯이, 구체적으로는 설명하기 힘들다. 그의 젊은 날 일기를 보면 1921년에 쓴 이런 글귀가 있다. 그에게서 기대하지 못했던 발언이다. "비밀이 없는 곳에는 진리도 없다." 어쩌면 브레히트를 규정하는 그 아우라는 정말 비밀 속에서 탄생한 것인지도 모른다. 해명되지도 않고 정의를 내릴 수도 없는 비밀, 바로 천재의 비밀 말이다.

그리고 내가 어쩌면 그 당시에 이미 알고 있었거나 최소한 짐작은 하고 있었을 사실이 있다. 브레히트가 평생 연극에 매달린 것은 계급투쟁을 하기 위해서가 아니었다. 그러나 그는 자기 작품에 필요한 자극과 주제를 얻기 위해 지속적으로 계급투쟁에 몸담았다. 다시 말해 세계 변혁가 브레히트가 연극과 문학을 필요로 했던 것이 아니라, 연극인이자 작가인 브레히트가 이념적 토대와 목표의식으로서 자신이 추구하는 세계 변혁 혹은 마르크스주의를 필요로 했던 것이다.

요제프 K., 스탈린 인용, 하인리히 뵐

내가 딛고 있던 얇은 살얼음판은 언제 깨질지 모르게 위태로웠다. 사상적인 이유로 내쫓긴 당원이 계속 평론을 발표한다는 것, 어떤 기관에서 일하거나 폴란드 작가협회 혹은 언론인협회 소속이 아니면 하기 어려웠던 그 활동을 당에서 언제까지 모른 척할 것인가? 나는 불안하고 조금 두려운 마음을 안고 작가협회에 가입 신청서를 제출했다. 그런데 놀랍게도 내 신청이 받아들여졌다. 당에서 축출되었는데도 상관이 없었을까? 아니면 폴란드 문학계의 사정을 잘 아는 이들의 추측대로 혹시 당에서 쫓겨났기 때문일까? 어쨌든 나는 조금 안심이 되었다.

그러나 1953년 초에 문제가 생겼다. 어느 신문사에서도 내 글을 실으려고 하지 않았다. 현재 원고가 차고 넘친다는 것이었다. 다른 편집부로부터는 내 글에 시사성이 부족하다는 말을 들었다. 또다른 곳에서는 이제 독일 문학은 전처럼 많이 다룰 수 없다고 했다. 그러다가 드디어 내게 용기를 내 진실을 말해주는 사람이 나타났다. 어느 월간지를 펴내던 중년의 여성 편집인은 몇 주 전부터 들어와 있던 내 평론이 전혀 실리지 않고 있다고 말해주었다. 내 글이 모조리 게재 금지되었다는 것이다. 이 문제에 이의를 제기할 수도 있지만 그것은 내가 혼자 해야 한다고 했다. 어디에 항의를 하란 말인가? 그녀는 대답해주려고 하지 않았다.

내 글을 그 수준에 상관없이 싣지 말라고 신문사와 출판사에 지시한 사람은 누구일까? 검열기관일까? 다른 공산국가와 달리 폴란드 검열기관은 비밀기관이 아니었다. '언론, 전시, 출판 검열청'의 주소와 전화번호는 누구나 바르샤바 전화번호부에서 찾아볼 수 있었다. 검열청은—묘한 우연이겠지만—모이제 가에 있었다. 그러나 검열기관은 집행기관이어서 그곳에 항의하는 것은 별 의미가 없었다. 결국 나를 사상적인 이단아로 판결하여 당에서 쫓아낸 그곳, 바로 당 중앙위원회에 항의하는 수밖에 없었다. 그런데 중앙위원회가 있는 대형 건물은 통행증이 없으면 절대로 들어갈 수 없는 곳이었다. 나를 위해 통행증을 신청해줄 만한 사람이 그 건물에는 없었다. 따라서 전화로 시도해보는 수밖에 없었다. 하지만 어느 부서로 전화를 한단 말인가?

나는 우선 문예부에 연락해보았다. 그러나 그곳에서는 나에게 내려진 금지령에 대해서는 모른다며 언론 및 출판부에 알아보라고 했다. 이 부서의 동지들 역시 내 문제에 대해서는 아는 바가 없었다. 단지 내가 당에서 축출되었기 때문에 나와 관련된 일은 중앙검열위원회에서 담당할 거라고만 했다. 그러나 이 검열위원회 사무실에서는 당적 문제만 처리하지 직업 활동에 대해서는 관여하지 않는다고 알려주었다.

나는 고소를 당한 것이었다. 하지만 왜 고소를 당했는지 알아볼 수가 없었다. 나는 출판 금지 판결을 받았지만, 누가 그런 판결을 내렸는지 알지 못했다. 내가 카프카의 『소송』에 나오는 요제프 K.를 연상시키는 상황에 처하리라는 생각은 꿈에도 하지 못했다. 성안에 연락을 취하고 싶지만 그 성에 접근조차 할 수 없는 토지 측량기사 요제프 K.처럼 나도 중앙위원회 건물에는 여전히 들어갈 수 없었다. 나는 전화기에 매달린 채 저쪽에서 응대하는 여비서들의 말에 이리저리 휘둘렸다. 그들은 툭하면 무슨 구실을 대서든지 내가 통화하려는 사람을 바꿔주지 않으려고 했다.

결국 나는 중앙검열위원회로부터 내가 처음 연락했던 문예부장에게 다시

신비해보이는 이야기를 들었다. 나는 문예부장에게 다시 전화를 걸었다. 이번에 그는 분명하게 확인해주었다. 내게 출판 금지령이 내려진 것은 사실이지만 그 금지령은 정치국에서 나왔다는 것이었다. 이유는? 사상적인 이유 때문에 내 출판물을 허용할 수 없다고 했다. 금지령은 종신토록 유효한 것인가? 그가 대답했다. "그럼요." 도대체 왜? 그건 당 중앙검열위원회에 알아보라고 했다. '정치국'이라는 말로 그는 내가 당 중앙위원회 부장들에게 호소해도 소용없으리라는 걸 암시했다. 당의 상부기관, 아니 최고기관이 이 사안을 결정하니까. 어쨌든 그 정도라도 알게 되어 다행이었다.

일단 나는 아직 폴란드 작가협회 회원이었다. 그래서 협회장 레온 크루츠코프스키에게 이야기 좀 할 수 있느냐고 물었다. 그는 소설가이자 극작가였으며 그의 주요작들은 독일어로 번역되어 나왔다. 그는 보란 듯이 좀 과장해서 대답했다. "물론입니다. 원하신다면 오늘이라도 좋습니다." 그는 어떤 경우라도 작가협회 회원에게 집필 활동을 금지하는 것은 용납될 수 없다고 하면서, 자기가 당장 최고기관에, 즉 정치국에 연락해보겠다고 말했다. 1주일 후 그는 포기한 목소리로 아무 성과도 얻지 못했다는 말을 전해주었다.

출판 금지령은 앞으로도 1년 반 정도 법적 효력이 있었다. 그러나 이런 상황에서도 작가협회는 내게 아무런 불이익을 주지 않았다. 즉, 글을 출판할 수는 없었지만 나는 여전히 정회원이었다. 어쩌면 작가협회는 이 일을 기회로 당의 개입을 용인하지 않겠다는 뜻을 은밀히 내비치려는 것일 수도 있었다. 여하튼 나는 작가협회측에 감사했으며 지금도 그 마음에 변함이 없다. 협회의 처사는 내게 특히 암울했던 시절에 내려온 한 줄기 빛이었다.

1953년 여름에는 금지령에도 불구하고 내가 쓴 얇은 책이 출간되었다. 출간된 과정이 조금 별스러웠다. 출판 금지령이 내려지기 직전 어느 출판사가 인기 많던 내 강연에 '나치 암흑기의 독일 진보문학'이라는 긴 제목을 붙여 발행 부수가 많은 책으로 낼 준비를 했다. 그러나 이제 출판사는 이 책을 포기해야 하는 상황이 되었다. 하지만 출판사로서는 그렇게 할 수 없었다.

결국 출판사의 집요한 노력 끝에 대수롭지 않은 내 책은 출간이 허락되었다. 하지만 내 이름을 그대로 쓸 수가 없었다. 나는 필명은 쓰지 않겠다고 고집부렸다(그것은 죄를 인정하는 것이나 다름없었다). 그래서 출판사와 타협을 보아 겉표지와 속표지에 내 이름 대신 'M. R.'이라는 머리글자만 표기하기로 했다.

우리는 물질적으로 형편이 어려웠다. 토지아가 받는 봉급만으로는 먹고살기에 충분하지 않았다. 우리는 방 두 개짜리 집에서 살았다. 방 하나는 아들이 쓰고 다른 하나는 식사하고 잠자고 내가 작업하는 곳으로 사용했다. 우리를 도와주던 청소부 아주머니는 잠깐 일하더니 그만두겠다고 했다. 안주인은 날마다 일하러 나가고 그 남편은 맨날 집에 들어앉아 소설이나 읽는 집에서는 일할 수 없다는 것이었다.

런던에 사는 누나 역시 형편이 좋지 않았지만 이따금 소포를 보내주었다. 당시에는 그런 일이 흔했다. 우리 친구들 거의 모두가 서유럽 나라에 사는 친척들로부터 소포를 받았다. 특히 폴란드에서는 볼 수도 없는 품질 좋은 옷들이 대부분이었다. 자본주의 국가에 아는 사람이나 친척이 살지 않는 사람들은 상황이 심각했다.

그런 어려운 상황에 있던 우리는 우연한 기회에 도움을 받게 되었다. 동베를린의 언론인이자 훔볼트 대학 교수였던 알프레트 칸토로비치가 바르샤바를 방문했다. 폴란드 라디오 방송은 독일어로 내보내는 프로그램에서 칸토로비치와의 대담을 준비하던 중 내게 그와 인터뷰할 의사가 있느냐고 물었다. 나는 기꺼이 하고 싶었다. 그러나 방송국 사람들에게 내가 출판 금지를 당한 사실은 알려야 했다. 그런데 그쪽에서는 벌써 그걸 알고 특별 허락까지 받아두었다. 물론 두 가지 조건이 붙어 있었다. 하나는 내 이름을 거명해서는 안 된다는 것이고, 다른 하나는 절대로 내가 생방송에 나갈 수 없다는 것이었다. 내가 갑작스럽게 정부나 공산주의에 대해 부정적인 말을 할까봐 두려워한 게 분명했다.

나는 생전 처음 방송국 스튜디오에 가보았다. 녹음기를 본 것도 그때가 처음이었다. 편집부장이 말했다. "빨간 램프가 깜박거리면 시작하시고, 정확히 15분 후에 끝내십시오." 이것이 내게 일러준 주의와 지시 사항의 전부였다. 칸토로비치와의 대담이 마음에 들었는지 방송국에서는 앞으로도 계속 독일인과의 방송 인터뷰를 맡아 하는 게 어떠냐고 제의했다. 그 일을 계기로 나는 계속해서 작가, 언론인, 음악가, 연극인, 출판인과 인터뷰를 했다. 초대 손님은 주로 동독 사람들이었다. 그들은 대부분 바르샤바는 멋진 도시이며 자기들은 폴란드 사람을 좋아한다고 힘주어 말했다.

기억에 남아 있는 초대 손님 중에 드레스덴 필하모닉 지휘자 하인츠 본가르츠가 있다. 나는 그와의 인터뷰만이 아니라 바르샤바 필하모닉과의 연습도 한 토막 녹음해야겠다는 생각이 들었다. 연주 프로그램에는 슈베르트의 교향곡 9번 다장조가 들어 있었다. 1악장의 유명한 호른 악절이 끝나자마자 본가르츠는 연주가 마음에 안 드는지 지휘봉으로 중지 신호를 보냈다. "아닙니다, 여러분. 이런 식으로는 정말 안 돼요. 여기서 호른이 연주하는 것은 낭만적인 느낌, 자연을 노래하는 독일적인 감정입니다. 부탁합니다. 이 멋진 악절을 더 힘 있게, 마음에서 절절히 우러나오는 느낌으로 불어주세요. 감정을 더 많이 넣어서요. 꽉 차고 힘 있는 소리가 나야 합니다. 여기, 이 부분에서는 독일의 숲이 눈앞에 보여야 합니다." 그러자 통역자 역할을 하던 악장이 일어나 관악기 주자들에게 몸을 돌리고 폴란드어로 외쳤다. "호른 주자들, 더 크게 부세요!" 그때 본가르츠는 막 자신의 악보에 무언가를 적고 있었기 때문에 폴란드어로 통역된 자신의 요구 사항이 어처구니없이 축소되었다는 것을 알아채지 못했을 것이다. 그는 해당 부분을 한번 더 연주하게 했다. 그리고 다시 중단시켰다. "바로 이거예요. 호른 주자 여러분, 아주 훌륭합니다. 이게 바로 제가 원하던 겁니다." 훗날 오케스트라 주자들이 잔소리가 심한 지휘자에 대해 불평하는 말을 들을 때마다 나는 하인츠 본가르츠와 그 폴란드인 악장을 생각한다. "호른 주자들, 더 크게 부세요." 이렇게 말한 그는 간결 요약의 대가였다.

방송국 일은 크게 재미있지는 않았지만 어렵지도 않아서 할 만했다. 거기에서 나오는 돈과 토지아가 받는 봉급 덕분에 우리는 내가 글을 출판할 수 없던 시기에도 그럭저럭 먹고살 수 있었다. 그러나 내게 드리워진 금지령은 아직도 걷히지 않았고, 거리나 극장에서 마주치는 지인들의 태도도 여전히 예측 불허였다. 얼굴만 알고 지냈던 사람들은 이제 각별히 상냥한 태도로 내게 인사를 건넸지만, 그렇지 않은 사람들은(이런 사람들이 대다수였다) 굳이 위험을 무릅쓰려고 하지 않았다. 심지어 나와 통화하는 것까지 피하려고 했다. 나는 용기를 내야 했다. 내 문제를 좌시할 게 아니라 뭐라도 해야 했다. 나는 다시 중앙위원회에 편지를 썼다. 이번에는 출판 금지 사안에 대해서만 이야기했다. 그리고 이번에도 역시 답장을 받지 못했다.

1954년, 스탈린이 사망하고 1년 정도 지났을 때 폴란드 지식인들의 반정부 운동이 일어나려는 첫 조짐이 보였다. 겉보기에는 대수롭지 않게 시작되었다. 작가협회 모임에서 폴란드 문학사의 새로운 길잡이 역할을 하는 어느 교과서를 비판한 것이었다. 그런데 비판의 화살은 사실상 다른 데를 겨누고 있었다. 그들은 교과서 이야기를 했지만 실은 당의 문화정책 전반을 비판하고 있었다. 곧이어 문학적으로는 중요하지 않아도 시대사적으로 의미 있는 일리야 에렌부르크의 소설 제목 '해빙'이 사람들 입에 오르내렸다.*

서서히 불어오는 자유화의 바람은 내게도 유리하게 작용했다. 1954년 가을 나는 당 중앙위원회에 전화를 걸어 혹시 출판 금지령에 무슨 변동 사항이 없느냐고 순진한 척 물어보았다. 동지 한 명이 오늘 안으로 내 문제를 검토하겠다고 정성스럽게 대답했다. 얼마 후 그들은 나보고 Z라는 동지가 힘을 쓰는 간부인데 그 사람에게 다음날 찾아가보라고 했다. 내게는 분명히

---

* 스탈린 사후 소련에서는 봄기운이 움트고 사회 각 분야에서 자유를 요구하는 분위기가 형성되었다. 일리야 에렌부르크는 1954년에 소설 『해빙』을 발표했다.

좋은 징조였다.

나는 당장 그 간부와 면담할 수 있게 되었다. 하지만 우리는 그의 사무실이 아닌 복도에 서서 이야기를 나누었다. Z는 얼굴이 수척하고 조금 우울해 보이는 중년의 남자였다. 나중에 들은 바에 의하면 소련 강제수용소에서 몇 년을 보냈다고 한다. 그는 내 서류를 검토했지만 노동 금지령을 내릴 만한 근거를 찾지 못했다고 무뚝뚝하게 말했다. 그러면서 지금부터라도 다시 출판을 할 수 있다고 했다. 내가 금지령의 이유를 묻자 그는 어깨를 들썩이며 말했다. "착오예요. 오해가 있었어요." 그로서는 더 많은 것을 설명해줄 수도 없었고 그럴 생각도 없어 보였다. 나는 왜 금지령이 내려졌고 그것이 왜 1년 반이 넘은 시점에 해제되었는지 아직도 모른다. 오랜 세월 구금되어 있던 다른 사람들도 나와 사정이 비슷했다. 스탈린주의 시절의 폴란드가 이랬다.

그러나 스탈린주의의 시대는 아직 끝나지 않았다. 그 종말이 다가오고 있긴 했지만 속도가 아주 느렸다. 그 시절에는 진보한 것도 있었지만 갖가지 퇴행도 존재했다. 구시대의 문화정책 간부들은 여전히 자리에서 내려올 줄을 몰랐다. 그 영향은 나에게도 닥쳤다. 전에 어느 출판사에서 현대 독일문학에 관한 책을 평이하게 써달라는 부탁을 해왔다. 그 책에서는 1945년 이후 폴란드어로 번역 출간된 작가와 작품만 다루어야 해서 카프카나 무질은 제외시켜야 했다. 별로 하고 싶은 일은 아니었지만 보수는 썩 괜찮았다. 그때 내게는 돈이 필요했다.

원고가 거의 완성되었을 무렵 출판 금지령이 떨어졌기 때문에 나는 어쩔 수 없이 집필을 중단해야 했다. 그리고 금지령이 풀린 뒤 남은 부분을 얼른 끝냈다. 검은 머리에 젊고 예쁜 출판사 편집자는 원고를 마음에 들어했지만 내가 한 번도 스탈린을 논증에 끌어대지도, 인용하지도, 심지어 언급조차 하지 않았다고 장난스럽게 웃으며 말했다. 그리고 그 부분을 반드시 보충하라고 했다. 그래야 검열을 통과할 수 있다며 계속 웃었다.

스탈린이 살아 있을 때도 신문사나 잡지사에서 내게 이런 요구를 한 적은 없다고 하지, 그 매력적인 여성 편집자는 그랬을지도 모르지만 그건 내게 출판 금지령이 내려지기 전이라고 말했다. 그럼 스탈린을 얼마나 많이 인용해야 하나? 나는 이것이 알고 싶었다. 냉소적인 그녀는 이런 질문을 자주 받았던 게 틀림없었다. 바로 답변이 나왔다. 100페이지에 적어도 한 번, 모두 합쳐 네 번은 돼야 한다고 했다. 나는 당장 그쪽이 원하는 대로 해서 갖다 바쳤다. 나는 스탈린이 변증법을 언급한 진부한 발언과 피크와 울브리히트에게 보낸 허풍스런 전보문을 인용하고, 스탈린이 등장하는 안나 제거스의 짧은 토막글에 관해 부연 설명을 했다. 하지만 예쁘고 명랑한 그 편집자는 이것으로도 성이 차지 않았다. 그녀는 부드럽고 나지막한 목소리로 한 군데를 더 지적하면서, 싸늘하게 인용만 하지 말고 반드시 강한 어조로 그 부분에 찬성을 표시해야 한다고 말했다. 그리고 내 주석을 (명확하게!) 달아서 그 인용 부분을 다음날까지 가져오라는 것이었다. 우리는—바르샤바에서 흔히 그랬듯이—어느 카페에서 만나기로 약속했다.

나는 스탈린의 저술 중에서 1942년의 그 유명 문구를 골랐다. 히틀러 도당은 왔다가 사라지지만 독일 민족은 영원하므로 이 민족을 나치와 동일시하면 안 된다는 발언이었다. 소련의 선전에 의해 수년 동안 퍼져나간 이 구호, 포로로 끌려간 수많은 독일 병사들의 목숨을 구했을 수도 있는 이 구호를 나는 지금도 핵심을 찌르는 매우 중요한 발언으로 생각한다.

내가 제시한 인용문은 그 친절한 편집자의 마음에도 들었다. 우리는 서로 얼굴을 바라보며 미소를 지었다. 그리고 보드카를 마셨다. 그리고 나는 그녀를 쓰다듬었다. 우리는 마음이 통했다. 그녀는 자신의 서재나 우표 수집책을 구경하겠냐고 일부러 묘한 말투로 물었다. 나는 그러겠다고 말했다. 대단한 흥미가 생긴다고 했다. 그러나 어디에 흥미가 생겼는지는 말하지 않았다. 우표나 서재 이야기는 쏙 들어갔다. 내 정치적 조언자의 소파는 무척 넓었다. 그리고 전혀 실망스럽지 않았다. "하지만 그녀의 얼굴은 더이상 기억이 나지 않아./떠오르는 건 그때 그 얼굴에 키스했다는 것뿐." 애교와 유머로 내게 스탈린 인용구를 요구했던 그 편집자를 나는 즐겨 회상한다.

책은 1955년에 나왔다. 그런데 제목이 어설펐다. 『1871~1954년의 독일 문학사』였다. 나는 폰타네와 하웁트만으로 시작하여 토마스 만, 하인리히 만, 포이히트방거, 아르놀트 츠바이크, 브레히트, 안나 제거스 순으로 소개했다. 하지만 어디를 보아도 자랑스레 여길 만한 책이 아니었다. 몇몇 장과 단락은 그나마 봐줄 만하다고 생각되지만, 지금도 이 책을 읽어볼 때면 얼굴이 자주 화끈거린다.

책은 전체적으로 보면 상당히 조잡했다. 1955년까지 내가 썼던 많은 글들과 비슷하여, 사회주의적 사실주의라는 파괴적인 이념이 해당 작가에게 남긴 영향을 확실하게 보여주고 있었다. 그렇다. 1955년까지 내 문학평론은 마르크스주의 문학이론과 천박한 마르크스주의 문학이론의 영향을 받았다. 이 이론이 훗날 1968년경 서독 좌파 집단에 의해 재발견되어 크게 찬미되었다는 점을 상기시키고 싶다.

하지만 이게 이상한 일인가? 당시, 그러니까 1951년부터 1955년 사이에 나는 초보 평론가였고 게다가 독학으로 평론을 배운 사람이었다. 나는 그 어떤 세미나에도 참석해본 적이 없었고, 내게 조언을 하거나 경고하거나 도움을 준 사람도 없었다. 초보자는 누구나 그렇듯이 나도 본보기가 필요했다. 그것을 어디에서 찾을 수 있단 말인가? 폴란드 문학비평계? 그곳 역시 사회주의적 사실주의의 영향을 크게 받고 있었다. 그리고 이 영향이 더 두드러진 곳은 폴란드보다 훨씬 수준이 낮았던 동독 비평계였다.

게다가 내가 평론을 쓰기 시작한 1951년에 폴란드는 서구 세계와 완전히 단절되어 있었다. 철의 장막이 동유럽 나라 사람들의 정신적 삶에 어떤 현실적인 결과를 초래했는지 요즘 사람들은 상상도 하기 힘들다.

독일어로 쓰인 책과 신문과 잡지는 동독에서 발행된 것만 얻을 수 있었다. 그즈음 서유럽 국가에서만 출판된 책들—예를 들어 카프카나 무질이나 현대 서유럽 작가들의 작품—을 구해보려고 했던 내 노력은 소득 없이 끝났다. 나는 주간지 『디 차이트』가 있다는 사실을 전혀 알지 못했다. 당시 누가 서독의 유력 평론가나 중요한 문학 관련 출판사에 대해 물어보았다면 나는 하나도 이름을 대지 못했을 것이다.

철의 장막은 1956년에 스탈린주의에 대한 논쟁이 일어나면서 조금씩 걷히기 시작했다. 나는 다시 여행 허가를 받았다. 하지만 당분간은 동구권 내로 제한되었다. 1956년 여름 토지아와 나는 폴란드 작가협회가 기획한 소련 '연구여행'에 참가할 수 있었다. 하지만 여행을 떠나기 전에 예상치 못했던 문제를 해결해야 했다. 관계 당국이 토지아의 여권 발급을 거부한 것이다. 우리가 관청에 혼인 사실을 증명할 수 없었기 때문이다. 우리에게는 1942년 토지아의 목숨을 구하려고 랍비에게서 발급받은 증명서밖에 없었다. 바르샤바의 게토에 있을 때 다른 누구와도 결혼하지 않았으며 지금까지 이 증명서를 다들 인정해주었다고 말해보았지만 아무 도움이 되지 않았다.

당국에서는 혼인 증명에 필요한 법적 절차는 아주 간단하니까 약 석 달만 기다리면 될 거라는 말로 우리를 안심시키려고 했다. 그러나 모스크바와 레닌그라드 여행은 2주 후에 떠나게 되어 있었다. 그때 내가 생각해도 정말 대담한 생각이 떠올랐다. 나는 관청 직원에게, 내 아내가 내 아내가 아닌 것으로 나와 있는 게 사실이라면, 지금 그녀와 결혼하면 되지 않겠느냐고 했다. 그는 물론 그렇다고 대답하면서, 우리 두 사람의 출생증명서만 있으면 된다고 했다.

다음날 우리는 한번 더 결혼식을 올렸다. 아직 젊고 재치도 있던 관청 직원이 모든 절차를 시원스럽게 처리해주었다. 그는 만사형통하길 바란다고 친절하게 말하며 우리를 보내주었다. 우리는 거리에 서서 무슨 말을 해야 할지 모른 채 조금 슬픈 얼굴로 서로를 바라보았다. 그랬다. 우리는 기쁘지 않았다. 아마 둘 다 똑같은 생각을 하고 있어서 그랬을 것이다. 바르샤바 유대인 학살이 시작되면서 우리가 첫번째 결혼식을 올린 1942년 7월 22일이 생각났기 때문일 것이다. 우리는 어디로 가야 할지, 이제 무엇을 해야 할지 잘 모르는 상태로 말없이 몇 걸음을 걸었다. 나는 곧 정신을 가다듬고 토지아에게 키스했다. 그녀는 슬픈 눈으로 나를 바라보며 나직하게 말했다. "우리 어디 카페에 들어가요."

2주 후 우리는 기차를 타고 모스크바로 떠났다. 여행가방에는 두루마리 화장지도 두 개 들어 있었다. 친구들은 우리가 외국인 전용 호화 호텔에 묵을 테고 그러면 그곳에 분명 화장지가 있을 거라며 토지아를 놀려댔다. 호텔에 도착해 방에 들어갔을 때—무척 크고 화려하게 장식된 방이었다—토지아는 궁금증을 못 이기고 곧장 욕실로 직행했다. 거기에는 탈지면은 넘치도록 많았지만 화장지는 없었다. 그때가 1956년 여름이었다.

우리는 모스크바와 레닌그라드에 각각 며칠씩 머무르며 관광객들에게 권유하는 곳들을 다 가서 구경했다. 많은 곳들이 큰 인상을 준 것은 사실이다. 하지만 우리는 레닌그라드에서 그디니아로 가는 폴란드 배에 올랐을 때 비로소 마음이 가벼워지는 것을 느꼈다. 그때 나는 이 나라가 왜 이렇게 낯설까 생각해보았지만 해답을 얻지 못했다. 어렸을 때 폴란드 소설이 커다란 문학적 체험의 하나가 된 사람은 나 혼자가 아닐 텐데 말이다. 그 여행 후 40년이 넘는 세월이 흘렀다. 그사이 우리는 런던과 파리, 로마와 스톡홀름 그리고 뉴욕에 자주 가보았다. 하지만 모스크바 그리고 지금은 다시 옛날처럼 상트페테르부르크라고 불리는 저 아름다운 도시에는 두 번 다시 가지 않았다.

1956년에 폴란드 국경이 완화되면서 가능해진 두 번의 외국 여행은 내게 전혀 다른 추억을 남겼다. 둘 다 동독 여행이었지만, 1949년 이후로 가보지 못한 동베를린 여행은 특히나 인상적이었다. 나는 아르놀트 츠바이크와 슈테판 헤름린 그리고 그 밖의 작가들이 살고 있는 저택과 넓은 집과 아름다운 여름별장을 찾아갔다. 상점에서 파는 생활용품을 구경하다가 토지아와 아들에게 주기 위해 폴란드에서는 구할 수 없는 물건들, 특히 옷을 몇 벌 샀다. 동베를린의 생활수준은 바르샤바와는 비교할 수 없을 만큼 높았다.

그런 다음 나는—당시에는 아직 베를린 장벽이 없었다—서베를린으로 갔다. 나의 그런 행동을 동독 동지들은 달가워하지 않았다. 그곳에서 물건을 사고 나니 얼마 전 동베를린에서 감탄했던 것들이 초라하고 궁색해 보였다. 1956년의 생활수준이 바르샤바, 동베를린, 서베를린 순으로 드러나 있었다. 그때 우연히 쿠르퓌르스텐담에서 만난 폴란드 동료가 이렇게 말했다. "우리 폴란드인은 전쟁에서 이겼지만 젠장, 독일인은 평화를 얻었군."

조금 더 걷힌 철의 장막 덕분에 서독 작가 한 사람도 알게 되었다. 공산화된 폴란드를 방문한 첫 서독 작가였다. 그와의 만남은 우정으로 이어지지는 않았지만 조금 힘들고 까다로운 관계로 발전했다. 수년 동안 그 관계가 지속되면서 우리는 이따금 극적인 상황도 맞이했다.

1956년 말, 흐리고 비가 오는 일요일 아침이었다. 나는 바르샤바 중앙역 승강장에 서 있었다. 전에는 화물역으로 사용되던 그곳은 변함없이 황량하고 초라했다. 베를린에서 오는 기차를 초조하게 기다리고 있었지만, 언제나 그렇듯이 기차는 연착했다. 마침내 두 명의 작가가 도착했다. 나는 폴란드 작가협회를 대표하여 그들을 맞이했다. 한 사람은 바르샤바에서 거의 무명에 가까웠던 하인리히 뵐이었고, 다른 한 사람은 그의 친구이자 언론인이며 풍자가인 에른스트 아돌프 쿤츠였다. 필립 비베라는 필명을 사용한 쿤츠에 대해서는 알려진 바가 전혀 없었다.

나는 두 신사를 호텔로 데리고 갔다. 그리고 아침식사를 하면서, 폴란드 작가협회는 그들이 바르샤바와 크라쿠프에 머무는 짧은 일정 동안 가능하면 편하게 지내고 원하는 것을 할 수 있도록 최대한의 노력을 기울이겠다고 말했다. 그때 뵐이 당장 한 가지 급한 부탁이 있다고 했다. 호텔 근처에 가톨릭 성당이 있는지 알고 싶다는 것이었다. 나는 바르샤바에서 가장 아름다운 교회와 중요한 볼거리가 있는 교회들이 바로 호텔 근방에 있다고 알려주었다. 그러나 뵐은 볼거리에는 관심이 없었다. 그는 무조건 당장 미사에 가야 한다고 했다. 나는 조금 놀랐다. 하지만 그건 전혀 놀랄 일이 아니었다.

뵐은 바르샤바와 크라쿠프에서 가는 곳마다 융숭한 대접을 받았다. 폴란드인은 손님 접대가 후한 민족이다. 뵐은 놀라고 감동까지 받았지만, 그 내막에 대해서는 당연히 알지 못했다. 그의 방문은 작가협회에 많은 걱정을 안겨주었다. 작가협회에서는 멋진 바르샤바 문학의 집에서 뵐을 위한 환영 행사를 계획하고 50여 명의 작가를 초대했다. 그런데 그들이 모두 참석을 거부했다. 설상가상으로 그들은 뵐의 변명은 듣고 싶지 않다고 공개적으로 말했다. 하지만 몇 명은 뵐이 오래지 않은 과거에 무엇을 했는지, 즉 그가 망명 작가인지, 탈영병이었는지, 감옥에 있었는지, 강제수용소에 있었는지, 아니면 하다못해 처벌 집단에라도 속했는지 알고 싶어했다. 그가 전쟁 기간 내내 평범한 독일 군인 그 이상도 이하도 아니었다는 말을 전해 들은 그들은 말없이 손만 내저었다. 폴란드 작가들은 제2차 세계대전이 끝난 지 채 11년도 안 된 지금 독일인을 환영해야 할 이유가 전혀 없었던 것이다. 작가협회는 손님이 모욕감을 느끼지 않도록 행사 장소를 당초 공지했던 협회 회의장에서 재빨리 작은 방으로 변경했다. 번역가들과 출판사 편집자들만 나타나 참석자가 겨우 예닐곱 명밖에 되지 않았지만 그곳에서는 그런 사실이 별로 눈에 띄지 않았다.

우리는 뵐에게 서독 문학의 근황에 대해 듣고 싶었다. 그의 보고는 무미건조하고 평범했다. 몇 가지 새로운 사실은 알 수 있었어도, 우리는 그가 들려준 이야기에 별달리 흥미를 느끼지 못했다. 그럼에도 불구하고 그가 한 말은 마음속 깊은 곳을 건드리고 충격까지 주었다. 폴란드인에게는 보복주의로 악명 높은 서독에서 온 작가가 한달음에 독일문학과 독일의 죄과에 대해 이야기했다. 단조롭고 때론 서툴렀던 그의 문장들도 정말 설득력이 있었다. 격식을 차리지 않던 그는 금방 거기 모인 사람들의 호감을 샀다. 그는 그들을 향해 아무도 속이고 싶지 않다고 말했다. 6년 동안 나치 군복을 입은 이 독일 작가에게서 우리는, 이런 경우에 흔히 그렇듯이, 말로 형용할 수 없는 어떤 카리스마를 느꼈다.

행사에 참석한 몇 명 안 되는 사람들은 말없이 문학의 집을 나섰다. 모두 큰 인상을 받았지만 상당히 얼떨떨한 표정들이었다. 그건 뵐도 마찬가지였지만 이유는 전혀 달랐다. 나는 그와 함께 산책을 하며 발길 닿는 곳마다 눈에 띄던 바르샤바의 파괴된 곳들을 보여주었다. 그건 당연히 뵐이 원하던 것이었다. 그리고 재건되는 모습도 보여주었다. 그러면서 모든 것을 가능한 한 있는 그대로, 보이는 모습 그대로 설명했다. 그는 말을 거의 하지 않고 주로 듣기만 했다. 나는 그가 그때 괴로워하고 있다고 생각했다.

뵐은 예술가들과 작가들에게서 전혀 볼 수 없는 특징을 가지고 있었다. 그는 언제나 남을 잘 도와주었다. 1957년 봄에 나는 처음으로 서독을 방문할 예정이었다. 그러나 입국 비자를 받을 수 없었다. 뵐은 즉시 개입하여 본에 있는 외무부와 다른 관청에 연락을 취했다. 이에 일간지 『디 벨트』가 격앙된 시사 촌평을 내며 항의했고, 사민당 연방의회 원내 교섭단체 대표는 의회에서 내무부 장관을 상대로 대정부 질의를 했다. 나는 3개월 후에 비자를 받았지만 처음에 왜 발급이 거부되었는지 아직까지도 듣지 못했다. 전해 들은 말에 의하면 질문지에 답변을 다 적어넣지 않아서라고 했다. 1957년 12월, 드디어 오랫동안 계획해온 서독 여행이 성사되었다.

1958년에 나는 폴란드를 떠나 가능하면 독일에서 살아야겠다고 마음먹었다. 그러나 폴란드에서 발급한 내 여권은 단수 여권이라 귀국 후에는 반납하고 새 여권을 신청해야 했다. 그리고 공식적으로는 서독에서 최장 3개월 동안의 '연구 체류'용으로 발급된 것이었다.

이후 다시 문제가 생겼다. 이번에는 독일측에 의한 것이 아니었다. 폴란드 당국은 이런 여행에는 외화 소지가 허용되지 않으니 필요할 경우 서독에서 내 생활비를 책임질, 신분이 확실한 서독 시민 1인의 재정보증서가 필요하다고 했다. 나는 또 뵐에게 도움을 청했다. 당시 스위스의 티치노에서 휴가를 보내던 그는 필요한 서류를 즉시 보내주었다. 그런데 그사이 또 폴란드의 여권 규정이 바뀌어 뵐의 보증서는 필요가 없어졌다. 훗날 내가 서독에서 살 때 그는 이 재정보증서 이야기를 한 번도 꺼내지 않았다. 아마 그 일을 까맣게 잊어버렸는지도 모른다. 그러나 나는 하인리히 뵐이 서명하여 공증받은 1958년 5월 8일 자 편지를 아직도 간직하고 있다.

서독에 온 지 얼마 안 되었을 때 뵐은 우리가 사는 가구 딸린 초라한 집을 방문하러 프랑크푸르트에 왔다. 그는 꽃다발을 가지고 왔다. 나중에 토지아가 말했다. "그는 내게 처음으로 꽃을 준 독일인이에요." 나는 조용히 생각해보았다. 어쩌면 그 사람이 우리가 처음으로 만난 독일인인지도 몰랐다.

뵐은 곧 우리에게 돈이 필요하지 않으냐, 자신이 도와줄 일은 없느냐고 물었다. 돈은 필요하지 않았다. 우리는 풍족하게 지내지는 못했지만, 그렇다고 고생했다고 말하는 것은 과장일 것이다. 나는 글을 써서 출판했지만, 당시에 흔히 그랬듯이, 보수는 시원찮았다. 또 나는 방송 일도 했는데, 당시에 흔히 그랬듯이, 수입이 좋았다. 뵐은 이 말을 듣고 나를 날카롭게 바라보며 말했다. "처음에 여기 오면 누구나 그렇듯이 당신도 몇 주 내로 관청 여기저기를 다녀야 할 거예요. 독일 관청은 증인의 진술을 자주 요구합니다. 내가 아주 좋은 증인이라는 걸 잊지 마세요. 언제라도 연락주세요." 그러면서 그는 장난스럽게 웃어 보였다.

뵐은 자신이 남 돕는 걸 좋아한다고 한 번도 말한 적이 없다. 그건 그에게 보탬이 되는 얘기가 아니었다. 그러나 딱 한 번 어떤 대담한 구호 활동에 대해 나와 이야기를 한 적은 있다. 그는 오랫동안 출국 허가를 받으려고 노력하다가 받지 못한 어느 체코슬로바키아 여성을 불법적인 방법으로 구하려고 했다. 우리는 다양한 방법을 논의해보았다. 며칠 후 뵐은 자동차를 타고 프라하로 가서 그 체코 여성과 함께 위조된 서독 여권을 사용해 국경을 넘어 유고슬라비아로 갔다. 그곳에서 그는 내게 이런 엽서를 보냈다. "급히 전합니다. 당신과 의논했던 일은 잘되었습니다. 더 자세한 얘기는 나중에…… 분명한 것 한 가지: 우리는 이상한 세계에 살고 있습니다!"

나는 뵐에 대해 많은 글을 썼다. 제일 처음 1957년에는 폴란드에서 썼고,

1958년부터는 계속 서독에서 썼다. 나는 그를 칭송하고 찬양하기도 했으며, 적지 않은 그의 작품을 비난하고 혹평도 했다. 너무 자주, 너무 가혹하게 굴었을까? 이 질문에는 대답할 수 없지만 한 가지만은 확실하다. 나는 꼭 그래야 한다고 생각할 때만 그에게 고통을 안겨주었다. 그러면서 나 역시 고통을 느꼈다. 나는 그가 쓴 몇 편의 풍자소설과 짧은 이야기를 변함없이 좋아한다. 특히 풍자물 『무르케 박사의 침묵 수집』에는 감탄을 아끼지 않는다. 하지만 그의 주요 저작인 장편소설들은 그다지 높이 사지 않는다. 조심스럽게 표현하면, 대부분의 소설이 내게는 낯설다. 오히려 볼프강 쾨펜이나 막스 프리슈의 산문이 예나 지금이나 더 친근하게 다가온다.

나는 뵐을 다룬 책에 『작가 그 이상인 사람』이라는 제목을 붙였다. 동료들은 이 표현이 찬사로만 보이지는 않는다고 말했다. 뵐은 자신이 도덕주의자로 불리는 것을 전혀 좋아하지 않았다. 차라리 예술가라고 말해주기를 원했다. 언젠가 그와 통화를 하다가 그가 어떤 글에서 밝힌 견해를 칭찬하자 그는 이렇게 화를 냈다. "좋은 견해는 우리나라에 쌔고 쨌어요." 1972년 스톡홀름 왕실 학술원은 노벨 문학상 후보로 누가 적당하다고 생각하느냐며 내게 추천을 부탁했다. 망설일 것도 없었다. 나는 하인리히 뵐의 이름을 댔다. 광대의 모습을 한 설교자, 성직자의 위엄을 풍기는 광대, 거의 하룻밤새에 독일의 스승이 된 사람, 지금까지 독일이 가져보지 못한 위대한 스승, 바로 그 뵐을 추천했다. 그러나 나는 나의 영향력을 과대평가하지 않는다. 내가 추천하지 않았더라도 노벨상은 그에게 주어졌을 거라고 생각한다. 나중에도 나는 스톡홀름으로부터 여러 번 같은 질문을 받았다. 나는 그레이엄 그린, 존 업다이크, 막스 프리슈, 프리드리히 뒤렌마트를 추천했다. 그러나 이들 중에서 상을 받은 사람은 없었다.

1979년에 발표된 그의 소설 『신변보호』는 특히 마음에 들지 않았다. 『프랑크푸르터 알게마이네』에 실린 나의 비평은 이런 말로 시작되었다. "아니다. 그 무엇도 하인리히 뵐을 향한 내 존경심을 흔들어놓지 못한다. 소설

『신변보호』[illegible]." 바로 이 첫 문장에 격분한 뵐은 텔레비전에 나와 내게 화를 내며 대답했다. 그후 우리는 몇 년간 서로 편지를 주고받았지만, 다시 만난 것은 1983년 10월 라인 강변의 어느 호텔 환영식 행사에서였다. 뵐은 벌써 겉으로 보기에도 병세가 심각했지만, 어느 폴란드 여성 번역가를 위한 축사는 충분히 할 수 있다고 분명하게 말했다.

그는 나를 보고는 바로 다가와 협박 반 진심 반으로 물었다. "우리 아직 악수할 수 있죠?" 나는 대답했다. "아, 그럼요. 물론이죠." 하지만 그는 손을 내밀지 않았다. 그 대신 내 곁으로 더 가까이 다가왔다. 그가 무엇을 하려는지 알 수 없었다. 나는 상당히 불안한 마음으로 이제 벌어질 일을 기다렸다. 소란이 일어나는 것만은 꼭 피하고 싶었다. 그런데, 아니었다. 뵐은 내게 아무 짓도 하지 않았다. 그저 내 귀에 대고 딱 한마디, 독일인들이 늘 즐겨 쓰는 말을 속삭였을 뿐이다. "엿 먹어라!" 그리고 웃음을 터뜨리며 말했다. "이걸로 끝냅시다." 그리고 그는 나를 끌어안았다.

나는 뵐에게서 많은 것을 배웠다. 작가와 평론가 간의 평화, 더 나아가 우정은 평론가가 그 작가의 책을 한 번도 평하지 않아야만, 그리고 작가는 작가대로 그 상황을 영원히 감수해야만 가능하다는 것도 나는 뵐에게서 배웠다.

전혀 다른 이야기이지만 여기서 꼭 언급해야 할 것이 있다. 나는 기독교 신앙을 자주 강조한 두 명의 독일 작가와 가깝게 지냈다. 그중에서 내가 그 믿음의 진정성과 흠 없는 독실함을 확신할 수 있었던 사람은 하인리히 뵐이었다.

독일 연구여행

1956년 10월 폴란드에서는 긴장된 상황 속에서 정권 교체가 진행되었다. 얼마 전까지 '티토주의'와 '민족주의'를 추종한다고 비난받고 몇 년간 구금되어 있던 고무우카가 다시 공산당 서기장이 되었다. 고무우카의 승리에 결정적으로 기여한 작가들과 언론인들은 당장 언론과 문학의 자유를 보장한다는 그의 약속에 기쁨을 감추지 못했다. 물론 아직까지는 검열이 실시되었기 때문에 작가는 출판 허가를 받으려면 모든 작품을 검열청에 제출해야 했다. 그러나 편집부와 출판사는 제출했던 작품을 그대로 돌려받았다. 검열관들이 당 중앙위원회로부터 아무런 지시도 받지 않아 무엇을 문제삼아야 할지 몰랐기 때문이다. 다시 말해 모든 원고가 출판 허가를 받았다. 이렇게 검열은 불필요한 일이 되면서 곧 폐지될 거라는 이야기가 나돌았다.

검열청이 어차피 치명타를 입을 게 분명하다면 차라리 공개적으로 자살을 택하여 최소한 명예라도 회복하는 게 현명하지 않겠냐는 것이 많은 검열관들의 생각이었다. 그에 따라 검열청에서 열린 당조직 회의에서는 중앙위원회에 검열청 폐지를 건의하기로 결정했다. 그러면 그 결정문은 언론에 공개되어야 했다. 하지만 검열관들은 결정문의 공개를 방해했다. 검열관들이 검열청의 폐지를 요구하면서도 그 요구 사항의 공개를 금하는 역설적이고 이치에 어긋나는 상황이 벌어진 것이다. 이는 아마 폴란드 언론의 역사에서 가장 [illegible] 자신이었을 것이다.

검열관들의 바람은 이루어지지 않았다. 그들은 다시 하던 임무를 계속했다. 새로운 당 지도부는 그들이 내건 많은 공약을 지키지 않았다. 얼마 후 상황은 점진적이지만 확실한 '스탈린주의로의 회귀'라는 말까지 나올 정도로 달라졌다. 다시 새로운 노선이 탄생한 것일까? 그렇다. 하지만 새 노선의 여파가 가장 덜 미친 분야는 문화계였다. 폴란드 출판사들은 마침내 서독 작가들의 책도 출간할 수 있게 되었다. 폴란드어로 번역된 책만 신문과 잡지에서 논평할 수 있다는 골치 아픈 규정도 폐지되었다.

덕분에 나도 1956년부터는 서유럽 문학에 집중할 수 있었다. 나는 지난 세대의 작가들뿐만 아니라 폴란드에서는 대부분 무명이던 대표적인 전후문학 작가들(프리슈, 쾨펜, 뵐, 안더슈, 마르틴 발저, 지그프리트 렌츠)에 대해서도 글을 썼다. 그리고 태어나 처음으로 번역가로도 활동했다. 내 친구이면서 폴란드 비평가인 안제이 비르트와 함께 막스 브로트가 희곡으로 각색한 카프카의 『성』을 번역했고, 뒤렌마트의 『노부인의 방문』도 번역했다. 친구 비르트는 훗날 미국 여러 대학에서 강의한 후 1982년에 독일 기센 대학에 응용연극학 연구소를 설립하여 1992년까지 소장으로 재직했다.

당시 내 생활은 나쁘지 않았다. 나는 차별받지도 않았고 누구한테 시달리지도 않았다. 1957년에는 당의 제명 처분이 취소되었다. 그러나 무슨 이유에서인지 이 사실을 알려주지 않아 나는 그때까지 아무것도 모르고 있었다. 그러나 내가 더이상 배척당하지 않는다는 것은 분명히 느낄 수 있었다. 새로운 개방화 물결 덕분에 나도 이제 다른 사람들처럼 외국여행을 할 수 있었으며, 게다가 동구권 바깥으로도 나갈 수 있었다. 나는 1957년에 우선 오스트리아를 여행하고 그다음에는 서독을 방문했다.

그러나 폴란드 내에서는 특히 유대인들에 대한 분위기가 심상치 않게 돌아갔다. 유대인은 전쟁 전에 비해 그 수가 줄기는 했어도 공산국가 폴란드의 공공 생활에서 큰 역할을 담당하고 있었다. 이제 당에서 (특히 소련의 압력을 받아) '해빙'의 추종자들과 선동자들을 단속하려고 하는 마당에 필요해진 것이 희생양이었다. 여기에는, 부드럽게 표현하자면, 안 그래도 달갑지 않은 유대인들, 그중에서도 특히 유대인 지식인들이 언제나 그랬듯이 가장 적절한 대상이었다. 폴란드 국민에게 더 많은 자유가 주어지자마자 극심한 반유대적 편견과 혐오감이 표출되었다는 사실을 알아차리지 못한 유대인은 없었다. 설상가상으로 많은 당 고위직 간부들이 이 적개심을 선동하는 바람에 아무도 거기에 반대하지 못했다. 유대인들은 새로운 상황 앞에 서 있었다. 그들은 이스라엘로 망명할 수는 있었다. 그런데 폴란드 당국이 망명을 허락했을까? 아니면 혹시 권장이라도 했을까?

나도 반유대주의의 기운과 수시로 받는 지나친 간섭에 당황하고 마음이 불안해졌다. 나는 내가 태어났지만 자발적으로 돌아온 곳이 아닌 이 나라에서 무엇을 더 기대할 수 있을까 생각해보았다. 물론 나는 제2차 세계대전에서 살아남은 게 누구 덕분인지 한순간도 잊은 적이 없었다. 그러나 전쟁이 끝나고 처음으로 다시 베를린에 갔을 때 느꼈던 사실, 즉 내가 폴란드어로 (물론 항상 독일문학에 대해) 글을 써서 발표하더라도 폴란드는 내게 낯선 나라라는 사실이 지금 10년이 지난 이 시점에 와서는 더 강렬하게 마음속으로 파고들었다. 폴란드가 내 고향인 적이 있었을까? 공산주의에 대한 믿음은 사라진 지 오래였다. 그렇다면 여기에서 사는 게 무슨 의미가 있을까?

1957년과 1958년에 폴란드에서 쓴 독일문학에 관한 글들은 내가 과연 올바른 독자를 염두에 두고 쓴 것인지 다시 한번 심각한 회의에 빠지게 만들었다. 그때 나는 헤르만 헤세에 관해 비교적 방대한 분량의 글을 발표했다. 그러나 폴란드에서 헤세와 그의 인생 여정과 작품에 대해 자세하고 철저하게 알고 싶은 사람이 과연 누가 있었을까? 지금 돌이켜보면, 그때 나는 폴란드어로 그 글을 쓰면서, 비록 완전히 의식하지는 못했지만, 이미 독일 독자들을 염두에 두고 있었다.

하이네의 말을 빌리면, 유대인들은 "제2예루살렘 성전이 불에 탈 때 자신들이 무슨 행동을 했는지 잘 알고 있었다. 그들은 금은 제기와 촛대와 등잔" 은 내버려두고 성경만 가지고 나온 후 포로로 잡혀갔다. 성서는 그들의 '휴대용 조국'이 되었다. 어쩌면 나도 문학이, 그것도 독일문학이 내 '휴대용 조국'이라는 사실을 그때 확실히 깨달았는지도 모른다.

그러나 폴란드를 떠나 독일로 가야 할지 어쩔지 고민하던 문제는 곧 내가 온통 다른 문제에 정신이 팔리면서 잠시 밀려났다. 그건 바로 어떤 방법으로 독일을 떠나야 하는가라는 현실적인 문제였다. 이스라엘로 망명했다가 다시 독일로 가야 할까? 그건 아주 위험했다. 폴란드 당국이 내 신청을 거부할 가능성, 즉 망명 허가를 내주지 않을 가능성을 고려해야 했기 때문이다. 그렇게 되면 내게 어떤 여파가 닥칠지는 쉽게 예상할 수 있었다. 십중팔구 또다시 출판 금지령이 내려질 테고, 그사이 폴란드 국제문제연구소에서 일하고 있던 토지아도 불가피하게 일자리를 잃을 것이다. 그러니 망명 신청을 하겠다는 것은 아주 경솔한 생각이었다.

공산국가 폴란드를 떠나는 또다른 방법은 하나밖에 없었다. 서독에 방문 체류하는, 다시 말해 '연구여행'을 떠나는 방법을 찾아보아야 했다. 물론 그 여행 후 나는 다시 바르샤바로 돌아오지 않을 생각이었다. 그러나 폴란드 당국이 아내와 자식을 데리고 떠나는 그런 여행을 허락할 리가 만무했다. 일단 토지아와 이제 아홉 살 난 앤드루 알렉산더를 런던에 있는 누나에게 보내고 나는 그다음에 프랑크푸르트로 떠날 계획을 세웠다. 그러나 독일을 이런 식으로 가는 데에는 심각한 문제가 있었다. 만일 이 방법을 택하면 가구와 책과 그 밖의 소유물은 물론이고 겨울옷마저 가져갈 수 없었다. 그렇게 했다가는 당장 의심을 살 게 뻔했다. 우리의 계획은 1958년 봄 혹은 여름에 가서야 실현되었다. 우리는 어쩔 수 없이 바르샤바 집에 있는 모든 물건을 포기해야 했다. 그래도 우리는 감수하기로 결심했다. 하지만 이 많은 난관을 이겨내고 독일로 가는 데 성공한다 해도, 거기에서 무엇을 하며 살아야 한단 말인가?

나는 1957년 12월에 처음으로 서독을 방문하여 열흘인가 열이틀을 함부르크, 쾰른, 프랑크푸르트, 뮌헨에서 보냈다. 그때 나는 많은 작가와 언론인을 만나 이야기를 나누었다. 그러나 그렇게 서독에서 지내며 내가 날마다 매시간 무슨 생각을 하며 보내는지를 그 누구에게라도 말하거나 암시한 적은 없었다. 나는 가능하면 하루빨리 가족을 데리고 공산 세계를 떠나 서독의 어느 도시에 정착하겠다는 생각에만 골몰해 있었다. 친절하고 무척 정중한 그 작가들, 언론인들과 이야기를 나누면서 나는 이런 상념에 빠져들었다. 만일 내가 이듬해에 그들을 방문했을 때 더이상 바르샤바에서 온 손님이 아니라, 즉 폴란드에서 독일 책을 비평하는 영향력 있는 평론가가 아니라 도움이 필요한 망명자라면, 일자리와 빵을 구하러 다니는 무일푼의 문필가라면, 지금 내 앞에 있는 부유한 출판인, 유력 신문의 문예면 편집장, 유명 소설가는 내게 어떤 행동과 태도를 보일까?

1957년 12월의 내 연구여행은 함부르크에서 시작되었다. 누군가가 북독일 라디오 방송국에 나와 심층 인터뷰를 해보는 게 좋을 것 같다는 말을 했다. 나로서는 마침 잘된 일이었다. 바르샤바를 떠날 때 지참한 서독 돈은 값싼 호텔에 투숙하기에도 빠듯한 액수였기 때문이다. 나는 방송국 건물 앞에서서 기다렸다. 얼마 후 금발의 젊디젊은 남자가 조금 머뭇거리며 다가왔다. 그는 자기가 나를 인터뷰할 사람이라고 말했다. 이런 초짜가 제대로 할 수 있을까? 의문은 곧 풀렸다. 그는 노련한 솜씨로 멋지게 해냈다. 사례금은 꽤 많았다.

인터뷰가 끝난 후 그는 자기가 두세 권의 '얇은 책'을 써서 출판했는데 반응이 아주 없지 않다는 말을 지나가는 투로, 그러나 내가 느끼기에는 넌지시 던졌다. 그 세번째 책이 본격 베스트셀러가 되었다는 말을 겸손한 그 젊은이는 하지 않았다. 몇 년 후 그가 1945년 이후에 출간된 독일 소설 중에서 최대 성공작 중 하나인 『독일어 시간』을 쓰리라고는 당시 나도 그도 예상하지 못했다. 날씨가 차가웠지만 우리는 로텐바움 가로를 산책했다. 그리고 이튿날 그 젊은이, 지그프리트 렌츠는 나를 점심식사에 초대했다. 음식이 매우 맛있었다. 대화는 카프카를 주제로 흥미진진하게 진행되었다. 나는 그의 말에 귀를 기울이느라 먹고 있던 음식에는 신경을 쓰지 않았다. 그리고 후식을 먹을 때 안주인에게 음식 솜씨를 칭찬해야겠다는 생각이 들어 이렇게 말했다. "슈니첼*이 일품이었습니다." 하지만 난처하게도 그건 착각이었다. 일순 식탁이 쥐 죽은 듯 조용해졌다. 내가 먹은 것은 슈니첼이 아니라 스테이크 혹은 구운 고기였다. 정말이지 아주 난감했다.

이후 그 실수는 몇 년 동안 자주 화제에 올랐다. 하지만 어떻게 스테이크를 슈니첼로 착각할 수 있느냐고 사람들이 내게 핀잔을 줄 때마다 사려 깊은 렌츠는 그때는 프란츠 카프카라는 대단한 주제를 놓고 이야기를 하고 있었다며 내 편을 들어주었다. 아마도 그 상황이 내 착각을 사소한 것으로 만들어줄 수 있다고 생각해서였을 것이다. 그러나 렌츠는 자신도 그때 착각을 했었다는 것을 지금까지 모르고 있다. 그의 식탁에 앉아 음식을 먹으며 이야기를 하는 동안 나는 카프카 생각은 전혀 하지 않았다. 내가 생각한 것은 독일에서 펼쳐질 내 미래였다.

그때 나는 몇 달 후 내가 무슨 부탁할 일을 가지고 그 집 문을 두드린다면, 이 젊은이는 나를 어떻게 대해줄까 생각하고 있었다. 카프카가 유대주의 때문에 당한 고통을 그에게 말해주는 동안(강의했다는 말은 과장이니까), 나는 나 자신에게 던진 질문에 대답하고 있었다. 수줍음을 잘 타는 이 금발의 젊은이는 나를 함부르크의 모든 잠재적 고용주들, 즉 출판인, 편집인, 방송 관계자 들에게 데리고 가서 내게 일거리를 주라고 간절히 권할지도 모른다는 생각이 들었다. 내 문제를 편지에 적어서 쾰른과 프랑크푸르트, 뮌헨, 바덴바덴에 있는 동료들에게 보낼지도 모른다고 생각했다. 또 무슨 문제든지 내게 조언을 해주고, 요란 떨지 않고 내게 필요한 만큼의 돈을 줄지도 모

* 커틀릿의 일종.

른다고 생각했다. 그러니 지그프리트 렌츠 같은 사람들이 독일에 살고 있는 한, 나는 주머니에 돈 한 푼 없이도 여기에 올 수 있겠다고, 이 나라에서 망하지는 않겠다고 생각했다. 하루 전에 생전 처음 만난 그에 대한 내 신뢰감은 어디에서 나왔을까? 모르겠다. 그러나 내가 잘못 알고 있지 않았다는 것, 모든 게 내가 추측하고 기대한 대로 되었다는 것만은 확실하게 알고 있다. 나는 이 일을 앞으로도 잊지 못할 것이다.

또하나 확실히 말해둘 것이 있다. 나는 지그프리트 렌츠에게 고통을 주었다. 내가 보기에 그는 이 일에 오래도록 마음을 쓴 것 같다. 1963년에 나온 『동서독의 독일문학』에서 나는 당연히 그의 작품에 한 장을 할애했다. 그 장에는 호의적이고 정중한 발언도 있지만 회의적인 말도 있다. 그건 어쩔 수 없는 일이라고, 우정에 매수되어서는 안 된다고 나는 생각했다. 렌츠를 논한 장에서 나는 그가 짧은 이야기나 노벨레에서 재능을 발휘하는 단편소설 작가이지 장편에서는 재능이 잘 보이지 않는다고 썼다. 말하자면 타고난 단거리 선수임에도 불구하고 장거리 선수로도 실력을 보이겠다고 결심한 사람이라는 뜻이었다.

이런 글을 읽고 좋아할 소설가는 없다. 체호프와 모파상과 헤밍웨이도 장편보다는 짧은 산문 형식에 더 강했다는 과거의 훌륭한 사례를 든다 해도 도움이 되지 않는다. 마찬가지로 단편에서 두각을 나타낸 마리 루이제 카슈니츠나 하인리히 뵐 같은 현대 작가를 거론해도 소용이 없다.

렌츠에 관해 글을 쓰면서 내 진실한 생각을 숨겨야 했을까? 그의 『독일어 시간』이 아무리 인기를 끌고 유명하다고 해도 내 견해를 반박하는 반증은 되지 못한다. 그후 나는 몇십 년 동안 여러 기회가 생기거나 특히 기념일을 맞을 때면 렌츠에 관해 기꺼이 글을 쓰고 이야기를 했지만, 그의 작품을 다시 문학비평적인 글에서 다루는 것은 삼갔다. 지그프리트 렌츠는 나의 이런 엄격한 태도에 큰 이해심을 보여주었다. 여기에 대해서도 고맙게 생각한다.

나는 함부르크를 떠나 쾰른으로 갔다. 하인리히 뵐이 나를 오랜 친구인

방 능상상에서 맞아주었다. 그는 내게 자기 고향인 이 도시에서 무엇을 보고 싶으냐고 물었다. 나는 쾰른 성당부터 보고 싶었다. 내가 다른 관광객들과 똑같은 것을 원하자 조금 실망한 그는 쾰른에서는 작은 성당들이 더 아름답고 중요하다고 말했다. 뵐은 렌츠에 이어 내가 서독에서의 앞날을 조금 더 낙관적으로 보게 해준 사람이었다.

프랑크푸르트에서는 상당히 억센 인상의 출판사 직원을 만났다. 무언가 어설프고 서투른 것 같으면서도 만만치 않고 야심이 있어 보였다. 누군가 그 사람이 페터 주어캄프 출판사의 젊은 직원인데 장래가 촉망된다고 말해주었다. 그의 명함을 보니 박사학위가 있는 사람이었다. 나는 그 사람, 지그프리트 운젤트*에게 무엇에 관해 박사논문을 썼느냐고 물었다. 만일 인문학자에 관해 썼다면 화제로 삼기에 반가운 주제일뿐더러, 질문을 받은 그가 어려움 없이 이야기를 풀어나갈 수 있으니 대화 분위기에도 좋은 영향을 줄 것이기 때문이었다. 페터 주어캄프 출판사의 그 젊고 건장한 직원은 박사학위 주제가 헤르만 헤세라고 말했다. 우리는 곧 열띤 대화 속으로 빠져들었다.

분위기는 화기애애했다. 내가 악마에게 홀려 헤세는 정치적인 문제에서 가끔 짜증이 날 정도로, 정말 무기력하게 순진하다는 말을 할 때까지는. 그가 쓴 정말 끔찍한 소설 『데미안』은 아직 국가 사회주의 독일 노동당, 약칭 나치당이 존재하지 않던 1919년에 나왔지만, 그럼에도 불구하고 나치의 사상으로 이해하거나 오해할 만한 중요한 모티브를 담고 있다고 나는 말했다. 당연히 운젤트는 그런 이야기를 듣고 싶어하지 않았다. 그는 점점 더 단호하게 반박했다.

나는 그때 두 가지 사실을 모르고 있었다. 첫째, 운젤트가 주어캄프와 만나 그의 출판사에서 일하게 된 것은 헤세 덕분이었다. 둘째, 운젤트는 당시 지구상의 모든 작가를 주어캄프 작가와 그 나머지의 두 부류로 나누었다.

---

* 주어캄프 출판사의 2대 사장.

어쨌든 그는 나와 대화하면서 한순간도 쉬지 않고 아직은 자기 것도 아닌 출판사 광고를 줄기차게 했다.

나는 운젤트가 남들과 어울리기 좋아하는 사람이라고 생각한다. 나도 남들과 어울리는 게 좋다. 그러나 가끔 운젤트는 내가 어울리기 까다로운 사람이라고 생각하는 듯하다. 그와 원만하게 지내는 게 어렵다는 생각이 이따금 들곤 한다. 사실 그와 나 사이의 소통을 방해하는 것은 서로의 관심사가 비슷한 듯하면서도 다르다는 점이다. 내가 열정을 쏟는 분야는 문학이고 그의 경우는 책이다. 아마 그는 20세기 독일문학계의 최고 출판인일 것이다. 그러나 성공을 일궈낸 대단한 출판인이라고 해서 모두 호감을 주지는 않는다. 그렇게 될 수도 없을 것이다. 1984년 운젤트의 60세 생일을 맞아 쓴 글의 맺음말을 나는 취소할 생각이 없다. 클라이스트의 작품에서 따온 문장이다. "이런 녀석은…… 난생처음 본다."

다음날 나는 헤센 라디오 방송국에 갔다. 그곳에서 요아힘 카이저를 만났다. 우리는 그의 작고 초라한 방에서 일상적이지 않은 대화를 나누었다. 그는 당장 내 말을 이해했고 나도 마찬가지였다. 만난 지 채 10분도 안 된 시간에 우리는 10년 지기나 되는 사람들처럼 이야기를 나누었다. 요컨대, 대부분 오해를 야기하므로 공식 석상에서는 피해야 마땅한 짧은 경구 같은 말들을 재빨리 주고받았다는 뜻이다. 카이저는 그때부터 벌써 평판이 좋지 않았다. 어느 동료는 그가 유달리 허영심이 강하고, 극도로 오만하고, 끔찍하게 유식한 체한다고 내게 경고했다. 나는 그가 전형적인 평론가, 게다가 영향력도 분명히 대단한 평론가일 거라고 생각했다. 헤센 라디오 방송국에서 만나 이야기를 나누었을 때 그는 아직 서른도 안 된 나이였지만, 성공은 시기를 자아내고 명성은 의혹을 불러일으킨다는 사실을 깨우친 사람이었다. 시간이 가고 세월이 흐르면서 카이저는 점점 더 많은 시기를 당하고 미움을 샀다. 그러나 인정도 넘치도록 받았다. 그는 중유럽에서 가장 많이 표절을 당하는 음악평론가다.

1970년대 말 런던에서 알프레트 브렌델이 나를 저녁식사에 초대한 적이 있다. 가장 먼저 수프가 나왔다. 내가 한 입 삼키기도 전에 그는 카이저가 형편없는 평론가라고 단호하게 말했다. 나는 조금 빈정대는 투로, 지난번 당신의 뮌헨 연주회를 그가 어떻게 평했느냐고 물었다. 아주 호의적이지는 않았다고 그가 말했다.

나를 초대한 집주인은 긴 저녁 시간 동안 음악에 대해 많은 이야기를 하면서도 다른 독일 음악평론가 얘기는 꺼내지 않았다. 몇 년 후 프랑크푸르트에서 브렌델을 다시 만났다. 우리는 또 한번 긴 저녁 시간을 함께 보냈다. 그동안 뮌헨에서 연주회를 열었던 그는 대화 도중 단 한 명의 독일 음악평론가만 언급했다. 대단한 존경심을 표하면서 이번에 언급한 그 평론가는 요아힘 카이저였다.

내 일정은 프랑크푸르트에서 뮌헨으로 이어졌다. 그곳에서는 범상치 않은 두 남자를 만났다. 한 사람은 문단에 전혀 관심이 없던 뛰어난 작가 볼프강 쾨펜이고, 다른 한 사람은 문단과 사랑에 빠져 있던 이름 없는 작가 한스 베르너 리히터였다. 1957년 크리스마스가 되기 직전 바르샤바행 기차에 오른 나는 마침내 깨달았다. 폴란드와 공산 세계를 떠나기 위해서는 힘닿는 대로 무엇이든 해야 한다는 것을.

무성한 콧수염의 젊은 남자

1958년 초의 몇 달은 내가 폴란드에서 보낸 마지막 시간들이었다. 이상야릇하고 긴장된 날들이었다. 유대인 친구들 중 많은 이들이 망명을 준비했다. 대부분 이스라엘로 갈 생각을 하고 있었다. 어디론가 떠날 때의 분위기가 감돌았지만 그건 우울한 기운이었다. 그들은 유대주의와 관련이 별로 없거나 아예 인연을 맺지 않고 살았으며 스스로 폴란드인이라고 생각했기 때문이다. 또 그들은 모두 공산주의에 커다란 희망을 걸고 있었다. 초창기의 많은 어려움을 극복하고 나면 폴란드에서는 공정한 국가가 탄생하고 유대인들도 설 자리가 있는 사회가 될 거라고 굳게 믿고 있었다.

하지만 그들은 쓰라린 좌절을 맛보았다. 전쟁 후 처음 몇 년 동안 폴란드는 유대인을 절실히 필요로 했다. 그러나 더이상 쓸모가 없어진 지금 이 나라는 그들이 떠나는 것을 흡족히 바라보았다. 폴란드는 아직 유대인들을 추방하지 않았다. 그 추방은 1968년을 전후로 유대인들이, 그중에서 특히 많은 당원과 과거 공산주의자였던 사람들이 새로운 폴란드의 적이자 '시온주의자'라고 지탄받으면서 시작되었다. 유대인들은 지구상에서 언제라도 그들을 받아줄 나라 이스라엘이 있다는 사실을 다행으로 여겨야 했다.

우리는 여전히 원시적이고 아직도 재건되지 못한 바르샤바 중앙역 승강장에 빈번히 나갔다. 아는 사람이나 친구들과 작별하기 위해서였다. 많은 이늘이 우리에게 언제 다시 만날 수 있냐고 물었다. 망명 생각은 할 필요가 없는 비유대인들도 직접 묻지는 않았지만 왜 우리가 폴란드를 떠날 채비를 하지 않는지 조금 놀라워했다. 우리 역시 폴란드를 떠나 서독에서 새 삶을 시작하겠다는 마음을 먹고 있었지만, 그런 의심을 살 만한 말이나 행동을 하지 않도록 조심했다. 우리의 계획이 성공하려면 무조건 입을 다물고 있어야 했다. 그 어떤 사람도, 친구도, 심지어 아홉 살 난 우리 아들도 우리가 영국과 독일로 동시에 방문여행을 떠났다가 다시는 돌아오지 않을 거라는 사실을 알거나 짐작조차 해서는 안 되었다.

계획한 대로 비밀 이주를 하려면—이삿짐은 전혀 없었고 위험하지 않을 정도의 작은 짐만 챙겼다—많은 것을 결정해야 했다. 그러나 한 가지만은 걱정하지도 않았고 어떤 결정을 내릴 필요도 없었다. 가진 돈을 어떻게 하느냐는 문제였는데, 우리는 가진 돈이 없었기 때문이다. 우리는 늘 하루 벌어 하루 먹고살았다. 언제나 다음 봉급일과 다음에 들어올 사례금을 기다리며 살았다. 그게 좋은 것은 아니었지만 그렇다고 그런 상황 때문에 크게 상심하지도 않았다. 우리 친구들도 대부분 처지가 비슷했기에 그랬을 것이다.

그러나 이제 폴란드 바깥으로 나가면 무엇을 해서 근근이라도 먹고산단 말인가? 처음에 나는 『디 벨트』에 바르샤바 연극계와 문단에 관한 글을 몇 편 쓰고 거기에서 받은 돈은 서독의 은행 계좌에 넣어두었다. 그것으로는 2주, 잘해야 3주 정도 버틸 수 있었다. 그런데 독일에 간 후 그 일을 계속하기가 어려워졌다. 서독 신문사들은 내 평론을 실어줄 의향이 있을까? 전에 나는 동독에서 평론가로 활동하려고 노력해본 적이 있었다. 문학지 『신독일문학』이 1956년과 1957년에 내 글 몇 편을 흔쾌히 실어주었다. 그리고 반향도 없지 않았다. 하지만 서독에서는 이 문학지를 아무도 읽지 않았다. 서독의 수준은 동독보다 훨씬 높았다. 평론가로 일할 수 없다면—충분히 각오한 일이었다—혹시 폴란드어 번역가로는 가능성이 있지 않을까?

이렇게 생각한 나는 최소한 독일어-폴란드어, 폴란드어-독일어 대사전을 살 필요가 있다고 생각했다. 그런 사전으로는 1904년 빈에서 출판되었다가 오래전에 절판된 네 권짜리 사전이 가장 쓸 만했다. 그중 두 권은 바르샤바 고서점에서 꽤 많은 돈을 주고 구입했지만 나머지 두 권은 어디에서도 찾을 수 없었다. 1958년 봄 토지아는 아들을 데리고 리젠게비르게에서 잠시 휴가를 보냈다. 게르하르트 하웁트만의 형인 작가 카를 하웁트만이 슈라이버하우에 집 한 채를 가지고 있었는데 사람들이 구경할 수 있는 곳이었다. 바로 그곳 서가에 내가 그렇게도 찾던 나머지 두 권이 꽂혀 있는 게 토지아 눈에 들어왔다. 그녀는 대담하게 그 두 권을 훔쳤다. 나를 위해 그리고 독일에서 우리의 미래를 위해. 나는 그 사전 네 권을 한 번도 사용하지 않았지만 아직도 가지고 있다.

폴란드에서 마지막 몇 달을 보내면서 나는 서독 문학 평단에 대해 정보를 좀 얻으려고 해보았다. 당시 바르샤바에는 『프랑크푸르터 알게마이네』에서 파견한 한스야코프 슈텔레라는 상주 특파원이 있었다. 우리는 서로 도움을 주고받았다. 나는 그가 폴란드 문화계에서 적응하도록 도와주었고, 그는 내가 서독에서 일어나는 일을 파악하는 데 도움을 주었다. 가끔 그는 내게 서독 신문들, 특히 『프랑크푸르터 알게마이네』를 가져다주었다.

나는 『프랑크푸르터 알게마이네』에서 문예면을 즐겨 읽었고 특히 서평에 각별한 주의를 기울였다. 글은 훌륭하고 때론 세련됐다는 생각도 들었지만, 평범한 견해를 그렇게 엄숙하고 장황하게 표현하는 게 정말 필요하고 올바른 일인지 의문이 들었다. 혹시 아무것도 없이 텅 빈 것을 미화한 것은 아닐까? 나는 곰곰 생각해보았다. 조금 행운이 따라준다면 그 평론가들과 겨뤄볼 수도 있을 것 같았다. 하지만 그 신문에서는 현대 독일문학에 관해서는 많은 정보를 얻어낼 수 없었다. 그러던 중 마침 평범치 않은 만남의 기회가 생겼다.

1958년 5월 친구 안제이 비르트가 내게 전화를 걸어왔다. 걱정거리가 있다며 도와달라고 했다. 서독에서 올 젊은이를 기다리는 중인데 그가 불행히도 이곳 바르샤바에 아는 사람이 아무도 없다는 것이었다. 그 딱한 청년을 조금 도와주어야 하지만 자기 혼자서는 힘에 부친다고 했다. 그러면서 그 젊은이와 오후 시간을 보내주면 좋겠다고 부탁을 했다. 나는 그 사람이 혹시 작가가 아니냐고 의심스러운 듯 물었다. 비르트는 그건 앞으로 두고 봐야 할 거라고 대답했다. 희곡은 이미 두 편을 완성했지만, 그중 하나는 실패작이고 다른 하나도 곧 실패할 것 같다고 했다. 내 친구는 장차 그 젊은이가 쓸 만한 작품을 내놓으리라고 생각하지 않았다. 그러면서도 아직 어떤 재능이 있고 무슨 능력이 있는지는 확실히 말하기 힘들지만 여하튼 재능은 있는 것 같다고 했다.

다음날 오후 3시에 나는 그 손님이 기다리고 있을 브리스톨 호텔로 갔다. 그 시간대에 호텔은 비어 있었다. 서독 작가라는 사람은 아무 데도 보이지 않았다. 단지 1인용 소파에만 누가 앉아 있었는데 그곳에는 어울리지 않는 사람이었다. 브리스톨 호텔은 당시 바르샤바 유일의 고급 호텔로서 외국인 전용이었다. 외국인들은 벌써 옷차림부터가 내국인과 달랐다. 하지만 소파에 앉아 있는 남자는, 완곡하게 말하면, 옷차림이 단정치 못했고 면도도 하지 않았다. 언뜻 보니 그는 고급 호텔 로비에서는 보기 힘든 행동을 하고 있었다. 졸고 있던 것이다.

갑자기 그가 정신을 차리고 내게 걸어왔다. 나는 깜짝 놀랐다. 그러나 내게 불안감을 준 것은 그의 무성한 콧수염이 아니라 고집 세고, 경직되고, 나를 뚫어져라 쳐다보는 거의 야생에 가까운 눈빛이었다. 밤길에서는 마주치고 싶지 않은 사람이라고 느끼면서 나는 그의 바지 주머니에 권총까지는 아니어도 칼은 들어 있을 것 같다고 생각했다. 여전히 이런 생각에 골몰해 있는데 그 청년이 아주 점잖게 자신을 소개했다. 그 고집 세고 뚫어져라 쳐다보는 눈빛의 사연은 곧 밝혀졌다. 두 시간이 지나서야 들은 말이지만, 그는 혼자 점심을 먹다가 보드카 한 병을 다 비웠던 것이다.

나는 함께 산책을 하는 게 어떻겠냐고 했다. 그가 좋다고 하여 우리는 밖으로 나갔다. 그는 엄청난 양을 마셨는데도 전혀 비틀거리지 않고 내 옆에서 팔팔하고 꿋꿋하게 걸었다. 하지만 내가 보여준 여기저기 많은 교회와 궁전에는 미지근하게 반응했다. 그는 제 자신에게 몰두해 있을 뿐 내와는 싫어하는 것 같았다. 화제를 바꾸는 게 좋겠다는 생각이 들었다. 나는 현재 서독에서 탄생중인 문학에 대해 그의 견해를 들어보고 싶었다. 그가 계속 말도 없이 찌뿌듯한 얼굴로 있기에 내가 시험 삼아 몇 사람의 이름을 댔다. 볼프강 쾨펜? 그는 끈덕지게 침묵했다. 쾨펜의 글은 한 줄도 읽지 않은 것 같았다. 하인리히 뵐? 비웃는 듯, 그러나 분명히 부드러운 미소가 나타났다. 막스 프리슈? 이 사람의 소설 속 이야기는 자기 생각에 너무 고상하다고 했다. 알프레트 안더슈? 이 이름이 그에게 생기를 돋게 했다. 당시 안더슈의 소설 『산시바』가 큰 성공을 거두고 있었기 때문이다. 동료 작가들은 이런 소설을 좋아하지 않는다고 그는 말했다. 하지만 『산시바』에서 도망 다니는 유대인 여자는 아름답고 우아하다고 했다. 만일 그녀가 못생기고 여드름이 난 여자라면 동정을 덜 받았을까? 하고 그 청년은 물었다. 나는 이 소설을 호의적으로 평했지만 내 손님은 그 얘기를 달가워하지 않는 듯했다.

이제는 지난 세대의 작가들, 즉 토마스 만부터 헤르만 헤세를 거쳐 로베르트 무질의 이름을 꺼내보았다. 그 청년은 아는 게 아무것도 없다는 인상을 주었다. 하지만 나는 그가 과음 때문에 졸음을 이기지 못하고 있다는 사실을 알지 못했다. 그러나 작가나 작가 지망생이 입을 열게 하는 방법은 알고 있었다. 제아무리 고집 센 사람의 혀도 당장 풀어놓는 단 하나의 질문은 이것이었다. "젊은 친구, 지금 무슨 글을 쓰고 있죠?" 이제부터 시작이었다. 그는 소설을 쓰고 있다고 했다. 나는 전혀 놀라지 않았다. 평생 동안 알고 지낸 작가 중에 지금 소설을 쓰지 않는 작가는 거의 없었기 때문이다. 줄거리를 좀 말해줄 수 있느냐고 물으니 그러겠다고 했다. 1920년대부터 시작해서 거의 현재 시점까지 이어지는 어떤 사람의 이야기라고 했다. 그 사람이 누구죠? 난쟁이예요. 내가 어린 시절 마지막으로 읽은 난쟁이 이야기는 빌헬름 하우프*의 동화였다. 그다음은 어떻게 되죠? 나는 그다지 궁금해하지 않으며 물었다. 그 난쟁이는 곱사등이라고 했다. 뭐라고? 난쟁이에 곱사등이라니, 너무 지나친 것 아니에요? 그 곱사등이 난쟁이는 정신병원에 수용된 사람이라고 젊은이는 말했다.

그만하면 충분했다. 나는 그가 계획하는 소설에 대해 더는 알고 싶지 않았다. 그 대신 이제는 내가 신경써주어야 할 이 손님이 걱정스러워졌다. 눈빛이 여전히 경직되고 사나워서 더 그런 마음이 들었다. 어쨌든 한 가지만은 분명해 보였다. 그 소설은 별 볼 일 없는 작품이 될 게 뻔했다. 그다지 공손하지 않은 이 서독인과의 대화에 차츰 흥미를 잃은 나는 그를 호텔로 데려다주었다. 우리는 서로 싸늘하게 작별 인사를 나누면서 아마 똑같은 생각을 했을 것이다. 그날 오후가 참으로 지루하고 쓸모없었다고.

아니다. 그는 쓸모없는 사람이 아니었다. 적어도 내게는 그렇지 않았다. 나는 1958년 10월 말에 그 청년을 다시 만났다. 알고이의 그로스홀츠로이테에서 열린 '47그룹' 회의에서 그 남자, 귄터 그라스는 여전히 집필중이던 소설 『양철북』에서 두 개 장을 낭독했다. 한스 베르너 리히터는 내가 낭독이 시작될 때부터 열심히 무언가를 메모하다가 그라스의 소설 처음 몇 문장의 낭독이 끝나자 메모를 그만두었다고 나중에 회고록에서 말했다. 사실이었다. 나는 그 소설의 처음 두 장이 마음에 들었다. 거의 매혹되다시피 했다. 이에 대해 내가 회의 보고서에 적은 글이 얼마 후 뮌헨에서 발행되는 주간지 『문화』에 실렸다. 그 두 장은 이듬해에 출간된 소설 전체 내용보다 훨씬 더 마음에 들었다. 나는 소설 자체에 대해서는 회의적인, 너무 회의적인 평을 썼다. 그로스홀츠로이테에서 내가 배운 사실이 있다. 작가가 지금 막 집필하는 소설의 줄거리를 이야기할 때 거기에 귀 기울일 필요가 없다는 점이었다. 그런 이야기에서는 대개 아무것도, 정말 아무것도 취할 게 없다. 아무

* 독일 낭만주의 작가(1802~1827).

리 대담하고 창의적인 착상이라 해도 거기에서 나오는 것은 대부분 형편없는 책인 반면, 어처구니없어 보이는 모티브에서도 훌륭한 소설이 탄생할 수 있기 때문이다.

그로스홀츠로이테에서 우리는 저녁때 와인을 마시며 앉아 있었다. 누군가 독일군 점령기 때 바르샤바에서 겪은 일을 조금 들려달라고 요청했다. 자리를 같이한 사람들의 기분을 망치지 않으려고—식탁에 둘러앉은 그들은 모두 전쟁중에 군인이었고 몇 명은 폴란드에도 왔었을 테니—나는 각별히 무난한 일화를 골랐다. 나는 그 암담한 시절에 세계문학에서 소재를 끄집어내 이야기꾼 노릇을 한 사연을 들려주었다. 나중에 귄터 그라스는 그 체험을 글로 써볼 생각이 없느냐고 물었다. 내가 없다고 하자 그는 자기가 그중 몇 가지 모티브를 사용할 수 있게 허락해달라고 했다. 그로부터 수년 후인 1972년에 그라스는 『어느 달팽이의 일기』를 출간했다. 거기에 내 체험 이야기가 들어 있었다. 그는 그 이야기들을 '회의懷疑'라는 별명을 가진 어느 선생의 입을 빌려 들려준다.

그라스를 다시 한번 만났을 때 나는 지나가는 투로 『어느 달팽이의 일기』에서 나오는 수입의 일부는 내 몫이라고 말했다. 그라스는 얼굴이 창백해지더니 떨리는 손으로 담배에 불을 붙였다. 나는 그를 진정시키려고 얼른 한 가지 제안을 했다. 나의 모든 권리를 영원히 포기할 테니 그 대신 당신이 그린 삽화 한 점을 선물로 달라고 했다. 그의 가슴을 짓누르던 돌덩이가 떨어져나가는 소리가 들렸다. 그는 그렇게 하자면서, 내가 직접 삽화를 고를 수 있게 토지아와 나를 베벨스플레트에 있는 자기집에 초대하겠다고 했다. 그리고 자기 손으로 직접 음식을 만들어주겠다고 말했다. 1965년 여름 베를린의 독문학자 발터 횔러러의 결혼식에 참석했다가 아무 생각 없이 그가 끓여준 수프를 먹었던 기억이 되살아나 불안했지만, 나는 동의했다. 그때 먹었던 수프가 끔찍하여 또 한번 불길한 예감이 든 것이다. 그러나 평론가로 살아가려면 용기는 필수 요건이다.

1973년 5월 [illegible]일, 우리는 함부르크에서 슐레스비히 홀슈타인 주에 있는 베벨스플레트로 여행을 떠났다. 가는 길이 간단하지 않았다. 그곳에 도착하려면 다리가 없는 강을 건너야 했다. 사공만 믿는 수밖에 없었다. 우리는 마침내 도착하여 삽화를 골랐다. 나는 그라스에게 정중히 헌사를 부탁했다. 그는 아주 잠깐 생각에 잠겼다가 이렇게 적었다. "내 친구 (회의) 마르셀 라이히라니츠키를 위하여". 받기는 받았지만, 말장난에 가까운 헌사였다.

그런 다음 그는 우리에게 생선 요리를 대접했다. 핵심만 말하면, 나는 생선 가시라면 질색을 한다. 그때까지 나는 그렇게 가시가 많은 생선이 있는 줄도 몰랐다. 어쩌면 해가 갈수록 그때의 가시 수가 내 기억 속에서 늘어났을 가능성도 없지 않다. 어쨌든 생선 가시 때문에 괴로웠지만 유쾌한 식사였다. 그라스는 수프를 끓이는 데는 무능했지만 생선 다루는 솜씨는 일품이었다. 음식은 위험하면서도 맛이 있었다. 또 토지아는 물론이고 나에게도 전혀 나쁜 결과를 가져오지 않았다. 물론 그 음식에서 나온 결과는 있었다. 하지만 종류가 달랐다. 생선을 발라먹고 남은 것, 특히 그 많은 가시를 그라스가 이튿날 그림으로 그린 것이다. 그 생선은 머잖아 그라스 소설의 주인공이 되었다. 그 생선은 바로 넙치였다.*

베벨스플레트에서 우리가 바르샤바에서 만났던 기억을 서로 나누었는지 지금은 생각나지 않는다. 어느덧 15년이라는 세월이 흐르면서 우리 둘의 삶과 역할과 상황은 완전히 달라져 있었다. 가난하고 이름 없는 초보 작가였던 그라스는 이제 세계적으로 이름을 날리는, 그리고 당연히 그래야겠지만, 부유한 작가가 되어 있었다. 나 역시 서독 시민이 된 지 오래였고, 거의 14년 동안 독일의 유력 주간지 『디 차이트』에서 유일한 고정 문학평론가로 활동하고 있었다. 또 있었다. 그라스에게 말해서는 안 되는 것이지만, 그때 나는 서독 문학계에서 가장 괜찮은 자리라고 할 수 있는 『프랑크푸르터 알게

* 『넙치』(1977)는 귄터 그라스의 대표작 가운데 하나이다.

마이네』의 문학부장직을 새 직업으로 택하고 계약을 마친 뒤였다.

1958년 5월 바르샤바에서 있었던 그라스와의 만남은 별다른 수확은 없었지만 그래도 중요하고 유익한 경험이었다. 그후 나는 겨우 몇 주 바르샤바에 머물다가 독일로 떠났다. 그때 내 기분은 전혀 즐겁지 않았다. 오히려 서글펐다. 은밀하게 이별하기란 정말 쉬운 일이 아니었다. 나는 스스로를 폴란드 사람이라고 생각한 적이 없었다. 그리고 그로스홀츠로이테에서 그라스에게 말한 것과 달리 스스로를 절반의 폴란드인으로 여겨본 적도 없었다. 나를—오늘날까지—폴란드와 이어주는 것은 무엇일까? 내가 아직도 구사하는 폴란드어, 내가 사랑하는 폴란드 문학, 위대한 낭만주의 시, 20세기의 멋진 시문학, 그리고 당연히 쇼팽이다.

그러나 나를 힘들게 한 것은 폴란드가 아닌 바르샤바와의 이별이었다. 거의 20년 동안 나는 이곳에서 수없이 많은 일을 겪고, 견디고, 고통당하고, 사랑했다. 사랑을 했다고? 그렇다. 나는 젊은 여성 심리학자와 오랫동안 깊은 관계를 맺고 있었다. 그녀는 내게 무척 특별한 존재였다. 이 러브 스토리를 떠올릴 때마다 나는 두 명의 여성에게 고마움을 느낀다. 그중 한 사람은 이 관계를 인내했던 여성이다. 그렇다면 내 결혼 생활은 어땠을까? 결혼 생활이란 상대방에게 애인이 있다는 것을 알고 당연히 그로 인해 고통을 당하면서도 그것이 정말 두 사람의 결혼 생활을 위협할 수 있다는 생각을 멀리 떨쳐버릴 때 유지되는 것인지도 모른다. 우리 두 사람, 토지아와 나는 그 고통을 겪었고 그런 생각도 해보았다.

바르샤바를 떠나는 내 마음은 이렇게 감상에 젖어 있었지만 그로 인한 우울함은 그다지 심각하지 않았다. 계획했던 출국이 정말 성공할지 아니면 막판에 가서 좌절될지 불안한 마음, 그리고 어두운 미래에 대한 두려움이 감상과 우울함을 밀어냈기 때문이다. 그러나 나는 폴란드를 떠나기로 한 내 결정이 옳다는 것을 한순간도 의심하지 않았다. 또 토지아와 나는 무슨 일이 있어도 헤어지지 않기로 굳게 결심했다. 토지아는 아들을 데리고 먼저 영국으로 떠났다. 그리고 나도 그때 서독으로 여행할 수 있는 여권을 받았다. 마지막 순간까지 우리는 다시 여권을 빼앗기지나 않을까 두려웠다. 토지아와 아들이 타고 있는 암스테르담행 비행기가 하늘로 사라지는 모습을 보면서 나는 두 사람을 언제나 다시 만나게 될까 속으로 생각했다. 토지아가 런던에 도착하여 전화를 걸어오자마자 나는 믿어 의심치 않는 친구와 만나 이야기를 나누었다. 그래도 내가 다시 돌아올 생각이 없다는 말은 프랑크푸르트로 떠나기 하루 전날에야 해주었다. 나는 그에게 집 열쇠를 주었다. 내가 가지고 있던 모든 것들, 특히 그새 제법 규모가 커진 장서도 다 두고 가야 했다.

내 여권은 서독을 여행할 수 있는 단수 여권이었고 체류 기간은 91일을 넘을 수 없었다. 독일 '입국 비자'는 90일로 제한되어 있었다. 내가 용기를 내 가져간 짐은 옷가지가 든 중간 크기의 트렁크, 각종 서류(내가 폴란드에서 출판한 모든 글들도 있었다)가 담긴 꽤 무거운 서류가방, 책 몇 권 그리고 낡은 구형 타자기였다. 옴니아 메아 메쿰 포르토Omnia mea mecum porto.* 그렇다. 내가 들고 가는 그 옹색한 짐들이 내가 가진 전 재산이었다. 물론 현금도 얼마간은 있었다. 서독에 가면 아무 은행도 받아주지 않을 가치 없는 돈 500즐로티가 있었다. 그 외에 독일 돈 20마르크도 있었다. 폴란드 중앙은행 외환부에서는 그 이상의 돈은 바꿔주지 않았다.

폴란드 세관 검사 때는 아무 문제가 없었다. 세관원들은 단지 내 휴대용 타자기에 의심의 눈초리를 보내고는 내 여권에 "상표: 트리움프"라고 꼼꼼히 적어넣었다. 모든 검사가 끝나고 세관원들이 내린 후에도 기차는 출발하지 않았다. 차량 안에는 승객이 몇 사람밖에 없었고 승강장은 텅 비어 섬뜩한 정적이 감돌았다. 나는 겁이 났다. 나를 기차에서 끌어내려 체포하지나 않을까? 15분이 지났다. 아무것도 달라지지 않았다. 정적이 더욱 견디기 힘

* '나는 전 재산을 몸에 지니고 있다'는 뜻.

들어졌다. 그러다가 전혀 예상치 않은 순간에, 그 어떤 출발 신호나 경적 소리도 들리지 않았는데 갑자기 기차가 움직이기 시작했다. 나는 내 눈을 의심했다. 기차가 정말로 출발하여 아주 천천히 그리고 소리 없이 서쪽으로 달리고 있었다.

몇 분 후 또 한번 짐 검사가 있었다. 두 명의 엄격한 동독 여성 세관원이 들어왔다. 나는 그들에게 하이네가 그 옛날 프로이센 국경 세관원에게 했던 말을 들려줄 수도 있었다.

> 가방을 뒤지는 바보들!
> 너희는 여기에서 아무것도 찾아내지 못해!
> 내가 가지고 가는 밀수품은
> 내 머릿속에 있단다.

이번에도 그들은 아무것도 찾아내지 못했다. 내게 있는 것이라고는 눈에 보이지 않는 짐뿐이었다. 문학이라는 짐, 그것도 독일문학이라는 짐뿐이었다.

4부

1958 ~ 1973

독일인으로 인정받다

1958년 7월 21일 마인 강변의 프랑크푸르트 중앙역에 도착하여 기차에서 내렸을 때, 나는 그 순간 그 승강장에서 내 인생의 새로운 장이 시작된다는 것을 알고 있었다. 그러나 독일 어디에서 무슨 일을 하며 먹고살아야 할지는 알지 못했고, 무엇이 나를 기다리고 있을지도 짐작조차 하지 못했다. 프랑크푸르트를 첫 체류지로 결정한 것은 그 도시가 독일의 중심에 자리잡고 있다는 지리적 위치 때문이었다. 더군다나 그곳에는 막내 외삼촌이 살고 있었다. 변호사였고 승마를 좋아한 그는 전쟁중에 외인부대에서 복무했다. 나는 일단 외삼촌 집을 거처로 정했다.

무엇보다도 걱정인 것은 생활비였다. 일자리를 구하러 다녀야 했다. 나는 무엇을 하려고 했던가? 두말할 것도 없이 지금까지 폴란드에서 했던 일을 하고 싶었다. 독일에서도 평론가로 활동할 수 있게 최소한 시도라도 해보고 싶었다. 잘될 수 있을까? 그건 전혀 확신할 수 없었다. 그저 여러 군데 문을 두드려보는 것 말고는 다른 방도가 없었다. 직접적이든 간접적이든 거절을 당하여 아무것도 못하게 되는 상황도 각오해야 했다. 일단 시도해보는 것, 그것도 여러 번 시도하는 게 중요했다. 나는 경제적인 이유 때문에 당장 그곳 프랑크푸르트에서 행동에 나서야 했다.

이것이 자존심 상하는 상황이었을까? 그럴지도 모르겠다. 하지만 나는 그렇게 느끼지 않았다. 내게는 오히려 도전이었다. 나는 절대로 추방당한 사람이나 도움이 필요한 망명자 혹은 부탁을 하는 사람처럼 행동하지 않겠다고 굳게 결심했다. 주요 신문의 문학면을 읽어본 나는 여기라고 해서 별다른 것은 없다는 생각이 들었다. 그들에게 내 능력을 보여주어야겠다고 생각했다. 당연히 위에서 시작해야 했다. 나는 프랑크푸르트에 도착하기가 무섭게 『프랑크푸르터 알게마이네』 신문사부터 찾아가 문예면 책임자 한스 슈바프펠리슈를 만났다. 대화를 나누는 동안 그는 친절하면서도 냉정했다. 과거에 그와 내가 베를린에서 같은 시기에 학교를 다녔다는 사실이 대화를 조금 부드럽게 해주었다.

그는 혹시 원고를 가져온 게 있느냐고 물었다. 나는 가방에서 원고를 꺼냈다. 폴란드에서 아주 높은 평가를 받는 야로스와프 이바슈키에비치의 신간이 나왔을 때 쓴 글이었다. 슈바프펠리슈는 내 원고를 천천히 그리고 꼼꼼하게 읽기 시작했다. 다 읽은 후에 그는 한번 더 읽었다. 그리고 지나가는 투로 아주 냉정하게 말했다. "네, 좋군요. 이번 주에 내보내겠습니다." "글을 줄일 생각이세요?" 그는 짧게 대답했다. "아니요." 폴란드에서는 항상 필명 '라니츠키'를 사용했지만 내 진짜 이름은 '라이히'라고 말해주었다. 이제는 어떤 이름으로 글을 실으면 좋겠냐는 의미로 한 말이었다. 곧장 그가 대답했다. "저처럼 이중 이름을 사용하세요. 하지만 무조건 단음절 이름을 앞에 쓰고 나머지는 뒤에 붙이세요. 리듬감 때문입니다." 당연한 말이었다. 나는 망설이지 않고 말했다. "좋습니다. 마르셀 라이히라니츠키라고 써주십시오."

슈바프펠리슈는 서평란은 자기 담당이 아니니 『프랑크푸르터 알게마이네』의 문학부장 프리드리히 지부르크 교수를 만나보라고 했다. 그는 이 이름을 말하면서 빈정대듯 아리송한 미소를 지었다. 여하튼 내가 느끼기에는 그랬다. 당시 지부르크는 독일에서 가장 독창적이고 가장 막강한 문학평론가로 인정받는 동시에, 평론계에서 늘 그렇듯이 가장 많은 논란을 일으키는 인물로 꼽혔다. 지극히 보수적인 작가이자 언론인인 그는 현대 독일문학, 그중에서도 특히 좌익 성향을 드러내는 문학을 싫어하다못해 경멸하는 사람이었다.

지부르크는 많은 독자와 팬을 거느리고 있었지만, 그를 적대시하고 철천지원수처럼 여기는 사람도 없지 않았다. 뛰어난 문장가라는 평을 얻은 그는 멜로디가 느껴지면서도 언제나 정확한 문장을 구사했다. 여느 평론가와 달리 격식 없는 간결한 말투를 선호하면서도 한편으로는 위엄 가득하고 약간 고풍스러운 표현도 좋아했기 때문에 이런 특성들이 그의 글을 한층 더 유려하게 만들었다. '제3제국'하의 그의 과거에 대해서는 많은 이야기가 들려왔지만, 한 가지 확실한 것은 그때가 그의 호시절이었다는 점이다. 그는 전쟁 중에 주로 외교 임무를 담당했다. 나로서는 그를 불신할 만한 충분한 이유가 되었다. 그가 내 후원자나 친구가 되지 못하리라는 건 분명했다.

지부르크는 뷔르템베르기슈에서 살며 『프랑크푸르터 알게마이네』 업무는 우편이나 전화로 처리했다. 프랑크푸르트에 있는 편집국에는 대개 2주에 한 번 화요일에만 얼굴을 비쳤다. 슈바프펠리슈는 그에게 이미 내 이야기를 해놓았다. 지부르크와의 면담은 다음주 화요일 3시경으로 잡혔다. 그는 우아한 트위드 양복을 입고 손에는 지나치게 화려한 반지를 끼고 있었다. 너무 바빠서 거의 무례하게 느껴질 정도였다. 나는 그가 오늘 아침 런던에서 도착하여 저녁에는 리스본에 일정이 있고 내일 점심은 이스탄불에서 먹는 사람 같다는 인상을 받았다.

그는 곧장 본론으로 들어갔다. 그는 내게 『프랑크푸르터 알게마이네』에 어떤 글을 쓰고 싶으냐고 물었다. 나는 이 신문의 문학면에서 동독(내가 정말 동독이라는 말을 썼는지 아니면 '소련 점령지구'라고 했는지는 생각나지 않는다) 작가들 작품의 서평을 본 기억이 전혀 없다고 말했다. 지부르크는 어이없다는 표정을 지었다. 내가 『프랑크푸르터 알게마이네』에서는 몽골 시나 불가리아 극작품에 관심을 두지 않는다고 말했더라도 그가 그 정도로 놀라지는 않았을 것이다.

그는 슬쩍 비웃는 얼굴로, '점령지구'의 어떤 작가를 말하는 것이냐고 물었다. 얼마 전 그곳에서 아르놀트 츠바이크의 신간 소설이 나왔다고 내가 말했다. 지부르크는 얼굴이 환해지면서, 그런 거라면 '문학의 대상'이 된다고 했다. 그가 뜻하는 바는 분명했다. 동베를린에서 출간되기는 했지만 이 작가가 쓴 글이라면 문학이라는 의미였다. 여하튼 그는 고개를 끄덕여 동의한 후 내게 그 책 제목과 출판사 이름을 비서실에 알려주라고 했다. 비서실에 가서 아우프바우라는 출판사 이름을 말했더니 주소도 알고 싶어했다. 1958년만 해도 『프랑크푸르터 알게마이네』에서는 동독에서 가장 중요한 최고의 출판사 이름을 모르고 있었다. 여하튼 아르놀트 츠바이크의 소설 『때가 되었다』에 관한 내 평론은 1958년 9월 『프랑크푸르터 알게마이네』의 도서전 기획 기사 첫머리에 실렸다. 그후 나는 몇 달에 걸쳐 이 신문에 여덟 편의 서평 기사를 더 썼다. 내 글은 모두 축소 편집 없이 즉각 게재되었다.

『프랑크푸르터 알게마이네』 신문사를 방문한 뒤 곧장 함부르크로 간 나는 그곳에서 할 만한 일이 있는지를 알아보았다. 당시 『프랑크푸르터 알게마이네』와 함께 서독 최대 일간지였던 『디 벨트』 편집국에서 나는 문예면 담당자 게오르크 람제거와 면담했다. 그는 몸이 호리호리하면서도 탄탄했는데 자신의 장교 전력을 무척 드러내고 싶어하는 눈치였다. 예비역 장교였던 그는 대단히 허세를 부리던 사람으로 기억에 남아 있다. 그는 내가 하는 말을 주의 깊게 들은 뒤 뻣뻣한 자세로 일어났다. 그리고 군대식으로 절도 있게 몸을 돌려 뒤에 있는 책장 문을 연극적인 제스처로 열고는—하여튼 그는 이런 인상을 주려고 애를 썼다—아무거나 손에 잡히는 대로 책 몇 권을 꺼냈다. 모두 동유럽 작가들이 쓴 네다섯 권의 소설이었다. 이건 순전히 우연일 수만은 없었다. 그는 조금 격식을 갖추어 내게 책을 건네고는 걸걸한 목소리와 장교 클럽을 연상시키는 말투로 말했다. "이 책들에 대해 써보십시오. 평론이 괜찮으면 신겠습니다. 글이 좋지 않으면 신지 않겠습니다.

내가 당신을 위해 해줄 수 있는 일은 이게 전부입니다." 나도 그 이상은 기대하지 않았다. 이후 나는 3년 동안 『디 벨트』에 서평과 촌평을 쓰고 문학 관련 글도 적지 않게 기고했다.

함부르크에 머무는 짧은 기간 동안 나는 서독 문학계의 전문가들로부터 많은 조언을 들었다. 당연히 모두 선의에서 나온 조언이고 충고였다. 어떤 이들은 내게 이곳에서 슬라브 문학 평론가로 자리를 잡으라고 했다. 조금 있으면 슬라브 문학이 동유럽 문제를 선도하는 주도적 위치에 오를 거라는 것이었다. 하지만 경고를 보낸 이도 있었다. "폴란드 문학이나 슬라브 문학에만 빠져 있지 마세요. 그렇게 해서는 먹고살기 힘들어요."

이와는 전혀 다른 조언을 한 사람이 언론인 하인츠 리프만이었다. 과거에 외국으로 망명했다가 이제는 함부르크에 정착해 살고 있는 사람이었다. 그는 이렇게 말했다. "당신이 쓴 글 두 편을 읽어보았습니다. 걱정하실 필요 없겠던데요. 이 나라에서 평론가로 활동하실 만해요. 하지만 조건이 하나 있어요. 나는 이쪽에서 산전수전 다 겪은 사람이에요. 그러니 내 말을 들으세요. 나는 히틀러가 등장하기 전에 『프랑크푸르터 차이퉁』에 글을 쓴 사람이에요. 무슨 말이냐 하면, 당장 이름을 바꾸라는 얘기예요. '라이히라니츠키'라는 이름으로는 여기에서 실패합니다. 첫째, 아무도 이 이름을 기억할 수가 없고, 둘째, 이 이름을 어떻게 발음해야 하는지 아무도 모른다는 거죠. 부탁이니 이름을 바꾸세요. 그것도 오늘 당장."

나는 조언을 해주어 진심으로 고맙다고 말하고는 그 문제는 생각해보겠다고 했다. 3년 뒤 리프만을 다시 취리히에서 만났다. 그새 그는 스위스로 이주해서 살고 있었다. 우리는 호숫가를 거닐며 이런저런 이야기를 나누었다. 그때 갑자기 그가 걸음을 멈추고 이렇게 물었다. "아직 생각나세요? 당신이 함부르크로 나를 찾아왔을 때 내가 당장 이름을 바꾸라고 했었죠. 안 그러면 평론가로 실패할 거라면서. 그때 내가 했던 조언 기억나요?" 내가 대답했다. "네, 기억나고말고요." 하인츠 리프만은 생각이 많은 얼굴로 말했다. "보세요. 사람이 얼마나 잘못 생각할 수 있는지."

지그프리트 렌츠도 조언을 해주었다. 내게는 지금까지 들은 것 중에서 가장 중요한 조언이었다. 『디 벨트』와 『프랑크푸르터 알게마이네』에 평론을 쓰면 유명해질 수야 있겠지만 거기에서 받는 보잘것없는 보수로는 생활하기 힘들고, 더군다나 곧 런던을 떠나 프랑크푸르트로 오게 될 토지아와 아들 앤드루를 데리고 살아가기에는 불가능할 테니 보수가 훨씬 좋은 방송 일을 해야 한다고 했다. 그는 나를 북독일 방송국 부서마다 데리고 다니면서 부장들에게 소개하고, 심야 프로그램과 야간 스튜디오와 문화부서 담당자들에게도 전화를 걸어주었다. 그는 가는 곳마다 내게 길을 열어주려고 노력했다. 그리고 그런 그의 노력은 대부분 성공을 거두었다.

나는 일거리가 생기면서 역시 넉넉하지 못한 생활을 하던 누님이 보내준 돈을 당장 되돌려보낼 수 있게 되었다. 뿐만 아니라 이제는 외삼촌 집에서 살 필요도 없어졌다. 『프랑크푸르터 알게마이네』의 바르샤바 특파원인 한스야코프 슈텔레가 고향 프랑크푸르트에서 이제 막 정기 휴가에 들어가 있었다. 그는 내가 서독에서 살 결심을 했다는 말을 듣고도 별로 놀라지 않았다. 이야기를 들은 그는 즉각 말이 아닌 행동으로 반응했다. 지금도 그때의 모습이 눈에 선하다. 그는 바지 주머니에서 작은 가죽지갑을 꺼내더니 우리 둘 사이에 놓여 있던 탁자 위에 놓고 내 쪽으로 밀었다. 영문을 모르는 나는 어안이 벙벙했다. "프랑크푸르트에 있는 우리집 열쇠예요." 나는 그가 제공한 방을 넙죽 받아 몇 주 동안 요긴하게 사용했다. 어려울 때 의지할 수 있는 친구가 참된 친구라는 옛말을 나는 인생을 살아오면서 (유감스럽게도!) 자주 떠올려야 했다. 몇 명 안 되는 내 친구들은 예나 지금이나 모두 좋은 친구들이다. 한스야코프 슈텔레도 그중 한 사람이다.

내게 근심을 안겨준 것은 체류 허가 문제였다. 독일 '입국비자'는 1958년 10월에 기한이 만료되었는데 내 폴란드 여권이 더이상 유효하지 않아 비자를 연장할 수 없었다. 물론 정치적 망명이야 신청하려면 할 수도 있었다. 관상에서 필요로 하는 형식적인 절차도 금방 순조롭게 처리될 것이다. 하지만 그렇게 되면 내 문제는 불가피하게 신문에 보도될 테고, 사람들은 내가 공산국가 폴란드에 대해 불리하게 발언해주기를 요구까지는 아니더라도 은근히 기대할 게 뻔했다. 요컨대 이런 경우에 흔히 그렇듯이 내가 본격적으로 다 터뜨려주기를 바랄 것이라는 말이다.

하지만 냉전을 이용해 목적을 달성하고 싶지는 않았다. 나는 폴란드에서 문학평론 활동을 끝내고 독일에서 다시 활동을 시작했다. 내 문제는 이 범위 안에서 해결해야 했다. 나는—아직 폴란드 영사관이 없던 때라—서독을 담당하는 폴란드 관청, 즉 내가 한때 일한 적이 있는 서베를린 군사고문단을 찾아갔다. 그리고 직업상의 이유로 독일 체류 기간을 연장하기로 했으니 여권 연장을 부탁한다고 했다. 내가 어떤 대답을 들었을지는 짐작하고도 남을 것이다. 나는 아무 답변도 듣지 못했다. 오늘날까지도. 자, 이제 무엇을 해야 좋을까?

몰리에르의 희극 속 주인공 주르댕 씨가 자신이 산문을 말한다는 뻔한 사실을 몰랐듯이,* 나 역시 독일 국적을 신청하면 된다는 아주 간단한 생각을 하지 못했다. 나는 독일 초등학교를 졸업하고 '제3제국' 때 독일에서 쫓겨났기 때문에 독일 국적을 취득할 수 있는 충분한 조건을 갖추고 있었다. 독일인으로 인정받을 권리가 있었다. 물론 나를 독일 문화권에 속한 사람으로 볼 수 있는지 여부는 확인이 필요했다. 그건 비스바덴의 어느 부서에서 나온 두 명의 공무원이 조사했다. 그들은 나와 장시간 대화를 나누면서 『파우스트』나 실러의 담시가 아닌 파스테르나크의 『닥터 지바고』에 대해 이야기했다. 당시 막 독일어로 번역 출간된 그 러시아 소설이 사람들 입에 오르내리던 때였다.

* 몰리에르의 『부르주아 귀족』의 등장인물. 주르댕이 자신이 평생 써온 말이 산문인 줄 몰랐던 상황에 빗댄 표현.

일은 순조롭게 끝났다. 토지아와 나는 독일인으로 인정받았다. 친구 몇 명은 우리에게 애도의 뜻을 표하는 게 도리라고 생각한 모양이었다. 드디어 우리 삶의 안전장치가 되어주는 독일 여권, 차비만 있으면 외국여행을 할 수 있는 그 여권을 받아들고 우리가 행복해하는 모습을 그들은 전혀 이해하지 못했다. 바이마르공화국 시절에 『문학 세계』 발행인으로 있다가 몇 년전 망명지 인도에서 돌아와 당시 함부르크에서 거의 인간문화재에 가까운 대접을 받고 있던 평론가 빌리 하스는 도대체 서독이 뭐가 그리 좋으냐고 걱정스럽게 물었다. 내 대답은 이랬다. "우선 언제라도 떠날 수 있어서 좋아요." 하스는 할 말을 잃었다. 국민을 죄수처럼 다루는 나라에서 살아본 적이 없으니 무리는 아니었다.

새 여권을 가방에 넣고 우리는 근처에 있는 여행사로 달려갔다. 가장 싼 값으로 런던에 갈 수 있는 방법이 무엇인지 알고 싶었다. 어느덧 열 살이 된 앤드루를 되도록 빨리 보고 싶었다. 런던에서 만나 인사를 나누기가 무섭게 앤드루는 이것저것 따져 물으며 나를 혼냈다. 왜 자기에게 안심하고 이주 계획을 털어놓지 않았느냐, 그렇게 했어도 자기는 독일에서 살려는 우리의 계획을 아무에게도 말하지 않았을 거라고 했다. 나는 앤드루가 왜 그런 말을 하는지 궁금했다. 그는 바르샤바에서 가져올 물건이 있었다고 슬픈 얼굴로 말했다. 그게 뭔데? 아이의 대답에 나는 말문이 막혔다. 바르샤바에 있을 때 막 헨리크 시엔키에비치의 『쿠오바디스』를 읽던 중이어서 런던으로 가져와 계속 읽고 싶었다는 것이다. 열 살 먹은 아이가 그리워한 것은 장난감이 아니라 책이었다. 나는 그날로 소설 『쿠오바디스』를 아이에게 사주었다.

47그룹과 퍼스트레이디

1958년 가을 알고이의 그로스홀츠로이테에서 열린 '47그룹' 정기 총회에서 내게 신경쓰는 사람은 아무도 없었다. 참석자들은 대부분—한 해 전 총회에서 본 뒤 처음 갖는 모임이었다— 자기들끼리 어울리느라 바빴다. 바르샤바에서 온 손님에게 관심을 가져주는 사람은 거의 없었다. 그러던 중 소설가이며 시인인 볼프강 바이라우흐가 내게 다가왔다. 이유가 있었다. 1957년 말 내가 함부르크에 있을 때 그는 자기를 도와줄 수 있느냐고 물었다. 폴란드 라디오 방송에서 자신이 쓴 방송극을 내보냈는데 그 보수를 외화로 보내주지 않으려 한다는 것이었다. 나는 바르샤바에 연락을 취했다. 덕분에 그는 서독 마르크화로 적잖은 액수의 돈을 받았다. 그때 동료로서 도와준 나의 행동에 그는 지나칠 정도로 요란하게 감사하다는 말을 했다. 우리는 열띠게 이야기를 나누었다. 몇 마디를 주고받은 뒤 나는 그에게 다시는 폴란드로 돌아가지 않을 거라고 말했다. 그 순간 바이라우흐는 조금 당황스러운 얼굴로 나를 보더니 곧 해결해야 할 일이 있다며 몸을 돌려 사라졌다. 그날 이후로 바이라우흐를 본 적이 없다. 다른 작가들, 특히 좌익이라고 알려진 작가들도 내가 서독에서 살 거라는 말을 들으면 나를 피했다.

한스 베르너 리히터의 초청을 받고 그로스홀츠로이테에 오기 전 나는 벌써 '47그룹'이 아주 특별한 조직이라는 것을 알고 있었다. 이 조직은 정관도 없고 회장도 없었다. 협회나 연맹이나 클럽도 아니고 이익단체도 아니었다. 회원 명부도 없었다. 회원이 누구인지 귀찮게 물어보는 사람에게 리히터는 이렇게 훈계했다. "누가 회원인지는 나만 압니다. 그건 아무에게도 말할 수 없습니다."

작가들이 개인주의의 특성이 강하고 무정부주의적인 성향도 자주 보이는 까다로운 사람들이라는 건 이미 알고 있었다. 이런 작가들의 의견을 하나로 모으려는 노력은 대부분 헛수고로 끝난다. 완성된 글을 낭독하려고 동료 작가가 단상에 올라가는 것만큼 작가들이 싫어하는 것도 없다. 그런데 '47그룹'은 달랐다. 이 조직에는 본보기가 없었다. 회의는 그 어떤 전통에도 얽매이지 않았다. 이 모임이 규율을 지킨다는 것, 이곳에는 질서가, 그것도 독일적인 질서가 있다는 사실을 나는 금방 알 수 있었다. 참석자들은 모두 성문화되지는 않았어도 명확히 정해진 의식을 따르고 있었다.

산문을 낭독한 뒤, 혹은 그보다 드물기는 해도 시를 몇 편 낭송한 뒤에는 휴식 시간 없이 바로 즉석 구두 비평이 이어졌다. 참석자는 누구든지 비평할 수 있지만 작가는 어떠한 경우라도 그 비평에 대꾸할 수 없었다. 많은 이들이 이 절차를 잔인하다고 생각했다. 하지만 굳이 그런 비판에 응할 필요가 없는데도 누군가가 평가를 내리면 곧바로 다른 참석자들, 특히 직업 평론가들이 그 평가에 이의를 제기하거나 수정하고 보완할 사항을 제안했다. 문학에 관한 일반적인 논의나 특정 작가에 대한 토론은 환영받지 못했다. 참석자들은 텍스트 자체에만 집중했다. 모임의 분위기는 진지하고 긴장감이 흘렀다. 유쾌하다거나 자유분방한 경우는 거의 없었다.

그보다 더 중요한 사실이 있다. '47그룹'을 이끄는 남자는 투표로 선출되지도 않았고 누구에게서 전권을 위임받지도 않았지만 무제한의 권력을 행사했다. 회원들은 모두 예외 없이 이 그룹의 정점에 있는 한스 베르너 리히터를 인정했다. 그가 그룹을 창설한 것은 1947년이다. 1958년에 내가 총회에 참석했을 때 그는 쉰 살로 대부분의 참석자들보다 열 살에서 스무 살 정도 나이가 많았다. 그는 쾌활한 기획자이자 용의주도하게 회의를 이끌어가는 사람이었으며, 선량하면서도 엄격한 관리인 그리고 독재자로 통했다. 누구를 총회에 초대하고 누가 원고를 낭독할지는 모두 그에게 달려 있었다. 낭독을 아무런 이유 없이 중단시킬 권리도 그에게 있었고, 누가 언제 얼마 동안 토론에서 발언할 수 있는지도 그가 결정했으며, '47그룹' 상을 수여할지 말아야 할지도 그가 결정했다.

모든 회원이 그의 말에 순종했다. 오래전에 출세한 작가나 유명 작가도 예외가 아니었다. 이 규칙을 따르고 싶지 않은 사람이 할 수 있는 일이란 회의에 참석하지 않는 것뿐이었다. 1964년 스웨덴의 시그투나에서 회의가 열렸을 때의 일이다. 점심시간이 되었는데도 리히터는 우선 낭독부터 끝내자고 말했다. 곧 참석자 몇 명이 자리에서 일어났다. 그 모습을 보고 리히터가 말했다. "잠깐만요, 아직 쉰다는 말은 안 했습니다." 엔첸스베르거, 에리히 프리트, 하이센뷔텔, 후베르트 피히테, 알렉산더 클루게 그리고 위르겐 베커는 고분고분하게 다시 자리에 앉았다. 리히터는 그 모습을 아주 흡족하게 바라본 뒤 짧게 선언했다. "휴식!" 이렇게 그는 늘 활기차고 익살맞게, 점잔 빼지 않고 자연스럽게 행동했다.

그의 권위의 바탕은 무엇이었을까? 그의 부모는 자식 교육에 거의 신경을 쓰지 않은 단순한 사람들이었다(아버지는 어부였다). 본인 말에 의하면, 그는 배운 것도 없고 일을 해서 성취한 것도 없는 사람, 대부분이 그냥 주어진 사람이었다. 교육도 충분히 받지 못해 문학적 소양도 보잘것없었다. 그는 문학보다 정치에 더 관심이 많았다. 작가라기보다는 언론인에 가까웠다. 지금은 잊힌 지 오래인 그의 소설들은 한결같이 어설프다. 현대문학에 대해서도 아는 바가 없었다. 하지만 훌륭한 조언자들의 도움을 받아 거의 매번 그들의 권유나 경고를 따를 정도로 현명했다. 토론이 벌어지면 리히터는 문학적인 판단을 삼갔다. 낭독이 그에겐 필요악에 불과하다는 의구심을 나는 한 번도 떨쳐버린 적이 없다. 그래도 이 열정적인 문학 애호가가, 비록 방법이 미덥지는 않지만, 그룹 회원 전체를 좋아한다는 것, 언제나 단체 활동에 열성적으로 참여했다는 것만은 사실이다. 요컨대 그에게 필요한 것은 문학이 아니라 작가들이었다. 작가들을 즐겁게 해주고 비위를 맞추면서 그들과 능수능란하게 교류하는 것이 그의 즐거움이었다.

과연 '47그룹' 회원들은 그를 지식인이나 소설가로 진지하게 대접했을까? 대부분의 사람들은 그러지 않았을 것이다. 그러나 그는 모임의 수장으로서 큰 존경을 받았다. 리히터는 자신을 예술가로 생각하지 않았다. 글을 제대로 쓸 줄도 몰랐고 작가로 성공한 적도 없었다. 하지만 바로 그렇기 때문에 그는 '47그룹'을 조직하여 이끌면서 오랜 세월 유지시킬 수 있는 시간과 열정이 있었다. 그가 문단에서 인기를 얻고 큰 비중을 차지한 이유는 그가 쓴 책 때문도 아니고 점점 보기 힘들어지는 신문 기고문 때문도 아니다. 그것은 오직 '47그룹'이라는 존재와 그가 거기에서 담당한 주도적이고 핵심적인 역할 덕분이었다.

'47그룹' 문학이란 것이 예나 지금이나 존재하지 않는다는 사실은 리히터의 이 같은 성향이나 사고방식과도 관계가 있을 것으로 보인다. '47그룹' 문학이 불러일으킨 수많은 오해의 원인은 '그룹'이라는 단순한 표현에 있다. 이 단어는 문학적 방향, 분파 혹은 흐름을 암시하기 때문이다. 하지만 '47그룹'은 그런 식의 모임이 아니었다. 차라리 '포럼 47'이나 '스튜디오 47' 혹은 '광장 47' 같은 이름을 택했다면 더 나을 뻔했다. '47그룹'은 문학의 한 현상이라기보다는 제2차 세계대전 후 나타난 서독 문학계의 (지극히 중요한) 현상이다. 이 그룹은 더도 덜도 아닌 독일문학의 집산지, 해마다 사흘간 열리는 독일문학의 장터였다. 절박하게 필요했던 연습 무대, 매년 개최되는 패션쇼, 그것이 '47그룹'이었다.

이 모임의 의식과 절차는 독특했다. 평가해야 할 원고는 읽어볼 수 없었다. 그저 낭독되는 것을 듣고 의견을 말해야 했다. 나는 그게 의심스럽고 염려가 되었다. 그러나 곧 이런 식의 작가 모임 자체가 가능하려면 그런 의식이 허용되어야 하고 나아가 반드시 필요하다는 것을 깨달았다.

참석자들은 낭독되는 글이 좋게 느껴지든 어설프게 들리든 매우 주의 깊게 경청했다. 메모를 하는 사람도 많았다. 나 역시 그게 당연하다고 여겨 메모를 했다. 핵심어와 몇 가지 표현들을 기록하고 과감하게 발언 의사를 밝혔다. 리히터는 내게 발언 기회를 주었다. 사람들은 내가 한 말을 흥미와 호의를 가지고 받아들이는 것 같았다.

'47그룹'의 다음번 모임은 1959년 10월에 열렸다. 모임 장소는 예전처럼 소박한 시골 호텔이 아니라 카르벤델게비르게에 있는 어느 성이었다. 문단에 몸담고 있는 사람들이 그토록 받고 싶어하는 리히터의 초대장은 때맞추어 도착했다. 나는 그의 편지를 읽어보고 깜작 놀랐다. 그는 나보고 무슨 일이 있어도 반드시 와야 한다고 했다. 내가 평론가로서 토론에 새 바람을 몰고 왔으며, 그룹에는 그런 바람이 꼭 필요하니 이제는 내가 없으면 안 된다는 것이었다.

그 편지는 나를 감동시키고 거의 행복에 빠지게 했다. 리히터가 내 비위를 맞추고 마음에 드는 말을 해서 그랬을까? 그것이 전부는 아니었다. 아직 폴란드에 있을 때, 그러니까 서독으로 떠나오기 얼마 전에 나는 '47그룹' 상 수상 작가들의 작품을 몇 편 읽었다. 그 작가들은 잉게보르크 바흐만, 일제 아이힝거, 하인리히 뵐, 귄터 아이히, 마르틴 발저였다. 나는 또 그로스홀츠로이테에 모였던 많은 작가들, 귄터 그라스는 말할 것도 없고 한스 마그누스 엔첸스베르거나 볼프강 힐데스하이머 같은 작가들의 이름을 알고 있었다.

그 독일 작가들과 함께 있을 때면 대체로 기분이 좋고 편안했다. 여하튼 낯설다는 느낌은 들지 않았다. 그리고 이제 리히터로부터 '47그룹'이 나를 받아들였다는 소식을 들은 것이다. 나는 그의 편지를 이런 뜻으로 이해했다. 다시 독일에서 살게 된 지 1년이 넘지 않았던 그때에 나는 여전히 외로웠지만 내가 있을 곳이 어디인지는 알고 있었다. 일종의 도피처를 찾았다는 생각이 들었다. 하지만 미리 말해두자면, 그때 나는 상황을 오판하고 있었다. 몇 년 뒤 나는 나의 소망이 내 감정과 사고를 낳았던 것임을 절실히 깨달았다.

1974년에 출판된 회고록에서 리히터는 내가 1958년 총회에 처음 참석했음에도 불구하고 바로 메모를 했다는 사실을 꼭 언급할 필요가 있다고 생각한 모양이었다. 내 행동을 탐탁잖게 여기며 그는 이렇게 적었다. "참으로 빨리 적응한다." 내가 '47그룹' 회의에 참석한 다른 외국 손님들처럼 행동하지 않은 게 마음에 들지 않았던 모양이다. 외국인들은 대개 말없는 관찰자 역할에 머물러 있었기 때문이다.

그럼에도 리히터는 같은 해인 1958년, 주간지 『문화』에 실릴 그로스홀츠로이테 정기 총회 보고서의 작성자로 나를 추천했다. 짐작건대, 여론에서 상당한 논란을 일으킨 '47그룹'에 대해 내가 (당연히) 호의적으로 써주리라 기대했기 때문일 것이다. 보고서에서 나는 리히터를 농담조로 독재자라고 부르고는 이렇게 덧붙였다. 우리는 그 어떤 독재에도 반대하지만 리히터의 독재는 얼마든지 감수하겠다고.

리히터에게는 이 말이 잊지 못할 발언이 되었다. 그는 28년 후에 펴낸 『나비들의 레스토랑』이라는 책에서 이 표현을 거론했다. 주간지 『문화』에 실린 정기 총회 보고서 속의 내 말 한마디가 그에게 상처를 입혔거나 불쾌감을 주어 분개하게 만들었는데, 그 한마디란 '독재'가 아니었다. 그렇다면 어떤 말이었을까? 그는 내가 '우리'라는 말을 함부로 사용했다고 비난했다. "라이히라니츠키는 '우리'라고 썼다. 나는 그 비슷한 말조차 꺼낸 적이 없는데도 그는 벌써 지극히 당연하게 '우리' 사람이 되었다."

1986년에 이 글을 읽고 나서야 깨달았다. 그때 내가 얼마나 크게 착각하고 오해하고 있었는지를. 나는 리히터와 '47그룹' 사람들이 나를 독일문학의 영향을 받은 평론가, 독일문학만을 평하는 비평가로 본다고 확신하고 있었다. 내가 '47그룹'에 속할 자격이 있는지 없는지는 알 수 없었다. 어쨌든 그것을 요구할 권리가 내게는 없었다. 하지만 나는 전후 독일 문단에서 비록 말석이나마 한자리 차지하고 있다는 생각은 갖고 있었다.

부끄럽지만 뼈아픈 진실을 고백하겠다. 나는 정말 '지극히 당연하게' 내가 '47그룹' 사람이라고 생각했다. 내게 해당되지도 않으면서 경솔하게 사용한 '우리'라는 말이 노린 것도 그것이었다. "나는 그를 다시 초청했다. 이후에도 매번 초청했다." 한스 베르너 리히터의 회상이다. "하지만 그는 아무래도 아웃사이더였다. 모임에 속하면서도 온전히 속하지 못했다. 왜 그랬는지 혹은 내가 왜 그렇게 느꼈는지는 나도 설명할 수 없다."

정말 설명할 수 없었을까? 아니면 설명할 마음이 없었을까? 『나비들의 레스토랑』에서 리히터는 내가 홀로코스트에서 살아남았다고 말하면서도 내가 유대인이라는 말은 한 번도 언급하지 않았다. 이 책에는 '47그룹' 소속 유대인에 관한 글이 세 편 더 실려 있다. 페터 바이스, 볼프강 힐데스하이머, 한스 마이어를 논한 글이다. 그러나 거기에 '유대인'이라는 말 혹은 유대주의를 암시하는 무슨 표현이라도 있나 찾아보아도 전혀 나오지 않는다. 그들은 소수 유대 민족 출신이라는 점 그리고 독일에서 추방당한 과거가 그들의 개성과 문학작품에 큰 영향을 준 작가들이었다.

리히터에게 티끌만큼이라도 반유대주의 감정이 있었을 거라고 의심할 마음은 추호도 없다. 하지만 그는 자신이 묘사한 작가들의 유대적 특성과 환경을 언급하지 않는 게 옳고 필요할 일이라고 생각했다. 유대인에 대한 그의 관계는 제2차 세계대전이 끝나고 40년 후에도 여전히 편협하고 경직되어 있었다. 이것도 그를 그 시대의 전형적인 인물로 만든 또하나의 상황이었다고 생각한다.

1960년대에 들어오면서 '47그룹'은 비중이 점점 커지고 여론에서 담당하는 역할도 뚜렷하게 가시화되었다. 여기에는 서로 밀접히 관련된 두 가지 이유가 있다. 하나는 이 그룹과 동일시되는 많은 작가들이 성공을 거두었다는 것이고, 다른 하나는 좌익으로 통하는 '47그룹'이 주로 기민당으로부터 끊임없이 비방과 공격을 받았다는 외면할 수 없는 사실이다.

1963년 1월, 기민당 소속 의원이 '47그룹'을 "비밀 제국저술원*"이라고 지칭하면서 그룹에 대한 공개적 비방은 절정에 달했다. 끊임없이 인용되고 소송으로까지 비화된 이 표현은 바로 그 비상식성 때문에 '47그룹'의 인기를 치솟게 만들고 그룹의 신화를 창조해냈다. 그룹이 신화가 되고 엄청난 인기를 얻은 데에는 리히터가 어떤 주장이나 요구사항 혹은 프로그램을 명문화하려는 시도에 고집스럽게 반대한 것도 일조했다. 그가 오래전부터 정치적으로 활동하면서도 그룹을 정치조직으로 보지 않고 일관되게 그 입장을 고수하는 것을 외부인들은 이해할 수 없었다. 1960년대 초 마르틴 발저가 '47그룹'을 사회민주주의의 돌격대로 만들고자 했을 때는 당장 그와 리히터 간에 심각한 의견충돌이 일어났다. 그 결과 발저는 자리를 떴다.

리히터는 빈틈없이 엄격하게 모든 일을 손에 쥐고 처리했지만 엄숙주의와는 거리가 먼 사람이었다. 이따금 불문율에서 벗어나는 상황이 발생했다. 리히터는 왜 그런 사태를 용인했을까? 이따금 그룹 분위기를 부드럽게 만들기 위해서? 그럴지도 모른다. 하지만 전혀 다른 이유도 작용했을 것이다. 리히터가 그렇게 행동한 이유는 그것이 좋았기 때문이다. 조금쯤 마음대로 하는 것이 재미있었기 때문이다. 그리고 이 '그룹'이 그의 사적인 즐거움이었기 때문이다. 잉게보르크 바흐만이 원래 자신의 스타일과 맞지도 않을뿐더러 '47그룹'의 관례에 명백히 어긋나는 역할을 맡은 것도 같은 맥락에서 설명할 수 있다. 이 역할을 리히터는 오직 그녀에게만 허용했다.

잉게보르크 바흐만을 처음 본 것은 1959년 엘마우 성에서 열린 총회 때였다. 27세이던 1953년에 '47그룹' 상을 수상하여 그때는 이미 유명해진 뒤였다. 회의에 온 그녀가 20세기 독일어권의 가장 뛰어난 여성 시인이라는 것을 그룹 사람들은 의식하고 있었을까? 여하튼 바흐만은 특별한 대접을

---

* 제국저술원은 1933년 요제프 괴벨스가 설립한 제국문화원 산하 7개 분과 중의 하나다.

받았다. 그녀가 많은 사람들을 매혹하고 특히 다양한 연령층의 지식인을 사로잡은 것은 분명하다. 신문에서는 그녀를 '47그룹'의 "퍼스트레이디"라고 불렀다.

엘마우 성에서 바흐만은 짧은 이야기 『모든 것』을 낭독했다. 그녀는 신경이 예민하고 산만한 인상을 주었다. 낭독을 시작하기 전 원고 몇 장이 바닥에 떨어졌다. 세 명의 남자가 앞으로 달려나가 얼른 원고를 주워 그녀가 앉아 있는 탁자 위에 조심스럽게 올려놓았다. 회의장이 쥐 죽은 듯 조용해졌다. 바흐만이 당황하여 말문이 막히지 않을까 염려하는 이들도 있었다. 마침내 그녀의 목소리가 들려왔다.

하지만 귀를 쫑긋 세우고 안간힘을 쓰지 않으면 무슨 소리인지 알아들을 수가 없었다. 그녀는 아주 작은 소리로 낭독했다. 텍스트를 읽는 게 아니라 소심하고 겁먹은 소리로 속삭였다. 주눅이 든 듯 어떻게 해야 좋을지 몰라 하면서 당황해했다. 큰 소리로 읽는 게 어려웠을까? 아니면 속삭이듯 말하여 참석자들의 주의를 최대한 끌어모아 완벽한 정적을 만들려고 했을까? 그것도 아니면 적지 않은 사람들, 특히 여성들이 추측한 대로 연극을 했던 것일까? 연극이란 말은 너무 가혹한 것 같다. 그녀는 작가로서 거둔 성공에도 불구하고 대단히 불안정하고, 여러모로 위태롭고, 위장 속에서 안식을 찾는 불행한 사람이었다. 뒤이어 대단히 정중한 분위기 속에서 토론이 진행되었다. 세 명의 평론가(발터 옌스, 한스 마이어 그리고 나)가 나름의 방식으로 우화 『모든 것』을 해석했다. 그 얼마 후 잉게보르크 바흐만은 마인 강변의 프랑크푸르트 대학에서 새로 도입된 초빙교수제에 따라 시문학 관련 강의를 하고 세미나를 열었다. 어느 날 강의에서 그녀는 『모든 것』의 세 가지 해석 중 어느 것이 제일 마음에 드느냐는 질문을 받았다. 속삭이는 목소리로 그녀가 대답했다. "아무것도." 그리고 이 주제에 대해서는 더이상 아무 말도 하지 않았다.

바흐만은 1961년 10월 뤼네부르크 하이데에 있는 괴르데 사냥 별장에서 열린 '47그룹' 총회에서 다시 한번 낭독했다. 당시 글을 전혀 쓸 수 없는 활동 부진 상태에 있었지만 그녀는 독일 현대문학의 절대적인 프리마돈나가 되는 길을 향해 달려가고 있었다. 이런 까닭에 리히터는 꼭 그녀를 참석시키려고 했다. 바흐만은 총회를 마무리하는 일요일 오전 프로그램에서 낭독하기로 되어 있었다. 다른 사람은 배제하고 오직 그녀에게만 기회가 주어졌다. 하지만 그녀가 읽으려고 가져온 것은 아주 짧은 시 한 편뿐이었다. 그래도 리히터는 개의치 않았다. 분위기는 엘마우 성에서 낭독했을 때보다 훨씬 엄숙했다. 그리고 곤혹스러운 시간이었다.

그녀는 「너희 말들아」를 낭송했다. 37행의 그 시는 이렇게 시작된다. "너희 말들아, 일어서서 내게 오라!" 내가 보기엔 형편없는 실패작이었다. 낭송에는 겨우 몇 분밖에 걸리지 않았다. 그리고 어색한 침묵이 이어졌다. 존경의 표시였을까? 아니면 당혹감이 나타난 것일까? 리히터는 오래 기다리지 않고 말했다. "저는 잉게보르크가 이 시를 한번 더 읽었으면 좋겠습니다." 모두 그의 말에 동의했지만 그후에 어떤 일이 벌어질지는 생각해보지 않았다. 두번째 낭송이 끝난 후 리히터는 거의 지시에 버금가는 발언을 하여 참석자들을 놀라게 했다. 내가 '47그룹' 회의에서 한 번도 들어보지 못한 말이었다. 그는 이렇게 선언했다. "저는 이 시를 비평하지 않는 게 좋다고 생각합니다." 아니 도대체 왜? 타의 추종을 불허할 정도로 뛰어나서? 만일 그렇게 믿는 사람이 있다면 그건 시를 쓴 그녀 자신밖에 없을 것이다.

아니면 시의 내용이 수상쩍어서 비평을 자제해야 할까? 리히터는 자신의 이례적인 결정의 이유를 설명하려 하지 않았다. 아무도 항의하지 않았다. 나도 하지 않았다. 그 침묵이 무척 불편했다. 마침내 사람들은 자리에서 일어나 회의장을 나갔다. 지금 드는 생각이지만, 그때 나는 그 시가 비평도 받지 못할 만큼 형편없지는 않았다고 말했어야 했다. 그러나 나는 아무 말도 하지 않았고 그건 당연히 잘한 일이었다. 그 서투른 시를 비평에서 제외한 것은 결국 존경의 표시가 아니라(리히터도 자신의 결정이 그렇게 해석되기를 바꿨다) 은근한 연민의 표현이었다.

이후 내가 다시 잉게보르크 바흐만을 만난 것은 1965년 4월 베를린에서였다. 나를 대하는 태도가 무척 싸늘했다. 추측건대 그사이 나온 나의 책 『동서독의 독일문학』에서 그녀와 그녀의 작품에 대해 쓴 내용이 그다지 마음에 들지 않았던 모양이다. 하지만 그녀는 막 초연된 한스 베르너 헨체의 오페라 〈젊은 귀족〉의 대본을 내게 선물했다. 그녀가 쓴 대본이었다. 헌사를 요청했지만 그녀는 그걸 우습게 여기고 거절했다. 하지만 내가 계속 고집을 부리면, 헌사를 부탁받을 때 흔히 하는 대로 책 아무 페이지나 펼쳐서 내용은 보지도 않고 볼펜으로 아무 줄에나 대고 그 문장을 헌사로 적겠다고 했다. 나는 반대하지 않았다. 하지만 그녀는 볼펜으로 찍은 줄을 읽고는 놀라 당황한 얼굴로 나를 바라보았다. 나에게 주려던 글이 별로 적당치 않아 보였던 게 분명했다. 오페라 2막에 나오는 그 글은 이랬다. "너희는 언제까지나 선하게 살아가기를……" 바흐만은 잠시 망설이다가 이렇게 적었다. "그가 언제까지나 선하게 살아가기를……"

1968년 12월 로마에서 그녀를 다시 만났다. 나는 '독일 문화연구소'에서 '분단 독일에서 작가의 역할'이라는 당시 아주 인기 많은 주제에 대해 강연했다. 강연이 끝나고 서독 대사관에서 열린 환영 행사에 놀랍게도 잉게보르크 바흐만이 나타났다. 얼마 후 그녀와 나는 이 공식 파티 석상을 빨리 벗어나기로 합의했다. 그리고 시내 여러 군데 술집에서 시간을 보냈다. 그때 무슨 대화를 나누었는지는 희한하게도 기억나지 않지만 그녀의 모습은 생각난다. 마지막으로 만나고 3년이라는 세월이 흐르는 동안 그녀는 무척 많이 변해 있었다. 확연히 나이가 든 모습에 얼굴에는 병색이 뚜렷했다. 그녀는 아주 비싸다는 밝은 색깔의 조금 기이한 옷을 입고 있었는데 내가 보기에는 너무 짧은 듯했다. 말하는 모습은 신중하고 이성적이었지만 자기 통제가 잘 안 되는 것 같았다. 그날 이후 나는 잉게보르크 바흐만을 다시는 보지 못했다.

하지만 그녀와 관련된 전혀 다른 종류의 체험은 있었다. 1971년 3월, 당시 나는 스톡홀름 대학에서 강의하면서 『디 차이트』에 글을 쓰는 일도 병행하고 있었다. 그때 나는 막 출간된 잉게보르크 바흐만의 첫 소설 『말리나』에 열중하고 있었다. 10년이라는 긴 휴식 뒤에 나온 작품이었다. 소리 없이 극적인 이런 휴식기를 문단 인사들은 보통 꼼꼼하게 점검하기 마련이다. 불안하게 보는 이도 있고, 무언가 대단한 사건을 찾아내려는 이도 많고, 어쨌든 모든 이가 호기심을 가지고 주시한다. 왜냐하면 대부분의 작가들은 현재 이런 활동 부진에 빠져 있거나, 방금 거기에서 벗어났거나, 아니면 앞으로 그런 위기가 닥칠까봐 두려워하기 때문이다. 따라서 그들은 동료 작가의 이런 위기를 거의 쾌락처럼 즐긴다.

그 소설을 나는 시적인 병상 기록으로, 지독한 고통을 기록한 심리 연구서로, 그리고 잉게보르크 바흐만 자신에 관한 책으로 읽었다. 소설 속 여성 1인칭 화자는 이렇게 깨닫는다. "나는 (…) 세상을 합리적으로 이용할 줄 몰라." 어느 편지에서는 "끔찍한 내 불행"이라는 말을 한다. 소설 속 인물의 이 고백을 나는 작가의 고백이라고 생각했다. 그리고 그때, 1971년 3월 나는 스톡홀름의 쓸쓸한 호텔방에서 텔레비전에 나오는 잉게보르크 바흐만을 보았다. 대담자의 공손한 질문을 비켜 가지 않으려고 눈에 띄게 애쓰는 모습이었다. 그녀는 "남자들의 병"이라는 말을 하면서 이렇게 덧붙였다. "남자들이 불치병을 앓고 있기 때문이죠…… 모든 남자들이." 소설 『말리나』에는 이런 글이 나온다. "견딜 수 없다. 나는 정신을 잃고 있다. 절망이다. 나는 미쳐간다."

충격적이었다. 그때 나는 느꼈다. 잉게보르크 바흐만 앞에 끔찍한 일이 기다리고 있다는 것을 예감했다. 머잖아 무서운 종말이 닥칠 것 같았다. 오래된 시구가 떠오르더니 머리에서 사라지지 않았다. 나를 끊임없이 불안하게 만들다가 이내 강박관념으로 굳어버린 그 시구는 이것이었다. "제발 내 탓이 아니기를."

신문사에서 기다리고 있는 평론, 절반 정도 써놓은 평론을 나는 절대로 개입하지 않겠다고 결심했다. 편집국에는 소설을 이해하지 못해 완성하지 못했다고 말했다. 당시 『디 차이트』 문학부장이던 디터 E. 침머는 내 결정을 이해해주었다.

잉게보르크 바흐만이 1973년 10월 16일 이유를 알 수 없는 상황에서 사망했을 때 추도사를 써달라는 부탁이 들어왔다. 나는 그녀의 시집 『유예된 시간』과 『큰곰자리의 호소』에 있는 몇 편의 시가 20세기에 독일어로 쓰인 가장 아름다운 시에 속한다는 고백으로 추도사를 맺었다. 나는 죄책감을 느끼며 왜 이 말을 잉게보르크 바흐만에게 해주지 않았을까 생각해보았다.

발터 옌스 혹은 우정

1959년 가을에 열린 '47그룹' 총회 이후 나는 한스 베르너 리히터를 중심으로 한 이 모임에서 소속감을 느끼고 이곳을 일종의 고향처럼 여겼다. 결국 나만의 상상이라는 것이 밝혀졌지만, 여하튼 내가 그런 느낌을 가진 것은 당시 처음 본 어느 참석자와 관련이 있다. 공교롭게도 그는 나와 멀지 않은 곳에 앉아 있었다. 서로 인사말을 나누기도 전에 우리는 낭독된 텍스트에 대해 의견을 교환했다. 앉아서 계속 눈길을 주고받으며 소통한 것이다. 휴식시간이 되었을 때 우리는 대화를 시작했다. 그리고 30년 동안 그 대화를 이어갔다. 그 사람은 발터 옌스이다.

옌스가 아주 어렸을 때부터 앓고 있는 병은 그의 성격에 영향을 주면서 작품에도 흔적을 남겼다. 그는 천식 환자였다. 천식으로 인한 고통 때문에 그는 날마다 숨을 헐떡거리며 지내야 한다고 말한 적이 있다. 뛰어나건 그렇지 않건 그가 쓴 모든 책에서, 나아가 더 깊은 의미에서는 그가 행동하고 성취한 모든 것에 이 그칠 줄 모르는 호흡곤란이 드러나 있다고 말해도 과장은 아니라고 생각한다. 교사였던 어머니는 겸손하면서도 야심이 무척 많아 그 욕심을 아픈 아들에게까지 심어주려 했다고 한다. 그녀는 아들에게 늘 이렇게 말했다. "너는 장애인이야. 그러니 정신의 거인이 돼야 해." 모든 작가의 본질이자 성격에 속하는 특성이 발터 옌스에게서는 처음부터 체계적으로 발전하고 철저하게 단련되어나갔다. 그것은 다름 아닌 중독으로 변질될 수 있는 자기 현시욕이었다.

이 욕망은 그가 학문, 문학, 정치, 교회와 맺고 있는 관계에 영향을 주었을 가능성이 상당히 크다. 어쩌면 그의 일생 전체를 결정지었는지도 모른다. 그가 이런저런 명예직을 금방 수락하여 동료들을 놀라게 한 것도 이런 극단적인 자아 현시욕과 관련이 있다. 그 욕망은 옌스라는 존재에게 늘 행복이자 불행이었다. 전쟁중에 고전어학을 전공하기로 한 결정이 옳았는지 아닌지 그는 자주 생각에 잠기는 것 같았다. 자신이 열렬히 갈망하고 절실하게 필요로 했던 공적인 토론장을 그 학문이 제공하지 못한다는 것을 그는 금방 깨달았다. 1950년 리히터에게 나타나 '47그룹' 회의에 참석하려 한 것도 이 때문일 것이다.

옌스는 초대를 받았지만 모임에 어울리지 못했다. 과거에 나치군이었던 사람들 틈에서 그는 유일한 민간인이었다. 그들은 거의 모두 독재와 전쟁에서 돌아온 사람들이었다. 옌스도 같은 세대에 속했지만, 천식을 앓고 있던 그는 전쟁을 멀리서 바라보며 체험해야 했다. 한스 베르너 리히터의 기억에 의하면, "이 거리감이 그와 우리를 갈라놓았다". 뿐만 아니라 독학자들 틈에서 옌스는 대학을 나온 사람, 거기다 튀빙겐 대학 강사였다.

리히터는 옌스가 '47그룹' 내에서 분명히 자신을 "이물질"로 느꼈을 거라고 말했다. 평소엔 사람에 대한 판단력이 뛰어난 리히터도 이번에는 오판했다. 옌스는 항상 다른 이들에게 관심이 많은 사람이었다. 그러나 훗날 다른 모임이나 환경에 처했을 때도 그랬지만, '47그룹'에서도 그는 자기 자신에게 몰두해 있느라 주위 사람들이 자신에게 어떤 태도를 취하는지 주의 깊게 관찰하지 않았으며 그로 인해 종종 환상에 사로잡혀 있었다. 옌스의 수상 문제를 놓고 토론하는 심사위원회에서 그가 믿을 만한 친구라고 여겼던 심사위원들이 그의 수상에 단호히 반대하는 모습을 종종 볼 수 있었다. 그는 자신에게 결코 호의적인 평가를 내리지 않는 그 사람들에게 좋은 평가를 받고 있다고 생각했다.

옌스는 자신이 '47그룹'에서 소외되었다는 사실을 인정하려고 하지 않았다. 그러니 그 때문에 괴로워하는 일도 없었을 것이다. 그럼에도 '47그룹'에 외톨이에다 다른 회원들과 달리 별난 사람이 신입 회원으로 들어왔다는 게 그에게는 마침 잘된 일이었을지 모른다. 독일문학에 대해 발언하는 그 이방인의 상황은 발터 옌스와는 비교도 되지 않았지만 그래도 조금쯤은 비슷한 구석이 있었다. "그는 아무래도 아웃사이더였다. 모임에 속하면서도 온전히 속하지 못했다." 옌스와 나의 명백한 차이에도 불구하고 리히터가 나를 두고 한 이 말은 옌스에게도 적용된다.

오래지 않아 우리 둘 사이에는 우정이 싹텄다. 몇 년 후 우리는 그 우정이 앞으로도 변함없을 거라고 확신했다. 한스 베르너 리히터에 대해 회의적이고 비판적인 내용도 전혀 배제하지 않고 이야기를 나눌 때마다 옌스는 우리가 어쨌든 그에게 크게 고마워해야 한다고, 그가 아니었으면 우리가 만나지 못했거나 몇 년이 지난 후에야 만났을 거라고 입버릇처럼 말했다. 언젠가는 내가 발터 옌스에게 우리 둘 중 더 오래 사는 사람이 상대방의 추도사를 써주자고 말했다. 그는 내 제안을 곧장 수용했다. 그리고 우리가 서로 다른 길을 간 후에도 이 약속을 공개적으로 확언했다.

그와의 우정은 아주 이례적이고 별난 관계였다. 내 인생에서 가장 오래 지속되고 가장 중요한 관계이기도 했지만, 분명히 가장 이상한 관계이기도 했다. 우리는 '47그룹' 총회에서 만나고 나중에는 클라겐푸르트에서 열린 잉게보르크 바흐만 문학상 경연대회에서 만났다. 베를린에서 텔레비전 대담도 함께 했다. 이따금 내가 튀빙겐으로 강연을 하러 가면 그는 주로 직업상의 일로 함부르크나 프랑크푸르트에 왔다. 부부 동반으로 잘츠부르크와 바이로이트에서 열리는 음악제에도 함께 갔다. 하지만 이런 만남은 1년에 통틀어 몇 차례밖에 되지 않았다. 우리 관계의 본질은 전혀 다른 데 있었다. 폰섹스가 생기기 오래전에 우리는 전화로 우정을 나누는 사이였다.

처음에는 1주일에 한 번 통화했다. 그러나 시간이 갈수록 횟수가 늘더니 결국엔 날마다 통화하는 경우가 생겼다. 통화 시간은 20~30분, 이따금 한 시간이나 그 이상 걸릴 때도 있었다. 우리의 대화가 수십 년 이상 지속된 데에는 아주 중요한 이유가 있다. 옌스와 나는 대화가 필요했다. 정보 교환과 의견 교환이 필요했다. 하지만 그것이 필요한 이유는 서로 달랐다. 그건 우리의 사고방식 그리고 우리가 처한 상황과 관계가 있었다.

1959년부터 1973년까지 가족과 함께 함부르크에서 살면서 나는 독백 생활을 해야 하는 운명에 있었다. 내 삶은 계속되는 독서와 글쓰기로 점철되어 있었다. 전무하다시피 한 사람들과의 교류, 자주 듣고 싶은 동료의 조언, 절실하게 필요한 친구의 경고와 격려, 이 모든 것을 나는 발터 옌스와의 전화 통화에서 발견했다. 그렇다면 함부르크에 있던 나와 달리 튀빙겐에서 수많은 동료들과 학생들 틈에서 생활하던 그의 상황은 어땠을까? 역시나 그는 튀빙겐에서 결코 고립된 채 살고 있지 않았다. 그럼에도 그가 '47그룹'에서처럼 튀빙겐에서도 조금 외로울 거라던 내 추측은 전혀 빗나간 게 아니었다.

옌스를 규정하는 가장 중요한 발언은 그 자신이 한 말에서 따올 수 있을지도 모르겠다. 1998년 어느 매체에 실린 대담에서 그는 자신이 "엉터리 경험을 한 남자"라고 고백하며 이렇게 이야기했다. "나는 다채로운 삶을 살 줄 모릅니다. 넓은 의미에서 말하는 현실감각이 내겐 없어요." 이런 고백을 함으로써 그는 자신의 장편과 단편소설 그리고 연극과 텔레비전과 방송을 위해 쓴 극작품에서 무엇이 부족한지를 동시에 이야기하고 있다. 그건 바로 다채로운 삶이다.

그는 주제와 명제, 질문과 관례적 어구, 사상과 전통, 다시 말해 전승된 것들을 다루는 고상한 유희를 좋아했다. 그런데 이것은 예술가의 유희가 아니라 지식인의 유희다. 옌스는 나와 마찬가지로 카페가 없는 카페 문인이다. 우리의 카페는 전화기였다. 그의 본령은 감각이 아니라 논증이다. 그래서 그가 시도한 서사문학과 희곡은 논제 예시집 그 이상도 이하도 아니다. 그가 쓴 주요 작품은 연설문, 에세이, 논문이다

그의 방대한 작품 속에 성애적인 것이 없다는 사실은 우연이 아니라 시사하는 점이 많은 당연한 귀결이다. "성애적인 것을 묘사하고 싶은 마음은 정말 한 번도 들지 않았다." 옌스의 반대자들은 그가 바흐의 푸가와 〈아름답고 푸른 도나우 강〉을 구별하지 못한다고 말한다. 물론 지나친 과장이다. 하지만 함께 바그너를 이야기할 때면—이 주제를 논할 때도 그는 대단히 지적이고 박식하게 말했다—그가 음악에는 관심이 없이 바그너의 작품을 대담하게 해석한다는 인상이 들었다. 그는 음악을 방해 요소로, 적어도 쓸모없는 요소로 여기는 듯했다.

옌스는 호기심을 자신의 대표적인 특징으로 꼽는다. 현실감각이 없으면서도 숨기지도 못하고 채워지지도 않는 강한 호기심을 느낀다는 것은 일견 모순처럼 보인다. 그러나 사실은 그중 하나가 다른 하나에서 나와 그의 본질적 특성을 만들어냈다. 그리고 바로 이 특성이 그를 탁월하고 보기 드문 대화 상대자로 만들었다. 내가 무슨 이야기를 들려주건, 그는 내 말을 주의 깊게 들었음을 증명하는 질문들, 내 이야기에 정말 흥미를 느꼈음을 보여주는 질문들을 했다. 그가 화를 내며 내 말을 중단시킨 적은 단 한 번밖에 없었다. 그에게 지금 튀빙겐에도 함부르크처럼 엄청난 비가 쏟아지느냐고 물었을 때였다. 그는 이런 종류의 대화를 견디지 못했다. "벌써 정신이 완전히 나간 거 아냐? 우리 장모님처럼 날씨 얘기나 하고 있어야겠어?" 곰곰 생각해보면 그가 내게 한 번도 물어보지 않고 제쳐놓은 부분이 있었다. 바르샤바 게토에서의 체험, 폴란드 공산당 경험 그리고 국외 정보국 업무 이야기였다.

우리의 대화 주제는 문학과 문단이었다. 그와 나는 인사말을 나눈다든지 기분이나 건강을 묻는 질문은 하지 않고 곧장 본론으로 들어갔다. 예를 들어 이런 식이었다. "뵐에 관한 글은 그다지 나쁘지 않지만 정리가 너무 안

돼 있어." "인디[illegible]에 관한 부분은 너무 피상적이야. 없는 게 나을 뻔했어." "바흐만의 단편소설에 관한 비평은 정말 정직하지 않아." 이 간결한 표현이 어떤 글을 뜻하는지는 굳이 언급하지 않았다. 상대방이 어느 글을 읽었는지 서로 잘 알고 있었기 때문이다.

앞으로 집필할 책에 대해서도 자주 이야기를 나누었다. 한번은 옌스가 레싱에 관한 단행본을 계획한 적이 있다. 아주 매력적인 기획이었다. 그러나 안타깝게도 그는 책을 쓰지 못했다. 어느 날은 내게 이렇게 말했다. "지금은 실러에 관한 새로운 책이 나와야 할 때야. 내가 써야 할까봐." 그는 당장 주제와 윤곽의 초안을 잡았다. 장담하거니와 그건 정말 대단한 책이었다. 하지만 역시 안타깝게도 나오지 못했다. 옌스가 후렴구처럼 반복해서 말한 숙원 계획은 우리 둘이 나름의 방식으로 좋아한 작가 폰타네에 관한 것이었다. 그는 이 계획에 대해 열정적이고 재치 있게 이야기를 들려주었다. 그러나 계획은 역시 실현되지 못했다.

그는 내 평론 작업에 많이 관여했다. 이따금 자신이 포기한 계획을 나더러 이루어보라고 격려하는 그의 행동은 심리학적으로 흥미로웠다. "벌써 오래전에 나왔어야 할 폰타네 관련서는 자네가 써야 할지도 몰라." 내가 제목을 찾거나 특정 논제를 금방 이해하게 해줄 표현이 필요할 때, 혹은 어떤 문제에서 결론을 내리지 못할 때마다 그는 조언을 해주려고 있는 힘을 다했다. 그 조언은 거의 언제나 훌륭했다. 아니 환상적이었다. 서로 싸우고 사이가 나빠진 지 꽤 오래되었을 때도 옌스는 이렇게 말한 적이 있다. "우리는 서로 많은 것을 빚지고 있잖아." 누구의 빚이 더 많은지는 굳이 따져볼 필요가 없겠지만, 내가 빚진 것이 그가 내게 빚진 것보다 더 많을 것 같다는 의혹이 떠나지를 않는다.

그의 지식욕의 대상은 상궤에서 벗어난 사람, 자신을 다스리기 힘들어하는 사람, 고통당하는 사람, 궁핍한 사람 들이었다. 알코올 중독자, 약물 중독자, 마약 중독자, 노이로제 환자, 우울증 환자는 물론이고 동성연애자, 레즈비언, 발기부전자 들이 그에게 관심을 불러일으키고 자극을 주었다. 그는 이 사람들에 대해, 그들이 지닌 문제와 콤플렉스에 대해 자세히 알고 싶어 했다. 내가 거기에 대해 말해주고 이야기를 들려주면 그는 고마운 마음으로 받아들였다. 위험에 처하고 위협받는 사람은 그의 동정을 확실하게 얻을 수 있었다. 하지만 그런 사람들과 직접 만나보려는 마음은 그에게 없었다고 생각된다. 그는 대개 간접적으로 얻는 정보에 만족했다. 그와 통화할 때 나는 이따금 메피스토의 충고를 인용한다. "내 친구여, 모든 이론은 회색이고/생명의 황금나무는 푸르다네." 이 말에 그는 동의했다. 하지만 이론이 아무리 회색이어도 그는 예나 지금이나 이론가임에 틀림없다.

그는 한시도 뇌리에서 떠나지 않는 주제를 자꾸 끄집어내 이야기했다. 결혼한 상태에서 가끔 다른 여자들과 동침하는 남자들이 있다는 것은 그도 알고 있었다. 그는 당연히 그런 행동을 비난하고 혐오했다. 자신이 이해하기 힘든 그런 행동에 대해 이야기할 때면 항상 등장하는 두 개의 낱말이 있다. '구역질이 난다'와 '비위생적이다'였다. 만일 그가 사창가를—물론 호기심 많은 관광객으로—돌아다니다가 무엇을 마시겠느냐는 질문을 받으면 그는 십중팔구 '카밀레 차*'라고 대답할 것이다.

한번은 그가 튀빙겐을 방문한 어느 유대인 신학자를 저녁식사에 초대했다. 그런 손님에게는 당연히 유대교 율법에 맞는 정결한 음식을 내놓아야 했다. 무엇이 정결한 음식일까? 옌스는 급히 튀빙겐 대학의 구약성서 학자에게 전화를 걸어 조언을 구했다. 그는 지켜야 할 많은 금지사항을 당장 동료에게 알려주었다. 옌스는 모든 규정을 꼼꼼하게 기록했다. 마지막으로 그 친절한 학자가 덧붙였다. "교수님, 지금 막 일러드린 규정들은 당연히 2000년 전의 것입니다. 그렇다고 어떻게 해야 할까 고민하실 필요는 없습니다. 이런 문제에서 유대인들은 그 오랜 세월 동안 하나도 변하지 않았으니까요."

---

* 카모마일 차. 위장 장애에 효과가 있다고 알려져 있다.

30년이나 지속된 우리의 우정 관계에는 당연히 위기도 있었다. 하지만 우리는 그간 함께 나누었던 것들을 한 번도 잊은 적이 없다. 발터 옌스와 나누는 전화 통화가 내 삶의 정점인 시절이 있었다. 1990년 가을 우리 관계가 심각하게 불편해지고 위협을 받자 그는 내게 이런 글을 적어 보냈다. "헌사를 보게. 내가 자네를 위해 했던 연설을 한번 더 읽어봐. 중요한 건 그걸세……" 그가 말한 헌사는 이러했다. "마르셀에게, 이런저런 소란에도 파괴되지 않는 우정을 담아, 발터."

그러나 옌스의 생각은 틀렸다. 완전히 틀렸다. 우리의 우정은 파괴될 수 있다는 게 분명히 증명되었다. 이 우정 파괴에 일조한 사람들은 아마 양심의 가책을 받고 있을지도 모른다. 그래도 옌스의 말이 전혀 틀리다고는 할 수 없다. 우정이 지속된 오랜 세월에 대한 기억은 파괴될 수 없으니까 말이다. 막스 프리슈는 소설 『몬타우크』에서 잉게보르크 바흐만과의 관계에 대해 이렇게 적었다. "우리는 마무리를 제대로 하지 못했다. 두 사람 다."*

* 막스 프리슈와 잉게보르크 바흐만은 한때 연인이었다.

문학, 내 삶의 기쁨

우리는 가구도 커튼도 침대보도 수건도 없었다. 그릇도 없고 라디오도 없었다. 가장 끔찍한 건 읽을 책이 없다는 것이었다. 가지고 있던 유일한 책, 바로 네 권짜리 독일어-폴란드어, 폴란드어-독일어 대사전은 완전히 무용지물이 되었다. 겨울용품은 바르샤바에 두고 왔기 때문에 가져온 옷 몇 벌로는 충분하지 않았다. 우리는 프랑크푸르트에서 작은 방을 전대轉貸해서 살았다. 그곳이 우리의 거실 겸 침실이고 작업실이었다. 책상도 없었다. 나중에 사람들은 그곳에 깔려 있던 빨간 양탄자가 우리의 독일 생활을 환영하기 위한 것이라고 말했다. 하지만 그건 틀린 말이었다. 우리는 그런 것은 기대도 하지 않았다. 그런데 지금 생각해도 신기한 게 있다. 서독 생활 초창기의 그 곤궁하고—신중하게 표현하자면—어려운 여건에서도 우리가 전혀 고생스럽다는 생각을 하지 않았다는 점이다. 우리는 불평하지 않았고 의기소침하게 지내지도 않았다.

다시 말해 우리는 기분이 좋았다. 날이 갈수록 신이 났다. 당초 걱정했던 것과 달리 나는 일자리를 구하려고 애쓸 필요가 없었다. 게다가 요청받은 원고도 술술 써졌다. 원고 청탁은 계속 들어왔다. "그의 근면함은 누구라도 칭찬해야 마땅하다." 레싱의 『함부르크 희곡론』에 나오는 말이다. 서독에 온 지 여섯 달 만에 나는 무려 서른여덟 편의 글을 썼다. 그 가운데 열다섯 편은 『디 벨트』와 『프랑크푸르터 알게마이네』를 위한 글이고 나머지는 여러 군데 방송국에 보낸 글이다.

이미 말했듯이, 신문사에서 서평이나 그 비슷한 기고문의 대가로 주는 돈은 액수가 보잘것없었다. 반면에 라디오 방송국에서 주는 보수는 비교도 안 되게 후했다. 그래도 내 글은 지면에 실린 것이 방송 기고문보다 훨씬 수준이 높았다. 청취자가 그냥 듣고 지나치는 비평을 서독 굴지의 신문사에 싣는 글처럼 세심하게 쓰기는 힘들었다. 다시 말해, 내가 방송에 나갈 글을 쓴 이유는 하나밖에 없었다. 급히 필요했던 돈을 벌기 위해서였다.

1959년 초 나는 『디 벨트』에 동독 유명 작가들의 인물평을 연재하자고 제안했다. 나중에 들은 이야기지만, 『디 벨트』에 실린 내 글이 많은 독자를 얻었던 터라 편집부에서는 사실 그런 연재가 불필요하다고 생각하면서도 무모함에 가까운 내 제안에 동의했다. 세부 사항에 대해서는 금방 합의가 되었다. 단지 연재물의 제목을 정하기가 어려웠다. '동독 작가들'이라는 머리기사는 『디 벨트』 입장에서 불가능한 제목이었다. 반대로 신문사에서 제안한 '소련 점령지구의 작가들'은 내 마음에 들지 않았다. 그래서 타협 끝에 나온 제목이 '엘베 강 너머에서 살고 있는 독일 작가들'이었다.

1959년 6월까지 총 열네 편의 인물평이 실렸다. 내가 다룬 작가는 아르놀트 츠바이크, 안나 제거스, 루트비히 렌, 빌리 브레델, 페터 후헬, 슈테판 헤름린, 에르빈 슈트리트마터, 프란츠 퓌만 등이었다. 서문에서 나는 독일 현대문학에는 엘베 강 너머에서 활동하는 작가들의 작품도 들어가야 한다고 주장했다. 그 자체로는 평범한 이 생각을 당시 사람들은 대담한 주장으로 받아들였다. 연재물을 토대로 1960년에 나온 인물평 선집에도 마찬가지로 타협을 거친 후 '저쪽에서 들려주는 독일의 이야기들. '저 너머' 산문'이라는 제목을 달았다. 이 책은 서독에서 처음 출간된 동독 문학 선집이었다. 진보적이라고 알려진 북독일 방송도 '동독'이라는 말에는 단호히 고개를 저었다. 때문에 내가 3년 동안 정기적으로 북독일 방송을 위해 쓴 연재물 제목도

'동부 독일문학'이었다.

당연히 나는 그 작가들을—대다수는 서독에 전혀 알려지지 않은 사람들이었다—공정하고 정당하게 다루려고 노력했다. 하지만 그때는 이게 그렇게 당연하게 볼 만한 사안이 아니었다. 훗날 연대기 작가들은 동독과 서독이 대립하고 있던 시기에 내가 서독에서, 말하자면 긴장 완화 정책의 선구자 역할을 했다고 썼는데, 전혀 틀린 말은 아닐 것이다. 하지만 『디 벨트』에 동독 작가 관련 연재가 시작되자마자 『프랑크푸르터 알게마이네』는 나와 하던 공동 작업을 취소했다. 그리고 이 조치는 내 기고문의 수준과는 관련이 없는 일이라고 힘주어 말했다. 혹시 『디 벨트』 연재물에 드러난 내 성향이 탐탁지 않았기 때문일까? 이 추측도 그쪽에서는, 비록 강력하게는 아니지만, 부인했다.

문제는 프리드리히 지부르크였다. 그는 처음부터 나를 후원하기보다 못 본 체 묵과하면서 내가 평을 쓰려던 중요한 책들을 거절했다. 들리는 말에 의하면 그는 최근 내 글이 『디 벨트』에 자주 실리고 라디오에서도 자주 들리는 것을 싫어했다고 한다. 경쟁지 『디 벨트』가 신예 평론가인 나를 자신의 맞수로 세울까봐 두려워한 것이다. 그는 자신의 조수에게 이렇게 말했다고 한다. "그 사람 때문에 걱정할 것 없어요. 그런 사람들은 가차없이 냉혹해. 곧 우리까지 밀어붙일 거요." "그런 사람들"은 누구를 말하는 걸까? 하지만 처음부터 마음에 들지 않았던 그 지부르크의 말이 옳았다. 나는 당시 『프랑크푸르터 알게마이네』가 지향하는 바와는 맞지 않는 사람이었다. 무척 보수적인데다가 경직되고 장중한 자세를 견지한 이 신문에 나는 호감이 생기지 않았다.

『프랑크푸르터 알게마이네』에서는 내 문체도 나를 이방인으로 만들었다. 투홀스키는 1935년 발터 하젠클레버에게 쓴 편지에서 『바젤 국민일보』에 실린 어느 글을 칭찬하면서도 그것이 자신에게는 "너무 느끼하다(남들이 기름을 사용하는 곳에 마요네즈를 넣는 지부르크의 요리법처럼)"고 적었다. 당시

『프랑크푸르터 알게마이네』에는 대부분 그런 글들이 실렸다. 대단히 고상하면서 묵직한 느낌을 주고, 그러면서도 조금 느끼한 글들이 주를 이뤘다. 물론 내가 쓴 글이 더 낫다는 의미는 절대로 아니다. 단지 나는 마요네즈를 넣지 않고 쓸 뿐이다.

그러니 내가 『프랑크푸르터 알게마이네』에서 일자리를 얻지 못할 것은 분명했다. 그렇다면 프랑크푸르트에 더 있어야 할 이유가 있을까? 내게는 함부르크가 더 많은 것을 약속하는 곳이었다. 갈수록 윤곽이 뚜렷해지는 내 일의 무게중심도 그곳으로 쏠려 있었다. 『디 벨트』와 북독일 방송이 있는 곳이었기 때문이다. 게다가 서독의 지적 토론장이자 독일 전후문학을 대표하는 신문이라고 내세울 수 있는 『디 차이트』도 함부르크에서 발행되고 있었다.

『디 차이트』에서는 『프랑크푸르터 알게마이네』와 달리 과거 망명자들, 가령 테오도어 아도르노, 골로 만, 헤르만 케스텐, 루트비히 마르쿠제, 로베르트 노이만 그리고 지금은 벌써 잊힌 작가들의 글도 읽을 수 있었다. 이는 내게 무척 중요한 문제였다. 그곳에 가면 소속감이 생길 것 같았다. 그리고 그곳에서 조만간 자리를 잡게 되기를 바랐다. 하지만 당장에는 그런 전망이 보이지 않았다. 『디 차이트』에 아는 사람이 아무도 없을 뿐 아니라 편집부에서도 내게 관심을 보이지 않았기 때문이다.

1959년 여름 우리는 함부르크로 이사했다. 오래 지나지 않아 작은 집도 얻었다. 방이 두 칸 반 있던 그 집은 세 식구가 생활하면서(그사이 아들이 우리와 합류했다) 내 작업실로 쓰기에도 충분했다. 상당히 좁았지만 우리는 만족했다. 잘 들여다보면 우리는 갈수록 형편이 좋아지고 있었다. 방송국에서 보수를 받은 덕분에 급하게 필요하던 가구도 살 수 있었다. 1959년 가을에는 『디 벨트』에서 뜻하지 않게 원고 청탁이 들어왔다. 나로서는 영광이었다. 서평을 쓸 작품은 당시 전후 독일문학의 최고 인기 작가였던 하인리히 뵐의 신간 소설이었다.

몇 주 후 내가 바라고 희망하던 일이 일어났다. 『디 차이트』에서 나와 정기적으로 공동 작업을 하고 싶어했다. 그곳에서 서평을 부탁한 책은 그해 최고의 성공을 거둔 데뷔작이자 그간 여러 번 열광적으로 호평을 받은 귄터 그라스의 『양철북』이었다. 나는 상당히 편파적으로 평을 썼다. 젊은 작가 귄터 그라스의 산문이 갖고 있는 장점을 확실히 과소평가하면서 그의 몰취미와 허풍, 소설의 약점과 부족한 점과 흠에 훨씬 많은 지면을 할애했다. 내 서평은 축소 편집되지 않고 즉시 게재되었다.

뵐과 그라스 작품의 서평을 쓴 후 나는 평론가로 인정받았다. 그렇다고 딱히 작가들에게도 인정받았다는 뜻은 아니지만, 여하튼 편집자와 고용주는 나를 평론가로 대접했다. 그때부터 나는 『디 벨트』와 『디 차이트』에 동시에 글을 썼다. 서평뿐만 아니라 분량이 더 많은 문학비평과 다수의 촌평도 썼다. 서독에 온 지 2년째이던 1960년에는 벌써 『디 차이트』가 실시한 설문조사에서 독일어권 '유력 평론가'의 한 사람으로 꼽혔다. 1961년 10월부터 『디 차이트』는 내 비평에 특별히 '마르셀 라이히라니츠키가 평하다…'라는 부제를 붙여 강조했다. 그러나 일곱 편의 서평이 이런 식으로 나간 뒤 신문사는 부제를 다시 빼버렸다. 다른 평론가들이 차별 대우를 받는다고 느꼈기 때문이다. 당연히 그럴 수 있는 일이었다.

『디 차이트』는 거의 같은 시기에 내 촌평과 소규모 논평을 실을 '이편과 저편'이라는 제목의 특별 기고란을 마련하여 매주 내 글을 내보냈다. 여기에 쓴 글들이 좋은 반응을 얻자 북독일 방송 제3라디오에서는 『디 차이트』에 나간 글을 매주 토요일 저녁에 다시 방송을 통해 내보내고 싶어했다. 1962년 12월 『디 차이트』 문예면 담당자 루돌프 발터 레온하르트, 북독일 방송 제3라디오 편집자 롤프 리버만 그리고 자유베를린 방송 편집자 에른스트 슈나벨은 '이편과 저편'의 칼럼을 두 기관의 '공동 사업'으로 추진하기로 서면 합의했다. 내가 제대로 알고 있다면, 신문사와 방송국 간의 이런 공동 작업은 그때가 처음이었다.

그 한 해 전인 1961년에 나는 이미 『디 벨트』와 계약을 해지했다. 1963년 초에는 내가 그렇게도 바라던 일이 이루어졌다. 『디 차이트』의 정규 직원이 된 것이다. 이제는 고정 월급과 노후 연금을 받는 것은 물론이고 건강보험에도 가입할 수 있게 되었다. 그렇다고 하는 일에 변동이 생기지는 않았다. 지금까지 했던 대로 『디 차이트』에 글을 쓰면 되었을 뿐 추가로 편집 업무를 해야 하는 것은 아니었다. 당시 서독에서 평론가로 정규직 일자리를 얻은 사람은 내가 유일했을 것이다. 1963년에는 나의 첫 책 『동서독의 독일문학』이 서독에서 출간되었다.

이 책에 대한 반응은 내 기대와 내 두려움을 둘 다 훌쩍 뛰어넘었다. 수많은 평가와 상세한 논의들이 쏟아졌다. 호의적인 평가와 불친절한 반응, 열렬한 호평과 파괴적인 발언 들이 나왔다. 하지만 나를 놀라게 한 것은 이런 다양한 반응이 아니라 부정적인 평가나 최소한 회의적인 평가가 차지하는 비율이 예상보다 압도적으로 높았다는 사실이다.

1964년 봄에는 〈문학 카페〉라는 방송 프로그램을 시작했다. 여러 라디오에서 동시에 내보내고 일부는 텔레비전을 통해서도 방송되었다. 오래전에 없어진 하노버의 포도주 집 '볼프'에서 대개 생방송으로 진행되었는데, 고트프리트 벤의 작품에 이 술집 이야기가 여러 번 나온다. 〈문학 카페〉는 세 명만 출연하여 오랜 시간 대담을 나누는 프로그램이었다. 한스 마이어와 나는 고정 출연자였고, 나머지 한 명은 초대 손님으로 대개 유명 작가나 이따금 문학사가가 초대되었다. 대담 주제는 문학과 문단에 관한 이야기였지만 간혹 전혀 다른 주제도 다루어 시사적인 대담을 나눌 때도 있었다.

초대 손님으로 나온 사람들로는 테오도어 아도르노, 루돌프 아우크슈타인, 에른스트 블로흐, 하인리히 뵐, 프리드리히 뒤렌마트, 한스 마그누스 엔첸스베르거, 막스 프리슈, 귄터 그라스, 한스 베르너 헨체, 발터 옌스, 볼프강 쾨펜, 지그프리트 렌츠, 힐데 슈필 그리고 마르틴 발저가 있다. 기라성 같은 작가들이 출연했다는 것을 누구라도 인정할 것이다. 방송을 끝낼 때는 항상 브레히트의 『사천의 선인』에 나오는 말로 마무리했다. 우리는 "막이 내리는 모습을 당황스럽게 지켜보며 모든 의문을 그대로 남겨두겠습니다". 1980년대에 독일 제2공영방송에서 〈문학 4중주〉라는 프로그램이 신설되었을 때 나는 1960년대의 〈문학 카페〉와 연결하여 그때처럼 브레히트 인용구를 마무리 발언으로 사용했다.

끝으로 한 가지 예를 더 들어보겠다. 함부르크의 어느 김나지움 여교사가 아비투어 필기시험에 내면 좋을 만한 짧은 소설을 몇 편 추천해달라고 부탁했다. 가능하면 현대 작가로 해달라고 했다. 부탁대로 몇 편을 추천한 뒤 나는 이런 소설이 필요한 사람은 그 여교사 혼자만이 아닐 거라는 생각이 들었다. 그래서 나온 것이 소설 모음집(『허구의 진실』)인데 1965년 출간된 후 몇 달 동안 베스트셀러 목록에 올라 있었다. 그후 이 책을 기초로 하여 다섯 권짜리 『20세기 독일 중단편 모음집』이 나왔다. 그때까지 나온 것 중에서 가장 광범위한 책이었다.

어떻게 그럴 수 있었을까? 당시 나는 무슨 일이든지 승승장구를 거듭했을까? 독일에서 생활한 초창기부터 성공 가도를 달렸을까? 그랬다고 말한다면 과장일 것이다. 적어도 함부르크에서 생활할 때만큼은 아무리 생각해도 성공은 찾아보기 힘들었다. 여전히 우리는 저렴한 공영주택으로 건설된 방 두 칸 반짜리 집에서 살고 있었다. 그때 내 소득으로 더 큰 집은 감히 꿈도 꾸지 못했다. 또한 전과 다름없이 일주일의 일곱째 날에도 일을 해야 했다. 함부르크에서 몇 년을 살았어도 우리는 무척 외로웠고 고립되어 있었다.

그러니 당시 우리가 기쁘고 의기양양했다고는 말할 수 없다. 게다가 토지아의 건강이 크게 나빠지면서 심각한 위기가 오래 지속되었다. 나는 감사할 줄 모르는 사람일까? 물론 내가 한 번도 예상하지 못한 성공을 짧은 시간 안에 이루었다는 것은 알고 있었다. 독일에서 독일문학 평론가로 활동하겠다는 어린 시절의 꿈이 실현되었으니 말이다. 그런데 그 꿈이 어떻게 그렇게 단시일 내에 이루어졌을까? 이런 불편한 질문은 자주 받았다. 여기에 대해 공개적으로 비판하는 것이 나의 도리인지, 더 나아가 내 의무인지 잘 모르겠기에 나는 대부분 그 질문들을 피했다. 자신의 성취와 업적을 설명하거나 자랑하는 일은 위험할 뿐만 아니라 정말 치명적이다. "내가 나의 장점이라 생각되는 것을 있는 대로 한껏 강조하여 말한다면 나는 천박한 멍청이밖에 되지 않는다." 『고백』에서 이렇게 말한 하이네의 생각은 옳다. 반면에 이 난감한 질문을 완전히 회피하려는 것은 비겁함의 표시일 것이다.

호의로 한 말이든 아니면 악의에서 나온 것이든, 많은 이들이 지적했던 나의 빠르고 놀라운 성공은 내 비평의 특징과 관련이 있다. 내가 알게 모르게 이어받은 전통은 '제3제국' 때 공식적으로 금지되었다가 제2차 세계대전 후에는 동료 평론가들에게 별로 관심을 받지 못하거나 완전히 무시당한 그런 전통이었다. 물론 나는 본받고 싶은 모범이 없었다. 그러나 과거 독일의 위대한 비평가들, 예컨대 하이네, 폰타네, 케어, 폴가, 야콥존, 투홀스키 같은 평론가들로부터 아주 많은 것을 배울 수 있었다. 그 배움은 지금도 계속되고 있지만 특히 독일 낭만주의의 뛰어난 비평가들은 내게 많은 것을 가르쳐주었다. 나는 평론에서 언제나 그 비평가들을 언급하고 매번 그들의 말을 인용하는 식으로 그들에 대한 고마움을 표현한다.

그 비평가들은 모두 신문에 글을 썼다. 이런 비평 활동이 그들의 문체를 만들어냈다. 그들이 글을 쓸 때 염두에 둔 사람은 신문을 읽는 독자였다. 이건 당연시되는 일이 아니다. 특히 문학을 음미하고 고찰하는 활동이 주로 학자들과 문필가들의 손에서 이루어지는—물론 여기에 반대할 수는 없지만—독일에서라면 더욱 그렇다. 다만 문제는 학자는 학자를 위해 글을 쓰고 문필가는 문필가를 위해 글을 쓴다는 점이다. 그렇게 되면 독자는 아무것도 배우고 얻는 게 없다. 물론 하이네나 폰타네나 그 밖의 여러 작가들이 아니었어도 나는 전문가 집단이 아닌 독자를 위해 주로 글을 썼을 것이다. 천성적으로 그렇게 하지 않을 수 없었을 것이다.

폰타네도 이야기한 적이 있지만, 가장 중요한 것은 자신이 쓴 글을 최소한 상대방이 이해하는 것이다. 문장을 알기 쉽게 쓰려고 노력한 나는 자꾸만 튀어나오는 외래어 대신 거기에 상응하는 독일어를 찾아내려고 외래어 사전을 자주 이용했다. 내가 말하려는 바를 알아듣게 하고 이해시키기 위해 과장이나 강조를 한 적도 많다. 훌륭한 평론가란 언제나 명료함을 위해 글을 단순하게 쓰는 사람이라고 확신한다. 그들은 자신이 전달하려는 내용을 알기 쉽고 투명하게 보여주기 위해 위태로울 만큼 극단까지 밀고 나갔다. 나는 그간 이런저런 비난을 많이 받아왔지만, '네'든지 '아니요'든지 하나를 딱 부러지게 말하지 않는다는 비난은 받은 적이 없다. 내 평론을 읽으면 내가 어느 신간 문학작품을 옹호하는지 아닌지를 어렵지 않게 알 수 있다면서 많은 독자들이 고마워했다.

이렇게 과거의 위대한 비평가들은 내게 자극과 격려가 되어주었다. 그들은 문학평론의 과제와 역할에 대한 내 견해는 물론이고 나의 일상 활동에도 영향을 끼치면서 나에게 감화를 주었다. 뿐만 아니라 내 견해나 나의 일상적 평론 활동의 정당성도 그 비평가들을 통해 확인했다. 1970년 무렵 나는 레싱부터 현대에 이르는 독일의 주요 문학비평가들의 인물평 모음집을 집필하기로 결심했다. 그리고 이 책을 쓰는 데 많은 시간을 들이기로 마음먹었다. 처음엔 열다섯 편가량의 인물평을 쓰려면 10년은 족히 걸리겠다는 계산이 나왔다. 결국 나중에 탄생한 것은 스물세 편의 인물평이 들어간 책이었으며, 여기에 들어간 시간은 총 25년이었다. 『문학의 변호인들』이라는 제목의 이 책은 1994년에야 완성, 출간되었다.

누군가가 말하길, 이 책에는 스물세 편의 인물평이 들어 있지만 실은 또 한 명의 평론가의 모습이 숨어 있다고 했다. 알게 모르게 자화상을 그려넣고 자기고백을 하는 그 숨어 있는 평론가는 바로 저자 자신이라고 했다. 나는 이 평가를 흐뭇한 마음으로 읽었다. 남에 대해 글을 쓰는 사람은 그 글에서 자기 자신에 대해서도 쓰지 않을 수 없다. 이는 다른 평론가에 대해 발언함으로써 언제나 자신이 활동하는 집단, 그리고 결국엔 그 자신에 대해 어떤 기대와 바람을 가지고 있는지 드러내는 평론가에게는 특히나 더 해당되는 말이다.

그러나 전혀 다른 또하나의 요소도 내가 평론가로서 거둔 성공에 기여했을지 모른다. 주제넘다는 비판을 받을 수도 있겠지만, 그것을 감수하고 여기에서 내 신념을 밝히고 싶다. 문학은 내 삶의 기쁨이다. 여러 작가와 작품에 대한 내 견해, 그리고 잘못되고 빗나간 것까지 포함하여 내가 내린 모든 평가들 속에 그 신념이 드러나 있다고 생각한다. 결국엔 문학에 대한 사랑, 때론 섬뜩할 정도의 이 열정이 평론가인 나로 하여금 비평 활동을 하게 하고 내 직분을 다하게 만들었다. 이따금 다른 이들이 나 개인을 봐줄 만한 사람으로 여기고 예외적인 경우에는 호감이 가는 사람으로까지 생각하는 것도 이 사랑 덕분일지 모른다. 아무리 되풀이해 말해도 지나치지 않은 말, 그것은 바로 문학에 대한 사랑 없이는 비평도 없다는 말이다.

카네티, 아도르노, 베른하르트, 그 외의 사람들

내 형편은 좋았다. 동료들은 『디 차이트』의 정규 직원이면서도 자유기고가의 특권을 누리는 내 처지가 부럽다고 말했다. 그건 사실이었다. 나는 편집부에 출근하거나 회의에 참석하지 않아도 되었다. 원고를 평가하고 정리하거나 교정지를 읽을 필요도 없었다. 글만 쓰면 그뿐이었다. 다른 업무는 할 필요가 없었으며 신문사측에서도 내게 다른 것은 기대하지 않았다. 원고 분량도 내 마음대로 정할 수 있었다. 그렇게 해도 여하튼 봉급은 받았다.

그렇다. 정말 특권이었다. 내가 그 특권을 누린 것은 『디 차이트』 문예면 편집장인 루돌프 발터 레온하르트 덕분이다. 그는 문학 애호가였지만 그 열정 때문에 건전한 상식을 저버리는 사람이 아니었다. 레온하르트는 조용한 열정가였다. 그가 나를 도와준 이유는 내 평론을 마음에 들어했기 때문이기도 하지만 그 외에 다른 이유도 있었다. 내 글 덕분에 신문의 발행부수가 늘어난다는 사실을 이내 편집부에서 확신했기 때문이다.

『디 차이트』에서 문학평론가로 활동하면서 나는 이따금 연극평론도 쓸 수 있었다. 주로 독일 극작가들, 즉 페터 바이스, 귄터 그라스, 마르틴 발저, 탕크레트 도르스트의 초연 작품 위주로 평을 썼다. 셰익스피어 공연이나 체호프 작품의 초연에 대해 글을 써도 『디 차이트』 연극 담당 편집자는 항상 너그럽게 이해해주었다. 그 편집자, 헬무트 카라제크는 자신이 직접 하고 었었던 이 매력적인 업무를 당장 내게 넘겨주었다. 그 밖에 나는 바그너나 리하르트 슈트라우스의 작품을 위시해 여러 오페라에 대해서도 평을 썼다.

그러나 내 본령은 언제나 문학평론이었다. 바벨부터 솔제니친에 이르는 러시아 작가들을 다루고 더 자주는 헤밍웨이부터 필립 로스에 이르는 미국 작가들에 대해서도 평을 썼지만, 내 활동의 중심이자 전면에 있던 것은 어디까지나 독일어로 쓰인 문학이었다. 편집부에서는 내가 평을 쓰고 싶은 독일 작가들의 책을 우선적으로 선택하고 나면 나머지 책들을 다른 평론가에게 맡겼다. 이는 『디 차이트』와 내가 합의한 내용이었다. 편집부에서는 이 합의 사항을 엄격하게 지켰기 때문에 나는 아무것도 불평할 게 없었다.

그러나 단 한 번, 1969년에 내가 평을 쓰려고 했던 책을 편집부에서 나와 아무런 상의도 하지 않고 다른 평론가에게 맡긴 일이 있었다. 화가 난 나는 중요하지 않은 그 책(라인하르트 레타우의 얇은 산문집 『적』)에 특별히 관심도 없었으면서 곧장 다른 매체인 『슈피겔』에 평을 썼다. 그건 내가 『디 차이트』 편집부에 보내는 경고였다. 함께 일하기에 만만치 않은 사람이라는 것, 나도 인정한다.

어쨌든 나는 평을 쓰고 싶은 작가들에 대해서는 얼마든지 쓸 수 있었다. 그때 다루었던 작가들을 살펴보자. 우선 제1차 세계대전 전에 태어나 당시로서는 구세대에 속하는 현대 작가들, 예를 들어 제거스, 카슈니츠, 아르놀트 츠바이크, 엘리아스 카네티, 헤르만 케스텐, 프리드리히 토르베르크, 볼프강 쾨펜, 막스 프리슈, 한스 에리히 노사크, 페터 후헬이 있었다. 중간 세대에 속하는 작가들도 분석했다. 하인리히 뵐, 프리드리히 뒤렌마트, 아르노 슈미트, 귄터 아이히, 페터 바이스, 알프레트 안더슈, 볼프디트리히 슈누레, 에리히 프리트, 볼프강 힐데스하이머였다. 그러나 자주 경탄을 자아내고 찬양을 받았던 독일의 어느 유명 산문작가에 대해서는 단 한 편의 비평도 쓰지 못했다는 점을—자랑이 아니라 조금 다행이라는 생각으로—말해두고 싶다. 그 작가는 에른스트 윙거였다. 그의 작품은 내게 낯설었다. 나는 입을 다물라는 부름을 받은 것 같았다.

또 한번 침묵한 것은 이와는 전혀 다른, 도저히 비교가 불가능한 경우였다. 넬리 작스와 그녀의 시에 대해서는 한 번도 펜을 들지 않았다. 하지만 1965년 2월 스톡홀름에 사는 그녀를 찾아간 적이 있다. 괴테 인스티투트에서 근무하던 친구들은 그녀와는 대화하기도 어렵고 별 소득도 없을 거라고 경고했다. 정신 상태가 무척 심각하고 판단력도 많이 떨어졌기 때문이라는 것이다. 나는 겁먹지 않았다. 넬리 작스는 스톡홀름의 하층민 주거지에서 살고 있었다. 독일에서 스웨덴으로 탈출한 뒤 1940년에 배당받은 어느 임대건물 3층의 좁은 집에서 아직도 그대로 살고 있었다. 1966년 노벨상을 수상한 뒤에도 여전히 그 허름한 집에서 살다가 1970년에 역시 그곳에서 사망했다. 키가 작고 다정하고 사랑스러운 그녀는 나의 어머니라고 해도 좋을 성싶었다. 넬리 작스는 친절하고 자연스럽게 인사를 건넸다. 마치 우리가 오래전부터 아는 사이인 양 다정하게 맞아주었다.

건강 상태를 묻자 그녀는 곧바로 아주 자세하게 대답했다. 별로 나쁘지는 않다고 하면서, 다만 독일의 불법 나치 조직이 자신을 추적하고 테러 위협을 가하는 게 문제라고 했다. 그사이 스웨덴 경찰이 나치 조직을 감시하고 있기 때문에 자신에게는 더이상 직접적인 위험이 없다고 했다. 하지만 그 조직이 라디오 전파를 이용해 끊임없이 수면을 방해하고 때로는 전혀 잠을 못 자게 만들어도 경찰에서는 아무 대응도 하지 못한다고 했다. 그리고 자신이 죽는 마지막 날까지 가장 끔찍한 고통인 그 불면증에 시달려야 할 게 분명하다고 말했다.

넬리 작스는 아주 조용하고 침착하게 그 모든 이야기를 들려주었다. 나는 아무 말도 할 수 없었다. 당황하여 무엇을 어떻게 해야 좋을지 몰랐다. 내가 베를린에서 자랐다는 사실, 그리고 훗날에 겪은 일들을 누군가 그녀에게 이야기해주었는지는 잘 모르겠다. 여하튼 그녀는 내게 아무것도 묻지 않았다. 나에 대해서는 전혀 알고 싶어하지 않았다. 넬리 작스는 자기 자신에게만

볼누해 있었다. 그녀를 찾아가 함께 대화하는 동안 우리가 이야기한 내용은 오로지 그녀에 관한 것뿐이었다. 나치에 추적당한 이야기를 끝내고 다른 화제로 넘어가자마자 그녀는 말하는 태도가 단순하고 이성적으로 바뀌었다. 한 시간 정도 지난 후 작별 인사를 나눌 때 작스는 자신의 책 한 권을 선물하며 작품에 나오는 두 개의 시구를 적어주었다. 대화 도중에 그녀를 흡족하게 해주려고 내가 인용했던 구절이었다. "고향이 있던 자리에서/우리가 붙들고 있는 것은 달라진 세상." 당초 나는 『디 차이트』에 짤막한 넬리 작스 방문기를 쓸 계획이었지만 그렇게 할 수가 없어서 포기했다.

토마스 베른하르트의 초기작 두 권도 내가 포기한 책이다. 1963년에 출간된 소설 『추위』를 나는 복잡한 심정으로 읽었다. 작품에 매료되고 깊은 인상을 받았으면서도 한편으로는 혼란스러웠다. 그는 대단한 재능의 소유자일까? 그의 작품을 비평해야 할지 말아야 할지 확신이 서지 않았다. 판단을 내릴 수 없다면 평론가는 그 불확실함을 혼자서 매듭지어야 하며, 해당 작품의 내용이 무엇이고 이야기는 어떻게 전개되는지 확실하게 말할 수 있다는 자신이 생길 때 비로소 독자 앞에 나서야 한다고 생각했다. 그다음에 나온 소설 『암라스』에서도 나는 똑같은 딜레마에 빠졌다. 당시 그의 작품에 대한 비평을 방해한 것이 무엇이었나 생각해보면 단 하나의 낱말이 떠오른다. 그건 두려움이었다. 내가 그의 소설을 이해하지 못했을 거라는 두려움이었다. 오랫동안 카프카에 관한 비평을 쓸지 말지 망설였듯이, 그때도 나는 당분간 베른하르트의 책을 멀리했다.

그러나 1965년 『노이에 룬트샤우』에 실린 비교적 짧은 소설 『목수』를 읽었을 때는 그 젊은 오스트리아 작가가 주었던 심적 갈등이 완전히 극복되었다. 이 소설과 그 얼마 후 나온 작품 『모자』는 이전의 작품들보다 많은 감동을 안겨주었다. 이때부터 나는 그와 비판적으로 대결하기로 결심했다. 뒤이어 소설 『혼란』이 나왔고, 분량은 적지만 의미 있는 글 모음인 『산문집』이 출간되었다. 이제는 베른하르트에 대한 두려움이 없어진 걸까? 이제는 그의 작품을 감당할 수 있게 되었다는 말일까? 문제는 베른하르트가 과연 감당이 되는 작가인지 여부였다. 1827년 괴테는 에커만*에게 이런 말을 했다. "시문학은 헤아릴 수 없고 이성으로 이해하지 못할수록 훌륭하다." 나는 이 말을 싫어한다. 괴테는 정말 문자 그대로 이 말을 한 것일까? 아니면 헤아릴 수 없고 이성으로 이해할 수 없는 특성이 작가와 그의 작품에 도움이 된다는 걸 암시하려 했을까?

토마스 베른하르트는 자신이 글로 표현할 수 있는 것보다 훨씬 많은 것을 느끼고 아는 작가였다. 그가 그의 책 속에 있는 내용을 표현할 수 있었던 것도 바로 그 때문이다. 하지만 그의 작품은 거칠고 오만할 정도로 불완전하다는 특징이 있다. 무언가 완벽한 것을 제공하는 것이 작가의 임무라는 생각을 그는 분명 터무니없는 요구나 몰염치로 여기고 내던진 게 틀림없다. 그의 글의 특성은 파편성이다. 그리고 '광신적인 과장'이다. 그의 산문은 일견 부담 없이 경쾌하게 이야기를 들려주는 것 같아도 사실은 가슴을 답답하게 만든다. 그의 글을 더 잘 이해했다고 생각하면 할수록 내 마음은 더 불안해졌다.

그러나 베른하르트와 나눈 대화는 답답하지도 않았고 불안감을 주지도 않았다. 대부분 편안하고 유쾌한 분위기에서 이야기를 나누었다. 나는 그를 여러 번 만났다. 베를린, 프랑크푸르트, 잘츠부르크에서 만났고, 1982년 8월에는 오버외스터라이히에 있는 올스도르프에서 만났다. 올스도르프에서 만났을 때 그는 내게 무척이나 친절했다. 그 이유는 어렵지 않게 추측할 수 있었다. 그의 자전적 소설 『원인』 『지하실』 『호흡』을 내가 열광적으로 호평했던 것이다. 몇 시간 동안 대화를 나누면서도 그와 나는 막상 우리의 직업과 관련된 내용은 한마디도 꺼내지 않았다. 나는 그의 창작 활동에 대해서는 전혀 알고 싶지 않았다. 그 역시 내게 문학이나 비평을 겨냥한 질문은 던

* 독일의 문필가(1792~1854). 괴테 만년의 조수였다.

지지 않았다. 베른하르트는 문학을, 그것도 뛰어난 문학을 창조하면서도 문학에는 별다른 흥미가 없는 소수 작가들 중의 한 명이었다.

음악에 대해서는 많은 이야기를 나누었다. 베른하르트는 음악을 좋아했지만 내가 보기에 깊이 있는 지식은 갖추지 못했다. 그의 음악적 취향은 훌륭했으며, 그가 내린 논리 정연한 판단도 독특하고 독창적으로 보였다. 하지만 그는 결코 난해하지 않은 이런저런 작곡가들에 대해서도 모르고 있었다. 작곡가들 이야기를 하면서 나는 녹음기를 틀어놓고 우리의 대화를 녹음했지만 그는 여기에 전혀 개의치 않았다. 그가 내게 들려준 이야기들은 재미있었으나 책으로 내기에는 적절치 않아 보였다. 나는 녹음한 대화 내용을 지워버렸다.

올스도르프에 있는 그의 집은 벽에 눈부시게 하얀 칠을 했지만 창문과 문은 새까만 테두리로 장식되어 있었다. 오싹한 느낌이 드는 집이었다. 마음만 먹으면 그의 작품에서도 이런 극명한 색의 대비를 찾아낼 수 있다. 그의 작품은 극단적인 긴장감, 무엇보다 우울과 유머를 오가는 긴장감으로 점철되어 있다. 베른하르트는 웃고 있는 우울증 환자였다. 겁에 질린 익살꾼이었다. 그는 혼란과 파괴, 멸망과 파멸, 해체와 소멸을 명랑하게 노래하는 작가였다.

베른하르트에 대해 글을 쓰기 시작했던 1960년대에 나는 무명에 가깝거나 전혀 알려지지 않은 젊은 작가들의 작품을 『디 차이트』에서 자주 다루고 있었다. 몇 명만 거명하자면, 라인하르트 바움가르트, 유레크 베커, 페터 빅셀, 볼프 비어만, 롤프 디터 브링크만, 후베르트 피히테, 알렉산더 클루게, 아돌프 무슈크, 울리히 플렌츠도르프, 가브리엘레 보만, 볼프 본드라체크 등이었다. 대부분이 언제나 호의와 찬사를 보내는 글이었다.

그럼에도 나는 곧 닥치는 대로 마구 펜을 휘두르는 잔인한 평론가로 낙인찍혔다. 이런 상황에서 내가 쓴 부정적인 평론들을 골라 『혹평 일색』이라는 제목으로 책을 낸 게 과연 적절한 행동이었는지는 잘 모르겠다. 거기에서 나는 신예 작가들의 작품이 아니라 누가 봐도 성공을 거둔 작가들의 책을 비판했다. 책의 마지막은 나 자신의 평론 활동에 대한 날카롭고 과격한 비판의 글로 장식했다. 그 글은 페터 한트케가 쓴 것이었다. 이 책의 기획 의도는 당시의 독일문학과 평론가 간의 소통에 기여하고, 나의 부정적인 평가 이면에 바로 단호한 긍정이 숨어 있음을 알려 내 혹평을 변호하려던 것이었다.

『혹평 일색』은 큰 성공을 거두면서 네 개의 판본으로 출간되었고 쇄를 거듭했다. 그러나 그 결과는 내가 원치 않던 것이었다. 편견을 깬 것이 아니라 더 공고히 한 것이다. 그때부터 신문과 잡지에서는 내 이름을 거론할 때마다 옆에 괄호를 치고 "혹평 일색"이라고 적어넣었다. 비평 모음집이 나오기 전이나 후에도 나는 더 중요하다고 생각되는 책들을 여러 권 펴냈건만, 이 '혹평 일색'이라는 꼬리표는 갈수록 내게 우호적이지 않은 상표로 굳어졌다. 내가 긍정적인 평론을 많이 썼음에도 불구하고, 그리고 가끔 지난날 썼던 평론을 읽으면서 혹시 내가 그럴 가치가 없는 책들에 너무 자주 찬사를 보낸 건 아닐까 혼란스러워했음에도 불구하고, 나는 혹평 전문가라는 악명을 얻었다. 프리드리히 뒤렌마트가 그린 그림에서 나는 거대한 펜을 들고 내 평론에 희생된 수많은 작가들 머리 위에 웅크리고 앉아 있다. 그 그림의 제목은 '골고다'였다.

이 그림에 나는 전혀 불만이 없다. 나도 상투적인 문구로 작가들의 특성을 지적한 적이 많기에 불만을 표시할 수가 없다. 의도했든 아니든 여하튼 내가 작가들에게 꼬리표를 달아준 것은 그들로서도 절대로 기분좋은 일은 아니었다. 그러나 내가 『혹평 일색』에 견줄 만한 반대 색깔의 책을 내려고 했던 것은 이해해줄 만하지 않을까 생각한다. 그 책은 『호평 일색』이라는 제목을 달고 1985년에 나왔다. 작가들의 생일을 기념하는 글 외에 수상식을 비롯한 여러 행사에서 행한 연설이 실린 책이다. 거기에서 다룬 작가도 리카르다 후흐부터 헤르만 부르거까지 다양하다. 하지만 전혀 도움이 되지 못한 책이 되어버렸다. 세상이 나를 계속 문학의 사형집행인으로 보고 있으니까.

그후 나는 계속해서 많은 책을 집필하고 더 많은 책을 편집하여 출간했기 때문에 당연히 내 책에 대한 다른 이들의 비평도 자주 읽게 되었다. 역시 예상한 대로 혹평이 아주 많았다. 가혹함과 공격성으로 따지자면 타의 추종을 불허하는 것들이었다. 이것도 놀랍지는 않다. 내게 외면당한 작가들의 고통과 상처를 모르는 바 아니므로 그들의 복수와 증오 발산은 당연히 이해해야 한다. 다만 그런 감정 표출에서 인간적인 도를 넘은 비평이 많다는 게 아쉬웠다. 어쩌면 이는 우리 문학계의 징후라고 말해야 할지도 모르겠다.

1965년 나는 『디 차이트』에 젊은 작가 롤프 디터 브링크만을 독일 산문문학의 새로운 인재라고 호의적으로 소개했다. 1968년에는 그의 첫 소설 『그 이상은 아무도 모른다』를 열광적으로 치켜세웠고 『디 차이트』에도 똑같이 호평을 실었다. 1968년 11월, 브링크만과 나는 베를린 예술 아카데미에서 열린 행사에 참석하여 함께 단상에 앉아 있었다. 그를 처음 본 것은 행사가 시작되기 직전이었다. 그런데 놀랍게도 그는 성난 얼굴로 나를 바라보았다. 그가 소동을 피울 작정이었다는 것을 내가 알 리가 없었다. 토론이 시작되고 얼마 지나지 않아 그는 이렇다 할 이유도 없이 내게 고래고래 소리를 질렀다. "당신하고는 아예 말을 하지 말았어야 했어. 여기에 기관총을 가지고 와서 당신을 쏴버렸어야 했어." 격분한 청중은 흥분해서 토론장을 나갔다. 브링크만은 속으로 계획하고 있던 난동을 피운 것이다. 그의 책을 내는 출판사 편집자가 나를 진정시키려고 했다. "당신은 브링크만에게 아버지 같은 인물이잖아요. 그러니 아버지 살해도 필요한 거죠. 당신이 이해하셔야 해요." 나는 이해할 생각이 없었다.

내가 죽기를 바란 사람으로는 페터 한트케도 있었다. 내가 죽더라도 최소한 애석해하지는 않을 사람이었다. 그는 1980년에 나온 책 『생트 빅투아르의 교훈』에서 나를 "파렴치함이 용솟음치는" 사람, 게토 때문에 "살기"가 등등해져 침까지 흘리며 짖어대는 "수색견"으로 묘사했다. 큰 주목을 받은 여성 시인 크리스타 라이니히도 내가 죽기만을 바라며 나의 죽음을 상상하고 아주 자세하게 그려놓았다. 형식적으로만 본다면 나는 그녀에게 부정적인 발언을 한마디도 한 적이 없다. 오히려 호의적인 평이 많았다. 1984년에 출간된 라이니히의 책 『우물 안 여자』에는 주인공의 남자친구가 문장을 하나씩 쓸 때마다 내가 그의 책을 어떻게 평가할지 매번 생각하느라 더는 글을 쓰지 못하겠다고, 더구나 1년 안에 끝내야 하는 책이라 고민이라며 불평하는 대목이 있다. 하지만 그는 안심한다. "내가 말해줄게. 라이히라니츠키는 벌써 오래전에 죽은 거나 다름없어…… 어쩌면 남들은 모르는 병이 그를 괴롭히고 있을 수도 있어. 암이나 심장질환이나 정신병에 걸렸는지도 몰라. 다음 달에라도 당장 발병할 수 있어. 그러면 너는 원하는 것을 자유롭게 쓸 수 있어. 그 사람은 나의 이런 유치한 생각을 비웃겠지. 아니, 그런 일은 절대로 불가능해. 내 말 들어봐. 그는 교통사고를 낼 거야. 차에 치이거나 오른쪽에서 추월하던 차에 받혀 몸이 절단되고 으깨질 거야."

독일만이 아니라 어느 나라든지 문학비평의 역사를 들여다보면, 혹평을 많이 한 평론가는 특히 자주 공격당하고 그 자신도 혹평의 대상의 된다는 사실을 알 수 있다. 이걸 심오한 정의로 여기는 사람도 있을 것이다. 여하튼 문학을 생업으로 삼는다는 것은 늘 위험한 법이다. 이 활동을 진지하게 하는 사람은 많은 모험을 해야 하며, 되로 주는 사람은 말로 받기 마련이다. 그러니 나로서는 한탄할 까닭도 없고 불평할 이유도 없다. 그러나 나를 겨냥했던 그 잔인한 발언들로 인해 내가 당혹감을 느꼈다는 것만큼은 숨기지 않겠다.

그 작가들의 잔인함은 그들의 감성이나 허영심과 관계가 있을까? 토마스 만은 아이처럼 자기중심적이었고, 프리마돈나처럼 예민했으며, 테너처럼 우쭐댔다. 그러나 그는 자기중심적 태도야말로 자신이 지닌 창조성의 전제 조건이라고 말했다. 스스로를 대단하게 여기는 사람만이 자신을 괴롭힌다는 것이다. 또 그는 "훌륭하고 고귀해 보이는 것, 예컨대 정신과 예술과 도니은 인간의 자만심에서" 나온다고 주저 없이 말했다. 작가는 모든 것을 다른 이들보다 더 강하고 집중적으로 느끼기 때문에 자신을 괴롭히는 정도도 다른 이들보다 더 심할 수밖에 없다. 끊임없이 자기를 확인하려는 욕구는 바로 여기에서 비롯된다. 모두 납득할 수 있는 말이다. 그러나 작가로서 성공을 거두어도, 나아가 세계적으로 성공을 거두어도 그 욕구가 조금도 감소하지 않는 것을 보면 정말 놀랍다.

괴테는 『타우리스의 이피게니에』부터 『친화력』에 이르는 작품이 안겨준 상대적인 실패로 인해 아마 세계적인 성공작 덕분에 느낀 행복감보다 더 큰 고통을 맛보았을 것이다. 토마스 만은 정말로 찬사에 목말라했으며 인정을 받지 않으면 견디지 못하는 중독 증세를 보였다. 자신의 작품에 대한 비판적 발언에 대해서는 귀를 막았고, 자기 책을 펴내는 출판인, 비서, 가족 들에게는 그런 비평 글을 자기가 보지 않도록 숨기라고 요구했다. 지극히 사소한 비판도 그는 개인적인 모욕으로, 나아가 심각한 명예훼손으로까지 느꼈다.

작가는 공개적으로 자신의 작품에 대해 발언하는 사람에게 무엇을 바랄까? 1955년 아르놀트 츠바이크에 관한 책을 출간한 뒤 꼭 그럴 필요는 없었지만 그에게 책을 보낸 일이 있다. 츠바이크는 다음과 같은 일화를 들려주며 고마움을 표시했다. "하인리히 만, 아르투어 슈니츨러, 후고 폰 호프만스탈이 함께 스타른베르크 호수를 산책하며 문학비평 이야기를 했습니다. 호프만스탈은 서평에 대해 어떻게 생각하느냐는 물음에 이런 고전적인 답변을 내놓았다고 합니다. '더 찬사를 받아야 해요. 더 찬사를 받아야 해요. 더 찬사를 받아야 해요.'" 죄르지 루카치는 '작가와 비평'을 주제로 상세한 논문을 썼다. 섬세하면서도 때론 무척 복잡한 사고를 전개한 후 그는 이런 발견을 하여 독자를 놀라게 했다. "일반적으로 작가에게 '좋은' 비평이란 그를 칭찬하거나 그의 적수를 혹평하는 비평이고, '나쁜' 비평이란 그를 꾸짖거나 그의 적수를 칭찬하는 비평이다."

마르틴 발저는 현대 독일문학에서 가장 지적인 에세이 작가의 한 사람이자 흥미롭고 유별난 지성인의 한 명으로 널리 알려져 있다. 독일 최고의 재담꾼인 그는 작가의 원형은 새들에게 자신을 찬양하고 노래하는 법을 가르친 이집트 목동 프사폰이라고 거침없이 말했다. 그는 이 말이 무엇을 뜻하는지 알고 있었다. 감수성, 허영심, 자기 과대평가, 이런 것들을 나는 에리히 프리트와 볼프 비어만에게서 발견했다. 자기중심적 태도가 재능을 능가한 사람들이었다. 여러 가지 측면에서 비범한 작가였던 엘리아스 카네티도 역시 그런 특성을 가진 사람이었다.

카네티를 처음 만난 것은 1964년 프랑크푸르트에서였다. 더 오랜 시간 대화를 나누기 위해 우리는 그가 몇 년 전부터 살고 있는 런던에서 다시 만나기로 약속했다. 얼마 후 나는 런던으로 가서 그에게 전화를 걸었다. 카네티는 반가워했다. 무척 공손하게 전화를 받던 그는 내가 런던에 얼마 동안 있을 것인지부터 알고 싶어했다. 1주일 더 머물 계획이라는 말을 듣자 그는 무척 좋아했다. 자신이 지금은 런던에 있지만 사실은 막 은둔을 시작하여 수도원의 어느 밀실에서 생활한다는 것이었다. 그러니 닷새 후 저녁 6시에서 7시 사이에 다시 전화를 걸어주면 고맙겠다고 했다. 그 시간대에만 전화를 받기 때문이라는 것이다.

그러면서 카네티는 전화를 거는 아주 특별한 방법까지 알려주었다. 다이얼을 돌려서 전화벨이 다섯 번 울리면 수화기를 내려놓고, 또 한 번 다이얼을 돌려서 이번에도 전화벨이 다섯 번 울리면 그때 자기가 전화를 받겠다는 것이었다. 친구들과의 통화도 이런 식으로 약속해놓았으며 그 밖의 전화는 전혀 받지 않는다고 했다. 나는 그가 원하는 대로 하겠다고 대답했다. 하지만 조금 전에는 내가 전혀 다른 시간대에 전화를 걸었는데도 벨이 한 번 울린 뒤 받았는데, 그건 어떻게 된 건지 알고 싶었다. 그가 뭐라고 대답을 했는지는 기억나지 않는다.

나는 런던 햄프스티드에 있는 그의 집으로 찾아갔다. 별로 넓지 않은 소박한 집이었다. 카네티를 만나본 나는 큰 인상을 받았다. 그는 상냥하고 친길했으며 우석이나 말수가 많았다. 특히 그가 내뿜는 카리스마가 눈에 띄게 인상적이었다. 카리스마가 있는 배우들은 이따금 만나보았지만 카네티와 비슷한 분위기를 가진 작가들은 거의 본 적이 없었다. 배우들은 카리스마를 발산하려면 배역이나 대본이 필요하다. 반면에 일상에서 대화를 할 때는 그 카리스마가 금방 사라진다. 카네티는 대화의 달인이었다. 입을 열어 수다스럽게 강의를 시작하는 순간 그의 마력적인 개성이 확연히 드러났다. 키가 작고 살이 조금 쪘지만 둔중하지 않은 카네티는 품위 있고 재치 있는 만담가의 실력을 유감없이 보여주었다. 당당함과 여유는 그의 참모습이었지만 어렴풋이 배우 같은 분위기도 풍겨나왔다. 그가 쓰는 독일어에 아름답기 그지없는 오스트리아 말 억양이 섞여 있는 것도 그런 분위기에 일조하는 듯했다. 조금 과장해서 말하면, 이야기 내용과는 상관없이 그의 말을 듣고 있는 것만으로도 즐거웠다.

우리는 당연히 문학에 대해 이야기했다. 그는 현대 작가들의 작품은 거의 읽지 않았다. 그 작가들을 모른다고 고백할 때 그는 조금 반항적이고 오만한 모습을 보였다. 20세기 전반기 독일어권의 위대한 작가들 중에서는 겨우 몇 명만 인정했는데, 특히 카프카와 카를 크라우스에 대해서는 무척 신이 나서 이야기했다. 아무리 정중하고 공손한 카네티라고 해도 남의 말을 듣는 자세는 그의 장점으로 꼽기 어렵다는 것을 금세 알 수 있었다. 할 말이 너무 많아서였는지도 모르고, 그런 척하려던 것과는 달리 런던에 대화를 나눌 상대가 많지 않아서 그랬을 수도 있다. 그가 자신의 작품과 살아온 날들을 이야기하는 순간, 그리고 그가 본 자신의 모습을 손님인 내게 간략히 소개하는 순간, 어떤 장엄한 분위기가 느껴졌다. 수년 전에 나온 그의 일기와 여러 글의 대부분은 아직 읽어본 사람이 아무도 없다고 했다. 보안을 위해, 즉 집요한 언론인과 평론가 그리고 궁금해하는 그 밖의 사람들이 읽지 못하도록 암호로 써놓았기 때문이라는 것이다.

그 기록에 누가 그렇게 큰 흥미를 보일지, 혹시 전화 거는 사람에게 일러주었던 규칙과 비슷하게 이것도—무례한 표현을 쓰자면—예의 그 잘난 체하는 태도가 아닐까 생각해보았다. 그의 개성을 이루는 특징 중에는 언뜻 보면 서로 어울리지 않는 것 같은 요소들이 있다. 숨기지 못하고 드러내던 자만심, 그리고 그의 안식처가 되었던 고독을 즐기는 열정이었다.

우리가 여러 번 만났던 1964년 겨울 카네티는 독일에서 아웃사이더들 사이에서도 아웃사이더로 통하던 작가였다. 그의 책은 겨우 몇 권만 출간되어 있었고 그것도 많은 독자를 얻지 못했다. 당시는 아직 노벨상을 받지 않았던 때였고, 독일과 오스트리아로부터 수많은 상과 칭호를 받아 영광된 자리에 오른 것도 모두 나중의 일이었다. 훗날 거의 넘볼 수 없는 카리스마로 수행한 세속의 예언자 역할도 아직은 주어지지 않았으며, 그의 작품과 인격에서 발산되던 이단 형성의 위력도 독일에는 아직 알려져 있지 않았다.

우리는 화기애애한 분위기 속에서 작별 인사를 나누었다. 그는 당시 세력 확장 속도가 더디기만 하던 자신의 교파에 새 신자가 들어왔다고 생각했는지도 모른다. 분명히 나는 그의 카리스마에 압도되었다. 여하튼 당분간은 그랬다. 하지만 처음에 그토록 강렬했던 인상은 이후 몇 년이 지나면서 눈에 띄게 약해졌다. 거기에는 그럴 만한 이유가 있었다. 그뒤로도 우리는 여러 번 만났지만 그 만남에서 우정은 생기지 않았다.

1967년 나는 여러 작가와 철학자와 언론인이 하인리히 뵐에 대해 쓴 논평들과 평가들을 하나로 묶어 책으로 낼 준비를 하고 있었다. 이런 경우에는 늘 그렇듯이 동의한 사람도 많았고 거절한 사람도 적지 않았다. 야스퍼스와 하이데거는 참여하지 못했지만, 아도르노, 루돌프 아우크슈타인, 루카치, 루트비히 마르쿠제, 마르틴 발저, 추크마이어 등은 작업을 함께 했다.

카네티에게도 나는 아주 짧아도 좋으니 뵐에 대해 글을 써달라고 부탁했다. 야스퍼스는 내게 편지를 보내, 뵐의 작품은 한 줄도 읽어보지 않았다는 말과 함께 무언가를 하려면 그 개인의 본질적인 면에 국한해야 한다고 조언했다. 카네티도 내용은 비슷하지만 전혀 다른 어조의 답장을 보내왔다. 편지에서 그는 이렇게 적었다 “저는 뵐의 작품을 충분히 읽어보지 않아서 아무 [illegible] 난감한 상황에 있습니다. 저보다 뵐을 더 잘 아는 700만 명의 독자들에게는 사실 부끄러운 일이지요.” 오해할 것도 없이 빈정대는 말이었다. 내가 자신에게 걸맞지 않은 주제를 요구했다고 암시하고 싶었던 것이다.

즐겁고 낙관적이던 초기 단계가 지난 후 우리의 관계는 눈에 띄게 냉랭해졌다. 그의 작고 매력적인 시적 산문집 『마라케슈의 목소리』에 대해 내가 처음으로 평한 글이 그의 마음에 들지 않았던 것도 여기에 한몫했다. 그는 내가 자신의 핵심작들은 놔두고 중요하지도 않은 작품을 칭찬했다고 말했다. 틀린 말은 아니었다. 그에게 뵐에 대한 글을 써달라고 부탁했다가 거절당한 후 6년이 넘는 세월이 흘렀다. 그사이 나는 『프랑크푸르터 알게마이네』의 문학면을 담당하고 있었다. 그 무렵 후고 폰 호프만스탈 탄생 100주년이 다가오고 있던 터라 나는 이 신문에 적절하다고 생각되는 방법으로 그의 생일을 기념하고 싶었다. 1967년에는 거절당했지만 나는 한번 더 용기를 내 카네티에게 원고를 부탁했다. 뵐과 달리 호프만스탈은 그의 수준에 맞기를 바랐다. 내 기억이 맞다면 카네티에게 써서 보낸 내 부탁 편지는 지나치게 공손했다. 그는 즉시 답장을 보내왔다. 솔직히 놀라웠다. 그는 “글을 쓰느라 시골 구석에 있다가” 지금 막 런던으로 돌아오니 내 편지가 와 있더라고 했다. “편지를 읽고 적잖이 놀랐습니다. 제가 신문에는 글을 쓰지 않는다는 걸 아시리라 생각했거든요. (…) 저는 스스로 우러나와야만 쓸 수 있는 사람이라 외부에서 들어오는 집필 제안은 받아들일 수 없습니다. 내가 누군가의 탄생 100주년에 글을 쓴다고 상상만 해도 웃음이 나옵니다. (…) 거기다가 내게는 아무 의미도 없는 작가, 오히려 지나치게 과대평가되었다고 생각하는 호프만스탈이라니요!”

나는 그에게 하이네와 폰타네, 되블린과 무질도 신문에 자주 글을 썼다는 사실을 알려주고 싶었다. 그러나 이 문제와 호프만스탈의 작품을 놓고 그와 편지로 대화하는 것은 포기하는 게 옳다는 결론을 내렸다. 그보다는 대작으로 기획된 그의 두 권짜리 자서전, 1977년에 나온 『자유를 찾은 혀』와 1980년에 나온 『귓속의 횃불』에 대해 글을 쓰는 쪽을 택했다. 카네티의 자서전은 그 속에 담긴 문학적 교양과 인간적인 성숙함 덕분에 당시 독일어로 출간된 대부분의 책들, 아니 거의 모든 책들을 크게 능가했는데, 당연히 이 점을 내 평론에서 언급했다.

하지만 그가 자신의 과거를 미화하고 개인적인 신화를 만들려는 욕망을 억누르지 않은 점은 내가 보기에 우려스러웠다. 또 내겐 낯설게 느껴지던 그의 은둔 생활과 불쾌감을 주었던 여유로운 태도는 지금 우리가 걱정하는 모든 당면 문제들에 철저히 등을 돌린 대가로 얻지 않았을까 하는 의문이 사라지지 않았다. 그것은 카네티의 자기애와 자만심과 관련이 있었을까? 토마스 만이 생산적인 의미를 부여한 '잘난 체하는 태도'와 관련이 있었을까? 카네티의 글에 나오는 다음의 문장을 읽고 나는 타의 추종을 불허하는 그 솔직함에 할 말을 잃었다. 그는 자신이 알고 지낸 대부분의 생존 작가들이 마음에 들지 않는다고 했다. 추측건대 그것은—카네티도 고백했듯이—"그 자신이 유일한 작가"라고 생각해서 그랬을 것이다.

자기애와 자만심과 '잘난 체하는 태도', 이 모든 것을 비정상적으로 갖고 있다고 비난받은 사람이 또 있다. 카네티와는 명백히 다른 점이 많아도 비교하기에 적당하므로 여기에서 거론해야겠다. 바로 테오도어 W. 아도르노이다. 두 사람은 동년배에다(카네티는 1905년생, 아도르노는 1903년생이다) 유대인 망명 작가다. 둘 다 비범한 지위와 명성을 누렸으며, 주로 서독에 독자층이 있었다는 점도 똑같다. 아도르노는 1969년에 66세의 나이로 갑작스럽게 사망했다.

그는 왜 더 오래 살지 못했을까? 바보 같은 질문이다. 하지만 아도르노의 경우라면 해볼 만한 질문이다. 그가 우리 시대의 가장 위대한 사상가의 한 명인지 아닌지는 판단이 서지 않는다. 그러나 가장 성공한 독일 철학자이자 문화비평가였다는 점에는 의심의 여지가 없다. 그의 저술에 쏟아진 어마어마한 반응은 그를 행복하게 만들었지만, 그와 동시에 많은 고통도 안겨주었다. 그 고통의 대부분은 그의 말년에 찾아왔다. 그는 유명해질수록 더 자주 공격받고 때론 조소까지 당했으며, 많은 동시대인들의 질시와 미움에 시달렸다.

그가 당한 최후의 일격은 1963년에 시작되었다. 아무것도 배운 것이 없고 아도르노의 사상을 이해하거나 논의할 만한 능력도 없어 보이는 한 젊은이가 그를 웃음거리로 만들려고 작정했다. 그는 이 목적 달성에 필요한 것을 찾다가 마침내 발견했다. 그것은 아도르노가 1934년 '제국 청소년 지도청 관보'에 발표한 서평이었다. 발두르 폰 시라흐*의 시를 가사로 쓴 합창곡들을 호평하면서 괴벨스의 발언까지 긍정적으로 인용한 글이었다. 젊은이의 고발은 대성공이었다. 아도르노를 시기했던 이들, 그에게 부당한 대접을 받았다고 생각한 이들, 자신들을 무시하는 그의 태도를 참을 수 없었던 이들, 그래서 벌써부터 복수를 하려고 벼르던 이들, 그들 모두가 쾌재를 부르고 환호성을 질렀다. 무시당하던 사람들, 좌절한 사람들, 시기하는 사람들의 때가 온 것이다. 아도르노가 1934년에 쓴 서평은 당연히 좋은 글이 아니었다. 이 문제에 대해서는 저자 자신도 이야기한 바가 있다.

그러나 지독히 불쾌한 두세 줄의 문장보다 더 나쁜 것은 남의 불행을 즐기는 고약한 심술과 비열함, 그리고 여전히 빠지지 않고 등장한 일반적인 반유대주의의 승리였다. 독일에서는 아무리 인용해도 부족한 호프만 폰 팔러스레벤의 말을 다시 한번 상기해야 한다. "이 나라에서 최고로 고약한 자는/밀고자다." 이후에도 아도르노에 대한 공격은 별로 수그러들지 않았다. 모두 그의 삶을 힘겹게 하려고 애를 썼다. 하지만 아무리 많은 상처를 받아도 그는 흔들리지 않고 저술을 계속했다. 우리 모두의 유익을 위해서.

---

* 히틀러 소년단을 이끌었으며 빈을 통치했던 나치 지도자(1907~1974).

나는 아도르노를 여러 번 만났다. 함부르크와 빈에서 만났고, 프랑크푸르트에서는 더 자주 보았다. 만날 때마다 짧은 시간이었지만 그와의 대화는 인상적이었다. 기억에 가장 깊이 남아 있는 것은 1966년 7월 6일 헤센 방송국에서 처음 만나 나눈 대화였다. 그는 〈문학 카페〉라는 프로그램에 초대 손님으로 참석했는데, 녹화를 프랑크푸르트에서 오전 10시에 해야 한다는 조건을 제시했다. 우리는 그 조건을 받아들였다. 정각에 나타난 아도르노는 태도가 무척이나 공손했다. 너무 지나치게 공손하지 않나 생각될 정도였다. 그는 한스 마이어와 나에게 하필이면 오늘 대담을 제대로 할 수 없을 것 같다는 안타까운 소식을 전하며 우리를 놀라게 했다. 전날 과로를 했는데, 사실을 고백하자면 세미나를 진행하고 시험을 치르려고 각성제의 힘을 빌렸다는 것이다. 그래서 지금은 안타깝게도 완전히 녹초가 되어 있으니 제발 한스 마이어와 내가 둘이서 진행을 하고 자기는 가끔씩 몇 마디 말로 거들거나 반론만 제기하겠다고 했다. 그 얘기는 유명 가수가 총연습에 나타나 로엔그린 역을 입만 벙긋거리며 하겠다는 통보처럼 들렸다.

한스 마이어와 나는 딱하게 고통받고 있는 위대한 학자를 박애 정신을 발휘해 도와주기로 굳게 결심했다. 그래서 나는 몸 상태가 좋지 않은 그에게 적절하다고 생각되는 간단한 질문을 던졌다. 그의 글을 하나도 읽지 않은 사람이라도 아우슈비츠 이후에까지 시를 쓰는 것은 야만이라고 한, 대부분 잘못 인용되는 그의 말은 알고 있을 텐데, 이 말이 무슨 뜻이냐고 그에게 물었다. 아도르노는 즉시 답변했다. 그러나 짧지 않은 대답이었다. 답변이 길어질수록 그의 설명은 더욱더 내 마음에 들었다. 그가 얘기하는 모든 말을 이해했기 때문이다. 그건 편안한 느낌이었다. 사실 그의 저술을 읽으면서 언제나 그런 편안함을 느꼈다고는 말할 수 없었다.

이후 대화가 어떻게 진행되었는지 지금은 생각나지 않는다. 하지만 분명히 기억나는 것은 있다. 마이어와 나는 결코 말수가 적지 않은 사람으로 정평이 나 있었지만 그때만큼은 할 말이 없었다. 손님으로 온 아도르노는 자신이 괴구 쌀내리는 길 잊은 모양이었다. 그가 하는 이야기에 우리는 제동도 걸지 못하고 말을 끊을 수도 없었다.

녹화가 끝나자마자 그는 서둘러 천진난만한 질문을 던졌다. 잘했어요? 물론이다. 아주 훌륭했다. 테너처럼 자만심에 젖어 있었을까? 그렇다. 지난 수십 년 동안 나는 성취와 업적은 빈약하면서 한없는 자만심에 빠져 있는 작가들을 무수히 만나보았다. 우리가 큰 빚을 지고 있는 이 위대한 사람의 자만심을 과연 나쁘다고 말해야 할 이유가 있을까?

아도르노와 카네티의 자만심에는 적지 않은 차이점이 있었다. 카네티의 자만심은 자신이 절대적인 고발자와 고독한 세계 심판자가 되려는 야심과 관련이 있다. 그가 애써 추구한 상징적인 직분, 사제의 위엄이나 장엄미가 흐르는 품격을 갖추려고 했던 그 직분이 무엇인지는 정확하게 정의 내리기 힘들다. 그것이 자리한 곳은 문학과 철학, 예술과 종교, 엄격한 시대 비판과 고차원의 조언 사이의 불분명한 경계선이었기 때문이다. 카네티는—그로서는 불만스럽지 않은—원시시대의 신화적 인물에 버금가는 존재로, '루스추크*의 예언자'로 추앙받았다.

아도르노는 이런 특성과는 거리가 먼 사람이었다. 물론 그도 칭송과 존경을 받고 싶어했지만, 그것은 지성과 학문의 권위자로서 받고 싶은 칭송이고 존경이었다. 그도 추종자들의 존재를 중요시했지만, 자신을 맹목적으로 따르기보다는 자신의 비판적 사고를 비판적으로 칭송해주기를 바랐다. 카네티 숭배는 가끔 종교적 찬미로까지 나아갔다. 하지만 아도르노는 그런 데에 관심이 없었다. 그의 본령은 신성함이 아니라 본인이 전혀 숨기지 않았던 뽐내기와 과시였다. 그가 〈문학 카페〉에 출연한 것은 자기만족의 과시였다. 아도르노의 자만심은 가수나 배우의 자만심과 비슷했다. 그가 노린 것은 무언의 숭배가 아닌 열렬한 박수갈채였다. 아무리 인기에 중독되었다고는 해

---

* 지금의 불가리아 루세. 카네티가 태어난 도시.

도 그 안에는 무장해제된 어떤 특성, 그의 자만심에 카네티의 그것보다 더 많은 이해와 공감을 표시하게 만드는 무엇인가가 있었다. 그 특성이란 바로 어수룩한 무방비성이었다. 갈채를 향한 욕구, 끝없이 찬양받으려는 그의 욕망 속에는 무언가 눈물겹고 왠지 아이 같은 천진난만함이 있었다.

〈문학 카페〉 녹화가 끝난 직후 아도르노는 자신의 신간을 읽어볼 기회가 있었느냐고 내게 물었다. 아쉽게도 그럴 기회가 없었다고 사실대로 대답했다. 그는 눈에 띄게 실망한 표정을 지었다. 지금도 나는 그의 책이 유일무이한 대작이라고 말해주지 못한 것을 안타깝게 생각한다. 아이와 같은 그런 자만심이 없었다면 과연 아도르노는 그 책을 만들어낼 수 있었을까?

어쩌면 우리에겐 위인들의 사소한 약점을 품어주는 이해심이 별로 없는지도 모른다. 사람들은 브레히트의 시 「후세대에게」의 마지막 짧은 두 행을 즐겨 인용한다. "우리를 기념하라/너그러운 마음으로." 이 시구는 문학에 이바지한 모든 이들이 우리에게 외치는 말처럼 들린다.

풀버뮐레와 계산기

1964년 8월 25일, 나는 뮌헨에 있는 배심 재판정에 나가 전 나치 친위대 중장 카를 볼프에 대한 형사소송 재판의 증인으로 심문을 받았다. 나는 우선 나를 소환한 검찰측에 무언가 착오가 있는 게 아니냐고 물었다. 친위대 중앙지도자 힘러의 개인 참모장인 볼프는 본 적도 없고 그가 하는 일에 대해서도 들은 적이 없었기 때문이다. 그들은 알았다고 하면서도 심문을 계속하려고 했다. 나는 바르샤바 게토의 상황에 대해 진술해야 했다. '유대인 거주지역'의 길거리를 여러 번이나 오갔으면서 그들이 날마다 거기에서 무슨 일이 벌어졌는지 모른다는 게 말이 될까?

내 증인 진술에 대해서는 여러 신문에 보도가 나갔다. 그 기사를 읽고 북독일 방송국 직원이 게토에 대해 인터뷰를 요청해왔다. 우리는 함부르크에 있는 '풍크에크'라는 카페에서 만났다. 방송국 건물과 대각선으로 마주보는 자리에 있는 카페였다. 아직 서른이 안 돼 보이는 여기자는 그다지 미인은 아니었지만 매력이 없지 않았다. 그 매력은 젊은 사람치고는 신중해 보이는 태도에서 나오는 것 같았다. 30분가량의 인터뷰는 녹음과 함께 진행되었다. 그녀의 질문은 정확하고 빈틈이 없었다. 어떻게 그런 일이 일어날 수 있느냐는 게 질문의 핵심이었다. 녹음은 한 번도 중단되지 않았다. 인터뷰가 끝났을 때 나는 거의 50분간 대화가 지속되었다는 걸 알고 놀라서 그녀를 바라보았다. 이렇게 오래 인터뷰한 이유가 무엇이냐고 물어보았다. 그녀는 조금 당황한 표정으로, 개인적인 관심 때문에 질문한 부분도 있다면서 더 알고자 하는 마음을 탓하지 않았으면 좋겠다고 했다. 그 여기자에 대해 조금 더 알고 싶었지만 무척 바빠 보였다. 그녀를 바라보니 눈에 눈물이 고여 있었다. 내가 얼른 물었다. "실례지만, 제가 성함을 올바로 들었나 해서요. 마이엔베르크라고 하셨나요?" "아뇨, 마인호프예요. 울리케 마인호프."

1968년, 어느덧 이름이 알려진 그 여기자 울리케 마인호프가 범죄를 저질렀다는 소식이 들렸다. 그녀는 안드레아스 바더와 함께 테러 조직을 만들어 경찰의 추적을 당하다가 붙잡힌 뒤 1976년 감옥에서 자살했다. 이 이야기를 들을 때마다 나는 카페 '풍크에크'에서 했던 인터뷰가 생각났다. 당시 나로서는 그 미래를 짐작조차 할 수 없었던 울리케 마인호프, 그녀는 왜 내 기억 속에 깊숙이 각인되어 있었을까? 나의 바르샤바 게토 체험을 솔직하게 진심으로 알고 싶어한 첫 독일인이어서 그랬을까? 독일의 과거를 알고자 했던 그녀의 뜨거운 관심과 그녀를 테러와 범죄로 내몬 길 사이에는 무슨 관계라도 있는 게 아닐까?

1960년대 중반에 들어오면서 서독의 정치적 분위기는 크게 달라졌다. 1966년의 '대연정'은 정치판에 완전히 새로운 상황을 만들어냈다. 사회주의와 마르크스주의 세력, 그리고 넓은 의미의 젊은 정치 세력은 연방의회에 야당으로 진출하지 못하자 좌절과 고립감을 느꼈다. 여론에서는 두 개의 새로운 개념이 등장하여 주목을 받았다. '원외 야당'과 '학생운동'이었다.

정치판에서 벌어진 일들이 나와 무관할 수 없었다. 당연히 나는 급진적인 대학 개혁을 추구한 사람들, "교수 가운 아래 천년 묵은 곰팡내"라는 구호를 내걸고 효과적인 대응에 나선 사람들을 지지했다. 1968년 하면 연상되는 학생들의 정치 운동, 적잖이 혼란한 느낌도 주는 그 새로운 운동이 진지하지 못하고 반감마저 일으키는 강령들을 앞세운 것은 사실이다. 그러나 그 운동은 벌써 오래전에 시작했어야 마땅하면서도 그때까지 지지부진하게 시간만 끌어온 '제3제국' 청산 문제, 특히 서독의 공직에 몸담고 있는 나치들의 청산을 역설하고 그 논의에 박차를 가함으로써 역사적인 위업을 이룩했다. 그들이 주장하고 추구한 바는 정치와 법조계는 물론이고 특히 대학에도 해당되었다. 그중에서도 독문학, 의학, 미술사, 음악학이 논쟁 대상이었다.

그럼에도 불구하고 내가 그 요란하고 혼란한 봉기에 표시했던 공감에는 한계가 있었다. 내 불신은 점점 커졌다. 여하튼 나는 '연좌시위'나 '무단진입'이나 '토론회' 같은 데에는 한 번도 참석하지 않았다. 우발적 사건을 겪지도 않았고 집회나 시위에 가담하지도 않았다. 그 모든 광경들을 적지 않게 보았지만 그건 오직 텔레비전 화면을 통해서였다. 고래고래 소리 지르는 선동자들, 구호를 규칙적으로 되풀이해 외쳐대는 시위대, 대오를 이루어 행진하는 긴 행렬, 이런 것들은 모두 익히 알고 있던 모습이었다. 어렸을 때부터 내가 싫어하던 모습이었다.

당연히 이 반란의 이론가들과 지도자들은 정치적인 목표를 추구했다. 그러나 계속해서, 때론 운까지 맞춰가며 외쳐대는 구호들은 무언가 불안한 상황을 감출 수 없었다. 그 요란한 운동의 기저에는, 100퍼센트는 아니겠지만 주로 정서적인 요인이—비이성적인 요인까지는 아니더라도—자리잡고 있었다. 거기에 참여한 사람들은 오래전부터 염증을 느껴온 서독의 상황에 저항했다. 하지만 그들 대부분은 사람들이 질색을 하며 '기성세대'라고 부르던 대상, 즉 아버지 세대에 막연하게 저항했다. 다시 말해 반란자들이 저항한 대상은 분명했다. 반면에 그들이 무엇을 얻고자 하는지는 분명하지 않았다. 그리고 그것을 어떻게 얻어야 하는지 그 방법은 완전히 어둠에 가려 있었다.

계속해서 마르크스와 엥겔스의 이론을 내세우던 복지사회의 후예들은 그 혁명을 재미있는 소일거리로, 위험 부담이 덜한 취미로 선택한 게 분명했다. 그들은 '부르주아' '프롤레타리아' '자본주의' '착취' 같은 말을 더 흔하게 사용했으며 때로는 아무 의미도 없이 부르짖었다. '유토피아'와 '변증법'

같은 말은 카드놀이에서 사용하는 조커처럼 마법의 주문이 되었다. 머잖아 심각한 모순이 드러났다. 그건 도도한 목표와 초라한 실현 가능성 간의 모순, 거창한 구호와 더 커진 무기력감 간의 모순이었다.

가장 화가 나고 놀라웠던 것은 작가들이 이 사태에서 보여준 역할이었다. 그들 중 많은 이들이 근본적으로 예술이나 문학과는 별 관계가 없던 그 정치적, 사회적 운동에 거리낌없이 참여했다. 이제 작가들은 더이상 개인의 이름으로는 발언할 수 없게 되었으며, 자신의 목적을 위해 개인을 이용하고 악용한 단체와 세력에 맞서서 그 개인을 옹호할 수도 없었다. 문학은 개인을 무엇보다 정치적 목적에 동원해야 하는 처지가 되었다. 문학은 이념의 도구로 쓰여야 했고, 그 이념이 추구하는 세계 변혁에 이바지해야 했다. 이를 가장 큰 목소리로 주장한 사람은 역설적이게도 그 누구보다 문학의 자율성에 관심을 기울여야 할 사람들, 바로 작가들이었다. 이 모든 사태가 내게는 너무나 익숙했다. 그건 이미 한 번 경험했던 일, 그것도 오래지 않은 과거에 바로 폴란드에서 겪은 일이었다. 얼마 후 나는 서독에서 발생한 이 새로운 시대정신의 흐름에 대해 뜻하지 않은 생생한 수업을 받았다. 유쾌하면서 슬펐던 수업이었다.

1967년 10월, 뉘른베르크와 바이로이트 중간에 있는 목가적인 분위기의 호텔 '풀버뮐레'에서 '47그룹' 총회가 열렸다. 여느 때와 다름없이 작가들이 자신의 신작을 낭독했다. 낭독한 작가는 귄터 아이히, 귄터 그라스, 지그프리트 렌츠, 위르겐 베커, 호르스트 비네크였다. 그 밖에 도르스트, 힐데스하이머, 슈누레, 하이센뷔텔, 보만, 클루게, 륌코르프, 페터 헤르틀링이 참석했으며 이들은 대부분 낭독된 텍스트 비판에 참여했다. '47그룹' 총회 때마다 늘 하는 일이었다. 하지만 그때는 뭔가 평소와 다른 점이 있었다. 낭독된 텍스트는 거의 비정치적인 내용이었고 그에 대한 비판적인 논의도 내용에 집중하기보다는 주로 형식과 언어를 겨냥했다. 그러나 휴식시간에 오간 열띤 대화와 논쟁의 분위기는 달랐다. 그때는 확실히 정치적인 문제가 화제의 중심에 있었다.

점심시간이 가까워올 때쯤 참석자들은 스웨덴 작가 라스 구스타브손이 무정부주의자 바흐친을 주제로 쓴 산문을 열심히 듣다가 깜짝 놀랐다. 창문이 닫혀 있었는데도 시끄러운 구호 소리가 들려왔다. 두 종류의 구호가 지칠 줄 모르고 반복되었다. "47그룹은 종이호랑이다." "작가! 작가!" 조롱하듯 이 구호들을 외치면서 중간중간에 풍선을 터뜨렸다. 이윽고 광대로 분장한 젊은이가 회의장 안으로 들어왔다. 손에 든 플래카드에는 다음과 같이 적혀 있었다. "여기는 자우버만(도덕 군자) 가족의 회의장". 그는 당장 밖으로 쫓겨났다. 한스 베르너 리히터는 휴식을 결정했다. 모두 밖으로 나갔다. 그곳에는 대부분 젊은이로 구성된 많은 사람들이 현수막과 피켓 그리고 '울림 주머니'라고 불린 확성기를 들고 서 있었다. 일부러 이곳에서 시위하기 위해(당시에는 '데모'라고 불렀다) 멀지 않은 곳에 있는 에어랑겐 대학에서 온 대학생들이었다. 사육제 의상으로 변장한 학생들도 있었다. 이 모습을 구경하려고 인근 마을 주민까지 몰려들었으며 어린아이를 데리고 온 여자들도 적지 않았다.

회의에 참석한 많은 작가들은 그 사태를 재미있어하며 구경했다. 마르틴 발저, 에리히 프리트, 라인하르트 레타우 같은 강경 좌파 작가들은 현수막에 "노땅 작가들"이라고 써서 자신들을 조롱하는 학생들과 당장 대화를 하고 싶어했다. 그들은 젊은 시위대를 따뜻한 호의로 대하겠으며 형제애를 가지고 솔직하게 대화하겠다고 열성을 다해 약속했다. 작가들은 짧은 인사말 속에 '친구' '동반자' '동지' '동무' 등의 낱말을 후렴구처럼 넣어 반복하면서, 우리는 모두 한배를 타고 같은 목표를 향해 나아간다고 열변을 토했다. 그러자 대학생들이 다시 확성기로 대답했다. "우리는 토론을 원합니다."

그러나 대화는 이루어지지 않았다. 대체 무엇에 대해 토론하고 싶은지를 학생들한테서 들을 수 없어서 그랬을 것이다. 다만 그들이 '47그룹' 작가들을 지나치게 좌파적이지 않다고 여기고 더 적극적인 정치 참여를 원했다는 것, 특히 전단지에 적힌 대로 "후기 자본주의사회 전 과정에 나타난 규율화 경향"에 반대해주기를 원했다는 것만 확실히 알 수 있었다. 작가들과의 대화 대신 소규모 분서가 있었다. 시위대는 『빌트』와 다른 인쇄물을 불 속에 던졌다.

나는 이날 열린 회의에 관해 당장 『디 차이트』에 짤막한 보고문을 냈다. 1주일 후에는 훨씬 내용이 긴 보고문을 실었다. 두 기사에서 나는 예년과 마찬가지로 작가들의 텍스트 낭독과 그에 대한 비판을 다루었다. 이때 내가 큰 실수를 저질렀다는 것을 아주 나중에 가서야 깨달았다. 학생들의 시위에 관해서는 한마디도 쓰기 않았기 때문이다. 나는 '풀버뮐레' 호텔 앞에서 일어난 사건을 전혀 진지하게 받아들이지 않고 가소롭게만 여겼으며, 시위에 뒤따른 이런저런 일들은 심지어 불쾌하게 생각했다. 그리하여 그 사건을 무시하고 기사에서 언급하지 않았다. 나는 훨씬 중요하다고 생각된 문제, 즉 1967년의 '47그룹' 총회에서 직접 드러난 독일 현대문학의 상황에서 벗어나 다른 것을 다룰 마음이 없었다.

그날의 예상치 못한 충돌이 아무리 대수롭지 않다 해도 그 상징적인 성격까지 부인해서는 안 된다. 그와 비슷한 소란은 1960년대 말과 1970년대 초에도 계속 일어났다. 그때마다 많은 지식인들이 불안함과 무기력함을 드러냈다. 그들은 대부분 오도 가도 못하는 상황에 빠졌다는 두려움을 느꼈으며, 기성세대에 반발하는 학생들과 그 동조자들의 간절한 호소에 통감했다. 많은 작가들이 민첩하고 용감하게 바리케이드를 찾아 나섰다. 그들은 지금보다 더 열심히 정치에 몸 바치려고 문학을 소홀히 했을까? 아니면 창작에서 진전을 보이지 못해 정치에서 열심히 피난처를 찾았을까?

여하튼 그때 발표된 문학작품들은 실망스러웠다. 그렇다고 당시의 문학을 외면할 생각은 없었다. 하지만 지금까지 해온 것보다 더 과거의 독일문학에, 그러니까 19세기 말부터 제2차 세계대전 이전까지 나온 문학에 더 집중하고 싶었다.

그렇다면 『디 차이트』 문예면 편집부의 반응은 어땠을까? 그들은 전과 다름없이 내게 훌륭한 대접을 해주었다. 내가 쓰고 싶어하는 수많은 서평을 쓰게 해주었고 언제나 내 의견을 받아주었다. 멀지 않은 과거의 위대한 독일 작가들에 대해서는 얼마든지 쓰고 싶은 분량만큼 쓸 수 있었다. 나는 폰타네, 토마스 만, 호프만스탈, 슈니츨러, 되블린, 헤르만 헤세, 아르놀트 츠바이크, 호르바트, 투홀스키, 요제프 로트에 대해서 썼다. 이를 토대로 나온 책이 1977년에 발간된 『검증』인데, 언젠가는 펴내리라고 마음먹고 있던 책이었다.

내가 중요시한 현대 작가들, 예컨대 프리슈, 뒤렌마트, 뵐, 그라스, 아이히, 안더슈, 욘존, 한트케, 크리스타 볼프, 프란츠 퓌만의 신간에 대해서도 평을 썼다. 시사적인 내용도 없이 아르노 슈미트에 관해 방대한 글을 써서 제출하자, 문학 담당 편집자 디터 침머는 낮게 신음 소리를 내면서도 그 어마어마한 양의 원고를 축소하지 않고 당장 실어주었다.

영어권 산문을 더 많이 다루고 싶은 욕심도 생겼다. 그래서 쓰고 싶었던 작가들, 예컨대 헤밍웨이, 그레이엄 그린, 벨로, 맬러머드, 존 업다이크, 필립 로스들에 대해서 즉시 글을 썼다. 그렇다면 시, 그중에서도 독일 시는 어땠을까? 1967년 어느 날 밤 루돌프 발터 레온하르트와 두 시간 가까이 전화로 의견을 나누던 중, 그는 나를 무척 존경하고 높이 평가한다면서 특히 장단편소설과 에세이에 대한 내 평론에 감탄을 금치 못한다고 열을 올려 말했다. 그 말이 마음에 들지 않았다. 나는 거기에 비난이 숨어 있다는 것을 당장 눈치챘다. 아니나 다를까, 레온하르트는 감미로운 독일 시의 부드러운 떨림과 설렘이 나하고는 별로 어울리지 않는다는 취지의 이야기를 했다. 나는 그의 의견에 순순히 따를 생각이 없었다.

다음날 아침 나는 디터 침머에게 어느 시집에 대한 평을 쓰게 해달라고 요청했다. 그리고 방금 출간된 귄터 그라스의 『질문 공세』의 서평을 썼다. 찬사 가득한 긴 서평이 신문에 실리자마자 에리히 프리트가 전화를 걸어왔다 내 서평이 너무 지나치다면서 그 글은 의심의 여지 없이 "개인 숭배"라는 것이었다. 그러면서 이제는 자신의 시도 그처럼 자세히 다루어주기를 기대해도 좋으냐고 했다. 얼마 후 또다른 시인들이 연락을 해왔다. 그들 역시 그라스의 시나 내 비평이 좋다거나 나쁘다는 말을 하려는 게 아니었다. 그저 프리트처럼 자신들의 시를 자세하게 긍정적으로 평해달라고 보챘다.

자, 그렇다면 나는 지금 보는 것처럼 주간지 『디 차이트』에서 아무 문제없이 잘나가고 있었을까? 그렇기도 하고 아니기도 했다. 나는 여전히 편집부에서 일할 필요가 없었다. 그것은 내가 특별히 고마워해야 마땅한 대단히 관대한 특혜로 비쳤다. 항상 들리는 말로는, 내가 『디 차이트』에 무척이나 중요한 집필 작업에만 몰두할 수 있도록 힘들고 때론 지루한 편집부 일상 업무를 신문사측에서 면제해주려 한다는 것이었다. 따라서 나는 편집부에 나갈 필요가 없었다. 하지만 가도 괜찮기는 했을까? 그곳에 가면 환영받았을까? 원고를 보낼 때는 우편을 이용했다. 특히 급한 원고는 직접 가지고 갔다. 그건 어려운 일이 아니었다. 하지만 얼마 후 나는 운전기사가 원고를 가지러 갈 테니 수고스럽게 직접 배달할 필요가 없다는 말을 들었다. 그리고 당장 그 말대로 기사가 원고를 가지러 왔다. 당시 『디 차이트』의 편집회의는 1주일에 두 번 열렸다. 큰 회의에는 편집자 전원을 포함해 수습기자와 무보수 실습생까지 참석했고, 작은 회의에서는 문예면 편집자들이 다음 호를 준비했다. 나는 회의에 참석하라는 연락을 한 번도 받지 못했다. 나도 굳이 참석하겠다고 우기고 싶은 마음은 없었다. 『디 차이트』에서 14년간 활동하면서 보다시피 나는 회의에 참석한 적이 없었다. 단 한 번도 없었다.

내가 무엇을 애타게 원했는지 그때 알았다. 그건 정착할 곳이었다. 나 개인이 아니라 내 작업을 위해 정착할 곳이 필요했다. 나는 소외되어 있었다. 배척당했다는 느낌이 들었다. 『디 차이트』에 글을 쓰는 기간이 길어질수록 그리고 집필 활동이 성공적일수록 그런 느낌이 더 커졌다. 나는 함부르크 변두리 지역 니엔도르프에 있는 작은 집에 홀로 외롭게 들어앉아 원고를 한

상 한 상 떠니겠나. 1960년대와 1970년대에 나온 내 책의 대부분, 즉 『작은 발걸음의 문학. 오늘의 독일 작가』 『혹평 일색』 『평화 파괴자에 대하여. 독일문학 속의 유대인』은 이런 식으로 탄생했다. 세상과의 접촉은 전화 통화 이외의 방법으로는 거의 하지 않았다. 때문에 이따금 서독을 비롯한 여러 나라에서 강연할 일이 생기면 기분이 좋았다. 그런 외부 행사는 독백을 하는 듯한 내 삶의 외로움을 적어도 한시적으로나마 덜어주었다.

1968년에는 세인트루이스에 있는 워싱턴 대학에서 한 학기 동안 독문학을 강의했다. 내가 맡은 일은 강의와 세미나를 하는 것이었는데 그리 힘들지 않았다. 아직 세미나라는 데에 참석해본 일이 없었던 터라 나는 대학에서 근무하는 조금 나이든 동료에게 세미나가 대체 무엇이냐고 물어보았다. 그는 내가 상상하는 세미나는 어떤 것이냐고 반문했다. 나는 열심히 설명했다. 조금 어설픈 대답이었을 것이다. 바로 그렇게 하는 게 세미나라고 그가 말했다. 이상했다. 스스로는 무언가를 배우지도 않았는데 또 한번 남들을 가르쳐야 한다는 게.

『디 차이트』의 독자들은 나의 부재를 전혀 눈치채지 못했다. 세인트루이스에 가서도 편집부로 원고를 보냈기 때문이다. 그때는 후베르트 피히테부터 롤프 디터 브링크만에 이르는 젊은 독일 작가들에 대해 썼다. 이후 다시 독일로 돌아와보니 나와 관련해서는 아무것도 변하지 않았고 변할 조짐도 없다는 걸 알 수 있었다. 편집부에서는 나를 필요로 하지 않았으며 회의에도 참석시킬 마음이 없었다.

"짤막한 이야기를 하나 들려드려도 될까요?" 현자 나탄이 술탄 살라딘에게 물었다. 느닷없이 이 말을 하는 이유는 나도 여기에서 짧은 이야기를 하나 끼워넣고 싶어서다. 오래전 폴란드에는 하임 젤리히 스워님스키라는 이름의 유대인 남자가 살았다. 1810년 비아위스토크에서 태어나 1904년에 바르샤바에서 사망한 사람이다. 젊은 시절에는 탈무드와 랍비 문학만을 공부하다가 나중에 수학과 천문학에 전념한 뒤 1840년에 계산기를 만드는 데 성공했다. 비상한 물건을 발명했다는 소식이 러시아 황제 니콜라이 1세의 귀에 들어갔다. 황제는 그 기계가 보고 싶었다. 스워님스키는 상트페테르부르크로 초빙되어 황제를 알현했다. 그러나 황제를 만나러 들어가기 전 그는 황제 폐하가 묻는 말에만 대답하고 그 외에는 반드시 침묵해야 한다는 엄중한 주의를 받았다. 알현은 순조롭게 진행되었다. 그러나 황제는 그 기계가 하는 계산이 정말로 맞는지 안 맞는지 어떻게 알 수 있느냐고 물었다. 수학자는 황제에게 계산 문제를 내보라고 아주 겸손한 태도로 제안했다. 폐하께서는 기존의 방식대로 연필과 종이로 문제를 풀고 자신은 새 기계로 할 테니 그 결과를 비교해보시라고 말했다. 황제는 옳거니 생각했다. 동등하지 않은 두 신사가 계산을 시작하자마자 계산기를 발명한 행운의 수학자가 외쳤다. "저는 끝냈습니다." 황제는 성난 얼굴로 그를 쳐다보았다. 물어보지도 않았는데 자신의 면전에서 감히 먼저 말을 꺼냈기 때문이다. 알현장 분위기가 냉랭해졌다. 화가 난 황제는 아무 말도 하지 않고 무척 까다로운 계산 문제를 다시 풀기 시작했다. 마침내 두 사람이 계산한 결과를 비교해본 황제는 투덜거리면서 짧고 분명하게 말했다. "기계는 좋지만 유대인은 나빠." 여담이지만, 스워님스키는 이 계산기를 발명한 공적으로 1844년 러시아에서 주는 명예로운 상을 수상했으며, 얼마 후에는 상트페테르부르크 시의 명예시민이 되었다.

이 짧은 일화는 빼어난 폴란드 시인이자 에세이 작가인 안토니 스워님스키가 1948년에 런던에서 들려주었다. 19세기 그 수학자의 직계 후손인 사람이었다. 나는 이 이야기를 한 번도 잊은 적이 없다. 하지만 자꾸 이 이야기를 생각나게 만드는 일은 안타깝게도 자주 있었다. 『디 차이트』에서 일하던 나는 그 옛날 하임 젤리히 스워님스키와 비슷한 처지에 있지 않았을까? 황제가 한 말은 상황에 맞게 각색하면 나에게도 해당되지 않았을까? 그래서 "원고는 좋지만 유대인은 나빠"라는 말이 내게 적용되는 건 아닐까? 간단히 말해, 그건 반유대주의였을까?

다른 소수 민족과 비슷하게 많은 유대인들도 살면서 닥치는 이런저런 고난을 너무 성급하게 주변에 있는 비유대인들의 혐오감이나 적대감 탓으로 돌리려는 경향이 있다. 유감스러운 일이다. 그러나 유대인들의 이런 불신과 과민 반응으로 이루어진 복잡한 심정을 지나치게 나쁘게 보아서는 안 된다고 생각한다. 과민 반응에는 늘 그럴 만한 이유가 있다. 그리고 유대인들의 경우 그 이유는 명백하다. 수백 수천 년 동안 지속적으로 괴롭힘과 박해를 당한 지난날의 역사가 그것이다.

나는 내가 반유대적인 적개심의 대상이었을지 모른다는 의혹을 떨쳐버리기로 굳게 결심했다. 그러나 어느덧 10년, 12년, 아니 그 이상의 세월을 서독에서 살면서 인정도 많이 받은 나에게, 이 나라의 신문사와 출판사 혹은 방송국 들은, 그것도 내 원고를 필요로 하고 기꺼이 출판까지 해주었던 그 기관들은 말석이나마 어떤 자리를 제공한 적이 한 번도 없다는 사실을 외면하기 힘들었다. 그 무렵 『디 차이트』 편집자들은 상급 편집자까지 포함하여 다른 기관으로 이직하는 사례가 많았다. 게다가 『디 차이트』는 당시 문예면 편집부 직원을 대폭 늘리고 있었다. 하지만 그들은 나를 데려갈 마음이 없었다.

1792년 젊은 프리드리히 슐레겔이 형 아우구스트 빌헬름에게 보낸 편지에는 다음과 같은 문장이 있다. "내가 사람들에게 매번 어떤 인상을 주는지는 오래전에 깨달았어요. 그들은 내게 흥미를 느끼면서도 나를 피하죠…… 사람들은 나를 멀리서 보는 것을 가장 좋아해요. 내가 위험하고 희귀한 물건이라도 되는 듯이." 이 가운데 나에게 해당되는 것은 무엇일까? 내 경우는 유대인 수학자의 상황을 연상시킬까? 아니면 유대인이 아닌데도 사람들이 자기를 피하고 멀리서만 보려 한다고, 한마디로 자신은 인기가 없다고 불평하는 위대한 독일 비평가의 근심을 연상시킬까? 내 상황이 저 옛날 프리드리히 슐레겔과 비슷하다는 점, 다시 말해 내가 유대인이라는 사실과는 전혀 무관하다는 점에는 의심의 여지가 없었다.

1996년 나는 공적인 성격이 분명한 책을 한 권 받았다. '기념 논문집 및 시대사적인 기술'로 기획된 그 책의 제목은 『『디 차이트』로 보는 시대—어느 주간지의 50년사』였다. 그런데 그 책에 담겨 있던 짧고 객관적인 소식 하나가 나를 당황하게 만들었다. 내가 『디 차이트』에서 활동할 때 나를 편집부에 채용할지 말지를 놓고 많은 고민을 했다는 내용이었다. 그때 문예면 편집자들은 "그렇게 권력의지가 강하고 꼬치꼬치 트집 잡기 좋아하는 사람을 견뎌낼 수 있을지 심히 걱정된다"는 말을 했다고 했다. 나는 깜짝 놀랐다. '꼬치꼬치 캔다'는 단어는 듣기에 편안한 말이 아니다. '왜곡'과 비슷한 의미를 지닌 이 낱말은 지금은 거의 쓰이지 않는다. 그러나 나치의 호전적인 언론 매체, 특히 요제프 괴벨스의 글에서는 자주 볼 수 있었다. 괴벨스는 이 낱말에 거의 매번 형용사를 붙여 사용했다. 가령 "유대인들의 꼬치꼬치 캐기"나 "유대주의적-마르크스주의적 꼬치꼬치 캐기"라는 표현이 그의 글에 자주 나온다. 고백하자면 나는 그때 내 상황이 정말 그 옛날 독일의 천재 평론가 프리드리히 슐레겔과 비슷한지, 아니면 계산기를 발명한 유대인 하임 젤리히 스워님스키와 비슷한지 확신하지 못했다.

내가 『디 차이트』와 했던 공동 작업은 한 군데도 나무랄 데가 없었다. 그러나 손톱만큼도 편집부에서 일할 기회를 얻지 못한 나는 결국 『디 차이트』를 떠날 수밖에 없었다. 그렇다면 어디로 가야 할까? 비굴하게 굽실거리고 싶은 마음은 추호도 없었다. 그렇다고 어디에선가 자리가 나기를 마냥 기다리고 있을 수만도 없었다. 벌써 내 나이 50을 넘어섰다. 그때 마침 스웨덴에서 초빙 소식이 날아왔다. 나는 상근 초빙교수로 1971년부터 1975년까지 스톡홀름 대학과 웁살라 대학에서 현대 독일문학을 가르쳤다. 처음에는 몇 달 동안만 하다가 나중에는 1년에 몇 주에 걸쳐 강의했다.

1972년에는 웁살라 대학에서 명예 박사학위를 받았다. 태어나서 처음으로 받는 상이었다. 학위 수여식은 무척 장엄했다. 유서 깊고 고색창연한 웁살라 대성당의 종소리가 울려퍼지고 예포가 발사되었다. 내 머리에 월계관이 씌워졌다. 월계수 잎은 그 옛날 린네가 대학 인근에 직접 심었다는 나무에서 따온 것이었다. 감격스러웠다. 그리고 내가 서독문학에 세운 업적(이것이 학위 수여의 공식적인 이유였다)을 독일 대학이 아닌 스웨덴 대학에서 예우해준다는 사실에 많은 생각이 들었다.

내 평생 가장 먼 곳에서 한 강연은 1972년 오스트레일리아와 뉴질랜드에 가서 행한 강연이었다. 그때는 이미 『디 차이트』에 사직서를 제출하고 새로운 일자리를 위한 계약서에 서명한 뒤였다. 같은 해에 나는 『프랑크푸르터 알게마이네』의 문학면 책임자로 채용되었다.

5부

1973 ~ 1999

검은 옷을 입은 손님

요아힘 페스트를 처음 만난 것은 1966년이었다. 그와 내가 함께 알고 지내던 지인이 함부르크 교외에 살고 있었는데 손님 접대가 융숭한 그들의 집에서 처음 보았다. 당시 페스트는 북독일 방송국에서 정치 TV 매거진 〈파노라마〉를 맡고 있었다. 그때 이후 우리는 종종 만나면서 이따금 연극도 함께 보러 다니다가 곧 서로의 집을 방문하는 사이가 되었다. 페스트와 나는 점차 가까워지면서 특별한 관계를 맺었다. 그 관계란 페스트 쪽에서 두 가지 태도를 견지하며 맺은 일시적인 우정이었다. 정말 그것이 우정이었다는 전제하에서 말이다. 그는 나를 솔직하게 진심으로 대하면서도 무언가 격식을 차리려는 신중함을 잃지 않았다. 그리고 자랑스레 여기는 것 같던 그 격식을 아주 천천히 내려놓기는 했지만 거기에서 완전히 탈피하지는 못했다. 그렇게 할 수 없었거나 그럴 마음이 없었거나 둘 중 하나였을 것이다.

얼마 후 우리는 뜻하지 않게 바덴바덴 근처의 어느 호텔에서 만났다. 그곳에 온 이유는 그나 나나 똑같았다. 휴양이 아니라 잠시 숨을 돌리고 싶었던 것이다. 우리는 잠깐 동안만이라도 일상에서 벗어나고 싶었다. 페스트와 나는 넓은 호텔 테라스의 푹신한 소파에 누워 있었다. 그리고 저 멀리 안개 때문에 희뿌옇게 보이는 프랑스 경치를 감상했다. 머잖아 우리는 편안하고 정교하게 제작된 침대를 화제에 올렸다. 다보스의 요양원에서 달변의 젊은 기순자—함부르크에서 온 한스 카스토르프*—가 누워서 휴식했다는 침대 이야기였다. 우리의 관계는 그런 식으로 여러 해 동안 오래 지속되었다. 그와의 대화는 흔히 토마스 만에서 시작하여 주로 괴테, 하이네, 폰타네, 모차르트, 슈베르트, 바그너를 거쳐 다시 토마스 만으로 되돌아왔다. 페스트의 재빠른 이해력 덕분에 우리의 소통은 수월했고, 그의 음악 지식은 내게 큰 자극을 주는 동시에 언제 어디에서 대화를 하든 우리가 나누는 이야기를 재미있게 만들었다. 나는 그에게서 많은 것을 배웠다. 어쩌면 그도 내게서 아주 조금쯤은 배운 게 있을 것이다.

여하튼 나는 그의 교양이 마음에 들었다. 물론 그 교양에는 분명히 한계가 있었다. 20세기의 작가들 중에서 그가 인정한 사람은 서너 명의 천재들 외에는 없었다. 마찬가지로 이 시기의 음악에 대해서도 몇 가지 경우를 제외하고는 알고 싶어하지 않았다. 우리 같은 사람들이 흔히 드러내는 특성이었다. 그러나 페스트는 그 같은 교양의 빈틈을 이상하리만치 그리고 교만에 가까울 정도로 고집스레 변호했다. 자신이 어느 작가나 작곡가의 작품을 모를 경우 그건 그 작가와 작곡가 탓이라고 했다. 또 그들이 성취한 것도 그는 중요하지 않게 여기거나 심할 경우에는 경멸하기도 했다. 나는 조금 걱정이 되었다. 그의 매몰찬 배척과 이따금 위압적인 완강함 속에 심각한 위험이 숨어 있지는 않은지 생각해보았다. 하지만 이렇게 멋진 대화 상대자를 만나 다행이라는 생각을 하면서 나는 그런 어렴풋한 의구심에는 당분간 큰 의미를 두지 않았다.

다시 함부르크로 돌아온 후 우리는 전보다 자주 만났다. 전화로 통화하는 시간도 길어졌다. 전화는 주로 저녁시간에 했다. 긴장되고 외로운 집필 작업에 지쳐서 쉬고 싶은 마음이 들어서가 아니었다. 하루종일 신경써야 했던 문제들을 놓고 허심탄회하게 의견을 나누고 싶었다. 당시 나는 『평화 파괴

* 토마스 만의 소설 『마의 산』의 주인공.

자에 대하여. 독일문학 속의 유대인』이라는 제목의 작은 책을 집필하고 있었고, 페스트는 어느 모로 보나 묵직한 책 『히틀러 평전』을 쓰고 있었다.

『히틀러 평전』이 인쇄는커녕 집필도 끝나기 전에 페스트는 『프랑크푸르터 알게마이네』의 공동 발행인으로 문화부를 맡아달라는 제안을 받았다. 명예로운 제안이긴 했지만 특별히 매력적이라고는 할 수 없었다. 왜냐하면 『프랑크푸르터 알게마이네』에는 편집장이나 편집장 대리는 없이 여섯 명 또는 지금처럼 다섯 명의 발행인만 있었으며, 이들은 대개 6중주나 5중주에 참여하는 것으로 만족하는 그저 그런 독주자들이었기 때문이다.

그럼에도 페스트에게는 이 제안을 수락할 만한 이유가 있었다. 그 이유도 여러 가지였다. 그는 자신이 받은 제안 이야기를 들려주면서 당장 『디 차이트』를 떠나 자기와 같이 『프랑크푸르터 알게마이네』로 가서 문학부장을 맡을 생각이 있느냐고 물었다. 예상하지 못한 일이었지만, 나는 한순간도 망설이지 않고 그렇게 하겠다고 대답했다. 『프랑크푸르터 알게마이네』에서는 요구 조건에 가까운 페스트의 희망사항을 쉽게 받아들이지 못하는 듯했지만 결국엔 수락했다. 그 이유는 무엇보다 『프랑크푸르터 알게마이네』 발행인들이 문학부서에 환상을 품지 않았기 때문이다. 그들은 전에 프리드리히 지부르크가 담당했던 문학부서가 이미 오래전에 수준이 떨어졌다는 것을 알고 있었다. 그 수준 하락은 독자를 무시한 편집 방식에서 비롯되었다.

1973년 4월 말, 나는 프랑크푸르트에서 『프랑크푸르터 알게마이네』의 경영 책임자와 발행위원장을 함께 만났다. 만난 곳은 신문사 건물이 아니라 공항에 있는 어느 호텔이었다. 내가 『프랑크푸르터 알게마이네』로 온다는 사실을 그 누구도 알 수 없도록 은밀히 모의하기 위해서였다. 그들이 제안한 조건과 방식에 나는 즉시 동의했다. 다만 계약서에 '문학과 문단 분야'를 내가 책임지며, 나는 '발행인에 직속된다'는 사실을 명시해야 한다고 말했다. 내가 이 조건을 고집한 이유가 있었다. 어떤 일이 있어도 나는 문예란 담당자 밑에서는 일하고 싶지 않았다. 다시 말해 내가 『프랑크푸르터 알게마이네』 편집부에 들어가면 문학부는 동등한 권한의 담당자가 있는 두 부서로 갈라지는 것이었다. 하나는 귄터 뤌레가 이끄는 일반 문예면 부서였고, 다른 하나는 내가 맡게 될 문학부서였다. 내 바람은 이루어졌다.

페스트는 흡족해했다. 나는 더 말할 것도 없었다. 독일로 돌아온 지 어언 15년 만에 드디어 독일문학계에서 가장 중요하다고 할 수 있는 자리에 앉게 되었다. 나는 이 신문의 문학부서를 공개 토론장으로, 최고 수준의 기구로 만들고 싶었다. 그렇게 하려면 페스트와의 공동 작업을 해치는 곤란한 문제가 생기지 않아야 했다. 그런 문제가 생길 만한 조짐은—여하튼 당분간은—보이지 않았다.

1973년 9월 초, 페스트의 『히틀러 평전』이 나왔다. 출간 기념으로 이 책의 출판인 볼프 욥스트 지들러는 베를린 달렘에 있는 그의 집에서 대규모 연회를 열었다. 토지아와 나도 초대받았다. 그 초대는 페스트가 제안한 것이었다. 널찍한 고급 주택의 현관에 도착했을 때만 해도 우리는 기분이 최상이었다. 그러나 열린 문으로 어느 방을 들여다본 순간 숨이 멎을 정도의 광경이 눈에 들어왔다. 몇 사람이 무척 열띤 표정으로 방 중앙에 서 있는 남자와 이야기를 나누고 있었다. 검은 양복을 단정하게 갖춰 입은, 풍채가 당당한 60대 후반의 신사였다. 집주인은 무척 정중하게 경의까지 표하며 그의 환심을 사려고 애쓰고 있었다. 어느 모로 보나 그날 저녁의 주빈은 페스트가 아니라 상당한 호감을 주며 침착하게 서 있던 그 신사였다.

토지아의 얼굴이 하얗게 질렸다. 나도 갑자기 기분이 별로 안 좋아졌다. 이제 우리가 할 수 있는 일은 둘 중 하나였다. 그 주빈 대접을 받는 사람에게 개의치 않고 계속 남아 있든가, 아니면 그 화려한 저택에서 당장 나오든가. 후자는 당연히 소란을 피우는 거나 다름없었다. 어떻게 해야 할지 재빨리 머리를 굴려보았다. 그러나 내가 무언가를 하기도 전에 상황은 벌써 판가름나 있었다. 지들러가 다가와 공손하면서도 활기차게 우리를 그 주빈에게 데리고 갔다. 그 신사는 두세 걸음 앞에서 우리를 향해 다가오더니 오랜 친구처럼 인사를 건넸다. 사실이었다. 그는 아주 친절하게 우리에게 인사했다.

그 점잖은 신사는 범죄자였다. 독일 역사에서 가장 끔찍한 전범의 한 명이었다. 수많은 사람들의 죽음에 책임이 있는 사람이었다. 얼마 전까지만 해도 아돌프 히틀러의 측근에 속했던 조력자였다. 뉘른베르크에서 열린 국제군사재판에서 20년 형을 선고받은 그 사람, 바로 알베르트 슈페어였다.

무슨 이야기를 나누었는지는 기억이 나지 않는다. 그러나 슈페어는 내가 하는 말마다 고개를 끄덕이며 친절하게 동의를 표했다. 마치 유대인 시민의 말이 맞는다는 듯, 유대인 시민을 만나 반갑다고 말하려는 듯했다. 내 기억이 틀리지 않다면, 우단 덮개로 덮여 있던 작은 탁자 위에는 그날 그 순간 축하를 받던 1200페이지 분량의 책이 놓여 있었다.

검은색 표지에는 하얀 글씨로 크고 간결하게 "히틀러"라고 적혀 있었다. 이 책이 이런 식의 단호한 장정으로 무엇을 암시하고 무엇을 내세우려 했는지는 분명했다. 바로 비장미와 웅대함이었다. 슈페어는 흡족한 표정으로 책을 바라보았다. 엄숙하게 놓여 있는 책을 교활하게 미소 지으며 바라보던 그는 신중하게 힘주어 말했다. "아마 그분은 흡족해하셨을 거예요. 책이 그분 마음에 들었을 겁니다."

그때 나는 놀라 온몸이 얼어붙었을까? 그곳에서 자신의 지도자에게 존경 섞어 익살을 부리던 대량 학살자에게 소리를 지르고 정신 차리라고 경고했을까? 아니, 나는 그 무엇도 하지 못했다. 경악한 나머지 아무 말도 하지 못했다. 하지만 그 집주인, 발행인이자 언론인인 볼프 욥스트 지들러는 대체 어떤 사람이기에 알베르트 슈페어 같은 자를 우리가 오는 곳에 함께 초대할 생각을 했는지, 우리가 그의 집에서 마주칠 사람에 대해 왜 언질이라도 한번 줄 생각을 하지 못했는지 나는 궁금했다.

어쨌든 내 친구도 아니고 앞으로도 그럴 가능성이 없는 지들러가 나와 무슨 상관이 있을까? 하지만 그곳에는 페스트도 있었다. 그는 분명히 슈페어도 그 행사에 손님으로 온다는 사실을 알았을 것이다. 왜 그는 내게 경고를 하거나 최소한 귀띔이라도 해주지 않았을까? 지금 생각하니 알 것 같다. 아마 그는 내가 나치 주동자의 한 명과 악수하고 한식탁에 앉아 있기를—조심스럽게 표현하면—꺼릴 거라는 생각을 전혀 하지 못했던 것 같다.

왜 그는 이런 생각을 하지 못했을까? 그건 페스트가 자기중심성과 자기애가 이기심으로 변하고 가끔은 냉혹함으로 변질되는 사람, 그 결과 타인에 대한 관심과 배려가 부족한 사람이기 때문일지 모른다. 그를 감싸고 있는 차가운 아우라, 그건 분명히 그가 의지하는 보호막이었다. 그 보호막이 필요하기 때문에 그는 그것을 자랑스러워하고 있다. 이는 냉소주의와 관련이 있을까? 나는 페스트에게 자신을 냉소주의자로 여기느냐고 물어본 적이 없다. 그에게 쏟아부을 수 있는 온갖 비난 중에서는 그나마 냉소주의자라는 비난이 가장 호의적이지 않을까 생각한다.

슈페어와 함께 보낸 저녁은 앞으로 요아힘 페스트와 공동 작업을 하는 데 그다지 좋은 징조가 아니었다. 그뿐만이 아니었다. 수년 후 우리 사이에서 벌어질 극적인 논쟁이 벌써 그날 예고되어 있었고, 훗날의 갈등이 벌써 그날 저녁 싹을 틔우고 있었다. 1973년 가을에는 이런 것들을 알 수 없었다. 잘해야 예감은 했겠지만 일부러 억눌러버렸다. 페스트와 싸우고 싶은 마음이, 더구나 그 시점에는 조금도 없었기 때문이다. 그래서 그날의 섬뜩한 만남에 대해 그와 대화하는 것도 피했다.

1973년 12월 2일 토지아와 나는 인터시티 기차를 타고 함부르크에서 프랑크푸르트로 갔다. 프랑크푸르트로 가는 사람은 우리 둘만이 아니었다. 같은 칸에 타고 있던 사람도 그곳으로 가는 중이었다. 『프랑크푸르터 알게마이네』에 새로 부임한 문화면 담당 발행인이었다. 그는 나처럼 다음날 첫 출근을 한다고 했다.

시에 작은 길을 내주자

『프랑크푸르터 알게마이네』 편집부에 처음 출근한 날은 결코 유쾌하거나 재미있지 않았다. 문예면을 담당하는 거의 모든 편집자들과 여비서들은 나를 달가워하지 않는 표정을 조금도 숨기지 않았다. 내게 배정된 방은 너저분했다. 가구 상태도 초라하기 짝이 없었다. 나를 맞아주려고 일부러 그렇게 해놓았을까? 그러나 나는 그 모든 환경에 특별히 놀라지 않았다. 전혀 낙담하지도 않았고 신경쓰지도 않았다. 그런 노골적인 저항은 도리어 자극제가 되었다. 내 기분은 좋았다. 그리고 하루하루 시간이 갈수록 기분은 더 좋아졌다.

나는 당장 열심히 일에 몰두했다. 편지를 구술하고, 원고를 정리하고, 특히 앞으로 채용하려는 직원 몇 명과 전화 통화를 했다. 제일 먼저 통화한 사람은 귄터 블뢰커였다. 그다음에는 기고자로 초빙하고 싶은 작가들, 비평가들과 통화했다. 전임자가 남겨둔 많지 않은 원고들을 읽어보면서 전부터 알고 있던 사실을 다시 한번 확인하게 되었다. 대부분의 원고가 장황하고 지루한 문체로 작성되었을 뿐만 아니라, 어느 모로 보나 독자의 이해는 조금도 염두에 두지 않는 평론가들의 글이 대부분이었다.

될 수 있는 대로 빨리 새로운 기고자들을 구해야 했다. 그런데 어디에서 데려와야 할까? 일단 유명 작가들부터 생각해보았다. 그들은 평론가로서 신문 문학면을 매력적으로 만드는 데 상당한 기여를 할 수 있는 사람들이다. 독자에게 이름이 알려져 친숙하다는 이유 때문만은 아니었다. 더 중요한 것은 그들의 개성적인 문체가 문학면을 다채롭고 활기차게 만들 수 있다는 점이었다. 1년에 겨우 한두 번 서평을 쓰는 그들, 이런 표현을 써도 된다면, 풋내기 평론가에 불과한 그들은 전문 평론가보다 훨씬 호의적인 서평을 쓸 수 있는 사람들이었다. 그 작가들의 명성은 대중매체에 어쩌다 쓰는 부수적인 글이 아닌 소설이나 시집에 의존하고 있었다. 그리고 문단에서는 서로 글을 써주고 받는 일이 드물지 않았다. 오래전부터 알려져 있는 모토에 이런 것이 있다. "네가 나를 실러라고 불러주면 나는 너를 괴테라고 불러주마." 전문 평론가가 풋내기 평론가보다 더 성실하고 성품이 더 훌륭한 것은 물론 아니다. 하지만 그들은 평론이 본업이기 때문에 자신의 명성을 손상시켜가며 호의적인 비평을 쓸 정도로 경솔하지 않다.

그럼에도 불구하고 나는 이따금 비평을 쓸 수 있고 그럴 마음도 있는 몇몇 유명 작가들을 섭외하여 망설임 없이 글을 부탁했다. 그런 내 노력은 헛되지 않았다. 볼프강 쾨펜, 하인리히 뵐, 골로 만, 지그프리트 렌츠, 헤르만 부르거, 한스 J. 프뢸리히, 카를 크롤로브, 페터 륌코르프, 귄터 쿠네르트가 필진에 합류했다. 딱히 막을 방도가 없어서 호의적인 평론을 몇 편 싣기는 했지만, 나는 그들을 필진으로 모신 것을 유감스럽게 생각하지 않았다. 바로 그 작가들이 『프랑크푸르터 알게마이네』 문학부를 금방 빛나게 해주었기 때문이다.

그렇다면 대학 교수들은 어땠을까? 당시 많은 독문학 교수들은 사이비 학문의 냄새가 나는데도 그들 스스로는 학문적이라고 생각하는 은어를 사용했다. 보통 필요하지도 않은 외래어와 전문용어로 가득한 교수들의 글은 대부분의 독자들이 이해하지 못했다. 더군다나 그들의 원고에서는 가끔 코를 찌르는 역한 냄새가 났다. 바로 세미나실의 분필 냄새였다. 따라서 신중하고 끈기 있게 그들을 교육할 필요가 있었다. 그때까지 신문에 전혀 글을 쓰지 않았거나 예외적인 경우에만 썼던 열다섯 명 정도의 독문학 교수들은 시간이 가면서 차츰 훌륭한 평론가, 나아가 뛰어난 평론가가 되었다.

여기서 자연스럽게 드는 의문이 있다. 혹시 나는 대학 교육을 받지 못했던 과거의 한을 이런 식으로 보상받은 것은 아닐까? 물론 그랬을 수도 있다. 그렇다고 해서 그것이 신문이나 해당 독문학 교수들에게 해가 되었다고는 생각하지 않는다. 전통적으로 독일 대학 내의 독문학과 문학평론 간에, 특히 언론매체에 실리는 문학평론 간에 존재하던 안타까운 격차를 극복했다는 것이 내가 『프랑크푸르터 알게마이네』에서 15년간 일하며 이룩한 가장 중요한 업적의 하나라고 할 수 있다.

영어권에는 이런 격차가 없다. 그쪽 지역에서 수년간 살면서 강의하는 독일이나 오스트리아 출신 독문학자들의 원고를 보면 금방 알 수 있었다. 신문에 싣는 문학평론은 독자에게 높은 수준을 요구할 수 있고 또 그래야 하지만, 그와 동시에 이해하기 쉽고 가능하면 쉽게 읽혀야 한다는 점을 그들에게 굳이 납득시킬 필요가 없었다. 나는 그 독문학자들 중에서 특히 하인츠 폴리처, 페터 데메츠, 게르하르트 슐츠, 볼프강 레프만, 그리고 나중에 필진에 합류한 루트 클뤼거의 평론을 아주 좋아했다.

얼마 후에는 독일과 오스트리아와 스위스에서 각 분야의 교수들이 청하지도 않은 원고를 거의 매일 보내왔다. 그 원고들은 대부분 신문에 싣기 어려운 것들이었다. 딱히 글의 수준이 떨어져서 그런 것만은 아니었다. 유익한 글도 가끔씩 보였다. 그러나 그 원고들은 강연이나 강의용으로, 혹은 책의 서문으로 작성된 것들이라 일간지에 싣기에는 적합하지 않았다. 하지만 그중에서 어느 책의 후기로 쓰였던 원고 하나를 읽은 나는 한 비범한 독문학자에게 주목하게 되었다.

1982년 3월, 괴테 사망 150주기를 맞아 독일어권의 출판사들은 괴테가 쓴 책과 괴테에 관한 책들을 봇물처럼 시장에 쏟아냈다. 그 모든 책의 서평을 쓰기란 불가능했지만 그렇다고 전부 무시하기도 어려웠다. 그래서 나는 권장 사항, 조언, 경고 등을 하나로 버무린 기사를 쓰기로 결심하고 최대 열 권의 책을 선별하여 다루기로 했다.

그 많은 신간 중에 『괴테가 들려주는 이야기』라는 인상적인 책이 있었다. '이야기, 단편, 묘사, 모험, 고백'이라는 부제도 참신했다. 나는 후기를 읽기 시작했다. 첫 단락부터 "두려움 없는 독자를 위한 책"이라고 적혀 있었다. "고전이라는 통념에 구애받지 않고 여기에서 들려주는 이야기에 몸을 실어 보려는 호기심 많은 독자, 감수성 강한 사람을 위한" 책이라고 했다.

첫 페이지를 읽은 직후, 아니 어쩌면 첫 단락을 읽은 직후 나는 여비서에게 당장 취리히에 있는 아르테미스 출판사에 연락하라고 말했다. 그리고 이름도 들어본 적이 없는 그 책을 출간한 사람의 직업과 연락처를 알아봐달라고 부탁했다. 한 장 한 장 넘길 때마다 더 마음에 들었다. 그 후기를 채 끝까지 읽기도 전에 벌써 연락처가 들어왔다. 괴테 책을 출간한 사람은 취리히 대학 현대독문학과 정교수인 페터 폰 마트였다. 예상하지 못한 결과였다. 교수들은 "두려움 없는 독자"를 위해, 더욱이 "고전이라는 통념"은 알려고 하지 않는 사람들을 위해 글을 쓰지 않기 때문이다. 나는 곧 뛰어난 새 필자를 찾았다는 확신이 들었다. 그리고 그 확신은 틀리지 않았다.

걱정을 안겨준 것은 시평이었다. 『프랑크푸르터 알게마이네』나 그 밖의 대형 신문사 지면에 실리는 시집 평론은 대개 철저하고 학구적이고 공정했다. 그러나 그 평론들에는 치명적인 흠이 있었다(매번은 아니더라도 자주 그런 흠을 드러냈다). 실례되는 말인지 모르지만, 조금 따분했다. 지금도 가끔씩 따분한 시평들이 나온다. 그 책임은 평론가에게만 있지 않다. 평론의 바탕이 되는 시 탓일 때도 있다. 물론 새로 발표된 시에 대해서는 진지하면서도 재미있게 평을 쓸 수 있지만 대부분의 경우에는 아주 어렵다. 원문을 (그것도 많이) 인용하지 않는 시평은 아무 의미가 없기 때문이다. 그런데 바로 이런 시구 인용이 평론의 가독성을 해치는 경우가 흔하다.

「서정시를 쓰기 힘든 시대」는 브레히트의 시 제목이다. 이 시는 1930년대에 나왔지만 그때 이후로 달라진 것은 아무것도 없다. 그러니 시를 위해 무언가를 해야 했다. 그것도 한두 번이 아니라 지속적으로 해야 했다. 그래서 든 생각이 매주 한 차례 시평란을 마련하여 지금까지의 시평 방식을 보완하자는 것이었다. 시집만이 아니라 개별 시까지, 그것도 모든 시대의 독일 시를 소개하면서 작가와 문학이론가와 시인과 평론가 들을 해석자로 투입할 생각이었다. 나는 그들에게 될 수 있는 대로 개인적인 이야기를 곁들여 써 달라고 매번 부탁했지만 매번 성공하지는 못했다. 이렇게 해서 탄생한 것이 '프랑크푸르트 명시선'이라는 시평란이었다.

『프랑크푸르터 알게마이네』측에서는 당초 내 계획에 특별한 관심을 보이지 않았다. 그렇다고 반대한 것도 아니었다. 발행인의 한 명이자 노련하고 회의적이었던 편집자가 이렇게 말했다. "그 사람이 그토록 시평란을 만들고 싶어한다면 하게 내버려두죠. 지면을 많이 차지하지는 않을 거예요. 서너 편 이상은 하지 못할 겁니다." 1974년 6월 15일 자 『프랑크푸르터 알게마이네』에 괴테의 시 「한밤중」을 다룬 첫번째 글이 실렸다. 시평란을 소개하는 서문에 나는 '시에 작은 길을 내주자'라는 제목을 붙였다.

그동안 '명시선'에는 약 1300편에 달하는 글이 실렸다. 350여 명의 시인들이 쓴 시에 280여 명의 해석자들이 평을 붙였다. 그 해석자들 가운데 루돌프 아우크슈타인부터 디터 침머에 이르는 많은 이들이 『디 차이트』 『슈피겔』 『쥐트도이체 차이퉁』 『노이에 취르허 차이퉁』 등의 다른 신문에서도 활동했다. 나는 『프랑크푸르터 알게마이네』 덕분에 가능해진 '프랑크푸르트 명시선' 시평란이 독일어권의 제도적 장치가 되기를 바랐다. 그래서 독일 시에 대해 무언가 발언하고 싶은 사람이라면 일상의 경쟁을 생략하고 누구든지 참여할 수 있기를 바랐다.

선별된 시에 대해 많은 독자들이 편지나 전보로 항의를 해왔다. 이해하기 힘든 현대 시인들의 시는 그만 싣고 횔덜린, 아이헨도르프, 뫼리케의 시를 더 많이 소개하라는 것이었다. 그런가 하면 '명시선'에서 매번 횔덜린이나 아이헨도르프나 뫼리케의 시를 읽기가 지겨우니 현대 시인의 작품을 실어 달라는 불평도 들어왔다. 그런 편지를 쓴 독자들은 결국 내가 올바로 일하고 있다는 것을 증명해준 것이나 다름없었다. 내가 하고 싶었던 일이 바로 그것이었다. 옛날 시에 열광하는 사람들에게는 현대 시인의 작품을 소개하여 친숙하게 만들어주고, 현대시 애호가에게는 과거의 독일시를 상기시켜주는 것, 그것이 내가 바라던 바였다. 그러나 다른 종류의 항의도 들어왔다. 전보로 "왜 괴테를 그렇게 자주 소개하죠?"라고 묻는 독자에게 나는 똑같이 전보로 "프랑크푸르트에서 태어난 시인이니까요"라고 대답했다. '프랑크푸르트 명시선'은 책으로도 발간되면서(어느덧 22권이나 나왔다) 차츰 소규모 총서로 자리잡았다.

이런 과정을 거쳐 『프랑크푸르터 알게마이네』에서는 비교적 단시간 안에 대규모 문학 토론장이 탄생했다. 이 공개 토론장은 주로 비평을 위한 공간이었지만, 주말판 부록과 날마다 문예면에 연재되는 시, 장단편 연재소설, 문단 소식과 논평을 위한 광장이기도 했다. 나는 이따금 내 노력이 "문학을 공적인 자산으로 만들려는 장대하고 이상향적인 시도"이며, 내가 독일 문학비평을 다시 제도의 위치에 올려놓았다는 찬사를 받는다. 솔직히 말하면 지나친 과장이다. 이런 찬사에 나는 미혹되지 않는다. 그래도 이런 말은, 특히 이 같은 의례적인 찬사는 비록 형식적이고 표피적이라 해도 내가 정말로 원한 게 무엇인지 최소한 암시라도 하기 때문에 듣고 있으면 기분이 좋다.

이렇게 『프랑크푸르터 알게마이네』 지면에서 문학의 비중이 커진 상황은 문학계에서(신문사 내의 많은 동료들은 말할 것도 없고) 갈채만 받지는 않았다. 사람들은 나를 자꾸만 "대비평가", 심지어 "문단의 거물"이라고 불렀으나, 이런 호칭이 존경과 호의에서 나온 말인지 아니면 악의를 가지고 조롱하는 욕인지는 확실히 알 길이 없었다. 내게 붙여진 그 상표나 간판 같은 표현 속에 빈정대고 무시하고 조롱하는 말투가 섞여 있다는 사실을 나도 모르지 않았다. 다시 말해 나를 치켜세우는 모든 말이 내게는 비난이자 짐이 될지도 보는다는 의심을 떨쳐버리기 어려웠다.

성공에 성공을 거듭할수록 나는 더 자주 사람들의 시기와 질투를 느꼈고, 가끔씩 노골적인 증오도 감지했다. 그 때문에 고통스러웠던 적이 한두 번이 아니었다. 그러나 적의 증오는 내가 썩 괜찮게 일을 한다는 보증이라는 하이네의 멋진 말로 위안을 삼았다. 얼마 후에는 내가 유난히 많은 권력을 거머쥐었다는 말까지 정면으로 들렸다. 어느 텔레비전에서는 나를 다룬 꽤 긴 프로그램을 시작하면서, 내가 책임지고 있는 『프랑크푸르터 알게마이네』 문학부서가 독일문학 역사상 최대의 권력 중심부라는 대담한 주장까지 펼쳤다.

'권력'은 분명히 어감이 좋은 말은 아니다. 이 말을 들으면 곧장 권력 남용과 횡포가 생각난다. 사실 이렇게 생각하는 것도 전혀 무리가 아니다. 대개 동정을 받는 쪽은 권력을 행사하는 자가 아니라 고통을 짊어진 사람 또는 희생자이다. 그래, 맞는 말이다. 내가 필요하다고 생각되는 만큼의 권력을 손에 넣으려고 한 것은 사실이다. 그것도 편집 업무에서만 그렇게 하지 않았다. 문단에 관여하고 있던 내 활동 범위는 당시 『프랑크푸르터 알게마이네』를 벗어나 다른 영역에까지 뻗어 있었다. 나는 많은 곳에서 심사위원으로 활동했다. 1977년에는 클라겐푸르트의 잉게보르크 바흐만 문학상 경연대회의 공동 발기인이었고 1986년까지 이 대회 심사위원 대변인 역할을 했다.

외람되지만 이렇게 질문해보겠다. 내 활동이 문학에 도움이 되었을까, 아니면 해가 되었을까? 무엇을 위해 나는 15년 동안 『프랑크푸르터 알게마이네』의 그 큰 부서를 책임졌을까? 그건 바로 문학을 위해서였다고 나는 감히 생각했으며 지금도 그렇게 믿고 있다.

나는 아침 일찍부터 저녁 늦게까지 일했다. 편집부에서도 일했고 집에서도 일했다. 주말에도 쉬어본 적이 거의 없다. 내게 할당된 휴가도 전혀 쓰지 않거나 쓰더라도 신이 나서 놀지는 않았다. 나는 부지런히, 정말 부지런히 일했다. 그런데 대체 왜 그랬을까? 내가 그렇게 하기를 기대하거나 요구한 사람은 아무도 없었다. 내 업무는 언제나 반드시 직접 해야 하는 일들은 아니었다. 많은 업무는 남에게 맡겨도 괜찮았다. 그런데 왜 그렇게 끊임없이 힘들게 노력하는 수고를 했을까? 문학을 위해서? 그렇다. 분명하다. 독일 문학비평 역사에 스민 유대인의 전통을, 나 자신도 오래전에 닿아 있는 그 전통을 중요한 자리에 앉아 공개적으로, 심지어 보란 듯이 이어가려 했던 건 야심이었을까? 물론이다. 내가 쏟은 열정은 고향을 그리워하는 마음과 관련이 있었을까? 나에게 주어지지 않은 고향, 그러나 독일문학에서 찾았다고 믿은 그 고향 말이다. 그렇다. 아마도 내가 의식하고 있는 것보다 더 크게 관련이 있었을지 모른다.

이 대답은 모두 사실이다. 하지만 그 어느 것도 핵심을 제대로 짚어내지 못했다. 정말 솔직해지고 싶으면 간단하지만 실망스러울지도 모르는 대답을 내놓아야 한다. 내가 보여준 문제의 그 일 중독증 뒤에는 바로 『프랑크푸르터 알게마이네』에서의 업무가 선사한 즐거움이 숨어 있었다. 날마다 선사했다고 말하더라도 과장이 아니다. 내 경우야말로 취미와 일, 열정과 직업이 완전히 일치한 사례였다.

그 무렵 『프랑크푸르터 알게마이네』에 실린 많은 연재물들은 내가 이런 저런 개인적인 이유에서 기획하여 만든 것이다. 두 가지 예만 들어보겠다. 1933년에서 1945년까지 독일에서 독일인의 이름으로 벌어진 사건들은 그 시대에 유년기와 청소년기를 보낸 이들의 삶에 어떻게 투영되었을까? 나는 그 당시 미성년이었는데도 불구하고 이 문제가 궁금했을까? 아니다. 내가 이 문제에서 관심을 거두지 못한 이유는 나 역시 그때 10대 청소년이었기 때문이다. 이런 배경에서 나온 것이 '제3제국에서 보낸 나의 학창 시절. 독일 작가들을 추억한다'라는 연재물이다. 이 연재 기사를 바탕으로 출간된 책은 지금도 많은 학교에서 교재로 쓰고 있다.

또하나의 사례를 들어보자. 내가 청소년 시절에 읽은 20세기 전반기의 독일 소설들은 어디에 쓸모가 있을까? 그 모든 소설에서 내가 받은 인상과 기억을 직접 검토해볼 수 없었기에 나는 여러 작가와 언론인, 평론가와 학자들에게 이 문제에 대한 답변을 의뢰했다. 그 결과물이 바로 '오늘 읽는 어제의 소설'이라는 연재 기획물이다. 하인리히 만의 『놀고먹는 세상에서』(1900)부터 헤르만 브로흐의 『베르길리우스의 죽음』(1945)에 이르는 125편의 독일 소설들을 내가 아닌 다른 사람의 비판적 시선에 맡겨본 것이다. 이를 토대로 나중에 세 권짜리 소설 안내서가 나왔다. 흔히 보기 힘든 책이었다.

젊은 인재 후원이나 발굴 사업은 어땠을까? 그건 아주 고된 일이어서 대부분 무위로 돌아가거나 성과 없이 끝났다. 그래도 재미는 있었다. 최소한 한 가지 사건은 잊히지 않는다. 1979년 8월 초에 나는 빈에서 텔레비전 토론에 나갔다. 주제는 여성문학이었는데 주최자가 무엇을 말하려고 하는지 분명하지 않았다. 여성이 쓴 문학작품을 말하는 걸까? 아니면 여성을 위한 문학? 그것도 아니면 여성에 관한 문학일까?

스튜디오에 들어가니 벌써 네 명의 호전적인 여성이 모여 있었다. 그들은 여성 해방의 적, 나아가 여성 자체의 적으로 꼽히던 나를 카메라가 돌아가는 데서 갈기갈기 물어뜯을 태세를 취하고 있었다. 나도 공세에 들어갔다. 그러나 곧 시작될 논쟁에 대한 내 흥미는 토론자 한 명이 범상치 않은 여성임을 아는 순간 단번에 사라졌다. 그녀는 우아하고, 매력적이고, 유혹적이고, 사랑스럽고, 귀여웠다. 한마디로 눈부시게 아름다웠다.

나는 그 여성에게 푹 빠져서 다른 여자들은 눈에 들어오지도 않았다. 토론을 하다보니 그녀가 더 마음에 들었다. 말도 무척 똑똑하게 했다. 그녀는 내가 하는 말마다 맞장구를 쳐주는 최상의 호의를 보여주었다. 논쟁이라고 했던 그 토론회는 은밀한 성애적인 대화로 바뀌었다. 내가 하는 말은 그녀만을 위한 것이었고, 그녀가 하는 말도 나를 겨냥한 것처럼 생각되었다. 방송이 끝난 후 그녀는 호텔로 돌아가야 했다. "곧 연락할게요." 그녀는 이런 의미심장한 말로 작별 인사를 했다. 정말로 며칠이 지난 뒤 나는 초대장이

듯 그녀의 편지를 받았다. 그리고 얼마 후 두번째 편지를 받았다. 나는 내 책 한 권을 그녀에게 보냈다. 그러나 두 통의 편지에는 답장하지 않았다. 그녀의 초대를 사양한 이유를 설명하자면 이야기가 길어질 것 같아 생략하겠다. 여하튼 나는 그후로 다시는 그녀를 보지 못했다. 하지만 그녀의 이름만큼은 여기에서 밝혀야겠다. 릴리 팔머였다.

그녀가 그렇게 빨리 사라지는 바람에 나는 토론에 나왔던 다른 여성과 이야기를 나누었다. 독문학을 전공하고 브레멘 라디오 방송국에서 문학부서 편집자로 일하는 여성이었다. 그녀와 어떤 이야기를 나누었는지는 생각나지 않지만 그다지 유익한 대화는 아니었던 것으로 기억한다. 그녀에게 나는 발표하지 않은 소설이 분명히 있을 거라고 반어적으로 말했다. "아뇨." 그녀는 퉁명스럽게 대답했다. "하지만 시는 가끔 써요." 나는 무엇에 홀렸는지 이렇게 말했다. "그러면 몇 편 좀 보내주세요." 이 말이 나오는 순간 괜히 말했다는 생각이 들었다. 무척 유감스럽게도 그녀는 내 부탁을 진심으로 받아들였다. 얼마 후 브레멘에서 네 편의 시가 도착했다. 오랜 경험으로 미루어 짐작하건대 수준이 떨어지는 형편없는 시일 것 같았다. 동봉된 아주 짧은 편지에는 우리가 빈에서 나누었던 대화가 언급되어 있었다.

즉시 시를 읽어보았다. 황홀할 만큼 감동적이었다. 지금까지 『프랑크푸르터 알게마이네』에서 일하는 동안 그런 감동은 처음이었다. 아직 책을 낸 적이 없는 젊은 여성이 출간하고도 남을 만한 시를 보내오고, 더구나 독일 시가 지금 시대에도 얼마든지 아름다워도 괜찮고 또 아름다울 수 있다는 것을 증명한 시를 보낸 것이다. 그 무명 작가의 시를 『프랑크푸르터 알게마이네』에 신기로 결심한 나는 당시 문학 편집부에서 일하던 울리히 그라이너(훗날 몇 년 동안 『디 차이트』 문예란 책임자로 일한 사람이었다)를 불러 내가 내린 평가는 암시하지 않은 채 원고를 읽어보라고 했다. 그라이너는 급하게 다시 왔다. 거의 흥분 상태였다. 그의 평가는 "당장 모두 신자"는 것이었다. 그에게 시를 쓴 여성의 이름을 알려주려고 했지만 원고에는 적혀 있지 않았다.

편지는 어디 다른 데 두어서 찾을 수가 없었다. 그러다 휴지통에서 구겨진 편지 봉투를 발견했다. 간신히 해독한 그녀의 이름은 울라 한이었다.

나는 『프랑크푸르터 알게마이네』에서 지루했던 적이 없다. 그러나 격주로 열리는 큰 회의 때는 예외적으로 자주 따분함을 느꼈다. 대체 왜 그런 회의가 필요했을까? 어느 발행인이 허물없이 알려주었다. 편집자들에게 가끔 한 번씩 "속 시원히" 말할 기회를 주려는 전략적인 이유 때문이라고 했다. 그래도 대부분의 편집자들은 그런 기회를 이용하지 않았다. 오히려 입을 다물고 앉아 있었다. 게다가 더 한심한 일은, 발행인 중 한 명이 편집자들의 비판적인 의견(여간해서는 듣기 힘들고 그것도 대개 조심스럽게 표현하던)을 하찮은 농담을 하며 무시하고 그것을 즐긴다는 것이었다. 다른 발행인들은 그의 행동을 침묵으로 묵과했다.

회의가 열릴 때마다 나는 정기적으로 참석하여 자주 발언했다. 당연히 비판적인 의견을 냈으며 때로는 반란에 가까운 발언도 했다. 들리는 말에 의하면 그런 내 발언이 졸음을 유발하던 회의에 생기를 불어넣었다고 한다. 동료들은 내가 발언을 하면 좋아했지만 발행인들은 전혀 그렇지 않았다. 내가 낸 의견은 거의 아무 영향도 주지 못했다. 마침내 그런 분위기가 지겨워진 나는 시험 삼아 회의를 멀리해보았다. 그러면 그들은 결국 견디지 못하고 나를 다시 회의에 부를 것이라고 확신했다. 하지만 이번에도 나는 철저히 오판하고 말았다. 동료들만 내가 돌아오기를 바랐을 뿐, 발행인들은 확실히 내 질문에 대답할 필요가 없어진 걸 흡족해했다. 말썽꾼 한 명이 사라졌다고 생각한 것이다.

물론 내 분야에서는 내가 하고 싶은 일을 할 수 있었다. 15년 동안 일하면서 신문에 내야겠다고 생각한 논평, 시, 기사 들 중에 어느 것 하나 실리지 않은 적이 없었다. 나는 현대 독일문학에 속하는 작가는 누구나 정치적 견해와 무관하게 『프랑크푸르터 알게마이네』에 글이 실릴 수 있도록 페스트와 합의했다. 누가 현대문학 작가에 속하는지는 내가 결정했다. 페스트는 약속을 지켰다. 곰곰 생각해보니 그에게 우리가 합의한 내용을 상기시켜야 했던 적도 없었다.

갈수록 나는 좌파 작가들, 그리고 공산주의 사상을 지닌 작가들의 작품도 자주 실었다. 이것이 발행인들의 마음에 드는 행동이었는지는 잘 모르겠지만 트집을 잡는 사람은 없었다. 1976년 5월 나는 금고 15년 형을 선고받은 테러범 페터 파울 찰이 감옥에서 쓴 시를 '프랑크푸르트 명시선'에 실었다. 시 해석은 에리히 프리트에게 맡겼다. 그러자 누군가가 말했다. "더이상의 좌파는 곤란해요." 이 말을 비난한 사람도 『프랑크푸르터 알게마이네』에는 없었다.

말하자면 나는 문학부 책임자로서 무한한 자유를 누렸다. 그런 자유가 있었기에 신문사에서 마음에 들지 않았던 여러 일들도 쉽게 견뎠다. 진실을 말하자면, 나는 『프랑크푸르터 알게마이네』를 매일 읽었지만 문예면 이외의 기사는 예외적으로 사설 말고는 거의 보지 않았다. 그렇게 해서 시간을 절약하고 더불어 화가 날 만한 일도 겪지 않을 수 있었다.

같은 말을 되풀이하는 게 되겠지만, 나는 누구 덕분에 그렇게 마음껏 자유를 누렸는지 잘 알고 있었고 잊은 적도 없었다. 그 사람은 바로 요아힘 페스트였다.

천재는 일하는 시간에만 천재다

『프랑크푸르터 알게마이네』 문학부에서 15년 일하는 동안 가장 중요하고 독창적이었던 필자가 누구였냐고 묻는다면, 나는 오래 고민할 것도 없이 볼프강 쾨펜을 들겠다. 그의 비판적인 산문은 내 머릿속에 아주 확실하게 각인되어 있다. 한마디 더 하자면, 그 시절 그는 내게 최고의 기쁨과 최상의 만족, 그리고 최고의 걱정거리도 안겨준 사람이었다.

쾨펜의 작품 『로마에서의 죽음』은 뒤늦게 폴란드에 소개되었다. 이 책은 서독에서 나오고 2년 뒤인 1956년에 동독에서도 출간되었기 때문에 나도 읽어볼 수 있었다. 나는 이 작품이 폴란드어로 번역될 수 있도록 전력을 기울였다. 1957년 말에 폴란드어판이 나왔을 때는 아주 상세하고 열광적인 호평을 썼다. 이 소설이 나를 그토록 사로잡은 이유는 난생처음 접하는 암시적 리듬감과 새로운 어조 때문이었다. 쾨펜과 같은 작가들이 있는 이상 독일 전후문학의 미래는 걱정할 필요가 없다는 생각이 들었다.

1957년 12월 뮌헨에 갔을 때는 무슨 일이 있어도 쾨펜을 만나고 싶었다. 청소년기에 오스카 와일드를 좋아한 나는 그의 소설 『도리언 그레이의 초상』을 읽으면서 거기에 나오는 여러 가지 판단과 역설을 이상하게 여긴 적이 있다. 예를 들어 이런 것이었다. "훌륭한 예술가는 그의 작품 안에서만 살아 있다. 그러므로 인간으로서의 예술가는 전혀 흥미롭지 않다." 플루타

르코스의 글에 나오는 문구는 더 이해가 가지 않았다. "예술은 숭배하고 예술가는 경멸하라!" 그런데도 나는 옛날 베를린에서 학교 친구가 여행 떠난 삼촌 집에 가서 꽃에 물을 주어야 한다며 나를 데리고 갔을 때 무척 즐거웠다. 그 삼촌이라는 사람이 슐레지엔 출신의 시인이자 소설가인 프리드리히 비쇼프, 즉 정식 작가였기 때문이었다. 직접 만나보지는 못했지만 그의 집에서 이것저것 둘러볼 수 있어서 행복했다. 결론만 말하자. 유명 작가에 대한 호기심, 특히 내가 높이 사는 작품의 작가와 가까워지고 싶은 욕심은 시간이 가면서 눈에 띄게 줄어들었다.

1957년 12월, 나는 뮌헨의 한 레스토랑에 앉아 곧 『로마에서의 죽음』을 쓴 작가와 이야기를 나눌 생각에 들떠 있었다. 곧 그가 오겠지. 그의 시적인 소설처럼 엄격하고 날카로운 사람, 다소 악의적이고 조금쯤 신랄한 사람, 여하튼 무척이나 공격적인 사람이 나타나겠지. 이렇게 생각하고 있던 내게 조심스러운 듯 내가 앉은 탁자로 다가온 신사는 완전히 다른 인상을 주었다.

내가 상상했던 그는 그리스어와 역사를 가르치는 성실한 교사, 남녀 학생 모두에게 사랑받는 선생님, 퇴근 후에는 페리클레스에 관한 책을 쓰는 학자 같은 사람이었다. 하지만 그날 저녁 나와 함께 시간을 보낸 그 작가는 공격적이지 않았다. 자신감도 많지 않고 오히려 소심하고 주눅까지 들어 보였다. 그러나 무척 친절하고, 정중하고, 눈에 띄게 조용하고, 호의적이었다. 그는 내 질문에 공손하게, 지나치다 싶을 정도로 공손하게 대답했다. 나는 그에게 연달아 질문을 던졌다. 그에 관해 많은 것을 알고 싶어서가 아니었다. 그렇게 하지 않으면 화제가 고갈될까 걱정이 되어서였다. 그리고 무척이나 기대했던 그와의 대화에 금방 실망을 금치 못했다는 것을 인정하고 싶지 않았다.

나중에도 상황은 거의 달라지지 않았다. 우리는 적지 않게 만났다. 주로 뮌헨이나 프랑크푸르트에서 만났는데, 유익하거나 서로에게 자극이 되는 대화를 최소한 한 번이라도 나눈 기억이 없다. 쾨펜은 베를린에서 살 때, 그

디나까 선생이 나기 전에 여러 작가와 언론인과 배우 들을 알고 지냈다. 그들 중 많은 이들에게 흥미가 생긴 나는 그 사람들 이야기를 들려달라고 부탁했다. 그는 기꺼이 들려주었다. 그런데 아무리 작은 분량의 서평이라도, 아무리 짧게 쓴 편지라도 거기에서는 작가 쾨펜의 개성이 드러나는 데 반해, 그가 내게 들려준 거의 모든 이야기들은 상당히 무기력하고 생기가 없었다. 쾨펜은 입으로 말하는 소설가가 아니었다. 카리스마를 발하는 사람이라고 말하기도 어려웠다. 오스카 와일드의 말이 옳았을까?

하인리히 만에 대해서는 나보다 쾨펜이 그의 작품을 더 높이 평가했는데 그것은 세대 차이로 볼 수도 있겠다. 여하튼 만의 글에서 나는 놀라운 문구를 발견했다. "천재는 일하는 시간 외에는 천재가 아니다. 지난날 그 대단했던 위인들도 친구들과는 웃고 떠들며 실없는 소리를 지껄였다. 그러니 때를 잘 가려서 그를 만나라." 정말 그랬다. 쾨펜이 하는 말은 멋졌다. 그러나 그것은 책상에 앉아 작은 타자기를 앞에 놓고 있을 때, 바로 글을 쓸 때뿐이었다.

쾨펜을 처음 만난 날 저녁, 그는 헤어질 때 자신의 소설 『로마에서의 죽음』을 한 권 주었다. 나는 기뻤다. 그리고 늘 그렇듯이 헌사를 써달라고 했다. 그는 움칫 놀라는 것 같았다. 물론 써주겠지만 그렇게 빨리 쓸 수 없다면서 일단 생각부터 해봐야겠다고 했다. 그리고 자기가 그 책을 가지고 갔다가 헌사를 적어서 다음날 돌려줄 테니 양해해달라고 난감하게 웃으며 말했다. 나는 이상한 생각이 들었지만 당연히 그렇게 하자고 했다. 24시간 후 쾨펜은 그 소설을 내게 두번째로 주었다. 그사이 그가 적은 글을 그의 면전에서 읽을 엄두가 나지 않았다. 호텔방으로 돌아와서야 나는 외투도 벗지 않고 호기심에 가득차 책을 펼쳐보았다. 이런 글귀가 적혀 있었다. "마르셀 라니츠키 씨에게 우정으로 드립니다." 이어서 서명과 날짜가 적힌 게 전부였다.

결국 이 말을 생각해내려고 쾨펜은 책을 집으로 가져가 하루 동안 갖고 있었던 것이다. 토마스 만은 그의 소설 『트리스탄』에서, 작중인물인 작가 데

틀레프 슈피넬이 편지 한 장을 쓰는 데도 "지지리 오래" 걸리는 이상한 사람이며, "그를 본 사람이라면 작가는 그 누구보다 글쓰기를 힘들어하는 사람이라고 생각할 수밖에 없다"고 말한다. 쾨펜의 상투적인 헌사, 게다가 문법적 오류까지 있는 글귀—"마르셀 라니츠키 씨에게 우정을 담아"라고 하거나 "마르셀 라니츠키 씨에게 드리는 우정과 호의"라고 적어야 한다—를 읽었을 때 그가 얼마나 희한하고 남다른 작가인지 확실히 알게 되었다.

쾨펜은 신뢰할 만한 작가가 아니었다. 그는 마감일을 한 번도 지킨 적이 없었다. 자신에게 일을 준 사람을 부드러우면서도 단호한 방법으로 화나게 하거나 완전히 궁지에 빠뜨리고도 아무렇지도 않게 생각하는 사람이었다. 독보적인 재능을 타고났지만, 그와 동시에 치명적인 의지박약, 극복하기 힘든 게으름과 둔감함도 타고난 작가였다. 또하나 믿기 힘든 사실이 있다. 거의 평생을 전업 작가로 살아온 그는 글쓰기를 좋아하지 않고 나아가 혐오하여 웬만해서는 글을 쓰지 않았다. 불성실함과 책임감은 그가 동시에 가진 특성이었다. 그와의 공동 작업은 많은 인내를 요구했다. 때로는 너무나 고통스러웠다. 쾨펜의 재능을 알아본 출판인, 편집자, 방송국 사람 들은 끊임없이 그에게 부탁하고, 독촉하고, 몰아대고, 압박하고, 경고했다. 절망적인 상황에서는 그를 위협하거나 달콤한 말로 치켜세워 이따금 성공도 거두었다. 하지만 그는 자신이 미완성이라고 생각하는 원고는 누가 뭐라고 설득해도 절대로 내지 않았다.

이 모든 사실을 나는 『프랑크푸르터 알게마이네』 편집부에서 근무하기 시작했을 때 당연히 알고 있었다. 그러나 나는 지레 겁먹지 않았다. 그 반대였다. 나는 쾨펜을 문학부의 필자로 초빙하는 게 당장 내가 해야 할 일의 하나라고 생각했다. 그를 데려오기 위해 나는 당시 『프랑크푸르터 알게마이네』에서 주는 최고 수준의 보수를 제시하는 데 그치지 않고 그의 마음을 움직일 수 있는 주제도 제안했다. 아마 이것이 더 큰 효과를 낸 것 같다.

나는 그에게 클라이스트, 카프카, 카를 크라우스, 토마스 만, 로베르트 무실, 뵈블린, 로베르트 발저 등 여러 작가들에 관한 글을 부탁했다. 그가 일단 펜을 들게 만들려고 나는 아주 짧은 글도 괜찮다고 말했다. 이것들을 죄다 일간지에 낼 수 있을까? 그렇게 하려면 시의적절한 이유를 찾아내야 했는데, 그건 어렵지 않았다. 신간이나 화보집이 나온 경우, 특히 이런저런 기념일은 좋은 구실이 되었다. 쾨펜은 날짜를 지켜 원고를 보낸 적이 별로 없었다. 그와의 공동 작업 초창기에 나는 그가 보낸 편지에서 이런 글을 읽고 조금 놀란 적이 있다. "부탁이니, 제발 저를 독촉해주세요. 압박해주세요. 그러나 너무 몰아대지는 마세요." 그의 말대로 나는 자주 압박했다. 대개 경고 전보를 치거나 전화를 걸어서 원고를 독촉했다. 결국 그의 원고는 마지막 순간에 전화로—아직 팩스가 없던 시절이라—전달되었다.

하지만 쾨펜은 원고가 편집부에 도착하자마자 전화를 걸어 단어 두 개를 빼달라거나 세 개를 집어넣으라고 요구하는 성가신 필자는 아니었다. 그는 단 한 글자도 고치지 않았다. 그럴 필요도 없는 원고였다. 그가 쓴 그리멜스하우젠, 셸리, 플로베르, 헤밍웨이에 관한 글을 읽을 때면 나는 흡족했고 거의 행복까지 느낀 적도 많았다. 그런데 당시 쾨펜은 몇 년 전부터 소설을 쓰겠다고 여러 번이나 말했는데, 새로운 상황에 처하여 그가 소설을 쓰지 못하게 될까봐 나는 은근히 걱정이 되었다. 시간이 갈수록 그는 소설 이야기는 좀체 꺼내지 않았다. 그 대신 '유년 시절'이라는 제목의 작은 산문집 이야기를 많이 했다. 그는 내가 소설에 대해 물어볼 때마다 문학평론을 쓰느라 시간이 나지 않는다고 대답했다.

결국 내가 할 수 있는 일은 그에게 부탁하는 글의 수를 줄이는 것밖에 없었다. 하지만 이 일에 책임을 지려면 그에게 다른 수입을, 그것도 가능하면 정기적인 수입을 보장해주어 그가 경제적인 걱정을 하지 않도록 해야 했다. 나는 네 명의 작가, 막스 프리슈, 하인리히 뵐, 귄터 그라스, 지그프리트 렌츠에게 도움을 청했다. 당시 이들의 책은 아주 잘 팔리고 있었다. 아무도 내 부탁을 거절하지 않았다. 그들은 저마다 적당하다고 생각하는 액수의 돈을

(두 명은 상당히 많은 돈을 부쳤다) '풀밭의 비둘기'라는 암호를 붙인 은행 계좌로 송금했다. 그러나 들어온 돈을 한꺼번에 쾨펜에게 주는 것은 경솔한 일일 수 있었다. 그는 돈을 합리적으로 관리하는 사람이 아니었다. 결국 그 계좌에서 다달이 보조금을 주기로 했다. 그 돈만으로는 생활하기에 충분하지 않았지만 어쨌든 당분간 시민다운 생활의 기반은 마련되었다. 그는 돈이 어디에서 났느냐고 물었지만, 내가 느끼기에 전혀 알고 싶어하는 눈치가 아니었다. 어쨌든 그는 끝까지 돈이 어디에서 나왔는지 알지 못했다.

은밀하게 벌인 구조 활동은 성공적이었다. 많은 이들이 기대하고 있던 소설은 나오지 못했지만, 1976년에 드디어 15년의 공백을 깨고 쾨펜의 책이 다시 나왔다. 바로 시적인 자전적 산문 『유년 시절』이었다. 여러 개의 단편으로 구성된 미완성 작품이지만, 문체 덕분에 완결된 하나의 작품이나 다름없다. 그리고 그 문체란 언어와 분위기와 관련되어 있었다. 나는 그의 주요작인 『풀밭의 비둘기』라는 소설만큼이나 이 책을 좋아한다.

쾨펜과 나는 가깝게 지냈다. 의심할 여지 없이 그의 뛰어난 산문 때문이기도 했지만 그 이상의 이유가 있었다. 그는 인터뷰하는 사람이 물을 때마다 이렇게 대답했다. "저는 고향이 없습니다." 사실이었다. 그는 고향이라는 걸 몰랐다. 어딜 가나 이방인이었다. 그래도 처절하게 외롭지는 않았다. 늘 문학 속에서 살면서 문학이 그의 영원한 존재의 일부였기 때문이다. 그는 항상 문학에서 안식과 숨을 곳을 찾았고, 문학에서 의지가 되는 것을 찾았다. 그곳은, 비록 잠시 머무는 곳일지라도, 그의 피난처였다. 그러나 프랑스인들의 말대로 임시적인 것보다 더 지속적인 것은 없다. 쾨펜의 애정은 외톨이, 이방인, 모욕당한 자, 박해받는 자, 낙인찍힌 자 들에게 쏠려 있었다. 그는 유대인부터 동성애자에 이르기까지 모든 소수 집단을 대변하고 옹호한 시인이었다.

쾨펜과 내가 가깝게 지낸 이유는 또 있다. 조용하고, 내성적이고, 전혀 무례하지 않으면서도, 그리고 그라이프스발트에서 태어나 동프로이센에서 성장했으면서도 베를린의 냄새가 나는 사람이었기 때문이다. 그가 구사하는 언어의 리듬감과 속도, 간결한 표현 방식, 신문 중독이라고 말해도 좋을 새로움을 향한 채워지지 않는 갈망은 모두 베를린과 관련이 있다. 언제나 회의주의에 의해 진정되고 조절되는 그의 열의, 오래도록 문학에 몰입하게 만드는 그 열의도 베를린과 무관하지 않을 것이다.

쾨펜은 문학 외에는 아무것도 믿지 않았다. 그는 시인들과 예술가들을 사랑했으며 그들에게 빚을 지고 있다고 느꼈다. 자신이 그들의 채무자라고 생각했다. 시인들과 예술가들 외에 다른 신은 알지 못했다. 그가 그들에게 바친 숭배는 불후의 존경심이었으며, 그들에게 표한 감사의 마음은 심금을 울리고 나이가 들어서도 젊음의 모습을 잃지 않았다.

1996년 3월 21일 뮌헨 북쪽의 공동묘지로 볼프강 쾨펜의 관을 따라가던 그날, 나는 내 삶에서 하나의 큰 막이 내렸음을 깨달았다.

마법사 가족

1955년 8월 13일, 그 얼마 전까지 슈톨프뮌데라고 불린 우스트카 해수욕장에서 있었던 일이다. 태양은 끝없이 눈부시게 빛나고 하늘은 더할 수 없이 파랬다. 발트 해는 장엄하다고 할 만큼 잠잠했다. 나는 해변 접의자에 앉아 괴테를 읽고 있었다. 원래 읽으려던 책을 마침 글을 써달라는 요청이 들어와 읽는 참이었다. 넉넉하지는 않아도 그 대가로 돈도 받았다. 나는 바르샤바의 어느 출판사에서 낼 괴테 시선집을 준비하고 있었다. 나이를 먹을수록(그때 나는 벌써 35세였다) 괴테의 시에 더 끌린다는 생각이 들었다. 그 옛날 유년기와 청년 시절에 나로 하여금 독일 시를 사랑하게 만든 것은 실러의 담시였으니 말이다.

잠시 독서를 중단하고 고개를 들었다. 열예닐곱 살쯤 되는 매력적이고 귀여운 금발의 소녀가 눈에 들어왔다. 아이는 밝은 표정으로 경쾌하고 날렵하게 걸어서 내가 앉아 있는 접의자로 다가와 두 개의 봉투를 내밀었다. 내게 전해주는 소식이 희소식이라고 확신하는 듯 환하고 기분좋게 웃고 있었다. 아이는 애교 있게 무릎을 굽혀 인사하고 얼른 다시 가버렸다. 얇고 풍성한 하늘색 치마가 위쪽으로 크게 펄럭였다.

봉투 하나에는 스위스에서 보낸 편지가 들어 있었다. 편지는 이런 말로 시작되었다. "7월 9일 보내주신 친절한 편지에 남편의 부탁을 받고 답장을 씁니다. 안타깝게도 남편은 이곳 주립 병원에 누워 있습니다. 다행히 병세가 호전되고 있습니다." 편지에 적힌 서명은 이랬다. "안녕히 계십시오. 카티아 만." 다른 봉투에는 바르샤바의 폴란드 라디오 방송국에서 보낸 전보가 들어 있었다. 전문 내용은 다음과 같았다. "토마스 만 어제 사망. 15분 분량의 추도사 요망. 가능하면 오늘 내로." 나는 충격을 받았을까? 눈에 눈물이 고였을까? 아니면 여전히 그 파란 치마의 아리따운 소녀를 생각하고 있었을까? 기억이 나지 않는다. 그러나 버림받은 느낌이 들었던 것만은 확실하다. 20세기 독일 작가 중에서 토마스 만만큼 내게 감명을 주고 영향을 남기고 어쩌면 나를 만들었다고도 할 수 있는 사람은 없었기 때문이다. 하이네 이후 내가 이토록 마음속 깊이 크게 고마워한 작가는 없었다. 나는 조금 기운이 빠져 접의자에 앉아 있었다.

그 옛날 프로이센 김나지움에서 배운 것이 있다. 여자 같은 것, 나약한 것, 슬픈 것에는 남자답게 맞서서 저항해야 한다고 했다. 여자 같고 감상적인 것이 벌써 다가오고 있다면 그 즉시 무조건 의무를 생각해야 한다고 했다. 나는 취리히에서 온 편지와 바르샤바에서 온 전보와 괴테 책을 손에 들고 묵고 있는 휴양지 숙소로 황급히 돌아갔다. 요청받은 추도사를 당장 써야 했다. 날씨가 급변하여 바다에서 거센 바람이 불어왔다. 갑자기 더 추워진 느낌이 들었다.

카티아 만을 처음 본 것은 훗날 1967년 4월의 일이다. 그때 나는 한스 마이어와 함께 취리히로 갔다. 취리히 시 경계선에 바짝 붙은 킬히베르크의 토마스 만 집에서 〈문학 카페〉에 내보낼 에리카 만과의 방송 대담을 녹화하기 위해서였다. 만의 집 현관 문패에는 "토마스 만 박사"라고 적혀 있었다. 그렇다. 토마스 만 박사였다. 복도 벽에는 노벨상과 기타 여러 종류의 상 그리고 여러 곳에서 받은 명예 박사학위를 가리키는 증서들이 액자에 끼워져 걸려 있었다. 추측건대 아마 토마스 만 사후에 걸어놓았을 것이다. 우리는 안내를 받아 거실로 들어갔다. 넓은 유리창 너머로 취리히 호수의 멋진 풍광이 펼쳐져 있었다.

조금 있으니 카티아 만이 들어왔다. 거의 바닥까지 닿는 진회색 옷을 입고 있었다. 엄격한 수녀원장 같기도 하고 위엄 있는 기숙사 사감 같기도 했다. 한스 마이어는 커다란 꽃다발을 손에 들고 있었으나 만 부인은 그것을 전혀 받아들 마음이 없어 보였다. 그녀는 마이어를 상당히 거칠게 몰아붙였다. "남편의 후기 작품이 힘없이 부서지는 중이라고 쓰셨더군요." 여전히 꽃다발을 들고 있던 마이어는 학생처럼 당황해서 대책 없이 말을 더듬었다. "하지만 부인, 정중하게, 정말 정중하게 부탁드리는데, 그건 이렇게 생각을 하시면……" 카티아 만은 당장 그의 말을 끊었다. "마이어 씨, 다른 말씀 마세요. 토마스 만의 후기 문체가 부서지고 있다고 쓰셨잖아요. 명심하세요. 남편에 관한 박사 논문이 매년 전 세계에서 점점 더 많이 나오고 있다는 것을요. 카프카보다 많다고요."

마이어가 채 대답을 하기도 전에 문이 열리면서 토마스 만의 딸이 나타났다. 그 아버지가 "대담하고 기백 있는" 아이라며 보탄이 브륀힐데를 두고 한 말을 인용해 칭찬한 딸이었다. 한때 배우로 활동한 에리카 만은 비단인지 양단인지로 만든 긴 검정 바지를 입고 은색 목발을 짚고 있었다. 1958년부터 발과 허리에 몇 번 손상을 입어 걸음걸이가 조금 불편했지만 그럼에도 자신감과 힘이 넘쳤다. 자의식 강한 그녀는 자신의 장애를 숨기거나 무시하지 않으려는 확고한 의지를 보여주었다. 아니, 숨기기는커녕 그 장애를 강조하여 부가 효과를 얻어내려고 했다. 처음 본 순간부터 범상치 않은 인물이라는 게 느껴졌다. 이제 막 예순을 넘긴 에리카 만은 아마존의 여왕처럼 아름답고 위풍당당했던 지난날의 모습을 잃지 않았다. 그건 그녀를 보는 순간 대번에 알 수 있었다. 여기에 나와 마주보고 서 있는 사람들, 그들은 20세기에 그 누구도 필적하기 힘든 가문을 대표하는 두 여성이었다. 영국인들에게 윈저 가문이 있다면, 독일인들, 최소한 지식인들에게는 만의 가문이 있다는 생각을 해보았다.

우리는 에리카 만과 함께 안방으로 들어갔다. 거기에는 벌써 마이크가 설치되어 있었고, 그녀가 방송에서 이야기하려는 책들이 준비되어 있었다. 1947년부터 아버지를 도와 후기작 원고를 뛰어나게 정리 편집한 에리카 만은 문학에 대해 이야기할 때면 날카롭고 거침이 없었으며 활기차고 호전적이었다. 이런 면모가 그대로 남아 있다는 것을 확인하는 데에는 그리 오래 걸리지 않았다. 그녀는 자신이 남동생 클라우스와 이른바 친밀한 관계를 맺었다고 보도한 독일 신문사 두 곳을 고소하여 승소하고 상당한 위자료까지 받았다는 이야기를 하면서 증오와 흡족함을 숨기지 않았다. 아마존의 여왕 같은 에리카 만이 노년에 이르러 복수의 여신이 되었다는 느낌이 가끔씩 들었다. 그러나 열정적으로 사랑할 줄 알고 그러면서도 더 많은 증오심을 품은 그녀에게 정말로 무언가를 사랑할 기회는 좀처럼 주어지지 않았다는 것, 그녀가 전혀 사랑받지 못했다는 것, 심지어 가족들의 사랑도 못 받았다는 사실도 우리는 알 수 있었다.

1983년 가을 독일 제3TV에서 클라우스 만을 다룬 인물 다큐멘터리를 방영했다. 진지하고 짜임새 있게 만든 대형 기획물이었다. 『프랑크푸르터 알게마이네』에 존경의 마음으로 이 영화를 호평한 뒤 나는 모니카 만에게서 조금 혼란스러운 편지를 받았다. 그녀는 1910년생으로 에리카와 클라우스의 동생이었다. 여하튼 다른 건 둘째 치고 이것 하나만은 분명했다. 그녀는 에리카를 "마녀"라고 욕하면서 클라우스의 죽음은 에리카 탓이라고 주장했다. 그뿐만 아니라 에리카가 분명히 클라우스의 자살에 책임이 있다고 말했다. 몇 달 뒤 모니카는 『프랑크푸르터 알게마이네』에 실어달라며 만의 가족 관계에 관한 짧은 글을 보내왔다. 이번에도 주로 언니 에리카를 욕하는 글이었다. 거기에는 "광기를 먹고 자란 그녀의 아버지 애착증이 질투로 변질"되었다는 표현이 있었다. 누가 봐도 밀고의 성격이 묻어나는 그 글을 신문에 실을 수는 없었다.

1919년생인 토마스 만의 막내아들 미하엘과의 만남은 다른 이유 때문에 유쾌하지 못했다. 그는 바이올린과 비올라 주자로 결코 실패했다고 말할 수 없었는데도 40세의 나이에 독문학으로 방향을 바꾼 뒤 버클리의 캘리포니아 대학에서 교편을 잡았다. 1974년 나는 그에게 『프랑크푸르터 알게마이네』에 실을 서평을 부탁해야겠다는 생각이 들었다. 그러나 나중에 알고 보니 별로 좋은 생각이 아니었다. 그가 서평을 쓰려고 마음먹은 책은 당시 막 출간된 위스턴 휴 오든*의 독일어판 시집이었다. 나는 그러자고 했다. 그런데 원고가 도착하자마자 미하엘 만이 샌프란시스코에서 전화를 걸어 그 글을 취소했다. 얼마 후 분량이 짧은 새 글이 도착했다. 이 글은 내용도 보잘것없고 문체도 엉망이었다. 우리는 글을 철저하게 손질해서 신문에 냈다. 그와 동시에 나는 미하엘 만에게, 우리 신문에 낼 원고는 영어로 쓰는 게 낫지 않겠느냐고 당연히 신중하게 물어보았다. 그는 내 제의를 수락하지 않았지만 계속 서평은 쓰고 싶다고 했다. 나는 그의 의견을 받아들이지 않았다.

1974년 10월에 미하엘 만을 프랑크푸르트에서 만난 적이 있다. 정신적으로 심각한 장애에 시달리는 사람 같다는 인상을 받았다. 그는 나를 비롯해 그곳에 있던 사람들에게 상체가 수평이 될 정도로 지나치게 몸을 숙여 인사했다. 내가 그에게서 받은 마지막 편지(1976년 가을)에는 겨울에 다시 만나기를 고대한다는 말이 적혀 있었다. 하지만 그런 날은 오지 않았다. 미하엘 만은 1976년 12월 31일에서 1977년 1월 1일로 넘어가는 밤에 버클리에서 사망했다. 짧은 보도만으로는 자세한 경위를 알 수 없었다. 나는 당장 그의 형 골로 만에게 연락해보았다. 그는 보도된 내용은 사실이며 사인은 심장마비라고 했다. 그리고 추도사나 다른 식의 보도는 하지 말아달라고 부탁했다. 그 이유에 대해서는 설명하려고 하지 않았다. 실제로 독일에서는 그의 사망 소식을 보도한 신문이 하나도 없었다. 그러나 『프랑크푸르터 알게마이

---

* 에리카 만은 1935년 오든과 결혼했다. 그러나 동성애자였던 두 사람은 함께 산 적이 없었다.

네』는 빠져있다. 나는 짤막한 추도사에서 주로 미하엘 만의 독문학 관련 저술을 언급했다.

미하엘 만의 죽음에 관해서는 나중에서야 자세한 상황이 알려졌다. 그는 가족의 위임에 따라 토마스 만이 1918년부터 1921년까지 쓴 일기를 출간하기 위해 준비하고 있었다. 작업은 1976년 12월 말에 끝났다. 작업 종료를 기념하여 그해 마지막 날 밤에 친구들과 축하 파티를 열기로 했다. 미하엘 만은 벌써 턱시도를 입었고 가족들도 출발하려던 참이었다. 하지만 그는 조금 더 쉬었다가 나중에 갈 테니 가족들에게 먼저 가라고 했다는 것이다.

그렇게 해서 그는 샌프란시스코 근방에 있는 집에 혼자 남았다. 그는 다음날 아침 침실에서 턱시도 차림으로 가벼운 모포를 덮고 꽃에 둘러싸여 누워 있는 모습으로 발견되었다. 전등은 어두운 상태로 켜져 있었다. 그는 살아 있지 않았다. 부검 결과 술과 신경안정제가 함께 작용하여 사망에 이르렀다고 했다. 전에도 그는 몇 번 자살을 시도한 적이 있었다. 『샌프란시스코 크로니컬』에 실린 짧은 추도사는 이런 말로 끝을 맺었다. "장례식은 하지 않습니다."

미하엘 만의 친구들과 시대의 증인들과 문학사가들은 1949년에 자살한 형 클라우스 만과 비슷하게 미하엘의 죽음에도 아버지가 일정 부분 책임이 있다고 말했다. 확실한 것은 그가 어렸을 때부터 지독히 매정했던 아버지 때문에 고통스러워했다는 것이다. 토마스 만이 1925년에 쓴 소설 『무질서와 젊은 날의 슬픔』에는 당시 여섯 살이던 미하엘이 비뚤어지고 사악한 아이로 그려져 있다. 비록 형식적으로만 알고 지냈어도 미하엘이라는 인물은 내 기억 속에 단단히 자리잡고 있다. 어쩌면 그의 불행과 그 불행의 원인이 손에 잡힐 듯 너무 크고 너무 분명해서 그랬는지도 모른다.

골로 만도 토마스 만의 아들이라는 무겁고 무서운 운명에 시달렸다. 그러나 그는 세 아들 중 아버지의 말을 따른 유일한 자식이었다. 죽음이 자신의 생각을 지배하게 해서는 안 된다는 것, 다시 말해 죽음의 시간을 스스로 결정하려는 유혹에 저항해야 한다는 것이 아버지의 말이었다. 골로 만은 1994년 85세의 나이로 사망했다. 그는 『19세기와 20세기의 독일 역사』와 기념비적 대작이랄 수 있는 발렌슈타인 전기를 써서 동료들에게 인정받고 나아가 높은 평가를 받았으며, 수많은 독자 그리고 평소에 역사서라면 멀리했던 사람들에게도 경탄의 대상이 되어 20세기의 가장 성공적인 독일 역사가가 되었다. 그럼에도 그는 우울한 외톨이로 지내면서 자신이 오랫동안 내쫓기고 배척당했다고 생각했다. 말년에 가서는 이름이 알려지고 부유하게 살았지만, "당신은 어떤 사람이 되고 싶습니까?"라는 『프랑크푸르터 알게마이네』 주말판 매거진의 질문에 짧고 분명하게 "나보다 행복한 사람"이라고 대답했다.

나는 골로 만을 1970년경 함부르크에서 처음 만났다. 지속적으로 만나면서 더 가까워진 것은 1974년부터였다. 그때 나는 글을 써달라는 편지를 보내며 그를 괴롭히기 시작해서 1980년대 말까지 쉬지 않고 집요하게 매달렸다. 그와의 집중적인 공동 작업은 볼프강 쾨펜과의 작업 때와 비슷하게 중요했지만 그 이유는 서로 달랐다. 골로 만은 여러 가지 점에서 『프랑크푸르터 알게마이네』 문학면에 이상적인 작가였다. 남다른 지식의 소유자라서 그랬을까? 진정한 교양인이어서? 이것 말고도 이유는 있었다. 나는 문학면을 동료들과 전문가만이 아니라 가능하면 문학에 관심이 있는 모든 이가 읽는 지면으로 편집하는 것이 내 주요 임무의 하나라고 생각했다. 다른 필자들과 달리 골로 만에게는 누가 그의 글을 읽는 독자인지 상기시킬 필요가 전혀 없었다. 그가 귀감으로 삼은 사람은 아무리 어려운 내용도 독자에게 쉽게 전달한다고 그 스스로 말한 아우구스티누스였다.

그는 무슨 글이든지 모두 기분좋게 자연스러운 낭독조로 썼다. 그리고 이를 통해 최고의 명료함과 명확성과 생생함을 얻어냈다. 그 낭독조의 글쓰기는 아버지의 문체와 비슷한 점이 없는 것 같지만 사실은 전혀 그렇지 않았다. 골로 만의 언어는 대단히 기교적인 토마스 만의 표현법에서 영향을 받이 발달했지만, 알게 모르게 거기에 저항하는 언어였다. 마치 그가 어릴 적부터 아버지와 반대되는 삶을 살려고 결심했던 것과 비슷하다. 나와 전화로 통화하던 중 그는 아버지와의 관계에 대해 이야기하면서 이렇게 말했다. "저는 아버지가 죽기를 바랐어요." 소스라치게 놀란 나는 무척 흥분해서 물었다. "방금 무슨 말을 하셨는지 알고는 계신가요?" 골로 만이 대답했다. "네, 사실이에요. 아버지가 죽기를 바랐어요. 그렇게 생각할 수밖에 없었어요." 그는 프리드리히 폰 겐츠 전기를 제외한 모든 책을 아버지가 사망한 뒤에야 쓸 수 있었다고 했다. 그때 골로 만의 나이는 벌써 46세였다.

우리는 함부르크와 뒤셀도르프, 프랑크푸르트와 취리히에서 만났지만 그다지 자주 만나지는 않았다. 그 대신 편지와 전화 통화는 자주 했다. 우리가 나눈 대화의 핵심 주제는 두 가지, 문학과 만 가족이었다. 골로는 내가 쓴 글과 책을 칭찬하고 가끔 반대 의견을 제시했지만, 내 평론에서 자신의 가족 얘기가 나오면 당장 근본적인 이의를 제기하고 기회가 닿을 때마다 그 이야기를 꺼냈다. 예를 들어 내가 클라우스 만을 주제로 쓴 에세이에 대해서는, 내 판단은 모두 옳지만 전체로 볼 때는 옳지 않다고 했다. "공감"이 없다는 것이었다. 토마스 만의 『일기』 각 권을 평한 내 글에 대해서도 그는 평소 제기하던 일반적인 이의를 되풀이해서 말했다. 공감이 너무 부족하고 애정이 너무 없다는 것이었다.

평론가들이 토마스 만의 작품을 평할 때면 그는 화를 내면서 항의 편지를 써야 할지 말아야 할지 고민하다가 결국에는 그만두었다. 그러나 정작 그 자신은 아버지의 작품을 놓고 하나씩 험담하기를 좋아했다. 『토니오 크뢰거』를 시시하게 생각한 그는 토니오와 리자베타가 나누는 대화가 어느 것 하나 올바른 게 없는 "허튼소리"라고 말했다. 아버지의 소설 중 가장 형편없는 두 작품, 『토니오 크뢰거』와 『무질서와 젊은 날의 슬픔』 가운데 어느 것이 더 형편없는 줄 아느냐고 조롱하듯 묻기도 했다. 나는 이 모든 말들을 심각하게 받아들이지 않았다. 그래서 "당신이 토마스 만의 작품에 대해 말하는 것을 들으면, 그를 아주 나약하고 재능 없는 작가로 여긴다는 결론을 내릴 수밖에 없어요"라고 했다. 골로 만은 그렇게는 말할 수 없다고 곧장 반박했다. 가령 『요제프와 그의 형제들』은 규모와 수준에서 『일리아스』나 『오디세이』 같은 작품이기 때문이라는 것이다. 나는 이제 다시 집을 찾아 돌아왔다는 생각이 들어 안심하고 잠을 잘 수 있었다.

골로 만은 아버지와 관련된 일화를 들려주는 걸 좋아했다. 대부분은 토마스 만에게 유리하지 않은 일화였다. 나도 한 가지 일화를 끄집어냈는데 알고 보니 그가 모르는 이야기였다. 1924년 가을 『마의 산』이 출간되었지만 몇 주 후에 벌써 온갖 불평불만의 소리가 들려왔다. 무엇보다 소설에서 민헤어 페퍼코른으로 등장해 희화와 풍자의 대상이 된 게르하르트 하웁트만이 모욕감을 느껴 불만과 분노를 표시했다.

그즈음 잠시 취리히에 머물고 있던 토마스 만은 오래전부터 단골로 드나들던 반호프 거리의 우아한 남성용품 가게를 찾았다. 이른 아침이었다. 가게 주인은 그에게 으레 그랬듯이 공손하게 인사했다. 하지만 왠지 안절부절못하고 불안해하던 그는 만에게 황급히 죄송하다고 말하고 계단을 통해 가게 2층으로 올라갔다. 그는 몇 분 뒤 다시 내려와 만에게 지금 위층에 다른 손님이 와 있다고, 하웁트만 박사님이, 게르하르트 하웁트만이 와 있다고 전하면서 물었다. "박사님, 동료분을 만나보시겠습니까?" 토마스 만이 즉시 대답했다. "아니요, 아직 너무 일러요." 가게 주인은 공손히 고개를 숙이고 말했다. "하웁트만 박사님도 그렇게 생각하십니다."

골로 만은 재미있어하며 말했다. "정말 기가 막힌 일화네요. 하지만 그건 처음부터 끝까지 지어낸 얘기예요. 완전히 날조된 거죠. 정말 그런 일이 있었다면 T. M.은 그 이야기로 우리를 수도 없이 괴롭혔겠죠." 하지만 그건 골로 만의 착각이었다. 취리히 남성용품 가게에서 만날 뻔한 아슬아슬한 사건은 1937년에 실제로 있었던 일이다.

1975년 12월 어느 날에는 골로 만과의 전화 통화가 길어졌다. 토마스 만의 성생활에 대해 이야기하던 중이었다. 그는 세상에 알려진 것과 달리 아버지가 동성애적인 감정이나 사고와 거리가 먼 사람이 아니라고 말했다. 하지만 아버지가 실제로 동성애를 하지는 않았다고 했다. 그가 남창과 관계를 맺었다는 생각은 어불성설이며, 그의 동성애적 행위는 "한 번도 허리선 아래로 내려간 적이 없다"고 말했다. 결국 그의 동성애는 사춘기 범위 안에 머물렀다는 얘기였다. 골로 만은 또 아버지의 성생활이 프로이센 장군의 그것과 비슷할 수 있다고 했다. 여자들을 보면 겁을 먹고 소심해지는 바람에 이따금 매춘부를 찾아갔다고 말했다.

나는 토마스 만이 아들 클라우스에게 보냈다는 이른바 친밀한 편지, 아직 남아 있지만 여러 가지 소문 때문에 가족들이 출판을 막았다는 그 편지에 대해 물어보았다. 골로 만은 그런 식의 추측이야말로 부자 관계의 실상을 몰라서 나온 것이라고 했다. 토마스 만과 클라우스는 서로 친밀하게 지낸 적이 없기 때문에 그런 편지도 있을 수 없다고 했다. 아버지는 아들 클라우스의 동성애를 "혐오"했으며, 두 부자가 이 문제를 놓고 이야기한 적도 없다고 말했다. 그리고 자신의 집에는 두 종류의 동성애가 있다고 했다. 친가 쪽인 만식의 동성애와 외가 쪽인 프링스하임식 동성애인데, 만식의 동성애는 소심해서 억압과 콤플렉스로 가득 차 있고, 프링스하임식 동성애는 반대로 유쾌함과 인생에 대한 긍정이 특징이라고 했다. 클라우스는 프링스하임 쪽 전통과 이어져 있었으나 그 자신은 어둡고 복잡한 만 쪽의 전통에 가깝다고 말했다.

한번은 골로 만과 킬히베르크 근방을 산책했다. 그가 수많은 시를 외우고 있다는 걸 알고 있던 나는 몇 개만 읊어달라고 부탁했다. 그는 먼저 라틴어로 쓰인 호라티우스와 오비디우스의 시를 낭독하고 그다음에 독일 시를 읊었다. 하이네와 아이헨도르프와 괴테의 시였다. 나는 그에게 괴테가 어떤 의미를 주는 시인이냐고 물었다. 자신에게 괴테는 숨을 쉴 때 필요한 공기와 같은 존재, 살아갈 때 없어서는 안 되는 빛과 같은 존재라고 말했다. 그렇게 이야기하는 도중에 그는 여러 번이나 "감사"라는 말을 사용했다.

이제 나는 말을 돌리지 않고 그와 토마스 만의 관계에 대해 단도직입으로 물었다. 그는 질문을 피하지 않았지만 단 한마디로 잘라서 대답했다. 그의 입에서는 이제 전혀 다른 단어들이 튀어나왔다. 두려움, 혐오, 쓰라림, 증오 같은 말이었다. 킬히베르크 공동묘지를 지날 때 콘라트 페르디난트 마이어의 묘지에 가보지 않겠느냐고 그가 물었다. 그러면서도 그 공동묘지에 토마스와 카티아 만이 안장되어 있다는 말은 하지 않았다. 골로 만 역시 1994년 사망한 뒤 킬히베르크 공동묘지에 묻혔지만, 본인의 간곡한 요청에 따라 되도록 부모의 묘에서 멀리 떨어진 곳에 안장되었다. 실제로 그의 묘는 묘지 담벽 바로 옆에 있다.

취리히로 돌아오는 길에 나는 골로 만처럼 그렇게 아버지 때문에 큰 고통을 당하고 그러면서도 문학으로부터 큰 은혜를 입은 사람은 내 평생 처음이라는 생각이 들었다. 그는 천재를 아버지로 둔 불행한 아들이면서 문학을 숭배한 행복하고 숭고한 열정가였다.

막스 프리슈 혹은 유럽 문학의 화신

막스 프리슈와 처음 만난 날은 지금도 기억에 생생하다. 우리는 1964년 10월 하노버에 있는 루이젠호프 호텔에서 만났다. 〈문학 카페〉의 다음 초대 손님으로 그가 나올 예정이었다. 나는 교훈 없는 교훈극 『비더만과 방화범들』을 제외하면 그의 희곡을 좋아하지 않지만 소설과 일기는 대단히 좋아했기 때문에 그와 만날 생각에 들떠 있었다.

루이젠호프 호텔에 도착하자마자 나는 다른 참석자 두 명 중 한 사람을 만날 수 있지 않을까 하는 기대로 곧장 아래로 내려갔다. 2층 회랑으로 내려오니 호텔 라운지를 여유 있게 그리고 조금 따분한 듯이 어슬렁거리는 신사가 눈에 들어왔다. 막스 프리슈였다. 나는 회랑에 선 채 잠시 그를 관찰했다. 저 유쾌하고 위엄까지 있어 보이는 신사가 『슈틸러』와 『호모 파버』를 쓴 사람, 그 기백 넘치는 『일기』의 주인공이로군, 하고 생각했다. 세계문학의 화신이라고 해야 할까? 아니다. 다른 표현이 떠올랐다. 언뜻 듣기엔 수수한, 유럽 문학의 화신이라는 말이 생각났다.

나는 스스럼없이 프리슈에게 다가가 공손하게 나를 소개했다. 뭔가 잘못될 일은 없을 거라고 확신했기 때문이다. 과연 내 이름을 듣자마자 그는 얼굴이 환해져서 내 손을 꼭 잡고 반갑게 악수했다. 어쩌면 그 유명 작가가 나를 포옹하려고 했는지도 모르겠다. 하여튼 그는 조금 엄숙하고 거의 감격한 얼굴로 이렇게 말했다. "고맙습니다." 그저 친절한 인사 정도만 예상했던 나는 가만히 다음에 나올 말을 기대하며 프리슈를 바라보았다. 그가 재빨리 덧붙였다. "변호해주셔서 대단히 고맙습니다." 우리는 서로 감격했다. 그리고 둘 중 한 사람이—프리슈였던 것으로 기억한다—참신한 표현은 아니지만 그 순간 도움이 되는 말을 꺼냈다. "술집에 갑시다."

사연은 간단했다. 프리슈를 만나기 몇 주 전에 500페이지에 달하는 그의 소설 『내 이름은 간텐바인』이 출간되었다. 몇 년에 걸쳐서 이 소설을 썼던 터라 그는 당연히 어떤 비평이 나올지 그 반응에만 촉각을 곤두세우고 있었다. 머잖아 평이 나왔다.

『디 차이트』는 당시 내 동료 한스 마이어가 쓴 『간텐바인』에 관한 긴 에세이를 실었다. 유명 학자였던 마이어는 소설의 주제에 대해 중요한 것, 규명해야 할 것 등 할 말이 많았다. 하지만 그 작품이 훌륭한 소설인지 형편없는 소설인지 스스로 의문을 제기하고도 답변은 전혀 할 생각이 없었다. 그러면 이게 어떻게 돌아가는 것인지 반에서 꼴찌를 하는 학생이라도 알아챘을 것이다. 아무리 『간텐바인』에 대해 할 말이 많았어도 비평가 한스 마이어는 그 소설에서 이렇다 할 장점을 찾아내지 못했다. 말하자면 그 소설을 거부한 것이다.

프리슈는 실망을 넘어 충격과 상처를 받았다. 1960년대에 『디 차이트』가 문학평론 분야에 행사한 영향력과 권위는 어마어마했다. 그로부터 2주가 지난 뒤 같은 신문에 또 한번 역시 방대한 양의 『간텐바인』 평이 실렸다. 이번에는 내가 쓴 평론이었다. 나는 소설을 옹호하는 글을 썼다. 이 '막스 프리슈를 위한 변호'에서 나는 한스 마이어와 큰 논쟁을 벌였다.

이런 연유로 『간텐바인』을 쓴 작가는 이중으로 흡족해했다. 거기에는 내가 그의 소설을 칭찬하고 마이어의 반론을 모조리 의문시한 배경이 있었다. 루이젠호프 호텔 로비에서 내가 지나치게 친절한 인사를 받은 이유는 단 하나, 오직 내 평론 때문이었다. 나는 이 분야에서 오랜 세월을 활동한 까닭에 인상 깊은 것에는 빠지지 않는다. 무슨 말이냐 하면, 작가와 평론가의 관계를 결정하는 것은 거의 언제나 한 가지 상황밖에 없다는 것을 알고 있다는 뜻이다. 그건 평론가가 작가를 어떻게 평가하느냐는 것, 특히 그의 최근작을 어떻게 평가하느냐는 것이다.

내가 『간텐바인』을 옹호한 후 프리슈가 내게 호의적이었던 것은 충분히 있을 수 있는 일이다. 1972년 그의 신간 산문집 『일기 1966~1971』을 찬사로 호평했을 때는 더 많은 호의를 보여주었다. 나는 그를 "이 시대의 고전 작가"라고 선언했다. 1975년에는 그의 소설 『몬타우크』에 대해 더 열광적으로 평했다. 그는 당시 나를 뛰어난 평론가로 여겼을 것이다.

그럼에도 불구하고 우리의 관계는 완벽히 매끈하지도 않았고 조화롭지도 않았다. 가장 큰 이유는 이것이었다. 나는 프리슈를 적어도 『프랑크푸르터 알게마이네』 문학면의 비정기 필자로 초빙하고 싶었다. 그래서 그에게 편지를 보내고 전화를 하고 여러 번 만나보기도 했다. 나는 늘 그의 마음이 끌릴 만한 주제를 제안했다. 그는 빠르고 친절하게 답신을 주었지만 결국엔 항상 핑계로 말을 끝냈다. 여하튼 막스 프리슈의 원고는 한 번도 받지 못했다. 나는 화가 났다. 열패감마저 들었다.

그러던 중 1977년에 그는 느닷없는 선물로 나를 놀라게 했다. 오토 딕스가 멋진 동판화로 그린 프리슈 자신의 초상화를 보낸 것이다. 얼마 후 그는, 그 선물이 여러 번 나를 실망시킨 데 대한 보상이 되기를 바란다고 말했다. 그러면서 문제는 『프랑크푸르터 알게마이네』의 여러 가지 정치색인데, 자기로서는 그것을 받아들일 수 없기 때문에 그 신문에는 절대로 글을 쓰고 싶지 않으며 앞으로도 쓰지 않겠다고 말했다.

그런데 작가는 유명하든 아니든, 수락을 하든 거절을 하든, 무조건 믿을 만한 사람은 아니다. 프리슈는 1978년 초에 또 한번 소포를 보내 나를 놀라게 했다. 이번에 보낸 것은 원고였다. 1년 전 나를 슬프게 하며 보낸 통고를 뒤집은 것이다. 원고는 지금까지 출간되지도 않고 공연되지도 않은 희곡

『트립티콘』의 일부였다. 나는 말할 수 없이 반가웠지만 기쁨도 잠시, 그 텍스트는 출간하기 힘든 작품이었다. 게다가 더 골치 아프게도 『트립티콘』 전체에는 『프랑크푸르터 알게마이네』에 미리 실을 만한 장면이 한 군데도 없었다. 놀랍고 당혹스러웠다. 더욱이—훨씬 훗날에 밝혀진 사실이지만—서독에 있는 극장 중에서 이 작품을 공연하겠다고 나선 곳은 한 군데도 없었다. 상황은 지금까지도 달라지지 않았다.

프리슈의 다음 작품 『충적세에 인간이 나타나다』도 마음에 들지 않았다. 이 책에 대해서는 아무 말도 하지 말아야겠다는 생각이 확실해졌다. 주제는 꽤 흥미로웠지만 이야기가 낯설고 무척 고심해서 구성해놓았다는 느낌이 들었다. 이 소설의 분위기와 문체에 감응하는 능력이 내게 없었을까? 과거에도 나는 침묵하는 편이 낫다고 보고 평을 쓰지 않은 책이 꽤 있었는데, 지금 돌이켜보아도 그 결정이 잘못되었다고 생각하지 않는다. 오히려 많은 책에 대해 침묵하지 않았던 것을 탓해야 한다. 그때도 나는 프리슈의 소설에 대해 평을 쓰지 않았기 때문에, 조금은 거리를 두고 있었지만 별다른 문제 없는 우리의 관계는 당분간 그대로 지속되었다.

1980년 5월 취리히의 슈토커 가에 있는 프리슈의 작은 집을 방문한 적이 있다. 나는 그때의 일을 즐겨 떠올리곤 한다. 하지만 더 의미 있고 성과도 많았던 방문은 새로 옮긴 그의 집으로 찾아갔을 때였다. 취리히 시내의 슈타델호퍼 가에 있던 유난히 밝고 넓은 집이었다. 프리슈는 그 집을 고른 이유가 급하게 필요한 것들이 부근에 다 있어서라며 가장 먼저 약국을 꼽았다. 집은 무척 예쁘지만 바로 가까운 곳에서 국철 노선 공사를 하는 바람에 괴롭다고 했다. 소음을 견딜 수 없다는 것이다. 그래도 그 집을 택한 것은 적당한 집을 찾기가 어려웠기 때문이며, 그것도 자신의 평판 때문에 그렇게 됐다고 했다. 대체 무슨 말일까?

프리슈는 많은 취리히 시민들이 자신을 호전적인 좌파로 여기고 상대를 하지 않으려 한다고 주장했다. 그는 스위스를 격렬하게 노골적으로 공격하고 속였다. 자신과 이 나라를 이어주는 끈은 여권밖에 없다고 말했다. 나는 그의 말을 한마디도 믿지 않았다. 그럼 왜 취리히에서 산단 말인가? 그는 자신이 살고 싶은 곳에서 얼마든지 살 수 있다고 했다. 그래서 다 알다시피 베를린, 뉴욕, 로마에서도 살아보려고 했지만, 역시 자신의 삶의 중심은 취리히라고 했다. 나는 그가 도시적인 유럽 작가, 향토적인 스위스 작가, 한 곳에 뿌리를 내린 세계시민의 역할을 한꺼번에 하는 사람이라고 말해주었다. 프리슈도 아니라고는 하지 않았다.

내가 무슨 말을 하건 그는 늘 기분이 최고였다. 왜 그런지는 금방 알게 되었다. 그는 새 소설을 쓰면서 기가 막힌 소재를 찾았다고 확신했다. 나는 궁금증을 못 이기고 그것이 뭐냐고 물어보았다. 단지 예의상 그런 것이 아니라 정말 자세한 이야기를 듣고 싶었다. 오래 기다릴 것도 없었다. 프리슈는 샴페인을 한 병 딴 뒤 열정적으로 이야기를 시작했다.

얼마 전 취리히에서 이색적인 형사재판이 열렸다. 몇 주 동안 계속된 그 재판에 프리슈는 날이면 날마다 가보았다고 한다. 그가 재판의 진행과 세부사항, 피고인, 증인, 배심원에 대해 들려준 이야기는 정말 어마어마했다. 프리슈로부터 그보다 더 흥미진진하고 재미있는 이야기는 들어본 적이 없었다. 노년에 접어든 이 뛰어난 이야기꾼은 바로 그 재판에서 자신에게 꼭 맞는 이상적인 소재를 찾아낸 거라고 나는 확신했다. 그에게 축하의 말을 건넨 나는 이 시간—이야기를 들려주는 데 적어도 한 시간은 걸렸다—을 잊지 못할 것 같은 생각이 들었다.

나는 안절부절못하고 책을 기다렸다. 1982년 봄, 마침내 『블라우바르트』라는 제목으로 책이 출간되었다. 나는 실망하지 않았다. 차라리 경악했다고 말해야 옳다. 어느 모로 보나 소재를 대하는 프리슈의 태도가 달라져 있었다. 그는 취리히 재판정에서 따온 인물과 모티브의 암시 효과를 더는 신뢰하지 않았던 걸까? 아니면 자신감이 흔들렸을까? 여하튼 그가 갖가지 변형을 가하고 소외 효과를 주는 바람에 독특하고 흥미롭고 그 자체로 의미심장했던 이야기에서 긴박감과 생생함이 사라지고 말았다. 이제 나는 생각을 바꿔 먹었다. 『충적세』를 읽고 났을 때처럼 내가 이해를 못한 탓일 거라는 생각을 버렸다. 그래서 더는 피하지 않고 솔직하게 프리슈의 신작을 어떻게 평가하는지 적었다. 그러나 신랄한 내용은 다정한 표현으로 부드럽게 완화하려고 노력했다. 말하자면 쓰디쓴 비난의 알약에 당의를 입혀보려 한 것인데, 대개는 무의미한 일이었다. 비평에도 적용되는 『이피게니에』 속의 대사가 또다시 떠올랐다. "쓸데없이 말만 많이 한다고 되는 게 아니야/그중에서 상대방 귀에 들리는 건 '아니오'뿐."

이후 우리는 가끔씩 편지는 주고받았지만 다시 만난 건 1986년 4월이었다. 프리슈는 그를 소재로 한 장편 다큐멘터리 영화 〈노년의 대화〉 시사회에서 기자들과 인터뷰하기 위해 프랑크푸르트에 와 있었다. 많은 사람들이 초대를 받았지만 실제로 나타난 사람은 몇 명 되지 않았다. 나도 그 행사에 참석하지 않았다. 귄터 그라스의 소설 『암쥐』의 서평을 완성해서 『프랑크푸르터 알게마이네』 문학면 다음 호에 내야 했기 때문이다.

그런데 다른 상황이 끼어들었다. 그런 시사회는 거의 대부분 정직하지 못하고 난감한 경우가 많다. 하이너 뮐러는 다른 이의 초연 파티에는 참석을 완강하게 거부하는 사람으로 알려져 있었다. 그가 밝힌 불참석 이유는 "거짓말을 하고 싶지 않다"는 것이었다. 그러나 1993년 자신이 연출한 오페라 〈트리스탄과 이졸데〉의 초연 파티에는 즐거운 마음으로 참석했다. 칭찬을 갈망하는 동료들에게 다정한 거짓말로 봉사하는 것은 거절한 사람이 정작 자신이 주인공이 되면 거짓말로 환심 사는 남의 말을 주저 없이 곧이곧대로 믿어버린다.

영화 〈노년의 대화〉 시사회가 끝난 날 저녁 나는 출판인 지그프리트 운젤트의 집에서 막스 프리슈를 만났다. 그날 그가 건넨 인사는 전에 하노버의 루이젠호프 호텔에서 했던 것과 딴판이었다. 싸늘하다못해 얼음장 같았다. 내가 시사회 기자회견장에 나타나지 않아 화가 났을까? 그랬을 수도 있다.

하지만 그는 곧바로 『블라우바르트』와 그에 관한 내 평론 이야기를 꺼냈다. 올 것이 오고야 말았다. 과연 프리슈는 금방 흥분한 얼굴로 나를 "주제넘은" 사람이라고 말하면서 거칠고 공격적으로 변했다.

그러더니 그 모든 게 자기 탓이라고, 자신이 실수를 했다면서 내게 책의 내용을 들려주지 말았어야 했다고 말했다. 내 비호의적인 서평(그의 생각으로는 당연히 편파적이고 부당하고 악의적인 비평)이 다 그것 때문이라는 것이다. 그러나 나는 그 소설의 주제에 대해 아무것도 몰랐더라도 긍정적인 평가는 내리기 힘들었을 거라고 확신했으며, 지금도 그 생각에는 변함이 없다. 나는 작가와 평론가의 관계는 평론가가 작가의 최근작에 대해 무슨 말을 하느냐에 따라 달라진다는 말에 또 한번 수긍하지 않을 수 없었다.

그후로는 프리슈를 다시 만난 적이 없다. 1991년 겨울, 내가 프리슈를 주제로 쓴 중요한 글들을 모아 책을 내려고 준비하고 있을 때 그는 출판사측의 요청을 받고 책에 넣을 사진들을 직접 골랐다. 사망하기 2주 전에 책을 받은 그는 즉시 진심으로 고마움을 표시했다. 『블라우바르트』 때문에 생겼던 그와 나 사이의 갈등이 이제는 사라지고 내가 자신을—프리슈의 표현을 쓰자면—저버리지 않아서 기쁘다고 그는 말했다.

1986년 4월 그를 마지막으로 만난 날 저녁에는 그때의 분위기 때문에 내 서평에서 많은 찬사에도 불구하고 충분히 드러내지 못한 말을 간단하게나마 얘기해주기가 불가능했다. 나는 그에게 내가 많이, 아주 많이 빚지고 있다는 것을 말하고 싶었으며, 그의 몇몇 작품들은 내 삶에서 떼어놓고 생각할 수 없다는 것, 예컨대 『슈틸러』 『호모 파버』 『간텐바인』 『몬타우크』 그리고 무엇보다 두 권의 『일기』를 내가 사랑한다는 것을 말해주고 싶었다. 또 있다. 내게는 그의 작품이 뒤렌마트나 뵐, 그라스나 우베 욘존의 작품보다 더 친숙하다는 것도 말해주고 싶었다. 이렇게 되면 그가 더 훌륭한 작가라는 말일까? 아니다. 그걸 말하는 게 아니다. 작품의 수준을 비교하자는 게 아니다.

프리슈를 옹호하든 비난하든 한 가지 사실만은 분명하다. 그는 뒤렌마트나 뵐, 그라스나 우베 욘존과 달리 콤플렉스와 지식인들의 갈등에 대해 썼다. 그가 쓴 글은 언제나 우리, 시민 교양층 출신의 지식인들을 향해 있었다. 프리슈는 다른 작가들과 달리 우리 지식인의 심성을 꿰뚫고 그 본질을 깨달은 사람이었다. 우리의 생의 욕구, 사랑할 줄 아는 우리의 능력, 우리의 약점 그리고 우리의 절망을 속속들이 알고 있었다. 우리가 오랜 세월 느끼고, 예감하고, 생각하고, 기대하고, 두려워하면서도 표현하지 못한 것을 글로 써서 보여주었다. 그는 자신과 우리가 속한 세계를 미화하지 않고 그려냈다. 그는 자신과 우리의(이 말을 쓰지 않을 수가 없다) 정체성을 우리에게, 그리고 다른 사람들에게 매번 되돌아보게 만들었다.

그래서 우리는 그의 작품에서, 유럽 작가 막스 프리슈의 작품에서, 우리 모두가 문학에서 찾고 있던 것을 발견할 수 있었고 지금도 발견하고 있다. 그건 바로 우리의 고통이다. 다른 말로 하면 우리 자신이다. 바로 이 말을 나는 그때 프리슈에게 들려주고 싶었다.

예후디 메뉴인과 〈문학 4중주〉

메뉴인이라는 이름을 처음 들었을 때 나는 아직 어린아이였다. 베를린에서 산 지 얼마 되지 않던 그때, 메뉴인이라는 이름이 나오면 곧 신이라는 말이 자동으로 나왔다. 1930년경으로 기억한다. 누군가 우리집 거실에서 13세 소년이 베를린 필하모닉에서 연주한다는 이야기를 하면서 그 소년에 대한 알베르트 아인슈타인의 연주평을 인용했다. "하늘에 신이 있다는 걸 이제 알겠다." 처음부터 바이올리니스트 예후디 메뉴인보다는 그에 관한 전설이 앞서갔다. 관객의 귀와 영혼을 위로하는 거장, 바이올린을 든 예언자의 명성은 해를 거듭할수록 커졌다. 그를 천상의 존재라고 상찬하는 정서 이면에는, 이런 경우에 흔히 그렇듯이, 언어로 이 예술을 표현해보려 했던 이들의 무력감이 숨어 있었다.

그로부터 10년 후 토지아와 내가 근근이 게토에서 살고 있을 때, 한 청년이 우리가 함께 알고 있던 지인을 통해 연락을 보내왔다. 다음날 저녁 5시경에 자기집으로 와서 음반을 같이 듣자는 것이었다. 우리를 초대한 집주인은 우리보다 나이도 많지 않은데 벌써 결혼을 하여 동갑내기 아내가 있었다. 그들이 사는 좁은 집 방에 일고여덟 명이 둘러앉았다. 베를리오즈와 드뷔시의 음악이 흘러나왔다. 그런 다음 나는 한 대 얻어맞은 느낌이 들었다. 나를 사로잡고 뒤흔든 것은 그때 처음 들어본 모차르트의 바이올린 협주곡 3번 사장조(정확히 말하면 1악장)였고, 연주자는 메뉴인이었다. 나는 할 말을 잃어버렸다. 이 협주곡 1악장을 나는 지금도 좋아한다. 젊은 날의 메뉴인보다 이 곡을 더 멋지게 연주한 바이올리니스트는 없다고 생각한다.

사람들로 가득한 지저분한 바르샤바의 게토 거리를 지나 집으로 돌아오는 길에 우리는 우리를 초대했던 친절한 집주인에 대해 이야기했다. 그 부부가 부러웠다. 모차르트의 바이올린 협주곡 사장조 음반을 갖고 있고, 우리는 꿈에서나 생각할 수 있는 집을 소유하고 있었기 때문이다. 가구는 보잘것없었지만 그래도 침대가 있는 집이었다. 이렇게 우리는 똑같은 것을 생각하고 있었다. 내 기억이 맞는다면, 그때 나는 행상인들과 거지들이 끝없이 날카롭게 외쳐대는 고함 소리에도 불구하고 음악은 사랑의 양식이라는 셰익스피어의 시구를 읊조렸다.

메뉴인을 처음 본 것은 1956년 바르샤바에서였다. '해빙' 분위기 덕분에 적어도 당분간은 서유럽 유명 음악가들과 배우들이 폴란드 무대에 설 수 있었다. 올 수 있는 사람은 다 왔다. 레너드 번스타인, 아르투르 루빈스타인, 제라르 필리프, 로런스 올리비에, 그리고 메뉴인도 왔다. 메뉴인의 연주회는 사람들로 넘쳐났다. 그 얼마 전 재건된 바르샤바 필하모닉 연주 홀 복도에는 아주 싼 값으로 입석표를 구한 음대생들이 몰려들어 북적댔다. 대규모 교향악단과 그보다 규모가 큰 합창단도 충분히 자리잡을 수 있는 거대한 무대는 텅 비어 있었다. 피아노도 없었다. 연주 프로그램을 보니 바흐와 버르토크의 바이올린 소나타가 있었다.

메뉴인이 빠른 걸음으로 무대에 나왔다. 열렬히 환영하는 박수갈채가 끝나자 사방이 쥐 죽은 듯 조용해졌다. 우리는 잔뜩 긴장한 채 음반으로만 들었던 그의 전설적인 바이올린 음색을 기다렸다. 이제 곧 듣게 될 터였다. 그러나 메뉴인은 바이올린을 내려뜨렸다. 그가 왜 연주를 시작하지 않는지, 친절하게 활로 보내는 신호가 무슨 뜻인지 아는 사람은 아무도 없었다. 그는 벽 옆과 통로에 서 있는 관객들에게 자기가 있는 무대로 올라와 앉으라고! 했다. 그들은 처음에는 머뭇거리다가 차츰 빠른 걸음으로 걸어서 앞으로 나갔다. 수백 명의 젊은이들이 바닥에 앉아 그들 한가운데에 서 있는 호리호리한 메뉴인을 올려다보던 모습, 그날의 이 광경은 내 머릿속에 영원히 각인되어 있다.

1960년 초에 나는 전혀 예상치 않게 예후디 메뉴인과 이야기를 나눌 기회가 있었다. 쾰른에 갔다가 함부르크로 돌아오는 열차에서 식당차에 들렀을 때였다. 빈자리가 보이지 않았으나 종업원이 자리를 하나 마련해주었다. 그 식탁에는 이미 세 사람이 앉아 있었다. 식단표를 잠시 살펴본 뒤 옆에 앉아 있는 사람에게 눈길을 돌린 순간 나는 너무 놀라 몸이 굳어버렸다. 얼마나 놀랐는지 그 사람에게 이런 무례한 질문을 던졌다. "누구세요?" 그는 아주 태연하게 대답했다. "예후디 메뉴인입니다." 그리고 옆에 있는 사람은 여동생 헤프치바라고 했다. 그는 잘난 체하는 구석이라고는 전혀 없이 아주 자연스럽게 말했다. 일부러 꾸며낸 것과는 거리가 먼 사람이었다.

기차를 타고 가면서 내가 메뉴인에게 던진 두 개의 질문이 생각난다. 우선 살아 있는 바이올리니스트 중에 누구를 가장 뛰어난 연주자라고 생각하는지 알고 싶었다. 그는 즉시 다비트 오이스트라흐라고 대답하면서 이렇게 덧붙였다. "그 사람에게는 집시 바이올리니스트의 정서가 있어요." 오이스트라흐의 기질과 그의 쾌활한 연주와 소박함을 뜻하는 말이었다. 그는 내가 오해를 할까봐 뛰어난 바이올리니스트에게는 누구나 얼마간 집시 기질이 있다고 웃으며 말했다. 그런 다음 우리는 거장들의 단조로운 생활에 대해 이야기했다. 당시 그는 이 도시 저 도시를 돌면서 매일 밤 여동생과 함께 베토벤과 브람스의 바이올린 소나타 연주회를 열었다. 그렇게 몇 주를 계속하다보면 시간이 갈수록 힘들어지지 않느냐, 혹시 지루해지지는 않느냐고 내가 물었다. 이 두번째 사항은 특히나 알고 싶던 것이었다. 메뉴인은 잠시 생각하더니 소박하고 진부하기까지 한 대답을 주었다. 그러나 영원히 잊지 못할 대답이었다. 그는 이렇게 말했다. "매일 저녁 온 힘을 다해 노력하면 지구할 틈이 없어요."

1979년 가을 나는 중국으로 강연여행을 떠나 베이징, 난징, 상하이, 광저우를 돌아다녔다. 난징에서는 사람들이 동물원을 가보라며 추천했다. 날이 흐린데도 길과 동물 우리 앞에는 수많은 어른들과 아이들이 몰려 있었다. 갑자기 주위가 떠들썩해졌다. 사람들은 동물 우리에서 몸을 돌리더니 서로 뭐라고 소리를 지르고 신호를 보내며 의사소통을 했다. 무언가 볼거리가 생긴 게 분명했다. 그러나 거기에는 사자도 없고 기린도 없고 코뿔소도 없었다. 그 볼거리는 바로 나였다. 내가 하마와 왕뱀의 경쟁 상대가 된 것이다. 사람들은 나를 졸졸 따라오고, 에워싸고, 민망하게도 내 얼굴을 빤히 쳐다보았다. 호랑이나 낙타에는 눈길도 주지 않고 신기한 듯 나를 따라다니던 사람들은 제 아이들까지 높이 올려주었다. 그 아이들은 먼 나라에서 온 이상한 사람이 어떻게 생겼는지 확실하게 배웠을 것이다. 하얀 얼굴의 이방인이 머리까지 금발이었다면 아마 더 대단한 볼거리였을지 모른다.

내가 난징의 동물원에서 겪은 일은 베이징이나 상하이였다면 일어나지 않았을 것이다. 당시 그 도시들에는 백인이 많이 살고 있었다. 베이징에서는 서유럽 돈을 내야 위스키나 코카콜라 같은 물건을 살 수 있는 특별한 상점에 간 적이 있다. 나를 한시도 혼자 내버려두지 않고 늘 같이 다닌 통역사와 동행했다. 그곳에서 한 백인이 마찬가지로 통역사로 보이는 중국인을 대동하고 나를 향해 걸어왔다. 예후디 메뉴인이었다. 거대한 도시에서 우연히 만난 우리는 어리둥절했다. 나는 또다시 할 말을 잃었다.

여기에는 무슨 일로 왔느냐고 내가 물었다. 메뉴인은 짧게 대답했다. "베토벤과 브람스의 곡을 이곳 교향악단과 협연합니다." 나는 어떤 일로 왔느냐고 그가 물었다. "여기에서 괴테와 토마스 만에 대해 강연합니다." 메뉴인은 잠시 침묵하더니 곧 이렇게 말했다. "그러고 보니 우리는 유대인이군요." 잠시 후 다시 그가 말했다. "우리가 이 나라 저 나라를 다니면서 독일음악을 연주하고 독일문학을 전파하는 것, 그건 정말 좋은 일이죠." 우리는 생각에 잠겨 말없이 그리고 조금은 우울하게 서로의 얼굴을 바라보았다. 2, 3일 뒤 나는 홍콩에서 메뉴인이 연주하는 베토벤 협주곡을 들었다. 평론가들은 그의 전성기는 끝났으며 이젠 그가 전처럼 완벽한 연주를 보여주지 못한다고 말했다. 그 말이 맞을지도 모른다. 하지만 메뉴인이 도달하려 했던 것은 완벽이 아니라 어쩌면 아인슈타인이 말한 신성神聖일지도 모른다.

1986년 4월 22일은 메뉴인의 70세 생일이었다. 그 며칠 후 그의 생일을 축하하는 멋진 파티가 고데스베르크 연회장에서 열렸다. 세계 각지에서 음악가들이 찾아왔고 독일의 유력 정치인들도 참석했다. 나는 짧은 인사말을 해달라는 요청을 받았다. 인사말의 주제로 나는 메뉴인의 삶을 차지했던 커다란 주제인 '음악과 도덕'을 골랐다. 음악은 여신이며, 우리가 알고 있는 가장 찬란한 여신이라고 나는 말했다. 그러나 수백 수천 년이 흐르는 동안 이 여신은 안타깝게도 자신을 이용하려는 자들, 곧 권력자와 정치가와 이념 제공자 그리고 당연히 성직자들에게 봉사했다. 납득하기 어려울지 모르나 음악은 창녀이기도 하다. 어쩌면 역사상 가장 매혹적인 창녀일지도 모른다. 사람들은 음악을 이용해 신에 대한 두려움을 불러일으키고, 애국심을 일깨우고, 우리를 싸움과 죽음으로 내몰았다. 노래는 노예만 부르지 않았다. 그들의 감시자들도 노래를 불렀다. 집단수용소 수감자만이 아니라 그곳 파수꾼들도 노래를 불렀다. 우리와 함께 바르샤바 게토의 좁은 방에서 예후디 메뉴인이 연주하는 모차르트의 바이올린 협주곡 사장조를 들은 젊은이들은 모두 가스실에서 사망했다. 음악과 도덕이 인과관계를 맺고 있다는 말은 그저 아름다운 간절한 소망에 지나지 않으며 어리석은 편견에 불과하다.

그러면 메뉴인은 어땠는가? 그는 어떤 상황에서든지 시종일관 흔들리지 않고 예술과 삶, 음악과 도덕을 하나로 인식했다. 더 정확히 말하면 그것들을 하나로 인식하려고 노력했다. 그는 항상 이 둘의 통합을 역설하고 요구했으며, 반세기도 훨씬 넘는 세월 동안 그 통합을 몸소 실천하여 우리에게 보여주었다. 그는 바이올린을 이 지구상에 존재하는 불의와 불행에 맞서 싸울 무기로 만들고자 노력했다. 그는 어렸을 때 바흐의 샤콘이나 베토벤의 바이올린 협주곡으로 인간을 선하게 만들지는 못해도 최소한 과거보다 낫게는 만들 수 있을 거라 확신했다는 이야기를 자주 들려주었다. 나는 그가 세상을 떠나던 1999년 3월 12일 그날까지도 이 믿음을 마음속 깊이 간직했을 거라고 생각한다.

그런데 예후디 메뉴인의 그 대범하고 진정 고결한 노력에 과연 돈키호테 같은 면은 없었을까? 그래서 세기의 예술가인 그가 천재이자 천진난만한 사람이라는 말이 혹시 맞는 것은 아닐까? 폰타네는 나이든 슈테힐린을 두고 "우리가 도달할 수 있는 최고의 모습, 즉 어른이자 아이인 사람"이라고 했다. 메뉴인도 어른이자 아이였을까? 그가 이룬 것은 결국 무엇이었을까?

토마스 만은 어느 기자가 수많은 질문을 퍼부으며 괴롭히자 끈기 있게 장문의 편지를 써서 답변했다. 그 안에 있는 이런 문장이 눈길을 끈다. "내가 하는 일의 '원래 목표'가 무엇이냐는 당신의 마지막 질문이 가장 답변하기 어렵습니다. 간단히 말하죠. 그 목표는 기쁨입니다." 메뉴인이 우리에게 주려고 했던 것도 어쩌면 이 말로 대신할 수 있을 것 같다. 기쁨과 즐거움과 행복, 그 이상도 이하도 아닐 것이다. 그 기쁨과 즐거움과 행복을 준 그에게 나는, 그리고 우리는 찬양과 존경의 마음으로 감사해야 한다.

그렇다면 모차르트나 슈베르트는 무엇을 이루었을까? 그들은 세계를 변화시킬 수 있었는가? 물론이다. 하지만 기존 세계에 그들의 작품을 더했다는 점에서만 그렇다. 음악이 막아내지 못한 것이 무엇인지 우리가 알고 있다는 것, 그것은 우리에게 위안이 된다. 음악이 없는 세상이 어떤 모습일지 우리는 알지 못한다. 시에 대해서도 같은 말을 할 수 있지 않을까? 나는 문학이 인간을 교육하고 세계를 변화시킬 수 있다는 희망을 가져본 적이 있을까?

문학사를 적어도 대강이라도 훑어본 사람이라면 이런 환상에 빠지지 않는다. 셰익스피어가 쓴 비극들과 이야기들이 단 한 번이라도 살인을 막은 적이 있는가? 레싱의 『현자 나탄』이 18세기에 계속 심해지던 반유대주의를 최소한 억제하기라도 했는가? 괴테의 『이피게니에』가 사람들을 더 인간적으로 만들었는가? 그의 시를 읽고 단 한 명이라도 고귀해지고 자비심이 많아지고 선해진 사람이 있는가? 고골의 『감찰관』이 제정 러시아에서 뇌물 수수 관행을 줄일 수 있었나? 스트린드베리는 시민들의 결혼 생활을 개선할 수 있었는가?

셀 수 없이 많은 나라에서 수백만 명의 관람객이 베르톨트 브레히트의 연극을 보았다. 하지만 그걸 보고 나서 자신의 정치적 견해를 바꾸거나 재고한 사람이 있을 거란 생각에 막스 프리슈는 의문을 품었다. 나아가 그는 브레히트가 자신의 연극에 교육적 효과가 있다는 믿음을 가졌다고도 생각하지 않았다. 브레히트가 연극 연습을 하는 모습을 보면서 프리슈는 이런 느낌을 받았다. 그의 연극이 사회를 바꾸는 데 아무 도움이 되지 못한다는 게 입증되더라도 그것이 브레히트의 연극을 향한 갈망을 꺾지는 못하리라는 것을.

그렇다. 나는 문학에 있는 이렇다 할 교육적인 기능에 대해 한 번도 진지하게 생각해보지 않았다. 그러나 사회참여의 필요성은 생각해본 적이 있다. 다르게 말해보자. 작가들이 바꿀 수 있는 게 아무것도 없다 할지라도 그들은 변화를 추구해야 한다. 그건 바로 그들 작품의 수준을 위해서 필요하다. 내가 서독에서 글을 쓸 수 있게 된 1950년대 후반에서 1960년대의 내 글에는 바로 이 요구가 어느 정도 명확하게 드러나 있다. 때론 이런저런 글에서 "사회비판"이라는 용어까지 등장했다.

그러나 1968년부터 몇 년 동안 서독 문학계에서는 호전적이고 음산한 반예술주의가 퍼져나갔다. 내 글에서는 유행어로 떠오른 "유토피아"라는 말, 그리고 신작 소설이나 희곡의 기반이 되어야 했던 사회참여 요구가 사라졌다. 토마스 만이 『부덴브로크가』를 쓰고 프루스트가 『잃어버린 시간을 찾아서』를 쓰고 카프카가 『심판』을 썼을 때, 그들은 자신의 소설이 사회를 개선

할 거라는 생각은 꿈에도 하지 않았다. 그럼에도 그들은 20세기에 타의 추종을 불허하는 작품을 창조했다. 나는 세계 변화를 목표로 하는 문학에는 전혀 기대를 걸지 않았다. 그런 문학은 나로서는 상상할 수 없었다. 단, 예술성을 포기하고 문학적 형식은 자신이 바라는 정치적 혹은 이념적 요구와 이미지를 포장하는 도구로만 이용한다면 모를까. 하지만 이런 것은 고려의 대상도 되지 못했다.

나는 여느 평론가들처럼 가르치고 교육하려고 했다. 그러나 그 대상은 작가가 아니었다. 교육을 받아들이는 작가는 교육할 가치가 없다. 내가 염두에 둔 대상은 대중, 곧 독자였다. 간단히 말하겠다. 나는 독자에게 내가 훌륭하고 아름답다고 여기는 책들이 왜 훌륭하고 아름다운지를 설명하고자 했다. 독자에게 그 책들을 읽히고 싶었다. 나는 불평할 이유가 없다. 내 평론들은—적어도 일반적으로는—내가 원했던 영향을 독자에게 주었다. 하지만 그것만으로는 충분한 영향을 주었다고 보지 않았다. 더 많은 것을 이룩해야 했다. 내용은 어렵지만 중요한 책들을 소수의 사람들만 읽는 현실을 그냥 내버려둘 수 없었다.

1987년 여름 독일 제2공영방송에서 두 명의 교양 있는 신사가 나를 찾아왔다. 현재도 그곳에서 일하고 있는 디터 슈바르체나우와 오래전에 『쥐트도이체 차이퉁』으로 옮겨 문예면 책임편집자로 일하는 요하네스 빌름스였다. 두 사람은 차와 소주를 마시고 기분이 좋아졌다. 꽤 시간이 흘렀다. 마침내 그들이 용건을 꺼냈다. 어쩌면 술기운에 용기를 냈는지도 모르겠다. 두 사람은 내게 제2공영방송에서 고정 문학 프로그램을 맡을 의사가 있느냐고 물었다. "아니요." 나는 일언지하에 거절했다. 그들은 내 대답을 못 들은 체했다. 오히려 그런 방송을 어떤 식으로 하면 좋을지에 대해 내 생각을 물어보았다. 나는 이런저런 조건을 제시해서 두 사람을 포기하게 만들어야겠다고 생각했다.

방송은 매회 최소한 60분짜리로 해야 하고 75분이면 더 좋겠다고 내가 약을 올리듯 말했다. 참석자는 나를 제외하고 세 명으로 제한하며 그 이상의 인원은 안 된다고 했다. 내 역할은 두 가지, 대담 진행자와 네 토론자 중 한 명의 역할을 동시에 맡는 것이라고 말했다. 두 신사는 조금도 당황하지 않았다. 오히려 고개까지 끄덕이며 내 말에 동의했다.

불필요한 대화를 끝내려면 이제 비장의 무기를 꺼내들어야 했다. 방송에는 그 어떤 사진이나 영상도 삽입해서는 안 되며, 노래나 샹송을 틀어서도 안 되고, 소설의 장면을 소개한다든지 작가가 자기 작품의 일부를 낭독하거나 공원을 산책하면서 그 작품을 돋보이게 해서도 안 된다고 못박았다. 화면에는 책에 대해 이야기하고 논쟁까지도 벌일 수 있는 네 명의 참석자만 나와야 한다고 했다. 텔레비전의 속성을 아는 사람이라면 두 신사가 어떤 괴로움을 겪었을지 알고도 남을 것이다. 텔레비전이 최고로 여기는 신성한 원칙은 끊임없는 시각성의 지배이니까. 나는 주제넘게 감히 이 원칙에 반기를 들어보았다. 그러면 두 친절한 신사는 내 제안을 받아들이지 못할 게 분명했다. 나는 긴장한 채 그들이 어떻게 나올지 기다렸다. 두 사람은 얼굴이 하얘질까 아니면 그 자리에서 기절이라도 할까? 그러나 전혀 다른 반응이 나왔다. 슈바르체나우와 빌름스는 코로 깊게 숨을 들이마시고 소주를 한 잔 더 마신 뒤 나직한 소리로 말했다. "그러죠."

텔레비전이 등장한 초창기에 신문에서는 TV 화면과 책이 "영원한 싸움"을 벌일 거라며 텔레비전이 "책의 철천지원수"가 되었다고 말했다. 나는 1961년 『디 벨트』를 비롯한 다수의 매체에서 이 주장에 여러 번 반박했다. 두 매체의 싸움에 대해서는 관심이 없었다. 오히려 그 둘의 동맹을 요구했다. 그렇게 되면 양쪽에 모두 유익할 거라고 확신했다. 제2공영방송에서 온 두 신사와 대화하면서 나는 이 예상치 못한 제안이, 가능성은 별로 없을지 몰라도, 어쩌면 문학을 위해 무언가 할 수 있는 기회, 특히 문학의 보급에 기여할 수 있는 기회가 되지 않을까 속으로 생각해보았다. 잃을 게 전혀 없다면 시도라도 하는 게 마땅했다. 혹시 아나? 적잖은 소득이 생길지도.

신설 프로그램 〈문학 4중주〉는 1988년 3월 25일에 첫 전파를 탔다. 지그리트 뢰플러와 헬무트 카라제크가 처음부터 고정 출연했다. 방송에 대해서는, 조심스럽게 말하자면, 실망하고 못마땅해하는 비판이 나왔다. 내 유명 동료 한 사람의 평가는 간략했다. "프로그램 전체는 이미 죽었다고 봐야죠. 이 4중주는 사산아예요."

〈문학 4중주〉로 나는 무엇을 얻으려 했을까? 알고 보면 그건 인쇄되어 나오던 비평과 다를 게 없었다. 〈문학 4중주〉는 작가와 독자, 예술과 사회, 문학과 삶을 이어주어야 했다. 하지만 〈4중주〉가 신문이나 잡지에 실리는 평론과 동일한 목적을 추구하더라도 그 방법은 달라야 한다. 겨냥하는 대상이 적어도 부분적으로 다르기 때문이다. 나는 명료함을 언제나 비평의 최고 목표로 여겼다. 텔레비전이라면 더욱더 명료성이 우선되어야 한다고 생각했다. 예를 들어 지그리트 뢰플러의 머리 모양, 헬무트 카라제크의 재킷, 내 넥타이 같은 온갖 주변 상황들이 시청자의 주의를 말이 아닌 다른 데로 돌릴 수 있기 때문에 텔레비전에서는 특별히 더 분명하게 말해야 하고, 더 생생하게 눈에 들어오고 손에 잡히는 표현을 사용해야 한다. 나는 프로그램에서 책에 관한 이야기를 하는 도중에는 그 어느 것도 낭독하지 못하게 했고 몰래 메모를 보는 것도 금지했다.

내가 의도한 것이 문학을 주제로 한 오락 프로그램이었을까? 아니다. 그건 내가 추구한 바가 아니지만 굳이 배제할 이유도 없었다. 〈4중주〉를 보고 시청자가 재미있어한다면 나 역시 기쁘다. 실제로 우리는 오락성도 원한다. 그렇게 하면 우리는 레싱부터 하이네와 폰타네를 지나 케어와 폴가에 이르는 독일 문학평론의 전통을 이어받는 것이다. 또 우리는 어떤 책이 화제가 되었다고 해서 그것을 방송에서 다루지는 않는다. 하지만 방송에서 다룬 책들이 화제가 되면 기분이 좋다. 우리는 베스트셀러 목록을 추종하지 않는다. 그러나 방송에서 추천한 책이 베스트셀러에 오르면 우리도 흡족하다.

〈문학 4중주〉 시청자 중에는 책을 읽는 독자와 문학 전문가만이 아니라 문학에는 전혀 관심이 없는 사람들도 있다. 이런 사람들도 이따금 우리 프로그램을 본다. 우리의 대화 혹은 우리가 싸우는 모습이 재미있어서 그럴지도 모르겠다. 이런 시청자들은 갑자기 문학에 흥미가 생긴 것에 스스로 놀라워하며 아마 십중팔구 우리가 이야기한 이런저런 책들을 집어들 것이다. 바로 이런 시청자들이 내가 염두에 두었던 사람들이라는 것을 말해두고 싶다. 〈문학 4중주〉는 비난을 많이 받는다. 가장 자주 듣는 말은 프로그램이 진부하고, 가끔은 대중의 인기에 영합하고, 언제나 겉핥기식이며, 적절한 방식으로 설명하는 것은 아무것도 없이 모든 걸 단순화한다는 것이다. 이런 비난을 비롯해 그 밖의 질책들도 모두 맞는 말이다. 이런 결함과 결점에 대한 책임은 모두 내게 있다.

방송에서 다루는 책은 항상 다섯 권이기 때문에 권당 평균 14분에서 15분의 시간이 주어지고, 네 명의 참석자는 책마다 각각 3분 30초 정도 발언할 기회를 얻는다. 그 3분 30초 안에 작가의 특성, 최신작의 주제와 문제점, 모티브와 인물들, 거기에 적용된 예술적 방법에 대해 말해야 하고, 이따금 특정한 시사적 관점, 특히 정치적 관점에 대해 이야기해야 한다. 간단하게 말해보자. 〈문학 4중주〉에는 정식 문학작품 분석이 존재하는가? 아니다. 그런 건 없다. 그럼 작품을 단순화하는가? 항상 단순화한다. 그 결과는 피상적인가? 그렇다. 주마간산이나 다름없다. 우리는 거기에서 다루는 책들이 우리에게 어떤 인상을 주었는지 암시만 할 수 있고, 책의 좋은 점과 나쁜 점이라고 생각되는 것을 간단하게만 말할 수 있을 뿐이다. 그러니 문학평론을 하려는 욕심을 완전히 내려놓지는 않더라도 일부는 포기해야 한다. 이는 〈문학 4중주〉의 나머지 세 고정 출연자나 초대 손님들도 마찬가지이다.

그렇게라도 해야 할 이유가 있을까? 우리가 듣기로는 독일 텔레비전 방송 역사에서 〈4중주〉만큼 문학 서적의 판매, 특히 수준 높은 문학 서적의 판매에 직접적으로 큰 영향을 미친 프로그램은 없었다고 한다. 이 영향력 행사가 비평의 과제, 나아가 비평의 의무에 속할까? 물론이다. 지금 이 시대에는 과거 어느 때보다 더 그렇다. 지금은 독자를 붙들어두어야 할 때다. 바꾸어 말하면, 독자가 우리 곁을 떠나지 않게 하고, 꼭 상스럽지는 않더라도 독서가 아닌 다른 여가 활동으로 도망가지 않게 신경을 써야 한다.

내가 이룩한 성과를 〈문학 4중주〉만을 근거로 평가한다면 그것은 나에게 너무나 부당한 대접이라고 생각한다. 내가 문학에 대해 하고 싶었던 말 그리고 하고 싶은 말은 여전히 신문과 잡지에 실린 내 글과 내 저술에 나와 있다. 그러나 오랜 평론가 생활을 하는 동안 꼭 하고 싶었으나 온전히 다 이루지 못한 것, 완벽히 해내지 못한 것—독자에게 폭넓은 공적 영향을 주는 일—을 처음으로 가능하게 해준 것이 바로 텔레비전이었다.

요아힘 페스트, 마르틴 발저 그리고 '해금'

'역사가 논쟁'에 대해서 써야 할까? 아직도 그 논쟁을 언급할 가치가 있을까? 어느덧 13년이 흘렀다. 논쟁에 참여했던 몇몇 주요 인사는 이미 세상을 떠났다. 브로크하우스 백과사전 최신판에는 표제어 아래 해당 논쟁을 설명해놓았지만, 학계 연구에는 생산적이지 못했다고 적어놓았다. 분명한 건 한때 적어도 독일 지성계를 발칵 뒤집어놓은 논쟁이 이제는 스스로 역사가 되었다는 사실이다. 하지만 우리는 그 불행한 논쟁을 아직도 잊지 못하고 있다.

역사학자와 사회학자와 정치학자 들은 그 문제를 놓고 토론을 벌였다. 그러나 나는 이들 집단에 속하지 않는다. 그리고 그 논쟁에도 참여하지 않았다. 그러니 지금도 이 문제에 대해 발언할 필요가 없을뿐더러 13년이 지난 지금 침묵한다고 해서 뭐라고 할 사람도 없다.

하지만 마음에 들건 들지 않건 간에 나는 그 참담한 역사가 논쟁으로 인해 고통을 당했다. 부끄러웠다. 논쟁이 시작된 곳이 『프랑크푸르터 알게마이네』인데다가 논쟁 당시 이 신문이 별로 훌륭한 역할을 하지 못했기 때문이다. 부끄러운 이유는 또 있다. 논쟁에 불을 붙이고 이따금 이끌고 간 사람이 요아힘 페스트였기 때문이다. 독일의 역사가 논쟁과 요아힘 페스트, 이 두 가지를 나는 내 인생에서 잊을 수 없다.

1985년 가을 프랑크푸르트 카머슈필 극장에서는 영화감독 겸 극작가 라이너 베르너 파스빈더의 희곡 『쓰레기, 도시, 죽음』이 초연될 예정이었다. 공격적인 반유대주의가 담겨 있다며 연일 여론의 비난을 받은 작품이다. 예정된 초연은 열리지 못했다. 프랑크푸르트 유대인 협의회 회원들이 시위를 하며 무대를 점거했기 때문이다. 관람석에 앉아 있던 나는 놀라 당혹감을 감추지 못했다. 거기에 온 대부분의 평론가, 기자, 언론인과 마찬가지로 나도 어찌해야 좋을지 몰랐다.

사태가 해결될 가능성이 거의 없다고 해도 나는 개입하기로 마음먹었다. 무대로 올라간 나는 유대인 협의회 회장인 이그나츠 부비스와 이야기를 나누었다. 나는 그에게 협의회 대표들이 몇 시간 전부터 무대를 점거했으니 목적을 달성한 거나 마찬가지라고 말했다. 공연을 막음으로써 유대인의 새로운 자의식을 공표한 거라고 말해주었다. 그러니 여러 도시와 외국에서까지 온 기자들이 공연을 볼 수 있게 무대를 다시 비워주는 게 옳다고 했다. 부비스는 자신을 비롯해 여기에서 시위하는 사람들(특히 노인들과 강제 수용소에서 살아남은 사람들)은 협의회 결정에 따를 거라고 대답했다. 결국 내 개입은 가망 없는 헛수고로 끝났다.

파스빈더의 그 작품은 문학적 가치가 없는 엉성하고 역겨운 졸작이다. 그럼에도 나는 그것이 한 시대를 기록한 특징적인 작품이라고 생각한다. 아무리 어설프고 조잡해도 그 작품은 서독이 안고 있는 문제, 곧 유대인에 대한 독일의 관계를 은연중에 드러내고 있다. 당시 생겨난 말 중에 '해금'이란 것이 있다. 무슨 말인가 하면, 이제는 유대인과 그들이 독일에서 하는 역할에 대해 솔직하게, 그야말로 가차없이 이야기할 때라는 뜻이다.

일견 파스빈더와 그의 옹호자들은 역사가 논쟁과는 거의 관련이 없거나 전혀 무관한 듯 보인다. 그러나 역사가 논쟁에서도 학자들은 마찬가지로 서독의 금기에 항의했다. 논쟁의 발단이 된 베를린 대학 퇴임 교수인 역사학자 에른스트 놀테의 강연이 (명시적으로 언급하지는 않았지만) '해금'이라는 구호 아래 유대인에 대한 관계를 다루었던 것이다. 이렇게 해서 역사가 논생는 파스빈더 논쟁을 이어갔지만 전혀 다른 방법으로 전혀 다른 차원에서 계속되었다.

놀테의 강연은 1986년 6월 6일 자 『프랑크푸르터 알게마이네』에 실렸다. 기사 제목은 '가버리려 하지 않는 과거. 작성해놓았으나 발표할 수 없었던 연설문'이었다. 편집부 머리글에는 그 강연 텍스트가 프랑크푸르트 "뢰머베르크 토론회"에서 강연될 예정이었으나 강연자 초청이 "알 수 없는 이유로" 취소되어 발표가 무산된 글이라고 적혀 있었다. 하지만 기사 제목과 머리글이 주장한 내용은 사실이 아니다. 놀테의 강연은 저지되지 않았다. 초청을 취소한 사람도 없었다. "알 수 없는 이유"라는 표현부터가 그 주장이 진실이 아님을 말해준다. 편집부에서 '뢰머베르크 토론회' 주최자인 프랑크푸르트 시의회에 전화 한 통만 해보았어도 놀테와 시의회 간에 오고간 편지에 기록된 사태를 충분히 확인할 수 있었을 것이다.

장황한 표현과 일부 사이비 학문의 냄새가 나는 전문용어로 쓰인 놀테의 글은 두 가지 단순한 생각을 담고 있다. 첫째, 독일인의 유대인 학살은 결코 전대미문의 사건이 아니며, 20세기에 일어난 다른 대량 학살에 버금간다는 주장이다. 둘째, 홀로코스트는 볼셰비키 공포정치의 모방까지는 아니더라도 그에 따른 결과이자 독일이 취한 일종의 방어 행위였기 때문에—놀테가 암시하듯—얼마든지 그 공포정치에 대한 반작용으로 이해할 수 있다는 것이다. 이렇게 놀테는 나치를 옹호하고 독일의 범죄 행위를 하찮은 것으로 치부하면서 그 책임을 가능하면 다른 민족, 특히 소련에 전가하려고 애를 썼다. 그의 글에서 반유대적 색채는 이런저런 식으로 위장되어 있지만 결코 못 보고 지나칠 정도는 아니다. 페스트는 놀테의 글을 싣기 전에 내게 보여줄 생각을 하지 못했거나, 아니면 오랜 세월 함께 긴밀한 공동 작업을 하면서 생긴 의리 때문에 내게 보여주는 게 시기적으로 적절치 않다고 판단했을 수 있다.

『프랑크푸르터 알게마이네』 편집자들도 당혹스러워했다. 경악한 사람들도 많았다. 이 신문에 그 같은 글이 실린 건 처음이었다. 그래서 페스트가 이 선동적인 글을 싣게 한 것은 자신의 서랍 속에 있는 신념 가득한 효과적인 반박 글을 내놓기 위해서일 거라는 추측이 나돌았다. 놀테의 주장이 사람들이 모여서 흔히 내뱉는 반유대적인 상투어는 물론이고 극우파의 구호와도 놀랍도록 일치한다는 점에서 이 문제는 중요한 사건이었다. 그런데 상황이 예상과는 다르게 흘러갔다. 아무 일도 벌어지지 않았다. 오히려 그 파렴치한 글을 반박하려고 독자들이 『프랑크푸르터 알게마이네』로 보낸 기고문들이 페스트에 의해 아무 설명도 없이 전부 거절당했다. 동료 몇 사람은 말하기를, 내가, 다른 누구도 아닌 바로 내가 꼭 놀테의 그 책임감 없는 뒤죽박죽 글에 반박해야 한다고 했다. 나는 페스트가 요구할 경우에만 그렇게 할 생각이었다. 하지만 그는 일언반구도 없었다.

반론은 5주가 지나서야 나왔다. 위르겐 하버마스는 놀테를 위시해 그와 비슷한 수정주의적 시각의 역사 기술을 원하는 소수 역사학자들에게 반박하는 글을 썼다. 그러나 글이 실린 곳은 『프랑크푸르터 알게마이네』가 아니라 『디 차이트』였다. 『프랑크푸르터 알게마이네』는 몇 통의 독자 편지만 소개하는 데 그쳤다. 그러다 마침내 『프랑크푸르터 알게마이네』에도 놀테의 주장에 대한 반론이 실렸다. 페스트가 줄기차게 닦달을 당한, 벌써 실렸어야 마땅한 그 글은 12주 후에야 나왔다. 그런데 글을 쓴 사람이 페스트였다. 거기다 더 믿을 수 없게도 그는 놀테를 확실하게 변호하고 놀테의 거의 모든 논증에 동조했다. 그래도 이의 제기는 포기할 수 없었던지 몇 가지 반론은 제시했지만, 그마저도 머뭇거리고 무척 자제하는 모습이었다. 우리는 우리 눈을 의심했다. 그 순간부터 독일은 물론이고 외국 언론에서도 놀테의 이름이 나오면 페스트의 이름까지 함께 거론했다. "저는 이미 오래전부터 괴로웠어요. 당신이 그 사람들과 함께 어울리는 것을 보고." 괴테의 그레트헨이 한 말이다.

놀테의 사고가 얼마나 부조리하고 페스트의 변호가 얼마나 치명적인지는 에버하르트 예켈이 『디 차이트』에 쓴 글에서 보여주었다. 이제야 숨을 쉴 수 있을 것 같았다. 그후 연달아 많은 글들이 나왔다. 반론이 가장 많이 실린 신문은 『디 차이트』였지만, 그 외의 매체들, 예컨대 『슈피겔』 『메르쿠어』 『프랑크푸르터 룬트샤우』 『노이에 취르허 차이퉁』에도 실렸다. 『디 차이트』는 언론과 윤리의 승리를 거머쥐었다. 전대미문의 상황이 발생했다. 『프랑크푸르터 알게마이네』에서 촉발된 논쟁은 사방에서 벌어지고 있었지만 정작 그 『프랑크푸르터 알게마이네』에서만은 잠잠했다. 관용과 자유주의를 즐겨 부르짖었던(이는 부당한 지적이 아니다) 이 신문의 문예면은 그 명성에 심각한 손상을 입었다. 그 책임은 말할 것도 없이 요아힘 페스트에게 있었다. 적지 않은 사람들이 이제 『프랑크푸르터 알게마이네』의 명예는 실추되었고 페스트의 성공은 바닥에 처박혔다고 생각했다.

그 이후 역사가 논쟁이 어떻게 진행되었는지는 여기에서 말할 필요가 없다. 그러나 다수의 독일 현대사가들에 대한 경의의 표시로 덧붙이자면, 놀테와 그의 옹호자들이 추진한 사관 수정은 실현되지 못했다. 놀테는 자신의 견해를 바꾸지 않았다. 오히려 머리카락이 곤두서는 더욱 날선 발언으로 대중 앞에 나타나 극우파를 흡족하게 만들었다. 예를 들어 그는 히틀러가 독일의 모든 유대인들을 격리하고 강제 추방한 것은 정당한 일이었다고 공공연히 말했다. 심지어 유대인들을 거리낌없이 해충에 비유했다. 또한 나치가 과연 유대인들을 잔혹하게 다루었는지 아닌지 스스로 제기한 질문에는 아니라고 답했다. "마치 우리가 고통을 주지 않고 해충을 없애고 싶듯이" 그들도 "잔혹한 의도 없이" 처형되었다는 것이다.

1998년 12월에도 놀테는 나치의 무장 친위대를 "완벽한 군인 정신의 최고봉"이라고 치켜세우면서 무장 친위대의 역사가 "피나는 노력으로" 기술되기를 기대한다고 말했다. "위대한 무훈은 내적으로는 물론이고 어느 정도는 외적으로도 극단의 무례한 행위와 연결되어 있지만, 다시 말해 무방비 상태의 사람들, 특히 '열등한 자들'과 '유대인'을 죽이는 행위와 연결되어 있지만, 바로 그런 것을 우리가 알기 때문에" 공을 들여 그 역사를 기술해야 한다고 말했다. 놀테의 논리대로라면 유대인 가스실 학살은 무례한 행동이 되는 것이다.

이 학자의 정신이 온전하지 못할 거라 생각하는 사람들이 잘못되었을까? 1994년 페스트가 『프랑크푸르터 알게마이네』 발행인직에서 물러났을 때 이 신문은 놀테에게 단호히 등을 돌렸다. 놀테가 하는 말은 "그의 지식에 축적되어 있는 망상, 그가 연구한 시대의 모든 망상이 모여" 내뱉는 말이라고 『프랑크푸르터 알게마이네』는 적었다. 이따금 광기와 손을 맞잡을 수 있는 것이 망상이다. 하지만 광기와 망상을 드러내는 데에도 방법이 있는 법이다. 일례로 재상 폴로니어스가 햄릿과 대화할 때 방백으로 말한 것처럼.

독일 현대사에서 에른스트 놀테 같은 암울하고 비루한 인물에게 내가 이토록 크게 주목하는 것이 이상하게 생각될지도 모르겠다. 하지만 여기서 문제는 놀테가 아니라 요아힘 페스트와 나다. 오랫동안 여러모로 즐겁고 생산적으로 함께 일하면서 우리는 수없이 많은 대화를 나누었다. 특히 '제3제국'과 그에 관련된 문제에 대해 많은 이야기를 했다. 곰곰 기억을 더듬어보면, 페스트는 절대로 나치가 저지른 범죄를 정당화하려고 한 적이 없다. 그것을 축소하지도 않았다. 그러나 상대화한 적은 아주 많다. 그는 끊임없이 다른 독재 정권에서 자행된 집단 학살을 언급하기를 좋아했다. "스탈린도 히틀러 못지않게 사람을 죽였죠." 그는 이 말을 자주 후렴구처럼 되풀이했다.

페스트는 독일의 죄과를 다른 민족의 범죄와 비교하여 상쇄시키고 싶었을까? 이론적으로 그리고 원칙적으로 그는 이 견해에 당연히 반대했다. 하지만 이런 식의 비교는 그의 입에서만 자주 나온 게 아니라 놀테를 옹호한 그의 글에도 나타나 있다. 독일의 집단 범죄를 논한 그 글에 해골이 산더미처럼 쌓여 있는 사진을 첨부했다는 사실만큼 그의 태도를 단적으로 보여주는 것도 없다. 사진 아래에는 이런 설명이 붙어 있다. "만인 앞에서 자행되고도 세상 사람들이 모르는 대량 학살. 캄보디아의 오늘."

거의 매일 나누다시피 한 대화에서 나는 언제나 페스트의 그런 생각에 분명하게 항의했다. 하지만 충분한 항의 표시가 되지 못했는지 여하튼 나는 아무것도 이루지 못했다. 고약하고 비열하기 짝이 없는 놀테의 주장도 페스트가 그와 거리를 두게 만들지는 못했다. 1987년, 마침내 놀테는 "유대인 문제의 최종 해결책"은 독일인의 작품이 아니라 "유럽 파시즘과 반유대주의의 공동 작업의 산물"이라고 선언했다. 이탈리아나 프랑스의 파시즘이 유대인을 박해한 적이 없는데도 그는 이렇게 선언했다. 놀테의 주장은 무식의 소치였을까 아니면 거짓을 의식적으로 퍼뜨리려는 노력이었을까?

페스트는 이 문제에도 침묵했다. 나는 더이상 참을 수가 없었다. 그 문제를 말없이 받아들이지 않겠다고 결심했다. 나는 페스트에게 가서 놀테의 발언이 용납될 수 있다고 생각하느냐고 물었다. 그는 잠시 생각하더니 용납할 수 없다면서 놀테가 조금 지나친 면이 있다고 대답했다. 그렇다면 역사 왜곡과 다름없는 이 분명한 거짓말에 항의할 생각이 있느냐고 내가 물었다. 그는 그렇다고 말하면서도, 오해를 살 수도 있으니 지금은 안 되고 6개월 뒤에나 그렇게 하겠다고 말했다. 그때 가서는 꼭 항의하겠다고 그는 약속했다. 6개월이 지났을 때 페스트는 놀테의 견해에 절대로 등을 돌릴 생각이 없다는 말을 내게 전했다. 그 이유가 알고 싶으니 들려달라고 해도 그는 거절했다. 그후 페스트와 나는 수년 동안 서로 말도 하지 않았다. '제3제국'과 그 결과와 관련해서 우리 사이에 존재하던 정치적, 도덕적 합의, 『프랑크푸르터 알게마이네』라는 내 직장의 토대이자 나아가 서독에서 생활하는 내 삶의 근간이던 그 합의를 페스트는 이유 없이 고의로 짓밟았다.

내게 아주 많은 의미를 주었던 우정이 막을 내렸다. 주로 뛰어난 히틀러 평전 덕분에 얻어진 그의 명성이 손상을 입었다는 사실도 내게는 위로가 되지 못했다. 나는 그가 역사가 논쟁에서 기분 나쁜 역할을 담당한 이유가 무엇 때문인지 자주 생각해보았다. 정말 그는 독일인들이 나치의 범죄와 관련한 문제에서 부당한 대접을 받고 있다고 믿었을까? 결국 그 이유는 그의 애국심에서, 그의 눈을 흐리게 한 민족적 자부심에서 찾아야 한단 말인가? 애국심은 부정적인 말은 아니지만 그 말을 들으면 나는 자주 의혹이 생긴다. 애국심에서 한 걸음 더 나가면 민족주의가 되고, 다시 민족주의에서 한 걸음 더 떼어놓으면 국수주의로 간다. 민족은 사랑하지도 말고 증오하지도 말아야 한다는 니체의 금언이 마음에 든다.

혹시 페스트의 태도와 전략은 단 한 번 내린 경솔한 결정의 결과가 아니었을까? 놀테의 원고를 주의 깊게 검토하지 않고 결정을 내린 후, 그럴 시간은 충분했는데도 절대로 번복하거나 수정할 생각이 없어서 그랬던 것은 아닐까? 그는 이 문제에서 자신이 취한 태도와 행동을 내가 받아들일 거라고 생각했을까? 내가 일하는 신문사에서 홀로코스트는 독일인의 작품이 아니라고 주장하는 사태를 내가 수긍할 거라고 생각했을까? 아니, 절대로 그랬을 리는 없다. 여하튼 이런 문제는 그에게 중요하지 않은 일이었던 게 분명하다.

많은 작가와 언론인 혹은 역사학자 들이 자신이 실수를 저질렀음을 알면서도 그것을 공개적으로 인정하지 못하는 이유는 무엇일까? 그건 어쩌면 그들 스스로 부끄럽게 여기는 약점 때문일지도 모른다. 다시 말해 무조건 위장하고 싶은, 당당함과 자신감의 부족, 자기 통제력을 저해하는 허영심 때문일 수 있다.

페스트도 이런 이유 때문에 그랬을까? 이 의문이 고개를 들지 않게 내리누르려 한다면 나는 정직한 사람이 아닐 게다. 나를 괴롭히는 의문은 또 있다. 요아힘 페스트가 자신이 내게 무슨 짓을 저질렀는지 전혀 알지 못한다는 게 생각이나 할 수 있는 일일까? 그걸 아직도 모른다는 게 가능할까? 내가 가장 큰 고마움을 느끼고 있는 사람이 내게 가장 큰 고통을 안겨주었다. 이것을 나는 떨쳐낼 수가 없다. 잊을 수가 없다. 고마움도 고통도.

이것만은 분명하다. 비록 학문에는 아무런 수확을 가져다주지 못했을지언정 역사가 논쟁은 적어도 부분적으로는 시대정신을 증명했다. 그 논쟁은 절대로 나치즘과의 관계를 수정하려는 극우파의 요구에만 부합한 게 아니었다. 그 욕구가 얼마나 강렬했는지는 1998년 가을 마르틴 발저가 프랑크푸르트의 바울 교회에서 연설을 했을 때 드러났다. 그의 연설은 파스빈더의 연극과 역사가 논쟁에 이어 '해금'이라는 구호를 들고 나타난 제3의 도발이었다.

발저가 연설에서 다룬 주제는 세기의 범죄인 독일의 범죄(물론 그는 '범죄'라는 말을 용의주도하게 회피했다)와 독일의 죄과(이 말도 그는 우회적으로 사용했다)였다. 그를 혼란스럽게 만든 것은 과거에 무슨 일이 일어났는지, 그리고 오늘날 우리는 거기에 어떤 태도를 취해야 하는지, 혹은 어떤 태도를 취하면 괜찮은 것인지에 대한 문제였다.

수개월 동안 격론을 일으킨 그 연설에서 발저는 독일의 과거를 모른 체하자고 권한 걸까? 아우슈비츠라는 한 장을 끝내고 수치스럽게 종지부를 찍으려 했던 것일까? 그는 아니라고 부인했다. 그러나 수많은 동시대인들이 아리송한 표현과 악의적인 비유와 피고발인이 없는 고발로 가득한 그의 연설을 그것 말고 다른 식으로는 이해하지 않았다는 사실, 이것이 정말 발저에게는 예상치 못한 일이었을까? 분명한 건, 그가 충분히 예상 가능한 오해—그게 과연 오해일까마는—를 방지하기 위해 아무것도 하지 않았다는 점이다. 오히려 그 반대였다. 나치의 범죄를 모른 체했다는 그의 오만한 고백은 의도했건 아니건 자신의 행동을 따라 하라는 호소였다.

발저는 위험천만한 독일인의 적개심을 표현했다. 그는 친한 사람들끼리 모인 자리에서 스스럼없이 주고받는 말을 그대로 옮겨놓았다. 그리고 그런 자리에 모인 사람들, 극우파, 갖가지 이유에서 유대인을 좋아하지 않는 사람들에게 새로운 논거와 새로운 표현을 제공했다. 발저가 찍은 종지부는 그의 연설을—스스로 주장했듯이—"숨통 틔워주는 일격"으로 느낀 독일인들과 독일의 가장 중요한 대화 상대자이자 독일 유대인 협의회 회장인 이그나츠 부비스로 대표되는 이 땅의 유대 시민들을 서로 떼어놓는 구분선과 무척이나 흡사했다.

그의 연설이 내게 큰 충격을 주고 상처를 입혔다는 사실을 숨기지 않겠다. 특히나 그 연설을 쓴 사람이 내가 1957년부터 그 작품들을 평하면서 지켜보았던 작가였기에 상처는 더 컸다. 하지만 그가 연설문을 쓰고 그 연설을 한 데에는 좋은 점도 있었다. 파스빈더의 연극과 역사가 논쟁이 그랬듯이 그의 연설도 독일의 도덕적, 정치적인 분위기가 어떠했는지를 우리에게 상기시켰기 때문이다.

이 분위기를 대표적으로 보여주는 것이 또 있다. 베를린에 세워지고 있는 유럽 유대인 희생자 추모비에 대한 발저의 발언이다. 그는 예나 지금이나 이 추모비에 반대한다. 나는 그때나 지금이나 반대하지 않는다. 그렇다고 찬성하지도 않는다. 나는 그런 추모비가 필요 없다. 나의 아버지와 어머니와 형, 그리고 이들과 똑같이 살해당한 많은 친척들에게도 정말 이런 것은 필요 없다. 이 문제에 대해 나는 한마디도 발언하지 않았다.

그 추모비가 세워지고 나면 나는 그곳에 가서 구경은 할 것이다. 하지만 그걸 보고 많은 것을 느끼게 될지는 잘 모르겠다. 1970년 12월 세계 언론을 통해 알려진 사진, 바르샤바 게토 추모비 앞에 무릎 꿇고 있는 빌리 브란트의 사진을 보았을 때만큼은 아닐 것이다. 그때 나는 죽는 날까지 그에게 고마운 마음을 간직하리라는 것을 알고 있었다.

빌리 브란트가 바르샤바에서 무릎을 꿇은 뒤 그를 처음으로 만난 것은 1990년 1월 말 뉘른베르크에서였다. 90세 노령의 유대인 작가이자 망명객이었던 헤르만 케스텐에게 경의를 표하기 위해 그는 중병에도 불구하고 뉘른베르크에 왔다. 나는 어설픈 몇 마디 말로 빌리 브란트에게 고마운 마음을 표시했다. 그는 내게 어디에서 살아남았느냐고 물었다. 나는 될 수 있는 대로 간략하게 이야기를 들려주었다. 토지아와 내가 1942년 9월 독일 군인들에 의해 다른 수많은 유대인들과 함께 지금 게토 추모비가 서 있는 바르샤바의 그 장소로 끌려갔다고 했다. 그리고 그곳에서 나의 아버지와 어머니가 트레블링카행 열차에 떠밀려 들어가기 전에 마지막으로 그분들을 보았다고 말했다.

그 짧은 이야기를 끝마쳤을 때 누군가 눈물을 흘렸다. 빌리 브란트였을까? 아니면 나였을까? 생각나지 않는다. 그러나 1970년 무릎 꿇고 있는 독일 총리의 사진을 보았을 때 내가 무슨 생각을 했는지는 잘 알고 있다. 그때 나는 1958년에 독일로 돌아가 서독에 정착해야겠다고 한 내 결정이 잘못된 것이 아니라 옳은 결정이었다고 생각했다. 파스빈더의 연극, 역사가 논쟁, 발저의 연설, 시대정신의 중요한 징후인 이 사건들도 내 생각을 바꾸지는 못했다.

삶이야

1999년 3월 12일, 토지아의 생일이다. 그녀의 삶에서 80번째 해가 시작되는 날이다. 우리 둘만이 있는 시간, 아주 조용한 늦은 오후다. 토지아는 여느 때처럼 그림이 걸려 있는 벽 앞 검은 소파에 앉아 있다. 뒤쪽 벽에는 괴테, 클라이스트, 하이네, 폰타네, 토마스 만, 카프카, 브레히트의 초상화가 걸려 있다. 소파 옆 작은 장 위에는 사진틀이 몇 개 놓여 있다. 이제 쉰 살로 전과 다름없이 에든버러 대학 수학 교수로 재직중인 아들 앤드루와 곧 스무 살이 될 손녀 카를라의 사진이다. 카를라는 런던 대학에서 영문학을 공부한다.

나는 토지아의 맞은편에 앉아 독일 소설을 읽고 있다. 내 인생 대부분의 시간을 쏟아부었던 일이다. 그런데 제대로 집중이 되지 않아 책을 낮은 탁자에 내려놓는다. 거의 사용하는 일이 없는 큰 발코니로 잠깐 나가본다. 쾌적하고 기분좋은 날씨다. 해가 저문다. 아름답다. 언제나 그렇듯이 너무나 아름다워 장엄하기까지 하다. 여기에서 24년을 넘게 살았지만, 이 발코니에서 해가 넘어가는 모습을 본 적이 있는지 기억나지 않는다. 나는 자연에 무관심한 사람인가? 아니, 절대로 그렇지 않다. 하지만 많은 독일 작가들처럼 나 역시 자연에는 금방 싫증이 난다. 지금도 조금 마음이 불안해져서 미적거리며 다시 거실로 들어간다.

토지아는 폴란드 책을 읽고 있다. 율리안 투빔의 시집이다. 나는 아주 조용히 자리에 앉는다. 그녀에게 방해가 되고 싶지 않다. 토지아는 시에서 자신의 청춘을 찾고 있을까? 아니면 우리의 청춘을? 곧 우리가 함께 보낸 세월이 60년이 된다. 우리는 언제나 우리의 슬픔을 잊고 우리의 두려움을 억누르려 했다. 문학은 늘 우리의 피난처였고 음악은 우리의 안식처였다. 게토에서도 그랬고 지금까지도 그건 변함이 없다. 그러면 사랑은? 그래, 토지아가 많이 힘들어했던 상황들이 있었다. 훨씬 드물지만 내가 힘들었던 상황도 있었다. 약 800년 전에 고트프리트 폰슈트라스부르크는 그의『트리스탄』에 이렇게 적었다. "사랑으로 고통받지 않은 사람에게/사랑은 행복을 선물하지 않았다." 우리는 많은 고통을 겪었고 많은 행복을 선물로 받았다. 하지만 무슨 일이 일어났건, 우리 관계에서는 아무것도 달라지지 않았다. 아무것도.

여전히 조용하다. 숨소리도 들리지 않는다. 토지아는 책을 읽다가 고개를 들어 나를 쳐다본다. 내가 그녀에게 할 말이 있다는 걸 짐작이라도 한 듯 웃으면서 그게 뭐냐고 묻듯이 쳐다본다. "지금 발코니에서 해가 지는 모습을 보고 어떤 말로 책을 마무리해야 할지 떠올랐어요." "정말요?" 그녀가 반가운 듯 묻는다. "그게 뭔데요?" "인용문이에요." 그러곤 아무 말도 하지 않는다. 그녀가 다시 웃으며 이번에는 은근히 비꼬듯 묻는다. "그걸 듣고 내가 놀랄 것 같아요? 자, 말해봐요. 어떤 인용문인데요?" "호프만스탈의 소박한 말." 내가 대답한다. 이제 그녀는 조금 안달을 낸다. "그러니까 그게 뭐냐고요? 얼른 말해요." 나는 잠시 머뭇거리다 말한다. "책은 이런 말로 끝나요."

꿈이야, 현실일 리가 없어,
우리 둘이 함께 있다니.

감사의 말

어느 책이든지 탄생의 역사가 있다. 대부분 그런 역사는 대중의 관심을 끌지 못한다. 그렇기에 여기에서는 짧게 이야기하는 것으로 그치겠다. 이 자서전 속의 이야기는 아주 먼 옛날인 1943년으로 거슬러올라간다. 바르샤바의 게토에서 탈출하고 며칠이 지났을 때 내게 이 이야기를 써보라고 말한 사람이 있었다. 테오필라 라이히라니츠키였다. 나는 그 권유를 받아들이지 않았다. 그후에도 앤드루 알렉산더 라니츠키를 비롯한 많은 이들로부터 똑같은 말을 들었지만 수십 년 동안 그 권유를 외면했다. 두려웠기 때문이다. 그 모든 사건들을 또 한번 마음속에서 경험하고 싶지 않았다. 게다가 그런 글을 쓰는 일을 내가 감당하지 못할까봐 두려웠다.

그로부터 반세기가 지난 1993년에야 나는 내 인생을 적어보기로 마음먹었다. 이제 그 자서전이 나왔다. 이 책을 쓰라고 쉬지 않고 요구하고, 독려하고, 몰아붙인 사람들, 책이 나오기까지 조언과 격려를 해주고 기대와 호기심을 보여주고 때론 다행스럽게도 갖가지 경고를 하며 지켜봐준 사람들에게 고마운 마음을 전한다. 친구들과 동료들에게도 감사드린다. 특히 울리히 프랑크플라니츠, 폴커 하게, 요헨 히버, 헬무트 카라제크, 잘로몬 코른, 클라라 오버뮐러, 라헬 잘라만더, 슈테판 자틀러, 프랑크 시르마허, 마티아스 베그너, 울리히 바인치를에게 감사드린다.

중요한 이야기의 정보를 알려준 세 명의 바르샤바 작가, 즉 얀 코프로프스키, 한나 크랄, 안제이 슈치피오르스키, 그리고 예루살렘의 야드 바셈 연구소, 바르샤바의 치도프스키 역사 연구소, 뮌헨의 현대사 연구소에 감사한다. 마지막으로 신뢰와 격려와 권유, 열의와 끈기로 도움을 준 도이체 페어락스안슈탈트DVA의 출판 이사 프란츠하인리히 하켈에게 감사한다. 또 한 명 마지막으로 고마움을 전해야 할 사람은 수년 동안 인내하며 옆에서 도와준 비서 한네로레 뮐러 부인이다.

이 책 마지막 장에 나오는 고트프리트 폰슈트라스부르크의 『트리스탄』 속 시구는 디터 퀸의 번역본에서 인용했으며, 브와디스와프 브로니에프스키의 시는 내가 직접 번역했다.

1999년 7월 프랑크푸르트암마인

M. R.-R.

옮긴이의 말

문학의 교황, 영원히 잠들다

지난해 9월 26일, 독일의 문학평론가 마르셀 라이히라니츠키의 장례식이 프랑크푸르트에서 열렸다. 여드레 전인 9월 18일 아흔셋의 나이로 세상을 떠난 그에게 마지막 예를 갖추려고 독일 대통령을 위시하여 각계각층의 유명 인사들이 대거 장례식에 참석했다. 그의 타계 소식이 알려지자 독일 유수의 언론들은 앞다투어 그의 생애와 업적을 되돌아보는 방송과 보도를 쏟아냈다. 작가도 아닌 문학평론가의 죽음에 독일의 정계와 문화계 인사들이 한마디씩 애도 성명을 발표하고 각종 매체에서는 그를 추모하는 논평과 프로그램이 줄을 이었지만, 정작 그의 비평의 대상이 되었던 독일 작가들은 장례식에 거의 모습을 드러내지 않았다.

1920년 폴란드에서 태어난 라이히라니츠키는 어린 나이에 독일로 이주하여 베를린에서 김나지움을 다녔다. 학창 시절 뛰어난 문학적 재능을 발휘하며 장차 평론가가 될 결심을 했으나 제3제국 치하에서 대학 입학을 거부당하고 유대인이라는 이유로 다시 폴란드로 강제 추방되었다. 바르샤바 게토에서 생활하던 중 가스실로 가는 열차를 타기 직전 아내 토지아와 함께 극적으로 탈출에 성공한 뒤 제2차 세계대전이 끝날 때까지 어느 폴란드인의 집에서 숨어 지냈다. 이후 1958년 다시 독일로 돌아와 주간지 『디 차이트』와 일간지 『프랑크푸르터 알게마이네 차이퉁』의 문학부에서 평론가로 일했다. 1988년부터는 독일 제2공영방송ZDF에서 〈문학 4중주〉라는 서평 프로그램을 14년간 진행하며 본격적으로 대중과 밀착된 비평가로 자리잡았다.

따분함과 어중간함을 견디지 못한 라이히라니츠키는 평론에서도 호오를 분명하게 드러냈다. 이른바 '주례사' 비평을 거부하고 훌륭하다고 생각되는 작품에는 아낌없는 호평을, 가치 없는 작품에는 날선 비판과 혹평을 마다하지 않은 그였기에 자연히 적도 많았다. 작가와 평론가의 관계, 특히 어느 작가가 어느 평론가를 어떻게 생각하느냐 하는 것은 그 평론가가 해당 작가의 작품에 대해 뭐라고 썼느냐에 달려 있다고 믿은 그는 작가와 평론가가 맺는 애증 관계를 자신의 운명으로 알고 받아들였다. "문학의 교황"이라는 수식어까지 얻으며 독일 문단에서 엄청난 영향력을 발휘한 그의 비평 활동에는 찬사와 존경만큼이나 논란과 비판도 쏟아졌다. 그러나 그의 지론은 분명했다. 글은 쉽고 명료한 언어로 투명하게 핵심을 말해야 한다는 것이었다. 자신이 평론가로서 빠른 성공을 거둔 이유의 하나도 그는 이런 문체와 비평의 특징에서 찾았다.

1999년에 출간되어 지금까지 120만 부가 판매된 이 책 『나의 인생』에서도 라이히라니츠키는 단순하고 명쾌하고 쉬운 언어로 파란만장했던 자신의 삶을 펼쳐놓는다. 미래를 가늠하기 힘든 암담한 어린 날에 키워간 문학을 향한 뜨거운 열정, 인간적 삶을 몰수당한 바르샤바 게토에서도 놓지 않은 평론가의 꿈, 종전 후 잠시 폴란드 국외 정보원과 런던 주재 영사로 일한 뒤 독일의 유력지 『디 차이트』와 『프랑크푸르터 알게마이네 차이퉁』에 비평을 쓰면서 평론가로 우뚝 서게 된 과정, 그리고 TV에서 〈문학 4중주〉를 진행하며 얻은 문학적 권위와 대중적 인기 등이 차분하면서도 감동적으로 묘사되어 있다. 『나의 인생』은 총 5부로 구성되어 있지만, 크게 보면 젊은 라니츠키의 고뇌와 수난이 시대적 사건과 맞물려 그려진 1~2부와 제2차 세계대전 종전 후 평론가로서의 활약상이 주를 이루는 3~5부의 두 부분으로 나뉜다. 이 책은 저자의 삶을 회고한 자서전인 동시에 시대사적인 기록이자 문학작품이다.

라이히라니츠키는 말을 하듯이 글을 쓴다. 이 책에서도 그렇다. 그의 글을 읽고 있으면 텔레비전에 나와 과장된 몸짓과 유난히 'r'을 강하게 굴리는 발음으로 열변을 토하던 모습이 금세 떠오른다. 말을 하듯이 글을 쓴다는 것은 그가 구사하는 문체에서도 여실히 드러난다. 그는 작가가 아니라 독자를 위해 글을 썼다. 독자에게 수준 높은 훌륭한 문학작품을 소개하고 독자를 즐겁게 해주는 것이 그의 비평의 지향점이었다. 이 목표를 이루기 위해 그는 쉽고 간단명료한 언어를 사용했다. 장황하고 현학적인 수사와 외래어는 될 수 있는 대로 피했다. 훌륭한 평론가는 언제나 명료함을 위해 글을 단순하게 써야 한다는 게 그의 지론이었다. 그는 이 신념을 다른 이들에게도 전파했다. 『프랑크푸르터 알게마이네 차이퉁』에 서평을 쓸 기고자를 섭외하면서 먹물이 잔뜩 든(그의 표현에 의하면 세미나실의 역한 분필 냄새가 나는) 대학 교수들을 교육하여 뛰어난 평론가로 발전시킨 것이 큰 소득이라고 했다. 라니츠키의 이런 비평관은 지난날 낭만주의 시대의 탁월한 비평가들에게서 물려받은 것이기도 하지만 근본적으로는 평생을 혼자 배울 수밖에 없었던 독학 생활의 산물이다. 그는 이렇게 하여 상아탑에서 가르치는 문학과 언론 매체에 실리는 문학평론 간에 존재하던 안타까운 격차를 극복했다. 그리고 이 점을 자신이 평론가로서 이룩한 중요한 성과의 하나로 꼽았다.

라이히라니츠키는 문학에 기여한 공로를 인정받아 여러 대학에서 명예박사학위를 받았고 수많은 문학상과 문화상을 수상했다. 2008년에는 독일 방송사들이 그가 평생에 걸쳐 이룬 업적과 〈문학 4중주〉 진행으로 방송의

진을 끌어올린 노력을 높이 사 '독일 TV 상' 수상자로 선정했다. 그러나 시상식장에 참석하여 한참 동안 행사를 지켜본 라니츠키는 자신의 이름이 호명되자 "이런 수준 낮은 이야기가 오가는 곳에 끼고 싶지 않다"며 돌발적으로 수상을 거부했다. 해박함과 유머로 많은 이들의 사랑을 받고 때론 지나친 솔직함과 독설로 증오까지 샀지만 그는 누가 뭐래도 성실한 평론가였다. 1960년부터 2000년까지 40년 동안 라니츠키가 비평한 책은 무려 8만 권이 넘는다고 한다. 그는 생전에 장례식도 비평했다. 평소 자신에게 화해의 손길을 내미는 사람을 물리친 적이 없다고 말한 그는 마지막 가는 길에 작가들의 모습이 보이지 않아 섭섭했을까? 아니면 경찰차가 등장하지 않는 장례식은 쓸모없다고 말한 그였기에 조문하러 온 독일 대통령을 호위하는 경찰차를 보고 흐뭇했을까?

카리스마와 신랄한 언변, 위트와 통찰력으로 가는 곳마다 좌중을 압도한 문학의 교황 마르셀 라이히라니츠키는 이제 마지막 안식처를 찾았다. 화장된 그의 시신은 2011년에 세상을 떠난 아내 토지아와 나란히 아도르노와 쇼펜하우어가 잠들어 있는 프랑크푸르트의 납골 묘지에 묻혔다.

마르셀 라이히라니츠키 연보

1920 6월 2일 폴란드 브워츠와베크에서 폴란드계 유대인 아버지와 독일계 유대인 어머니 사이에서 태어난다. 위로 열세 살 많은 누나와 아홉 살 많은 형이 있었다.

1927 브워츠와베크의 개신교 계통 독일 초등학교에 들어간다. 독서와 음악 감상을 시작한다.

1929 가족이 모두 베를린으로 이주한다. 샤로텐부르크 비츠레벤 가의 초등학교에 들어간다.

1930 베를린 쇠네베르크의 베르너 폰 지멘스 레알김나지움에 들어간다. 독일 문학과 음악에 심취하기 시작한다.

1935 베르너 폰 지멘스 레알김나지움이 폐교되어 빌머스도르프의 피히테 김나지움으로 전학한다. 방대한 양의 문학작품을 읽고 연극에 빠져들며 문학평론가가 되기를 희망한다. 9월 뉘른베르크 법이 제정된다.

1938 대입자격시험인 아비투어를 치르고 프리드리히 빌헬름 대학에 입학 신청을 하지만 거부당한다. 샤로텐부르크의 무역회사에서 수습사원으로 일한다. 그간 아버지에 이어 어머니도 바르샤바로 돌아간다. 10월 28일 폴란드로 추방당한다. 11월 '수정의 밤' 사건이 일어난다.

1939 폴란드어와 폴란드 문학을 공부한다. 누나와 매형이 런던으로 탈출한다. 9월 독일이 폴란드를 침공하며 제2차 세계대전이 시작된다.

1940 테오필라 랑나스와 교제하기 시작한다. '유대회'의 번역 및 통신 사무실에서 일한다. 바르샤바 게토에 수용된다.

1942 바르샤바 유대인들의 트레블링카 이송이 시작된 7월 22일 테오필라와 결혼한다. 8월에 테오필라의 어머니가, 9월에는 부모님이 트레블링카로 이송되어 가스실에서 사망한다.

1943 1월 18일 트레블링카행 열차에 몸을 싣기 직전 아내와 도망쳐 2월 3일 게토에서 탈출한다. 이후 바르샤바 외곽 어느 폴란드인 부부의 집에서 그들의 호의로 한동안 숨어 지낸다. 형이 포냐토바 수용소에서 죽는다.

1944 9월 7일 소련의 '붉은 군대'에 의해 게토가 해방된다. 아내와 폴란드군에 자원입대하여 군사우편 검열부에서 일한다.

1945 바르샤바 국외 검열부에서 일한다. 5월 9일 독일이 연합군에 무조건 항복한다. 폴란드 공산당에 가입한다. 국외 정보국 근무 명령을 받는다.

1946 1월 베를린으로 파견되어 석 달 넘게 머무른다. 공공안전부와 외무부에서 근무한다.

1948 정보국 업무를 병행하며 런던에서 영사로 근무한다. 라이히 대신 라니츠키라는 이름을 쓴다. 12월 30일 아들이 태어난다.

1949 11월 가족과 함께 바르샤바로 돌아온다. 스탈린주의 공산당 독재 체제하에서 당 노선에 충성하지 않는다는 이유로 감옥에 수감된다.

1950 1월 공공안전부와 외무부에서 해고된다. 3월 공산당에서 축출된다. 국방부 출판사에 배치되어 독일문학 담당 편집자로 일한다.

1951 1958년까지 폴란드 신문과 잡지에 독일문학 서평, 비평 등을 기고하며 평론가로 활동한다. 바르샤바에서 브레히트, 안나 제거스, 페터 후헬 등 독일 작가들과 만난다. 몇 권의 독일문학 관련 책을 출간한다.

1956 소련을 여행한다. 하인리히 뵐을 만난다.

1957 오스트리아를 여행하고 서독을 방문한다. 지그프리트 렌츠, 볼프강 쾨펜, 한스 베르너 리히터를 만난다.

1958 7월 연구여행을 가장하여 독일로 망명, 정착한다. 이주, 정착 과정에서 하인리히 뵐과 지그프리트 렌츠로부터 도움을 받는다. 『프랑크푸르터 알게마이네 차이퉁』 『디 벨트』 등의 신문에 글을 기고하고, 방송 일을 병행한다. '47그룹' 모임에 처음으로 참가한다. 독일 국적을 취득한다.

1959 소설가이자 문학사가인 발터 옌스와 우정을 맺기 시작한다. 프랑크푸르트에서 함부르크로 이사한다.

1960 1973년까지 『디 차이트』의 고정 문학평론가로 활동한다.

1964 방송 프로그램 〈문학 카페〉를 진행한다.

1965 1972년까지 브리태니커 백과사전 필진으로 참여한다.

1968 미국 세인트루이스의 워싱턴 대학에서 20세기 독일문학을 강의한다.

1969 미국 미들베리 칼리지의 방문교수를 지낸다.

1971 1975년까지 스웨덴 스톡홀름 대학과 웁살라 대학에서 독일문학을 강의한다.

1972 웁살라 대학에서 명예 박사학위를 받는다. 오스트레일리아와 뉴질랜드에서 강연한다.

1973 독일 쾰른 대학에서 문학비평을 강의한다. 역사가 요하임 페스트의 권고로 『프랑크푸르터 알게마이네 차이퉁』에 들어가 1988년까지 문학부 책임자로 일한다.

1974 독일 튀빙겐 대학 명예교수가 된다.

1976 하이네 메달을 받는다.

1977 『검증. 어제의 독일 작가들에 대한 글들*Nachprüfung. Aufsätze über deutsche Schriftsteller von gestern*』을 출간한다.

1979 중국으로 강연여행을 떠나 베이징, 난징, 상하이, 광저우를 방문한다.

1981 리카르다 후흐 상을 수상한다.

1983 마인츠 과학 문학 학술원의 빌헬름 하인제 메달을 받는다.

1984 프랑크푸르트암마인 시의 괴테 메달을 받는다.

1987 토마스 만 상을 수상한다. 『토마스 만과 그의 사람들*Thomas Mann und die Seinen*』 등을 출간한다.

1988 2002년까지 독일 제2공영방송ZDF의 서평 프로그램 〈문학 4중주〉를 진행한다.

1989 밤비 문화상을 수상한다.

1991 카를스루에 대학의 하인리히 헤르츠 방문교수를 지낸다. 바이에른 텔레비전 상을 수상한다. 헤르만 진스하이머 상(문학과 언론 부문)을 받는다.

1992 아우크스부르크 대학과 밤베르크 대학에서 명예 박사학위를 받는다.

1994 『문학의 변호인들*Die Anwälte der Literatur*』 등을 출간한다.

1995 루트비히 뵈르네 상을 수상한다.

1996 키케로 연설가 상을 수상한다. 『까마득히 높은. 베르톨트 브레히트에 대해*Ungeheuer oben. Über Bertolt Brecht*』 등을 출간한다.

1997 하인리히 하이네 뒤셀도르프 대학에서 명예 박사학위를 받는다.

1999 헤센 문화상을 수상한다. 자서전 『나의 인생*Mein Leben*』을 출간한다.

2000 바트홈부르크에서 횔덜린 상을 수상한다. 골든 카메라 상을 수상한다.

2001 네덜란드 위트레흐트 대학에서 명예 박사학위를 받는다. 『일상에서 이끌려. 독일의 사안들에 대한 이야기*Vom Tag gefordert. Reden in deutschen Angelegenheiten*』 등을 출간한다.

2002 제2공영방송 프로그램 〈라이히라니츠키 솔로〉를 진행한다. 뮌헨 대학에서 명예 박사학위를 받는다. 프랑크푸르트의 괴테 상을 받는다. 『일곱 명의 선구자. 20세기의 작가들*Sieben Wegbereiter. Schriftsteller des zwanzigsten Jahrhunderts*』 『문예비평에 대하여*Über polnische Literatur*』 등을 출간한다.

2003 『나의 그림. 초상화와 수필*Meine Bilder. Porträts und Aufsätze*』(한국어판 『작가의 얼굴 – 어느 늙은 비평가의 문학 이야기』) 등을 출간한다.

2004 유럽 문화상을 수상한다. 『미국인에 대하여*Über Amerikaner*』 등을 출간한다.

2006 베를린 자유대학과 텔아비브 대학에서 명예 박사학위를 받는다. 『개인적 관점에서. 대화 1999~2006*Aus persönlicher Sicht. Gespräche 1999 bis 2006*』 등을 출간한다.

2007 베를린 훔볼트 대학에서 명예 박사학위를 받는다.

2008 헨리 난넨 상을 수상한다.

2009 자서전이 드로르 자하비 감독에 의해 영화화된다. 『모든 질문을 열어놓고. 세계문학에 대해 답하다*Für alle Fragen offen. Antworten zur Weltliteratur. München*』를 출간한다.

2010 루트비히 뵈르네 명예 메달을 받는다.

2011 4월 29일 아내 테오필라가 세상을 떠난다. 라이프치히 멘델스존 상을 수상한다.

2012 1월 27일 국제 홀로코스트 희생자 추모의 날에 연방의회에서 연설한다.

2013 9월 18일 세상을 떠난다. 아내와 나란히 프랑크푸르트 납골 묘지에 묻힌다.

인명 색인

ㄹ

옮긴이 이기숙
서울에서 태어나 연세대학교 독어독문학과를 졸업하고 독일 뒤셀도르프 대학에서 언어학으로 박사학위를 받았다. 현재 전문 번역가로 활동하면서 주로 독일 소설과 인문서를 우리말로 옮기고 있다. 옮긴 책으로 『데미안』『소녀』『이탈리아 르네상스의 문화』『인간과 공간』『가톨릭에 관한 상식사전』『푸르트벵글러』『호감의 법칙』『유럽의 살롱들』 등이 있다.

나의 인생
마르셀 라이히라니츠키 자서전, 어느 비평가의 유례없는 삶

1판 1쇄 2014년 3월 8일
1판 3쇄 2022년 3월 2일

지은이 마르셀 라이히라니츠키 | 옮긴이 이기숙

기획·책임편집 오경철 | 독자모니터 김혜옥
디자인 윤종윤 이주영 | 저작권 박지영 이영은 김하림
마케팅 이숙재 박보람 한민아 김혜연 이가을 안남영 김수현 정경주 이소정
브랜딩 함유지 함근아 김희숙 정승민
제작 강신은 김동욱 임현식 | 제작처 더블비(인쇄), 신안제책사(제본)

펴낸곳 (주)문학동네 | 펴낸이 김소영
출판등록 1993년 10월 22일 제2003-000045호
주소 10881 경기도 파주시 회동길 210
전자우편 editor@munhak.com | 대표전화 031)955-8888 | 팩스 031)955-8855
문의전화 031)955-8895(마케팅), 031)955-2671(편집)
문학동네카페 http://cafe.naver.com/mhdn | 트위터 @munhakdongne
북클럽문학동네 http://bookclubmunhak.com

ISBN 978-89-546-2424-4 03850

* 잘못된 책은 구입하신 서점에서 교환해드립니다. 기타 교환 문의: 031) 955-2661, 3580

www.munhak.com